Gabriela Galvani

Die Seidenhändlerin

GABRIELA GALVANI wurde in Norddeutschland geboren und wuchs in Lugano auf. Sie studierte Amerikanistik, Kulturmanagement und Politikwissenschaften und arbeitete als Redakteurin für die Printmedien sowie für das Theater und im Musikmarketing. Mit ihrer Familie lebt sie nach Stationen in Frankreich, Berlin und München derzeit im Tessin.

Como zur Zeit der napoleonischen Besatzung 1797: Emilia Bossi kehrt nach dem skandalösen Ende einer Liebe aus Wien zurück in die Heimat ihrer Familie, als ihre Zwillingsschwester Serena auf mysteriöse Weise ums Leben kommt. Völlig unvorbereitet muss sie die Identität der erfolgreichen Seidenhändlerin annehmen, um das Familiengeschäft mit dem Schmuggel der kostbaren Stoffe über die Landesgrenzen hinweg am Leben zu erhalten. Glücklicherweise findet Emilia in dem Tessiner Zeitungsverleger Francesco Agnelli einen Gleichgesinnten. Doch sie beginnt, mehr für ihn zu empfinden, als die Situation erlaubt: Francesco ist verheiratet, außerdem hält er sie für Serena. Nicht zuletzt mischt sich ein abgewiesener Liebhaber ihrer Schwester bedrohlich in ihr neues Leben ein – bald muss Emilia befürchten, als Betrügerin entlarvt zu werden …

Gabriela Galvani

Die Seidenhändlerin

Historischer Roman

aufbau taschenbuch
AUFBAU VERLAGSGRUPPE

ISBN 978-3-7466-2467-9

Aufbau Taschenbuch ist eine Marke
der Aufbau Verlagsgruppe GmbH

1. Auflage 2008

Umschlaggestaltung Mediabureau Di Stefano, Berlin
unter Verwendung eines Fotos von © Pam Francis/getty images
Druck und Binden C. H. Beck, Nördlingen
Printed in Germany

www.aufbau-verlagsgruppe.de

Prolog

»Eine Lüge hat keine Beine,
aber ein Skandal hat Flügel.«
Sprichwort

Wien, Anfang April 1797

1

»Figlio di puttana!«

Es war nur ein leises Zischen in ihrem Rücken, aber deutlich genug, um von Emilia Bossi verstanden zu werden und sie für einen Moment von dem »Hurensohn« abzulenken, dem diese Worte galten.

Emilia hätte sich nie erlaubt, in der Öffentlichkeit auszusprechen, was sie insgeheim dachte. Dass eine Fremde Albert von Podlanski beschimpfte und sich dabei Emilias Muttersprache Italienisch bediente, war mehr als bemerkenswert. Es brachte Würze in die Szene, die auf der Bühne des Freihaustheaters hätte spielen können, anstatt im Parterre nobile, und dazu geeignet war, Emilia das Herz zu brechen. In den vergangenen Minuten hatte sie zusehen müssen, wie ihr Leben aus den Fugen geriet und ihre Träume zerbrachen. Sie war wie erstarrt gewesen. Doch dann unterbrach die weibliche Stimme hinter ihr das Entsetzen.

Angefangen hatte alles mit dem Kreischen einer unerzogenen jungen Frau, die sich mit einem Türsteher herumstritt, weil sie keine Eintrittskarte besaß, und die sich schließlich mit den Worten Einlass verschaffte: »Lassen Sie mich durch, ich muss zu meinem Mann. Ein Notfall. Unser Kind ist krank!« Dann war sie auf Albert zugestürzt und hatte geschrien: »Berti, was tust du hier? Schlawinerst wieder einmal herum. Wer ist die Person in deiner Begleitung?«

Unruhe machte sich im Publikum breit, im Zuschauerraum mit den billigen Plätzen, im noblen Parterre und auf den Galerien, in den kleinen wie in den Hoflogen. Köpfe reckten sich, das Tuscheln und Raunen, das anfangs leise wie das Murmeln eines Baches klang, schwoll zu der Lautstärke rauschender Wellen an. Verstohlenes Gekicher und entrüstetes Murmeln begleiteten die verborgene oder unverhohlene Neugier der anderen Theaterbesucher. Als Untermalung stimmten die Musiker im Orchestergraben gerade ihre Instrumente, und das Quietschen falsch eingestellter Saiten korrespondierte mit den unterschiedlichen Gefühlsäußerungen im Parkett.

Emilia war über den Auftritt von Alberts Frau so fassungslos, dass sie vom ersten Moment an wie gelähmt gewesen war und nur mit Schweigen reagieren konnte. Was hätte sie auch sagen sollen? Sie hatte gesehen, wie Albert erbleicht war, wie er aufsprang und hilflos die Frau ansah, die steif und fest behauptete, mit ihm verheiratet zu sein. Emilias Verstand hatte für einen Moment die Arbeit eingestellt, was vielleicht gut war, denn die Leere in ihrem Kopf half ihr, den ersten Schrecken wie versteinert zu überstehen. Andernfalls wäre sie wahrscheinlich in Ohnmacht gefallen oder – noch schlimmer – sie hätte sich auf das Weib gestürzt, das ihre Verlobung demontierte und ihr Glück für immer zerstörte. Seltsamerweise zweifelte Emilia jedoch nicht einen Herzschlag lang daran, dass die Andere die Wahrheit sprach.

Die fluchende Fremde in Emilias Rücken brachte die Situation auf den Punkt: Albert war ein Hurensohn!

Endlich richtete Emilia das Wort an ihren Geliebten: »Würdest du mir bitte erklären, was hier vorgeht?«, fragte sie ruhig. Allein dieser gemessene, leise Tonfall war eine Demonstration ihrer guten Erziehung und ein Zeichen für ihre gutbürgerliche Herkunft, denn ihre Stimme überschlug sich nicht wie die von Alberts Ehefrau, die darüber hinaus klein und derb wirkte und nicht so aussah, wie sich

Emilia eine Baronin Podlanski vorstellte, von ihrem Benehmen ganz zu schweigen.

Bevor er antworten konnte, ergriff die Frau Alberts Hand und zerrte ihn am Arm. »Komm mit, Berti, du hast hier nichts verloren. Wer diese Person ist, kannst du mir auf dem Heimweg erklären. Komm endlich, Thérèse ist krank, sie weint und ruft dauernd nach ihrem Papa.«

Doch Albert rührte sich nicht vom Fleck. Aber er sagte oder tat auch sonst nichts, was die Szene hätte entschärfen können.

Emilia fühlte sich wie eine Pappel, die in einem Garten am Ufer des Comer Sees stand und dem peitschenden Vento ausgesetzt war, einem Sturm, der meist ohne Vorwarnung bei strahlendem Sonnenschein von Norden auffrischte. Sie fröstelte. Die neugierigen Blicke der anderen Zuschauer bereiteten ihr Unbehagen. Sie war es nicht gewohnt, im Mittelpunkt zu stehen, geschweige denn, das Zentrum eines Skandals zu sein, der mehr einem Orkan ähnelte als einer Brise.

Der Dirigent, der den Orchesterraum betreten hatte, bevor Alberts Frau hereingefegt war, hob seinen Taktstock. Im nächsten Moment erklangen die ersten Takte des neuen Lieds des berühmten Hofmusikus Joseph Haydn, welches dieser zum Geburtstag Franz' I. vor zwei Monaten geschrieben hatte und das die Österreicher aufrütteln sollte wie die *Marseillaise* die Franzosen. Doch die enthusiastisch vorgetragene Melodie schien ihr Ziel zu verfehlen, auf dem Schlachtfeld in Oberitalien ebenso wie an diesem Abend im Freihaustheater, wo sich die Aufmerksamkeit der meisten Gäste auf den Skandal im Parkett konzentrierte. Immerhin erhob sich das Publikum, wie es sich beim Klang der Kaiser-Hymne gehörte.

»Bitt'schön, machen'S ka Ärger«, ein Saalwärter war neben der Baronin Podlanski aufgetaucht und erklärte freundlich, aber bestimmt: »Die Vorstellung beginnt. Geh'ns weiter, bitt'schön.«

»Ja, hier haben wir nichts verloren«, stimmte diese zu und begann hoch erhobenen Hauptes ihren Abgang.

Emilia traute ihren Augen nicht: Albert ließ sich wie ein willenloses Schaf von seiner Frau mitzerren, er zog ein Gesicht, als ginge es zur Schlachtbank, und warf Emilia einen flehentlichen Blick zu, doch ihr Mitleid hielt sich in Grenzen. Stumm beobachtete sie seinen Rückzug.

Dies war die perfekte Gelegenheit für einen Nervenzusammenbruch, überlegte sie. Wahrscheinlich sollte sie sich schluchzend und schreiend auf den Boden werfen, sicher hätte sie unter den Zuschauern sogar Verständnis für den Kollaps geerntet. Stattdessen blieb sie still und gefasst.

Zu welchen ungewöhnlichen Verhaltensweisen dramatische Situationen doch verführten. Emilia, die einst in dem Ruf gestanden hatte, zu viel zu reden und nicht an sich halten zu können, ertrug die größte Niederlage ihres Lebens mit stoischer Ruhe und eiserner Disziplin. Unvermittelt fiel ihr ihre Schwester ein, und sie dachte, wie verblüfft Serena über diese Haltung wäre.

»Cazzo!«, zischte es in der Bank hinter ihr. Es war dieselbe Frauenstimme, die Albert einen Hurensohn genannt hatte. Dass sie nun das italienische Wort für Penis benutzte, was ins Deutsche übersetzt eine drastische Variante von »Schuft« bedeutete, traf zum zweiten Mal den Nagel auf den Kopf und zauberte ein Schmunzeln in Emilias angespannte Miene.

Sie drehte sich um – und blickte einer jungen Dame ins Gesicht, die so vornehm aussah, dass Emilia in Anbetracht des Sprachschatzes das Kinn herabsank. Die Fremde war etwa so alt wie sie, vielleicht auch ein oder zwei Jahre älter, etwa Mitte zwanzig, und eine ausnehmend schöne Erscheinung mit einem klassisch geschnittenen Antlitz, dichten mahagonibraunen Locken, die sie nach der neuesten französischen Mode kurz geschnitten trug. Sie war in ein Gewand gehüllt, das der Toga der römischen Republikanerinnen nachempfunden war und als neuester Schrei in Paris galt. Das Kleid war aus Seidenmusselin gefertigt, und der teure Stoff war Indiz dafür, dass die Eintrittskarte für 34 Kreuzer ein Kinderkuss für diese Zuschauerin sein musste.

Die Fremde lächelte ihr aufmunternd zu. »Er ist es nicht wert, dass Sie sich aufregen«, flüsterte sie. Natürlich sprach sie Deutsch mit Emilia, sie konnte nicht wissen, dass Emilia in Como als Tochter eines italienischen Kaufmanns geboren worden war. Man sah ihr die lombardische Herkunft nicht an, denn Emilias blasses, schmales Gesicht mit den großen, veilchenblauen Augen und die aschblonden Haare waren die Attribute ihrer österreichischen Mutter, das Dunkle der Familie Bossi ging ihr – und auch Serena – völlig ab.

»Pst!«, machte jemand.

Die Ouvertüre begann. Es waren die ersten Akkorde der »Zauberflöte« von Wolfgang Amadeus Mozart.

Emilia erwiderte zaghaft das Lächeln der Fremden und wandte sich der Bühne zu.

Plötzlich wurde ihr die Leere neben sich bewusst. Der Platz, auf dem Albert gesessen hatte, war verwaist. Nichts erinnerte mehr an den Mann, der ihr den Theaterbesuch geschenkt hatte – als eine Art Fortsetzung einer leidenschaftlichen, zärtlichen Nacht. Und Emilia hatte geglaubt, er wolle diesen glanzvollen Abend nutzen, um ihr einen Heiratsantrag zu machen. In vielfacher Hinsicht hatte sie etwas Besonderes in Alberts Einladung vermutet.

»Die Zauberflöte« stand zwar seit sechs Jahren regelmäßig auf dem Programm des Freihaustheaters, da das Libretto aus der Feder von Intendant Emanuel Schikaneder stammte, aber Emilia hätte nie das Geld für den Besuch eines Singspiels ausgegeben, da sie sich alle Ersparnisse für den Erwerb von Büchern zurücklegte.

Sie hatte jedoch gehört, dass gerade die Musik dieser Oper eine Verbeugung vor den Freimaurern sein sollte, und war begierig gewesen, den Melodien zu lauschen. Denn Emilia war eine von den Idealen der Französischen Revolution berauschte Anhängerin von Freiheit, Gleichheit und Brüderlichkeit. Als Sechzehnjährige hatte sie sich wie eine Bäuerin gekleidet, aus Protest gegen die führende Gesellschaftsschicht, die damals in Como aus italienischen Adligen bestand, die wenig zu sagen hatten, und einer österreichischen Besatzungsmacht, die sich als Blutsauger entpuppte. Sie hatte die Thesen der radikalsten Aufklärer lauthals verteidigt: Bei jeder sich bietenden Gelegenheit hatte sie die *Erklärung der Rechte der Frau und Bürgerin* von Olympe de Gouges zitiert und damit sowohl ihren Vater als auch ihren Großvater in Verlegenheit gebracht. Inzwischen aber ging sie milder mit der Emanzipation um. Sie hatte sich der sogenannten Damenphilosophie zugewandt, und beteiligte sich nicht mehr an politischen Disputen, die letztlich Madame de Gouges den Kopf gekostet hatten.

Mit Albert war es anders gewesen. Er war aufgeschlossen für ihre Ideen, hegte selbst radikale Vorstellungen vom Wandel in der Welt. Natürlich hatte der Krieg gegen Frankreich ihre Gespräche bestimmt, kein Wunder, denn der wurde vor allem in Emilias Heimat ausgetragen. Der Italienfeldzug des Generals Napoleon Bonaparte hatte Albert ebenso bewegt wie Emilia, wenn auch aus anderen Gründen: Während Emilia mit Entsetzen die neuen Nachrichten der Ausrufer anhörte, die von einer Niederlage nach der anderen und im Juli vorigen Jahres vom Einzug der Franzosen in Mailand berichteten, bastelte Albert an einer Kriegsmaschine, die das Blatt für die unterlegenen

Österreicher wenden sollte: ein mit Sensen betriebenes Gerät, das – im Feld eingesetzt – mit einem Schlag eine ganze Kavalleriearmee vernichten sollte. Bislang waren Alberts Bemühungen, Feldmarschall Wurmser für seine Erfindung zu interessieren, zwar gescheitert, aber es gab ja auch noch keinen Prototyp.

Unwillkürlich fiel Emilia ein, dass sie nun niemals erfahren würde, ob Albert eines Tages erfolgreich wäre.

Tapfer schluckte sie den Kloß herunter, der sich in ihrer Kehle sammelte, doch in ihre Augen traten trotzdem Tränen. Mit verschwommenem Blick sah sie auf das Podium, wo Tamino gerade in romantische Verzückung für ein Bild von Pamina, der Tochter der Königin der Nacht, ausbrach und sang: »Dies Bildnis ist bezaubernd schön …«

Albert war fort. Ihre Hoffnung auf eine Verlobung mit diesem abenteuerlustigen, phantasievollen, schneidigen jungen Baron war geplatzt wie eine Seifenblase. Schlimmer noch, er war verheiratet und Vater mindestens einer Tochter, und er hatte Emilia in aller Öffentlichkeit bloßgestellt. Mit wachsendem Entsetzen wurden ihr die Konsequenzen des Geschehenen bewusst: Es war zweitrangig, wie sie die Demütigung ertrug; der Skandal konnte aber zu einer Katastrophe führen, wenn er in den Salon ihrer Arbeitgeberin getragen wurde. Die Gräfin Cziffra würde nicht zulassen, dass ihre Kinder von einer Gouvernante unterrichtet wurden, die für einen Aufruhr im Freihaustheater gesorgt hatte. Dabei spielte es keine Rolle, ob Emilia Opfer oder Schuldige der Affäre war.

Was sollte sie nur tun? Bestand die Chance, dass wohlmeinende Freundinnen die Neuigkeit nicht in das Haus der ungarischen Adligen an der Domgasse tragen würden? Nein. Nichts war in Wien so beliebt wie der Tratsch. Und die Folgen eines Skandals waren in ihrem Fall mehr als absehbar: Emilia drohte weitaus mehr zu verlieren als die

Liebe eines offenbar untreuen Ehemannes. Wenn sie von der Gräfin Cziffra vor die Tür gesetzt wurde, wusste sie nicht wohin. Bei einer anderen Familie würde sie so rasch keine adäquate Anstellung in Wien finden, nicht, wenn sie ihre Arbeit wegen einer solchen Liebelei verlor.

»Eine Lehrerin, die sich einbildet, Baronin zu werden, können wir in unseren Haushalt nicht aufnehmen«, würde man ihr sagen. »Sicher, Sie stammen aus guten Verhältnissen, aber das rechtfertigt nicht Ihre Impertinenz, sich über alle Standesunterschiede hinwegsetzen zu wollen.«

Dabei würde natürlich außer Acht gelassen werden, dass Albert von Podlanskis Ruf von vorneherein nicht dazu geeignet war, eine Tochter aus adligem Hause zu ehelichen. Immerhin war er ein Deserteur, der nach Preußen geflohen war und nur wegen eines kaiserlichen Pardons hatte zurückkehren dürfen. Wenn sich aber eine bürgerliche Kaufmannstochter erdreistete, sich in ihre gesellschaftlichen Kreise einzumischen, würden die hochwohlgeborenen Herrschaften plötzlich zusammenhalten.

Wie Emilia die Zwänge ihres Alltags hasste! Übelkeit erfasste ihren Magen und breitete sich bei dem Gedanken in ihrem Oberkörper aus, dass sie keine andere Wahl hatte, als vor Gräfin Cziffra zu Kreuze zu kriechen, gleichgültig, welche Erniedrigung dies für Emilia bedeutete. Wenn nötig, musste sie betteln und flehen, um in dem Haus an der Domgasse bleiben zu dürfen. Einen anderen Weg gab es für sie nicht, denn sie konnte nicht einmal in ihre Heimat und zu Serena fliehen. Seit General Bonapartes Armee in Oberitalien gegen die Truppen von Feldmarschall Wurmser kämpfte, war die Reiseroute unterbrochen, waren die Straßen in Richtung Mailand unpassierbar, weil zu gefährlich. Es ging das Gerücht um, sogar Madame Bonaparte sei auf dem Weg zu ihrem Gatten in ein Scharmützel geraten und habe bei Verona in einen Graben springen müssen, um sich vor einer Kanonenkugel zu retten – was in Wien natürlich mit Häme kommentiert worden war.

»Zum Ziele führt dich diese Bahn …«, sangen auf der Bühne die drei Knaben, die Tamino in den Tempel Sarastros geführt hatten. Die Handlung des Singspiels hatte Emilia jedoch nicht verfolgt, zu sehr war sie mit ihrer eigenen Geschichte befasst.

Wo ist mein Ziel?, fragte sie sich in stummer Verzweiflung.

Vor nicht allzu langer Zeit hätte sie sich für diesen Gedanken gescholten, doch seit Albert gegangen war, schien es keine Zukunft mehr für sie zu geben: Der Schande folgte die Demütigung, der Schmach die Geringschätzung. War das die Strafe für ihre Rebellion, für ihre ebenso aufklärerischen wie aufrührerischen Gedanken, die sie auch an der Allmacht Gottes zweifeln ließen? Emilia schien es, als sei ihr das eigene Leben entglitten, als erinnerte eine höhere Macht sie daran, dass sie nicht allein über ihr Schicksal entschied.

Panik wallte in ihr auf.

*

Als Emilia während des tosenden Beifalls, der den Ersten Aufzug abschloss, ins Foyer eilte, rechnete sie nicht mit der Aufregung, die dort herrschte. In dem Raum, in dem sich eigentlich erst zur Pause das Publikum vergnügen sollte, hatten sich Herren im Frack oder der weißen Uniform der kaiserlichen Offiziere versammelt, die ihrer Garderobe nach in die Hoflogen gehörten; sie bildeten kleine Gruppen und diskutierten lebhaft. Eines der Eingangstore war aufgestoßen worden, der kühle Abendwind wehte von der Straße herein und mit ihm der Klang von Hufgetrappel, das Klirren von Sporen und Stimmengewirr. Das gesamte Viertel schien ein ungeahnter Tumult erfasst zu haben, Entsetzensschreie wurden laut.

Wortfetzen drangen an Emilias Ohr, die sie nur langsam

einzuordnen verstand: »General Bonaparte zweiundzwanzig Postmeilen von Wien entfernt!«

Unwillkürlich zog es sie vor das Tor auf die Schleifmühlgasse, wo ein Zeitungsverkäufer inmitten einer Menschentraube stand und die Neuigkeit herausschrie. Auf der Straße herrschte reger Verkehr, Kutschen rollten in einer scheinbar endlosen Kolonne vorbei, Reiter galoppierten auf schmalen Pfaden, mehr oder weniger frivole Damen hoben die Säume ihrer Abendkleider, um in ihren zarten Pantoffeln oder modischen Sandalen über die Abfälle zu steigen, die die Obst- und Gemüsebauern auf dem alten Aschenplatz, ihrem neuen Markt, von dem Tagesangebot zurückgelassen hatten, Kinder in Lumpen wühlten zwischen den Abfällen nach Essbarem. Es roch nach Pferdedung und verfaulten Früchten, aus den Weinschenken drangen Musik und Gelächter. Immer mehr Ausrufer tauchten vor dem Freihauskomplex auf, um mit einem Extrablatt, dessen Schlagzeile die Nachricht vom Herannahen der Franzosen war, ein paar Kreuzer zu verdienen.

In unmittelbarer Nähe hielt ein Fiaker, dem eine Gruppe junger Leute entstieg, die vermutlich einem Tanzcafé entgegenstreben wollten. Einer der Männer bezahlte den Kutscher, während seine Kameraden es sich anders überlegten und sich spontan den Neugierigen bei einem Zeitungsverkäufer anschlossen.

»Da ist ein freier Wagen«, bemerkte eine Frauenstimme hinter Emilia, die, sofern sie nicht fluchte, sehr weich und angenehm klang, wie der Tonfall einer gebildeten, vornehmen jungen Dame. »Sie sollten die Droschke nehmen, wenn Sie von hier fortwollen. Wer weiß, was heute Nacht noch geschieht.«

Verblüfft fuhr Emilia zu der Fremden herum, die im Theater hinter ihr gesessen hatte. »Sind Sie mir gefolgt?«

»Ja«, erwiderte die schöne Italienerin schlicht. »Ich befürchtete, Sie könnten sich etwas antun. Unter den gegebenen Umständen wäre das kein Wunder, wie ich finde, aber wissen Sie, kein Kavalier ist es wert, dass eine Frau sein Leben für ihn opfert. *Von Paris bis Peru und von Rom bis Japan – ist das allerdümmste Tier, meiner Meinung nach, der Mann.*«

Emilia starrte sie sprachlos an. Bevor in ihr Bewusstsein vordrang, dass dies ein Ausspruch von Olympe de Gouges war, fiel ihr unsinnigerweise auf, dass die Fremde ihren Körper in kein Korsett gepresst hatte. Unter dem durchsichtigen Kleid trug sie ein Trikot, und es war offensichtlich, dass sie diese neuen Körbchen benutzte, die man in die Oberteile steckte, deren Taille sich unter dem Busen befand und mit denen man die Brüste stützte. Eine Dame, die lauthals fluchte wie ein Marktweib, sich der Schnürbrust entledigt hatte und die berühmteste Frauenrechtlerin der Französischen Revolution zitierte, war noch unkonventioneller, als Emilia angenommen hatte.

»Französische Truppen stehen in Leoben! Feldmarschall Wurmser bittet um Waffenstillstand!«, hallte die Stimme eines Ausrufers über die Menge.

»Ich lade Sie zu einer Fahrt ein«, entschied die Fremde. »Beeilen Sie sich, bevor uns jemand die Droschke vor der Nase wegschnappt. Eine Zeitung werden wir anderswo erstehen. Kommen Sie, im Wagen können wir uns in Ruhe unterhalten.« Resolut griff sie nach Emilias Arm und zerrte sie mit sich, so wie Albert zuvor von seiner Frau aus Emilias Nähe gezogen worden war. »Ich heiße übrigens Lucia Agnelli«, stellte sie sich dabei vor.

Der Name genügte, um Emilias Schritte zu beschleunigen. »Sie sind Italienerin. Dann sind wir Landsleute. Mein Name ist Emilia Bossi und ich stamme aus Como.«

»Ich bin keine Italienerin«, behauptete die junge Dame mit dem zweifellos italienisch klingenden Namen. Sie fiel in einen schnelleren Schritt, um ein älteres Ehepaar beim Kampf um den freien Fiaker auszustechen, und riss den Schlag auf. Über die Schulter sagte sie: »Ich komme aus den Eidgenössischen Untertanengebieten jenseits der Lombardei, aus Lugano.«

Emilia folgte ihr in den Wagen, hörte, wie Lucia Agnelli dem Kutscher eine Adresse nahe der Hofburg nannte, und lehnte sich auf dem zerschlissenen Polster zurück. Einen Herzschlag lang schloss sie die Augen.

Lugano, dachte sie, eine schöne Stadt an einem See, der weniger weitläufig ist als der von Como, keine halbe Tagesreise von zuhause entfernt. An der Südseite des *Lago di Lugano*, in den Hügeln des Mendrisiotto, gab es eine Reihe von Seidenraupenzuchten, und der alte Bossi, ihr Großvater, hatte sie in ihren Kindertagen einmal dorthin mitgenommen. Natürlich war Serena mit von der Partie gewesen – und hatte sich schon damals mehr als Emilia für das Geschäft interessiert.

Serena hatte die richtigen Fragen zur richtigen Zeit gestellt: »Nonno, wie kommt die Farbe in die Fäden? Die Raupen sind doch bloß grau und weiß.«

Emilias Kommentar war ein anderer gewesen: »Es ist schrecklich hier, Nonno. Die Puppen werden mit heißem Wasser überbrüht, um die Seidenfäden zu gewinnen. Das muss ihnen doch weh tun. Ich hasse das.«

Mit Emilia hatte der Großvater geschimpft, Serena hatte ein Lob für ihre kluge Frage bekommen. Eigentlich war es immer so gewesen, und Emilia hatte gelernt, zurückzustecken. Doch keine der früheren Niederlagen war so schmerzlich gewesen wie das Drama, das ihr Albert jetzt zumutete.

Was für ein Abend! Erst die Vorfreude auf das Zusammensein mit dem Geliebten, dann die Ernüchterung, der Skandal, schließlich die militärische Katastrophe, über die sie nachdenken wollte, wenn sie die Ruhe dazu fand, und als Krönung die Begegnung mit einer fremden Frau, die sie mit Beschlag belegte, als wären sie Freundinnen.

»Warum haben Sie das getan?«, fragte Emilia matt.

»Was?«

»Mich unter Ihre Fittiche genommen. Warum haben Sie das getan? Wir kennen uns doch gar nicht.«

»Ich bin Schriftstellerin«, versetzte Lucia, ohne mit der Wimper zu zucken, und Emilia fand, dass dieser Beruf zu der ungewöhnlichen Person passte. »Liebesgeschichten sind mein tägliches Brot, und ich bin begierig darauf, Ihr Drama zu erfahren ...«

»Woher wussten Sie, dass Albert und ich ... ähm ... dass wir gefühlsmäßig verbunden sind ... waren?«

Lucia schmunzelte amüsiert. »Sie haben einander an den Händen gehalten, wenn Sie glaubten, dass es niemand sieht. Außerdem konnte jedermann in Ihren Augen lesen, wie es um Sie steht. Ehrlich gesagt, verheiratete Männer, die einer jungen Frau den Hof machen und ihre Gattinnen verschweigen, gehören keiner seltenen Spezies an. Aber ich wurde noch nie Zeugin eines solchen Skandals. Ihr Schicksal interessiert mich, deshalb habe ich Sie angesprochen.«

Die Kutsche rumpelte über Kopfsteinpflaster, und die weiblichen Insassen wurden ein wenig durchgeschüttelt. Unwillkürlich griff Emilia nach dem Ledergriff neben dem Fenster. Als sei dies eine Metapher, fiel ihr ein, dass sie auch Halt bei Albert von Podlanski gesucht hatte – doch nicht nur das.

»Ich bin nicht so naiv, zu behaupten, alles sei nur seine Schuld gewesen«, hörte sie sich zu ihrer eigenen Überraschung sagen. »Albert von Podlanski ist verwegen, und er war in meinen Augen die Verkörperung des Abenteurers schlechthin. Es war ein Wagnis, sich auf ihn einzulassen, das wusste ich von Anfang an, denn sein Ruf war nicht so bedeutend wie sein Titel. Natürlich schmeichelte es mir, dass ein Baron mit mir poussierte, schließlich bin ich nur eine einfache Lehrerin.«

»Ach, hören Sie auf! Soziale Unterschiede sind nichts als Ungerechtigkeit«, rief Lucia leidenschaftlich aus, um dann sanfter hinzuzufügen: »Ihr Kleid ist aus einer sehr feinen Seide gefertigt. Ich sehe so etwas. Daraus schließe ich, dass Sie nicht nur eine arme Gouvernante von Gnaden einer reichen Familie sind.«

Emilia sah an sich hinunter. Sie trug eine weiße Chemise aus Baumwollmusselin und darüber einen langen Mantel, der ihre Rundungen verbarg, aus hellblauer Seide geschnitten war und Redingote hieß. Wie es sich für eine anständige Frau in Wien gehörte, kleidete sie sich nach der englischen Mode, die weitaus schicklicher war als die modischen Vorgaben, der eine Pariserin folgte. Oder eine ungewöhnliche junge Dame aus Lugano. Wahrscheinlich, überlegte Emilia, zieht man sich auch in Como so an.

»Meine Familie handelt seit Generationen mit Stoffen«, erklärte sie ihrer neuen Bekanntschaft. »Nach dem Tod unseres Vaters führt meine Schwester den Laden für Seidenwaren.«

Lucia war zu höflich, um eine intime Frage zu stellen, die geklärt hatte, warum die eine Tochter eines Seidenhändlers in die Zunft der Kaufleute aufgestiegen war, während die andere auf der Ebene etwas besser gestellten Personals stand. Sie nickte und bemerkte beiläufig: »Ach so, ich verstehe.«

Dann begann sie, freimütig über ihre politische Einstellung zu sprechen: »Man mag es mir nicht ansehen, und seien Sie bitte nicht allzu schockiert, meine Liebe, aber ich bin eine Anhängerin der Jakobiner. Der Satz über die Männer, den ich zuvor zitierte, stammt von einer französischen Republikanerin namens …«

»Ich kenne die Schriften von Olympe de Gouges«, unterbrach Emilia nicht ohne Stolz auf ihr Wissen.

Tatsächlich war Lucia beeindruckt. »Oh! Dann wissen Sie auch, dass sich das Zitat in der Originalsprache reimt: *Japon* und *homme* klingen im Französischen ähnlicher als Japan und Mann.« Als Emilia nickte, lächelte sie zufrieden: »Ich ahnte, dass es sich lohnen würde, Ihre Bekanntschaft zu machen. Sind Sie auch für die Einführung der Republik nach französischem Vorbild? Ich schon, denn sehen Sie, ich stamme aus einem Land, das von den deutschschweizer Eidgenossen ebenso besetzt und unterdrückt wird, wie es jahrhundertelang die Habsburger in Italien getan haben. Wer nicht für Erniedrigung und Unterwerfung ist, muss für Freiheit, Gleichheit und Brüderlichkeit sein.«

»Kaiser Franz entstammt der italienischen Linie der Habsburger«, antwortete Emilia artig, als befände sie sich im Salon der Gräfin Cziffra. »Er wurde in der Toskana geboren und kennt sich aus mit der Kultur …«

»Welcher Kultur?«, entgegnete Lucia ernst. »Italien war das reichste und fortschrittlichste Land der Welt, bevor es zum beliebtesten Kriegsschauplatz Europas wurde. Es wurde in drei Jahrhunderten Fremdherrschaft zerstört. Napoleon Bonaparte hat die Lombardei befreit, und nun hoffe ich, dass auch in Lugano das Ende von Willkür und Korruption naht. Nein, ich hoffe nicht nur darauf, ich kämpfe auch dafür.«

»Sie kämpfen?«, wiederholte Emilia perplex. Ihr schwindelte bei dem Gedanken, sich mit einer Wiedergeburt der berühmten Jeanne d'Arc anzufreunden. Sich streitbar für Gerechtigkeit einzusetzen, wie sie es in ihrer Jugend getan hatte, war eine Sache. Mit einer nicht ganz adäquaten Ehe gegen die Zwänge ihres Standes zu rebellieren auch. Sich zu einem weiblichen Ritter aufzuschwingen jedoch eine ganz andere Geschichte. Andererseits klang Lucias Rede gerade so, als sei sie von der alten Emilia gehalten worden, die sich noch nicht dem gesellschaftlichen Leben und den Zwängen des Alltags angepasst hatte.

»Ich schlage meine Gegner mit Worten«, behauptete Lucia kühn. »Ebenso wie mein Bruder. Francesco gibt eine Zeitung heraus, die viel Aufmerksamkeit überall in Europa erfährt. Er hat den Verlag unseres Vaters geerbt und die *Gazzetta di Lugano* zu einer der führenden Druckschriften in italienischer Sprache gemacht.«

Emilia hatte durch Albert von Podlanski von diesem Blatt gehört. Sie wusste nicht mehr, in welchem Zusammenhang es gewesen war, aber es war gewiss nicht die Lektüre, die die Gräfin Cziffra als angemessen für die Lehrerin ihrer Kinder erachtete. Vor allem dann nicht, wenn es sich bei dem Herausgeber um einen Befürworter der Republik handelte, was bei der kaisertreuen Ungarin einer Todsünde gleichkam.

»Wann werden Sie wieder nach Hause fahren?«, fragte Lucia in Emilias Gedanken. »Sie wollen sicher zurück nach Como.«

»Bisher hatte ich nicht daran gedacht. Jedenfalls nicht bis heute Abend. Aber eine Reise ist ja ohnehin nicht möglich, solange Krieg herrscht.«

Lucias blickte Emilia so aufmunternd an wie zuvor im Theater, als Albert an der Seite seiner Frau die Bildfläche verlassen hatte. »Also, ich warte darauf, dass der Brennerpass endlich wieder sicher zu überqueren ist. Mir wird es langweilig in Wien. Es ist alles so altmodisch hier. Manchmal kommt es mir vor, als befänden sich die Stadt und ihre Bewohner noch mitten im Ancien Régime, und irgendwann biegt eine Kutsche um die Ecke, aus deren Fenster Marie Antoinette winkt – mit ihrem Kopf am rechten Platz, natürlich.«

Sie lachte einen Moment über ihren eigenen Witz, bevor sie fortfuhr: »Sobald es möglich ist, nehme ich die nächste

Post in Richtung Mailand. Es wäre schön, wenn Sie sich mir anschließen würden. Es reist sich so viel angenehmer in netter Gesellschaft.«

Die Aufforderung kam überraschend, aber sie war unter den gegebenen Umständen mehr als nur eine Überlegung wert. Vor Emilias geistigem Auge erschienen die hohen, schlanken Zypressen, die die Wege entlang der oberitalienischen Seen säumten. Für sie waren diese Bäume so etwas wie Sinnbilder ihrer Heimat, denn es gab sie in dieser Gestalt nirgendwo sonst außerhalb Italiens. Plötzlich wurde sie von Heimweh überwältigt. Es schmerzte fast ebenso sehr wie der Kummer über Albert von Podlanski – und war letztlich eine Folge davon.

Was würde Serena sagen, wenn ihre Zwillingsschwester nach fünf Jahren Abwesenheit zurückkehrte?

»Wer weiß«, murmelte Emilia, »vielleicht komme ich tatsächlich mit Ihnen.« Serena fällt aus allen Wolken, wenn ich wieder da bin, fügte sie in Gedanken hinzu.

»Hoffen wir, dass General Bonaparte keine halben Sachen macht und Feldmarschall Wurmser rasch zu einem Friedensvertrag zwingt, damit wir schnell nach Hause fahren können.« Lucia streckte ihre Hand aus. »Versprechen Sie mir, dass Sie mich aufsuchen, wenn Sie sich für die Heimreise entscheiden. Ich wohne im Damenstift der Karmeliterinnen nahe der Hofburg. Und Sie?«

2

Gräfin Cziffra hatte die Anweisung gegeben, die wertvollsten Gegenstände ihres Haushalts in Kissen zu verpacken und einige persönliche Habseligkeiten von sich und ihren Kindern in einer großen Reisetruhe zu verstauen. Obwohl sie wenig Wert auf kostbare Nippes legte, sammelte sich doch einiges an Porzellan und Silber an, das die gebürtige Ungarin gesichert wissen wollte, ebenso wie ihre Kleider. Letztere würde nach Emilias Überzeugung kein französischer Soldat plündern, sofern er denn einen Fuß in dieses Haus setzen sollte, denn Gräfin Cziffra hielt standhaft an Modellen mit ausladenden Dekolletés, Schößchenjacken, Gesäßpolstern und weiten Faltenröcken mit Fischbeinreifen fest.

Seit sie am Morgen die Nachricht erhalten hatte, dass General Bonaparte mit seinen Truppen erschreckend nah vor Wien stand, war sie außer sich. Sie keifte das Personal noch mehr an als sonst und benutzte unaufhörlich ein Fläschchen mit Riechsalz, da sie befürchtete, ob der Bedrohung zu kollabieren. »Eine einzige Ohnmacht«, erklärte sie Emilia, »und ich wache nie wieder auf.«

Uns allen wäre wohler, wenn dies geschähe, dachte Emilia.

»Es ist wie damals, als die Türken vor Wien standen«, behauptete Gräfin Cziffra. »Ich weiß das ganz genau. Der Schweiß der Feinde liegt in der Luft. Man kann ihn riechen.«

»Sehr wohl, gnädige Frau«, erwiderte Emilia geistesabwesend. In aller Regel war es Unsinn und gehörte nicht kommentiert, was die Dame des Hauses von sich gab. Vor allem konnte Gräfin Cziffra gar nicht wissen, wie es gewesen war, als die Metropole der Habsburger von den Türken belagert worden war, denn das war zuletzt vor mehr als einhundert Jahren geschehen. Allerdings räumte ihr Emilia ein wenig Verständnis bei der Furcht vor den Franzosen ein, denn der Graf war vor acht Monaten bei der Ausübung seiner Pflicht als österreichischer Offizier in der Schlacht von Amberg in Bayern gefallen. Darüber hinaus musste Emilia fairerweise eingestehen, dass dies nicht der einzige Haushalt Wiens war, der sich darauf vorbereitete, die Stadt zu verlassen.

»Fast einhundertfünfzig Jahre lang regierten die Osmanen in meiner Heimat«, ereiferte sich Gräfin Cziffra. »Die Türken haben die alte ungarische Königsstadt zerstört. Mein Gott, was werden die Franzosen mit Wien machen, wenn sie erst hier sind? Es ist ein Glück, dass Napoleon Bonaparte von Süden anrückt und nicht von Osten, wie Sultan Süleyman damals. Ach, wie gut, dass Herzog Karl Buda befreite. Deshalb können wir nun auf mein Gut in der Puszta fliehen und dort unbesorgt abwarten, was hier passiert.«

»Es heißt, der Kaiser habe bereits einen Waffenstillstand akzeptiert«, versuchte Emilia ihre Arbeitgeberin zu beruhigen. »Eben hörte ich auf der Straße die neueste Meldung eines Ausrufers: Seine Majestät hat Feldmarschall Graf Bellegarde und den Diplomaten von Merveldt in die Steiermark geschickt, um mit General Bonaparte in Friedensverhandlungen zu treten. Das sind doch durchaus Nachrichten, die Anlass zur Hoffnung geben.«

»Papperlapapp!«, widersprach die ungarische Gräfin mit erhobener Stimme. »Das ist nichts als Gerede und trägt weder dazu bei, meine Gesundheit, noch, mein Leben zu retten. Ich will von diesem Unsinn nichts mehr hören. Wir reisen ab!«

Emilia biss sich auf die Unterlippe und schwieg. Es war besser, sie hielt den Mund, anstatt Gräfin Cziffra herauszufordern, obwohl sie doch nur ein paar freundliche, mäßigende Worte zu finden gehofft hatte, die den drohenden Nervenzusammenbruch verhindern sollten. Die Meinung ihrer Arbeitgeberin war es nicht wert, in einen Streit über Krieg und Frieden zu versinken. Immerhin konnte Emilia zufrieden sein, dass die herrschende Aufregung ein Gespräch über den gestrigen Abend verhinderte. Die geographische Nähe der französischen Armee war allemal wichtiger als ein Skandal im Freihaustheater, und Emilia sollte eher dem Himmel dafür danken, als ihr Schicksal herauszufordern, indem sie das Falsche sagte, selbst wenn es richtig war – so wie damals, als sie und Serena mit ihrem Großvater die Seidenraupenzucht im Mendrisiotto besichtigt hatten.

Sie nahm sich wieder der ihr zugewiesenen Tätigkeit an. Da ihre Zofe angeblich nicht alleine damit zurechtkam, sollte Emilia der Dienerin von Gräfin Cziffra beim Einpacken der gräflichen Garderobe zur Hand gehen. Nicht nur auf den Sitzgelegenheiten, auf allen möglichen Möbelstücken des Ankleidezimmers, türmten sich Kleidungsstücke. Als junge Witwe trug die Gräfin zwar derzeit ausschließlich Schwarz, aber sie rechtfertigte ihren Befehl, auch die farbenfrohen Sachen einzupacken, mit dem absehbaren Ende des Trauerjahres. Unter den gestrengen, missbilligenden Blicken ihrer Arbeitgeberin faltete Emilia vorsichtig einen Jupon aus cremefarbenem Atlas zusammen, der am Saum mit einer kostbaren Stickerei aus goldenem Garn versehen war.

»Passen Sie doch auf!«, herrschte Gräfin Cziffra. »Gehen Sie um Himmels willen vorsichtiger mit meinem Eigentum um. Knicke ruinieren den Stoff. Ich dachte, Sie stammen aus einer Seidenhandlung. Hat man Ihnen dort nicht beigebracht, mit dergleichen umzugehen?«

Zornig rammte Emilia die Zähne in ihre Unterlippe und schmeckte Blut. Dennoch bat sie unterwürfig: »Verzeihung, Madame, es liegt mir fern, Ihnen Schaden zuzufügen.« Um der albernen Posse ein Ende zu bereiten, schlug sie vor: »Vielleicht sollte ich mich besser um die Sachen der Kinder kümmern, wie es meine Aufgabe ist und …«

»Ach, ja, über Ihre Gewohnheiten wollte ich mit Ihnen sprechen. Ich hätte das längst tun sollen. Wo habe ich nur meinen Kopf?« Zerstreut drehte die Gräfin an dem kleinen, mit einer winzigen Porzellanrose geschmückten Korken, der das Fläschchen mit dem parfümierten Hirschhornsalz schloss, welches sie zur Belebung ihrer Sinne in Händen hielt. Das Ricchpulvcr war so stark, dass dcr Duft von Salmiak und Vanille unverzüglich auch in Emilias Nase stieg, obwohl sie zwei Ellen entfernt stand.

»Sie scheinen einen Hang zu haben, sich in die falschen Männer zu verlieben.«

Es war nicht so sehr die Tatsache, von ihrer Arbeitgeberin auf den Skandal im Freihaustheater angesprochen zu werden, die Emilia überraschte, sondern der Zeitpunkt. Nach der ganzen Ruhe des Vormittags hatte sich Emilia sicher gefühlt. Der Angriff kam ebenso unverhofft wie General Bonapartes Einmarsch in Österreich, dachte sie grimmig.

»Bitte?«, fragte sie höflich.

Gräfin Cziffra rang theatralisch die Hände. »Es wird natürlich furchtbar sein für die Kinder, die sich an Sie gewöhnt haben. Andererseits muss ich gerade an die Kinder denken und an den Einfluss, den Sie auf sie ausüben. Eine junge Frau, die mit einem verheirateten Mann in der Öffentlichkeit tändelt, ist ganz sicher kein Vorbild für die noch unreife Jugend.«

Aus den Augenwinkeln nahm Emilia wahr, dass sich die Zofe der Gräfin im Hintergrund des Ankleidezimmers langsamer bewegte, weil sie angestrengt lauschte. Es wäre Emilia angenehmer gewesen, dieses Gespräch ohne Zuhörer zu führen, doch in Häusern wie diesem hatten selbst die Wände Ohren.

»Sie haben selbstverständlich recht, gnädige Frau«, erwiderte Emilia ergeben und hasste sich innerlich für die eigene Unterwürfigkeit, »aber ich kann Ihnen versichern, dass ich mich niemals auf eine Einladung des Baron Podlanski eingelassen hätte, wenn ich über seine Ehe informiert gewesen wäre. Bedauerlicherweise wurde ich völlig im Unklaren darüber gelassen.«

»Mir scheint, Sie wissen Sie nicht, was sich gehört, Fräulein Bossi.«

Emilia hatte damit gerechnet, dass sich ihre Arbeitgeberin nicht mit einer simplen Erklärung abfinden würde. Deshalb versuchte sie, Ruhe zu bewahren und Geduld zu zeigen. Vielleicht konnte sie die Gräfin von ihrer Redlichkeit überzeugen. Jedenfalls musste sie diese Chance wahrnehmen: »Ich widerspreche Ihnen nur ungern, aber ich kann Ihnen versichern, dass mir nichts ferner liegt, als mit einem verheirateten Herrn auszugehen. Die Situation ist für mich äußerst kompromittierend.«

»Schön, dass Sie das so sehen«, Gräfin Cziffra legte eine Pause ein, in der sie wieder an ihrem Riechfläschchen schnüffelte. »Dann verstehen Sie, dass ich Sie unter den gegebenen Umständen nicht weiter beschäftigen kann. Es fügt sich gut, dass ich Wien mit den Kindern verlassen muss, da fällt den Kleinen der Abschied nicht so schwer.«

»Nein!« Emilias Finger, die noch immer den Unterrock umklammerten, krallten sich ungeachtet eines möglichen Schadens in die schwere Seide.

»Hatten Sie geglaubt, ich würde zulassen, dass Sie uns nach Ungarn begleiten? Das ist die Höhe, Fräulein Bossi! Wenn ich bisher noch einen Funken Mitgefühl für Sie aufbringen konnte, so ist dieses nun dahin. Sie halten mich wohl für einfältig. Mich!« In einer dramatischen Geste fuchtelte die Gräfin mit den Armen, wobei sie immer wieder den kleinen Flakon an die Nase führte, nach Luft japste und die runden Augen rollte. »Diese Aufregung«, stöhnte sie und: »Ich sterbe.« Dann machte sie unvermittelt auf dem Absatz kehrt und rauschte sehr lebendig hinaus.

Wahrscheinlich war Emilia einer Ohnmacht näher als ihre Herrin. Doch sie riss sich zusammen. Die verschiedensten Gedanken wirbelten durch ihren Kopf, wurden zu einem Kaleidoskop von Bildern, die sie im ersten Moment nicht einordnen konnte. Ihr schwindelte, Übelkeit stieg in ihrer Kehle hoch, sie schmeckte Galle auf der Zunge. Am liebsten hätte sie sich gleich hier auf den Jupon der Gräfin Cziffra übergeben – oder auf einen der Kleiderberge gebrochen. Ihre Herrschaft hätte das verdient, und sie hätte sich damit Erleichterung verschafft.

Emilia fühlte die Blicke der Zofe auf sich ruhen, die ihre Arbeit unterbrochen hatte und sie in einer Mischung aus Bedauern und Neugier anstarrte.

In diesem Haushalt mache ich niemandem die Freude, unter Schicksalsschlägen zusammenzubrechen, dachte Emilia trotzig. Es würde sie ja doch keiner trösten. Vielleicht würde Serena eines Tages ihre Tränen trocknen. Emilia wusste nicht, ob ihre Schwester dazu geeignet war, aber immerhin war dies eine Option, die ihr das Herz etwas leichter machte.

General Bonaparte hatte die Armee des Kaisers im Handstreich bezwungen. Wenn bereits über einen Frieden verhandelt wurde, war eine Reise durch Oberitalien sicher bald möglich. Die Gedanken in Emilias Hirn begannen, sich in ein logischeres System einzuordnen: Sie musste einen Brief an Serena schreiben und ihre Heimkehr ankündigen; und sie würde ein Billett an Lucia Agnelli schicken, der sie sich unter den gegebenen Umständen anschließen musste. Und sie musste packen. Wohin sie dann fürs Erste ging, würde sich finden, wenn sie mit ihrer Post fertig war und ihre Koffer bereitstanden.

Die Zwänge des Alltags bringen mich noch einmal um, fuhr es ihr durch den Kopf.

Erstes Buch

»Denn Liebesgenuss hat noch nie genutzt,
man darf zufrieden sein, wenn er nicht schadete.«
Epikur

Eidgenössisches Untertanengebiet, Ende Mai 1797

1

Es war nicht üblich, dass ein Bildhauer sein Modell zu einer Sitzung bestellte, während er den Entwurf seiner Skulptur modellierte. Doch Stefano Castelli nutzte jede Gelegenheit, der Frau nahe zu sein, welche die Verkörperung seiner Venusstatue darstellte. Er wurde nie müde, sie zu betrachten: Ihr schönes Gesicht, die perfekten Rundungen ihrer Brüste, die Ausbuchtung ihrer Halsbeuge. In seiner Phantasie strichen seine Finger nicht über weichen Ton, sondern über Serena Bossis alabasterweiße Haut. Die trockene Luft der Werkstatt war von ihrem Parfüm erfüllt, statt Marmorstaub und Schlamm atmete er den Duft von Mimosen, Jasmin und Orangenblüten ein. All seine Sinne waren wie betäubt von ihr. Noch nie hatte eine Frau das Talent des Bildhauers so herausgefordert wie diese – und bei keiner zuvor hatte er das Gefühl gehabt, den Verstand zu verlieren, wenn er sie nicht besitzen durfte.

Ihm wurde heiß, und er spürte, wie sich seine Wangen röteten. Er benahm sich wie ein Schuljunge im Angesicht seiner ersten Schwärmerei. Verlegen räusperte er sich und versuchte, nicht auf ihren Busen zu starren, sich mehr auf ihr Gesicht zu konzentrieren.

Serena Bossi besaß feine, ebenmäßige Züge, eine kleine, schmale Nase und einen zarten, feucht schimmernden Mund. Ihre dunklen Augen, deren Farbe je nach Lichteinfall von Tintenblau zu Schwarz wechselte, strahlten eine atemberaubende Lebendigkeit aus, waren Zeugnis ihrer Liebe zum Leben und der Leidenschaft. Die Lust auf ein neues Abenteuer, auf Begehren und Erfüllung stand in ihren glänzenden Blicken. Stefano Castelli vermutete, dass dies der Grund war, warum sie zugestimmt hatte, sich eines Tages auszuziehen und ihm für einen Akt Modell zu stehen.

Bislang hatte sie ihre Hüllen allerdings nicht abgelegt. Zwar trug sie ein modisches Sommerkleid aus fast durchsichtigem, weißem Musselin, doch der zarte Stoff ließ die Wonnen nur erahnen, die sich darunter verbargen. Serena ließ Stefano warten. Dass sie das älteste Spiel zwischen Mann und Frau mit ihm trieb und es ihr Spaß bereitete, ihn zu reizen und gleichzeitig zum Narren zu halten, wollte er nicht glauben, wenn ihm auch zuweilen dieser Gedanke kam. Immerhin ahnte er, dass sich hinter der hohen, von niedlichen, goldblonden Löckchen umkränzten Stirn ein messerscharfer Verstand und ehrgeizige Zielstrebigkeit verbargen.

Eigentlich war Stefano Castelli kein Mann, der sich von Frauen blenden ließ. Er war mit seinen achtundzwanzig Jahren ein Eigenbrötler, hatte nie geheiratet und lebte zufrieden in seinem Heimatdorf Bissone am Luganer See, das – wie das gesamte Sottoceneri – seit Jahrhunderten zum Besitz der Schweizer Landvögte gehörte. Fast ebenso alt war die Tradition der Steinmetze in dieser Gegend: Kaum ein anderer Ort hatte so viele Bildhauer hervorgebracht wie dieser, und Stefano gehörte einer Familie an, aus der auch der berühmte Francesco Borromini stammte. Wie sein großer Ahnherr war Stefano einst nach Rom gegangen, um das Leben wie auch die Kunst zu erlernen, aber er hatte sich nicht wohlgefühlt in der Großstadt und war rasch in seine Heimat zurückgekehrt. Es war eine Gegend voller Naturschönheit, ein Ort mit hübschen Wohnhäusern, Arkaden und zwei sehenswerten Kirchen, der nicht so dramatisch von der Armut des Umlands betroffen war, da die Leute hier seit Generationen vom Fischfang und dem Fährdienst über den See leben konnten. Da Stefano jedoch weder Händler noch Schiffer war, verfügte er außer den Honoraren für die gelegentlichen Aufträge von wohlhabenden Freunden aus Lugano über keinerlei Mittel.

Die kleine Venus aus Marmor, die schon lange in seinem Kopf herumspukte, würde sein Meisterwerk sein und sich gut verkaufen, wenn es denn einen Sammler hierherziehen würde. Doch Stefano dachte nicht mehr an das Geld, seit er die ersten Skizzen angefertigt hatte. Er dachte nur noch an sein Modell.

Um sie nicht nur stumm anzuschauen, fragte er: »Wie gehen die Geschäfte?«

»Ach, es könnte besser sein, aber es war auch schon schlechter. Als die Franzosen kamen, dachte ich, jetzt ist es ganz aus. Doch wider Erwarten wurde nicht alles geplündert, und die Leute interessieren sich wieder für ihre Garderobe. In Mailand werden große Bälle veranstaltet, seit Madame Bonaparte eintraf und wie eine Fürstin im Palazzo Serbelloni regiert, und jede Dame der Gesellschaft will so angezogen sein wie sie …« Serena unterbrach ihren Redefluss, legte eine Kunstpause ein, während der sie mit der Zungenspitze ihre Lippen benetzte, und fügte zaghaft hinzu: »Sie wissen natürlich, dass das die Gemahlin von Napoleon Bonaparte, dem Befreier Italiens, ist…«, in beredtem Schweigen brach sie wieder ab.

Stefanos Fingerspitzen strichen über den Mund des Abozzos. »Jeder Mann spricht von Napoleon Bonaparte und jede Frau von Joséphine. General Bonaparte soll ganz vernarrt in sie sein, aber das hält ihn offenbar nicht davon ab, die Welt zu verändern und in der Lombardei dieselben politischen Strukturen wie in Frankreich schaffen zu wollen.«

Serena seufzte. »Ich habe keine Ahnung, wie eine Republik funktioniert, aber es ist ziemlich lästig, jede Kundin als

Bürgerin ansprechen und sowohl auf das gewohnte *Signora* wie auch auf ihren Titel verzichten zu müssen. Manche vornehme Dame ist brüskiert darüber, was schlecht für den Verkauf ist. Ich weiß nicht, ob die Neuerungen so viel besser sind, denn meine Unkosten werden nicht geringer dadurch.«

»Doch, doch, Bonapartes Pläne sind verlockend«, behauptete der Bildhauer. Leidenschaftlich fuhr er fort: »Viele meiner Landsleute hoffen auf den baldigen Zusammenschluss des Sottoceneri mit der Lombardei. Seit alters gehört meine Heimat zum Herzogtum Mailand. Hätten die Schweizer Landvögte Lugano und Mendrisio nicht erobert und sich einverleibt, würden weder Willkür noch Korruption herrschen, und wir wären frei.«

»Sie sprechen von Vorgängen, die fast dreihundert Jahre alt sind«, entfuhr es ihr, obwohl sie ihm eigentlich nicht widersprechen wollte. Sie fand in der Regel kein Vergnügen daran, sich über Politik auszutauschen, obwohl es seit dem Kriegsende ein ausgesprochen modernes Thema war, auch für Frauen. In ihrer Freizeit vergnügte sie sich lieber mit Albernheiten, sie lachte gerne und plauderte bei ihren gelegentlichen Besuchen in den Salons von Como oder den Sommervillen am See über dies und jenes, aber ganz sicher über nichts Ernsthaftes. Im Geschäft dagegen war sie hart, unnachgiebig und distanziert. Auf diese Weise verfügte sie über zwei Gesichter, die sich allerdings auszahlten, da sie ihre Eigenschaften fast immer sinnvoll einzusetzen verstand.

»Allerdings hat noch kein Franzose seinen Fuß über die Grenze von Chiasso gesetzt, so dass wir uns wohl oder übel bald selbst um unsere Befreiung kümmern müssen«, meinte Stefano bedauernd.

Serena hätte ihm antworten können, dass es viele Tessiner gab, die lieber von den Schweizer Landvögten unterjocht wurden, als zu einer republikanischen Lombardei zu gehören, aber sie schwieg. Das waren die Männer, die weder vom Fischfang noch als Wein- oder Olivenbauern ein Auskommen finden konnten und als Schmuggler über die Berge zogen. Schon ihr Großvater hatte ihr von den finsteren Gesellen erzählt, die den Seidenraupenzuchten und Seidenwebereien in Como Konkurrenz machten, und hatte sie mit ins Mendrisiotto genommen, um irgendwelche illegalen Geschäfte abzuwickeln. Serena tat dergleichen zwar nicht, aber sie erlaubte sich gelegentliche private Besuche in dieser Gegend.

Bei einem solchen war sie Stefano begegnet, als er an der Uferpromenade von Bissone am See auf einem Schemel gesessen und selbstvergessen gezeichnet hatte. Angezogen von seinem verwegenen Äußeren, den dunklen, ungebändigten Locken und der nachlässigen Kleidung, hatte sie einen Blick auf seine Skizze geworfen. Sein künstlerisches Talent hatte sie auf den ersten Blick ebenso bezaubert wie seine natürliche Männlichkeit; die Haut an seinen Fingern war rau und zerrissen wie die eines Bauern, doch besaß er die langen, feingliedrigen Hände eines Virtuosen. Er sah aus wie ein einfacher Kerl, trug stets eine lange Hose aus billigem Drillich, ein mit Tonschlamm oder Farbe bespritztes Hemd, und seine Füße steckten in Zoccoli, den traditionellen Holzpantinen der einfachen Leute, aber ihm fehlte die Grobheit der Landbevölkerung. Darüber hinaus verfügte er über viel Bildung, wenn auch über wenig Geschäftssinn, er war ein Künstler, der rasende Leidenschaft und phantasievolle Zärtlichkeit verhieß.

Wie gerne hätte sie sich auf dem mit rotem Samt bespannten Bett ausgestreckt, das einladend in einer Ecke des Studios stand und nur darauf wartete, von ihr in Besitz genommen zu werden.

Nicht heute, fuhr es ihr durch den Kopf. Es war der

falsche Zeitpunkt, sie musste zurück nach Como. Die Buchhaltung erwartete sie, dicke Folianten mit eng beschriebenen Zeilen, die sie die Nacht durch wachhalten und jeden Gedanken an Lust und Begehren vertreiben würden.

»Was bringt einem die Republik, wenn dadurch alles nur noch schwerer wird?«, sagte sie wie zu sich selbst. »Ich komme bei der Kontenführung ganz durcheinander, weil ich mir die Monate und Tage des französischen Revolutionskalenders nicht merken kann. Was haben wir jetzt für einen Monat? Prairial, nicht wahr? Und es ist das Jahr vier oder fünf der Revolution? Ach, es ist alles so schwierig neuerdings.«

»Immerhin heißt es, die Franzosen zahlen gut. Daher dürfte es angenehm sein, mit ihnen Geschäfte zu machen.«

Serena schüttelte den Kopf, und ihre Löckchen wippten auf und ab. »Es wäre schön, wenn überhaupt endlich mal jemand seine Rechnungen pünktlich bezahlen würde. Die österreichischen Offiziere haben begeistert eingekauft, baten um Kredit und sind abgezogen. Der italienische Adel ist nicht mehr so wohlhabend, allerdings wird immer irgendetwas bezahlt, wenn auch häufig nicht die volle Summe. Über die Franzosen kann ich nichts sagen. Die neuen Herrn gehören nicht zu meinen Kunden.«

»Das sollten Sie ändern.«

»Ich glaube nicht, dass mir das gelingen würde«, sie schenkte ihm ein nachsichtiges Lächeln, denn seine geschäftliche Weitsicht war in ihren Augen sehr beschränkt. »Keine Dame aus Frankreich wird italienische Seide kaufen. In Lyon gibt es sehr gute Manufakturen, die zu den alten Traditionsbetrieben in Como seit Langem in Konkurrenz stehen. Ich nehme an, dass etwa die Freundinnen von Madame Bonaparte sich ihre Stoffe von dort schicken lassen.«

»Sie irren. Die Seidenhändler in Lyon stehen unter dem Verdacht, Royalisten zu sein, weshalb sie als Lieferanten für den General, seine Familie und Freunde nicht in Betracht kommen.«

Das hatte Serena nicht gewusst. Verblüfft starrte sie Stefano an, während sie in ihrem Kopf die verheißungsvollen Möglichkeiten eines neuen Kundenstammes durchging. Dabei stellte sie sich die stumme, wenn auch entscheidende Frage, wie sie ausgerechnet ihren Laden auf die interessante Klientel aufmerksam machen könnte.

»Kürzlich fand ich Gelegenheit, mit einem Freund über Sie zu sprechen«, unterbrach Stefano ihre Gedanken.

»Aha«, murmelte sie wenig angetan.

Der gelangweilte Blick, den sie ihm unter halb geschlossenen Lidern zuwarf, brachte Stefanos Blut in Wallung und seine Stimme keinesfalls in die richtige Tonlage. Er räusperte sich, bevor er erklärte: »Francesco Agnelli gibt die *Gazzetta di Lugano* heraus und wird von Madame Bonaparte empfangen. Er verkehrte in ihrem Salon in Mailand und wurde nun auch in die Villa Crivelli nach Mombello eingeladen …« Er bemerkte, dass er ihr imponierte. Ihre Augen hatten sich überrascht geweitet. Selbstgefällig lächelnd setzte er hinzu: »Sie haben ja sicher davon gehört, dass General Bonaparte und Madame wegen der Hitze aufs Land ziehen.«

Tatsächlich war Serena tiefer beeindruckt, als Stefano es sich vorzustellen vermochte. Dass der Bildhauer über derart wertvolle Verbindungen verfügte, erstaunte sie über alle Maßen. Seine Erscheinung erstrahlte binnen weniger Herzschläge in noch größerer Attraktivität. »Was hat eine unbedeutende, kleine Seidenhändlerin wohl mit Ihrem wichtigen Freund zu tun?«, fragte sie unterwürfig, obwohl sie ahnte, dass es eine Pointe geben würde, denn aus reiner Prahlerei hätte Stefano den Namen des Zeitungsmannes früher genannt.

»Das werde ich Ihnen sogleich erklären«, behauptete Stefano, kostete ihre Neugier jedoch erst einmal aus und beschäftigte sich eine Weile liebevoll mit der Tonfigur, bevor er in die Augen des Modells sah. »Francesco Agnelli erfuhr von einer geplanten Doppelhochzeit in der Villa Crivelli. Die beiden ältesten Schwestern General Bonapartes, Elisa und Pauline, werden im nächsten Monat in Mombello heiraten und benötigen eine entsprechende Garderobe. Sogleich schlug mein Freund Madame Bonaparte vor, die Stoffe für die Brautkleider im Geschäft der Bürgerin Bossi in Como zu kaufen. Er sagte ihr, dass Sie über das feinste Warenangebot in ganz Oberitalien verfügen.«

»Oh! Wie konnte Ihr Freund so freimütig sein? War er denn jemals in meinem Laden?«

»Nein«, Stefanos Grinsen wurde breiter. »Nein, er ist kein Kunde von Ihnen, aber er vertraut meinem Urteil …«

»Aber Sie haben mich auch noch nie besucht!«

»Stimmt. Das sollte ich bei Gelegenheit nachholen, aber im Augenblick ist es nicht wichtig. Ich nehme an, Agnelli möchte Madame Bonaparte gefallen und ihr bei jeder nur erdenklichen Gelegenheit dienlich sein, wahrscheinlich ist er in sie verliebt. Deshalb wollte er wohl auch etwas zu der Kleiderfrage beitragen. Ecco! Allen ist geholfen: Er fand Madames Ohr, und Sie haben eine neue Kundin. Madame Bonaparte war nämlich geneigt, dem Rat meines Freundes zu folgen: Sie bittet Sie mit einigen Warenproben in die Villa Crivelli.«

Stefanos Hände streichelten in einer Art und Weise die modellierten Brüste des Abozzo, dass kein Zweifel daran bestand, womit seine Finger lieber beschäftigt wären. Aus seinen Augen sprachen Begierde und die verzehrende Bitte um eine Gegenleistung für seine List.

Doch Serena war mit Wichtigerem beschäftigt: »Man kann einer Braut kaum empfehlen, in einem durchsichtigen Gewand vor den Altar zu treten. Musselin und Batist sind jedoch in Mode«, sinnierte sie. »Atlas wäre eine gute Wahl, aber eigentlich ist das ein Ladenhüter. Keine Frau verlangt mehr nach den kostbaren, schweren Seiden. Herren, ja, für Westen und Hosen, aber keine Damen. Dennoch käme vielleicht auch Damast in Betracht …«

»Wie ich höre, freuen Sie sich über die Empfehlung. Lassen Sie uns ein Glas Merlot auf Ihren Erfolg trinken und dann …«

»Ich werde sogleich nach Como fahren«, entschied sie. Abrupt erhob sie sich von dem Stuhl, auf dem sie bewegungslos ausgeharrt hatte. Obwohl sie wusste, dass sie ihn damit reizte, drückte sie ihr Kreuz durch und streckte sich, kaum dass sie aufgestanden war. Was konnte sie dafür, wenn ihr Rücken vom langen Sitzen schmerzte?

»Ihr Aufbruch erscheint mir ein wenig übereilt«, meinte Stefano und wischte sich die Hände am Hemd ab. »Finden Sie nicht, ich hätte einen kleinen Dank verdient?«

»Das gewiss«, stimmte Serena zu. Kokett verpasste sie ihm einen kleinen Klaps auf die Wange. »Ihre Mühe verdient Anerkennung, aber Sie sollten nicht übermütig werden, noch habe ich keine Seide verkauft. Nachdem die Bestellung von Madame Bonaparte ausgeliefert ist, werde ich die Zeit finden, mir das richtige Geschenk für Sie zu überlegen. Ich verspreche, dass ich mich anstrengen werde, Ihnen zu gefallen.«

Seine Finger umschlossen blitzschnell ihr Handgelenk. »Ich lasse Sie nicht gehen ohne einen kleinen Beweis Ihrer Zuneigung«, sagte er rau und ärgerte sich gleichzeitig, weil seine Stimme brach. »Sie wissen, dass ich mir nichts sehnlicher wünsche, als Sie in meinen Armen zu halten.«

Ihre Augen schimmerten schwarz und sprühten Funken. »Wozu die Eile? Sie bekommen schon noch, was Sie sich wünschen. Sagt man nicht, Vorfreude ist die schönste Freude? Dann haben Sie eine Menge zu tun … Wenn Sie mich loslassen, werde ich geneigt sein, mein Versprechen so rasch wie möglich einzulösen. Sollten Sie sich allerdings wie ein Bauer benehmen, werde ich mir überlegen müssen, ob ich überhaupt noch einmal hierher zurückkomme.«

Seine Hand sank herab. »Verzeihen Sie mir, ich wollte nicht grob sein. Ich bin nur …«

»Es gibt nichts zu entschuldigen. Lassen Sie es gut sein. Sobald ich mit Madame Bonaparte gesprochen habe, werde ich Sie wieder besuchen.«

»Darf ich Sie zum Abschied küssen?«

Sie streckte sich und berührte mit ihren Lippen zart seine unrasierte Wange. »Nein, noch nicht. Ich könnte schwach werden, und Sie wollen doch nicht Ihren Freund enttäuschen. Da er mich in Ihrem Auftrage empfohlen hat, möchte ich Sie beide nicht mit schlechten Warenmustern blamieren. Der Besuch bei Madame Bonaparte muss gut vorbereitet sein, damit er für uns alle von Nutzen ist.«

Er nickte, weil sie recht hatte. Deshalb trat er zurück und ließ sie widerstandslos gehen.

2

Die Reisenden hatten die Berge des Trentino hinter sich gelassen, und die Postkutsche rumpelte am Südufer des Lago di Garda der flachen Ebene Oberitaliens entgegen, an deren nördlicher Flanke sich die schneebedeckten Gletscher der Alpen drängten. Emilia blickte nicht zu den imposanten Gipfeln, sondern sah durch das kleine Fenster verzückt auf die Zypressen, welche die Wege am See zu säumen begannen. Nach fünf Jahren in der Fremde war sie endlich wieder zu Hause.

Lucia kümmerte sich nicht um die Aussicht. Sie beteiligte sich lebhaft an den Gesprächen ihrer Mitreisenden.

Lediglich in dem älteren Herrn, der in Verona zugestiegen war und fast unaufhörlich redete, schien sie ihren Meister gefunden zu haben. Während sie auf der Fahrt von Wien nach Italien hauptsächlich das Wort geführt und den Friedensschluss von Leoben befürwortet hatte, der die Abtretung des vormals zu Österreich gehörenden Herzogtums Mailand an Frankreich vorsah, musste sie nun über längere Zeiträume zuhören. Der Gefährte fand immer wieder ein neues Thema, über das er sich in endlosen Monologen auslassen konnte: Natürlich sprach er über den Krieg und über Politik, aber wenn es darüber nichts mehr zu sagen gab, beklagte er das Wetter, seine Gesundheit, seine raffgierigen Verwandten. Waren diese Bereiche durchgekaut, begann er wieder von vorn. Manchmal ließ er eine Antwort zu, doch dabei achtete er sorgfältig darauf, dass keiner der anderen Reisenden mehr als unbedingt nötig ausholen konnte.

»Es kann als zweifelhaft angesehen werden, dass General Bonaparte die Republik Venedig besetzt«, behauptete er. »Venedig war stets neutral, und es bestand kein Anlass, den Dogen abzusetzen. Immerhin war es ja auch eine Republik wie die geheiligte Nation der Franzosen, nicht wahr? Aber was kann man von einem Land erwarten, das seine Regierenden ›Direktoren‹ nennt, als handele es sich bei dem Staat um eine Manufaktur? Nichts. Ich sage Ihnen, nichts kann man von diesen Leuten halten.«

Bevor Lucia etwas zu diesen Ausführungen beitragen konnte, mischte sich der mürrisch aussehende Mann in mittleren Jahren ein, der einen dunklen Frack trug und wie ein Gerichtsschreiber wirkte. Er hatte gerade in einer alten Ausgabe des *Wienerischen Diarium* die Todesanzeigen studiert. »Wie ich hörte«, warf er ein, »schert sich der Oberbefehlshaber der Franzosen nicht sonderlich um seine Republik, er soll in Mailand wie ein Fürst herrschen.«

»Hoffentlich haben seine Leute wenigstens dort einen

Stein auf dem anderen gelassen. Seit einer Woche sind die Franzosen in Venedig und plündern ohne Ende. Wagenladungen an Kunstschätzen werden nach Paris transportiert. Das habe ich mit eigenen Augen gesehen. Es gibt keine Regeln mehr in der Welt, keine Gesetze und keine Ordnung. Früher hätte ein General den Diebstahl von Kunstwerken wie etwa den Bronzepferden von San Marco niemals zugelassen, aber dieser Bonaparte schert sich einen Dreck um alle Konventionen.«

Der Gardasee verschwand aus Emilias Blickfeld, und mit dem optischen Verlust des kühlen Wassers kam es ihr vor, als stiegen die Temperaturen in der Kutsche an. Es war ungewöhnlich heiß, und sowohl dieses Klima als auch das nicht enden wollende Gerede dröhnten in Emilias Ohren und verursachten ihr Kopfschmerzen. Sie wünschte, sie könnte aussteigen und sich in aller Ruhe die Beine vertreten. Doch die Post würde die Fahrt nicht unterbrechen, und wahrscheinlich war es auch zu heiß für einen Spaziergang. So blieb Emilia nichts anderes, als ihren Blick über die Felder schweifen zu lassen.

Mit wachsender Bestürzung registrierte sie die vielen verlassenen Gehöfte. Der westliche Teil der ehemals reichen Republik Venedig bot ein trauriges Bild: Die Äcker waren unbestellt, weil die Bauernsöhne von den französischen Besatzern zur Armee gepresst worden waren, die Ernte des Vorjahres war geplündert und die Saat von Tausenden von Militärstiefeln zertrampelt worden. Die Häuser waren leer, da sich die Mütter und Väter nicht mehr von der Landwirtschaft ernähren konnten und in den Städten Arbeit suchten. Emilia hatte in Wien von dieser Tragödie der italienischen Bauern gehört und diese Information als Propaganda abgetan – es erschütterte sie, mit eigenen Augen zu sehen, was der Krieg in Oberitalien tatsächlich angerichtet hatte.

»Man stelle sich vor«, fuhr der alte Herr fort: »General Bonaparte will hierzulande völlig neue Fakten schaffen. Er will die verschiedenen Länder und Fürstentümer Italiens zu einer Republik vereinen und diese den eidgenössischen Besitzungen im Tessin und im Veltlin einverleiben. Was für ein Hirngespinst! Die Lombardei zu befreien ist eine Sache, völlig neue Strukturen zu schaffen, neutrale Länder anzugreifen, die Republik Venedig zu zerstören und sogar den Papst zu zwingen, die Romagna abzutreten, eine andere. Für wen hält sich dieser Napoleon Bonaparte? Für Kaiser Augustus? Wir sind doch nicht im Römischen Reich!«

»Was ist Ihrer Ansicht nach so schlecht an der Einheit Italiens?«, erkundigte sich Lucia höflich.

»Die Republik, meine Dame«, versetzte ihr Gesprächspartner prompt. »Die Revolution hat den Franzosen nur Chaos gebracht. Das Land wird von Parvenüs beherrscht, die keine Ahnung von Recht und Anstand besitzen.«

Hohles Geschwätz, fuhr es Emilia durch den Kopf. Ihre eigenen Probleme waren so groß, dass ihr Interesse am Weltgeschehen erlahmte. Nicht nur, dass sich die Gräfin Cziffra geweigert hatte, ihr den Lohn für den letzten Monat auszubezahlen. Emilia hatte einen erheblichen Teil ihrer Ersparnisse für ein Quartier ausgeben müssen, denn zwischen ihrer Kündigung und ihrer Abreise lagen ganze zehn Tage – und zehn Nächte, die sie in einer billigen Pension in Mariahilf verbracht hatte, weil sie sich etwa das vornehme Damenstift nahe der Hofburg, in dem Lucia wohnte, nicht leisten konnte. Die Zeit, die General Bonaparte und die Unterhändler von Kaiser Franz benötigten, einen vorläufigen Friedensschluss zu finden, war Emilia recht teuer gekommen. Dabei waren die Verhandlungen noch nicht einmal abgeschlossen, und die Ratifizierung eines Friedensvertrages war auf den Herbst verlegt worden. Glücklicherweise machte das erste Abkommen die gefahrlose Heimreise bereits möglich, aber Emilia grollte der hohen Politik, die in ihr Leben eingriff.

Serena würde nicht erbaut darüber sein, wenn Emilia ihr gleich von Anfang an auf der Tasche lag. Andererseits hatte Emilia niemals auf ihr Erbe gepocht, sondern nach den rasch aufeinanderfolgenden Todesfällen ihres Vaters und Großvaters Como vor fünf Jahren verlassen. Ihre Ansprüche hatte sie nicht geltend gemacht und Serena die Seidenhandlung samt dem Haus, in dem das Geschäft sich befand und welches das Eigentum ihrer Familie war, einfach überlassen. Ein Streit mit der Schwester um den Laden war für Emilia unvorstellbar gewesen, denn erstens hatte seit ihrer frühen Kindheit festgestanden, dass Serena zur Seidenhändlerin geboren war, und zweitens war Emilia sehr stolz darauf gewesen, für sich selbst sorgen zu können. Nun jedoch lagen die Dinge anders.

3

»Signorina Emilia ist auf dem Weg hierher«, verkündete Serenas Ladengehilfe, während sie im hinteren Teil ihres Geschäfts an der von den neuen Herren nach dem Volk benannten Piazza del Popolo auf einer Leiter balancierte und das oberste Regalbord nach einem geeigneten Material für die bestellten Muster durchforstete. Da sie konzentriert zu Werke ging, wusste sie im ersten Moment nicht, von wem Aurelio sprach. Die Namen, die ihr durch den Kopf gingen, waren die von Bonapartes Schwestern – Elisa und Pauline – und natürlich der seiner Gemahlin, Joséphine …

Warum stand Aurelio eigentlich tatenlos herum, anstatt ihr zu helfen? Serena beschloss, sich nicht stören zu lassen und ihren geschwätzigen Angestellten fürs Erste zu ignorieren. Sie würde sich später mit der Frage befassen, warum er herumstand und mit ihr debattierte, anstatt sich um seine Arbeit zu kümmern.

»Sie dürfte bald eintreffen. Vielleicht schon morgen.«

»Wer?« Gedankenverloren rollte sie Seidenballen auf, fühlte die Qualität des Stoffes, befand sie für ungenügend und zog eine andere Ware heraus.

»Signorina Emilia ...«

Verwirrt hielt Serena inne. Langsam begriff sie, von wem Aurelio sprach. Wie kam er nur auf Emilia? Sie selbst hatte schon lange nicht mehr auch nur an ihre Schwester gedacht. »Was reden Sie da? Emilia lebt in Wien und wird dort auch bleiben.«

Die Unterwürfigkeit und Bewunderung, die üblicherweise in Aurelios Augen lagen, waren einer grimmigen, vorwurfsvollen Miene gewichen. »Das ist nicht richtig. Signorina Emilia befindet sich auf dem Weg nach Hause. Sie unterrichtete Sie in einem Brief, der ...«

»Ach, ja, ich entsinne mich, irgendwann kam ein Billett von ihr«, murmelte Serena zerstreut. »Das Schreiben hatte ich völlig vergessen. Ich glaube, ich hab's nicht einmal gelesen. Was macht das schon? Emilias Leben ist schrecklich langweilig. Warum sollte ich mich damit befassen?« Sprach sie und wandte sich wieder den Ladenhütern zu, kostbaren, schweren Seiden, die lange nicht gekauft worden waren, weil sich noble Italienerinnen inzwischen wie französische Republikanerinnen kleideten und nicht nach der englischen Mode wie österreichische Aristokratinnen. Schlichte Roben ohne tiefe Dekolletés und Reifrock wurden für Patrizierinnen geschneidert, und dunkles Tuch war für Herren in Mode gekommen, seidene Röcke in leuchtenden Farben trug niemand mehr. Im vorigen Jahr kam eine weitere Neuerung hinzu: Nun verlangte die Eleganz nach edlen Materialien, die neuerdings so fein gewebt sein mussten, dass sie durchscheinend waren.

»Vielleicht doch keine Atlasseide«, überlegte Serena.

»Wie können Sie einen Brief Ihrer Schwester übersehen?«, insistierte Aurelio. »Sie ist Ihre einzige Verwandte. Die Familie ist wichtig, man darf sie nicht vernachlässigen. Signorina Emilia ist unglücklich und bedarf der Zuwendung eines nahestehenden Menschen.«

»Es tut mir leid, wenn es ihr nicht gut geht, aber was soll ich dagegen tun?«, fragte Serena einen Stoffballen. »Emilia ist aus freien Stücken nach Wien gegangen. Es war ihre Entscheidung, und ich habe sie nicht gedrängt, obwohl sie mir hier natürlich immer im Wege gestanden hätte. Es war gut, dass sie als Hauslehrerin ein Auskommen fand, denn ich hätte sie nicht ewig unterstützen können, zumal sie jeden Heiratskandidaten ablehnte, den man ihr vorschlug.«

»Sie war fünf Jahre fort. In dieser Zeit könnte Sie sich geändert haben. Außerdem werden Sie sie aufnehmen müssen, wenn sie wieder hier ist. Bestimmt wird sie Ihnen Ihre Großzügigkeit und Gastfreundschaft mit unterwürfiger Hilfe danken.«

»Ach, lassen Sie mich in Ruhe, Aurelio. Meine Schwester ist ungeeignet, mir in irgendeiner Weise zur Hand zu gehen. Sie versteht nichts vom Geschäft. Als sie nach Wien ging, beherrschte sie gerade mal ein paar Fremdsprachen, das war alles. Sie kann nicht einmal sonderlich gut rechnen …«

Endlich fiel ihr Aurelios Anmaßung auf. Serena beugte sich von ihrer Leiter herab und sah ihren Gehilfen mit einer Mischung aus Fassungslosigkeit und kaum gezügelter Wut in die Augen. »Haben Sie etwa meine Post gelesen?«

Nun doch bedrückt, ließ Aurelio die Schultern hängen. »Der Brief sah so traurig aus …«

»Der Brief sah traurig aus?!« Serena schnappte nach Luft. »Das ist die ungeheuerlichste Lüge, die mir je untergekommen ist.«

»Verzeihen Sie mir, bitte. Ich nahm das Schreiben an mich, um Ihnen einen Gefallen zu erweisen. Es ist kein Vertrauensbruch. Es war für Sie. Und für Ihre Schwester Emilia. Ich tat es für die Familie, verstehen Sie?«

»Nein, aber im Augenblick habe ich keine Zeit, darüber nachzudenken. Entlassen kann ich Sie auch nicht, weil ich in Mombello erwartet werde und eine zuverlässige Kraft im Laden bleiben muss … Ach, Aurelio, was soll ich tun, wenn ich mich nicht mehr auf Sie verlassen kann? Ich hielt immer große Stücke auf Sie – und nun diese Indiskretion. Wie soll es weitergehen?«

»Wie immer, Signora Bossi, ich bin Ihr treuester Diener«, er lief rot an und beeilte sich, ihr seine Haltung durch eine Reihe Kratzfüße zu verdeutlichen.

»Um Himmels willen hören Sie auf!«, schrie Serena. »Wenn das jemand sieht, werden die Franzosen mein Geschäft für kaisertreu halten, und ich bekomme niemals den Auftrag, die Stoffe für die Brautkleider in die Villa Crivelli zu liefern. Sie bereiten mir heute wirklich nichts als Ärger.«

»Es tut mir leid. Ich hatte nicht vor, Sie aufzuregen. Es war nur … Ach, Signora Bossi, Ihre Schwester Emilia ist unglücklich. Die Lektüre ihres Briefes machte mein Herz schwer.«

»Ihre romantische Seele ist rührend, Aurelio, aber völlig deplatziert. Da ich Sie offenbar nicht anders dazu bringe, Ihrer Arbeit nachzugehen und Emilias Leid – oder was immer Sie so bewegt – hintanzustellen, erzählen Sie mir besser von dem Inhalt der Nachricht. Wenigstens ersparen Sie mir auf diese Weise, die Zeilen lesen zu müssen.«

Sie setzte sich erwartungsvoll auf die oberste Sprosse der Leiter und schickte ein Stoßgebet zum Himmel, in dem sie darum bat, Aurelios Hinwendung zu Emilia möge schnell vorübergehen. Bislang hatte Serena ihren Gehilfen gemocht, da er sich als ehrlich und fleißig erwiesen hatte, seine Redseligkeit war neu und hoffentlich nicht von Bestand.

»Aus Signorina Emilias beabsichtigter Verlobung ist nichts geworden«, berichtete Aurelio atemlos vor Freude über Serenas Interesse. »Der Kavalier, dem sie in Wien zugetan war, ist schon verheiratet gewesen. Er hat Ihre Schwester in aller Öffentlichkeit bloßgestellt. Die Arme! Was für eine Blamage!«

»Warum versuchte sie auch, nach den Sternen zu greifen?«, gab Serena kühl zurück. »Ihr hätte von Anfang an klar sein müssen, dass ein Baron keine bürgerliche Lehrerin heiratet. In Wien wird nach der alten Zeitrechnung gelebt, da gibt es keine Gleichheit, und Emilias republikanische Ansichten sind völlig fehl am Platze. Jedenfalls habe ich sie gewarnt, als sie mir von ihrem Verehrer berichtete. Ich schrieb ihr, dass eine solche Verbindung aussichtslos ist. Hoffentlich hat er sie nicht geschwängert.«

»Davon schreibt sie nichts.«

»Na, wenigstens das«, resümierte Serena.

Insgeheim dachte sie, dass Emilia sicher niemals ein leidenschaftliches Verhältnis eingegangen wäre. Ihre Schwester war eine literarisch gebildete junge Frau, der jeglicher Zauber fehlte, da sie weder ihr Aussehen noch ihren Charme oder Humor richtig einzusetzen verstand, und die stets nur mit ihrem Geist zu brillieren versuchte. Jedenfalls war dies Emilias Benehmen gewesen, als sie Como verlassen hatte. Seither hatten sich die Schwestern nicht wieder gesehen, aber Serena nahm an, dass sich Emilias aufmüpfiger Charakter nicht verändert hatte. Schade nur, dass sie ihren Verstand niemals auf wesentliche Dinge wie das Geschäftliche konzentrierte; Serena hätte die amouröse Verbindung zu einem Baron fraglos mit einem anderen Ergebnis genutzt als einer peinlichen Bloßstellung. Wie hatte es Emilia eigentlich überhaupt geschafft, einen vornehmen Herrn für sich zu begeistern? Ob alles nur Angeberei gewesen war? Nein, Aufschneiderei und Unaufrichtigkeit lagen nicht in Emilias Naturell. Und ihre Ausdrucksweise war offenbar einnehmend genug, um einen eigentlich nüchtern und geschäftstüchtig wirkenden jungen Mann wie Aurelio zu romantischen Gefühlen zu verleiten.

Serena fragte den aufgeregt von einem Bein aufs andere tretenden Ladengehilfen: »Was sagt sie noch?«

»Nach dem Skandal musste sie Wien verlassen. Die Familie, bei der sie lebte, machte ihr den Abschied unter den gegebenen Umständen wohl nicht schwer. Da nun Frieden zwischen Frankreich und Österreich herrscht und in Italien nicht mehr gekämpft wird, ist eine Reise ohne viel Aufhebens möglich, die Postkutschen verkehren wieder regelmäßig. Signorina Emilia befindet sich auf dem Weg hierher – ich denke, sie wird bald eintreffen. Ihr Brief lag ja schon eine Weile unbeachtet herum.«

Serena überhörte den Vorwurf in Aurelios Stimme. Ausdruckslos starrte sie auf die Regalreihen, in denen ordentlich sortiert die Stoffballen lagerten. Ein Wiedersehen mit Emilia überstieg ihr Vorstellungsvermögen, denn es brachte nicht nur ihre gewohnte Ordnung ins Wanken. Emilia hatte nie den Wunsch geäußert, auch nur zu Besuch heimzukehren, und Serena war dankbar dafür gewesen, denn so hatte sie sich ihr Leben nach den eigenen Bedürfnissenen einrichten können. Doch nun würde mit Emilias Ankunft plötzlich alles anders sein.

Wo wollte ihre Schwester wohnen, wenn sie wieder in Como weilte? Würde sie Anspruch auf das Geschäft erheben? Was wollte sie hier tun, und wovon würde sie leben? Für den Anfang konnte Serena sie durchaus unterstützen, gerechterweise musste sie das wohl sogar, aber bald würde Emilia wieder auf eigenen Beinen stehen müssen. Wenn sie keinen Ernährer fand, wäre das ein Problem. Rasch ging Serena im Geiste ihren Bekanntenkreis durch, ihr fiel jedoch kein geeigneter Ehekandidat ein. Überhaupt: Wieso kam sie darauf, dass sich ihre Schwester mit einem Gatten einverstanden erklärte? Ach, es war so viel zu bedenken, und Entscheidungen wollten getroffen sein. Nein, sie wollte sich jetzt nicht mit Emilia beschäftigen. Nicht an dem Tag, an dem sie den wichtigsten Seidenhandel ihres Lebens zu tätigen beabsichtigte.

Serena schüttelte energisch den Kopf, und die von einem blauen Band gehaltenen und mit einem heißen Eisen jeden Morgen mühsam ondulierten Löckchen wippten wieder einmal auf und ab.

»Das ist alles gut und schön, aber mit Emilias Schicksal werde ich mich befassen, wenn sie da ist. Jetzt habe ich Wichtigeres zu tun. Wollen Sie mir nicht endlich helfen, Aurelio? Ich kann wirklich nicht alles alleine machen.«

4

»Wie sieht Ihre Schwester aus?«, wollte Lucia wissen. »Ganz genauso wie Sie?«

Emilia drehte sich auf den Rücken. Sie lag in einem bequemen Bett in einer Poststation unterhalb der hochgelegenen Altstadt von Bergamo, wo sie sich mit Lucia – wie meistens während ihrer Reise – ein Zimmer teilte. Die Annehmlichkeiten eines gut gefederten Lagers hatte sie zu schätzen gelernt, denn inzwischen spürte sie jede einzelne Meile in den Knochen. Sie hatte ihr Ziel jedoch fast erreicht. Die Kutsche würde morgen in Como eintreffen, nur Lucia musste noch einen weiteren Tag die muffige Enge in Kauf nehmen, bevor sie in Lugano ankam. Es war also ihr letzter gemeinsamer Abend, und Emilia wunderte sich, dass Lucia erst jetzt nach Serena fragte.

Die Antwort fiel ihr nicht leicht. Konnte sie selbst einer Freundin gegenüber zugeben, dass sie nicht die geringste Ahnung von Serena hatte? Da ihr die Schwester nie eine aktuelle Miniatur geschickt hatte, besaß Emilia nur das Bild aus ihrem Gedächtnis. Als Kinder waren sie einander sehr ähnlich gewesen, sogar die Gestik der Zwillinge hatte übereingestimmt, später aber hatten sie sich völlig konträr entwickelt. Emilia hatte stets Serenas Eleganz und Geschmack gefehlt, das Interesse am eigenen Erscheinungsbild war einseitig geblieben – zumindest hatte Emilia gegen die Tradition rebelliert, wonach eine Frau in erster Linie schön auszusehen hatte. Zum Verdruss ihres Vaters und ihres Großvaters hatte Emilia keinen Wert auf die kostbaren Stoffe gelegt, mit denen beide handelten, und eine teure Garderobe abgelehnt. Papa und Nonno meinten, daran sei die fehlende Fürsorge der Mutter schuld, und sie trösteten sich damit, zumindest Serena zu einer Dame heranwachsen zu sehen, die das Geschäft repräsentierte. Vielleicht wäre tatsächlich manches anders gekommen, wenn ihre Mutter nicht im Kindbett gestorben wäre, aber Emilia dachte nicht gerne darüber nach, denn der Verlust schmerzte ein Leben lang.

Das alles erzählte sie Lucia, die sie in der Dunkelheit nicht ausmachen konnte, deren ruhigen, gleichmäßigen Atem sie aber neben sich hörte. »Die vergangenen fünf Jahre in Wien sind nicht spurlos an mir vorübergegangen«, schloss sie ihren Bericht, »aber bei Serena wird es nicht anders sein. Ich vermute, dass ihre Aufmachung mehr der Ihren entspricht als meinem bescheidenen Gouvernantenaussehen.«

Lucia lachte leise. »Ach, ich finde nicht, dass Sie sich zu verstecken brauchen. Letztlich ist alles nur eine Frage des

Stils. Mein Bruder ist häufig Gast im Salon von Madame Bonaparte. Er schrieb mir, die berühmte Joséphine sei bei Weitem nicht so schön, wie kolportiert wird. Aber sie besitzt Persönlichkeit, sagt Francesco, ein einnehmendes Wesen und atemberaubende Eleganz. Also ist sie bezaubernd.«

»Madame Bonaparte ist Französin. Sagt man diesen Damen nicht generell eine gewisse Anmut nach?«

»O Himmel, nein!«, entrüstete sich Lucia. »Meine Schwägerin ist Französin, und ich finde sie ganz und gar nicht angenehm, in keiner Beziehung. Sie ist eigensinnig und überheblich. Und sie ist Royalistin! Weiß der Himmel, warum Francesco diese Person heiraten musste.«

Ach je, dachte Emilia, da buhlen zwei Frauen um die Liebe eines Mannes, seine Ehefrau und seine Schwester. Das sprach für ein nicht sonderlich harmonisches Familienleben. Emilia wusste inzwischen, dass alle Agnellis in einem Palazzo am Luganer See residierten: Francesco und Lucia, aber auch die verwitwete Mutter der Geschwister und natürlich seine Gattin.

Über die sprach Lucia hastig weiter, als müsste sie sich ihren Zorn auf die Andere von der Seele reden: »Wir sind Jakobiner. Seine Ehe ist ein Affront gegen die Gesinnung der Familie. Ich verstehe Francesco nicht. Er brachte diese Person vorigen Herbst von einer Reise nach Zürich mit und stellte Mama und mich vor vollendete Tatsachen, denn er hatte sie bereits geheiratet. Geschwängert hat er sie offenbar nicht, denn bis heute hat sie keinen dicken Bauch; selbst dafür ist sie zu dumm!«

»Vielleicht liebt er sie«, warf Emilia träumerisch ein.

Ihre Blicke hefteten sich auf das Quadrat des Fensters gegenüber dem Bett. Sie sah nicht richtig hin, und sie vermutete daher nur, dass hinter der Scheibe der Himmel einer warmen Frühlingsnacht glitzerte. Seit sie denken konnte, liebte sie die Sterne. Zum Ärger ihrer Familie hatte sie sich häufig nachts aus dem Haus gestohlen, um vom Firmament nicht durch ein Dach getrennt zu sein. Sie hatte sich heimlich ein Buch über Astronomie besorgt und sich in kindlicher Phantasie Geschichten über die einzelnen Himmelskörper ausgedacht, später hatte sie geglaubt, allein durch den Anblick eines Sterns mit einem anderen Menschen verbunden zu sein – Albert von Podlanski hatte durch sein Fenster schließlich dasselbe funkelnde Paradies sehen können wie sie. Wie es ihm wohl erging?

»Dasselbe zu sehen bedeutet nicht zwangsläufig, dasselbe zu verstehen …«

»Was?«

Emilia hatte nicht gemerkt, dass sie ihren Gedanken laut ausgesprochen hatte. »Entschuldigen Sie«, sagte sie rasch, »ich bin abgeschweift.«

»Nein, nein. Sie haben wahrscheinlich recht. Francesco sieht in Julie etwas, das ich nicht verstehen kann. Wir haben beide einen anderen Blick auf dieselbe Person. Ich vermute, er hält sie für sein persönliches Schmuckstück. Heißt es nicht, der republikanische General Bonaparte habe die adlige Joséphine geheiratet, um gesellschaftlich aufzusteigen? Nun, das hat ein Agnelli nicht nötig. Aber die königstreuen Emigranten aus Frankreich genießen überall großes Ansehen, obwohl sie häufig arm wie Kirchenmäuse sind. Warum Julie meinen Bruder geheiratet hat, ist damit allemal bewiesen, obwohl er ein sehr attraktiver Mann ist und jede andere Frau hätte haben können.«

»Solange sie ihn glücklich macht …«, versuchte es Emilia noch einmal mit einer romantischen Erklärung und brach in beredtem Schweigen ab.

»Glück?«, wiederholte Lucia, und ihre Stimme klang hart. »Julie weiß nicht einmal, wie man das Wort schreibt: *Fortune.* Nein, Fortuna ist nicht gerade ihre Freundin.«

»Fortuna ist auch die Göttin des Schicksals, des guten wie des schlechten.« Emilia dachte an Baronin Podlanski und die Szene im Freihaustheater, die all ihre Zukunftspläne zerstört hatte. »Ist eine Ehefrau nicht immer das Schicksal ihres Gemahls?«

Lucia ignorierte diesen Einwand. »Julie will nur das Beste für sich und nicht für Francesco, man kann sie bestenfalls als flatterhaft bezeichnen, vielleicht sogar als wankelmütig. Ich bin sicher, sie bereut längst ihren Entschluss, ihn nach Lugano begleitet zu haben. Vielleicht tröstet sie sich ja sogar anderweitig. Bei den Französinnen weiß man doch nie, nicht wahr?«

Die Leichtfertigkeit, mit der Lucia über eine mögliche Affäre ihrer Schwägerin sprach, irritierte Emilia, aber sie war zu müde für Widerworte. »Hm«, machte sie und hoffte, Lucia auf diese Weise zum Schweigen zu bringen.

»Ich wünschte«, hörte Emilia ihre Freundin sagen, »Francesco würde im Salon von Madame Bonaparte einer anderen Frau begegnen und eine kleine Romanze erleben. Er hat ein wenig Glück verdient.«

5

Es war bereits Nachmittag, als Serenas Retourkutsche die Einfahrt zur Villa Crivelli hinaufrollte. Das Anwesen lag zwischen Como und Mailand in einer wohlhabenden Gegend, war auf einem Hügel errichtet und überblickte ein grünes, fruchtbares Tal. Der ockergelbe Renaissancepalazzo, der auf den ersten Blick wie ein imposantes Kloster wirkte, war von klarer Schönheit. Der Weg wurde von französischen Soldaten gesäumt, die patrouillierten und exerzierten, als handle es sich bei dem derzeitigen Bewohner nicht um einen republikanischen General, sondern um einen Kaiser.

Der Wachposten, ein polnischer Lanzenreiter, hielt Serenas Mietdroschke an und fragte in holprigem Italienisch nach ihren Wünschen. Nachdem sie sich vorgestellt hatte, durfte sie passieren. Allerdings wurde sie darauf unmissverständlich hingewiesen, dass sie nicht zum Tor an der Frontseite fahren dürfe, sondern den rückwärtigen Eingang für Lieferanten zu nehmen hatte.

Von manchen italienischen Aristokraten war Serena wie ihresgleichen empfangen worden, und diese Behandlung hatte ihr zweifellos gefallen, aber es störte sie auch nicht, wie eine einfache Händlerin behandelt zu werden – für sie zählte einzig das Geschäft, welches sie mit Joséphine Bonaparte abzuschließen gedachte, und es war ihr egal, in welchem Rahmen es geschah. Sie war keine Prinzessin und hatte es niemals sein wollen.

Emilia, fuhr es ihr durch den Kopf, die hatte davon geträumt, etwas Besseres zu werden. Weltfremd, wie sie war, hatte sie sich der Realität verschlossen, anstatt das Beste daraus zu machen. Schon als Kind hatte sich Emilia gerne verkleidet und war in verschiedene Rollen geschlüpft, wobei sie niemals eine Person imitierte, die zu ihrem Lebensraum gepasst hätte. Sie hätte besser Schauspielerin werden sollen, dachte Serena. Auf der Bühne wäre sie möglicherweise glücklicher geworden als im Studierzimmer, und der dort erlangte Ruhm hätte sie für die Versäumnisse des Schicksals entschädigt, obwohl Emilia in Serenas Augen einzig alleine für ihr Versagen verantwortlich war, das sie letztendlich nach Como zurückführte.

Ohne es zu wollen, schweiften Serenas Gedanken ab. Es ärgerte sie, dass ihr Emilia seit dem Gespräch mit Aurelio nicht mehr aus dem Kopf ging, aber sie konnte nichts dagegen tun. Wie um alles in der Welt sollte sie ihre altjungferliche Schwester unter die Haube bringen? Eine Heirat erschien Serena der einzige Weg, Emilia wieder loszuwerden, obwohl das natürlich nicht die einzige Möglichkeit der Verbannung war.

Emilia könnte wieder eine Stelle als Gouvernante finden oder irgendwo als Haushälterin arbeiten – Hauptsache, sie mischte sich nicht in Serenas Leben ein. Vielleicht waren Emilias Sprachkenntnisse ja doch von irgendeinem Nutzen. Serena wusste natürlich, dass Emilia – im Gegensatz zu ihr selbst – ausgezeichnet Französisch sprach. Vielleicht könnte sie ihre Schwester bei einer französischen Offiziersfamilie unterbringen, die sich nicht an dem von Emilia verursachten Skandal in Wien störte. Serenas bevorstehende Bekanntschaft mit Madame Bonaparte wäre dabei sicher hilfreich. Ihre Arbeitgeber würden Emilia irgendwann nach Frankreich mitnehmen, was eine vortreffliche Fügung wäre, denn dann fiele sie Serena in Como nicht zur Last …

Das aufgeregte Kläffen eines kleinen Hundes riss Serena aus ihren Gedanken. Fast zeitgleich stieß der Kutscher einen wütenden Fluch aus. Er zog wild an den Zügeln, worauf die Pferde scheuten und zur Seite ausbrachen. Der Weg um die Villa war von einer Kapelle, Wirtschaftsgebäuden, Gewächshäusern und Bäumen gesäumt, so dass wenig Platz zum Ausweichen blieb. Die Achsen des Landauers knarrten beängstigend, der Wagen schaukelte stark, und Serena musste sich mit beiden Händen an den Griffen festhalten, um nicht vom Sitz zu fallen.

»Fortuné!« Der tiefe Bariton übertönte alle anderen Geräusche.

Einen Augenblick später war die Gefahr gebannt. Der Fahrer hatte seine Rosse beruhigt, die Räder des Wagens blieben in der Spur, lediglich ein wenig Kies spritzte auf, als die Bremse angezogen wurde. Überrascht vom plötzlichen Stillstand, rutschte Serena nun doch von der gepolsterten Bank und landete im Fußraum der Kutsche hart auf ihrem Allerwertesten. Ihrer Kehle entwich ein entrüsteter Schmerzensschrei.

»Haben Sie sich verletzt?«

Serena hob den Kopf – und die zornige Erwiderung, die ihr auf den Lippen gelegen hatte, erstarb. Ihre Arme und Beine waren zu einem Knäuel verstrickt, ihr Hintern tat weh, und sie bot wahrscheinlich den lächerlichsten Anblick ihres Lebens. Doch all das war unwichtig, als sie in die besorgt dreinschauenden, tiefblauen Augen sah, die zu der zerknirschten Miene eines klassisch schönen, scharf geschnittenen Männergesichts gehörten, das neben dem Wagen aufgetaucht war. Der Fremde war die Personifizierung einer antiken Gottheit oder zumindest einer Person, die aus einer der Geschichten des jüngeren Plinius stammen könnte, jenes römischen Schriftstellers, der einst zu den berühmtesten Bürgern Comos gehört hatte. Natürlich trug er keine Toga, sondern einen modischen Frack mit einem weißen Hemd und hohem Schalkragen, auf den mokkabraune Locken fielen. Da er sich keinen Bart stehen ließ, wirkte er jünger, war aber sicher Ende zwanzig oder bereits Anfang dreißig. Ein Mann, der Charme und Humor ausstrahlte, Intelligenz und Vornehmheit. Sein Anblick raubte Serena den Atem.

»Es tut mir leid, wenn ich Ihnen Unannehmlichkeiten bereite«, fuhr er fort. »Fortuné ist mir entwischt«, er hob ein leise knurrendes, zappelndes Bündel hoch, »und ich konnte doch nicht zulassen, dass das Hündchen unter die Hufe Ihrer Pferde kommt, Madame … oder … Mademoiselle …?« Obwohl er die französische Anrede verwendete, sprach er Italienisch wie ein Lombarde.

»Der verdammte Köter hätte die Dame und mich beinahe umgebracht«, dröhnte es vom Kutschbock.

Der Fremde beachtete den Fuhrmann nicht. »Es ist der Hund Madame Bonapartes«, erklärte er Serena. »Ich habe ihn ausgeführt, und dabei ist dieses Malheur passiert. Ich hoffe sehr, Sie haben sich nicht verletzt, Ma... Mademoiselle«, entschied er lächelnd.

Langsam erwachte Serena aus ihrer Verzückung. Sie versuchte, den attraktiven Mann nicht mehr so bewundernd anzustarren, was ihr ebenso schwerfiel wie das Bemühen, ihre Gliedmaßen zu entwirren. Ihr schien es, als wären all ihre Knochen gestaucht. Auch mochte sie sich nicht vorstellen, wo sich an ihrem Körper überall blaue Flecken bilden würden. Vor allem der rückwärtige Teil brannte vor Schmerz. Sie musste die Zähne zusammenbeißen, als sie sich zurück auf den Sitz zog. Hoffentlich ist mein Kleid nicht ruiniert, fuhr es ihr durch den Kopf.

»Da Sie nicht zu sprechen belieben, sind Sie wahrscheinlich stärker angegriffen, als es den Anschein hat. Ich werde sofort nach einem Arzt schicken lassen ...«

»Nein, machen Sie sich keine Umstände, es geht mir gut«, unterbrach ihn Serena rasch. »Wenn Sie die Tür freigeben könnten, wäre es mir möglich, auszusteigen. Das wäre für den Anfang sehr hilfreich.«

Unverzüglich trat er zur Seite. Während er in einem Arm noch immer den Hund hielt, öffnete er mit der anderen Hand den Wagenschlag. Ein weiterer geschickter Griff und er löste die Trittleiter aus der Verankerung, so dass Serena bequem die Kutsche verlassen konnte.

Im ersten Moment fürchtete sie, ihre Beine würden ihr den Dienst verweigern. Sie fühlte sich, als stünde sie auf rohen Eiern, doch plötzlich entspannten sich ihre Muskeln, und Serena spürte, wie die alte Beweglichkeit in ihren Körper zurückkehrte. Zögernd blickte sie an sich hinunter. Sie trug ein cremeweißes Hemdkleid aus hauchdünn gewebter Seide, welches kurzärmelig und modisch, aber schicklich genug war, um als Garderobe für eine Händlerin zu taugen, die durch das Material auffallen wollte und nicht mit ihrer weiblichen Figur. Glücklicherweise schien der kostbare Stoff das Malheur unbeschadet überstanden zu haben, zumindest konnte sie auf Anhieb kein Loch in dem weich fließenden Rock entdecken – und wenn sie es nicht bemerkte, würde es der künftigen Kundin auch nicht auffallen.

Die tiefblauen Augen des Mannes waren ihren Blicken gefolgt. »Sie sind sehr hübsch, Mademoiselle …«, er seufzte: »Wie darf ich Sie ansprechen? Leider haben Sie mir bisher Ihren Namen verschwiegen, und niemand ist zur Stelle, der uns bekannt machen könnte. Ich kann jedoch nicht warten, bis wir jemanden für diesen Zweck auftreiben«, er verneigte sich …

Fortuné erkannte seine Chance und nutzte die Gelegenheit, aus den Armen seines Bändigers zu springen. Freudig kläffend und mit dem Stummelschwänzchen wedelnd raste der Mops auf seinen kurzen Beinen davon, offensichtlich begeistert darüber, den Menschen ein Schnäppchen geschlagen zu haben.

Ohne einen Abschiedsgruß an Serena zu richten, setzte ihm der Kavalier im Eiltempo nach.

Die Pferde wurden wieder unruhig, schnaubten und stampften nervös mit den Hufen, worauf der Kutscher zwischen zusammengebissenen Zähnen eine Flut unverständlicher Worte ausstieß, die wie eine Welle von Flüchen klangen.

Bedauernd sah Serena dem Herrn nach. Aus den Augenwinkeln registrierte sie am Rand der Szene eine Bewegung, wahrscheinlich ein Stallbursche, der von der Hitze so gelähmt war, dass er sich nur im Schneckentempo fortbewegen konnte, und sich langsam anschickte, den fremden Wagen zu einem weniger störenden Platz zu geleiten. Ihre Aufmerksamkeit haftete jedoch ungebrochen an dem attraktiven Mann, der von Fortuné an der Nase herumgeführt wurde.

Serena hätte sich gerne noch ein Weilchen mit ihm unterhalten. Es war angenehm gewesen, mit ihm zu plaudern, und es könnte durchaus von Vorteil sein, in der Villa Crivelli bereits eine Bekanntschaft gemacht zu haben. Wer mochte der Unbekannte sein? Für einen Diener, der Madames Hund ausführte, war er zu vornehm, außerdem kleidete sich das Personal nicht in dieser Weise. Ein Lehrer war er auch nicht, denn Joséphine und Napoleon Bonaparte hatten noch keine Kinder. Ein Sekretär, vielleicht. Wahrscheinlicher ein Hausgast. Demnach ein Mann in gehobener gesellschaftlicher Stellung. Ein Attribut, das ihm ausgesprochen gut stand.

Sie hätte die Tasche mit den Warenproben aus der Kutsche nehmen und ihres Weges gehen können. Natürlich war der Besuch bei Madame Bonaparte vorrangig. Trotzdem harrte Serena neben dem Landauer aus und wartete darauf, dass sich der Kavalier wieder zu ihr gesellte. Ihre Augen wanderten umher, und sie nahm wieder ein wenig mehr von der Umgebung wahr.

Ihre Mietdroschke hatte mitten im Park der Villa Crivelli gehalten. Offenbar hatte der Kutscher einen Weg übersehen, denn hier befand sich ganz sicher nicht der Hintereingang für Lieferanten. Es duftete nach einem frühen, heißen Sommer und nicht nach Küche oder Stall. Die Rückseite des gegen den Hang erbauten Palazzos war ein noch größeres Schmuckstück als die Frontansicht, denn die beiden Seitenflügel wurden durch eine elegante Säulenreihe verbunden, und unter diesen Arkaden rankten sich Rosen. Ein wunderschöner Platz zum Verweilen und Flanieren.

Doch vor dieses Bild trat in Serenas Vorstellung plötzlich eine Schreckensvision: Wenn Fortuné nun verloren ging?!

Joséphine Bonaparte könnte die unbekannte, junge Frau für den Verlust ihres Lieblings verantwortlich machen. Es war gänzlich unpassend, mit einer Retourkutsche mitten durch den Garten zu fahren und das Hündchen so zu erschrecken, dass es davonlief. Die Fremde hatte die Nachmittagsruhe der Bewohner des Anwesens und seiner Gäste gestört. Es war geradezu eindeutig, wer die Schuld an dem Verschwinden des Vierbeiners trug.

Unwillkürlich stockte Serena der Atem. Die Folgen einer solchen Fehleinschätzung wären fatal. Ohne darüber sonderlich nachdenken zu müssen, setzte sie sich in Bewegung, um Fortunés Verfolger an die Seite zu eilen.

Da wurde der Lauf des Kavaliers langsamer, er blieb stehen, zuckte resignierend mit den Schultern und wandte sich mit einem reumütigen Grinsen wieder zu Serena um, die ebenfalls innehielt. Gemessenen Schrittes kehrte er zu ihr zurück. Fast gleichzeitig erklang ein herzerweichendes Jaulen.

»Der Gärtner hat Fortuné eingefangen«, erklärte er, während Serena den Hals reckte, um über seine Schulter zu spähen. »Er mag es nicht, wenn der Hund seine frisch geharkten Beete umgräbt. Was für ein Glück! Ich gebe es ungern zu, aber ich bin mit der Betreuung dieses Tieres überfordert. Der Einzige, der mit Fortuné zurechtkommt, ist Lieutenant Charles.«

»Fortuné!«, schallte in diesem Moment die melodische, samtige, tief besorgte Stimme einer Frau aus einem geöffneten Fenster im ersten Stock der Villa. Einen Atemzug später schwang ein leiser Vorwurf mit: »Monsieur Agnelli, was ist Fortuné geschehen?«

»Francesco Agnelli gibt die *Gazzetta di Lugano* heraus und wird von Madame Bonaparte empfangen. Er verkehrt in ihrem Salon in Mailand und wurde nun auch in die Villa Crivelli nach Mombello eingeladen …«

Serena verstand die Fremdsprache Französisch gut genug, um verblüfft den Mund zu öffnen. War dieser attraktive Herr womöglich der Freund von Stefano Castelli, der ihren Laden für Seidenwaren Madame Bonaparte empfohlen hatte? Die beiden Männer waren in ihren Augen so unterschiedlich wie Apollon und Mars: Der eine besonders gut aussehend, vornehm und ganz sicher eitel; der andere leidenschaftlich, unberechenbar und verwegen. Was mochte diese auf den ersten Blick so ungleichen Tessiner verbinden? Die gemeinsame Herkunft vom Ceresio war es ganz sicher nicht, denn allein der gesellschaftliche Unterschied war zu groß, um auf eine konventionelle Bekanntschaft zu schließen. Neugier auf die Geschichte dieser Freundschaft erfasste sie – und auf den Kavalier, der einem brotlosen Künstler blind zu vertrauen schien.

»Fortuné ist mir entwischt«, rief Agnelli mit einem entwaffnenden Strahlen, das keinen Zweifel an der Schlauheit des Hündchens ließ. »Es besteht aber kein Grund zur Aufregung, ihm ist nichts geschehen.«

Joséphine Bonaparte nickte hoheitsvoll. Auf die Entfernung wirkte die zierliche Gestalt am Fenster wie eine Statue: eine Frau, die allein durch ihre Haltung Schönheit, Würde und Eleganz ausstrahlte. Natürlich trug sie die Haare kurz geschnitten und gelockt, und ihr Körper war in ein weißes Chemisekleid gehüllt, doch auch wenn Serena – wie fast alle Frauen, die es sich leisten konnten – dieselbe Mode bevorzugte, wirkte die Aufmachung der Französin edler und geschmackvoller.

»Bringen Sie mir Fortuné bitte wieder zurück«, bat sie liebenswürdig. »Er soll nicht herumtoben wie ein ungezogener Balg.«

»Ihr Wunsch ist mir Befehl«, Agnelli verneigte sich. Dann teilte er dem alten Gärtner mit einer eindeutigen Geste mit, sich zu beeilen. Der Arbeiter hatte das zappelnde Bündel am Nacken gefasst und trug es mit angewiderter Miene, als handele es sich dabei um eine giftige Pflanze und keinen

Schoßhund, am ausgestreckten Arm vor sich her. Mit einem Seitenblick die Fassade hinauf erkannte Agnelli, dass Joséphine Bonaparte wieder in den Hintergrund des Fensters getreten war. Erleichtert, weil er nicht mehr unter ihrer Beobachtung stand, griff er mit beiden Händen nach Fortuné. Dieser knurrte leise.

»Sie sind Francesco Agnelli?«, fragte Serena.

»Ja«, er sah sie verwirrt an. »Kennen wir uns? Ich bin mir sicher, ich würde mich erinnern, wenn wir uns schon begegnet wären.«

»Sie waren so freundlich, meinen Laden Madame Bonaparte zu empfehlen. Ich bin Serena Bossi, die Seidenhändlerin aus Como.«

»Ah! Ja. Die Freundin von Stefano Castelli, nicht wahr?«

»Nein, das bin ich nicht«, widersprach sie empört. Sicher, der Bildhauer war eine Sünde wert, und sie war nicht abgeneigt, diese mit ihm irgendwann zu begehen, aber Vertraulichkeiten wie die Bezeichnung *Freundin* gestattete sie ihm deswegen nicht. Es klang, als wäre sie mit der Aussicht auf eine Affäre zum Besitz dieses Mannes geworden – und das war das Letzte, was sie sein wollte. Vor allem wollte sie auf Francesco Agnelli einen anderen Eindruck machen.

»Pardon, ich wollte nicht unhöflich sein. Es ist nur … hm … ich dachte, Sie stünden Stefano nahe, weil er sich Ihretwegen sehr ins Zeug gelegt hat. Unser gemeinsamer Bekannter – darf ich ihn so nennen?« Ohne ihre Antwort abzuwarten, fuhr er lächelnd fort: »Er redete stundenlang auf mich ein, um mir die Vorzüge Ihres Stofflagers anzupreisen. Darauf musste ich ihn entweder einen Lügner schimpfen oder ihm Glauben schenken. Ich habe mich für Letzteres entschieden.«

»Das war sehr nett von Ihnen.«

»Ja, finde ich auch, vor allem, wenn man bedenkt, dass ich nicht die geringste Ahnung von Stoffen besitze. Aber das werden Sie Madame Bonaparte natürlich nicht verraten«, sein Lächeln verwandelte sich in ein schelmisches Grinsen.

Sie schmunzelte. »Sie können mir vertrauen, meine Waren sind von ausgezeichneter Qualität.«

»Umso besser. Dann werde ich Sie gleich vorstellen. Ihre Anwesenheit lenkt die Dame des Hauses hoffentlich von Fortunés dreckigen Pfoten ab. Schau'n Sie nur, sie sind ganz schwarz.«

»Er hat in einem Beet gegraben. Hunde tun so etwas.« Sie streckte die Hand aus, um die kleine, feuchte Nase an ihren Fingern schnuppern zu lassen, doch Fortuné schnappte, und Serena konnte ihre Rechte gerade noch in Sicherheit bringen, indem sie ihre Arme um ihren Körper schlang.

»Du ungezogenes kleines Biest«, tadelte Agnelli den Liebling Joséphines. Er hob seinen funkelnden Blick und sah Serena in die Augen. »Auch das sollten wir Madame Bonaparte nicht verraten. Wie mir scheint, beginnen wir auf Anhieb mehr Geheimnisse zu teilen, als ich je mit einer Frau gemein hatte. Sie werden mir unheimlich, Signora Bossi.«

Poussierte er mit ihr? Serenas Herz schmolz dahin. Gerade noch rechtzeitig fiel ihr ein, was Stefano über seinen Freund Agnelli gesagt hatte: »... wahrscheinlich ist er in Madame Bonaparte verliebt.« Das war natürlich möglich, und sie könnte niemals in Konkurrenz mit einer solchen Frau treten, aber Joséphine Bonaparte war mit dem Oberbefehlshaber der Italienarmee verheiratet – sie selbst war jedoch frei für alles, wonach ihr der Sinn stand, vor allem für eine Romanze.

Es bedurfte nicht einmal eines intensiveren Bemühens, Stefano Castelli aus ihren Gedanken zu verbannen. Sie hatte ihm zwar die Erfüllung seines Sehnens versprochen, und es war sicher nicht anständig, mit einem der Freunde des Bildhauers zu tändeln, aber er würde akzeptieren müssen, dass sie es sich anders überlegt hatte. Der Zeitungsmann aus Lugano besaß zweifellos die besseren Verbindungen und konnte ihr nützlicher sein als der Künstler. Es war Naivität gewesen, sich Stefano hingeben zu wollen, der nichts anderes besaß als eine gewisse rohe Natürlichkeit, die sie für einen Moment anziehend gefunden hatte. Dabei war ein Kavalier wie Francesco Agnelli viel eher der Richtige, um schwach zu werden. Serena konnte sich kaum eine Frau vorstellen, die den Avancen dieses Herrn widerstehen würde.

»Bin ich Ihnen zu nahe getreten?«, fragte Agnelli in Serenas Schweigen, seine Augen forschten aufmerksam in ihrer Miene. »Ich wollte Sie mit meinen Vertraulichkeiten nicht in Verlegenheit bringen.«

»Entschuldigen Sie, dass ich abgeschweift bin«, erwiderte sie liebenswürdig. »Mir war ein wichtiges Thema entfallen, und nun ist es plötzlich wieder in meinem Kopf. Darüber bin ich ganz verwirrt. Was hatten Sie zuletzt gesagt? Sie wollten mich mit Madame Bonaparte bekannt machen, nicht wahr?«

»Ja, kommen Sie. Es wird Zeit, dass ich Fortuné zu seinem Frauchen zurückbringe und mich von der Anstrengung erhole, des Hündchens Herr zu werden«, er lachte gut gelaunt, nichts ahnend von dem Konflikt, den er im Innersten der Seidenhändlerin ausgelöst hatte.

6

Es war ganz offensichtlich, dass sich die Damen Bonaparte nicht besonders schätzten. Serena wurde das Gefühl nicht los, mitten in eine Familienfehde hineingeraten zu sein, obwohl sich vor allem Joséphine redlich Mühe gab, die fast greifbar schlechte Stimmung aufzuheitern und sich ihrer Rolle als Hausherrin würdig zu erweisen.

Die Gemahlin des Befreiers Italiens war keine wirklich schöne Frau, darüber hinaus überraschend schnell gealtert, wie es bei Frauen aus dem Süden häufiger geschah, was an Joséphines kreolischer Herkunft liegen mochte. Doch sie besaß atemberaubend viel Persönlichkeit, ein einnehmendes Wesen und so viel Eleganz, dass sie selbst den nicht zu übersehenden Reiz der jungen Pauline Bonaparte überstrahlte.

Napoleons 16-jährige Schwester sollte einen General aus seinem Stab heiraten, was ihr nicht sonderlich zu behagen schien, denn sie nörgelte unablässig an allem herum: an den Stoffmustern, die Serena ausgewählt hatte, ebenso wie auch an den Zeichnungen im *Journal des Dames et des Modes*, die ihrer Schneiderin als Vorlage für das Brautkleid galten. Die drei Jahre ältere Elisa wirkte zugänglicher, ließ aber keinen Streit mit Pauline aus. Über allem thronte Letizia Bonaparte mit anscheinend eisernem Zepter, die matronenhafte Mutter, deren einstige Schönheit weit weniger rasch verblüht war als die ihrer Schwiegertochter, die aber trotzdem nicht deren stille Würde und großzügige Freundlichkeit besaß.

Arme Joséphine!, ging es Serena immer wieder durch den Kopf. Die Französin hatte wahrlich in ein korsisches Wespennest eingeheiratet.

Dass sie aus einer der vornehmsten Familien Ajaccios stammte, hatte Letizia Bonaparte der Seidenhändlerin gleich zu Anfang ihrer Bekanntschaft zu verstehen gegeben. Allein diese Herkunft ermöglichte es der Mutter Napoleons und seinen Schwestern, auf Italienisch mit Serena zu plaudern, der eigenen Muttersprache, während Joséphine das Nachsehen hatte. Immerhin erforderte dieser Umstand die Anwesenheit von Francesco Agnelli, der geduldig den Übersetzer spielte, was ihm jedoch nicht immer in der richtigen Zeitabfolge gelang, denn Letizia, Elisa und Pauline gackerten so aufgeregt durcheinander wie ein ganzer Hühnerstall. Dem überforderten Dolmetscher behilflich zu sein, kam den Damen offenbar nicht in den Sinn, oder sie legten es absichtlich darauf an, die so offensichtlich ungeliebte Joséphine aus ihrer Unterhaltung auszuschließen. Dabei war es gerade diese Frau, der Serena auf Anhieb ihre Sympathie schenkte.

Joséphine Bonaparte hatte sie in einem Salon empfangen, dessen Fenster auf die weite Ebene zu Füßen der Villa Crivelli hinausgingen. Der Raum war, wie wahrscheinlich auch der Rest des Hauses, neu möbliert worden, denn er entbehrte der traditionellen, aus schweren, dunklen Hölzern bestehenden, opulenten Einrichtung der italienischen Aristokratie. Sofas, Sessel, Tische und Stühle wirkten leicht und schlicht, waren weiß lasiert und mit Goldschmuck versehen, die Bezugsstoffe in entsprechend hellen Tönen gehalten. Als Dekoration dienten an die römische Antike erinnernde Vasen und Skulpturen. Es waren keine Originale, natürlich nicht, denn die meisten antiken Asservate waren von französischen Offizieren geplündert und nach Paris verfrachtet worden.

Einen Herzschlag lang flogen Serenas Gedanken zu der Venusstatue von Stefano Castelli; Figuren dieser Art waren in Mode, und er würde sein Werk gut verkaufen können, wenn er nur geschäftstüchtiger und weniger verträumt wäre. Jedenfalls war er ein fähigerer Bildhauer als der Mann, der die Büsten für dieses Zimmer hergestellt hatte, die allesamt wie schlechte Kopien und ein wenig kitschig aussahen. Schade, dass er sein Talent verschwendete.

Sie begegnete Agnellis Blick, der Fortuné auf einem Seidenkissen auf einem offenbar speziell für den kurzbeinigen Hund entworfenen, niedrigen Polsterbänkchen absetzte, und erwiderte sein Lächeln. Da war Stefano Castelli schon wieder vergessen.

Während Serena ihre Warenproben auf dem Tisch ausbreitete, erschien ein Diener mit einem Tablett, auf dem sich Erfrischungen befanden: Gläser mit Limonade und Schälchen mit Tupfern bunten Speiseeises wurden neben den kleineren und größeren Quadraten feinster Seidengewebe platziert. Serena hatte hauchdünnen Taft zur Auswahl bereitgelegt, schimmernden Moiré, in sich gemusterten Damast und kostbarste Mailänder Spitze für den Brautschleier. Der Wert dieser Stoffe war Pauline Bonaparte offenbar nicht bewusst, denn sie ließ nachlässig einen erdbeerroten Tropfen der von ihr ausgewählten Granita auf eines der Muster fallen.

Ohne sich die geringste Irritation anmerken zu lassen, zückte Serena ein Taschentüchlein und tupfte das Eis vorsichtig von der Seide, dennoch konnte sie nicht verhindern, dass ein Fleck zurückblieb. Was für ein Glück, dass sie die Stoffrollen in der Kutsche gelassen hatte und nur ein kleines Stück Satin verdorben war; nicht auszudenken, wenn Pauline mehrere Bahnen von dem edlen Material ruiniert hätte.

Es wurde ein anstrengender Nachmittag. Serena fühlte sich hin und her gerissen zwischen den Damen Bonaparte und angezogen von Francesco Agnelli, zu dem ihre Augen immer wieder flogen, obwohl sie wusste, dass es unpassend war, bei dieser Gelegenheit mit ihm zu kokettieren. Aber er war im Sturm der zankenden Frauen so etwas wie ein Anker, durch den Serena Halt zu finden suchte. Darüber hinaus rechtfertigte sie sich damit, dass sie ihm zu Dank verpflichtet war, denn er hatte sie Joséphine Bonaparte überhaupt erst empfohlen.

»Das gefällt mir alles nicht«, jammerte Pauline, »Ihre Muster entsprechen nicht meinen Wünschen. In so etwas trete ich nicht vor den Altar. Schauen Sie sich das Kleid an, das ich trage: Warum haben Sie keinen Stoff wie diesen mitgebracht, Bürgerin Bossi?« Demonstrativ hob sie die Schleppe auf, die sie elegant zu ihren Füßen drapiert hatte, und ließ das Material durch ihre Finger gleiten.

»Ihre Garderobe wurde aus Musselin gefertigt«, erwiderte Serena liebenswürdig, obwohl sie innerlich schäumte. »Es handelt sich dabei um ein hochwertiges Baumwollgewebe in Leinwandbindung, das sich angenehm tragen lässt, sich aber kaum für ein Brautkleid eignen dürfte. Seltener wird Musselin aus Seide hergestellt und ist daher ...«

»Nimm doch Batist«, schlug Elisa bissig vor. »Das ist fast so gut wie nackt zu gehen.«

»Seidenmusselin ist ein teures Material, aber durchaus zu beziehen«, fuhr Serena, nach außen hin gleichmütig, fort. »Doch sehen Sie, wie zart dieser Taft ist. Er fällt so weich wie Musselin und ist ebenso fein, allerdings weniger durchsichtig. Mein Kleid ist aus derselben Seide genäht.«

Paulines Augenbrauen hoben sich arrogant. Zu Serenas Erleichterung enthielt sie sich jedoch einer Bemerkung, die ganz sicher nicht freundlich gewesen wäre.

»Dann nehmen wir eben Taft«, meinte Elisa lahm.

Serenas Lächeln war berufsmäßig und erreichte ihre Augen nicht. »Das ist sicher eine gute Wahl. Sie erkennen die Qualität einer Seide übrigens an ihrem Gewicht – je leichter das Material ist, desto wert...«

»Dieser Seidenmusselin klingt nach meiner Wahl«, unterbrach Pauline trotzig. »Ich will nicht in einem unmodernen Brautkleid umherlaufen oder verhüllt sein wie eine Nonne.« Sie sah Elisa rebellisch an, woraufhin sich eine weitere Fehde zwischen den Schwestern entspann.

Hinter den Fenstern zogen orangerote Streifen über den Himmel, die Dämmerung brach an. Serena beobachtete den Einbruch des Abends mit Argwohn. Sie war zu spät aufgebrochen, und wenn sie heute noch nach Como heimkehren wollte, würde sie durch die Nacht fahren müssen; keine angenehme Vorstellung, denn die Straßen waren nicht überall sicher. Deserteure und geflohene Kriegsgefangene streunten durch die Wälder und überfielen Kutschen, wie es hieß. Natürlich gab es unterwegs Gasthäuser, aber diese Ausgabe hätte sie gerne gespart. Andererseits wollte sie diesen Handel unbedingt abschließen, und sie spürte, dass inzwischen nicht nur Joséphine Bonaparte auf ihrer Seite stand, sondern auch deren Schwiegermutter. Wie lange würden die Bräute noch brauchen, ihre Wahl zu treffen? Es konnte doch nicht so schwierig sein, sich auf einen Stoff festzulegen.

Verwöhnte Gören!, dachte Serena bitter. Die Schwestern des Oberbefehlshabers der Italienarmee benahmen sich schlimmer als Prinzessinnen, vor allem Pauline, dabei sollte man annehmen dürfen, sie entstammten einem republikanischen Haushalt. Serena konnte sich nicht entsinnen, dass sich jemals eine Herzogin aus dem Hause Visconti, deren am Comer See ansässiger Familienzweig schon von ihrem Großvater beliefert worden war, so wählerisch und verwöhnt gezeigt hatte wie die Bürgerinnen Bonaparte. Schöne Republik!, sinnierte sie, und ein tiefer Seufzer entrang sich ihrer Kehle.

Fast gleichzeitig holte Joséphine tief Luft.

Überrascht sahen sich die beiden Frauen an, dann zwinkerte Joséphine verschwörerisch.

»Wahrscheinlich wäre es sinnvoller gewesen, Madame Tandello zur Auswahl der Seide hinzuziehen«, bemerkte sie. »Die Schneiderin hätte am besten gewusst, aus welchem Material sie die Kleider nähen will.«

»Ach, was«, widersprach Letizia Bonaparte, »jede vernünftige Frau weiß, aus welchem Stoff sie ihre Garderobe schneidern lassen möchte. Pauline, Elisa, entscheidet euch endlich. Aber bedenkt, dass euer Bruder eine kirchliche Trauung will, weil die Lombardei ein katholisches Land ist, und benehmt euch entsprechend. Niemand muss bei dieser Gelegenheit deinen Busen sehen, Pauline!«

Francesco Agnelli übersetzte dieses Machtwort für Joséphine, wobei er ein Schmunzeln nicht unterdrücken konnte. Obwohl sie wusste, dass es unziemlich war, wagte Serena ebenfalls ein kleines Lächeln. Im selben Moment begegnete sie noch einmal Joséphines Augen – und in dem sanftmütigen Blick erkannte sie, dass die ältere Frau Bescheid wusste. Was auch immer Serena verraten haben mochte, Joséphine war offensichtlich klar, dass die Seidenhändlerin neben dem Geschäftsabschluss mit den Damen Bonaparte gerne noch ein anderes Arrangement tätigen würde.

»Da sich meine Schwägerinnen nicht entscheiden können«, sagte Joséphine, »werden Sie die Nacht als unser Gast verbringen müssen, Citoyenne. Es wäre sehr unhöflich, Sie zu später Stunde nach Como zurückzuschicken, und Pauline und Elisa bleibt auf diese Weise mehr Zeit, ihre Wahl zu treffen. Ich hoffe, es bereitet Ihnen nicht zu viele Umstände, heute Abend mit uns zu speisen.«

Serenas Herzschlag schien für einen Moment auszusetzen. An die Tafel des Befreiers Italiens geladen zu werden, war mehr, als sie sich in ihren kühnsten Träumen hatte vorstellen können. Die Möglichkeiten, die sich ihr damit boten, erschienen ihr wie ein Tor, das sich zum Paradies öffnete.

Bevor sie Joséphine für ihre Großzügigkeit danken konnte, flog jedoch die Zimmertür auf – und im selben Moment veränderte sich die Stimmung im Salon so stark, dass die Einladung zu einer Nebensache wurde.

Ein junger Mann trat gemessenen Schrittes, aber mit der Gewandtheit eines Menschen ein, der es gewohnt war, Joséphines Salon ohne Anmeldung zu betreten. Er war etwa so alt wie Serena, mittelgroß, wirkte aber in seiner himmelblauen Husarenuniform mit dem fuchsverbrämten Überwurf, den er trotz der Hitze trug, den Goldtressen und -knöpfen an der kurzen Jacke reifer und schneidiger. Seine Augen glänzten, und das Grübchen in seinem Kinn war ein weiteres Zeugnis seines unbändigen Humors. Doch sein Auftritt schien nicht alle Damen in fröhliche Stimmung zu versetzen: Pauline errötete, Elisa wandte sich dem Journal zu, das noch immer auf dem Tisch lag, und auf das Gesicht der ansonsten unbeweglichen Letizia legte sich ein Schatten; lediglich über Joséphines Miene huschte ein Strahlen, und wie als Echo der Freude seines Frauchens erhob sich das Hündchen Fortuné schwanzwedelnd von seinem Kissen.

Der Husar senkte sein Haupt, und eine Strähne seines glänzenden schwarzen Haares fiel ihm in die Stirn. »Melde mich zur Stelle, Mesdames! Man schickte mich voraus, um Ihnen auszurichten, dass General Bonaparte und sein Starb erst morgen in Mombello eintreffen. Die Herren wurden in Brescia aufgehalten.«

In Joséphines Augen trat ein eigentümliches Glitzern – und Serena beschlich eine vage Vermutung. Es sah ganz danach aus, als bestünde zwischen ihrer Gastgeberin und dem jungen Mann eine Verbindung, die über das übliche Verhältnis einer Generalin zu einem Offizier ihres Gatten hinausging. Zumindest war Joséphine ihm herzlich zugetan, denn ihre Stimme klang wärmer als zuvor: »Das ist Lieutenant Hippolyte Charles, der Adjutant Colonel Leclercs, des Bräutigams von Pauline ... Mein lieber Hippolyte, darf ich Ihnen die Bürgerin Bossi vorstellen? Sie kommt aus Como und handelt mit Seide.«

Galant beugte sich Lieutenant Charles über Serenas Hand. »Es ist mir ein Vergnügen, Ihre Bekanntschaft machen zu dürfen«, sagte er. »Sobald es meine Zeit erlaubt, werde ich Ihrem Laden einen Besuch abstatten. Wissen Sie, schöne Stoffe sind eine große Leidenschaft von mir.«

»Enchanté«, erwiderte Serena lächelnd und bedauerte, dass sie so viel weniger Wert auf das Studium von Fremdsprachen gelegt hatte als Emilia. Sie hätte gerne ein wenig mit dem charmanten Husaren geplaudert. Serenas Augen wanderten Hilfe suchend zu Francesco Agnelli, der den Lieutenant ohne Arg betrachtete, als herrsche zwischen den beiden Männern keine Rivalität um Joséphines Gunst.

Das Gespräch nahm seinen Gang, während sich Lieutenant Charles ungezwungen zu den Damen gesellte und am Tisch Platz nahm. Letizia Bonaparte betrachtete die Szene und wirkte in ihrer stummen Präsenz leicht bedrohlich. Derweil erzählte Lieutenant Charles fröhlich vom Klatsch um den neuesten Kleidungsstil der Pariser, den er von einem kürzlich im Generalstab eingetroffenen Kurier aufgeschnappt hatte: »Die Merveilleuses ...«

»Das ist die Bezeichnung für die übertrieben modisch gekleideten jungen Damen der noblen Gesellschaft«, raunte Agnelli Serena zu.

»... tragen in diesem Sommer wieder die Mode à la Grecque – man sah Madame Tallien in einem nur knielangen Chiton beim Pferderennen auf dem Champs de Mars, ihren Kopf schmückte die Kausia der makedonischen Könige. Originell, nicht wahr? Und die Incroyables ...«

»So nennt man die geckenhaften jungen Männer«, flüsterte Agnelli.

»... haben sich auf altmodische Mädchenfrisuren verständigt: Mittelscheitel, Zöpfe und Schildpattkämme sollen gerade sehr en mode sein. Wie amüsant, man stelle sich vor, Monsieur Vernet mit einem Haargeflecht ...«, Lieutenant Charles prustete und steckte Joséphine an, die sich so amüsierte, dass sie ein kleines Taschentüchlein an ihre Lippen presste, um nicht lauthals zu lachen.

Die beiden jungen Damen konnten sich ein Kichern nun auch nicht mehr verkneifen, nur Letizia verzog angewidert die Mundwinkel.

Serena schmunzelte, konnte der Beschreibung jedoch nicht so viel Erheiterndes abgewinnen, da sie die Person nicht kannte, über die man sich lustig machte. Was für eine eigentümliche Welt, dachte sie. Die Revolution war gerade mal acht Jahre her, und die reichen Leute feierten das ganze Jahr hindurch Karneval, als wären sie zu Gast bei der armen Königin Marie Antoinette, die ihren Kopf verloren hatte wie die modebewussten Pariser der nächsten Generation ihren Anstand. Nicht, dass Serena Frivolitäten abgeneigt gewesen wäre, aber Damen in kurzen Gewändern und Männer mit Frauenfrisuren waren ihr unheimlich. Dass der Bericht Francesco Agnelli amüsierte, überraschte sie, denn sie hatte den Tessiner in seinem Habitus für traditionsbewusster gehalten. Ebenso wie Lieutenant Charles schien er seinen Spaß an den Ausschweifungen der Jugend zu haben. Stefano Castelli hätte sich dadurch in der eigenen Männlichkeit beleidigt gefühlt, überlegte Serena im Stillen, auch wenn ihn die Aufmachung völlig Fremder gar nichts anging – er war ein Mann, der selbstbewusst von der absoluten Richtigkeit des eigenen Handelns überzeugt war.

Vergiss ihn!, riet ihr eine innere Stimme. Nimm dir einen Liebhaber wie Francesco Agnelli oder Lieutenant Charles, wenn der zu haben wäre.

»Ich bin übrigens nicht alleine aus Brescia zurückgekommen«, fuhr der Husar fort: »Der Maler Antoine Gros befindet sich in meiner Begleitung. Er benötigt dringend Ihren Zuspruch, Madame Bonaparte, da der General bei den Sitzungen einfach nicht mit hoch erhobenem Arm stillstehen bleiben will. So kann Monsieur Gros jedoch unmöglich das bestellte Porträt fertigstellen, sagt er und bittet Sie um Rat.«

Während die Unterhaltung ihren harmlosen Lauf nahm,

senkte sich die Dunkelheit wie ein schwarzes Tuch über die Landschaft vor den Fenstern. Livrierte Lakaien erschienen und entzündeten die Kandelaber in dem Salon. Serena konnte sich kaum entsinnen, wann sie zuletzt in einem Raum gewesen war, der von so vielen Kerzen beleuchtet wurde. Doch kaum war diese Verschwendung vollbracht, erschien ein weiterer Diener, um zu melden, dass angerichtet sei, und die Gesellschaft erhob sich unverzüglich. Mit einer Mischung aus Bewunderung und Neid beobachtete Serena die Geschmeidigkeit, mit der sich Joséphine dabei bewegte, und beschloss, ihre Haltung zu imitieren. Gleich nach ihrer Heimkehr wollte sie vor dem Spiegel üben, wie die Frau Napoleon Bonapartes zu schreiten.

»Da der General und sein Stab in Brescia aufgehalten wurden, speisen wir heute Abend nur im kleinen Kreis. Ich hoffe, Sie sind nicht enttäuscht«, wandte sich ihre Gastgeberin liebenswürdig an Serena, »weil sie keine französischen Offiziere oder die Botschafter anderer Länder kennenlernen, die üblicherweise an unserem Tisch sind.«

»Sie ist eine Seidenhändlerin!«, zischte Pauline, als sei damit festgestellt, dass Serena zu keiner Zeit an die erlesene Tafel ihrer Familie passte.

Wahrscheinlich hatte sie geglaubt, dass ihr Affront in der Aufbruchstimmung ungehört blieb, doch Lieutenant Charles drehte sich mit einem süffisanten Lächeln zu ihr um: »Ja, fast wie die Frau Ihres Bruders Joseph: Ist die geborene Bürgerin Clary nicht die Tochter eines Seidenhändlers aus Marseilles?«

Serena presste ihre Lippen aufeinander. Überhebliche Kundinnen waren ihr nicht fremd. Ihr Vater hatte sie früh gelehrt, solche Leute mit Freundlichkeit zu entwaffnen. Später hatte sie begriffen, dass es wohl einfacher wäre, diesen Damen in einer etwas schlichteren Aufmachung gegenüberzutreten: Serena wusste, dass viele Frauen angesichts ihres Aussehens und ihres Geschmacks von Neid und Eifersucht getroffen wurden, doch bei allem Geschäftssinn hatte sie sich nie überwinden können, schlichter aufzutreten; immerhin war ihre Garderobe auch so etwas wie eine Referenz ihres Ladens. Pauline Bonapartes Benehmen war daher nicht überraschend, aber es fiel Serena schwer, eine sechzehnjährige Republikanerin wie eine alte Herzogin zu behandeln.

»Monsieur Agnelli, führen Sie Madame Bossi zu Tisch?«, fragte Joséphine und hakte sich bei Lieutenant Charles unter, als sei dies die selbstverständlichste Sache der Welt. »Das Diner wird im Garten serviert.«

»Aber doch hoffentlich im Zelt«, murmelte Pauline, »sonst friere ich!«

»Dann holst du dir eben einen Schal«, gab Elisa zurück.

7

Emilia stand mit dem Rücken zum See und blickte auf die in der Abenddämmerung wie mit Pastellstiften gezeichneten Fassaden der Uferpromenade. Sie war wieder zu Hause – und hatte das Gefühl, in der Fremde angekommen zu sein. Fünf Jahre waren eine längere Zeit, als sie angenommen hatte. Nicht nur sie selbst hatte sich verändert, auch Como – oder zumindest der Blick, mit dem sie auf den Ort sah. Die Straßen und Plätze kamen ihr kleiner vor als in ihrer Erinnerung, die nur zwei-, höchstens dreistöckigen Häuser wirkten niedriger und die Stadtvillen in den von Palmen gesäumten Gärten überschaubarer. Wenigstens sind die Wege kürzer, ging es ihr lakonisch durch den Kopf, als sie sich nach ihrer Reisetasche bückte, die sie zu ihren Füßen abgestellt hatte. Bis zum Seidenwarenladen war es nicht weit, und sie würde nicht allzu schwer tragen müssen.

»Buona sera, Signora Bossi.«

Verblüfft sah Emilia dem Mann nach, der an ihr vorübergeschritten, höflich seinen Hut gelüftet und dann seines Weges gegangen war.

»Guten Abend«, murmelte sie und sprach dabei so leise, dass sie fast nicht zu verstehen war.

Signora Bossi?!

Es war unwahrscheinlich, dass der Fremde Emilia erkannt hatte, denn dann hätte er *Signorina Bossi* gesagt. Eine Verwechslung also. Seit sie sich als Kinder ein Vergnügen daraus gemacht hatten, sich gleich anzuziehen und andere mit ihrer verblüffenden Ähnlichkeit zu narren, hatte sich niemand mehr in der Identität der Schwestern getäuscht. Wie kam es, dass der Mann sie für Serena hielt?

Ein Lächeln legte sich auf Emilias angespannte Züge. Sie war nicht nur müde von der Reise und betrübt durch den Abschied ihrer neuen Freundin Lucia Agnelli, sondern auch ermattet von ihrem Liebeskummer, doch mit einem Mal fühlte sie sich glücklich. Eine aufregende Erkenntnis bemächtigte sich ihrer: Entweder hatte sich die schöne Serena zum Nachteil verändert oder sie – Emilia – hatte deutlich an Attraktivität gewonnen. Vielleicht hatte Lucia recht: Es kam nicht immer nur auf die offensichtliche Schönheit an, sondern auch auf Eleganz und Stil. Neugier auf Serena packte sie.

Entschlossen marschierte Emilia los, wobei sie einem mit Weinfässern beladenen Karren auswich, dann ließ sie einen Reiter in der blauen Uniform der französischen Besatzer passieren, bevor sie auf die andere Straßenseite wechselte und den Weg zum Seidenhandel der Familie Bossi einschlug, den sie trotz ihrer langen Abwesenheit im Schlaf gefunden hätte.

Ihr Herz klopfte heftig, als sie schließlich vor den blank geputzten Fenstern des Ladens stand, in denen sich die Lichter der gerade entzündeten Straßenlaternen spiegelten. Die meisten anderen Geschäfte hatten inzwischen geschlossen, wirkten dunkel und verlassen, aber in Serenas Kaufhaus herrschte noch Betrieb: Die Kerzen in einem schweren Leuchter auf dem Tresen brannten ebenso wie zwei Öllampen, in deren Schein eine Dame Seidenbänder auszuwählen schien.

Emilia sah durch die Scheiben und beobachtete die Szene. Im Stillen hoffte sie, Serenas ansichtig zu werden, bevor die Schwester sie bemerken würde. Doch sie wurde enttäuscht. Ein überaus beflissen wirkender junger Mann bediente die Kundin, rollte immer neue Muster auf und wieder ein, zog Schubladen auf und zeigte ihr andere Bordüren. Dabei war er eifrig bemüht um die Dame und geduldig. Serena hat Glück mit ihrem Gehilfen, dachte Emilia, er zeigt alle Attribute eines guten Verkäufers.

Da es den Anschein hatte, dass er Serena vertrat und Emilia nicht länger auf der Straße herumstehen wollte, stieß sie die Eingangstür auf. Ein vertrautes Glockengeläut erklang, als der Luftzug das arabische Windspiel in Bewegung setzte, das einst ihr Großvater von einer Reise nach Venedig mitgebracht hatte.

Der Ladengehilfe hob flüchtig den Kopf. »Guten Abend, verehrte Dame … Ah, Sie sind schon zurück«, murmelte er beiläufig, dann stutzte er, starrte Emilia verwundert an. »Verzeihung, aber wie sehen Sie denn aus? Sie waren … ich meine … ich verstehe nicht … es ist … wieso …«, er verhaspelte sich, kam ins Stottern, brach hilflos ab.

»Ich möchte von diesem blauen Mäanderband«, erklärte die Kundin, als habe sie nicht bemerkt, dass sich der Verkäufer nicht mehr um sie kümmerte. »Drei Braccia sollten reichen, denke ich. Oder eineinhalb Meter, wie es neuerdings heißt. Nein, das ist weniger. Ach, die Franzosen bringen alles durcheinander …«

»Sie sehen anders aus«, murmelte der junge Mann, »doch könnte ich schwören, dass Sie es sind«, plötzlich verwandelte sich seine Miene, und mit der Erkenntnis legte sich maßloses Staunen auf seine Züge: »Sie sind nicht Signora Bossi, nicht wahr?«

Emilia schenkte ihm ein offenes Lächeln. »Nein, ich bin Signorina Bossi, die Schwester von Signora Bossi. Ich bin gerade aus Wien angekommen und …«

»Vielleicht wäre ein Besatz aus Falben besser«, erwog die Dame am Ladentresen, »aber dafür sollte ich ein breites Stück Stoff nehmen. Ein Band lässt sich so schwer plissieren.«

»Signorina Emilia!«, rief Serenas Gehilfe erfreut aus und lief rasch um die Theke herum, beide Hände nach der Besucherin ausgestreckt. »Geht es Ihnen gut? Wie schön, Sie bei bester Gesundheit zu sehen. Leider …«

»Hören Sie mir überhaupt zu?«, kreischte die Kundin. »Das ist ja unerhört!«

Der junge Mann blickte zerstreut von Emilia auf die ältere Dame. »Entschuldigen Sie, Signora, bitte, ich musste … ich habe …«, ihm schien aufzufallen, dass jede Erklärung peinlich klang, deshalb fügte er schlicht hinzu: »Verzeihung. Wären Sie wohl so freundlich, mir noch einmal zu verraten, welche Wünsche Sie haben?«

»Ehrlich gesagt hege ich gerade den Wunsch, dieses Geschäft zu verlassen und meine Kurzwaren anderweitig zu besorgen«, fauchte die Kundin. »Hätte mein verstorbener Mann nicht bereits bei dem früheren Inhaber gekauft, würde ich diesem Geschäft unverzüglich den Rücken kehren, aber man hängt an Traditionen, nicht wahr? Nein, was rede ich da? Von Treue habt Ihr jungen Leute ja keine Ahnung«, mit einem Seufzer schloss sie ihren Monolog.

»Es ist sehr freundlich von Ihnen, dass Sie uns schon so lange beehren«, kam es Emilia ohne viel Nachdenken über die Lippen, sogar das Wörtchen »uns« fiel ihr leicht, obwohl es eigentlich Serenas Seidenhandel war und nicht der ihre. Sie stellte ihre Reisetasche ab, löste die Bänder ihrer Capote und legte den Hut auf den Tresen, bevor sie um den Ladentisch herumging, um die Kundin formvollendet zu bedienen.

Mit einem selbstbewussten Strahlen tippte sie auf die zur Auswahl bereitliegenden Bänder. »Für eine Falbel eignet sich das nicht, dafür würde ich Ihnen eine Seide aus festerem Material empfehlen. Moiré wäre sicher gut geeignet.« Beim nächsten Atemzug wunderte sie sich über ihre Eingebung. Sie hatte sich doch nie für das Geschäft interessiert und nur nebenbei aufgeschnappt, was Papa und Nonno Serena beibrachten. Seltsam, dachte sie, dass ein bestimmtes Wissen im Gehirn erhalten bleibt und unvorhergesehen wieder auftaucht, selbst wenn es verschüttet war – wie eine Wahrheit, von der man annimmt, sie trete niemals ans Tageslicht.

Der Alten klappte das Kinn herunter. »Wer, bitte schön, sind denn Sie?«

»Oh, Verzeihung, ich vergaß …«, stammelte der Ladengehilfe, unterbrach sich, zögerte kurz und fügte dann mit fester Stimme hinzu: »Das ist Signorina Bossi. Sie sollten auf ihren Rat vertrauen, meine Dame, denn sie ist auch eine Tochter des Kaufmanns, dessen Kunde Ihr Gatte – Gott hab ihn selig – war.«

»Ja, wenn das so ist … hmmm«, machte die Kundin lahm. »Dann zeigen Sie mir mal den in Frage kommenden Stoff.«

»Wenn Sie sich bitte einen Augenblick gedulden würden«, bat Emilia, »wir müssen nur kurz ins Lager und sind sofort wieder da.« Dabei zog sie den Ladengehilfen am Ärmel hinter die Regalwand mit den Kurzwaren. »Wo ist meine Schwester?«, wisperte sie.

»Signora Bossi ist unterwegs, bringt Warenproben in die Villa Crivelli zu Madame Bonaparte, der Gattin des Generals. Ich denke, sie wird erst am späten Abend zurück sein. Inzwischen vertrete ich sie hier im Laden. Den Lehrling habe ich übrigens schon nach Hause geschickt. Ich bin Aurelio, Signorina Emilia.« Er verneigte sich.

»Gut, Aurelio«, murmelte Emilia zerstreut und schenkte ihm ein abwesendes Lächeln.

Ihre Gedanken überschlugen sich, denn die knappen Informationen des Ladengehilfen ließen ihre Situation in einem anderen Licht erscheinen. Wenn Serena die Gemahlin des Befreiers Italiens belieferte, ging es ihr geschäftlich besser, als Emilia angenommen hatte. Das war natürlich erfreulich für Serena, aber auch eine gewisse Erleichterung für Emilia, falls sich ihre Ersparnisse zu rasch verbrauchten und sie Serena auf der Tasche liegen müsste. Gut. Sehr gut. Aber das eigentliche Problem war die Frage ihres aktuellen Verbleibs. Da Serena nicht in Como weilte, hatte Emilia keinen Zugang zu ihrem alten Zimmer. Wo sollte sie aber übernachten, wenn nicht dort?

Als habe er ihre Gedanken erraten, flüsterte Aurelio: »Signora Bossi hat sicher nichts dagegen, wenn ich Sie in ihre Wohnung bringe. Die Haushälterin kommt nur tagsüber, so müssten Sie zunächst ohne Personal auskommen. Wissen Sie, die Zeiten haben sich sehr geändert. Nicht jeder kann sich mehr die Dienerschaft leisten, die er gerne hätte.«

Emilias Schmunzeln wurde breiter und herzlich. »Das ist meine geringste Sorge. Es wäre in der Tat sehr freundlich, wenn Sie mich in die Wohnung bringen würden, wo ich auf meine Schwester warten kann …«, ein leises Hüsteln unterbrach sie, und sie fügte amüsiert hinzu: »Zuvor sollten wir der Kundin den Moiré zeigen, meinen Sie nicht?«

Mit einem Eifer, der Serena in tiefstes Erstaunen versetzt hätte, stürzte sich Emilia in den Handel. Zum ersten Mal in ihrem Leben bereitete es ihr Freude, im Laden zu stehen. Sie lächelte, plauderte, beriet – und verkaufte am Ende mehr, als die alte Dame ursprünglich hatte erwerben wollen. Diese verließ das Geschäft schließlich nicht mit nur ein paar Bändern und einem Stoffrest, aus dem sie eine Falbel legen konnte, sondern auch mit einem Ballen Seide für ein Kleid und Batist für ein Fichu, das eine sittsame Bürgerin über ihrem Ausschnitt trug.

8

»Lassen Sie sich durch die Abwesenheit des Generals nicht stören«, bemerkte Francesco Agnelli an Serenas Seite, »die Abende in der Villa Crivelli sind auch ohne Napoleon Bonaparte sehr unterhaltsam. Madame ist eine wunderbare Gastgeberin und versteht es vortrefflich, ihre Freunde zu bewirten. Deshalb ist von einem kleinen Kreis niemals die Rede. Man reißt sich um eine Einladung zu ihren Diners. Lediglich vom Menü dürfen Sie nicht viel erwarten, die Speisefolge ist auf Anweisung des Hausherrn immer etwas spartanisch.«

Die Mahlzeit war das Letzte, worauf es Serena ankam. Sie verspürte nicht einmal Hunger, obwohl sie seit ihrer Abreise aus Como nichts gegessen hatte. All ihre Sinne waren auf das Zelt konzentriert, welches im Garten der Villa Crivelli aufgebaut war und in dem man sich nun versammelte.

Es war ein milder Abend, die Grillen zirpten im Gras, es

duftete süß nach Goldlack, Primeln, Rosen und Veilchen. Vor allem Rosen waren als Dekoration in die Vasen des mit einem verschwenderischen Meer von Kerzen erhellten Pavillons gesteckt worden. Diener eilten umher, versorgten die etwa zwanzig Anwesenden mit Champagner und wiesen den Herrschaften ihre Plätze an dem langen Tisch zu, der zu Serenas Überraschung nicht mit silbernen Tafelaufsätzen oder feinem Porzellan gedeckt war, sondern mit schlichtem Geschirr aus Keramik.

Im Gegensatz dazu sparten die Freunde von Joséphine Bonaparte nicht an Glanz. Einige Damen aus Paris waren anwesend, erkennbar an ihren luftigen Gewändern à la Grecque, den dazu passenden, geschnürten Sandalen und goldenen Haarbändern; die Gattinnen der italienischen Gäste trugen elegante, weniger frivole Chemisekleider und die funkelnden Juwelen ihrer Ahnen. Es war eine bunte Mischung aus altem Adel und neuem Bürgertum, ein Kreis, der dazu aus extravaganten Kavalieren, konservativen Herren und einigen wenigen Offizieren wie Lieutenant Charles bestand. Mit Ausnahme von Antoine Gros war Francesco Agnelli zweifellos der attraktivste Mann des Abends, und da Serenas Appetit auf Künstler nachgelassen hatte, empfand sie für den Maler nichts als Gleichgültigkeit. Inmitten dieser Gesellschaft bewegte sich Joséphine mit einer Selbstsicherheit, die Serena den Atem raubte. Ihre Gastgeberin strahlte vollendete Zufriedenheit aus, als sei sie erst restlos glücklich inmitten ihrer Freunde, und eine Herzlichkeit, die jeden Anwesenden für sie einnehmen musste.

»Es kommt mir hier vor wie in einem Bienenstock«, sagte Serena zu ihrem Begleiter, »dessen Königin Madame Bonaparte ist.«

»Das ist gut beobachtet. Der Salon von Joséphine de Beauharnais in Paris war bereits berühmt, bevor sie die

Ehefrau von General Bonaparte wurde. Damals wie heute riss man sich um eine Einladung, weil sie sehr geschickt darin ist, wichtige Menschen zusammenzuführen. Indirekt besitzt sie mehr Einfluss auf die Entscheidungen der Mächtigen als man auf den ersten Blick meinen möchte. Ihre Art, zwanglos über Politik zu plaudern, hat häufig mehr bewirkt als ein Waffengang.«

Die Bewunderung, mit der Agnelli von Joséphine sprach, versetzte Serena einen Stich. Sie fühlte sich klein und unbedeutsam angesichts dieser großartigen Persönlichkeit. Um das Thema zu wechseln, fragte sie: »Bei meiner Ankunft wirkte die Villa so ruhig. Wo waren da all diese Leute?«

Er wich einem Kellner aus, der ein Tablett mit frisch gefüllten Champagnergläsern über dem Kopf balancierte. »Die Hausgäste von Madame unternehmen häufig Ausflüge oder sie liegen in Morpheus' Armen«, seine Augen blitzten verschwörerisch, als er Serenas Blicke suchte. »Die Franzosen schätzen einen ausgedehnten Mittagsschlaf. Das macht sie sympathisch, finden Sie nicht?«

»Ach, nein«, widersprach sie lächelnd. »Ich finde keinen Gefallen daran, mein Leben zu verschlafen. Man verpasst dabei so viel.«

»Hast wird allzu schnell zu einem Dasein, in dem die Erinnerungen nur noch flüchtig sind«, sinnierte Francesco Agnelli. »Ohne Träume kann man nicht leben – und dafür braucht man Muße.«

Sie hielt seinen Blick fest. »Nur durch Tatkraft lassen sich Wünsche erfüllen. Träume allein machen nicht glücklich …«

»Ah! Francesco Agnelli in bezaubernder Gesellschaft.« Ein hochgewachsener, hagerer Mann jenseits seiner besten Jahre und etwas altmodisch gekleidet, aber von Haltung und Habitus nicht ohne Eleganz, hatte sich zu Serena und ihrem Begleiter gesellt. An der rotgoldenen Schärpe, die sich von seiner Schulter zur Hüfte spannte, glänzte ein Orden, an dem Band über seinem Halstuch ein weiterer und am Revers seines Fracks eine dritte Auszeichnung. Wahrscheinlich war dieser Herr bedeutend, doch Serena hätte auf seine Bekanntschaft gerne verzichtet, da er sie gerade in dem Moment unterbrach, als sie begann, das weiblichste aller Spiele mit dem Objekt ihres Begehrens zu beginnen.

»Ich sehe, es geht Ihnen gut«, fügte der hochdekorierte Italiener hinzu und schlug Francesco väterlich auf die Schulter.

Francesco verbeugte sich leicht. »Conte Arconati«, stellte er den Fremden Serena vor. »Seiner Familie gehörte einst die Villa Crivelli, bevor man etwas näher an Mailand in ein noch schöneres Anwesen zog. Und dies hier ist Signora Bossi aus Como«, wandte er sich an den Grafen. »Sie beliefert die Damen Bonaparte mit Seide.«

»Dann gehören sicher auch die Signore Agnelli zu Ihren Kundinnen. Ich wünsche Ihnen, dass es dabei bleibt.«

Serena runzelte die Stirn. Es irritierte sie, dass der Graf von mehreren Damen Agnelli sprach; der Rest seiner Bemerkung ging in ihrer Verwunderung unter. War Francesco etwa verheiratet? Ihr sank das Herz, und sie riskierte einen offenen Blick auf seine Hände, aber die Ringe, die er trug, gaben keinen Aufschluss über seinen Familienstand.

»Was meinen Sie?«, erkundigte sich Francesco. Serena nahm wahr, dass er seine Stimme senkte.

»Eben hörte ich, General Bonaparte wolle höhere Steuern und Zölle auf italienische Waren erlassen. Ob das auch Seide betreffen wird, kann ich nicht sagen, auf jeden Fall soll es deutliche Änderungen im Umgang mit den Exporten in die Eidgenossenschaft geben. Ich fürchte, Agnelli, damit werden auch die Lebensmittel im Tessin teurer.«

Francescos Augenbrauen hoben sich. »Abgaben auf Korn, meinen Sie? Das wird in der Tat zu Problemen führen.«

»Für die Jakobiner bei Ihnen zu Hause dürften die Einfuhrbeschränkungen ein herber Schlag sein. Die Republik wird nicht dadurch beliebter, dass mit jahrhundertealten Traditionen wie der zollfreien Lieferung von Korn aus der Lombardei plötzlich gebrochen wird.«

»Hm. Die ruhigen Zeiten gehen offenbar ihrem Ende entgegen.«

»Kein Grund zur Trauer, oder? Was veröffentlichen Sie in Ihrer Zeitung, wenn Sie keine Neuigkeiten vermelden können? Die Zeiten der Hetzschriften gegen Jesuiten, mit denen die *Gazzetta di Lugano* berühmt wurde, sind vorbei.«

Serena sah Graf Arconati überrascht an. Seine Frage brachte sie auf den Gedanken, dass sich Stefano Castelli geirrt haben könnte. Francesco Agnelli war nicht in Joséphine Bonaparte verliebt, sondern nutzte lediglich ihre Verbindungen, um in ihrem Salon Informationen aus erster Hand zu erhalten. Deshalb hatte er auch voller Bewunderung von ihrem politischen Geschick gesprochen. Wie einfältig von Stefano, hinter der professionellen Neugier eines Zeitungsmannes eine Liebelei zu vermuten. Sie rückte ein wenig näher an Francescos Seite und gratulierte sich insgeheim dazu, dass sie dem hemdsärmeligen Charme seines Freundes widerstanden hatte.

»Am liebsten veröffentliche ich kritische Betrachtungen auf die Politik«, sagte Francesco und nippte an seinem Champagner. Über den Glasrand lächelte er Serena aufmunternd zu, doch die wagte nicht, sich an dem Gespräch zu beteiligen.

Als erinnere er sich an die Gesellschaft der Dame in Francescos Begleitung, erwiderte Conte Arconati an Serena gewandt: »Das ist eine Leidenschaft, die den Agnellis im Blut liegt. Eine unbeugsame Familie, aber kluge Köpfe allesamt. Haben Sie diesen wunderbaren Bericht über Kaiser Karl gelesen, Signora Bossi?« Glücklicherweise war dies nur eine rhetorische Frage, und Serena war einer Antwort enthoben, denn der Graf fuhr nach einer kurzen Gedankenpause fort: »Obwohl er von einem Anonymus verfasst war, bin ich überzeugt davon, dass es sich bei der Autorin um Lucia Agnelli handelte.«

Francesco schwieg, aber sein verschmitztes Grinsen sprach Bände.

»Nach Paris reist er meist selbst«, plauderte Arconati weiter, »aber nach Wien schickt er seine Schwester. Und an welchen Ort zieht es Sie, Signora Bossi?«

»Ach, ich bin sehr glücklich dort, wo ich gerade bin.«

Sie war dankbar für diese Eingebung, denn ihre weiteste Reise gen Norden war nach Lugano gegangen und gen Süden nach Mailand. Seltsamerweise hatte sie niemals das Bedürfnis verspürt, die Unbequemlichkeiten einer Reise auf sich zu nehmen. Ihre Welt waren Handel und Zahlen, ihre Lieferanten und Kunden befanden sich in nächster Nähe. Deshalb hatte sie am Lario alles, was sie brauchte. Doch das wollte sie natürlich angesichts der Gesellschaft, in der sie sich befand, nicht zugeben.

»Ich finde es auch sehr schön, wo Sie gerade sind«, erwiderte Francesco charmant.

Serenas Herz flog ihm zu. Seine Weltgewandtheit beeindruckte sie, durch seinen Umgang, die Berühmtheit, die er als Herausgeber der bekannten Zeitung verkörperte, und mit seinen Reiseerfahrungen berührte er ihre Phantasie. In diesem Mann vereinigten sich alle Attribute, die Serena für begehrenswert hielt. Selbst wenn er weniger attraktiv gewesen wäre, war die Macht, die er ausstrahlte, groß. Dieses Prachtexemplar von einem Kavalier war anders als ihre anderen Verehrer – und allein deshalb ungeahnt verführerisch.

»Wird Ihre Schwester noch lange in Wien bleiben?«, erkundigte sich Conte Arconati.

»Nein. Lucia befindet sich gerade auf dem Rückweg. Meine Mutter ist außer sich vor Freude, wie Sie sich vorstellen können, und ich bin gespannt auf ihren Reisebericht.«

»Wie geht es Signora Agnelli?« Der Gesichtsausdruck des Grafen wurde überraschend weich, und fast verschämt erklärte er der staunenden Serena: »Sie gehörte dem Mailänder Adel an, wissen Sie. Als wir jung waren, machte man uns bekannt. Ich erinnere mich noch gut daran, wie sie durch die Ballsäle schwebte. Sie war eine der schönsten Frauen, die ich je gesehen habe. Als sie heiratete und nach Lugano ging, war dies ein großer Verlust. Wie schade, dass Signora Agnelli nicht einmal mehr zu Besuch nach Mailand kommt. Geht es ihr gut?«

Damit war geklärt, wen Conte Arconati mit Signore Agnelli gemeint hatte – Francescos Mutter und Schwester, von einer Ehefrau war keine Rede. Serena wünschte, der Graf möge sich entschuldigen und sich einem anderen Gast zuwenden, damit sie sich alleine mit Francesco unterhalten konnte. Doch die Herren tauschten wieder Informationen aus dem Hauptquartier aus, nachdem Serena der Höflichkeit halber eine Weile lang in die Gespräche einbezogen worden war. Sie lauschte und kommentierte nichts, wurde aber zunehmend in ihrer Meinung bestärkt, dass sich Francesco Agnelli nicht zum Vergnügen in Joséphine Bonapartes Salon aufhielt.

Emilia, fuhr es Serena durch den Kopf. Ihre Schwester hätte bei diesen Themen ein reiches Betätigungsfeld gefunden, um ihre Ansichten zum Besten zu geben – und ihren Kavalier damit womöglich in eine peinliche Situation gebracht.

Schließlich wurde zu Tisch gebeten. Das Menü erwies sich, wie von Francesco angekündigt, als einfache Mahlzeit:

Es gab eine Minestrone, Salat, danach gekochtes Rindfleisch und zum Dessert frische Früchte. Doch die Gäste schienen der kulinarischen Einfachheit nicht abgeneigt, zumal der Wein aus besonders exquisiten Trauben gekeltert worden war, süffig war und vorzüglich mundete. Serena sprach dem Alkohol mit größerer Begeisterung zu als dem Essen. Sie ließ sich regelmäßig nachschenken und trank durstig. Nicht nur, dass der Wein außerordentlich gut schmeckte – es war eine schöne Beschäftigung gegen die aufkommende Langeweile, immer wieder zum Glas greifen zu können. Und es tat ihr wohl, die Wirkung zu spüren. Mit jedem Schluck wurde sie ein wenig leichtsinniger.

Die Unterhaltung drehte sich nach wie vor um Politik, und Serena hörte nicht mehr zu. Sie war es zufrieden, Agnelli neben sich zu wissen. Es war ihr einerlei, ob er sich an dem allgemeinen Gespräch beteiligte und sie vernachlässigte, weil er mit den Herrschaften zu seiner Rechten diskutierte. Seine Blicke kehrten immer wieder zu ihr zurück, und gelegentlich erkundigte er sich höflich nach ihrem Befinden. Dann nickte sie nur, sagte, sie sei glücklich, ihm zuhören zu dürfen, und versank wieder in dem wohligen Gefühl, berauscht vom Wein und dem Klang von Francescos Bariton. Das Stimmengewirr um sie her wurde zu einem sanften Murmeln, ähnlich einem Schlaflied, die Tischmusik war anheimelnd und leise. Serena konnte sich nicht daran erinnern, je so seelenfroh gewesen sein. Dieser Abend bot ihr unendliche Chancen: Die Bekanntschaft mit dem hinreißenden Mann, aber auch Kontakte zu einem neuen Kundenstamm, den ihr gerade Francesco Agnelli in Lugano vermitteln könnte. In Gedanken sah sie sich bereits eine Filiale ihres Ladens für Seidenwaren am Ceresio eröffnen.

Während über die Zukunft eines Zusammenschlusses der drei von Napoleon Bonaparte gegründeten Republiken in Oberitalien gesprochen wurde, fragte sie sich, weshalb sie so selbstsicher davon überzeugt war, dass Francesco Agnelli in jeder Beziehung der richtige Mann für sie wäre. Je mehr sie in ihrem benebelten Hirn darüber nachdachte, desto sicherer wurde sie: Eine Verbindung mit ihm war *die* Karriere! Nicht, dass es Serena besonders darauf anlegte, wieder zu heiraten. Sie schätze ihre finanzielle wie persönliche Selbständigkeit. Aber die schlechten Zeiten der Vergangenheit hatten sie gelehrt, dass es eine Frau ohne männlichen Schutz im Kriegszustand ebenso schwer hatte wie in wirtschaftlicher Bedrängnis. Die meisten Herren, die sie kennenlernte, kamen für eine Ehe jedoch nicht in Betracht. Waren sie von vornehmer Herkunft, hatten sie in der Regel eine Gattin oder wenigstens eine Braut, die aus dynastischen Gründen erwählt worden war. Eine Frau wie Serena Bossi wurde von diesen Kavalieren gerne als Geliebte genommen, nicht aber als Ehefrau. Die andere Kategorie waren Beamte, doch Serena wollte lieber bis zu ihrem Tod allein und unsicher leben, als sich einem langweiligen Staatsdiener für immer ins Bett zu legen. Blieben noch die Kaufleute, aber von diesen Männern hielt sie sich fern, da sie fürchtete, als Beute betrachtet zu werden – immerhin könnte es ein anderer Händler nur auf ihr Geschäft abgesehen haben.

»Eine italienische Verfassung nach französischem Vorbild einzuführen, wird sich bewähren«, behauptete der Herr links neben Francesco. »Ein Direktorium bestehend aus einer fünfköpfigen Exekutive und einem zweikammerigen Senat als Legislative …«

Serenas Gedanken schweiften wieder ab. Was interessierte sie die Italienische Republik, wenn es darum ging, sich auf die Rolle einer Signora Agnelli vorzubereiten? Sie würde Francesco auf Reisen begleiten, sich mit ihm in Seidenkissen wälzen, sich als Gastgeberin an seiner Seite hervortun und einen eigenen Salon führen. Von letzterem Tun hatte sie zwar keine Ahnung, aber die dafür notwendigen Kenntnisse würde sie schon irgendwie erwerben. Vielleicht würde ihr sogar Joséphine Bonaparte geeignete Tipps geben. Darüber hinaus wusste sicher Emilia Bescheid. Ja, das war ein guter Gedanke und die beste Lösung für ihre Probleme mit der Schwester, wenn diese nach Como kam: Emilia sollte ihr all das beibringen, was sie selbst nie interessiert hatte.

Dass Francesco möglicherweise nicht mit ihrem Arrangement einverstanden sein könnte, kam Serena nicht in den Sinn. Sie würde ihn schon herumkriegen. Bisher hatte sie jeden Mann dazu gebracht, ihre Wünsche zu erfüllen, angefangen bei ihrem Großvater. Francesco Agnelli würde da keine Ausnahme sein, auch wenn sie sich vielleicht ein wenig mehr Mühe geben müsste.

Eine zarte Berührung an ihrer Hand unterbrach ihre Phantasiebilder. »Sie langweilen sich, und es ist meine Schuld. Was kann ich tun, damit Sie mir verzeihen?«

Sie hörte seine tiefe Stimme, die melodisch und einschmeichelnd war. Dann blickte sie ihn an, sah den Glanz seiner Augen und das feine Lächeln auf seinem weichen Mund. Er fand sie bezaubernd, daran bestand kein Zweifel. Ja, er würde sie heiraten. Sie würde ihm keine andere Wahl lassen, als dies zu tun. Wenn sie ihn in ihr Bett einlud, würde er nicht ablehnen, dessen war sie gewiss. Ein wohlerzogener Kavalier wie er würde sie anschließend zum Traualtar führen, um sich und vor allem sie nicht zu kompromittieren.

»Sie irren. Das Tischgespräch ist so interessant, besonders wenn ich höre, was Sie zu sagen haben«, schmeichelte sie strahlend. Sie würde Signora Francesco Agnelli werden, selbst wenn sie dafür ihre Prinzipien vergessen und sich für Politik erwärmen musste.

»Es gibt angenehmere Themen, über die man sich mit einer schönen Frau austauschen kann. Nicht nur Ihre Bekanntschaft mit meinem Freund Stefano Castelli weist Sie als Kunstkennerin aus, als Seidenhändlerin haben Sie auch mit schönen Dingen zu tun. Welche Art der Malerei bevorzugen Sie?«

Es war eine der typischen Fragen, die ein galanter Mann seiner Tischdame stellte. Normalerweise hätte Serena mit einer vor langer Zeit einstudierten Floskel geantwortet, der sie sich in solchen Fällen regelmäßig bediente. Doch ihr Verstand war trunken vom Wein und der Vorstellung, Francesco zu gehören. Sie wollte sich nicht mehr in formvollendetem Geplauder verlieren, sondern einfach festhalten, was sie so heiß begehrte. Deshalb wagte sie es, sich ihm so weit zuzuneigen, dass ihr Atem sein Ohr berührte.

»Es wäre mein Herzenswunsch, ein Porträt von Ihnen zu besitzen«, flüsterte sie, um kichernd hinzuzufügen: »Doch wird mir Ihre leibhaftige Gegenwart immer am liebsten sein.«

»Sie sind sehr charmant, Signora Bossi ... Serena. Erlauben Sie mir, Sie bei Ihrem Vornamen zu nennen?«

»Ich gestatte Ihnen alles. Wenn ich auf mein Zimmer gehe, werde ich die Tür nicht verschließen.«

Für den Bruchteil einer Sekunde wirkte er irritiert. Dann umfasste er ihre Finger und zog ihre Hand an seine Lippen. »Seit wann öffnen sich die Himmelstore von alleine?«

9

Als Aurelio die Wohnung der Seidenhändlerin aufschloss, stellte Emilia überrascht fest, dass sich ihre Schwester nur in der Etage über dem Laden eingerichtet und die oberen Stockwerke vermietet hatte. Früher hatten keine Fremden in dem Gebäude gewohnt, und Serena hatte auch nie von derartigen Veränderungen geschrieben. Diese mangelnde

Mitteilsamkeit ärgerte Emilia, die sich bei einer wichtigen Entscheidung übergangen fühlte. Immerhin war es auch ihr Elternhaus. Doch mit nüchterner Klarheit gestand sie sich rasch ein, dass es sie in Wien nicht gekümmert hätte, ob Serena einen finanziellen Nutzen aus den leer stehenden Zimmern zog. Trotzdem erfüllte es Emilia mit Schmerz, zu erleben, dass in ihrem einstigen Jungmädchenrefugium Unbekannte wohnten. Bei einem Rundgang durch Serenas Privaträume stellte Emilia darüber hinaus fest, dass dies das Quartier einer allein lebenden Frau war – für eine zweite gab es hier eigentlich keinen Platz.

Wohn- und Arbeitszimmer waren durch einen schönen Durchbruch in der Wand verbunden, was die Räume optisch vergrößerte, neben Serenas Schlafkammer gab es ein kleines Gästezimmer, aber es war noch winziger als das Kabuff, welches zum Baden und Ankleiden diente, dann war da noch eine Küche – und das war es. Alles war pedantisch sauber, geschmackvoll und gediegen; von dem Protz, den ihr Vater einst geschätzt hatte, keine Spur. »Du musst als Kaufmann zeigen, was du verdienst, sonst glauben es dir die Leute nicht und halten dich für einen Aufschneider«, hatte er gesagt. Offenbar wurde dieser Rat von Serena nicht beherzigt. Sie hatte sich nach ihren Bedürfnissen eingerichtet – und wohl in der Annahme, dass Emilia niemals heimkehren und einen Anspruch auf das gemeinsame Erbe erheben würde.

Wo waren die alten Möbel hin? Waren die Nippes ihrer Mutter von Serena verschleudert oder einem Lumpensammler geschenkt worden? Nichts war mehr so, wie sie es in Erinnerung hatte. Ihr Zuhause war Emilia so fremd, dass sie sich nicht einmal traute, sich in dem offensichtlich schon lange nicht mehr genutzten Gästezimmer für die Nacht einzurichten. Nach ihrer Wanderung durch die Wohnung stellte sie ihr Gepäck in der Diele ab, als sei sie nur auf der Durchreise. Dann begab sie sich in den Salotto, wo sie sich auf einem Sessel niederließ und – wartete.

Aurelio hatte ihr eine Kerze entzündet, bevor er sich verabschiedet hatte. Nun blieb Emilia nichts zu tun, als zuzusehen, wie das Licht herunterbrannte, und auf Laute zu lauschen, die ihr ebenso fremd wie diese Wohnung waren. Das Ticken einer Tischuhr und die leise Melodie, die zur halben Stunde erklang, waren die einzigen deutlichen Geräusche. Selbst von der Straße drangen durch die geschlossenen Fenster nur gelegentlich ein unverständliches Rufen, das Knarren von schlecht geölten Wagenrädern oder das Grölen eines betrunkenen Mannes. Serenas Mieter verhielten sich ausgesprochen ruhig, lediglich das Knarren einer losen Diele ließ erkennen, dass sich jemand in der Wohnung über ihr bewegte.

Natürlich hätte sich Emilia ein Buch aus ihrer Tasche nehmen und sich die Zeit mit Lesen vertreiben können, doch sie wollte ganz bewusst einfach nur ihre Umgebung auf sich einwirken lassen und ihren Gedanken nachhängen.

Keine kluge Entscheidung, wie sich bald herausstellte, denn sie geriet ins Grübeln. Ihre Sorgen, die in Lucia Agnellis Gesellschaft irgendwie lösbar erschienen waren, wurden nun zu Dämonen.

Sie musste ihre Zukunft planen, das stand fest, und zwar früher, als sie erwartet hatte. Was hast du erwartet?, fragte sie sich mehrmals, wie um zu lernen, mit der neuen Situation umzugehen. Wie blauäugig von ihr, anzunehmen, ausgerechnet Serena, die immer auf den eigenen Vorteil bedacht gewesen war, würde sie mit offenen Armen empfangen und wäre gewillt, den Rest ihres Lebens mit ihr zu teilen. Na ja, soweit wäre Emilia vielleicht nicht gegangen, aber wenn sie sich umschaute, wurde ihr bewusst, dass sie keinesfalls länger als ein paar Tage zu Gast bei ihrer Schwester sein konnte. Das Problem war nicht die Tatsache, dass ihr altes Zimmer vermietet worden war, ebenso wenig die anscheinend für Gäste bestimmte, kleine Schlafkammer – die Schwierigkeit lag in Serenas selbstsüchtigem Charakter und der Tatsache, dass sie sich offensichtlich ein eigenes Leben aufgebaut hatte, in dem sie keine Gesellschaft wünschte, zumindest keine von Dauer.

Sei nicht so böse auf Serena!, mahnte sich Emilia. Ihre Schwester konnte nichts dafür, dass sie sich von einem verheirateten Mann hatte verführen lassen. Im Gegenteil: In einem ihrer seltenen Briefe hatte Serena sie sogar davor gewarnt, zu große Hoffnungen in eine Zukunft mit Baron Albert von Podlanski zu legen. Serenas Einwände waren zwar anderer Ursache gewesen, aber schlussendlich spielte es keine Rolle, aus welchem Grund sie recht behalten hatte.

War es übereilt gewesen, nach Como heimzukehren? Vielleicht hätte Emilia in Wien eine andere Anstellung gefunden, obwohl ihr die Gräfin Cziffra ein Zeugnis verweigert hatte. Nein, gestand sie sich ein, nicht nach dem Skandal im Freihaustheater. Der Klatsch haftete an ihr wie eine Ameise am Honigband. Es war der logische Entschluss gewesen, nach Hause zurückzugehen.

Jedenfalls waren ihre Chancen größer, unter den Kunden der Seidenhandlung einen Arbeitgeber zu finden, der sie auch ohne Attestation als Gouvernante einstellte, denn in der Fremde. Nachdem die Franzosen nun in Como herrschten, kamen ihr sicher ihre hervorragenden Französischkenntnisse zugute. Vielleicht konnte sie für den Anfang sogar in einer Schule als Lehrerin ein – wenn auch nur geringes – Auskommen finden. Darüber hinaus könnte sie Serena vorschlagen, im Laden auszuhelfen und sich auf diese Weise noch etwas dazuverdienen. Ihre Möglichkeiten hierzulande waren eindeutig besser, und dafür hatte es sich gelohnt, die Reise zu wagen.

Serena ließ weiter auf sich warten.

Deshalb machte es sich Emilia in dem Sessel bequem, sie zog die Beine an und rollte sich zusammen, legte den Kopf gegen den gepolsterten Rücken.

In dieser Wohnung war sie nur ein Gast – daran bestand kein Zweifel. Vielleicht aber würde ihr Serena ein Zimmer in einer der oberen Etagen geben, so dass sie beide für sich sein konnten, und ein Raum, in den ein Buchregal passte, ein Schreibtisch, Stuhl und Bett, war ausreichend für Emilia. Wenn sie auf diese Weise getrennt von der Schwester, aber unter einem Dach mit ihr lebte, könnten sie sich näher kommen, ohne das Beisammensein zu erzwingen. Sie könnten sich gelegentlich zum Abendessen treffen oder am Sonntag zum Kaffee und irgendwann die in ihrer Kindheit verlorenen Bande wieder aufnehmen, als sie begonnen hatten, sich auseinanderzuentwickeln. Sie waren Zwillinge, es musste Gemeinsamkeiten geben, die sie unter neuen Bedingungen finden würden.

Die Müdigkeit überfiel Emilia mit unerwarteter Wucht. All ihre Empfindungen sanken in sich zusammen wie ein Haus aus Sand. Das Ticken der Uhr wurde zum Schlaflied. Nur ein paar Minuten lang wollte sie die Augen schließen und entspannen, dabei aber wach bleiben, um auf Serena zu warten. Doch ihre Lider wurden schwer wie Blei. Es dauerte nicht lange, und Emilia fiel in einen süßen Traum, in dem es um Glück, Liebe und Geborgenheit ging.

10

Der Morgen graute noch, als Francesco Agnelli einem Diener die Anweisung gab, es möge unverzüglich angespannt werden. Er war mit seiner eigenen Kutsche, einem leichten, zweispännigen Park Phaeton unterwegs, mit der er die Distanz von der Villa Crivelli zum Ceresio in einem halben Tag zurückzulegen hoffte. Er hatte es eilig, da er die Informationen, die er gestern Abend erhalten hatte, so rasch wie möglich in Lugano verbreiten wollte. Dafür nahm er auch einen erheblichen Schlafmangel in Kauf.

Er verließ den Palazzo mit einem gewissen Bedauern. Es war dasselbe Gefühl, mit dem er aus dem warmen, nach Moschus duftenden Bett von Serena Bossi gestiegen war. Seine Abreise erfolgte zu so früher Stunde, dass er nicht einmal Abschied nehmen konnte von der Geliebten der vergangenen Nacht; er wollte sie nicht wecken. Mit leiser Wehmut beschlich ihn der Gedanke, dass er sie womöglich niemals wiedersehen würde. Genau genommen wusste er in diesem Moment nicht einmal, ob er sie überhaupt wiedersehen *wollte*.

Dabei war seine Ehe nicht einmal das entscheidende Hindernis. Francesco hatte sich längst eingestanden, dass seine überstürzte Heirat mit Julie de Grimaud ein Fehler gewesen war. Das Strohfeuer, welches ihn zu ihr hingezogen hatte, war erloschen. An seine Stelle war jene gähnende Leere getreten, die Julie als Langeweile empfand und mit ständigem Nörgeln und Zanken füllte. Ihr Zusammensein war bereits zur Qual geworden, und Francescos Versuch, wenigstens durch Treue Anstand zu zeigen, heute Nacht gescheitert.

In seinen gesellschaftlichen Kreisen war es nicht ungewöhnlich, dass sich ein Mann über die Kaltherzigkeit seiner Gemahlin mit einer Mätresse hinwegtröstete. Das war eines der Überbleibsel des Ancien Régime, das die Revolution nicht ausgemerzt hatte. Ein derartiges Verhalten entsprach zwar eigentlich nicht Francescos Vorstellungen von seinem Leben, aber wer wusste schon, was die Zukunft für ihn noch bereithielt. Eine Frau, die ihm das Zepter aus der Hand nahm, erschien ihm jedoch nicht dazu geeignet, einen Platz in seinem Herzen einzunehmen. Serena war eine Sünde wert – mehr aber nicht.

»Wie man eine Frau kennenlernt, so verliert man sie«, vertraute er seinem Spiegelbild an, als er seine schwarze Krawatte band. »Letzten Endes wird sie einen anderen Mann finden, dem sie eindeutige Avancen macht und dann …«, er zuckte in einer Geste der Resignation mit den Schultern.

Schade eigentlich, denn sie hatte ihm gefallen. Serena war schön, selbstbewusst und eigenständig. Die zärtlichen Stunden mit ihr waren leidenschaftlich und erfüllend gewesen – und doch hatte seltsamerweise etwas gefehlt: ihre absolute Hingabe. Von einer Frau, die den ersten Schritt zu einer gemeinsamen Liebesnacht machte, hatte er ein wenig mehr Vergnügen an der Sache erwartet. Nicht, dass sie zurückhaltend gewesen wäre – ganz und gar nicht, sie hatte ihn sogar mit ihrer Offenheit überrascht, doch bevor er sich selbst fallen ließ, hatte er sich gewundert, wie sehr sie darauf bedacht war, ihm etwas Freude zu schenken. Sie selbst schien jedoch keine große Begeisterung bei der körperlichen Vereinigung zu empfinden. Wenn er jetzt daran zurückdachte, fiel ihm auf, wie routiniert sie ihm zur Lust verholfen hatte.

Es hatte damit begonnen, dass sie darauf bestand, ihn zu entkleiden. Ein ungewöhnlicher Wunsch, wie er fand, den noch keine zuvor geäußert hatte – und zugegebenermaßen sah er auch lieber zu, wenn sich eine Frau auszog. Doch sie zeigte ein spielerisches Vergnügen am Lösen seiner Krawatte, dem Öffnen seines Hemdes und des Bundes seiner Hose. Als sie ihn anwies, sich auf ihr Bett zu setzen und sie sich niederkniete, um ihm die Stiefel abzustreifen, war er verblüfft. Diese Irritation steigerte sich erheblich, weil sie anschließend seinen Penis in die Hand und dann in den Mund nahm, doch da hatte ihn die Lust bereits übermannt, und es wurde ihm alles egal – selbst die Tatsache, dass sie sich später auf ihn setzte und ihn mit einer Zügellosigkeit ritt, die ihm den Atem raubte.

Eine Venustochter im Gewand der Seidenhändlerin? Die perfekte Geliebte für erfüllende Stunden. Warum nicht? Wer so erfahren agierte wie sie, erwartete sicher kein Heiratsversprechen. Er lächelte sein Spiegelbild an und wandte sich belustigt über seine Gedanken ab.

Möglicherweise war Serena eine zweite Begegnung wert. Er sollte ihr Blumen schicken, angemessen waren vielleicht auch Pralinen oder ein Parfüm. Vor seiner Heirat hatte er an junge Damen meist Gedichtbände verschenkt, aber er bezweifelte, dass er Serenas Geschmack mit Werken von Teresa Bandettini treffen würde. Die Verse der »dichtenden Ballerina«, wie die Bandettini genannt wurde, passten eher in den Salon einer jungen Philosophin als zu einer nüchternen Händlerin. Blumen waren gut, befand er. Die würde er zu einem unverfänglichen Besuch in ihrem Laden mitbringen, sobald er die Zeit fand, nach Como zu reisen. Falls er es sich bei ihrem Wiedersehen anders überlegte, könnte er sagen, dass er sich entschuldigen wollte, weil er versäumt hatte, sie über seine Ehe aufzuklären. Dann würde er für Julie Seide kaufen, und alle Beteiligten wären zufrieden: Er hätte sein Gewissen erleichtert, Serena hätte ein Geschäft gemacht, und Julies Habgier wäre ebenfalls befriedigt.

Obwohl sie immer wieder in den Vordergrund seiner Gedanken trat, bemühte sich Francesco, die Erinnerung an Serena weit von sich zu schieben, als er sich auf den Weg nach Norden machte. Die Straße von Mailand in die Schweiz war gut ausgebaut, da sie schon von den Römern als Verbindung zu den Alpenpässen genutzt worden war; Francesco lenkte den offenen Wagen selbst, eine Leidenschaft von ihm, sein Diener saß auf der für das Personal bestimmten Rückbank. Es bereitete ihm Freude, die Rösser anzutreiben und in halsbrecherischem Tempo durch die Landschaft zu rasen. Die Sonne brannte vom Himmel, aber der Fahrtwind kühlte sein Gesicht wie sein Gemüt wieder ab.

Rechts und links erstreckte sich die weite Poebene, Reisfelder, über denen Mücken schwirrten, wurden von Pappelreihen begrenzt, dunkelgrüne Maispflanzen hoben sich gegen die weißen Stämme der Birkenhaine ab, der Weizen stand in voller Blüte. Die Lombardei war ein reiches Land, nicht nur wegen seiner Feldbestellung, dazu beigetragen hatten auch die Handwerker, wie etwa die Instrumentenbauer, aber auch die Manufakturen für Seide und Waffen. Wie schon bei anderer Gelegenheit war Francesco beeindruckt, weil selbst die Jahrhunderte währende Ausbeutung durch Franzosen und Habsburger dem Wohlstand nichts hatten anhaben können. Seltsam, wunderte er sich, denn jenseits der Grenze sah die Welt vollkommen anders aus: Obwohl die Lombardei die geographisch-natürliche »Mutter« des Tessins war, war das Leben jenseits der Oberitalienischen Seen deutlich karger, die Menschen waren arm und auf den Handel mit Italien angewiesen. Die von General Bonaparte bestimmten Zölle und Ausfuhrbeschränkungen waren deshalb unverhältnismäßig hart, und mit diesem Wissen wuchsen in Francesco die Zweifel an einem Zusammenschluss der eidgenössischen Untertanengebiete mit Bonapartes Cisalpinischer Republik.

Hinter Como musste Francesco langsamer fahren, da der Weg steil anstieg und das Gelände bergig blieb. Auch der Verkehr wurde stärker, nicht zuletzt wegen der zunehmenden Zahl französischer Soldaten im Grenzgebiet. Francesco war erleichtert, als er die Stelle erreichte, wo sich die Straße in einer geraden Linie in die Senke von Chiasso erstreckte, dahinter lag das weiche Hügelland des Mendrisiotto, in das ein Finger des Luganer Sees mit seiner flachen Uferpromenade ragte.

Doch statt seine Pferde endlich wieder laufen zu lassen, zog Francesco verblüfft an den Zügeln: *Salvaguardia Svizzera* stand in großen Lettern auf eine Holztafel gemalt, Schutzgebiet der Schweiz. Das Schild war neu, es musste aufgestellt worden sein, als er in der Villa Crivelli zu Gast gewesen war.

Sollte das die einzige Waffe des Landvogts sein, mit der er die Franzosen aufzuhalten versuchte? Großer Gott, dachte Francesco, General Bonaparte hatte mit seiner Armee rund 150 Kilometer vor Wien gestanden – glaubte der Deutschschweizer, er könne diesen Mann mit einem Schild an der Invasion hindern? Nachdenklich und weniger forsch als gewohnt kutschierte Francesco weiter.

Seine nächste Station war Bissone, wo er einen Stall sein Eigen nannte. Er hatte ein altes Bauernhaus für seine Bedürfnisse umbauen lassen und einen Knecht eingestellt. So konnte er seine schnittige, kleine Kutsche und seine Pferde bequem unterstellen, da der Transport auf einem Floß nach Lugano ziemlich unpraktisch schien, weil er ohnehin derzeit meistens nach Süden reiste. Es war der beste Ort, sich den Staub von den Kleidern zu klopfen und Atem zu holen, bevor er in seinen Alltag zurückkehrte. Deshalb nutzte er die Gelegenheit, Stefano Castelli einen Besuch abzustatten.

Die beiden Männer hatten sich vor etwa zehn Jahren in Rom kennengelernt, wo der Bildhauer seinen Studien nachgegangen und Francesco auf Kavalierstour gewesen war. Zunächst war es die gemeinsame Heimat gewesen, welche die unterschiedliche gesellschaftliche Herkunft überbrückt hatte, daraus waren Freundschaft und später tiefe Verbundenheit gewachsen. Francesco schätzte den Künstler, er versuchte, ihm vermögende Kunden zu vermitteln, was jedoch an Stefanos Unfähigkeit, Geschäfte abzuwickeln, häufig scheiterte. Aber gerade diese kompromisslose Selbstzufriedenheit, diese auf der einen Seite fast philosophische

Art, in sich zu ruhen, die der unterdrückten Wildheit in Stefanos Charakter nicht zu widersprechen schien, zog Francesco magisch an.

Da er früh aufgebrochen, überwiegend recht schnell unterwegs gewesen war und seine Pferde gewechselt hatte, kam Francesco zur Mittagszeit in Bissone an. Er entließ seinen Diener in ein Gasthaus, während er sich selbst zu Castellis Atelier begab. Um diese Stunde war Stefano meistens dort, in der Regel ging er erst am Nachmittag, wenn das Licht weicher wurde, zum Zeichnen an den See. Das Atelier befand sich in dem von kleinen, dunklen Gassen durchzogenen Dorfkern hinter der Uferstraße. Um dorthin zu gelangen, musste Francesco ein paar ausgetretene Treppen aus Kopfsteinpflaster hochsteigen und sich unter trocknender Wäsche hindurchbücken, die auf zwischen die Häuserfassaden gespannten Leinen hing.

Wie üblich stand die Tür offen. Francesco duckte sich, um nicht mit der Stirn gegen die Zarge zu schlagen, und trat mit einem fröhlichen »bon di« ein, dem der Tageszeit angemessenen Gruß in lombardischer Sprache, die auch der Dialekt des Sottoceneri war.

Stefano saß an dem mit Schüsseln, Eimern, Abozzos und Papier vollgestellten und mit Farbklecksen und Schlammspritzern beschmierten Tisch, eine Flasche Wein, einen zerbrochenen Laib Brot und einen kleinen, runden Käse vor sich, in dem ein Messer steckte; ein Glas oder ein Teller fehlten. Von Francescos Stimme überrascht, wachte der Bildhauer aus seinem Tagtraum auf.

»Mittagessen oder Schlafen mit offenen Augen?«, fragte Francesco amüsiert.

»Weder noch«, erklärte Stefano, erhob sich, um Francesco flüchtig zu umarmen, und trat an einen Waschzuber, um nach einem sauberen Gefäß zu suchen, aus dem sein vornehmer Freund von dem Wein trinken könnte. »Ich habe die Stunde zum Nachdenken genutzt. Es gibt allerlei zu überlegen in diesen Tagen.«

»Allerdings. Ich habe das Schild gesehen, das der Landvogt an der Grenze aufgestellt hat: Salvaguardia Svizzera – was will er denn damit erreichen?«

»Das weiß Falkeisen sicher selbst nicht. Der Podestà des Mendrisiotto ist achtzig Jahre alt und begreift nicht, was um ihn geschieht ... Ecco, hier ist ein Glas. Setzt dich, trink mit mir und berichte mir, was du für Neuigkeiten aus dem Salon Madame Bonapartes bringst.« Mit dem Fuß schob sich Stefano einen staubbedeckten Stuhl zurecht, während er nach der Flasche griff, um Francesco von dem Wein einzuschenken. »Ein guter Merlot. Er wird dir schmecken.«

Nach einem Seitenblick auf das Möbel beschloss Francesco, das Angebot, Platz zu nehmen, zu ignorieren, nahm den Becher mit dem dunkelrot schimmernden Wein und begab sich auf Wanderschaft durch das Studio. Dabei erzählte er von seinem Aufenthalt in der Villa Crivelli: »Die Gründung einer geeinten Nation steht in Italien bevor. Nachdem sich Modena, Reggio, Ferrara und Bologna zu einer Republik verbinden wollen, sind der Anschluss der Lombardei und Liguriens nur noch eine Frage von ...«, überrascht hielt er vor einer Statue inne, die ein Entwurf aus Ton war und auf dem Fenstersims trocknete.

»Dann kann es ja auch nicht mehr lange dauern, bis sich das Tessin dem neuen Italien anschließt«, frohlockte Stefano und bemerkte angesichts des erhofften politischen Wandels nichts von dem Erstaunen, das sich Francescos bemächtigt hatte.

»Was?« Zerstreut sah der Zeitungsverleger auf. »Ach, so, ja ... Ehrlich gesagt, ich weiß nicht, was ich von der Lage halten soll. Viele unserer Landsleute schätzen die Möglichkeiten, die sich durch die wirtschaftliche Verbindung zu den Eidgenossen auf der einen und ihre kulturellen Wurzeln auf der anderen Seite bieten. Die Schweiz bestimmt unseren Alltag, die Lombardei ist die Heimat unseres Glaubens, da wir eins sind mit den Diözesen von Como und Ma…«

»Man kann die Verbundenheit mit der Lombardei nicht auf Glauben und Kultur beschränken«, widersprach Stefano leidenschaftlich. »Wer gab uns Garantien für die Lieferung von Getreide und Salz? Wer errichtete Pesthäuser im Tessin? Wo fanden die Männer Arbeit, wenn sie hier nutzlos waren? Immer waren es unsere Brüder in der Lombardei, die für unser Wohl sorgten.«

Francesco streckte seine Hand aus und strich mit dem Zeigefinger vorsichtig über die schön geschwungene Halsbeuge der tönernen Frauenfigur. »Wie ich hörte, will General Bonaparte hohe Zölle auf das Korn einführen und die Privilegien der Tessiner abschaffen. Das ist nicht gut, das ist gar nicht gut.«

»Umso schneller sollten wir uns den Tochterrepubliken in Italien anschließen. Geografisch ist unsere Heimat durch die Alpenpässe von der Schweiz völlig abgeschnitten, nach Süden hin öffnet sich das Tal. Das ist unser von Gott gegebenes Schicksal, verstehst du? Das Tessin gehört zur Lombardei und nicht als Untertanengebiet zur Schweiz.«

»Ich gäbe dir gerne recht, würde mich der Einfluss Frankreichs in Italien nicht plötzlich stören. Napoleon Bonaparte hat erreicht, was König François I. vor zweihundertfünfzig Jahren verwehrt blieb. Was bedeutet das aber für uns? Werden wir freier, weil wir uns einer Republik von Frankreichs Gnaden anschließen? Sei ehrlich, Stefano, hast du dir diese Frage je ernsthaft gestellt?«

Der Bildhauer war mit zwei Schritten neben seinem Freund. »Im Moment stelle ich mir die Frage, was du mit meiner Venusstatue tust. Lass die Finger davon. Der Ton ist noch nicht getrocknet, und du hinterlässt Dellen, wenn du darauf herumtappst.«

»Wer ist das?«, erkundigte sich Francesco und trank hastig einen Schluck Merlot, um Stefano nicht in die Augen sehen zu müssen.

»Venus.«

Francesco schmunzelte. »Nein … ja, natürlich … Ich wollte wissen, welche Frau dir Modell gesessen hat. Deine Freundin, die Küchenhilfe des Pfarrers, war es nicht, Franca würde ich gewiss erkennen.«

»Wie kannst du eine einfache Magd mit dieser Dame vergleichen?« Stefano stellte die Weinflasche, die er in der Hand gehalten hatte, mit einem lauten Geräusch auf dem Fenstersims ab, umfasste vorsichtig den Fuß des Abozzo und hob die Statue an, um sie zu einem Regal zu tragen, auf dem schon andere Entwürfe Platz gefunden hatten; mit dem Ellenbogen schob er einen römisch anmutenden Kopf beiseite. »Mir begegnete die schönste Frau Italiens, das einzige Vorbild für Venus, das ich mir denken könnte.«

»Oh! Mir ist, als hätte ich dieses Gesicht und diesen Körper schon einmal gesehen. Da es sich aber um die schönste Frau Italiens handelt …«, Francesco zuckte mit den Achseln und brach lachend ab.

»Du könntest sie in der Villa Crivelli getroffen haben«, überlegte Stefano. »Schließlich hast du sie selbst Madame Bonaparte empfohlen.« Er grinste wie ein Lausbub nach einem gelungenen Streich. »Allerdings vermute ich, dass du zur Auswahl einer geeigneten Seide für die Brautkleider von General Bonapartes Schwester nicht zurate gezogen wurdest.«

»Du irrst. Ich spielte den Übersetzer für Signora Bossi, als diese mit den Damen Bonaparte verhandelte. Hoffentlich hat sie ihr Geschäft abgeschlossen. Als ich sie heute Morgen verließ, hatten sich weder die schöne Pauline noch Elisa Bonaparte entschieden. Wenn ich mich recht entsinne, standen die Gemahlin und die Mutter des Generals jedoch auf der Seite unserer schönen Seidenhändlerin, so dass die Sache wohl zum Abschluss kommt.«

Stefanos Lächeln erstarb. »Einen Augenblick, bitte, ich kann dir nicht ganz folgen. *Du* hast sie heute Morgen verlassen? Was heißt das? Es klingt, als seist du aus ihrem Schlafzimmer abgereist. Das ist eine ziemlich forsche Redewendung, mein Freund. Immerhin handelt es sich um eine Dame!«

»Meinst du? Um ehrlich zu sein, ich weiß nicht recht, woran ich bin bei ihr. Letztlich weiß ich nicht einmal, ob ich sie wiedersehen möchte.« Entgeistert starrte er auf die Statue, die nun weit von ihm entfernt auf dem Bord aus billigem Holz stand und ihn geheimnisvoll anlächelte. Eine schmerzliche Erkenntnis traf ihn. »Du hast Serena auch gehabt, nicht wahr?«, murmelte er betroffen. »Sie hat sich für dich ausgezogen und dann bist du ihr erlegen – natürlich, sie ist ja eine schöne und der Liebe aufgeschlossene Frau.« Francesco war so mit seinen eigenen Gefühlen beschäftigt, dass er nicht bemerkte, wie sein Freund erbleichte.

»Sie hat nicht … ich … du und sie …«, stammelte Stefano verwirrt. »Hast du … habt ihr … hast du sie verführt?«

»Um der Wahrheit gerecht zu werden: Sie hat mich betört, und ich tat nichts, was sie nicht auch wollte. Wenn die jungen Demoiselles Bonaparte etwas weniger exzentrisch wären, hätte Serena niemals eine Einladung erhalten, in der Villa Crivelli zu übernachten, und – wer weiß, wie sich die Dinge dann entwickelt hätten. Wie auch immer: Ich habe die Nacht in ihrem Bett verbracht und keinen Augenblick bereut. Basta.«

Stefanos Arme hingen schlaff an seinem muskulösen Körper herab, er ballte seine Fäuste. »Du bist verheiratet!«

»Ich wünschte, es wäre anders.« Francesco lachte bitter. »Nicht, dass ich mir die schöne Signora Bossi als Ehefrau wünschte. Dafür scheint sie mir zu leichtlebig. Schließlich ist sie auch deine Geliebte, oder? Wie albern von ihr, vehement zu bestreiten, deine Freundin zu sein. Sie musste doch damit rechnen, dass ich die Wahrheit erfahren würde. Hattet ihr kürzlich eine Auseinandersetzung?«

»Und wenn schon – ginge dich das etwas an?«

Die brüske Antwort irritierte Francesco, doch das ließ er sich nicht anmerken. Er wollte sich nicht um eine Frau streiten. Die Männerfreundschaft mit Stefano war ihm wichtiger als eine Affäre. Leutselig fragte er: »Kennst du das lombardische Sprichwort *a toeù miee l'è minga come a bev giò on broeud*? Eine Frau zu nehmen ist kein Brühetrinken – sehr weise, findest du nicht?«

Stefano stierte mürrisch ins Leere und schwieg.

»Ich werde sie nicht wiedersehen, das verspreche ich dir«, verkündete Francesco ernst und hob die Hände, die Handflächen als Zeichen der Kapitulation dem anderen zugewandt. »Bei allem, was mir heilig ist: Ich werde künftig die Finger von ihr lassen, vom Original wie von der Statue. Hätte ich gewusst, dass du ein amouröses Interesse an Serena Bossi hast, hätte ich sie niemals angerührt. Ich konnte jedoch nicht ahnen … einerlei. Lass uns vergessen, was geschehen ist!«

»Hm«, machte Stefano hinter zusammengebissenen Lippen.

Francesco wartete. Stumm erhoffte er sich ein Wort der Absolution, doch der Bildhauer schwieg verbissen.

Sie ist es nicht wert!, wollte Francesco seinem Freund zurufen, aber er befürchtete, Stefanos offensichtliches Leid mit einem ungebetenen Rat zu verschlimmern. Künstler!, dachte er in bitterer Ironie. Talentierte Männer wie Stefano Castelli konnten einfach nicht rational handeln. Ging nicht die Legende, sein berühmter Ahnherr Francesco Castelli, genannt Borromini, habe sich wegen einer Frau das Leben genommen? Soweit würde Stefano hoffentlich nicht gehen.

»Du bist verheiratet!«, wiederholte Stefano schließlich tonlos. »Du bist seit nicht einmal einem Jahr verheiratet und begehst bereits Ehebruch.«

Was sollte Francesco darauf erwidern? Dass Julie die falsche Frau für ihn, aber Serena auch nicht die Richtige für Stefano war? Er stöhnte kaum hörbar auf. In seiner Jugend hatte er sich viel auf seine Fähigkeit eingebildet, die Frauen zu verstehen. Schon früh hatte er sich zum weiblichen Geschlecht hingezogen gefühlt und mit Sensibilität versucht, Verbindung zu den schön anzuschauenden, wundervoll duftenden, sanften Wesen aufzunehmen, die seine Gedanken und Bedürfnisse befriedigten. Als habe die Französische Revolution auch jenen alten Zauber der Verführung, die Romantik einer Liebelei hinweggefegt, schien er sich in seinen Träumen von Sehnsucht, Leidenschaft und Hingabe verloren zu haben. Wie konnte es ausgerechnet einem erfahrenen Mann wie ihm passieren, zweimal nacheinander von einer Frau eingefangen zu werden? Julie hatte ihn im vorigen Sommer geködert und Serena gestern Abend verführt. Ein Mann, der wie ein Schaf reagierte, war nicht geeignet, einem anderen Ratschläge zu erteilen.

»Es tut mir leid«, gestand Francesco leise. Er wollte noch etwas sagen, aber ein Blick in das bleiche Gesicht seines Freundes ließ ihn innehalten.

Stefanos Augen sprühten Feuer. »Du hast sie entehrt!«

»Serena?« Francescos Augenbrauen hoben sich. »Nein. Ich würde keinem Menschen Zwang antun, das weißt du, weder Frau noch Mann. Außerdem ist ihr Ruf unangetastet geblieben, denn niemand wird je erfahren, was geschehen ist.«

»Andernfalls«, grollte Stefano, »würde der hochwohlgeborenen Signora Agnelli zu Ohren kommen, dass ihr treuer Herr Gemahl ein Hengst ist, der seinen Schwanz reinsteckt, wo es ihm beliebt. Es ist verlogen, wie du von Serenas Respektabilität sprichst. Dich interessiert nur dein eigenes Ansehen.«

Im Augenblick hasst er mich, aber das wird vorübergehen, jedenfalls wird er sich nicht umbringen, fuhr es Francesco durch den Kopf. Er vermutete, dass Stefano eine Weile lang seine geschundene Eitelkeit betrauern und schmollen würde. Dann würde er einsehen, dass Serena Bossi eine selbstbewusste junge Frau war, der es gegeben war, ein unabhängiges Leben zu führen, und die deshalb nichts tat, was sie nicht wirklich wollte. Nachdem Stefano diese Charaktereigenschaft seiner Geliebten begriffen hatte, würde er sich der alten Zeiten erinnern und den Faden seiner Verbundenheit mit Francesco wieder aufnehmen.

Erleichtert, weil er nicht alles verloren glaubte, löste sich Francesco aus seiner steifen Haltung, trat auf den Freund zu, klopfte ihm auf die Schulter und wandte sich zum Gehen. »Worte, die im Zorn gesprochen wurden, sollten rasch vergessen werden«, meinte er an der Tür. »Ich trage dir deine schlechte Meinung über mich nicht nach, denn du hast mir vielleicht mehr zu verzeihen.« Ohne einen Abschiedsgruß verließ er das Atelier. Mehr gab es nicht zu sagen.

11

Ein Rumpeln, Klirren und Scheppern weckte Emilia. Rasende Kopfschmerzen trommelten in ihren Schläfen, und ihre Glieder und ihr Kreuz schmerzten mehr als nach einer Tagesreise in der Postkutsche. Verwundert darüber, dass sie trotz der Unbequemlichkeit offenbar lange und tief geschlafen hatte, rieb sie sich die Augen.

Sonnenschein flutete in Serenas Salon, und vor dem Fenster tanzten Staubkörner. Bei hellem Licht wirkte die Einrichtung weniger teuer, Emilia fiel auch auf, dass Serena auf jene unnötigen Kleinigkeiten verzichtet hatte, die ein Heim in der Regel erst gemütlich machten. Auch fehlte ein Regal mit Büchern. Dennoch wirkte alles einladend, freundlich und gediegen, es war der Salon einer nüchtern denkenden Frau mit klaren Zielen. Während sich Emilia überlegte, was sie hier für ihr eigenes Bedürfnis von Behaglichkeit verändern würde, stand sie auf, streckte sich und strich ihre zerdrückten Kleider behelfsmäßig glatt. Das Bild, das sie Serena bei ihrem Wiedersehen bieten würde, entsprach ganz und gar nicht dem, was sie beabsichtigt hatte. Was soll's?, dachte Emilia. Sie konnte es jetzt nicht ändern und entsprach in der eher schlampigen Aufmachung wahrscheinlich ohnehin mehr Serenas Vorstellungen von der Schwester.

»Serena?!«, rief Emilia und trat in die Diele. »Ich bin da.«

»Hä?« In der Küchentür erschien ein altes Weib. Die Frau war klein, ging gebückt, besaß einen Buckel und war offenbar schwerhörig. Ihre kleinen, wässrigen Augen blickten Emilia jedoch hellwach aus einem von Runzeln übersäten Gesicht an. Entsetzt schlug sie die Hände vor der üppigen Brust zusammen. »Herrje, Signora Serena! Sind S'e unter die Räder gekommen?«

Nicht einmal das alte Personal hat Serena behalten, sinnierte Emilia. Sie wusste nicht recht, was sie von dem Wunsch ihrer Schwester nach radikaler Veränderung halten sollte, beschloss aber, die Beantwortung dieser Frage auf einen anderen Zeitpunkt zu verschieben. »Ich bin Emilia Bossi, die Schwester von Signora Serena«, stellte sie sich vor. »Aurelio, der Ladengehilfe, hat mich gestern Abend eingelassen.«

»Ahaaa …«, die Frau zog das Wort in die Länge, als würden ihr die zusätzlichen Buchstaben beim Denken helfen. Hilflos schüttelte sie schließlich den Kopf. »Ich weiß von nix … Wenn Aurelio S'e reingelassen hat, ist wohl alles in Ordnung. Woll'n S'e einen Kaffee? Signora Serena trinkt immer einen Kaffee am Morgen und der is' vorbereitet.« Es klang ein wenig vorwurfsvoll.

»Ja, gerne. Ich trinke gerne Serenas Kaffee«, erklärte Emilia. Zögernd blickte sie sich um. Zwar hatte sie sich gestern Abend mit ihren Ansprüchen – wie ein sittsamer Gast – zurückgehalten, doch heute morgen sah die Situation anders aus. Sie konnte unmöglich ungewaschen und in zerknitterten Kleidern herumlaufen, bis Serena heimkehrte – wann immer das sein würde. »Wäre es vielleicht möglich, dass Sie mir ein Bad richten, Signora … Wie ist Ihr Name?«

»Carlotta. Man nennt mich Carlotta.«

»Gut, Carlotta, dann richten Sie mir bitte ein Bad, und den Kaffee nehme ich in der Küche. Ich will keine allzu großen Umstände machen.«

Die alte Carlotta starrte sie verblüfft an. Höflichkeit und Bescheidenheit war sie offensichtlich nicht gewohnt. Sie rührte sich nicht vom Fleck und beäugte Emilia, als wäre sie ein Wesen vom Mond. Vielleicht, resümierte Emilia, ist sie auch nur überrascht, weil ich ihr eine Anweisung erteile.

Emilia hielt dem Blick der Putzfrau stand und brachte ihr Haar in Ordnung, in dem sie einige Strähnen hinter die Ohren schob. Als Carlotta noch immer keine Anstalten machte, Emilias Aufforderung zu folgen, schritt Emilia energisch an ihr vorbei in die Küche, um sich selbst zu bedienen. Notfalls würde sie sich auch ein Bad einfüllen. Sie war es gewohnt, alleine für sich zu sorgen, und war sich keinesfalls zu schade dafür.

Irgendwann, während Emilia an dem kleinen Küchenfenster stehend in den Hinterhof blickte und einen ausgesprochen wohlschmeckenden Kaffee trank, hatte Carlotta ein Einsehen. Unter unverständlichem Gemurmel ging sie mit einem Zuber aus Kupfer auf die Straße hinunter zum Brunnen, füllte ihn mit Wasser und kam, unter der Last stöhnend, wieder in Serenas Wohnung zurück. Ohne Emilia auch nur anzusehen, versuchte sie, den schweren Kessel auf den längst eingeheizten Ofen zu setzen, doch Emilia trat rasch neben sie, um ihr zur Hand zu gehen. Carlotta maß die fremde Dame mit einem erstaunten Blick, dann huschte ein Lächeln über ihre Runzeln, und sie ließ sich widerstandslos helfen.

Serena kam an diesem Vormittag nicht nach Hause. Emilia nahm das Bad, stellte ihre Tasche ins Gästezimmer und zog sich frische Garderobe an. Dann stand sie ratlos in der kleinen Kammer und überlegte, was nun zu tun sei. Sie hätte ihre Reisekleidung reinigen und bügeln sollen, doch dazu verspürte sie keine Lust. Emilia beschloss, in den Laden hinunterzugehen. Sicher hatte sich Serena bereits dort eingefunden. Es erschien Emilia zwar seltsam, dass Serena nicht sofort heraufgekommen war, um die Schwester zu begrüßen, denn Aurelio hatte ihr sicher von Emilias Ankunft berichtet. Möglicherweise aber war Serena von einer wichtigen Kundin aufgehalten worden und derzeit unabkömmlich. Und wenn sie wirklich noch nicht von ihrer Geschäftsreise zurück sein sollte, konnte sich Emilia umsehen und auf ein Neues nützlich machen, denn schließlich handelte es sich bei dem Seidenhandel noch immer um ein Familienunternehmen, auch wenn dies in den vergangenen fünf Jahren in Vergessenheit geraten war. Also überließ sie Carlotta ihren häuslichen Pflichten und ging hinunter.

Als Emilia die Tür aufstieß und die Melodie des arabischen Windspiels erklang, befand sich Aurelio hinter dem

Ladentisch und sortierte verschiedenfarbige Bänder in Schachteln, wobei ihm ein junger Mann, der kaum dem Knabenalter entwachsen war, zur Hand ging, offenbar der Lehrling. Aurelio hob bei dem Klingelzeichen den Kopf, und ein erfreutes Lächeln erhellte sein blasses Gesicht. »Guten Morgen, Signorina Emilia, geht es Ihnen gut?«

»Aber … aber …«, stammelte der Junge, starrte sie an, blickte zu Aurelio, sah wieder auf Emilia. Sein Kinn sank herab, und sein Mund formte ein erstauntes O.

»Das ist Signorina Emilia, die Zwillingsschwester von Signora Bossi«, stellte Serenas Ladengehilfe eilig vor. »Sie ist gestern aus Wien eingetroffen, die Signorina. Nun steh nicht so da, als wolltest du mit deinen Augen Löcher in die Luft bohren, Piero! Verbeuge dich und begrüße die Signorina … Das ist Piero, Signorina Emilia, der Lehrling. Er ist eigentlich ein aufgeweckter Kerl, auch wenn er im Moment einfältig wirkt.«

Emilia schmunzelte. »Nun, seine Haltung ist verständlich, glaube ich. Man trifft seine Padronessa schließlich nicht allzu oft in doppelter Ausführung an, nicht wahr? Aber nun genug geplaudert. Geh wieder an deine Arbeit, Piero!« Sie trat neben die beiden Angestellten und blickte auf das Durcheinander auf dem Tresen. »Was tun Sie da, Aurelio?«

»Ich habe mir die Freiheit genommen, Ihren Vorschlag aufzugreifen, Signorina Emilia, und die Bänder und Borten anders einzuräumen. Sie haben ja so recht. Wenn es zur Gründung der Republik von ganz Oberitalien kommt, werden unsere Kunden die neuen italienischen Farben verlangen, um ihre Garderobe mit der italienischen Tricolore zu schmücken. Deshalb habe ich Piero angewiesen, alle grünen, weißen und roten Waren ganz nach vorne zu legen.«

»Vielleicht sollten Sie mit einigen Stoffrollen ebenso verfahren«, meinte Emilia, »am besten mit denen, die sich für Falbeln eignen. Ich habe gehört, dass die Franzosen

Rosetten mit ihren Farben an ihrer Kleidung oder ihren Hüten tragen. Es könnte doch sein, dass das die Italiener nachmachen möchten.«

»Wunderbar! Wunderbar!« Aurelios Wangen glühten vor Begeisterung. »Ich weiß, was Sie meinen. Manche Herrschaften laufen mit diesen Ansteckern durch die Stadt. Ob man eine Schneiderin beauftragen sollte, Falbeln auf Vorrat zu fertigen? Es könnte doch sein, dass die Nachfrage steigt.«

»Unbedingt. Das ist ein guter Einfall.«

»Ach, es ist schön, dass Sie da sind, Signorina Emilia, Sie bringen neuen Schwung in das Geschäft, wenn ich das mal so sagen darf.«

»Ja«, pflichtete Piero dem Älteren bei, »Signora Bossi will immer nur Seide verkaufen, die Kurzwaren nennt sie billigen Tand.«

»Halt den Mund, Piero!«, herrschte Aurelio ihn an und hob die Hand, um den Jungen am Ohr zu ziehen. »Wie kannst du es wagen, vor Signorina Emilia ein schlechtes Wort über Signora Bossi zu verlieren …?«

»Aber wenn ich doch …«

»Lassen Sie nur, Aurelio, ich nehm's ihm nicht krumm«, griff Emilia beherzt in die Auseinandersetzung ein. An den Lehrling gewandt, fuhr sie in dem geduldigen Ton der Gouvernante fort: »Jeder versucht auf seine Weise, einen Laden zu führen, Piero, der Erfolg liegt aber letztendlich in Gottes Hand. Ich glaube, dass die Politik den Verkauf von Tand heutzutage fördert, zu einer anderen Zeit mögen nur Stoffe angesagt sein, wer weiß das schon im Voraus. Das sind Dinge, die vom Schicksal entschieden werden und nicht von einer Händlerin.«

Piero lief krebsrot an. »Wie klug Sie sind!«, stellte er ehrfürchtig fest.

Ach, Gottchen, fuhr es Emilia belustigt durch den Kopf, ich habe doch wohl keinen kleinen Verehrer gewonnen?

Was würde Serena dazu sagen? Mit Sicherheit würde sie sich darüber ärgern, dass ihre Angestellten zu Emilia aufsahen. Serena hatte immer neidvoll auf Konkurrenz geblickt. Ich sollte besser gehen, bevor ich Unfrieden stifte, dachte Emilia, und mir die Stunden bis zu Serenas Heimkehr bei einem Spaziergang vertreiben.

Sie lächelte den Ladengehilfen an. »Ich möchte Sie nicht länger von Ihrer Arbeit abhalten, Aurelio. Machen Sie nur weiter, und erledigen Sie, was Ihre Pflichten sind. Ich werde mich ein wenig in der Stadt umsehen, bis meine Schwester zurück ist.«

»Auf Wiedersehen, Signorina Emilia, auf Wiedersehen«, Aurelio lief um den Ladentisch herum, riss die Tür auf und verbeugte sich formvollendet vor der Dame.

Der Stadtbummel war eine gute Entscheidung, dachte Emilia wenig später. Es war ein sonniger Vormittag, nicht ganz so heiß wie an den Tagen zuvor, und es wehte eine laue Brise vom See her durch die schönen, breiten Straßen. Im Gegensatz zu vielen anderen lombardischen Kleinstädten war der alte Kern von Como recht großzügig angelegt worden, kleine, dunkle Gassen besaßen eher Seltenheitswert und prägten nicht das Bild, wie etwa in Bergamo. Außerdem war die Geografie relativ gradlinig, was den Vorgaben der alten Römermetropole entsprach; die weiße Stadtmauer, deren Bau einst Gaius Julius Caesar in Auftrag gegeben hatte, war noch eines der letzten Zeugnisse dieser Zeit. Die Häuser stammten hauptsächlich aus dem Mittelalter, wie etwa der arkadengeschmückte Broletto, das alte Gemeindehaus und Gerichtsgebäude, das derzeit als Theater genutzt wurde.

Überrascht blieb Emilia davor stehen. Am Mast über dem Eingang wehte die Tricolore der Befreier – blau, weiß, rot – und nicht die in ihrer Struktur fast identische, aber mit einer anderen Farbe – Grün statt Blau – versehene, neue

Fahne der Lombardischen Republik. Neben dem Eingang war ein Plakat angebracht: Am Abend sollte eine französische Komödie aufgeführt werden, Molière statt eines italienischen Stücks. Emilia sah eine Weile lang auf die Ankündigung, die Buchstaben verschwammen vor ihren Augen, und sie fragte sich im Stillen, ob diese frankophone Verzerrung ihrer Kultur tatsächlich das war, was ihre Landsleute wollten.

Sie beschloss, das Geld für eine Zeitung auszugeben, um ihre politische Bildung voranzutreiben. Unwillkürlich dachte sie an Lucia Agnelli. Vielleicht konnte sie in Como ein Exemplar der *Gazzetta di Lugano* auftreiben und sich mit der neuen Freundin über den Inhalt austauschen, wenn sie sich wiedersahen, was – so hoffte Emilia aus ganzem Herzen – schon bald der Fall sein würde. Sie würde Lucia einen Brief schreiben, entschied sie, sobald sie die wichtigsten Artikel gelesen hatte.

Emilias spontane Suche nach einem Zeitungsverkäufer verwandelte sich bald in eine Erinnerungstour an die Plätze ihrer Kindheit und Jugend und schließlich in eine amüsante Jagd nach den Veränderungen in ihrer Heimatstadt. Emilia verlor jegliches Zeitgefühl, während sie umherwanderte, staunte, wiedererkannte. Irgendwann fiel ihr auf, dass sie keine Minute an Albert von Podlanski gedacht hatte, und selbst jetzt war der ehemals Geliebte nur eine ferne, fast unwirkliche Erinnerung, die so flüchtig war wie das leichte Frösteln ihrer Haut nach einem Windhauch. Ich bin zu Hause angekommen, stellte sie lächelnd fest.

Als sie an einem hübschen Café vorbeikam, das gut frequentiert wurde von jungen Damen in Sommerkleidern und Herren im Frack sowie französischen Offizieren, entschloss sich Emilia zu einem Besuch. Sie setzte sich an einen Tisch am Fenster, bestellte eine Zitronenlimonade und faltete die eben erstandene Gazette auseinander. Bald versank sie in der Lektüre und nahm kaum noch wahr, was um sie herum geschah. Die Gespräche der anderen Gäste des Kaffeehauses waren ein sanftes Gemurmel, ähnlich dem Wellenrauschen des Sees, und eine angenehme Untermalungsmelodie.

In der in Lugano herausgegebenen Zeitung gab es allerlei zu studieren: Kritiken über Theateraufführungen in Mailand ebenso wie Rezensionen zu den neuen Balladen eines deutschen Dramatikers namens Friedrich Schiller, tadelnde Kommentare zu den Urteilen der eidgenössischen Landvögte in den Gerichtssälen von Bellinzona, Locarno, Lugano und Mendrisio, einen Leitartikel über die politischen Wunder, die General Bonaparte mit seinen Einigungsbemühungen in Oberitalien vollbrachte, einen Nachruf auf den verstorbenen französischen Agitator François Noël Babeuf und einen Bericht aus Paris, wo die Assignaten, das Papiergeld der Revolution, nun endgültig abgeschafft und als Zahlungsmittel für ungültig erklärt wurden.

Die Zeit flog weiter dahin. Emilia leistete sich nach der Zitronenlimonade eine nach Zimt und Vanille duftende Schokolade und dann sogar noch eine Granita aus gemahlenen, geeisten Pistazien. Noch nie hatte sie einem derartigen Luxus gefrönt. Es war wundervoll, im Café zu sitzen, sich zu informieren und den Tag bei wohltuenden Leckereien verstreichen zu lassen. Andere Gäste kamen und gingen, und außer einem jungen Mann, der vielleicht ein Student oder ein Dichter war und sich eifrig Notizen in eine kleine, am Einband abgewetzte Kladde machte, blieb niemand so lange wie Emilia. Erst als sich die Sonne langsam hinter die Schieferdächer senkte, brach sie endlich auf.

Beseelt kehrte sie an die Piazza del Popolo zurück. Die Glocken läuteten zum Vespergottesdienst, und verspätete Gläubige hasteten durch die Straßen, um wenigstens zum Hymnus in der Kirchenbank zu sitzen.

Emilia spähte verstohlen durch die Fensterscheibe des Seidenhandels – und entdeckte auf Anhieb ihre Schwester. Unwillkürlich trat sie einen Schritt zurück und stellte sich so, dass sie Serena beobachten konnte, ohne selbst gesehen zu werden. Sie hielt den Atem an.

Serena wirbelte durch ihren Laden, als sei sie höchstpersönlich der Besen, mit dem jeden Abend ausgekehrt wurde. Sie gab Aurelio und Piero offensichtlich Anweisungen, die, ihrer strengen Miene nach zu urteilen, wohl eher Befehle waren. Ihre Augen funkelten, sie schien sich über etwas zu ärgern. Dieser Zorn gab ihrem Äußeren etwas Wildes, das ihr nicht gut zu Gesicht stand, denn damit verlor sich jede Sanftheit aus ihren Zügen, und sie wirkte ungewöhnlich hart. Es war keine Frage, Serena war noch immer eine gepflegte Erscheinung, aber sie hatte sich verändert – nicht zu ihrem Vorteil, befand Emilia, während ihr langsam dämmerte, dass sie selbst es war, die sich verändert hatte: Allein ihre Sichtweise auf die Schwester war eine andere geworden. Und dann war da noch eine Feststellung: Wäre Serenas Gesichtsausdruck sanfter, er wäre das Ebenbild von Emilias Antlitz, das sich in der Scheibe spiegelte. Seltsam. Emilia konnte sich nicht erinnern, wann sie und Serena zuletzt nahezu identisch ausgesehen hatten.

12

»Falbeln?«, wiederholte Serena ungehalten. »Aurelio, dies ist ein Geschäft für hochwertige Seidenwaren und weder eine Schneiderei noch ein Kurzwarenhandel. Was haben Sie sich nur dabei gedacht, *Falbeln* zu ordern? Ich bin wirklich sehr unzufrieden mit Ihnen.«

»Aber Signorina Emilia …«, hob Piero in dem Versuch

an, dem Ladengehilfen beizustehen, um im nächsten Moment ein spitzes Jaulen von sich zu geben. Aurelio war ihm mit aller Kraft auf den Fuß getreten.

Das arabische Windspiel erklang.

In Erwartung von Kundschaft richteten sich die drei Augenpaare auf die Ladentür. Ob dieser Aufmerksamkeit blieb Emilia verlegen im Eingang stehen.

Serena starrte erstaunt auf ihre Schwester. Die pummelige Bäuerin von einst hatte sich in eine sehr hübsche junge Frau verwandelt, sie war eine äußerst attraktive Person. Das pastellblaue Sommerkleid, welches Emilia trug, war nicht nach der französischen Mode geschnitten, und der dunkelblaue Schal, den sie um ihre Schultern geschlungen hatte, wirkte ein wenig altjüngferlich, aber die Garderobe war ansprechend, und die Farben standen ihr.

»Dio mio!«, entfuhr es Serena. »Emilia!«

Die grünen, weißen und roten Bänder, die sie in Händen gehalten hatte, fielen zu Boden. Ihre Augen waren zwei undurchdringliche, dunkle Pole, aus denen alles Licht gewichen war. Sie verzog dabei keine Miene, stand nur starr neben ihrem Ladengehilfen und dem Lehrling am Tresen.

Nervös fuhr sich Emilia durch die hochgesteckten Locken, die auf den ersten Blick jedoch eine gewisse Ähnlichkeit mit Serenas Kurzhaarschnitt besaßen. Sogar die blaue Seide, die sie um die Strähnen gewunden hatte, war vergleichbar mit dem Schmuck, den sich ihr elegantes Ebenbild in die Frisur flocht. Ratlos blickte Emilia ihre Schwester an.

»Buona sera, Signorina Emilia«, flötete Aurelio.

»Guten Abend, Signorina Emilia«, echote Piero.

Du musst etwas tun, forderte eine innere Stimme Serena auf, begrüße sie, schließe sie in deine Arme, wie es sich gehört. Zwar ist dir diese Dame vollkommen fremd, aber es ist doch Emilia …

»Wie siehst du aus? Du hast dich verändert!«, war jedoch die einzige Bemerkung, die Serena auf Anhieb über die Lippen brachte.

Sie zwang sich zu einem Lächeln. Langsam kehrte die Lebendigkeit in ihre reglosen Glieder zurück. Sie stieg über das bunte Knäuel zu ihren Füßen und trat auf Emilia zu, legte der Schwester die Hände auf die Schultern und beugte sich vor, um auf beide Wangen einen Kuss zu hauchen. »Du bist wunderschön«, versicherte sie freundlich, als sie spürte, wie sich Emilias Körper unter der überraschend liebevollen Begrüßung versteifte. Zumindest ihre Hellsichtigkeit schien noch wie früher zu sein: Emilia begriff, dass Serena unter den Augen ihrer Angestellten tat, was von ihr erwartet wurde, auch wenn ihr Kompliment vielleicht nicht gleich von Herzen kam.

»Hier bin ich also«, murmelte Emilia.

»Ja, da bist du also«, wiederholte Serena überflüssigerweise. Nervös wirbelte sie zu ihren Angestellten herum, um sich gleich darauf wieder der Schwester zuzuwenden: »Aurelio und Piero kennst du bereits, nicht wahr? Es tut mir leid, dass ich gestern nicht anwesend war, aber ich hatte wichtige Geschäfte zu erledigen: Madame Bonaparte bestellte den Stoff für die Brautkleider ihrer Schwägerinnen, und eine Seide für ihre eigene Robe möchte sie auch noch haben.«

»Das ist wunderbar«, erwiderte Emilia.

»Die Möglichkeiten, die sich dadurch ergeben, sind mehr als das. Mein Laden könnte mit diesen Kundinnen über die Grenzen der Lombardei bekannt werden. Dabei habe ich jetzt schon so schrecklich viel zu tun. Allein die Buchhaltung raubt mir manche Nacht den Schlaf.«

»Sicher«, bestätigte Emilia.

Während Serenas Monologs hatte sich Piero nach den Bändern gebückt und reichte sie nun an Aurelio weiter.

Aus den Augenwinkeln beobachtete Serena, ob ihr Ladengehilfe die schmalen Stoffbahnen in den dafür bestimmten Kasten in der alten Ordnung legte – so, wie sie es entschieden hatte und für sinnvoll hielt. Wie war Aurelio nur darauf gekommen, diese albernen Neuerungen einführen zu wollen, die nichts als politisches Geschwätz waren?!

Sie konzentrierte sich wieder auf Emilia. »Die viele Arbeit wird mich aber nicht daran hindern, unser Wiedersehen zu feiern. Ich habe dir so viel zu erzählen, Liebes. Es gibt herrliche Neuigkeiten ...«, sie neigte sich vor und flüsterte Emilia ins Ohr: »Ich habe den Mann meines Lebens getroffen und werde heiraten.« Sie richtete sich wieder auf und wandte sich an ihren Gehilfen: »Vielleicht sollten wir für heute ein wenig früher schließen, Aurelio ...«

»Lass dich bitte nicht von der Arbeit abhalten«, unterbrach Emilia rasch. »Wir haben noch genug Zeit zum Plaudern, und wenn es im Laden so viel zu tun gibt – ich könnte dir zur Hand zu gehen. Das spart Zeit und dann ...«

»Nein, nein, nein!«, wehrte Serena energisch ab, und gleichzeitig stieg Panik in ihr auf. Sie spürte, wie ihre Kehle austrocknete. Ein Glas Wasser hätte ihrer Stimme jetzt ebenso gutgetan wie ihrer Seele, aber sie wollte das Feld nicht verlassen – nicht jetzt, wo sich Emilia einzumischen begann. Wie schnell ihre Schwester bei der Sache war. Offenbar war sie wirklich nach Como zurückgekommen, um ihren Anteil am Erbe einzufordern, dabei war es ausnahmslos Serenas Erfolg zu verdanken, dass der Handel überhaupt noch existierte. Es würde Ärger geben, dessen war Serena sich gewiss, denn Emilia wirkte nicht mehr wie die sanfte Träumerin – schlimmer noch, sie war keine graue Maus mehr, die sich nach Belieben leiten ließ.

»Es macht mir nichts aus, dir zu helfen«, insistierte Emilia freundlich. »Die Zeiten, in denen ich einen weiten Bogen um den Laden schlug, sind vorbei. Es hat mir sogar

Freude bereitet, als ich Aurelio gestern Abend unterstützen konnte.«

»Nein«, wiederholte Serena so ruhig es ihr möglich war, »das kommt gar nicht in Frage. Du bist doch nicht nach Hause gekommen, um hier gleich am ersten Tag zu arbeiten. Nein, nein, mein Liebes, gönn dir erst einmal ein paar freie Tage. Im Geschäft läuft derweil alles weiter. Das ist besser so, verstehst du?«

Aurelio holte tief Atem und stieß die Luft zwischen zusammengebissenen Zähnen wieder aus.

Emilia hatte anscheinend nicht nur gelernt, ihre Toilette der einer Dame anzupassen, sondern auch, mit heiklen Situationen fertig zu werden. Sie hob die Zeitung hoch, die sie unter den Arm geklemmt hatte. »Sicher hast du recht, ich sollte ein wenig entspannen. Erledige, was immer du zu tun hast, und ich werde mich solange in eine Ecke setzen und lesen. Wie es aussieht, werde ich eine Weile beschäftigt sein, die Artikel scheinen mir recht umfangreich.«

Serenas Augenbrauen hoben sich überrascht. »Die *Gazzetta di Lugano* – wie originell!« In Windeseile wirbelten die Erinnerungen an Francesco Agnelli durch ihren Kopf und die verschiedenen Möglichkeiten, den Geliebten zu beeindrucken. Vielleicht war Emilias Ankunft doch eher ein Wink des Himmels als eine Belastung. »Ja, lies das Blatt und berichte mir davon. Ich bin sehr interessiert an jedem einzelnen Artikel, mir fehlte bislang die Zeit für eine ausführliche Lektüre«, fügte sie mit einem Strahlen hinzu, das direkt von ihrem Herzen ausging. »In der Zwischenzeit werden wir aufräumen und den Laden schließen … Was war noch gleich? Ach ja. Aurelio, wie sind Sie nur darauf gekommen, Falbeln in den neuen italienischen Farben herstellen lassen zu wollen? Das ist Unsinn!«

Der Gescholtene schnappte nach Luft. Unwillkürlich flogen seine Blicke zu Emilia, als suchte er Unterstützung, im nächsten Moment senkte er jedoch rasch die Lider. »Wenn Sie es sagen, Signora Bossi, war es wohl die falsche Entscheidung«, räumte er unterwürfig ein. »Verzeihen Sie mir.«

Emilia lächelte Aurelio, der mit noch immer niedergeschlagenem Blick an einem Ballen grüner Seide hantierte, zum Abschied aufmunternd zu. »Auf Wiedersehen«, versprach sie mit einer Bestimmtheit, die Serena das Herz sinken ließ. Dann umfasste Emilia die Zeitung fester und zog mit der freien Hand schwungvoll die Ladentür auf.

*

Es war nicht direkt ein Schlag ins Gesicht, aber Serenas deutlich spürbarer Widerwille, Emilia einen Platz im Familiengeschäft zu gewähren, schmerzte sie tief. Als sie den Laden verließ und ihr ein warmer Abendwind entgegenschlug, fiel ihr auf, dass sie in Serenas Gegenwart zu ersticken geglaubt hatte. Dabei hatte ihre Schwester nicht einmal unrecht. Es war vermessen, nach fünf Jahren Abwesenheit anzunehmen, ihre Welt würde sich neu ordnen lassen. Nicht nur das. Serena musste davon ausgegangen sein, dass sie sich nicht für den Seidenhandel interessierte, schließlich hatte sie früher keinerlei Begeisterung dafür gezeigt. Ihr Stimmungswandel hatte die Andere überrascht, natürlich, und sie durfte ihr deshalb nicht grollen.

Du hast gelernt, mit Niederlagen zu leben, sagte sich Emilia im Stillen. Also füge dich!

Tief durchatmend füllte sie ihre Lungen mit der frischen Luft. Dann wandte sie sich der neben dem Laden befindlichen Haustür zu, durch die sie ins Stiegenhaus trat, um langsam nach oben in Serenas Wohnung zu gehen. *Serenas Wohnung.* Serenas Laden. Serenas Leben. Es würde noch schwieriger sein, als Emilia befürchtet hatte, einen Platz für sich zu finden.

Die alte Carlotta wollte gerade gehen und ließ Emilia

ein, bevor sie nach Hause entschwand. Zögernd, weil sie nicht wagte, sich mit der Selbstverständlichkeit vom Morgen in Serenas vier Wänden zu bewegen, ließ sich Emilia wieder in dem Sessel nieder, in dem sie die vergangene Nacht verbracht hatte. Es war noch nicht so dunkel, dass sie die Kerzen anzünden musste, doch das durch die Fenster fallende Büchsenlicht war auch nicht zum Lesen geeignet. Also legte sie die Zeitung auf den Tisch und schloss für einen Moment die Augen – und sank in einen kurzen Schlaf, der durch Serenas polternde Heimkehr beendet wurde.

Zu ihrer Erleichterung bemerkte Emilia, wie sich der harte Ausdruck in Serenas Miene verflüchtigte, sobald sie ihr Wohnzimmer betrat. Serenas Züge wurden weich, und ihre Ähnlichkeit mit Emilia verstärkte sich umso mehr. Sie ist mein Spiegelbild, sinnierte Emilia, und eine Welle von Gefühlen überraschte sie. Liebevoll beobachtete sie Serena, die durch den Raum schwebte und den eben aufgenommenen Zündstein an die Kerzendochte hielt.

»Du kommst gerade zur rechten Zeit«, verkündete Serena gut gelaunt. »Ich werde nämlich bald heiraten.«

»Ja, das sagtest du bereits«, aber ich hielt es für ein Missverständnis, fügte Emilia in Gedanken hinzu. Sie stemmte sich aus dem Fauteuil, war versucht, Serena zur Hand zu gehen, unterließ es dann aber. Regungslos ließ sie die Mitteilung auf sich wirken.

Sie wusste nicht, was sie mehr überraschte: Das Verlöbnis an sich oder der Zeitpunkt. Dass Serena überhaupt noch einmal heiraten wollte, war höchst verwunderlich, denn sie hatte sich als blutjunges Mädchen damals nur vermählt, weil Nonno behauptete, mit einem Seidenweber verheiratet zu sein, würde ihr Vorteile bei der Führung des Ladens bringen. Serena hatte nie einen Hehl daraus gemacht, wie unglücklich die Verbindung gewesen war und dass sie die frühe Witwenschaft als angenehmste Seite ihrer Ehe empfand. Vielleicht verfügt ihr Bräutigam über einen größeren Besitz als das Wissen um die Kunst der Stoffherstellung, fuhr es Emilia durch den Kopf. Ein vermögender Mann war allemal von Interesse für eine Geschäftsfrau, auch wenn Serena behauptete, der Handel floriere.

Unwillkürlich flammte Neid in Emilia auf. Sie schämte sich für dieses Gefühl, aber sie konnte nicht umhin, Serenas Zukunft mit Bitterkeit zu betrachten. Hatte sie nicht selbst von einem Lebensglück geträumt, das aus Liebe geboren in einer Heirat münden sollte? Was war so verwerflich daran, wenn Serena demselben Ansinnen folgte? Sie wird bekommen, was sie haben will, dachte Emilia trübsinnig. Kein Mann wird sie zum Narren halten, so wie es mir geschehen ist.

Und überhaupt: Wieso sprach Serena andauernd nur von sich und fragte nicht, wie es um Emilia stand? Sie sollte aus Emilias Brief wissen, weshalb die Schwester Wien hatte verlassen müssen. Hätte Serena nicht ein wenig mehr Taktgefühl besitzen und die Nachricht von den eigenen Heiratsabsichten hintanstellen können? Sie hatten sich bisher kaum richtig begrüßt …

Emilia räusperte sich. »Das sind erfreuliche Neuigkeiten«, sagte sie langsam. »Wer ist der Glückliche? Kenne ich ihn von früher?«

»Nein, du bist ihm nie begegnet.« Serena betrachtete zufrieden das gelbe Licht der Kerzen, das in ihrem sonst so kühl wirkenden Salotto eine gemütliche Atmosphäre verbreitete. Lächelnd wandte sie sich zu Emilia um. »Was möchtest du trinken? Sollen wir eine Flasche Wein öffnen zur Feier des Tages? Ein Wiedersehen wie dieses gibt es nicht häufig zu begießen – und meine Verlobung auch nicht, oder?«

»Wann wirst du denn heiraten? Du hast nie von deinen Plänen geschrieben«, erwiderte Emilia.

»Nun, genau genommen sind sie noch recht frisch. Diese Zukunftspläne, meine ich. Es ist alles recht überstürzt geschehen, aber dergleichen gibt dem Leben erst die richtige Würze, nicht wahr? Mein Bräutigam ist ein einflussreicher Mann, und der genaue Termin für unsere Hochzeit steht noch nicht fest, aber er wird sich bald erklären, und dann werden wir das Datum festlegen. Ich möchte nicht mehr lange warten, verstehst du?«

Emilia riss die Augen auf. »Bist du etwa …? Hast du …?« Ihr fehlten die Worte, um ihre Fragen zu vollenden. Die Vorstellung, dass sich Serena von einem mächtigen Herrn hatte schwängern lassen und nun die Annahme hegte, er würde sie heiraten, war grotesk. Dann wäre sie ja noch dümmer, als ich es war, dachte Emilia.

»Nein«, Serena lachte. »Du brauchst dir keine Sorgen zu machen, Liebes, ich erwarte kein Kind. Obwohl man dergleichen natürlich nie ausschließen kann, nachdem …«, mit einem wissenden, anzüglichen Grinsen, das sie ein wenig ordinär erscheinen ließ, brach sie ab.

»Du hast dich zur Geliebten eines – wie ich annehme – reichen Mannes gemacht und glaubst, er wird dich heiraten?«, fragte Emilia ungläubig.

»Warum nicht? Etwa, weil du dich der Lächerlichkeit preisgegeben und einem Baron nachgelaufen bist, der nur seinesgleichen heiratet? Der Mann, dem ich mich hingebe, Emilia, will mich. Das kann ich dir versichern. Er wird mich heiraten. Daran besteht kein Zweifel.« Sie klatschte in die Hände. »Zeit für einen Imbiss. Komm mit mir in die Küche, und lass uns nachschauen, was Carlotta warm gestellt hat. Wir werden uns das Abendessen teilen und endlich eine Flasche Wein öffnen, um auf unser beider Wohl zu trinken.«

Die Farbe war aus Emilias Gesicht gewichen. Sie starrte auf Serenas schmalen Rücken und konnte nicht fassen, dass sich dahinter ein Mensch verbarg, der zu so viel Boshaftigkeit fähig war. Du hast angefangen!, gestand sie sich ein. Sie hatte die Absichten des Herrn bezweifelt, in den Serena ganz offensichtlich bis über beide Ohren verliebt war. Aber rechtfertigten Emilias Bedenken die darauf folgende Demütigung?

Die beiden Frauen standen sich in der Küche gegenüber. Im Augenwinkel sah Emilia einen offenen Kupfertopf auf dem Ofen stehen, darin war die gelbgräuliche Paste einer lieblos zubereiteten Portion Polenta. Du wirst deinen Haushalt anders führen müssen, dachte Emilia, wenn du einen Mann darin verwöhnen willst. Ebenso tapfer wie trotzig erwiderte sie Serenas Blick. Ihre Schwester stemmte die Hände in die Taille und hatte nun mehr Ähnlichkeit mit einer Furie als mit ihr.

»Erzähle mir von deinen Plänen«, bat Emilia lahm. Eine Entschuldigung wollte sie sich nicht abringen, aber zumindest eine Kapitulation. »Was wird aus dem Laden? Ich denke, wenn du erst die Gemahlin eines mächtigen Mannes bist, wirst du nicht mehr Seide verkaufen wollen.«

Serena nahm das Angebot zur Versöhnung an. Lächelnd ließ sie die Arme sinken und wandte sich dem Herd zu, griff sich einen Kochlöffel von der Anrichte und rührte in dem Maisbrei. »Sicher werde ich nicht mehr als Händlerin arbeiten können. Mein Mann und ich werden viel reisen und auch gesellschaftliche Verpflichtungen wahrnehmen müssen. Insofern hast du recht. Aber ich werde nie und nimmer das Familiengeschäft aufgeben. Es ist schließlich so etwas wie meine Mitgift. Gut angelegtes Geld, an dessen Profit mein Gatte und ich noch eine Weile Freude haben können.«

Meine Mitgift!, Emilia hatte das Gefühl, ihr Magen würde sich umdrehen.

»Ich muss einen Geschäftsführer einsetzen«, fuhr Serena leutselig fort, »der in meinem Sinne den Laden führt. Denn natürlich kann ich in meiner neuen Rolle nicht mehr selbst mit Kunden und Lieferanten verhandeln.«

»Das ist ein guter Gedanke.«

»Findest du?« Serena schnupperte an der Kelle, die sie aus der Polenta gezogen hatte und probierte. »Hm. Aus Carlotta wird nie eine gute Köchin. Tut mir leid, Emilia, dass ich dir nichts Besseres vorsetzen kann, aber ich hatte noch nicht mit deiner Ankunft gerechnet. Außerdem verschwende ich nicht gerne Geld für Lebensmittel. Mir genügt eine einfache Mahlzeit. In Zukunft wird sich das natürlich ändern, doch dann sitze ich ja auch nicht mehr allein bei Tisch.«

Da Emilia keine Lust verspürte, sich über die Gepflogenheiten in Serenas künftigem Speisezimmer auszutauschen, öffnete sie auf der Suche nach zwei Tellern den Küchenschrank und fand zu ihrem Gespräch über den Seidenhandel zurück: »Dein Ladengehilfe scheint mir ein fähiger junger Mann zu sein. Wirst du ihn als Geschäftsführer einsetzen?«

»O nein, Aurelio ist noch nicht soweit, dass er für diese Aufgabe in Frage käme. Ich suche noch nach einer geeigneten Person.«

»Ich …«, hob Emilia an, aber sie biss sich rasch auf die Unterlippe, um ihren Vorschlag zu ersticken. Es war hirnrissig von ihr, anzunehmen, Serena würde ihr die Leitung übertragen. Sie selbst hatte ja vor zwei Tagen noch nicht einmal daran gedacht, eine derartige Verantwortung zu übernehmen. Doch nun war alles anders, und sie traute sich durchaus zu, neuen Schwung in den Verkauf zu bringen, auch wenn Serena bei dem Sortiment der Bänder und der Fertigstellung von Falbeln offenbar anderer Meinung war. Außerdem rechtfertigte ihr Erbanspruch ihren Wunsch, selbst wenn Serena den Anteil ihrer Schwester zu ignorieren schien.

»Du?«, fragte Serena amüsiert. »Ich glaube, mein Liebes, selbst Aurelio verfügt über mehr Erfahrung im Seidenhandel. Du bist gänzlich ungeeignet für diese Position.«

»Warum? Ich bin …«

»Du bist Emilia. Deshalb. Du verstehst nichts vom Geschäft, das war schon immer so. Ich sprach von einer Mitgift und Zinsen, nicht vom Bankrott. Nun schau nicht so betrübt! Ich habe eine andere, viel wertvollere Verwendung für dich«, Serena legte eine kleine Pause ein, in der sie sich mit der Zunge über die Lippen fuhr, dann sagte sie: »Du wirst alle Ausgaben der *Gazzetta di Lugano* besorgen, derer du habhaft werden kannst. Ich möchte, dass du jede Zeile liest und mir in allen Einzelheiten davon berichtest, verstehst du? Die Zusammenfassung deiner Lektüre ist für mich von evidenter Bedeutung.«

Emilia war so überrascht, dass sie beinahe die Teller fallen ließ, die sie eben aus dem Schrank genommen hatte. Warum interessierte sich Serena so für die freie Presse? Sie konnte sich nicht entsinnen, dass Serena jemals eine Zeitung gelesen hatte. Das wollte sie zwar auch jetzt nicht, aber die Inhalte schienen ihr auf einmal wichtig zu sein. Seltsam. Der Moment, die Schwester nach diesem neuen Steckenpferd zu fragen, verging, ohne dass Emilia ein Wort darüber verlor. Auch verschwieg sie ihre Bekanntschaft mit Lucia Agnelli. Sie hütete Namen und Herkunft der neuen Freundin wie einen Schatz und war nicht gewillt, diesen mit Serena zu teilen.

»Es handelt sich um ein Blatt mit vielen wichtigen Informationen«, sagte Emilia wenig begeistert. »Wenn du möchtest, kann ich dir eine Inhaltsangabe anfertigen, damit du einen Überblick über die Artikel gewinnst.«

»Das ist ein wunderbarer Vorschlag«, befand Serena.

Dann wechselte sie das Thema und plauderte unbefangen über die Damen Bonaparte, während sie Emilia das Auftragen des Abendessens überließ und im Weinregal eine geeignete Flasche auswählte. Von der für sie bedeutsamen Begegnung in Mombello sprach sie jedoch nicht.

13

Als Lucia in die Villa Agnelli heimkehrte, saß ihre Mutter mit einer Stickarbeit auf der Terrasse im Schatten eines Feigenbaums. Gelegentlich sah Sofia auf und blickte über die glitzernde Oberfläche des Sees, in dem sich die dunklen Felswände der gegenüberliegenden Seite spiegelten. Sie saß abgewandt von der im Sonnenlicht gelb leuchtenden Kulisse der Stadt, die sich in einer formvollendeten Rundung an der Bucht des Ceresio langzog. Es schien wie eine demonstrative Geste, als wolle Sofia mit dem bunten Treiben in Lugano nichts zu tun haben. Tatsächlich war es wohl so, denn die Patriarchin lebte zurückgezogen in ihrem Palazzo, ging nie aus und erledigte nicht einmal mehr ihre wichtigsten Einkäufe selbst. »Die Zeiten sind nicht so, dass ich mich nach der Begegnung mit fremden Menschen sehne«, hatte sie einmal zu Lucia gesagt. »Mein Haus ist wie eine Festung. Alles bleibt schön in der alten Ordnung, und hier dringt ohne meine Zustimmung niemand ein.« Allerdings hatte sie bei diesen Worten nicht mit dem Erscheinen Julie de Grimauds in ihrem Haushalt gerechnet.

Das imposante Gebäude, in dem die Familie Agnelli seit ihrem Zuzug aus Mailand lebte, befand sich jenseits der Stadtgrenze und des Flusses Cassarate in einer sanft geschwungenen Biegung am Fuße des Berges Bré. Es war ein mehrstöckiger, terrakottaroter Palast mit Balkonen, Loggien, einem Wintergarten und einer zypressengesäumten Einfahrt. Die Läden vor den hohen Fenstern blieben wegen der Sonne meist geschlossen, so dass im Inneren stets Dämmerung herrschte und die schönen Fresken an den Wänden erst am Abend zur Geltung kamen, wenn sie von Kerzenlicht beleuchtet wurden. Das Mobiliar war schwer, aus dunklem Holz und mit meerblauen oder smaragdgrünen Stoffen bezogen, so dass es zudem für eine gewisse Düsternis sorgte, die selbst durch den perlmuttfarben schimmernden Marmorboden nicht aufgelockert wurde. In den heißen Sommern wie in den feuchten Wintern war es in den Räumen stets kühl. Lucia hatte sich oft gefragt, ob wirklich nur ihre Witwenschaft und die politischen Veränderungen für die Schwermut ihrer Mutter sorgten oder vielmehr diese Umgebung ihre Seele frösteln ließ. Allerdings unterschied sich ihr Elternhaus nicht von anderen italienischen Herrschaftssitzen, und nicht in jedem Haus herrschten Niedergeschlagenheit und Wehmut.

Ein flüchtiges Lächeln glitt über Sofias selbst im Alter schönes Madonnengesicht, als sie ihrer Tochter ansichtig wurde. Sie legte ihren Stickrahmen beiseite, ergriff Lucias Hände und ließ sich auf beide Wangen küssen. »Wie schön, dass du wieder da bist. Ich kann ein bisschen Gesellschaft gebrauchen.« Das war die höchste Form der Gefühlsregung, die sie zuließ, und Lucia wusste, dass diese einer Liebeserklärung gleichkam.

»Ich freue mich auch, wieder zu Hause zu sein, Mamma. Aber wo ist Julie? Wo ist deine Schwiegertochter? Leistet sie dir nicht Gesellschaft?«

»Julie schläft jeden Tag bis in den Nachmittag hinein«, erwiderte Sofia ungerührt und griff wieder nach ihrer Stickarbeit, um einen roten Faden durch das in den Rahmen gespannte Linnen zu ziehen. »Du wirst dich mit dem Wiedersehen gedulden müssen.«

»Sie verpasst das Mittagessen?« Lucia konnte nicht glauben, dass dieses Sakrileg geschah.

»Ich fühle mich wohl dabei, alleine zu speisen.«

»Aber Francesco ... ähm ... bricht er auch mit den Traditionen der Familie?«

Sofia sah nicht auf, als sie fragte: »Hat er das nicht mit seiner Heirat getan?«

Wie eine Reise doch die Wirklichkeit verklärt, sinnierte Lucia. Während ihrer Abwesenheit hatte sie an ihr Elternhaus als an einen Hort der Harmonie gedacht. Es gab uralte Regeln, an denen ihre Mutter festhielt, aber gerade diese unumstößlichen Gewohnheiten waren es, die Lucia Sicherheit vermittelten. Insofern hatte Sofia immer recht gehabt: Zumindest in ihrem Reich blieb alles beim Alten. Oder auch nicht, dachte Lucia grimmig, wenn eine verwöhnte französische Adlige in diese Welt einbricht, die nichts von der Disziplin der italienischen Aristokratie versteht und offenbar lebt, als sei sie Königin Marie Antoinette höchstpersönlich. Ich werde mit Francesco reden, beschloss Lucia im Geiste. Wie konnte ihr Bruder nur zulassen, dass Julie seine Mutter derart brüskierte?

»Wie geht es Francesco?«, fragte sie und ließ sich auf dem Stuhl aus Eisengeflecht nieder, der neben dem Sessel ihrer Mutter stand.

»Er ist viel unterwegs. Andauernd reist er herum. Mir scheint, er verbringt mehr Zeit im Salon von Madame Bonaparte als in seinem eigenen. Dieser Tage ist er wieder zu Gast bei den Franzosen. Ich glaube, der General und seine Frau sind nach Mombello in die Villa Crivelli gezogen ... Du weißt doch, das alte Haus der Arconatis. Aber natürlich ist es nicht halb so schön wie das neue Castellazzo.«

Lucia war hin und her gerissen zwischen der Bewunderung für das Talent ihres Bruders, die besten Kontakte zu knüpfen und diese für seine Zeitung zu nutzen, und seiner

Ignoranz gegenüber den Menschen, für die er verantwortlich war – Mamma und Julie. Die beiden Frauen passten von ihren Charakteren überhaupt nicht zueinander, und vielleicht provozierte Julie ihre Schwiegermutter vor allem, weil sie sich auf diese Weise Aufmerksamkeit verschaffte. Sicher ließ Francesco seine Frau zu lange alleine. Das ist nicht gut für eine junge Ehe, stellte Lucia im Geiste fest. Ihr Bruder und die französische Emigrantin kannten sich kaum, als sie heirateten, aber er tat nichts, um die Situation zu verbessern. Warum nimmt er sie eigentlich nicht mit auf seinen Reisen und lässt Mamma ihre Ruhe?

Eine Weile saßen Lucia und ihre Mutter schweigend beieinander. Es war keine belastende Stille, die zwischen ihnen herrschte, sondern jenes stumme Einvernehmen, das sich meist nur bei größtem Vertrauen und tiefer Zuneigung einstellt. Sofia stickte konzentriert ein Monogramm, und Lucia ließ ihre Augen über den See wandern, während sie den Duft von Lavendel, Rosmarin und Thymian einatmete, der in Beeten zu Füßen der Terrasse angebaut wurde, die schweren, violetten Blüten der Glyzinen neigten sich von der Ummauerung herab und lockten die Bienen an.

Wahrscheinlich sind Francescos Reisen nicht nur aus Ehrgeiz und Arbeitseifer geboren, sondern eine Flucht vor dem häuslichen Unglück, ging es Lucia durch den Kopf.

Sofia fragte: »Wie ist es dir in Wien ergangen, mein Kind?«

»Es war eine schöne Zeit …«, begann Lucia ihren Bericht, doch weiter kam sie nicht, denn in diesem Moment flogen die beiden Flügel der Terrassentür auf.

Julie de Grimaud schwebte anmutig wie eine Frühlingsbrise, aber raumfüllend wie ein Scirocco nach draußen. Sie war eine zierliche Person mit einem hübschen Gesicht, einem herzförmigen Mund, mandelförmigen, bernsteinfarbenen Augen und dichtem, kastanienbraunem Haar.

Vor ihrer Hochzeit mit Francesco Agnelli hatten ihre Mutter und Geschwister von den Almosen ihrer Verwandten in der Schweiz leben müssen, da eine »Verabredung mit Madame Guillotine«, wie sie es nannte, Julies Vater den Kopf gekostet hatte. Für Julies angeborene Verschwendungssucht war deshalb kein großer Spielraum geblieben. Umso mehr genoss sie es jetzt, sich als Gemahlin des berühmten Herausgebers in die teuersten Stoffe hüllen und mit Juwelen behängen zu können, obwohl Letztere nicht der aktuellen Mode entsprachen; allerdings befürchtete sie, dass dies auch auf die Schnitte ihrer Kleider zutraf, denn Francesco hatte ihr in aller Deutlichkeit untersagt, eine andere Schneiderin als die seiner Mutter in Lugano aufzusuchen.

»Francesco ist zurück!«, verkündete Julie und schwenkte den Brief in ihrer Hand wie eine Trophäe. »Eben kam ein Bote aus dem Verlag und brachte dieses Billett.«

»Guten Tag, Julie«, Lucia versuchte, so unbeteiligt wie möglich zu klingen, da sie ihrer Schwägerin nicht die Freude bereiten wollte, sich an deren überschwänglicher Begeisterung über Francescos Heimkehr zu beteiligen, die so gar nicht zu den Gepflogenheiten in diesem Hause passte. Tatsächlich aber stimmte die Aussicht auf ein Wiedersehen mit dem geliebten Bruder sie überaus heiter.

»Ach, Lucia, ja«, murmelte Julie geistesabwesend und wenig erfreut. Dann fügte sie mit leuchtenden Augen hinzu: »Wenn Francesco in der Redaktion fertig ist, kommt er nach Hause. Ich bin sicher, er hat mir ein Geschenk mitgebracht.«

Sofia streckte ihre Hand aus. »Darf ich seinen Brief lesen?«

»Natürlich. Er ist an Sie gerichtet, belle-maman.« Arglos reichte Julie das Schreiben an die eigentliche Adressatin.

Mit hochgezogenen Augenbrauen registrierte Sofia das

gebrochene Siegel mit dem Wappen ihres Sohnes. Sie verlor kein Wort über die Impertinenz ihrer Schwiegertochter. Stumm legte sie ihren Stickrahmen in den Schoß, griff nach ihrem Lorgnon und begann die Nachricht zu lesen, die Francesco für sie hingeworfen hatte.

»Du öffnest Mammas Post?«, fragte Lucia ungläubig.

»Das Schreiben ist von meinem Mann«, gab Julie zurück. Selbstbewusst wagte sie ein paar Tanzschritte auf den Fliesen, drehte sich um die eigene Achse und wirkte dabei in ihrem luftigen, zitronengelben Kleid wie eine Elfe, die über dem Boden schwebte.

»Es ist trotzdem für Mamma bestimmt und geht dich daher nichts an.«

»Francesco ist mein Mann«, wiederholte Julie trotzig. »Deshalb gehen mich seine Briefe sehr wohl etwas an.«

Und wenn du es hundert Mal wiederholst, dachte Lucia ärgerlich, dein Benehmen wird dadurch nicht entschuldbarer. Dumme Gans!

»Wir wissen alle, dass Julies Erziehung unter der Flucht aus Frankreich gelitten hat«, bemerkte die Patriarchin würdevoll.

Julie ließ die Kritik kalt. Sie unterbrach ihren Tanz und lehnte sich gegen einen der Pfeiler, die das Dach der Loggia stützten. »Die Zeitung ist Francesco wichtiger als ein Wiedersehen mit mir«, jammerte sie, nagte an ihrer Unterlippe und wirkte dabei so verstört wie ein kleines Mädchen, dem die Lieblingspuppe abhandengekommen war. »Es ist sehr unfreundlich von ihm, zuerst in die Redaktion zu fahren. Nach Tagen der Abwesenheit könnte er wirklich erst einmal an mich …«, sie schenkte Sofia ein gnädiges Lächeln und korrigierte sich: »An uns denken.«

»Die *Gazzetta di Lugano* ist Francescos Leben«, klärte Sofia ihre Schwiegertochter kühl auf. »Das war schon immer so und daran wird sich sicher nichts ändern. Im Übrigen kannst du ihn kaum für die Neuigkeiten verantwortlich machen, die ihn zwingen, mehr zu arbeiten.«

Julie zog einen entzückenden Schmollmund und sagte nichts.

»Was schreibt er, Mamma?«, erkundigte sich Lucia.

»Nur wenige Worte, aber deutlich genug. General Bonaparte will angeblich Ausfuhrzölle auf Waren aus der Lombardei erheben. Francesco hat gestern davon erfahren, und wir alle wissen, dass es eine bedeutsame Information ist, denn diese Entscheidung des Franzosen würde das Tessin teuer zu stehen kommen.«

»Oder aber den Wunsch zu einer Einheit mit der italienischen Republik stärken«, meinte Lucia. »Ach, ich wünschte …«, sie brach unter dem vielsagenden Blick ihrer Mutter ab.

»Wir unterhalten uns darüber, wenn Francesco wieder unter uns weilt«, erklärte Sofia. »Ich bin sicher, jede von uns hat bis dahin noch einiges zu erledigen. Wie ist es mit dir, Julie, möchtest du nicht alles für die Rückkehr deines Gemahls vorbereiten?«

Julies Augen wurden groß. »Wie sollte ich? Francesco interessiert sich doch nicht für mich.«

Lucia seufzte. »Mamma meinte, dass du das Personal informieren könntest. Es ist deine Aufgabe, meine liebe Julie, dafür Sorge zu tragen, dass es deinem Mann bei seiner Ankunft an nichts fehlt.«

»Ich glaube nicht, dass es Francesco je an irgendetwas gefehlt hat«, fauchte Julie. »Er bekommt immer alles, was er will, nicht wahr? Er ist der Herr, und durch die Heirat bin ich seine Sklavin, die er wie einen Schoßhund vorführt oder missachtet, ganz nach seinem Belieben. Er geht auf Bälle, verkehrt in Salons und treibt dort, worauf auch immer er Lust verspürt und …«

»Genug!« Sofias Ton blieb sanft, war aber schneidend.

»Es steht dir nicht zu, Francesco zu beleidigen. Geh und lass dir Eiswasser bringen, mit dem du dein erhitztes Gemüt abkühlen kannst.«

Tränen kullerten wie dicke Perlen über Julies Wangen. »Versteht denn niemand, dass durch seine Vernachlässigung alles stirbt, was uns verband?«

»Die Ehe ist das Grab des Vertrauens und der Liebe«, zitierte Lucia. »Olympe de Gouges«, fügte sie hinzu. »Vielleicht solltest du dich ein wenig mehr mit moderner Lektüre beschäftigen, Julie, Schriften können zuweilen recht hilfreich sein.«

Julie öffnete den Mund zu einem Widerspruch, überlegte es sich dann aber anders und entschied sich für einen tränenreichen, bühnentauglichen Abgang, der dazu geeignet war, den Tod des Geliebten zu beweinen und nicht dessen Heimkehr.

»Du solltest sie nicht so provozieren«, tadelte Sofia mit einem Lächeln, das ihre Worte abmilderte. »Julie nimmt nie ein Buch zur Hand, das weißt du. Am Anfang hat sie Francesco geschickt vorgespielt, wie belesen sie ist, doch das war nichts als ein Beweis ihres schauspielerischen Talents, und er kannte sie nicht lang genug, um die Wahrheit zu erfassen. Ich fürchte, Francesco langweilt sich in ihrer Gesellschaft ebenso wie Julie in der meinen.«

»Ich hätte nie geglaubt, dass mein Bruder als Mann ebenso dumm ist wie alle anderen Exemplare dieser Gattung. Waren es ihre großen Augen oder ihr üppiger Busen, die ihn blind gegen ihren mageren Verstand machten?«

»Wohl beides. Und ihr Titel, dieser Charme des Ancien Régime sowie die Tatsache, dass sie ein Flüchtling war und seines Schutzes bedurfte. Kavaliere mögen Damen, die sie um Hilfe anflehen.«

Nachdenklich beobachtete Lucia ein mit Fässern und Kisten schwer beladenes Boot, das in die Mündung der

Cassarate gerudert wurde. Ihr fielen der Abend im Freihaustheater zu Wien ein und die Demütigung, die Emilia Bossi ertragen musste. Eine Person wie Julie wird immer jemanden finden, der sich um sie kümmert, überlegte Lucia voller Bitterkeit. Eine intelligente Frau wie Emilia dagegen, die nicht einmal einen großen finanziellen Anspruch an einen Mann stellt, wird belogen und im Stich gelassen. Sie beschloss, der neuen Freundin noch heute Abend einen Brief zu schreiben, in welchem sie ihre Hoffnung ausdrückte, dass diese in Como alles zu ihrer Zufriedenheit vorgefunden habe. Hoffentlich herrschte im Haus ihrer Schwester weniger Streit als bei ihnen.

Sofia hatte ihre Stickarbeit wieder aufgenommen und fädelte still vor sich hin, als habe es die Auseinandersetzung mit der ungeliebten Schwiegertochter nicht gegeben. Nach einer Weile raunte sie jedoch: »Mir schwant, dass Gott ein Einsehen hat. Wenn Julie weiterhin kinderlos bleibt, kann Francesco die Ehe eines Tages annullieren lassen. Das letzte Wort über das Schicksal der Familie ist noch nicht gesprochen.«

14

Obwohl es Emilia als angenehm empfand, sich nach der unbequemen Nacht im Sessel auf dem Bett im Gästezimmer auszustrecken, konnte sie nicht einschlafen. Sie wälzte sich von einer Seite auf die andere, während ihre Gedanken nicht zur Ruhe kommen wollten und ihre Augen schmerzten vom Schlafmangel und von ungeweinten Tränen.

Nichts in Como war so, wie sie es sich erhofft hatte. War es eigentlich jemals so gewesen? Nach ihren Wünschen hatte niemand gefragt, weder hier noch in Wien. In ihrer Erinnerung suchte sie nach Freunden aus der Vergangenheit, mit denen sie sich austauschen und einen Weg aus der Sackgasse finden könnte, in die sie durch ihre Liebe zu Albert von Podlanski geraten war. Doch es fiel ihr niemand ein, der geeignet war, sie bei sich aufzunehmen, sie zu unterstützen und ihr eine Perspektive zu geben. Vielleicht könnte ihr Lucia Agnelli helfen. Sicher verfügte sie über hervorragende Verbindungen. Allerdings war ihre Freundschaft zu jung, um eine derartige Bitte zu äußern. Außerdem schämte sich Emilia für ihre Unfähigkeit, ihr Leben alleine zu meistern.

Schließlich gab sie es auf. In dieser Nacht würde sie keinen Schlaf finden. Jedenfalls nicht, wenn sie untätig im Bett liegen blieb und grübelte. Also stand sie auf, warf einen Schal über ihr Nachthemd, nahm die Ölfunzel vom Tisch und begab sich in den Flur. Es war still in der Wohnung, aus Serenas Zimmer drang kein Laut, die Schwester schien einen gesegneten Schlaf zu haben.

Die Uhr im Salotto schlug Mitternacht, als Emilia beschloss, etwas Sinnvolles zu tun und ihre Ausgabe der *Gazzetta di Lugano* zu holen, um das Inhaltsverzeichnis für Serena anzufertigen. Der Esstisch eignete sich hervorragend für eine Schreibarbeit, und der mehrarmige Kerzenleuchter darauf würde ausreichend Licht spenden.

In diesem Augenblick begann der Lärm.

Es war ein Poltern und Krachen, als würde jemand eine Tür eintreten. Vielleicht splitterte auch bereits Holz, Emilia konnte die Geräusche nicht genau differenzieren. Jedoch war ihr klar, dass der Aufruhr aus dem Erdgeschoss kam.

Offenbar versuchte jemand, sich Einlass in das Seidengeschäft zu verschaffen. Ein Einbrecher?!

Emilia konnte sich nicht entsinnen, dass es in der Vergangenheit zu mehr als einem Ladendiebstahl gekommen war. Hatten mit den Franzosen auch die Räuber in Como Einzug gehalten? Oder hatten sich die Soldaten nun auch hier zur Plünderung entschieden? Serena hatte ihr beim Abendessen erzählt, dass sie von den anfänglichen Übergriffen verschont geblieben war – vielleicht hatten es sich General Bonapartes Männer anders überlegt.

Ohne sonderlich über ihr Tun nachzudenken, umfasste Emilia den eisernen Fuß der Öllampe fester und durchquerte mit raschen Schritten das Wohnzimmer. Mit der freien Hand öffnete sie das Fenster, um sich hinauszulehnen und nach dem Rechten zu sehen.

Es war eine klare Nacht, im Mondlicht konnte Emilia einen Mann von kräftiger, fast bulliger Statur erkennen, der mit seinen Holzpantinen gegen die Läden trat, mit denen die Ladentür gesichert war. Der Unbekannte hielt seinen Kopf wie ein Stier vor dem Angriff gesenkt, ging einen Schritt zurück, nahm Anlauf und donnerte erneut mit seinen Zoccoli gegen die Verriegelung. Als dies nichts nutzte, nahm er seine Fäuste zu Hilfe und begann einen wilden Trommelwirbel.

»Was fällt Ihnen ein?«, schrie Emilia. »Lassen Sie das!«

Von irgendwoher am Platz brüllte eine Männerstimme: »Ruhe! Unverschämtheit!«

»Verschwinden Sie!«, polterte Emilia.

Der Randalierer hielt inne, die Läden zu malträtieren. Er legte seinen Kopf in den Nacken und starrte die Fassade hoch. Emilia konnte sein Gesicht nicht erkennen, da es im Schatten lag, sie war sich aber bewusst, dass er sie sah, denn die Öllampe war wie ein Lichtkegel im Fenster.

»Serena! Komm runter!« Es war der belegte, schleppende Ton eines Betrunkenen, der keinen Widerspruch duldete und zu Gewalttätigkeit neigte.

»Ich bin nicht …«, hob Emilia an, unterließ es dann aber, den Fremden über ihre Identität aufzuklären. »Machen Sie, das Sie fortkommen«, rief sie ihm zu, bevor sie aus seinem Blickfeld floh und das Fenster verriegelte.

»Serena«, hinter den geschlossenen Scheiben klang er etwas gedämpfter, aber nicht weniger angriffslustig, »ich will dich sprechen. Komm runter, Puttana. Sofort!«

Emilia zuckte bei den Worten mehr zusammen als bei dem Steinregen, der sich anschließend gegen das Fenster ergoss. Der Mann verfügte offenbar über einen großen Vorrat an Kieseln, die er nun – einen nach dem anderen – gezielt nach oben warf.

Was sollte sie tun? Es bestand kein Zweifel, dass der Ruhestörer ein Bekannter von Serena war. Vielleicht ein verschmähter oder verlassener Liebhaber. Emilia wollte nicht darüber nachdenken, warum er ihre Schwester eine Hure nannte. Wichtiger war, zu überlegen, wie sie ihn loswerden konnte, ohne dass ein erheblicher Schaden entstand.

Das ist Serenas Angelegenheit, fuhr es Emilia durch den Kopf. Es ist *ihr* Laden, *ihre* Wohnung und *ihr* Verehrer, Geliebter oder was auch immer. Es war eindeutig Serenas Sache, den Aufruhr zu beenden.

Entschlossen marschierte Emilia in den Flur hinaus und vor Serenas Schlafzimmertür. Hier war es noch immer so still wie zuvor. Ihre Schwester musste taub sein, wenn sie nichts gehört hatte. Andernfalls stellte sie sich schlafend und überließ es Emilia, für Ruhe zu sorgen. Natürlich, Serena hatte noch niemals die Konsequenzen getragen, wenn sie etwas angestellt hatte. Verärgert über ihre Ignoranz, riss Emilia, ohne anzuklopfen, die Tür auf.

Der durchsichtige Voile, der von den Bettstangen herabhing und vor Mücken schützte, blähte sich im Luftzug. Dahinter erkannte Emilia schemenhaft die Silhouette ihrer Schwester. Serena lag zusammengerollt wie ein kleines Kind unter einem Laken. Ihre Augen waren geschlossen, ihre Lider ruhig, und ihr Atem ging so gleichmäßig, dass kein Zweifel an ihrem tiefen Schlaf bestand.

Emilia schlug das Moskitonetz zur Seite und berührte

Serenas Schulter. Als das nichts nutzte, schüttelte sie die Schwester.

»Lass mich schlafen!«, murmelte die Träumende.

Emilias Griff wurde energischer.

Serena schlug die Augen auf, blinzelte ins Licht der Öllampe. Dann hob sie die Hände und zog sich kleine aus zusammengedrehter Baumwolle gefertigte Stöpsel aus den Ohren. »Bist du von Sinnen?«, fragte sie mürrisch. »Warum weckst du mich mitten in der Nacht?«

»Wenn du nicht möchtest, dass die Eingangstür des Ladens demoliert und die ganze Nachbarschaft darüber informiert wird, dass dich irgendjemand für eine Hure hält, solltest du etwas unternehmen.«

»Was? Wovon sprichst du?« Trotz ihres offensichtlichen Unwillens, ihr Bett zu verlassen, richtete sich Serena auf. »Was ist los, Emilia?«

Seufzend berichtete diese von ihren Beobachtungen. Wie zur Bestätigung ihrer Worte erklangen im Hintergrund leise klirrende Geräusche, als die Wurfgeschosse des Fremden auf das Fenster des Wohnzimmers trafen. »Du musst irgendetwas tun«, schloss Emilia. »Ich fürchte, der Mann wird die ganze Nacht hindurch randalieren, wenn du ihn nicht zur Raison bringst. Sprich mit ihm, vielleicht lässt er sich beruhigen.«

»Woher willst du das wissen?«, murrte Serena, doch sie stand auf und folgte Emilia hinaus. »Wahrscheinlich handelt es sich um einen Verrückten, und wir sollten warten, bis die Nachtwache kommt und ihn mitnimmt.«

»Nein, nein, er kennt dich. Jedenfalls hat er mich auf den ersten Blick mit dir verwechselt.«

»Glaube ja nicht, ich pflege solchen Umgang. Aber gut, wenn du es für richtig hältst, gehe ich nachschauen.« Serena wirkte in ihrem Wohlwollen überheblich und besserwisserisch, als glaube sie Emilia nicht, was diese erlebt hatte, obwohl die Steine, die nach wie vor gegen das Fenster geschleudert wurden, Beweis genug waren. »Gib mir deinen Schal. Ich kann ja wohl kaum im Nachthemd auf die Straße gehen.«

»Zieh meinen Mantel über«, riet Emilia und lief rasch in das Gästezimmer, um ihren Redingote zu holen. Kurz darauf half sie ihrer geduldig bei der Eingangstür wartenden Schwester hinein. »Viel Glück. Wenn du Hilfe brauchst, schreie, und ich komme.«

Serena zog stöhnend die Augenbrauen hoch. »Also wirklich, Emilia, ich bin doch kein Hasenfuß. Es gibt keinen Mann, mit dem ich nicht fertig werde. Geh und leg dich wieder hin. Du brauchst nicht beunruhigt zu sein. Wahrscheinlich ist ohnehin alles übertrieben.« Sie nahm der anderen die Öllampe ab, ließ sich von Emilia die Tür öffnen und trat hinaus in das Stiegenhaus. Die Stufen knarrten leise unter ihren Füßen, und Emilia fiel auf, dass Serena keine Schuhe angezogen hatte, aber sie rief sie nicht zurück.

Nachdem sie sicher sein konnte, dass Serena nicht mehr umdrehen würde, schloss sie das Portal und ging ins Wohnzimmer. Auf der Suche nach dem Zündstein stieß sie gegen ein Möbelstück und verletzte sich am Schienbein. Humpelnd fand sie den Weg durch die Dunkelheit zum Fenster, das sie erst öffnete, als der Kieselregen nachgelassen hatte und sie sicher sein konnte, nicht von einem Stein getroffen zu werden.

Das Mondlicht war hell genug, um zu erkennen, wie Serena auf die Piazza trat. Die Funzel wirkte auf dem dunklen Platz wie ein Glühwürmchen, das sich auf den Randalierer zubewegte, der sich schwerfällig zu Serena umwandte. Emilia sah, dass er nicht mehr sicher auf beiden Beinen stand. Ihre Schwester redete mit leiser Stimme auf den Unbekannten ein, der die Arme nach Serena ausstreckte, von ihr aber zurückgestoßen wurde. Mit größtem Bedauern und gleichzeitig beschämt über die eigene Neugier stellte Emilia fest, dass die Streitenden in gedämpftem Tonfall miteinander sprachen und sie kein Wort verstand. Sie wurde jedoch in ihrer Meinung bestätigt, dass der Mann Serena nicht fremd war.

Offenbar bedurfte Serena ihrer Hilfe tatsächlich nicht. Achselzuckend zog sich Emilia zurück, schloss das Fenster und tappte mit vorsichtigen Schritten in das Gästezimmer.

15

Als Serena die Treppe hinabeilte, vermutete sie bereits, dass es sich bei dem Randalierer um Stefano Castelli handelte. Sie kannte sonst niemanden, der in einem Anfall von Jähzorn zu nächtlicher Ruhestörung neigte. Der Bildhauer jedoch entsprach ihren Vorstellungen von einem unbeherrschten Mann, der seinen Gefühlen in jeder Beziehung freien Lauf ließ. Wahrscheinlich war er eifersüchtig. Serena biss verärgert die Zähne zusammen. Wenn sie es recht bedachte, hatte sie ihm sogar Grund dafür geboten. Immerhin hatte er sich eingebildet, sie als Geliebte besitzen zu dürfen – und sie hatte ihn in dieser Annahme auch noch bestärkt. Wie dumm von ihr!

Es stand für sie außer Frage, dass ihm Francesco von ihrer gemeinsamen Nacht erzählt hatte. Warum mussten Männer eigentlich immer über Frauen reden? Serena würde nie verstehen, warum man Frauen des Tratsches bezichtige, von Männern aber nichts dergleichen annahm. Dabei waren ihrer Erfahrung nach die Vertreter des starken Geschlechts deutlich redseliger. Stets war diese Klatschsucht ihre größte Angst gewesen, aber sie hatte sich ihren guten

Ruf trotz zahlreicher Affären bewahren können. Daran sollte sich nichts ändern. Vor allem, dachte sie, als sie die Haustür aufstieß, da ich meinen neuesten Liebhaber heiraten werde. Also spielte es eigentlich auch keine Rolle, wenn Francesco sein Verlöbnis bereits öffentlich machte. Im Gegenteil, es sprach sogar für seine Absichten.

Eine bittere Enttäuschung hatte sich in das Glücksgefühl geschlichen, das sich ihrer während des Soupers im Pavillon bemächtigt hatte, als sie am Morgen alleine erwacht war. Dann gestand sie sich jedoch ein, dass ein Kavalier niemals zuließ, von einem Dienstboten im Bett einer Dame ertappt zu werden. Deshalb hoffte sie auf ein Wiedersehen beim Frühstück, auf zärtliche Blicke und verstohlene Berührungen. Ihr Herz klopfte wild vor Aufregung und Vorfreude. Umso brutaler die Mitteilung eines Lakaien über den Verbleib Signor Agnellis: Die Tatsache, dass Francesco abgereist war, ohne ihr eine Nachricht zu hinterlassen, hatte ihr den zweiten Stich versetzt. Doch schließlich entsann sich Serena der Gespräche des gestrigen Abends, und ihr wurde klar, dass seine Arbeit den Mann ihres Herzens zurück nach Lugano gerufen hatte. Was für ein zuverlässiger, vorbildlicher Mann! Er verließ sogar seine Geliebte, um die neuen Informationen zu verbreiten. Serena war sehr stolz auf Francesco.

Mit einiger Verzögerung registrierte Stefano, dass sich der Eingang des Stiegenhauses geöffnet hatte. Seine glasigen Augen wanderten von Serenas Gesicht zu der Öllampe, die sie in Händen hielt. »Hm«, knurrte er, »da bist du also.«

Mutig trat Serena auf ihn zu. »Was wollen Sie?«

»Was ist das für eine Begrüßung?«, fragte er mit gedämpfter und nicht ganz klarer Stimme. »Ein bisschen mehr Enthusiasmus, bitte schön! Bei Freund Francesco warst du ja wohl auch nicht so kühl.« Er streckte seine Arme aus, um ihren Körper zu umschlingen, doch Serena stieß ihn zurück. Stefano taumelte, fing sich aber sogleich. Sein Ton war ein einziges Flehen, als es weinerlich aus ihm herausbrach: »Er ist ein Lügner, nicht wahr? Ein Lügner und ein Aufschneider. Sag mir, dass er dich nicht gevögelt hat!«

»Was geht es Sie an?«, gab Serena hochmütig zurück.

Er stank, als habe er in billigem Wein gebadet. Ein Schwall alkoholisierten Atems wehte ihr entgegen, als er den Mund zu einer Erwiderung öffnete.

Angeekelt trat sie aus seinem Dunstkreis. »Sie sind ungehobelt und widerlich. Ihre Worte sind unentschuldbar. Wenn Francesco von Ihren Beleidigungen erführe, würde er Sie zum Duell fordern.«

»Francesco nennst du ihn? Aha!« Stefano klang triumphierend, ein bitteres Lachen entrang sich seiner Kehle. »Dann ist es also wahr. Na, gut, nun bin ich dran. Früher haben wir uns so manches Mädchen geteilt. Was kostest du, Hure? Unser Freund Francesco wird für mich bezahlen. Das hat er schon immer so gemacht.« Er griff nach ihrem Arm.

Diesmal gelang es Serena nicht, den aufdringlichen Mann abzuschütteln. »Francesco wird Sie umbringen, wenn er von dieser Szene erfährt«, zischte sie, »aber ich werde noch einmal Gnade vor Recht walten lassen, wenn Sie verschwinden und niemals wiederkommen.«

Stefano schien zu wanken. Sie sah es in seiner düsteren Miene. Er war sich nicht sicher, wie er sich verhalten sollte, denn er ahnte wohl, dass sie die Wahrheit sprach. Plötzlich wirkte er verletzlich. Ein Mann von großer Leidenschaft, mit Verstand und einem einzigartigen Talent gesegnet, aber doch niemals vom Glück zu Höherem berufen. Stefano war vom Schicksal dazu auserkoren, stets das Nachsehen zu haben. Er schuf wunderschöne Kunstwerke, aber er lebte in tiefer Armut; er verliebte sich in eine Frau, die mit ihm spielen wollte, ihn aber gesellschaftlich niemals akzeptieren konnte. Unwillkürlich fühlte sie Mitleid in sich aufwallen.

»Es tut mir leid«, sagte sie leise. »Kommen Sie, lassen Sie uns etwas spazieren gehen. Der Nachtwind wird Ihr Gemüt abkühlen. So können wir klare Verhältnisse schaffen.«

Er ließ sie los, so dass Serena voran in Richtung See marschierte. Die Lampe wies ihr den Weg, und Stefano folgte ihr wie ein Lamm seiner Herde zur Schlachtbank. Die Pflastersteine unter ihren Füßen waren noch warm von der Sonne. War es Eitelkeit, die sie so handeln ließ?, fragte sie sich im Stillen. Sie hätte sich niemals auf einen Mann wie Stefano Castelli einlassen dürfen, weder bei ihrer ersten Begegnung noch heute. Doch die Aussicht, das eigene Antlitz für die Ewigkeit in Marmor gemeißelt zu wissen, war atemberaubend, die Vorstellung, das reale Vorbild für das Ideal von Schönheit zu sein, berauschend. Wahrscheinlich wird Francesco die Statue kaufen, dachte Serena und lächelte.

»Ich würde mich freuen, wenn wir die gemeinsame Arbeit an der kleinen Venus beenden könnten. In aller Freundschaft, meine ich.«

Unter den Arkaden, welche die tagsüber belebte Straße säumten, war es stockdunkel und menschenleer. Da hier niemals die Sonne hereinflutete, war der Boden kalt. Serena hielt die Lampe hoch und ging schneller, so dass der des Wegs torkelnde Stefano Mühe hatte, ihr zu folgen.

»Ich liebe dich«, murmelte er in sich hinein. »Und ich liebte Francesco. Er war mein bester Freund. Und du warst die Frau, die ich heiraten wollte.«

Serena konnte nicht umhin zu lachen. »Einerlei, was zwischen Francesco Agnelli und mir ist, schlagen Sie sich solche Gedanken aus dem Kopf. Glauben Sie wirklich, ich ließe mich zur Ehe mit einem erfolglosen Künstler überreden? Das ist wirklich naiv.«

»Warum ist es etwas Besseres, von einem feinen Herrn gevögelt als von einem armen Mann geheiratet zu werden?«

»Ich wünschte, Sie würden Ihre Sprache überdenken und sich mäßigen«, unvermittelt blieb Serena stehen.

Stefano tat es ihr gleich, wenn auch auf deutlich unsicheren Beinen.

Sie versuchte, ihm in die Augen zu sehen, aber es gelang ihr nicht, seinen wirren Blick festzuhalten. »Vergessen Sie diesen Unsinn. Im Übrigen werde ich einen Kavalier heiraten, der zu mir passt: Francesco Agnelli und ich sind verlobt.«

»Was?« Sein Adamsapfel bewegte sich heftig. »Das ist nicht möglich. Unser Freund ist bereits verheiratet.«

Sie ignorierte die kalte Hand, die nach ihrem Herzen griff. Auch den warnenden Ton in ihrem Hinterkopf missachtete sie – er klang zu sehr wie Emilias Stimme.

»Lächerlich. Lüge. Was sind Sie für ein einfältiger Kerl! Sie reden einen ehrbaren Herrn schlecht, um sich selbst in ein besseres Licht zu rücken. Wie konnte ich nur auf die Idee verfallen, Ihnen verzeihen zu wollen?«

Das war der Moment, in dem Serena gehen sollte. Sie wusste, dass sie ihn auf der Stelle verlassen musste. Es hatte keinen Sinn, sich mit ihm auszusprechen. Er war betrunken und gemein, eifersüchtig und wahrscheinlich nicht zurechnungsfähig. Trotzdem blieb sie. Die Ruhe, mit der Stefano ihren Angriff parierte, nötigte ihr eine gewisse Bewunderung ab, und der Inhalt seiner Rede lähmte sie mehr, als dies durch eine geheimnisvolle Arznei möglich gewesen wäre.

»Frag ihn nach Julie de Grimaud. Frag ihn, warum er eine französische Comtesse zum Traualtar führte. Die Antwort würde mich übrigens auch interessieren, obwohl mir natürlich klar ist …«, er unterbrach sich, offenbar hatte er den Faden verloren. Mit einer wegwerfenden Handbewegung fuhr er fort: »Jedenfalls nimmt er sich keine Bürgerin zur Frau, darauf kannst du wetten, Seidenhändlerin. Francesco hat sich bereits entschieden. Und wenn dem nicht so wäre, hätte ihn seine Mutter längst mit einer Italienerin von adligem Geblüt vermählt. Bei euch in der Lombardei gibt's ja massenhaft Prinzessinnen.«

Das Schlimmste war, dass seine Worte zu vernünftig klangen, um erfunden zu sein.

»In der Tat, ich werde Francesco fragen«, erwiderte sie selbstbewusst, aber das Beben in ihrer Stimme war ein Zeugnis ihrer Unsicherheit. »Er wird den Unfug aufklären, den Sie von sich geben, und Sie zur Rechenschaft ziehen. Darauf können Sie sich verlassen.«

»Ha, da wirst du Pech haben. Francesco hat mir versprochen, dich niemals wiederzusehen – und mein Freund hält sein Ehrenwort. Das weiß ich genau.«

Auch diese Bemerkung klang so sehr nach dem Charakter des Mannes, den Serena zu heiraten geträumt hatte, dass ihr schwindelig wurde angesichts der Lage, in der sie sich befand. Dennoch versuchte sie trotzig, an ihrer eigenen Lüge festzuhalten: »Was für ein Schmierenkomödiant Sie doch sind, Stefano Castelli. Sie widern mich an. Der Teufel soll Sie holen.«

Sie spürte Tränen in ihre Augen steigen. Wut, Verzweiflung und Enttäuschung schlugen sich eine Bahn. Nicht weinen!, fuhr es ihr durch den Kopf. Nicht hier und jetzt.

Brüsk wandte sie sich zum Gehen. Die Ölfunzel warf einen runden Streifen Licht auf das rotbraune Marmorpflaster unter den schön geschwungenen Arkaden. Kälte kroch an Serenas Beinen hoch, der Wind vom See frischte auf. Serena fröstelte unter dem dünnen Nachthemd. Mit der freien Hand zog sie den Kragen von Emilias Redingote fester zusammen. Der Wunsch, zusammenzubrechen unter der Last ihres Unglücks, wurde übermächtig. Ihre Schritte wurden schneller.

»Bleib stehen!«, rief Stefano ihr nach. »Ich bin noch nicht fertig mit dir.«

Serena beachtete ihn nicht und marschierte weiter.

Eine Kirchturmuhr schlug die erste Stunde des neuen Tages, die Glocken des nahen Doms folgten in einem durchdringenden, blechernen Ton und schluckten Serenas Schrei, als Stefano nach ihren Schultern fasste. Unerwartet brutal zwang er sie zu sich herum. Das Licht baumelte wie ein Lampion in ihrer Hand.

»Du darfst nicht gehen!«, grollte Stefano, und seine Stimme hatte den bedrohlichen Klang eines nahenden Gewitters, wenn der Donner noch leise und fern, die Blitze aber bereits heftig waren. »Nicht so.«

»Lass mich los, du widerlicher, gemeiner Kerl!«

Da schlug er zu. Die schwielige Hand, die gewohnt war, den Meißel mit Schwung in einen Marmorblock zu führen, traf mit voller Wucht auf Serenas Gesicht. Sie spürte, wie die Haut über ihrem Wangenknochen platzte. Die kleine Eisenlampe glitt aus ihrer Hand und fiel scheppernd auf den Boden. Ein warmes Rinnsaal lief in Serenas vor Fassungslosigkeit geöffneten Mund. Ihre Zunge schmeckte Blut von den Lippen. Der Schock trieb endlich die Tränen aus ihren Augen.

»Sind Sie verrückt geworden?«, hauchte Serena entsetzt.

Seine Zähne leuchteten in der Dunkelheit. Serena konnte nicht erkennen, ob er sie auslachte oder wie ein Hund reagierte, bevor er zubiss. Er sah Furcht einflößend aus. Wahrscheinlich hatte er den Verstand verloren.

Lauf weg!, befahl ihre innere Stimme, die so deutlich nach Emilia klang. Du hast das Unglück nach Como gebracht, dachte Serena. Trotzdem folgte sie der Aufforderung ihres Geistes. Sie raffte das Nachthemd und …

Stefano packte sie an den Armen. »Du gehörst mir!«, schrie er, und seine Stimme überschlug sich.

Verzweifelt versuchte Serena, sich seines Griffs zu entledigen. Doch er war wesentlich stärker als sie. Es gab kein Entkommen. Dennoch widersetzte sie sich ihm, und der Zorn auf ihn, auf Francesco und auch auf Emilia verlieh ihr ungeahnte Kräfte. Sie war beweglicher als Stefano, nüchterner und zielsicherer. Die Tritte, mit denen sie auf ihn losging, trafen ihn in seiner Mitte.

Aufstöhnend ließ er sie los. Mit beiden Händen hielt er sich den schmerzenden Unterleib.

Serena strauchelte. Sie stand nur auf einem Bein, der zweite Fuß schwebte noch in der Luft, als Stefano von ihr abließ. Sie verlor ihr Gleichgewicht, ruderte mit den Armen, um den Sturz abzubremsen. Doch durch den Schwung, mit dem sie ausgeholt hatte, versagten ihr die Gliedmaßen den Dienst. Mit voller Wucht fiel sie auf den Marmorboden, ihr Hinterkopf traf auf das eiserne Gefäß der Öllampe.

16

Später sollte sich Emilia immer wieder darüber wundern, wieso sie nach Serenas Aufbruch so sorglos wieder ins Bett gegangen und unverzüglich eingeschlafen war. Da sie die Fensterläden des Gästezimmers am Abend geschlossen hatte, wurde sie nicht von den ersten Lichtstrahlen geweckt. Serenas Putzfrau hatte frei oder war einfach nicht gekommen – jedenfalls fehlte auch das Poltern und Klappern, das sie am vorangegangenen Morgen aufgeschreckt hatte. Deshalb fuhr sie völlig benommen hoch, als eine Faust gegen die Wohnungstür donnerte.

Ihr fiel der Randalierer ein, den sie für einen Einbrecher

gehalten hatte und der wohl ein Bekannter von Serena war, und sie fürchtete sich, weil sie diesen ungestümen Mann nun auch hinter dem energischen Klopfen vermutete. Die schmalen Lichtstreifen, die durch die Läden drangen und gerade Linien auf ihre Bettdecke warfen, beruhigten sie jedoch. Bei Tage war die Gefahr eines Überfalls nicht so bedrohlich wie des Nachts.

Sie streckte sich, sprang auf, warf sich einen Schal um die Schultern und ging hinaus. Während sie den Flur durchquerte, dachte sie, wie unvernünftig es von Serena war, mit Ohrstöpseln zu schlafen. Wenn wirklich einmal ein Dieb in den Laden oder die Wohnung eindringen sollte, würde sie nichts bemerken. Das ist ungerecht, dachte Emilia und blieb lächelnd an der Tür stehen. Sie selbst war so tief in ihr Traumland gesunken, dass sie nicht einmal gehört hatte, wie Serena heimgekommen war – auch ohne Baumwollkügelchen. Schade nur, dass sie nicht mehr wusste, wovon sie geträumt hatte.

»Ja?« Sie öffnete und erblickte Aurelio.

»Guten Morgen, Signora Bossi«, grüßte der Ladengehilfe atemlos und riss sich den Hut vom Kopf, um diesen anschließend in den Händen zu kneten. »Entschuldigen Sie die Störung, bitte. Darf ich eintreten? Es geht um Ihre Schwester. Ich … ich bringe Ihnen äußerst schlechte Nachrichten.«

Emilia trat zur Seite, um Aurelio einzulassen. Sie sah ihm an, dass etwas Schlimmes passiert sein musste. Seine Augen waren blutunterlaufen, die Wangen vor Aufregung gerötet, seine Lippen schmale Striche. Die freundliche Aufmerksamkeit, die sonst in seinen Blicken lag, war einer tiefen Traurigkeit gewichen.

Sie war so gefangen von seiner offensichtlichen Verzweiflung, dass sie ihn nicht korrigierte, als er sie als *Signora* Bossi angesprochen hatte. »Reden Sie: Was ist geschehen?«, bat sie ihn, während sie ihm höflich den Weg ins Wohnzimmer wies, den er besser kannte als sie.

Aurelio stützte sich mit den Händen auf der Rückenlehne eines Sessels ab, als könnte die Last seiner Mitteilung ihn niederwerfen. »Man hat sie gefunden ... Ihre Schwester wurde gefunden ...«, stammelte er, und sein Blick wurde glasig. »Sie ist tot. Signorina Emilia ist tot.«

»Was?«

»Niemand weiß, wie es passiert ist. Eine französische Patrouille hat ihre Leiche am See entdeckt. Sie lag unter einer Platane, zugedeckt von Rosen, die aus einem Beet gerissen worden waren. Man hat sie zu Dottore Gianella gebracht, aber jede Hilfe kam zu spät. Eine Kopfverletzung ...«, keuchend hielt Aurelio inne, als habe er in seinen Lungen nicht genügend Luft für eine so lange Rede. Unsicher blickte er Emilia an, offenbar auf ein Zeichen hoffend, dass sie alles erfasste, was er gesagt hatte, oder ob er noch etwas wiederholen müsse.

Tatsächlich begriff sie nur vage Umrisse dessen, was geschehen sein musste. Sie war zu sehr damit beschäftigt, das Zittern unter Kontrolle zu bringen, welches sich ihres Körper bemächtigte, und das Klappern ihrer Zähne zu unterdrücken, um wahrzunehmen, wie sich Aurelios angespannte Miene in einen sorgenvollen Ausdruck verwandelte. Ohne ein Wort zu sprechen, starrte sie ihn an.

»Dottore Gianella erkannte sie«, fuhr Aurelio zögernd fort. »Na ja, nicht richtig. Ich meine, er hielt sie zunächst für Sie. Das ist nur natürlich bei Zwillingsschwestern, nicht wahr? Jedenfalls schickte er einen Boten in den Laden, gleich, nachdem ich aufgeschlossen hatte. Ich folgte unverzüglich seiner Aufforderung zu einem Besuch. Und da sah ich sie. Signorina Emilia. Ich erkannte sie an dem Mantel. Wissen Sie, den trug sie am Abend ihrer Ankunft, als sie zum ersten Mal ins Geschäft kam.«

Ein stechender Schmerz umfasste Emilias Taille wie ein Ring, dessen Stein sich in ihren Magen bohrte. Übelkeit stieg in ihr hoch. Der Reif um ihre Mitte verbreiterte sich und wurde zu einem eisernen Korsett, das ihr jedes Atmen unmöglich machte. Panik ergriff sie, als sie fürchtete, ersticken zu müssen. Unwillkürlich fuhr ihre Hand an ihren Hals. Ihr Herz raste. Sie sah das frühe Sonnenlicht durch das zur Piazza hinausgehende Fenster ins Zimmer fallen, und plötzlich tanzten goldene Sterne vor ihren Augen. Die funkelnden Punkte raubten ihr die Sicht. Emilia wurde schwindelig. Ihre Knie gaben nach.

Dann war nur noch Dunkelheit.

17

Er konnte nicht aufhören, an sie zu denken.

Selbst als Francesco seinen morgendlichen Rundgang durch die Redaktion unternahm, spukte ihm die Erinnerung an Serena durch den Kopf. Vielleicht, dachte er, vielleicht war sie so präsent, weil sie sein erster Seitensprung war. Die erste Frau vergaß man nie. Andererseits war jede irgendwie die Erste – sein Heiratsantrag war auch eine Premiere gewesen, seine überstürzte Hochzeit mit Julie allemal einzigartig.

Gedankenverloren beobachtete er die Drucker bei ihrer Arbeit. Seine Augen ruhten auf der neuen Klapptiegelpresse, die er kürzlich in Frankreich erworben hatte und sein ganzer Stolz war. Der Hofdrucker des letzten französischen Königs hatte die ersten Modelle dieser Druckmaschine hergestellt, die genauer arbeitete als die anderen, älteren Tiegelpressen. Der royalistische Erfindungsgeist störte den Jakobiner wenig, wenn auf diese Weise das republikanische Gedankengut besser veröffentlicht werden konnte. Da die neuen Geräte nicht mehr nur aus Holz, sondern auch mit Eisenscharnieren und Metallspindeln versehen waren, waren sie lauter als ihre Vorgänger, das Stampfen und Klappern klang ohrenbetäubend. Aber Francesco hatte ohnehin keine Lust auf eine Unterhaltung mit seinen Angestellten, da sein Geist zwischen der Villa Crivelli und seinem eigenen Palazzo hin und her wanderte.

Obwohl ihn die Auseinandersetzung mit Stefano schmerzte, war Serenas Name in Francescos Kopf zum Symbol für Sorglosigkeit geworden. In Mombello war er glücklich gewesen. Die Stimmung, die er dagegen bei seiner Heimkehr vorgefunden hatte, erfüllte ihn nicht gerade mit Freude: Julie hatte sich bitter über Mamma beklagt, Lucia machte ihm Vorwürfe, und Sofia schwieg wie eine Sphinx, despotisch, abweisend und undurchdringlich. Er wünschte, dass die Begegnung mit seiner Frau, seiner Schwester und seiner Mutter anders verlaufen wäre. Am meisten ärgerte ihn, dass das Wiedersehen mit Lucia so wenig harmonisch gewesen war. Statt sich mit seiner klugen Schwester in die Bibliothek zurückzuziehen und bei einem Glas Wein über ihre Beobachtungen auf der Reise zu sprechen, hatte er sich mit ihr über das Benehmen und die Befindlichkeiten von Julie gestritten. Am liebsten wäre er sofort wieder abgefahren.

Er hatte Stefano sein Ehrenwort gegeben, Serena nicht wiederzusehen. Im Rückblick kam ihm sein Versprechen jedoch kindisch vor. Eine Frau, die sich einem Kavalier an den Hals warf, war nichts für einen nachdenklichen Mann wie Stefano, schon gar nichts zum Heiraten, wohl aber geeignet, die Mätresse eines reichen Herrn zu sein. Außerdem war Francesco überzeugt davon, dass eine geschäftstüchtige Seidenhändlerin sich nicht von einem erfolglosen Künstler erobern ließ: Serena hatte eine andere Karriere verdient, als einem Bildhauer die Schlammflecken von den Drillichhosen zu schrubben. Er hoffte, dass sie die Stoffe an die Damen Bonaparte verkauft hatte und zudem künftig von den Beziehungen Joséphines profitieren würde. Wenn er keine zweite Begegnung mit ihr herbeiführte, würde er niemals erfahren, ob sein Geschick als Übersetzer gewinnbringend für Serena gewesen war …

»Signor Agnelli«, die sich überschlagende Stimme schreckte Francesco aus seinen Tagträumereien auf. Nino eilte auf ihn zu, sein fähigster Redakteur. Er war ein kleiner, unscheinbarer Mann, der, vermutete Francesco, dergestalt unauffällig durch politische Diskussionskreise wandelte, dass ihm alles zu Ohren kam, was eigentlich ein Geheimnis bleiben sollte. »Editore, auf ein Wort, bitte!«

Francesco straffte die Schultern. Es wurde Zeit, Serena aus seinem Hirn zu verbannen. Nicht zu vergessen, aber für den Augenblick in den Hintergrund zu drängen. Später würde er weiter darüber nachdenken, ob er sich noch einmal mit ihr treffen wollte oder es lieber bleiben ließ.

Er bedeutete Nino, ihm in einen ruhigeren Teil der Druckerei zu folgen. Dort fragte er: »Was gibt es?«

»Ein Freund von mir ist aus Chiavenna zurück«, berichtete der Redakteur mit gesenkter Stimme. »Im Bündner Untertanenlande geht das Gerücht, die Veltiner wollten sich der Repubblica Cisalpina anschließen, sobald der Gründungsakt des neuen italienischen Staates vollzogen ist.«

Eine Reise nach Chiavenna oder Bormio wäre eine gute Idee, fuhr es Francesco durch den Kopf. Vor Ort könnte er sich persönlich davon überzeugen, dass Ninos Informant die Wahrheit sprach, und erleben, wie die eidgenössischen Herrn auf die Bestrebungen ihrer veltliner Diener reagierten. Nebenbei wäre dies ein willkommener Anlass, Lugano und die zankenden Frauen seiner Familie wieder zu verlassen. Die Bergluft würde ihm darüber hinaus gut bekommen.

Vielleicht könnte er Serena ein Billett schicken und sie um ihre Begleitung bitten.

Unmerklich schüttelte er den Kopf. Nein, das würde er nicht tun. Noch nicht, jedenfalls.

Er lächelte in sich hinein. Dann wandte er sich Nino zu. »Kommen Sie mit in mein Büro. Wir müssen uns über die Vorgänge im Veltlin unterhalten. Sie könnten eine Vorahnung dessen sein, was im Tessin passieren wird.«

Und damit verschwand Serena endlich aus seinen Gedanken.

*

Stefano wiegte die Venusstatue in seinen Armen. Tränen strömten aus seinen Augen und benetzten den Ton.

Er konnte sich nicht erinnern, wie er nach Bissone zurückgefunden hatte. Die ganze Nacht hindurch war er unterwegs gewesen. Er war durch Wälder gestreift und über Bergpfade gestiegen, auf Bauernkarren gefahren und zwischen den Weinfässern und Kisten eines Gepäckwagens. Es war ihm egal gewesen, ob er je ankommen würde. Als er einer französischen Grenzpatrouille in die Arme lief, hoffte er, mit einem Deserteur verwechselt und standrechtlich erschossen zu werden. Doch der diensthabende Offizier erkannte in ihm den verwirrten, armen Teufel, der er war, und ließ ihn ziehen. Dabei wäre es vielleicht ein freundlicher Tod gewesen, von einem Karabiner über den Haufen geschossen zu werden.

Und er wäre für immer mit Serena vereint.

Er hatte das nicht gewollt. Natürlich nicht. Er hatte sie zwingen wollen, ihn zu lieben. Mehr nicht. Er hatte sie festhalten und besitzen wollen.

Warum hatte sie nur so verbohrt reagiert? Sie hätte erkennen müssen, dass er ihr mehr bieten konnte als etwa Francesco Agnelli oder all die anderen feinen Herrn, die blind für wahre Gefühle waren und nur vom Ansehen ihrer Familien und von über Generationen erwirtschaftetem Geld lebten. Aber sie war unvernünftig gewesen. Verblendet und töricht. So waren die meisten Frauen, doch Stefano hatte geglaubt, dass Serena anders sei als alle anderen. Die Enttäuschung traf ihn ebenso heftig wie eine Gewehrkugel, nur dass sie sein Herz auf andere Weise zerriss.

»Die Revolution ist eine Lüge«, vertraute Stefano zwischen Schluchzern der kleinen, unvollendeten Venus an. »Gleichheit und Brüderlichkeit sind verdammte Phrasen, die zu nichts anderem taugen als zur Verblendung des Volkes. Was ist aus der Französischen Republik geworden? Ein Land, das von feinen Herrn regiert wird, nicht von einfachen Leuten. Wer ist Napoleon Bonaparte? Ein General aus vornehmer Familie, verheiratet mit einer Dame von altem Adel. Pah!« Er spuckte aus.

Bis heute Nacht hatte er an hehre Worte wie Freiheit geglaubt. Er hatte geglaubt, er könne sein Schicksal und das seiner Landsleute selbst in die Hand nehmen und verändern. Doch Serenas Tod hatte ihm gezeigt, dass jeder Mann auf die eine oder andere Art ein Sklave war. Die Last, die er zu tragen hatte, war die Erinnerung an sie. Es gab keine Freiheit. Es gab keine Rechtschaffenheit. Das Leben war böse. Hatte nicht seine Kultur ihren Ursprung im Sieg des Bösen über die Rechtschaffenheit? Christus war ans Kreuz genagelt worden, aber der Mörder und Dieb Barabbas war freigekommen. Wem nutzte unter diesen Umständen schon die Auferstehung?

Stefano stellte den Abozzo vorsichtig auf den Tisch. In seinem Atelier herrschte dämmriges Licht, da er die Tür geschlossen und auch die Fensterläden verriegelt hatte. Dennoch waren die formvollendeten Linien der Statue unübersehbar. Die kleine Gottheit war ein Beweis seines großen Talents als Bildhauer. Einer Begabung, die er einst als Geschenk des Himmels und als viel kostbarer denn einen Sack voller Münzen erachtet hatte.

Was für ein Irrtum!, fuhr es durch Stefanos noch vom Wein berauschte und vor Verzweiflung verstörte Sinne. Serena hatte den Wert seines Charakters, seines Genies und seiner Liebe missachtet. Sie hatte nur das Geld gesehen, das an Francesco haftete wie ein Siegel auf einem Brief. Nur deshalb hatte sie sich seinem einstigen Freund hingegeben. So musste es gewesen sein. Wie bei Zeus, der, in Goldregen verwandelt, in Danae eingedrungen war.

Plötzlich stand Stefano ganz klar vor Augen: Francesco war verantwortlich für das Geschehene. Er trug die Schuld an allem, auch an Serenas Tod.

Auge um Auge, Zahn um Zahn.

Die Revolution hatte die Macht der Kirche in Frankreich brechen können, nicht aber die Weisheiten der Bibel vergessen lassen. Für nichts anderes als Rache hatte die Guillotine gestanden. Zu dumm nur, dass so viele Adlige hatten fliehen können …

Julie!

Vor Stefanos geistigem Auge wechselten sich die Bilder ab: Serena, die in Francescos Armen lag, und Julie, Francescos junge Gattin. Francesco hatte Serena geschändet, Stefanos Zukünftige. In seinem Kopf war sie längst die Seine gewesen, gleichgültig, wie die Wirklichkeit ausgesehen hatte. Also war es eine logische Konsequenz, dass Stefano dieselbe Tat an Francescos Gemahlin vollzog, derer sich sein einstiger Freund schuldig gemacht hatte: Er würde Julie schänden.

Obwohl Stefano nicht mehr bei Verstand war, fiel ihm mit erschreckender Klarheit ein Mythos aus der Antike ein, der über die Jahrtausende von zahlreichen Malern und Bildhauern aufgegriffen worden war: die Schändung der Lucretia. Am Anfang stand die Vergewaltigung einer schönen, tugendhaften Bürgerin – am Ende die Gründung des Römischen Reiches. Lucretia war von dem verhassten Sohn des Königs überfallen worden, der für seine Tat mit der Abschaffung der Monarchie büßen musste.

Ja, fuhr es Stefano durch den verwirrten Kopf, das ist die Lösung. Der Zweck heiligt die Mittel. Er würde nicht nur den eigenen Zwang befriedigen, Rache zu üben, sondern auch etwas Gutes tun – nämlich, die Gründung einer Tessiner Republik vorantreiben, einerlei, ob diese tatsächlich für alle Menschen die erhoffte Freiheit brachte oder nicht. Serena würde als Heilige in die Geschichte eingehen, als Heldin. Alles, was in Zukunft geschehen würde, wäre eine Verbeugung vor ihr. Dafür würde er, Stefano Castelli, sorgen. Auch der Venusstatue würde er ihren Namen geben. Seine Liebe würde niemals enden.

18

Francesco war wieder abgereist. Sie hatte getobt, geschrien und mit einer kostbaren deutschen Porzellanfigur geworfen, um ihn aufzuhalten, aber er war umso ruhiger und verschlossener geworden, je mehr sie zur Hysterie geneigt hatte, und schließlich war er wortlos gegangen. Natürlich hatte ihm Julie nicht noch einmal vom Fenster aus zugewinkt. Eine zweite Meißener Statuette hatte daran glauben müssen, und dann hatte sie sich auf ihr Bett geworfen und geschluchzt, aber niemand war gekommen, um sie zu trösten. Kein Wunder, in diesem schrecklichen Palazzo gab es ja auch keinen Menschen, der sich für ihre Gefühle interessierte. Das wäre zwar wirklich ein Grund zum Weinen, aber Julie beschloss, ihr Kreuz mit Würde zu tragen, und ließ die Tränen versiegen. Dennoch ließ sich die Tristesse nicht so leicht abschütteln. Um sich aufzuheitern, griff sie nach dem Fläschchen Laudanum, das in der Schublade ihres Nachtkästchens wartete, und nahm einen herzhaften Schluck.

Sie liebte Francesco nicht. Natürlich nicht. Welche Ehefrau war schon in ihren Gemahl verliebt? Dafür hatte man Affären. Jedenfalls war das im Ancien Régime so gewesen, und nach allem, was Julie zu Ohren gekommen war, trieben es die Republikaner in Paris heutzutage noch heftiger. Dummerweise hatte die Geschichte sie jedoch in ein Land gebracht, das entweder von der Sittenstrenge des Calvinismus geprägt war oder altmodischen, katholischen Traditionen nachhing. Im Gegensatz zur einstigen Leichtlebigkeit in Paris oder Versailles war ihr Aufenthalt in Zürich ebenso ernüchternd gewesen wie ihre Hoffnungen auf italienische Lebensfreude in Lugano. Im alten Frankreich unterhielten Schwiegermütter heimliche Romanzen und verteufelten die jungen Frauen ihrer Söhne nicht, wenn auch die ein wenig Spaß haben wollten; schließlich gingen die Kavaliere ihrer Generation im Wesentlichen nur einer Beschäftigung nach, dem Beischlaf. Unvorstellbar in der eidgenössischen Provinz.

Zugegeben, am Anfang hatte sie geglaubt, mit Francesco Erfüllung zu finden. Es war paradox für eine verheiratete Frau, vom eigenen Ehemann im Bett betört zu werden. Julie hatte sich fast ein wenig geschämt für ihre Gefühle. Aber er war so attraktiv und charmant – und einflussreich und vermögend, was noch wichtigere Attribute für sie waren. Als sie sich kennenlernten, hatte sie ihm begeistert zugehört, wenn er über Politik sprach, weil sie seine Stimme erregte. Inzwischen langweilten sie seine Worte. Und seit geraumer Zeit besuchte er sie auch nicht mehr in ihrem Schlafzimmer. Schließlich war er dauernd auf Reisen und bei seiner Rückkehr müde und abgespannt. Dann machte sie ihm Vorwürfe, zumal sie es kaum noch ertrug, mit seiner Mutter in dieses Haus gesperrt zu sein. Und Lucias Anwesenheit machte die Sache nicht besser. Jedenfalls stritt Julie sich mit Francesco – und das Einzige, was dann passierte, war sein Rückzug, er verschloss sich innerlich vor ihr, obwohl er nach außen hin höflich blieb. Dabei wünschte sie sich sehnlichst, dass er ihr einmal den Mund mit einem leidenschaftlichen Kuss verschließen und sich einfach auf sie werfen möge, damit sie still war. Ihre Vorhaltungen würden dann ganz von allein in Lustschreie münden, dessen war sich Julie gewiss – auch wenn sich das für eine wohlerzogene Ehefrau ihrer Ansicht nach nicht gehörte.

Ach, wäre nur alles anders gekommen! Sie war unglücklich, langweilte sich fast zu Tode und ärgerte sich, weil Francesco wortlos gegangen war. Julie stand hilflos mitten in ihrem Schlafzimmer, nahm einen weiteren Schluck Laudanum und bedauerte, dass es keine Möglichkeit gab, ihrem Gatten nachzureisen.

Irgendwo im Haus ertönte ein Gong.

Julie beschloss, dem Mittagessen mit Sofia und Lucia wieder einmal fernzubleiben. Sie war heute Morgen recht früh aufgestanden, um Francesco zu verabschieden, so gegen elf Uhr, und eigentlich sollte sie sich noch einmal hinlegen. Doch plötzlich bemächtigte sich ihrer eine ungeahnte Rastlosigkeit. Das Zimmer wurde ihr zu eng, obwohl es ein schöner, großer Raum war, und es zog sie an die frische Luft. Wenn sie jetzt einen Spaziergang durch den Park unternahm, würde sie für sich sein; selbst die Gärtner brauchten in der Hitze nicht zu arbeiten, wenn die Sonne am höchsten stand. Sie könnte ungestört ihren Gedanken nachhängen und Pläne für Francescos Rückkehr machen.

Eine gute Entscheidung, befand Julie, die sie mit dem Rest der Opium-Arznei begoss. Beschwingt machte sie sich auf den Weg. In der Kühle des abgedunkelten Palazzos hatte Julie in ihrem leichten Hemdkleid gefröstelt, die drückende Schwüle, die sie auf der Terrasse empfing, raubte ihr dagegen den Atem.

Lugano lag in einem relativ engen Talkessel, und Julie kam sich häufig vor, als wäre sie tatsächlich mitten in einen dampfenden Kochtopf geraten. Bei einem der von Sofia gelegentlich veranstalteten Zusammenkünfte irgendwelcher Honoratioren hatte ein freundlicher Herr das Wort an Julie gerichtet und sie über das Wetter am Ceresio aufgeklärt: Hier sei es windstiller als etwa am Comer See, hatte er ihr verraten, und nicht so weitläufig, deshalb heißer. Damals wie heute sehnte sie sich nach einem Besuch in der lombardischen Kleinstadt; auch wenn es nicht die Metropole Mailand war, ein wenig Abwechslung wäre dort sicher geboten für eine Frau, die befürchtete, an Langeweile zu sterben.

Der Park der Villa Agnelli war eine schmale, sich zwischen See und Berghang entlang windende Oase: Statt der terrassenförmig angelegten oder zur Begrenzung dienenden Rasenflächen, an die sich Julie aus ihrer Heimat erinnerte, waren die größeren Ebenen mit Kies aufgeschüttet, die von üppig bepflanzten Beeten begrenzt wurden: Zwischen Rosmarin und Thymian wuchsen duftende Rosen, im Schatten von Zypressen, Palmen und Pinien gediehen Farne, der Oleander blühte in Purpur und Perlmutt, der Kamelienbaum trug dicke Blüten. Julie umrundete den kleinen Brunnen, auf seiner trüben Oberfläche schwammen die grünen Blätter der Wasserkastanie.

Unwillkürlich hielt Julie inne und schlug ein Kreuz. Sofia hatte ihr erzählt, dass die Früchte im Tessin zur Herstellung von Rosenkränzen verwendet wurden. Was für eine seltsame Tradition, Nüsse dafür zu nutzen. Die Gebetskette, die Julie seit ihrer Taufe ihr Eigen nannte, war aus Silber und echten Perlen und hatte nur mit Glück die mageren Jahre nach der Emigration in ihrem Besitz überlebt. Sie kannte Rosenkränze aus funkelnden Juwelen oder kostbaren Halbedelsteinen, nicht aber solche, die aus Pflanzenteilen gefertigt wurden.

Ihre Füße trugen sie in den schattigsten Teil des Parks in einiger Entfernung vom Haus. Hier gab es eine Bank, auf der sie sich niederlassen wollte. Für einen Moment bedauerte sie, dass sie kein Buch mitgenommen hatte. Es war stets ein schönes Bild, wenn eine Dame im Garten saß und las. Ratlos blieb sie vor dem gusseisernen Gartenmöbel stehen. Sollte sie umkehren und eine Lektüre holen, die sie ohnehin nur für dekorative Zwecke benötigte?

Sie wusste nicht, warum genau, aber sie musste kichern. Dann fiel ihr ein, dass sie niemand sehen würde, während sie dahingegossen auf der Bank in einem Roman blätterte, und am liebsten hätte sie zu weinen angefangen …

Eine Klinge blitzte auf.

Zuerst glaubte Julie an eine Sinnestäuschung, an Sonnenflecken, die sich im See spiegelten und sie blendeten. Erst allmählich nahm sie wahr, dass es sich um Stahl handelte, der im Spiel des Lichtes glänzte.

»Nicht schreien!«, befahl eine raue Stimme.

Ihre Augen flogen umher, um den Ursprung dieser Stimme zu erkennen, aber er stand hinter ihr außerhalb ihres Sichtkreises. Auch das Messer sah sie nicht mehr, aber sie wusste mit erschreckender Klarheit, dass ihr die Waffe an den Hals gehalten wurde.

»Was … was soll das …?«, keuchte sie.

Obwohl sie das Metall nicht auf ihrer Haut spürte, hatte sie das Gefühl, sie würde sogleich aufgeschlitzt werden. Sie rang nach Atem.

»Buon giorno, bella Signora Agnelli«, antwortete ein Mann. Sein Arm schlang sich um ihren Oberkörper, die

Hand, die nicht das Messer hielt, fasste in den Ausschnitt des Hemdkleides. Der Gestank von Alkohol, Schweiß und Urin drang in Julies Nase und mischte sich mit dem süßen Duft des Jasmins am Wegesrand.

Au secours!, wollte Julie rufen, doch die Worte kamen nicht über ihre Lippen. Starr vor Schreck spürte sie die schwieligen Finger, die grob über die zarte Haut ihres Busens glitten.

Bevor Julie es registrierte, bemerkte er, dass ihre Brustwarzen hart wurden, und er lachte leise. »Gut. Du willst es. Das macht es leichter. Hätte nie gedacht, dass Francesco eine geile Schlampe geheiratet hat. Aber so seid ihr Französinnen, nicht wahr?«

Das Laudanum wirkte. Sie hatte zu viel davon genommen. Das wenigstens war ihr bewusst, ansonsten konnte sie keinen klaren Gedanken fassen. Statt eines Hirns befand sich in ihrem Kopf nur Nebel – oder eine Wolke, auf der sie schwebte. Die Beine drohten ihr den Dienst zu versagen. Sie schwankte und ergab sich dadurch der Umklammerung des Fremden.

»Schöne Titten!«, meinte er anerkennend und griff noch fester zu. »Was sucht Francesco anderswo, wenn ihm diese Titten gehören?«

Plötzlich gab er es auf, ihre Brüste zu kneten und fuhr mit der Hand in ihr Haar, um ihren Kopf zur Seite zu drehen. Er beugte sich vor und sah ihr in die Augen. »Erkennst du mich nicht? Du musst mich erkennen, damit Francesco weiß, wer dir das angetan hat. Das ist wichtig, verstehst du?«

Sie begriff nicht, was der Kerl von ihr wollte. Vielleicht war sie ihm schon einmal begegnet, vielleicht auch nicht. Ungehobelte, stinkende Männer blieben ihr nicht im Gedächtnis haften. Außerdem war sein Gesicht dem ihren zu nah, um ihn wirklich zu erkennen, und vor ihren Augen tanzten bunte Sterne. Dennoch japste sie: »Ja. Ja, ich entsinne mich.«

Es ging alles blitzschnell, aber Julie kam es vor, als würde die Zeit stillstehen.

Er packte sie bei den Schultern, schleuderte sie auf die Gartenbank, als wäre sie eine Puppe. Bevor Julie wusste, wie ihr geschah, hing ihr Oberkörper über der Lehne, ihre Knie stießen hart gegen die Sitzfläche. Sie wehrte sich nicht, weil ihr in ihrem benebelten Zustand nicht einfiel, wie sie sich gegen diesen Ausbund an Brutalität und Stärke wehren sollte. Einen Herzschlag später zerrte er an ihrem Kleid, der Saum riss ein, die Stoffbahnen teilten sich, wo sie im Rücken übereinanderfallen sollten. Da sie keine Caleçons trug, streckte sie dem Mann unwillkürlich ihr pralles, nacktes Hinterteil entgegen.

Dann war da das Messer. Sie presste die Lider zusammen, ihr Kopf hing vornüber, und das Blut schoss in ihr Hirn, sie konnte es nicht sehen, aber sie fühlte, wie der Mann die Klinge spielerisch und erstaunlich vorsichtig durch ihre Spalte zog. Wahrscheinlich wollte er ihr Angst einflößen, damit sie sich nicht bewegte. Julie hielt den Atem an. Sie rührte sich nicht – weil das kalte Metall auf ihrer Haut sie erregte.

Das ist Irrsinn!, dachte sie, und Panik ergriff sie. Dabei konnte sie nicht unterscheiden, ob es Verzweiflung über die eigene Lust oder über die Gewalt war, die ihr angetan wurde.

Er umfasste ihre Hüften, seine Finger gruben sich in ihr Fleisch. Ein scharfer Schmerz fuhr durch ihren Unterleib, als er in sie eindrang. Sein Penis war groß und hart, und sie dachte, er würde ihren Körper durchbohren, als er schnell und heftig zustieß. Es war animalische Raserei, und es hätte ein Martyrium für sie sein müssen – doch Julie spürte grenzenloses Verlangen in sich aufsteigen.

All ihr Denken und Handeln konzentrierte sich auf ihre

Sinne, die ganz auf die Region zwischen ihren Beinen gelenkt waren. Francesco hatte es nie mit ihr getrieben wie ein Hengst mit einer Stute. Es raubte ihr den Atem, war der helle Wahnsinn, das sinnlichste Gefühl, das je durch ihren Körper geströmt war. Sie lehnte sich weiter nach vorne, so dass sie ihren Po hob, und die gusseisernen Verzierungen der Bank stachen in ihre Brüste. Der Schmerz verband sich mit den Wonnen, und sie biss ihre Unterlippe blutig, weil sie sonst geschrien hätte vor Lust.

Ein Grunzen aus seiner Kehle, ein leises Stöhnen, dann war es plötzlich vorbei. Er ließ von ihr ab, und Julie spürte, wie sein Samen an der Innenseite ihres Oberschenkels hinabrann. Unfähig, sich aus ihrer starren Haltung zu befreien, wandte sie nicht einmal den Kopf, um ihm nachzusehen, als der Kies unter seinen Füßen knirschte. Sie blieb über dem Sitzmöbel hängen und fühlte den Nachhall der Begierde.

Irgendwann erwachte sie aus der Ekstase. Ihre Glieder taten weh, ihre Muskulatur war verkrampft, zwischen den Beinen war sie wund, ihr Kopf war ein einziger Schwindelanfall. Zitternd raffte sie sich auf, um dann doch wieder auf die Bank zu sinken. Sie konnte weder stehen noch einen Schritt gehen. Ihre Augen füllten sich mit Tränen. Unwillkürlich schlug sie die Hände vors Gesicht.

Sie wusste nicht, was schrecklicher war: die Vergewaltigung oder das, was sie währenddessen über sich herausgefunden hatte.

19

Der Ohnmacht folgte ein Fieber. Drei Tage lang schwebte Emilia zwischen Leben und Tod. Der von Aurelio herbeigerufene Dottore Gianella verordnete verschiedene Arzneien, die der Kranken von einer überraschend aufmerksamen Carlotta eingeflößt wurden, und die alte Haushälterin wachte am Bett ihrer vermeintlichen Herrin. In ihren wenigen wachen Minuten war Emilia so benommen, dass sie kaum sprechen und schon gar nichts aufnehmen konnte. Wenn sie wieder wegsackte, begleiteten Geister und Dämonen ihre Bewusstlosigkeit. Obwohl die Temperatur schließlich sank und die Benommenheit nachließ, ging es ihr nicht gleich besser. Emilia fühlte sich elend, sie kämpfte mit Schwindelanfällen und Übelkeit. Sie war nicht in der Lage aufzustehen und fiel bei dem kleinsten Versuch sich aufzurichten, erschöpft in die Kissen zurück.

»Das Schlimmste ist überstanden«, behauptete irgendwann Dottore Gianella und richtete sich von dem Krankenlager auf. Ihre Hand, die er hielt, weil er ihren Puls gefühlt hatte, ließ er jedoch nicht los. »Sie werden wieder gesund.«

»Ich wünschte, ich wäre tot!«, flüsterte Emilia. Sie konnte kaum sprechen, ihre Kehle war ausgedörrt, und das große Glas Wasser, das ihr Carlotta an die Lippen gesetzt hatte, reichte nicht aus, um ihren Durst zu löschen.

»Versündigen Sie sich nicht«, sagte der Arzt. »Es war Gottes Wille, Ihre Schwester heimzuholen«, er legte eine kleine Pause ein, in der er zögernd auf sie hinabblickte. »Ich kann Sie aber verstehen, Signora Bossi. Ein plötzlicher Todesfall ist niemals leicht zu verkraften. Und wenn es sich dann auch noch um einen Zwilling handelt, das eigene Ich sozusagen …«, in beredtem Schweigen brach er ab.

»Sie ist nicht …«, Emilia schluckte, das Sprechen fiel ihr schwer: »Ich hätte sie aufhalten sollen, Dottore. Ich hätte ihr nachgehen müssen. Ich bin schuld.«

»So hören Sie doch auf, sich Vorwürfe zu machen. Niemand weiß, was geschehen ist. Ich nehme an, sie war von einem Traum verwirrt. Es herrschte Vollmond in jener Nacht, und es ist bekannt, dass manche Frauen sonderbar auf dieses Naturschauspiel reagieren. Signorina Emilia muss umhergeirrt und gestolpert sein, die Lampe glitt ihr aus der Hand, und sie fiel mit dem Kopf darauf, als sie stürzte. Eine Verkettung unglücklicher Umstände.«

Ich habe ihr aufgetragen, den Ruhestörer zu vertreiben, widersprach Emilia in stummer Auflehnung. Ich habe ihr sogar noch die Ölfunzel gegeben. Geschwächt murmelte sie: »Der Mann …«

»Welcher Mann? Niemand hat einen Mann gesehen. Gut, es muss einen Mann gegeben haben, der sie mit Rosen bedeckte, aber wer das war, weiß man nicht. Vielleicht nur ein frommer Geist, der eine Tote zur Ruhe betten wollte. Auf der Lampe, die neben ihr lag, klebte Blut. Es war eindeutig.«

Er hat ihr den Schädel eingeschlagen!

Dottore Gianella beugte sich über sie. »Ich habe Sie nicht verstanden. Bitte bemühen Sie sich, ein wenig lauter zu sprechen, Signora Bossi.«

Emilia seufzte. »Ich wünschte, Sie würden mich nicht andauernd *Signora Bossi* nennen.«

»Welch reizendes Angebot. Ja, wir kennen uns schon sehr lange, nicht wahr? Es ist eine Ehre für mich, zu Ihnen Serena sagen zu dürfen.«

Ermattet von der Unterhaltung schloss sie die Augen. Wenn er nur nicht alles falsch verstehen würde. Wie konnte sie sich nur mitteilen? Irgendjemand musste die Wahrheit erfahren. Doch sie fühlte sich nicht in der Lage, gegen den Arzt aufzubegehren.

»So ist es gut«, versicherte er ihr mit sanfter Stimme. »Versuchen Sie, ein wenig zu ruhen. Ein richtiger Schlaf wird Ihnen besser bekommen als die Bewusstlosigkeit, in der Sie in den vergangenen Tagen dahindämmerten. Später werde ich Ihnen Abate Lorenzo schicken. Im Glauben findet man immer Trost.«

Es kostete Emilia zu viel Kraft, ihm zu widersprechen. Dabei wusste sie genau, dass sie keinen Priester brauchte, sondern jemanden von der Präfektur. Sie musste mit einem Ordnungshüter sprechen, am besten gleich mit einem französischen Offizier, dem sie klarmachen würde, dass Serena nicht mondsüchtig gewesen war. Wenn sie ihm die Situation in seiner Sprache auseinandersetzte, hätte er sicher Vertrauen zu ihren Ausführungen. Ein französisches Schlaflied fiel ihr ein, das sie den Kindern der Gräfin Cziffra in Wien vorgesungen hatte. Sie dachte an Albert von Podlanski, an seine Frau und seine kranke Tochter …

Warum war sie nur so müde? Sie konnte sich nicht auf ihre Gedanken konzentrieren und keine Pläne machen, dabei gab es so viel für die Zukunft zu regeln. War in dem Wasser, das sie eben getrunken hatte, ein Schlafmittel gewesen? Es hatte ein wenig bitter geschmeckt, aber sie war zu durstig gewesen, um es auszuschlagen. Warum gab ihr Dottore Gianella eine beruhigende Arznei? Sie hatte doch genug geschlafen in den vergangenen Tagen …

Als sie das nächste Mal erwachte, fühlte sie sich bedeutend frischer. Ihr war nicht mehr schwindelig, der Kopfschmerz hatte nachgelassen und die Übelkeit ebenso. Nur die Trockenheit in ihrem Mund war geblieben, ihre Zunge fühlte sich geschwollen und pelzig an. Aber sie war nicht mehr schweißgebadet. Da war keine Hitze mehr, die durch ihren Körper strömte und sich mit Eiseskälte abwechselte, die sie gleichzeitig erfasst hatte. Emilia wagte die Augen zu öffnen, obwohl ihre Lider trotz allem noch recht schwer waren.

Helligkeit blendete sie. Sonnenschein fiel in steilen Strahlen durch das Fenster. Der Intensität des Lichts nach zu urteilen war es Mittag. Wie zur Bestätigung dieser Beobachtung erklang in diesem Moment das Angelusläuten. Es war also Mittag, aber Emilia hatte nicht die geringste

Vorstellung, welches Datum geschrieben wurde. Sie hatte ihr Zeitgefühl verloren und wusste nicht, wie lange sie geschlafen hatte. Dunkel erinnerte sie sich, dass bei Dottore Giancllas letztem Besuch Kerzen gebrannt hatten. War das gestern Abend gewesen?

Langsam gewöhnten sich ihre Augen an das Licht, und sie erkannte den Raum, in dem sie sich befand, als Serenas Schlafzimmer. Warum war ihr nicht schon bei ihren ersten wachen Momenten aufgefallen, dass sie in Serenas Bett unter dem schützenden Himmel aus duftigem Voile lag und nicht in der kleinen Kammer, die ihre Schwester für Gäste eingerichtet hatte?

Signora Bossi.

Die Kirchenglocken verwandelten sich in Stimmen. Die Anrede dröhnte durch Emilias Kopf. Sie erinnerte sich, dass sowohl der Ladengehilfe als auch der Arzt sie mit Serenas Namen angesprochen hatten. Aurelio und Dottore Gianella hatten »Signora Bossi« zu ihr gesagt – und sie hatte in der Aufregung nichts dagegen unternommen. Macht nichts, dachte sie arglos, das Missverständnis lässt sich aufklären.

»Signora Bossi?«

Emilia zuckte zusammen.

Sie wandte den Kopf. Wie von Geisterhand war die Tür geöffnet worden, Carlotta stand darin, ein Tablett mit einer kleinen Porzellanschale in den Händen, aus der Dampf aufstieg. In ihrem runzeligen Gesicht lag eine Besorgnis, die Emilia rührte. »Komm näher«, sagte sie leise und wunderte sich, dass diese zwei Worte nicht so heiser klangen wie ihre Unterhaltung mit Dottore Gianella – gestern? »Was ist heute für ein Tag?«

»Ich weiß nich', wie das heutzutage heißt, die neuen Monatsnamen der Franzosen kann ich mir nich' merken. Jedenfalls is' heut' der Tag des heiligen Claudius von Condat. Er hilft gegen Unglück, Signora Bossi.«

»Ich bin nicht Signora Bossi.«

»Ja, ja«, gab Carlotta begütigend zurück, »das hat der Dottore mir schon gesagt, dass S'e das vielleicht verwechseln, weil S'e doch so traurig sind.« Sie trat an das Bett und hielt der Leidenden, die sie für Serena hielt, die Suppentasse unter die Nase. »Riechen S'e mal, ich hab' Ihnen Minestrone aus frischem Gemüse gekocht, nich' aus getrocknetem. Is' lecker, nich'?«

Warum war die Alte nicht mehr mürrisch? Mit ihrer schlechten Laune wäre Emilia besser zurande gekommen, dann hätte sie sie anschreien können. So wusste sie nicht, wie sie ihr auf freundliche Art verständlich machen sollte, dass sie einem Irrtum aufsaß. Vor allem, sie fühlte sich nicht kräftig genug für eine wortreiche Auseinandersetzung mit Carlotta. Emilia kapitulierte. Fürs Erste, nahm sie sich im Stillen vor.

»Hat der Tag des heiligen Claudius von Condat auch ein Datum?«, fragte sie matt.

»Es is' der sechste Juni.«

»Was?« Erschrocken richtete sich Emilia auf. Sie war dabei so ungestüm, dass sie das Tablett beinahe fortstieß, welches Carlotta auf ihre Knie gestellt hatte. Unverzüglich meldete sich der stechende Kopfschmerz zurück. »Das ist doch nicht möglich. Dann liege ich ja seit fast einer Woche im Bett.«

»Ja, Signora Bossi, es ging Ihnen sehr schlecht. Das hat der Dottore auch gesagt. Was für'n Glück, dass S'e jetzt wieder Farbe im Gesicht haben. S'e sin' ganz rot um die Wangen.«

Fünf Tage! Fast eine Woche, die in ihrer Erinnerung ausgelöscht war. Es war unvorstellbar. Wie oft hatte sie sich gewünscht, im Boden versinken zu können, einfach in Ohnmacht zu fallen, um für eine Weile die Ereignisse ihres tristen, unrühmlichen Alltags zu vergessen. Sich mit einer solchen Situation konfrontiert zu sehen, war jedoch etwas anderes. Emilia hatte das Gefühl, als sei ihr Leben um diese fünf Tage verkürzt worden. Da fiel ihr etwas ein.

»Die Beerdigung«, hauchte sie. »Serena hätte doch längst …«

»Aurelio hat alles erledigt«, versetzte Carlotta und strahlte vor Bewunderung für die Tatkraft des freundlichen Ladengehilfen. »Signorina Emilia hat ein schönes Grab bekommen und Abate Lorenzo hat gesprochen. Es is' natürlich traurig, dass S'e nicht dabei sein konnten, aber Dottore Gianella meinte, S'e würden sterben, wenn man S'e rausholte aus dem Bett. Das konnte keiner wollen, Signorina Emilia am allerwenigsten, nich'? Und es musste doch was passieren mit ihr. Die Leiche musste in gesegnete Erde kommen.«

»Signorina Emilia ist beerdigt worden?«, wiederholte Serenas Schwester tonlos.

»Ja, das is' s'e. Aurelio hatte s'e ja gleich erkannt, als er s'e tot sah. Der Mantel, wissen S'e, den hätt' ich auch erkannt. Signorina Emilia trug den trotz der Hitze, das weiß ich genau.«

Der Redingote. Sie hatte Serena genötigt, ihn gegen die Nachtluft und aufdringliche Blicke anzuziehen.

O Gott, betete Emilia still, gib mir die Kraft für diesen Irrtum.

»Bitte«, sagte sie eindringlich, »bitte, richte Aurelio aus, ich muss ihn dringend sprechen. Und Dottore Gianella möchte sich auch hierher bemühen, sobald es seine Zeit zulässt. Es ist wichtig. Ach, Carlotta, nehmen Sie mir das Tablett wieder ab. Ihre Suppe ist sicher sehr gut, aber ich habe keinen Appetit.«

Carlotta schnaubte und brabbelte Widerworte in sich hinein, die Emilia nicht verstehen konnte, aber sie folgte den Anweisungen ihrer vermeintlichen Herrin.

Als die Tür hinter der Alten ins Schloss fiel, sank Emilia tiefer in die Kissen. Sie hatte das Bedürfnis, sich unter dem Laken zu verstecken. Wenn sie unsichtbar würde, wäre es vielleicht leichter, ihr Schicksal zu ertragen. Serena, dachte sie wehmütig – und: Ach, Serena, warum ist alles nur so gekommen? *Ich wünschte, ich wäre tot!*

Sie war tot.

Emilia Bossi lag beerdigt und mit dem Sterbesakrament versehen in einem Grab.

Sie warf sich von der Seite, auf der sie sich zusammengerollt hatte, wieder auf den Rücken. Eine Frau ihres Namens existierte nicht mehr. Die Erkenntnis traf sie wie ein Peitschenhieb. Wenn sie nicht im Bett gelegen hätte, wäre sie vielleicht noch einmal ohnmächtig geworden. Doch diesmal erfasste Emilias Bewusstsein die Situation rascher als die Todesnachricht am Morgen.

»Denk nach«, forderte sie sich mit klarer Stimme auf. »Überdenke noch einmal genau, was geschehen ist!«

Serena hatte das Haus verlassen, um den Randalierer zur Ruhe zu bringen. Wie auch immer sie zu Tode gekommen war, man hatte ihre Leiche am See gefunden und sie wegen des Mantels, der Emilia gehörte, als ihre Zwillingsschwester identifiziert. Der Irrtum war Aurelio nicht zu verübeln, denn unter anderen Umständen hätte Serena niemals ein Kleidungsstück angezogen, das nach den derzeitigen Maßstäben in Como ausgesprochen unmodern war. Emilia war in Ohnmacht gefallen und hatte deshalb nichts tun können, um das Missverständnis aufzuklären oder wenigstens die Beerdigung der falschen Schwester zu verhindern. Andererseits war verständlich, dass man mit der Bestattung nicht ewig hatte warten können, bis sie aus ihrer Bewusstlosigkeit erwacht und kräftig genug für die Teilnahme war.

Was würde geschehen, wenn sie Aurelio über seinen Fehler aufklärte? Dottore Gianella würde ihr vielleicht attestieren, dass sie wieder bei Verstand war, aber was dann? Konnte die Trauerfeier wiederholt werden? Zu Serenas Beerdigung fanden sich sicher mehr Menschen ein als zu ihrer eigenen. Wie sollte sie dem Pfarrer erklären, dass er die Trauerrede für eine Lebende gehalten hatte?

Emilia fuhr sich mit der Hand über die schmerzende Stirn. Ihre Finger spielten gedankenverloren mit der vom Schweiß und dem langen Liegen fettigen Locke, die ihr ständig ins Gesicht fiel.

Ihre Haare! War den Männern denn nicht aufgefallen, dass Serena eine kurz geschnittene Frisur getragen hatte und Emilia zu Nadeln und Spangen griff, um denselben Effekt zu erzielen? Nein, wahrscheinlich nicht. Männern fiel so etwas nicht auf.

»Also«, forderte sie sich erneut laut auf, »was würde passieren, wenn ich die Wahrheit sagte?«

Serenas Tod konnte sie nicht ungeschehen machen. Sie würde Aurelio verwirren, die ärztliche Kunst beleidigen und den Gottesdiener brüskieren. Aber immerhin wäre dann den Tatsachen Genüge getan. Serena konnte ihren ewigen Frieden finden – und sie? Wahrscheinlich würde man sie in ein Irrenhaus sperren. Einer Frau, die der Tod der Schwester so verwirrte, dass sie eine Woche lang das Bett hüten musste und all die Missverständnisse zuließ, würde man einen gesunden Geist absprechen. Die Aussichten, die ihr diese Zukunft bot, waren noch grausamer als der Zusammenbruch ihrer Hoffnungen im Freihaustheater vor zwei Monaten.

Unwillkürlich begann Emilia, über ihr eigenes Leben nachzudenken. Über ihre Träume und Wünsche, die Verluste und Enttäuschungen. Sie hatte immer den Kürzeren gezogen, Serena hatte es stets besser gehabt. Das war bei Geschwistern wohl so, bei Zwillingen ganz besonders. Sie hatte irgendwann einmal gedacht, sie würde sich damit abfinden.

Die Geschichte war voll mit Episoden über Brüder, von denen es dem einen ausgezeichnet ging, während der andere darbte. Es waren alte Zeugnisse von Liebe und Tod, Eifersucht, Habgier und Unversöhnlichkeit. Seth und Osiris, Kain und Abel, Jakob und Esau. Letztlich hatte immer der Stärkere gesiegt – und das war zwischen den Schwestern zweifellos Serena gewesen. Doch Serena war tot. Emilia wurde dabei das Gefühl nicht los, wieder die Verliererin zu sein.

Wer hatte eigentlich um Emilia Bossi geweint? Sie würde Carlotta fragen, ob außer den Angestellten der Schwester überhaupt jemand an ihr Grab gekommen war. Die Antwort wusste sie jedoch auch so. Es gab niemanden, der sie vermisste. Sie war zu lange fort gewesen, besaß keine Freunde und war erst zu kurz zurück, um an alte Bekanntschaften anzuknüpfen oder neue zu begründen. Und daran würde sich nichts ändern, denn ihren Lebensabend würde sie unter Wahnsinnigen verbringen. Wenn sie nicht tatsächlich den Verstand verlor, würde es eine lange Qual sein, und sie würde jeden Tag Gott um Hilfe und die Gnade eines frühen Todes anflehen.

Wenn sie doch nur tatsächlich gestorben wäre.

Serena wäre niemals auf diesen Gedanken gekommen. Ihr Leben war selbstbestimmt und erfüllt gewesen, sie besaß eine schöne Wohnung, verfügte über Einnahmen, die ihr ein sicheres Auskommen ermöglichten, und führte die Seidenhandlung mit offenbar wachsendem Erfolg. Ihre Aussichten waren demnach glänzend gewesen. Hätte Emilia erschlagen oder verunglückt unter der Platane gelegen, Serena hätte vielleicht ein wenig getrauert, wäre dann aber wieder zur Tagesordnung übergegangen. Serena war viel zu nüchtern, um angesichts einer schrecklichen Nachricht in Ohnmacht und – noch schlimmer – ein langwieriges Fieber zu fallen. Die katastrophale Verwechslung wäre ihr nicht passiert. Die Einweisung in ein Irrenhaus schon gar nicht.

Versonnen drehte Emilia die Locke um ihren Finger.

Ohne besonders darüber nachzudenken oder sich über die Folgen ihres Handelns bewusst zu sein, schlug sie die Decke und den Bettvorhang zurück, schwang die Beine herum und setzte sich auf. Ihr war schwindelig, und Kälte kroch ihre nackten Beine hoch, ihre Temperatur war vielleicht doch noch nicht ganz gesunken. Sie fühlte sich noch recht elend, aber stark genug, um aufzustehen. Ihre Knie waren so weich wie Butter, die in der Sonne schmolz, dennoch setzte sie vorsichtig einen Fuß vor den anderen. Ihr Ziel war der mannshohe Spiegel, der die Wand neben dem Bett zierte.

Sie sah schrecklich aus. Ihre Augen waren dunkel umschattet, die Wangen eingefallen, die Haut grau, ihre Lippen aufgesprungen und blutverkrustet. Doch in ihrem Blick stand wilde Entschlossenheit.

Es würde gehen, fuhr es Emilia durch den Kopf. Wenn bisher niemand bemerkt hatte, dass sie nicht Serena war, würde das auch in Zukunft kein Mensch vermuten. Signora Bossi. Gleich nach ihrer Ankunft war sie auf der Straße von einem Fremden verwechselt worden. Nun bestätigten sogar der Ladengehilfe, die Haushälterin und Serenas Arzt ihr die Identität der Schwester. Emilia war begraben, Serena lebte. Was machte es für einen Unterschied, welche Person tatsächlich in diesem Körper steckte?

Ihr Herz begann zu rasen.

Es geht nicht, warnte eine Stimme in ihrem Innersten. Sie kannte sich nicht gut genug aus in Serenas Leben, wusste nicht, wer deren Freunde und Feinde waren. Irgendwann würde jemand kommen und ihr sagen, dass sie nicht Serena war. Dann würde sie erst recht eingesperrt werden. Diesmal als Betrügerin. Welche Strafen sah das Gesetz für das Vergehen vor, sich als eine Tote auszugeben?

Nein, schleuderte Emilia dem trüben Gedanken stumm entgegen. Soweit würde es nicht kommen. Niemand würde die Wahrheit erfahren. Sie könnte behaupten, der tragische Tod ihrer Zwillingsschwester habe sie verwirrt, und deshalb habe sie Dinge und Menschen vergessen. Würde man ihr glauben? Wahrscheinlich. Jedenfalls würde man Serena Bossi nicht so leichtfertig in ein Irrenhaus einweisen wie Emilia, die doch nur die Wahrheit sagen wollte.

Obwohl sie befürchtete, den Halt unter den Füßen zu verlieren und zusammenzubrechen, schleppte sich Emilia zu Serenas Kommode. In der obersten Schublade fand sie, wonach sie gesucht hatte – eine Schere.

»Es tut mir leid«, flüsterte sie und sah für einen Moment tatsächlich Serenas Antlitz im Spiegel vor sich. »Jetzt ist meine Zeit angebrochen. Mein Laden, meine Wohnung, mein Leben. Ich werde dir alle Ehre erweisen, aber ich werde tun, was ich für richtig halte.«

Die Erinnerung an die Falbeln traf sie, und ein Lächeln umspielte ihre Lippen, als sie sich die Haare abzuschneiden begann.

20

»In den kleinsten Dörfern will man uns huldigen. Das ist bemerkenswert, aber auch äußerst anstrengend«, vertraute Joséphine Bonaparte vier Wochen später Francesco Agnelli an. Sie schlenderte mit ihrem Gast und Fortuné unter den Arkaden der Villa Crivelli entlang, dankbar, sich mit einem Freund unterhalten zu dürfen und für ein paar Minuten nicht Hof halten zu müssen für die hochdekorierten und mächtigen Besucher, die seit Napoleons Ankunft ihr Heim bevölkerten und in endlosen Diskussionen den italienischen Stiefel neu gliederten.

Als der Zeitungsherausgeber auf dem Rückweg aus dem Veltlin den Umweg auf sich genommen und Station in Mombello gemacht hatte, war Joséphine erleichtert gewesen. Er war einer der wenigen an diesem Ort verbliebenen Männer, deren Zuneigung sie sich sicher war; selbst Lieutenant Charles war inzwischen der raumfüllenden Präsenz ihres Gemahls gewichen und nach Paris zurückgekehrt. Der Gedanke an den Freund und die Metropole, in die sie sich zurücksehnte, brachte sie auf ein anderes Thema:

»Wie ich höre, scheinen die Royalisten in Frankreich die Oberhand zu gewinnen. Wer etwas auf sich hält, versteckt die Kokarde mit den Revolutionsfarben, und junge Herren tragen achtzehn Messingknöpfe an ihrem Rock, zum Zeichen, dass sie bei der letzten Wahl für den Thronbewerber stimmten. Der im Exil lebende Herzog der Provence möchte als Louis XVIII. König werden.«

»Was sagt Ihr Freund Barras dazu?«, wollte Francesco wissen. Er wusste, dass Joséphine vor ihrer Heirat mit General Bonaparte die Lebensgefährtin des ebenso korrupten wie einflussreichen Direktoriumsmitglieds gewesen war.

Sie ließ sich für einen Moment ablenken, weil Fortuné an der Leine zog, um eine Eidechse zu verfolgen, die unter einem Busch verschwand, als der Schatten des Hündchens auf sie fiel. »Paul Barras sichert sich die Unterstützung der republikanischen Offiziere, das ist das Naheliegendste, nicht wahr? Napoleon reagierte prompt und ließ ihn wissen, dass er die Unterstützung der Italienarmee im Falle eines Staatsstreichs garantiere.«

»Werden Sie nach Paris zurückkehren?«

»O nein, noch nicht«, ihr Lächeln war traurig. »Napoleon wird Italien nicht verlassen, bevor er nicht in Frankreich ebenso mächtig ist wie hier. Dennoch werden wir bald umziehen. Er will das Hauptquartier wieder nach Mailand verlegen, und ich bedauere sehr, die Villa Crivelli verlassen zu müssen. Im Palazzo Serbelloni werden wir leben wie die Könige, leider nicht wie die von Frankreich, sondern in den Zwängen derer von Spanien.«

Eine Weile lang spazierte Francesco schweigend neben ihr her, den Blick auf den Hund gesenkt, der, die Nase am Boden, jetzt wahrscheinlich die Fährte eines Kaninchens aufzunehmen versuchte, das irgendwann durch den Park gehoppelt war. Dann fragte der Zeitungsverleger: »Meinen Sie, dass sich in Italien das Schicksal Frankreichs entscheidet?«

»Sicher, wenn es nach Napoleon ginge. Im Augenblick«, sie sah ihn von der Seite aufmerksam an, »glaube ich eher, dass hier die Zukunft der Eidgenossenschaft geplant wird. Welche Neuigkeiten bringen Sie aus dem Veltlin?«

»Nichts, was Sie nicht schon wissen, Madame. Die Vögte haben die italienischen Bünde überraschend unblutig ziehen lassen, und das Veltlin gehört nun zur Cisalpinischen Republik. Ich hoffe, dass es im Tessin nicht anders sein wird, und wie ich aus Lugano höre, herrscht dort Ruhe. «

»Napoleon plant eine Neuordnung der alten Eidgenossenschaft. Strategisch ist die Schweiz ein wichtiges Land, da sie im Norden und im Osten von den Feinden Frankreichs umgeben ist.«

Francesco verharrte überrascht in seinem Schritt. »Denkt der General an einen neuen Feldzug?«

»Ich glaube nicht. Soviel ich weiß, will er die Revolution den eidgenössischen Patrioten selbst überlassen. Aber er wird sie heimlich unterstützen. Ihm schwebt vor, die föderalistischen Untertanengebiete aufzulösen und in einen Zentralstaat mit republikanischer Verfassung zu verwandeln.«

Das waren die Informationen, wegen derer es Francesco in die Nähe von Joséphine Bonaparte zog. Ihre Sympathie ermöglichte es ihm häufig sogar, sein Wissen in der *Gazzetta di Lugano* zu verbreiten, bevor die Neuigkeiten von der Armeezeitung *Courier de l'Armée d'Italie* veröffentlicht wurden, einem Journal, das Napoleon herausgab, um sich selbst ins günstigste Licht zu setzen. Unwillkürlich verneigte sich Francesco vor seiner bewundernswerten Gastgeberin, ergriff ihre Hand und zog sie an seine Lippen. Fortuné bemerkte diese Aufmerksamkeit und begann, eifersüchtig zu kläffen.

»Ich danke Ihnen aus ganzem Herzen für Ihre Aufrichtigkeit, Madame«, sagte Francesco. »Sie tun mehr für mich, als ich je zu hoffen wagte.«

Sie entzog ihm ihre Hand, bückte sich, um Fortuné auf den Arm zu nehmen, und das Hündchen hörte sofort zu bellen auf. Über den kleinen runden Kopf hinweg schenkte sie Francesco ein charmantes Lächeln. »Es ist mir ein Vergnügen, meinen Freunden behilflich sein zu dürfen. Apropos: Was ist eigentlich aus Ihnen und der Seidenhändlerin geworden? Hatten Sie noch einen erfreulichen Abend, als Sie zuletzt in der Villa Crivelli weilten? Sie sind so schnell abgereist.«

Zu seinem Ärger spürte Francesco, dass er errötete. »Die Redaktion, meine Familie«, erwiderte er vage, »meine Anwesenheit war in Lugano erforderlich.«

»So dringend, dass Sie gleich darauf wieder abgereist sind?« Joséphine nickte belustigt. »Das beantwortet meine Frage aber nicht.«

»Ich habe Serena Bossi nicht wiedergesehen, Madame. Ich weiß nicht einmal, ob Sie handelseinig geworden sind.«

»Wie schade – für Sie und die Bürgerin Bossi ...«, Joséphine unterbrach sich, nach einer kleinen Pause fuhr sie fort: »Die Waren der Bürgerin Bossi sind von ausgezeichneter Qualität, und sie lieferte zuverlässig, obwohl ihr ein Todesfall ziemlich nahegegangen sein muss. Die Arme. Ihre

Schwester ist gestorben. Deshalb brachte ein Gehilfe die Stoffe, und ich hatte keine Gelegenheit, mir weitere Muster aus ihrem Laden anzusehen.«

Die Worte »Todesfall« und »Schwester« erschreckten Francesco, denn sie brachten ihm Serenas Alltag zu Bewusstsein. Sie führte ihr eigenes Leben, hatte Familie und Freunde – und er hatte nicht die geringste Ahnung davon, wollte, wenn er es sich eingestand, nicht einmal wissen, wer ihre Liebsten waren, wen sie verloren hatte. Natürlich wäre ein Kondolenzbesuch ein geeigneter Anlass, bei ihr vorzusprechen. Doch dann erwartete sie womöglich Trost, und damit würde er in ihre Privatsphäre eindringen, was ihm wie ein Sakrileg vorkam. Er fühlte sich nicht fähig zu so viel Nähe außerhalb seiner Ehe. Als wenn er Julie je nahe gewesen war, ging ihm der bittere Gedanke durch den Kopf.

»Mir ist nach einer Erfrischung – und Fortuné fängt an zu hecheln«, erklärte Joséphine fröhlich. »Lassen Sie uns ins Haus gehen, mein lieber Agnelli, wir wollen im Salon weiterplaudern.«

»Ein guter Vorschlag«, fand er, aber eigentlich meinte er mit dieser Zustimmung seinen eigenen Gedanken, der ihm von einem Besuch in Como abriet. Trotzdem tat es ihm irgendwie leid.

*

Nie zuvor hatte sich Julie über Francescos Rückkehr so gefreut wie an diesem Abend Mitte Juli. Sie sehnte seine Heimreise verzweifelt herbei; seit dem Tag, an dem ihre monatliche Blutung ausgeblieben war, vermisste sie ihn mehr als je zuvor. Zunächst hatte sie die Unterbrechung der Regel für eine Krankheit gehalten, möglicherweise war dies eine Folge ihres seit der Begegnung im Park der Villa Agnelli gestiegenen Laudanum-Konsums. Doch allmählich hatte ihr gedämmert, dass es wohl einen anderen Grund dafür gab, zumal selbst Bäder in heißem Wasser und mehrere Gläser Rotwein nicht den erwünschten Erfolg brachten. Inzwischen war sie seit zwei Wochen überfällig und sie musste dringend etwas unternehmen. Damals in Paris hatte es Engelmacherinnen gegeben, die wussten, wie man ein Problem beseitigte, in Lugano aber war Julie fremd, sie kannte niemanden, den sie um Hilfe bitten konnte. Ihr blieb keine Wahl, als das Kind auszutragen und als Sofia Agnellis Enkel auszugeben. Sie hoffte, eines Tages selbst daran zu glauben, dass sie Francescos Nachwuchs unter dem Herzen trug. Doch damit ihr das eine wie das andere gelang, musste sie ihren Gatten erst einmal wieder in ihr Bett holen.

Die Francescos Ankunft vorauseilende Nachricht, die ein Kurier am Nachmittag in der Villa Agnelli abgab, ließ Julie gerade genug Zeit, um sich für ihren Gemahl zurechtzumachen. Sie wünschte, sie hätte sich in die Hände professioneller Schönheitspflegerinnen begeben können, aber sie traute sich nicht, Lucia oder Sofia nach Personal zu fragen, das sich auf kosmetische Anwendungen verstand. Statt sich unerwünschte Härchen auszupfen und massieren zu lassen, beschränkte sich Julie auf ein Bad und die Verwendung von Duftölen, von denen sie sich eine gewisse Wirkung erhoffte. Rosenblüten, Rosmarin und Salbei wurden ins Wasser geworfen, anschließend verwöhnte sie ihre Haut mit einer Tinktur, die intensiv nach Nelken roch, und kleidete sich sorgfältig an. Noch einen klitzekleinen Schluck Laudanum, viel gönnte sie sich in letzter Zeit ohnehin nicht mehr von der Medizin, und sie war fertig.

Francesco war gerade eingetroffen, als sie in die Halle hinabschwebte. Es war eine dieser dekorativen Gelegenheiten, die auf Bühnen inszeniert wurden und im Leben nur selten vorkamen: Er stand am Fuß der Treppe, die Hand auf dem Geländer und war gerade im Begriff, nach oben zu gehen, hielt jedoch inne, als er Julies ansichtig wurde, die ihrerseits einen Herzschlag lang auf der obersten Stufe verharrte, um ihm dann langsam entgegenzuschreiten. Ihr anfangs zögerliches Lächeln wurde herzlicher, als sie einen Funken in seinen Augen aufblitzen sah. Ob es Anerkennung, Bewunderung oder gar Zuneigung war, konnte sie nicht erkennen, aber wenigstens schien er sich zu freuen, sie zu sehen.

Julie blieb dicht vor ihm stehen. Er roch nicht so angenehm wie sonst, und seine Reisegarderobe stand vor Staub, aber das machte ihr nichts aus. Sie stellte sich auf die Zehenspitzen und küsste ihn auf die Wange. »Willkommen daheim«, gurrte sie. »Es ist schön, dass Sie wieder da sind.«

Das verwunderte Hochziehen der Augenbrauen war seine einzige körperliche Reaktion. »Dieser Empfang ist es wert, nach Hause zu kommen. Sie sehen gut aus, Julie.«

In diesem Moment klappte eine Zimmertür in Francescos Rücken, und Lucia jubelte: »Geliebter Bruder! Ich freue mich so, dass du zurück bist.« Sie schritt leichtfüßig durch die Halle und schlang die Arme um ihn. Dass er gerade seine Frau begrüßte, schien Lucia nicht im mindesten zu stören. »Du hast mir gefehlt«, verkündete sie strahlend.

»Ich habe Sie auch vermisst«, sagte Julie leise, doch Francesco hörte sie nicht.

Er hatte die Hände um Lucias Taille gelegt und wirbelte seine Schwester herum. »Du wirst mit jedem Tag hübscher, meine Kleine. Wie kommt es, dass dir trotzdem die Männer widerstehen?«

Ihr scharfer Verstand ist der Schutzwall, mit dem sie sich umgibt, dachte Julie bissig, aber sie schwieg. Obwohl sie sich zu einer freundlichen Miene zwang, wütete der Zorn in ihr. Es hatte so gut angefangen, aber dann war Lucia gekommen und hatte die Innigkeit zerstört. Diese Villa war ein Schreckenshaus: Niemals konnten Julie und Francesco für sich sein, abwechselnd belegten ihn seine Mutter oder seine Schwester mit Beschlag. Ich hasse sie – und ich hasse ihn, weil er mich dieser Situation aussetzt, ging es durch Julies hübschen Kopf unter der aufwendig ondulierten Frisur.

»Francesco, möchten Sie sich nicht umziehen?«, mahnte sie in einem Ton, der gebieterisch, aber dennoch vielversprechend und amüsiert klang, wie Julie hoffte. »Ich werde veranlassen, dass ein Bad für Sie hergerichtet wird. Sicher möchten Sie sich entspannen nach der Reise und ...«

Lucia griff nach seiner Hand. »Nein, nein, du kommst erst einmal mit in den Salon und begrüßt Mamma. Außerdem brenne ich darauf, alle Neuigkeiten aus erster Hand zu erfahren.«

Ein Seufzer entrang sich seiner Kehle, der Julie wohltat, weil er immerhin als Beweis dafür galt, dass er zwischen Ehefrau und Schwester hin und her gerissen war. Die Erwähnung seiner Mutter gab aber letztlich den Ausschlag. »Ich sollte Mamma nicht warten lassen«, sagte Francesco und reichte Julie seinen Arm, um mit den beiden jüngeren Damen seines Haushaltes durch die Halle zu gehen. »So zwischen euch beiden einherzuspazieren, gefällt mir«, stellte er dabei belustigt fest. »Eine schöne Frau rechts, eine links – welcher Mann wäre da abgeneigt?«

»Charmeur«, lachte Lucia.

»Ich würde mich freuen, wenn wir wirklich ein wenig mehr gemeinsam unternehmen könnten«, meinte Julie. Ihr lag auf der Zunge, Francesco zu einem Spaziergang in den Park einzuladen, aber diesen Gedanken schob sie rasch in den hintersten Winkel ihres Kopfes. Seit dem Überfall hatte sie den Garten der Villa Agnelli nicht mehr betreten. Sie erwartete nicht, dass ihr der Mann noch einmal auflauerte – und bedauerte dies insgeheim zugleich –, aber sie fürchtete sich vor den Erinnerungen und ihren eigenen Gefühlen.

Francesco warf ihr einen überraschten Blick zu. »Ja, wenn ich die Zeit dafür aufbringe, gerne. Ich wünschte mir in der Tat mehr Gemeinsamkeiten.« Dann ließ er beide Frauen los und öffnete die Tür zum Salon, wo ihn seine Mutter erwartete.

Nachdem er Sofia seine Aufwartung gemacht hatte, ließ Lucia noch immer nicht von Francesco ab, sie nötigte ihn in einen Sessel und drängte ihm ein Glas Limoncello auf. Dann ließ sie sich auf seiner Lehne nieder. Julie beobachtete die selbstverständliche Nähe von Bruder und Schwester mit Argwohn und wachsendem Zorn, fasste sich aber in Geduld und setzte sich sittsam auf einen Stuhl etwas entfernt. Unter anderen Umständen hätte sie beleidigt das Zimmer verlassen. Stattdessen übte sie einen interessierten Gesichtsausdruck, obwohl sie wusste, dass das nachfolgende Gespräch nicht für sie bestimmt war und für sie auch nicht sonderlich unterhaltend sein dürfte.

»Was gibt es Neues?«, wiederholte Lucia aufgeregt.

Francesco nippte an dem Zitronenlikör. »Vieles. Zunächst eine persönliche Nachricht: Stefano Castelli ist spurlos verschwunden. Ich habe auf dem Heimweg in Bissone bei ihm vorbeigeschaut, wie immer, und feststellen müssen, dass sein Studio verwaist ist.«

»Auf Leute wie ihn ist eben kein Verlass«, behauptete Sofia teilnahmslos und fädelte weiter an der Stickarbeit, mit der sie seit Stunden beschäftigt war. »Künstler stehen im Ruf, unzuverlässig zu sein.«

»Ich weiß, Mamma, aber Stefano ist nicht so. Er ist bodenständig und rechtschaffen.« Nachdenklich ließ Francesco sein dickflüssiges, wie ein gelber Peridot schimmerndes Getränk in dem schmalen, hohen Kelch kreisen, in dem Lucia es ihm serviert hatte. »Außerdem sorge ich mich um ihn, weil wir bei unserem letzten Zusammentreffen im Streit auseinandergegangen sind.«

»Ihr Freund wird verreist sein«, warf Julie gelangweilt und um sich in Erinnerung zu bringen ein, nicht etwa, weil sie sich eines Mannes namens Stefano Castelli entsann. Francescos Umgang war ihr nicht sonderlich vertraut, da er sie bisher nur bei wenigen Gelegenheiten in seinen Bekanntenkreis eingeführt hatte; meist war er alleine unterwegs.

»Reisen gehört nicht zu Stefanos bevorzugten Tätigkeiten«, entgegnete Lucia. Sie saß auf der Lehne von Francescos Sessel und hatte ihre Hand auf seine Schulter gelegt. Julie beneidete sie aus ganzem Herzen um diese selbstverständliche Geste der Harmonie – und um das Wissen um Francescos Freunde. Prompt führte Lucia weiter aus: »Dein Gemahl, liebe Julie, und Stefano sind wie Brüder. Deshalb ist es seltsam, wenn einer der beiden ohne ein Wort fortgeht.«

»Aha«, machte die gekränkte Gattin und beschloss, nicht mehr zuzuhören. Sie ärgerte sich ohnehin über jedes Wort, das gesprochen wurde. Es war jedoch sinnvoller für ihr Vorhaben, wenn sie ihre gute Laune vom Beginn des Abends beibehielt. Schließlich wollte sie keine Nacht mit dem warten, was sie im Geiste seit Tagen durchspielte.

»Das Arbeitsgerät, das er tragen kann, scheint er mitgenommen zu haben«, berichtete Francesco ungeachtet des Dialogs zwischen seiner Frau und seiner Schwester. »Und im Dorf weiß niemand etwas über seinen Verbleib. Er hat sich von einer Stunde zur anderen in Luft aufgelöst.«

»Niemand tut das«, widersprach Sofia energisch, »und deshalb wirst du über kurz oder lang von seinem Verbleib erfahren, Francesco. Dein Freund ist erwachsen, er weiß, wie er zu handeln hat.«

»Hoffentlich«, murmelte ihr Sohn, setzte sein Glas an und trank den Likör mit einem Schluck aus.

Der Verlauf dieses Abends forderte Julie eine Menge Geduld ab. Zwar wechselte Francesco nach dem Gespräch über seinen ihr nicht bekannten Freund das Thema, aber sie verspürte auch keine Lust, sich über Politik oder die Befindlichkeiten Madame Bonapartes auszutauschen. Und als Sofia von den Fortschritten der Gärtner, die während seiner Abwesenheit erreicht worden waren, plauderte, schaltete Julie ganz ab. Das Menü wurde aufgetragen, und Francesco blieb kaum noch Zeit, sich rasch zu reinigen, so dass der erste Teil von Julies Plänen ad acta gelegt werden musste – das von ihr ersonnene entspannende Bad mit all den Möglichkeiten, die sich dabei ergaben, fiel aus. Ohne sich die Enttäuschung darüber anmerken zu lassen, ging sie mit den anderen zu Tisch.

Sie sprach dem Wein zu, obwohl sie wusste, dass sie unter den gegebenen Umständen nicht zu viel trinken sollte – nicht nur wegen des Kindes, sondern auch, weil sie die Kontrolle über diese Nacht behalten wollte. Doch spürte sie bald die Wirkung des Alkohols, sie fühlte sich beschwingt und leichtsinnig. Und während sich Francesco mit seiner Mutter und seiner Schwester unterhielt, überlegte sie sich die leidenschaftlichsten Varianten einer Verführungskunst, die von den Libertins einer vergangenen Epoche ersonnen, aber im Gegensatz zu ihren Verfechtern nicht auf der Guillotine geendet war.

Zu den wenigen Büchern, die Julie in ihrem Leben gelesen hatte, gehörte der Roman »Thérèse philosophe«, den sie von ihrem wohlmeinenden Kindermädchen bekommen hatte, als die erste Regel eingetreten war und ihre Brüste zu wachsen begonnen hatten. Es war eine Geschichte, in der so ziemlich jede Form des Beischlafs beschrieben wurde, und Julie hatte sich nachts heimlich an ihrem Bettpfosten befriedigt, wie sie es zuvor gelesen hatte. Es war sicherlich nicht die lobenswerteste Lektüre für ein junges

Mädchen, aber immerhin die lehrreichste, wie Julie im Rückblick befand. Sie hatte zwar bisher niemals auch nur im Entferntesten daran gedacht, die Initiative zu ergreifen und Dinge zu tun, die nur Mätressen zustanden, aber heute sollte es anders werden. Wie dumm, dass ihr niemand zur Hand ging. In dem besagten Roman trieben es häufig mehrere Frauen mit einem Mann, und Julie stellte sich in ihrer Weinseligkeit vor, dass Francesco Vergnügen daran finden könnte.

Dennoch musste sie alleine zurechtkommen, als sich die kleine Abendgesellschaft auflöste und Francesco gähnend den Weg zu seinem Schlafzimmer nahm. Er war erschöpft von der Reise, vielleicht auch von den endlosen, bohrenden Fragen seiner Schwester, und sah angestrengt aus, doch Julie legte an der Tür ihre Hand auf seinen Arm und bat: »Bitte kommen Sie auf ein Wort in mein Boudoir.«

»Julie, ich bin müde«, wehrte er ab. »Lassen Sie uns bitte morgen über alles reden.«

»Ich möchte nicht reden, Liebster«, flüsterte Julie und drängte sich an ihn. »Wissen Sie eigentlich, wie zerstörerisch Sehnsucht sein kann? Wir sind im Streit geschieden, und Sie waren so lange fort. Es ist Zeit für eine Versöhnung.« Zur Unterstützung ihrer Worte nahm sie seine Rechte und legte sie auf ihre Brust.

Sein Mienenspiel war deutlich: Abwehr, Verwunderung und Neugier wechselten sich ab. Er hatte eigentlich keine Lust auf ein Stelldichein, das konnte Julie in seinen Augen lesen. Trotzdem gab er nach. Julie erkannte nicht, dass es sein schlechtes Gewissen war, das ihn zum Einlenken bewog – aber selbst wenn sie es gewusst hätte, wäre es ihr egal gewesen. Erleichtert registrierte sie sein kleines Nicken.

»Sie verblüffen mich«, bemerkte er und schenkte ihr ein charmantes Lächeln. Seine Blicke wanderten durch den Korridor, von dem die Türen der Schlafzimmer abgingen.

Als er weder Diener noch die beiden anderen Damen seiner Familie ausmachen konnte, die wegen des einen oder anderen Bedürfnisses möglicherweise noch herumschlichen, beugte er sich hinunter und legte seine Arme um den bebenden Körper seiner Frau. Sein Gesicht war dem ihren ganz nah, sie spürte seinen Atem auf der Haut. Dann küsste er sie, und Julie dachte, dass es besser sei, gleich zur Sache zu kommen, als Zärtlichkeiten an einem Ort auszutauschen, an dem sie jederzeit gestört werden konnten. Und Lucia traute sie so ziemlich jede Art von Störung zu. Begleitet von einem dramatischen Seufzer stieß Julie ihn von sich.

»Nicht hier«, wisperte sie.

Ohne darauf zu achten, aber hoffend, dass er ihr folgte, wandte sie sich ab und strebte auf ihr Boudoir zu. Sie hatte ihre Zofe angewiesen, nur wenige Kerzen anzuzünden, ein paar Tropfen von dem Öl, in dem sie gebadet hatte, auf die Kissen zu träufeln und Potpourris im Zimmer zu verteilen, so dass über dem Raum der Duft von Blumen und Kräutern lag, denen nachgesagt wurde, dass Aphrodite persönlich sie benutzt habe, um die Männer ihres Begehrens in einen Liebesrausch zu versetzen. Der süße, würzige Geruch betäubte jedoch auch ihre Sinne. Nachdem Julie die Tür zu ihrem Zimmer geöffnet hatte, fürchtete sie kurz, ihr Magen würde sich umdrehen. Doch glücklicherweise geschah nichts dergleichen.

»Du lieber Himmel«, entfuhr es Francesco.

Ihre Zofe hatte wohl ein wenig zu eifrig ihre Anweisungen erfüllt. Julie konnte nichts dagegen tun und musste sich in die Emsigkeit des Mädchens fügen. Sie bemerkte jedoch den angewiderten Ausdruck in Francescos Gesicht und fürchtete seine Flucht. Panisch, ihr Vorhaben könnte misslingen, warf sie sich aufs Bett.

»Komm«, forderte sie ihn auf und klopfte einladend auf das Laken.

»Julie, bitte … ich …«, Francesco kam nicht weiter. Um Fassung ringend beobachtete er, wie sie die Beine anzog bis ihre Fersen fast ihren Hintern berührten, diese Bewegung ließ ihren Rock bis über die Hüften rutschen, und sie öffnete ihre Knie, um ihm einen Einblick an jenen Ort zu gewähren, der bei Liebesmenüs mit einer offenen Feige dargestellt wurde.

Ihr kam der Gedanke, dass sie sich hätte rasieren lassen sollen, um ihn zu erfreuen. Zur Hölle mit diesem langweiligen Kaff, in dem sie keine Frau kannte, die sich auf Schönheitspflege verstand. Zorn erfasste Julie. Auf die Unbequemlichkeiten, die ihr Leben mit sich brachte, und auf ihren Gemahl, der glotzte, anstatt sich auf sie zu werfen, wie es sich gehört hätte. Sie hatte nicht erwartet, dass es so schwer werden würde, ihn zu verführen.

Forsch legte sie ihre Hand zwischen ihre Beine. Es war widerlich, ihre Finger unter Francescos Augen in ihrer Scham zu versenken. Julie erinnerte sich jedoch, gelesen zu haben, dass ein solcher Anblick einem Manne Vergnügen bereiten sollte. Und tatsächlich – ihr Gatte reagierte endlich. Langsam entledigte er sich seiner Kleider. Zu ihrer größten Erleichterung bemerkte sie seine Erektion.

»Wenn du möchtest«, sagte sie heiser, »kannst du mich von hinten nehmen. Ich mag es, deine läufige Hündin zu sein.«

»Meine Frau ist eine Schlampe«, stellte Francesco grinsend fest und ließ sich neben ihr nieder. »Wer hätte das gedacht?«

Dann legte er seine Hand auf ihre Schulter und drehte sie für ihren Geschmack viel zu sanft auf die Seite. Er drang in sie ein, bewegte sich anfangs vorsichtig und endlich kraftvoller. Julie stellte sich vor, er wäre ein Fremder. Sie drückte ihr Hinterteil gegen seine Lenden und stöhnte leise.

21

Auf den Straßen Comos herrschte reger Betrieb, obwohl es ein nebliger Vormittag im November war. Männer und Frauen, in Umhänge gehüllt gegen dic feuchte Kälte, drängten sich um die Ausrufer, stießen andere mit ihren Körben und Taschen in die Seite oder schubsten sie unsanft weg. Um einen Beamten bildete sich eine Menschentraube, der vor das Portal des Rathauses getreten war, über dem die rot-weiß-grüne Flagge der Cisalpinischen Republik wehte. Er verteilte Flugblätter mit neuen Verfügungen des Direktoriums. Die Druckschriften wurden dem Staatsdiener aus der Hand gezerrt, manchmal riss das Papier, und die Schnipsel landeten in der Gosse, wo sie von zahllosen Sohlen zertreten wurden. Wie eine heranrollende Feuersbrunst legte sich das Entsetzen über die Menge und loderte schließlich hie und da in wütenden Protesten, hitzigen Debatten, jammervollem Wehklagen oder stummem Kopfschütteln auf.

»I frances in carozza e nümm a pè«, schrie ein empörter Bürger im breiten, lombardischen Dialekt. Sein Mantel hatte ganz offensichtlich schon bessere Zeiten gesehen, was möglicherweise in einem Zusammenhang mit seinen Erfahrungen durch die Besatzung stand: »Die Franzosen fahren in der Kutsche, und wir gehen zu Fuß.«

Wie zur Bestätigung seiner Worte rollte zufällig eine Berline heran, aus deren Fenster ein junger Mann in der Aufmachung eines mondänen Parisers lehnte. »Platz da«, schrie er die Leute auf der Piazza in seiner französischen Muttersprache an, »aus dem Weg!« Sein Kutscher, offensichtlich ein italienischer Untertan, rollte nur mit den Augen und versuchte, die Pferde zu zügeln.

Emilia sprang zur Seite, um sich vor dem herannahenden Gefährt in Sicherheit zu bringen. Wie die meisten Bürger Comos hatte sie durch den Klatsch der Straße von der Veröffentlichung neuer Gesetze erfahren und sich auf den Weg zum Rathaus gemacht, nachdem ein Kunde im Laden von der Einführung neuer Steuern und Zölle gesprochen hatte. Inzwischen hielt sie eines der Flugblätter in Händen und las es nun im Schatten eines Hauses zum dritten Mal. Doch der Inhalt wurde nicht besser.

»Es ist wieder mein verdammtes Pech«, stieß sie wütend hervor. Immer holte das Unglück ausgerechnet sie ein.

Zwar hätte sich auch Serena nicht gegen die Gesetze wehren können, wenn sie nicht tot und noch leibhaftig die Seidenhändlerin Bossi wäre. Aber Emilia betrachtete es als persönliche Schmach, die ihr das Schicksal in Form eines Ausfuhrverbots für italienische Seidenwaren antat. Oder als Buße, die ihr auferlegt wurde, weil sie so selbstverständlich in Serenas Haut geschlüpft war.

Tatsächlich war es einfacher gewesen, sich in die Rolle der Schwester einzufinden, als sie anfangs gedacht hatte. Serenas Angestellte hatten niemals geargwöhnt, dass sie einen infamen Betrug beging, denn vor allem Aurelio und Carlotta waren ja Zeugen dafür, welche der Signorine Bossi verstorben war. Anhand der eingehenden Beileidsbriefe hatte sich Emilia rasch ein Bild von Serenes Freundeskreis und Kundenstamm machen können. Dann hatte sie sich von den engeren Bekannten in einem Dankesschreiben mit dem Hinweis auf das Trauerjahr zurückgezogen und Verständnis geerntet. Auf diese Weise war sie neugierige Frager losgeworden.

Die juristischen Angelegenheiten waren einfach zu regeln, denn Emilia besaß nichts, was zu einer schwierigen Erbauseinandersetzung hätte führen können, und Serena wäre ohnehin ihre Rechtsnachfolgerin gewesen. Emilia wurde sogar in ihrer Entscheidung bestärkt, als ihr klar wurde, dass sie und Serena noch nicht großjährig waren und es im Falle der Wahrheit zu einem langwierigen Verfahren mit dem Vormund kommen könnte. Der alte Notar ihres Großvaters war weit über achtzig, fast erblindet und taub, was ihren Rollentausch erleichterte, aber wahrscheinlich hätte er die Schwestern ohnehin nicht unterscheiden können. Jedenfalls blieb so alles beim Alten, und Emilia hoffte, dass er noch die eineinhalb Jahre bis zu ihrem fünfundzwanzigsten Geburtstag durchhielt und nicht seinen Platz räumte für einen jungen, neugierigen Advokaten.

Alles Weitere hatte sich in der Zwischenzeit wie von selbst ergeben: Sie lebte für ihre Arbeit und hatte Freude daran. Emilia war überraschend erfolgreich mit den Neuerungen, die sie in die Geschäftsführung einbrachte. Ihrem Ladengehilfen erzählte sie eine rührselige Geschichte, dass sie die Ideen ihrer Zwillingsschwester aufgreifen und der Toten damit ein Denkmal setzen wolle. Aurelio glaubte ihr jedes Wort – er hatte auch keinen Grund zu zweifeln, denn in der Kasse klingelte es.

Damit ist es nun vorbei, dachte Emilia grimmig und zerknüllte das Flugblatt in ihrer Faust.

Niedergeschlagen trottete sie zurück zu ihrem Laden. Es hatte inzwischen zu nieseln begonnen, und sie zog die Kapuze ihres Umhangs über den Kopf. Das Herz wurde ihr schwer, als sie durch das Schaufenster in den Verkaufsraum blickte und die Kunden zählte, mit denen Aurelio und Piero alleine kaum fertig wurden. Sicher, viele Leute kleideten sich für die Weihnachtsmesse, Silvester und die mit den Feiertagen verbundenen Familienfeste neu ein – es war eine gute Zeit für den Handel. Dennoch befürchtete Emilia, dass die Nachfrage in genau einem Jahr eine andere sein würde.

»Ah, Signora Bossi«, rief Aurelio erfreut aus, als sie durch die Tür trat, »bringen Sie Neuigkeiten?«

»Ja, Aurelio, kommen Sie bitte in mein Büro, wenn Sie Signora Gusberti bedient haben. Guten Tag, Bürgerin Gusberti, geht es Ihnen gut?« Emilia nickte dieser Kundin höflich zu, dann einer anderen: »Guten Tag, Cittadina Mancini, was macht das Rheuma? Haben Sie es schon mit dem Tee aus Guajak-Holz, Ei und Rum von Dottore Gianella versucht? Er soll Wunder wirken, habe ich gehört.«

Auf diese Weise plaudernd durchquerte sie den Laden, gab Ratschläge, erkundigte sich nach Familienangehörigen, beriet Signore Rossi bei der Wahl einer Seide für eine neue Weste und erreichte schließlich das kleine Hinterzimmer, in dem sich Serena ein Büro eingerichtet hatte. Früher war dies das Lager gewesen, doch Serena hatte offenbar beschlossen, ihren Warenbestand zu vergrößern und im ehemaligen Kontor ihrer Vorväter unterzubringen, so dass die Räume getauscht worden waren. Emilia war es recht, denn das kleinere Zimmer strahlte eine gewisse Behaglichkeit aus, die sie besonders schätzte, wenn sie abends lange über den Büchern saß. Allerdings wurde ihr unter den gegebenen Umständen etwas flau im Magen: Die Menge an Stoffen, die in den Regalen auf Kunden warteten, war zu groß, um auf die Schnelle einen Absatz zu finden, bevor die Preise in den Keller fallen würden. Und das stand zu befürchten.

Wütend warf sie den Papierball, den sie noch immer in Händen hielt, auf den Sekretär. Dann sank sie auf den Schreibtischstuhl, stützte sich mit den Ellenbogen auf der Tischplatte auf und schlug die Hände vors Gesicht.

»Ist es so besorgniserregend?«, fragte Aurelio leise.

Emilia wusste nicht, wie lange sie so gesessen hatte. Sie hatte ihre Umgebung vollkommen ausgeblendet und nicht gehört, dass ihr treuer Gehilfe eingetreten war. Bei seinen Worten hob sie ihren Kopf. »Ach, Aurelio, was soll nur werden? Die neuen Gesetze ruinieren uns. Das Direktorium hat die Ausfuhr von italienischen Waren verboten, speziell Seidenstoffe dürfen nicht mehr ins Ausland befördert werden. Darüber hinaus wurden die Steuern auf ebensolche Güter ganz beträchtlich angehoben. Das bedeutet, die Preise werden zwangsläufig fallen – bei steigenden Abgaben.«

»Die Franzosen wollen wahrscheinlich ihre eigenen Manufakturen stärken«, überlegte Aurelio und kratzte sich nachdenklich am Kinn. »Ihre Feinde kaufen keine französischen Waren – und das schon seit Jahren. In den deutschen Ländern und in Österreich verlangte man nur nach italienischer Seide. Verständlich, dass die Franzosen an ihre eigenen Leute denken, sonst steht ihnen die nächste Revolution bevor.«

»Freiheit, Gleichheit und Brüderlichkeit sind also nur auf die eigene Nation anzuwenden. Das ist ziemlich eitel, meine ich. Italien wird ruiniert, aber ihnen ist das gleichgültig, solange es den Franzosen gut geht. Das ist erbärmlich, Aurelio.«

Aurelio wandte sich zur Zimmertür, um sich zu vergewissern, dass diese auch gut verschlossen war. Dann hob er an: »Wenn Sie mich fragen ...«, brach aber wieder ab und trat nervös von einem Bein aufs andere.

Sie lächelte ihn aufmunternd an. »Ja, ich frage Sie.«

»Falls Ihnen der Warenbestand Sorgen bereitet und Sie Angst vor einem Preisverfall haben, sollten Sie sich vielleicht jenseits der Grenze ... ich meine, im Eidgenössischen Untertanengebiet ... nach einem ... äh ... Geschäftspartner ... umsehen.«

»Bitte?«

Er trat näher an den Schreibtisch heran, stützte sich mit den Händen ab und beugte sich vor, so dass er ihr sehr nahe kam. »In Lugano und Locarno gibt es einen freien Markt für Güter aller Art«, flüsterte er. »Wenn Sie die

Seide von dort nach Zürich oder Basel schaffen könnten, würden Sie sicher Profit machen.«

»Aber, Aurelio, ich sagte doch gerade, dass die Ausfuhr italienischer Seide verboten worden ist.« Sie griff nach dem zerknüllten Flugblatt, faltete es auseinander und strich es glatt. »Lesen Sie selbst …«

»Ich habe nicht gesagt, dass Sie sich auf legalem Wege mit den eidgenössischen Händlern zusammentun sollen«, erwiderte Aurelio mit beleidigter Miene. »Natürlich ist ein offizieller Warenaustausch nicht mehr möglich. Ich bin doch nicht dumm.«

Nein, das war er gewiss nicht. Im Laufe ihrer Zusammenarbeit hatte Emilia die Weitsicht des Ladengehilfen schätzen gelernt. Er war ihr eine unverzichtbare Hilfe bei der Geschäftsführung. Bis auf den einen, weitreichenden Fehler, der ihm bei der Identifizierung von Serenas Leiche unterlaufen war, hatte sich Aurelio nichts zuschulden kommen lassen. Der Angestellte war ihr inzwischen nicht nur als freundschaftlicher Ratgeber ans Herz gewachsen, er wäre auch Emilias erste Wahl, wenn sie es darauf angelegt hätte, einen Gatten zu suchen. Natürlich war sie nicht im Entferntesten in Aurelio verliebt, aber sie konnte sich auf ihn verlassen, was nach ihrer Erfahrung mit Albert von Podlanski mehr wert war als ein blendendes Aussehen, Charme und Leidenschaft, die am Ende doch nur Wunden hinterließen. Aurelio war Serena Bossis ergebener Diener. Manchmal fragte sich Emilia, ob das früher schon so gewesen war oder ob er erst nach ihrem vermeintlichen Tod zu dieser Haltung gefunden hatte. Er war immer da, wenn sie ihn brauchte, und hatte niemals in Zweifel gezogen, dass ihre veränderte, deutlich sanftmütigere Art eine Folge des schmerzlichen Verlustes war. Er vertraute Serena blind.

Sie sah ihm in die Augen. »Sprechen Sie etwa von Schmuggel, Aurelio?«

Er nickte stumm.

»Das kann ich nicht«, gab sie kleinlaut zu und fühlte sich dabei sehr viel mehr wie sie selbst als wie Serena. Sie besaß nicht die Furchtlosigkeit ihrer Schwester – das war nichts, was man sich aneignen konnte. Reden über die Revolution schwingen, ja, eine heimliche Affäre mit einem abenteuerlustigen Mann beginnen, auch das, denn das waren relativ gefahrlose Mutproben; aber sich mit diebischem Gesindel einlassen – das traute sich Emilia nicht. Und Schmuggler hielt sie allemal für finstere Räuberbanden.

»Sie sollen die Ware nicht eigenhändig über die Grenze schaffen«, obwohl er sich bemühte, leise zu sprechen, klang er übertrieben eifrig: »Im Tessin gibt es Leute, die Lieferungen dieser Art übernehmen. Der Schmuggel ist dort von alters her ein florierendes Geschäft. Das Dorf Pedrinate ist deshalb so etwas wie eine Handelsmetropole geworden.«

»Pedrinate?«, fragte Emilia matt. »Nie gehört. Wo liegt das?«

»Es ist der letzte Ort in den Bergen vor dem Markstein der Lombardei ... Verzeihung, der Cisalpinischen Republik. Ich kenn mich da aus. Sie wissen doch, dass meine Mutter aus Chiasso stammte.«

Davon hatte Emilia keine Ahnung, aber Serena waren Aurelios Familienverhältnisse sicher bekannt gewesen. Sie nickte – ein wenig aufmerksamer als zuvor, denn er wusste offenbar wirklich, wovon er sprach.

»Ich hab mich ein bisschen umgehört... na ja, eigentlich war's mein Onkel, der aus dem Mendrisiotto, Sie wissen schon ... Jedenfalls gibt es einen Mann in Lugano, der uns behilflich sein würde. Der nimmt die Ware in Kommission, bringt sie über die Grenze und in den Norden ...«

»Wahrscheinlich gegen eine unerhört hohe Provision«, warf Emilia ein. »Ich weiß nicht, ob ich das für ein gutes Geschäft halte, Aurelio.«

»Nun ja, da sich auf diesem Wege die Steuern erübrigen und höhere Preise als hier erzielt werden können, fallen diese Abgaben vielleicht nicht so ins Gewicht.«

Entweder die Franzosen oder die Schweizer – einer verdient immer, fuhr es ihr durch den Kopf. »Außerdem ist da die Gefahr einer Entdeckung«, kritisierte sie Aurelios Plan. »Sicherlich werden die Stoffe konfisziert, wenn man die Schmuggler aufreibt. Das wäre ein großer Verlust. Überdies möchte ich eigentlich keine Geschäfte mit zwielichtigen Gestalten machen.«

Aurelio runzelte die Stirn, und Emilia begriff sofort, dass sie einen Fehler begangen hatte: Ihren letzten Einwand hätte Serena nicht gemacht. Ihre Schwester hatte sich vor niemandem gefürchtet, nicht vor dem Teufel – und nicht vor ihrem Mörder, der zweifellos ein brutaler Einbrecher und kein Bekannter gewesen war. Emilia schluckte. Die Schuld lastete endlos auf ihren Schultern. Sie räusperte sich, sagte aber nichts mehr.

»Veränderte Zeiten erfordern manchmal besondere Maßnahmen«, behauptete Aurelio.

»Ihre Weisheit in Ehren …«

»Der Freund meines Onkels ist übrigens keine zwielichtige Gestalt, Signora Bossi, er ist ein ehrenwerter Geschäftsmann in Lugano.«

»Oh!« Sie versuchte ein kleines Lächeln, das jedoch nicht besonders glücklich ausfiel. »Ich wollte Ihre Familie nicht beleidigen. Und deren Freunde auch nicht. Tut mir leid.«

»Wissen Sie, in der Eidgenossenschaft herrschen andere Gesetze als bei uns. Ich meine, als unter der österreichischen sowie der französischen Besatzung und heutzutage. Die Vögteherrschaft über die italienischsprachigen Untertanengebiete nimmt Tyrannei, Korruption und Willkür als gegeben an. Bestechung ist nicht nur der Motor des politischen Handelns, sondern auch des wirtschaftlichen. Deshalb sind

Geschäfte wie die von Claudio Massa durchaus akzeptabel. Verstehen Sie?«

Natürlich tat sie das, auch sie war nicht dumm. Dennoch schüttelte sie den Kopf. »Ich weiß nicht, ob diese Art des Warenaustausches meine Sache ist.« Als sie Aurelios Enttäuschung bemerkte, setzte sie hinzu: »Aber ich werde darüber nachdenken, das verspreche ich Ihnen.«

Doch der Ladengehilfe gab nicht auf. »Soll ich einmal mit ihm sprechen, Signora Bossi? Bitte! Ein illegales Geschäft ist allemal besser als ein Bankrott, oder?«

Emilia seufzte. »Lassen Sie's gut sein, Aurelio, und gehen Sie zurück an Ihre Arbeit. Noch gibt es hier eine Menge Kunden, die bedient werden möchten. Über das, was danach kommt, denken wir beide besser noch einmal nach.«

Mit hängenden Schultern wandte er sich ab, an der Tür blieb er jedoch stehen und drehte sich noch einmal zu ihr um. »Ich weiß, der Tod Ihrer Schwester hat Ihnen arg zugesetzt, aber bitte verlieren Sie darüber nicht Ihren Verstand. Bei allem Respekt, Signora Bossi, erinnern Sie sich an die Kraft, die Sie einst beseelte ... Nichts für ungut. Ich möchte nur helfen.« Seine Wangen überzog flammende Röte angesichts der Impertinenz, die er sich erlaubt hatte.

»Es ist gut«, versicherte sie ihm freundlich. »Ich tadele Sie nicht, weil Sie die Wahrheit sagen.«

Ich muss mutiger werden, nahm sich Emilia im Stillen vor, nachdem Aurelio verschwunden war. Nicht nur des Überlebens wegen, sondern vor allem, um Serenas Rolle besser spielen zu können.

Zweites Buch

»Betrug war alles, Lug und Schein!«
Johann Wolfgang von Goethe, »Faust I«

Lugano, Ende Januar 1798

1

Nach drei nassen Tagen, an denen es Bindfäden geregnet hatte, schien plötzlich eine strahlende, überraschend warme Sonne von einem klaren, aquamarinblauen Himmel herab, so dass Julie keine Ausrede mehr einfiel, um im Haus zu bleiben und sich vor Besorgungen zu drücken, die ihr von ihrer Schwiegermutter aufgetragen worden waren.

Julie ging seit Monaten nicht mehr gerne aus, und sie nahm an, dass Sofias Drängen nichts anderes als ein übles Spiel mit ihr war, denn schließlich hätte sie die Stoffe für die Ausstattung des Säuglings auch schriftlich bestellen oder Lucia die Auswahl überlassen können. Aber sie fügte sich, zu müde, sich Sofia zu widersetzen. Dabei wäre ein Stadtbummel sicher eine nette Abwechslung, doch Julie schämte sich für ihren immer runder werdenden Bauch. Sie war inzwischen so dick, dass sie fürchtete, zu platzen.

»Ich sehe aus wie eine Bäuerin«, jammerte sie, während sie an der Seite der werdenden Patentante über die Piazza schritt und keinen Blick hatte für die Auslagen der Marktstände. »Die Leute gaffen mich an.«

»Das tun sie nicht«, erwiderte Lucia. »Und wenn sie es täten, wäre es, weil sie entzückt darüber sind, dass Francesco einen Erben bekommt.«

Wenigstens freuen sich Fremde über Julies Schwangerschaft, fuhr es Lucia kurz darauf durch den Kopf, als sie einen alten Bekannten grüßte, der vor Julie den Hut zog.

In der Familie war niemand sonderlich begeistert über die bevorstehende Niederkunft. Vor allem Mamma war entsetzt gewesen, als Francesco ihr die eigentlich frohe Botschaft übermittelt hatte. Durch die Neuigkeit waren all ihre Pläne über den Haufen geworfen, die Ehe mit Julie auflösen zu lassen. Sie machte gezwungenermaßen trotzdem gute Miene, denn Francesco schien als Einziger geradezu beglückt von der Vorstellung, Vater zu werden. Die werdende Mutter indes ertrug die veränderten Umstände zunehmend mit Wehklagen, und es sah fast so aus, als bereite ihr der Gedanke, ein Kind auszutragen, seelische Pein. Lucia beobachtete diese Haltung mit Argwohn. Lag es an Francesco, den Julie für die Übelkeit der ersten Monate, die folgenden Essattacken, für Schweißausbrüche, wachsendes Schlafbedürfnis und schließlich ihren Körperumfang verantwortlich machte? Oder wollte Julie kein Kind – wollte sie dieses Kind nicht? Wenn sie von Julies Treue nicht überzeugt wäre, denn Francescos Frau hatte unter ständiger Beobachtung Sofias gestanden und war dadurch außerstande gewesen, eine Affäre zu beginnen – wenn Lucia also nicht sicher wäre, dass Francesco der Vater war, wäre sie geneigt gewesen, anzunehmen, die Französin würde ein Kuckuckskind in die Villa Agnelli bringen.

Wie an jedem Markttag wimmelte es in der Stadt von Menschen. Lucia lotste Julie aus dem ärgsten Gedränge unter die Arkaden zu dem Stoffgeschäft, in dem sie Baumwolle und Spitzen für die Grundausstattung des Neugeborenen aussuchen wollten. Mamma hatte ihr aufgetragen, keine Seide auszuwählen, selbst wenn Julie in einem zu erwartenden Anfall von Größenwahn darauf bestand, denn Seide war seit dem Ausfuhrverbot für Waren aus Como fast unbezahlbar geworden. Die Webereien im Mendrisiotto profitierten zwar von Napoleon Bonapartes Gesetzen, doch Sofia hatte beschlossen, sich diesem Diktat nicht zu unterwerfen. Sie kaufte kein Material aus Frankreich und die teuren Produkte aus dem Tessin ebenfalls nicht, notwendigerweise ließ sie deshalb alte Roben umarbeiten, und zur Taufe würde das Kleine ohnehin das Kleidchen tragen, in dem Francesco gesalbt worden war.

Lucias Hand lag auf der Türklinke zu dem Laden, der ihre Familie seit Generationen belieferte, und sie drehte sich zu Julie mit einer freundlichen Erklärung auf den Lippen, als sie plötzlich erstarrte.

Ihre erstaunten Augen folgten einer Frau, die in ihrer unmittelbaren Nähe durch die Gasse lief. Dieses Gesicht hatte sie ebenso wenig vergessen wie die schlanke, hochgewachsene Statur. Sie war eleganter, als Lucia sie in Erinnerung hatte, und Hut und Kleid waren modischer als ihre Garderobe damals, obwohl sie Trauer trug. Unwillkürlich sank Lucia das Kinn herab. »Emilia«, flüsterte sie.

Wie sieht Ihre Schwester aus?, hörte sich Lucia im Geiste fragen. *Ganz genauso wie Sie?*

»Lucia, was ist los? Du stehst herum und starrst wildfremde Leute an«, tadelte Julie.

»Nein«, Lucia straffte ihre Schultern. »Nein, das tue ich nicht. Ich habe eine Bekannte entdeckt. Entschuldige mich bitte.«

*

Emilia hatte auf besseres Wetter gewartet, um nach Lugano zu fahren. Eine schlechte Ausrede und in Wahrheit nichts als Feigheit, das gestand sie sich im Stillen ein, aber schließlich war der wolkenverhangene Himmel aufgerissen, und sie hatte keinen Grund mehr gehabt, die Reise aufzuschieben. Mit einem etwas flauen Gefühl im Magen hatte sie die Postkutsche nach Norden genommen, ängstlich darauf bedacht, in ihrem besten Kleid unterwegs zu sein, um einen möglichst vornehmen Eindruck zu machen, wenn sie zur Bank ging, um die Geldeingänge zu überprüfen. Erst in der vorigen Woche war eine neue Lieferung über den Comer See nach Menaggio verschifft worden, um über die Straße zum italienischen Zipfel des Ceresio und dann über den Wasserweg nach Lugano zu gelangen. Aurelio hatte mit dem Freund seines Onkels verhandelt und vereinbart, dass nach einem erfolgreichen Handel Schecks auf ein Konto im Tessin einbezahlt würden, und Emilia reiste nun schon zum zweiten Mal seit Einführung der neuen Ausfuhrregeln nach Lugano. Sie tat dies nicht gern, obwohl der Profit erstaunlich groß war, denn sie fühlte sich stets verfolgt. Das war natürlich Unsinn, niemand schlich ihr nach – es war einzig ihr Gewissen, das sich bei dem Gesetzesbruch meldete.

Da es ein sonniger Tag und darüber hinaus Marktzeit war, beschloss sie, einen Spaziergang durch die Innenstadt zu unternehmen. Bei ihrem letzten Besuch vor vier Wochen hatte sie sich nicht länger als eine Stunde in Lugano aufgehalten. Doch heute glaubte sie in einem Anfall von Tapferkeit und Neugier ruhig ein wenig umherwandern zu können. Das sonnige Wetter lud geradezu ein, über die Piazza Castello zu flanieren, die – ein wenig zurückgesetzt von der Promenade und dem See – von schönen mehrstöckigen, gelb getünchten Renaissance- und Barockbauten mit typischen italienischen Arkaden umstanden war. Zwischen Häusern, in denen Läden angesiedelt waren, befanden sich zwei oder drei Kirchen und auf dem Platz zum Wasser gewandt ein Kloster, aus dem Franziskanermönche zu den Verkaufsständen pilgerten.

Obwohl sie durchaus göttlichen Beistands bedurft hätte, hatte Emilia keinen Blick für die klerikalen Gebäude, sie interessierte sich mehr für das Warenangebot der Manufakturen zwischen den Erzeugnissen der Bauern. Auch wollte sie sich erstmals ein Bild vom hiesigen Seidenhandel machen. Ein Händler, der billige Baumwollstoffe anbot, verwies sie an ein Geschäft unter einem niedrigen Bogengang am Rande des Platzes und zu Beginn einer Gasse, die hinter einer Häuserfront parallel zur Uferstraße verlief.

Sie entdeckte Lucia Agnelli zu spät. In Gedanken versunken und ohne auf die anderen Passanten sonderlich zu achten, drängte sich Emilia durch die Menge, als sie die Freundin auf sich zueilen sah.

Ein Irrtum war ausgeschlossen, an Flucht nicht zu denken.

Die Farbe wich aus Emilias Gesicht, als sie steif wie ein Stock stehen blieb.

»Signora Bossi, nicht wahr?«, fragte Lucia höflich. Sie bemerkte die Fassungslosigkeit in der Miene der Angesprochenen und fügte hinzu: »Verzeihen Sie, dass ich Sie so unverblümt anspreche. Wir kennen uns nicht, aber ich weiß, wer Sie sind, da ich eine Freundin Ihrer Schwester Emilia war.«

Emilia stieß die Luft aus ihren Lungen und bemerkte erst jetzt, dass sie den Atem angehalten hatte. »Ja, bitte?« Sie versteckte ihre Hände hinter dem Rücken, damit Lucia nicht sah, wie sie sie zu Fäusten ballte.

»Ich heiße Lucia Agnelli. Sie waren so freundlich, mein Schreiben an Ihre Schwester zu beantworten, wenn auch der Anlass dafür sehr traurig war. Es tut mir aufrichtig leid, was mit Emilia geschehen ist. Sie war ein wundervoller Mensch.«

»Hm«, machte Emilia, weil sie befürchtete, bei jedem Wort in Tränen auszubrechen. Lucia hatte ihr damals ein Billett mit einer Einladung nach Lugano geschickt, und es war ihr äußerst schwergefallen, mit einer distanzierten Formulierung die Todesnachricht zu übermitteln. Eigentlich war eine kluge Person genau der Mensch, den sie in ihrer Situation gebraucht hätte. Doch sie hatte keine Wahl gehabt.

»Lucia, also, wirklich! Lass uns endlich unsere Besorgungen abschließen. Es bekommt mir nicht, so lange herumzustehen.«

»Meine Schwägerin erwartet ein Kind«, erklärte Lucia leise, und Emilia merkte ihr an, wie unglücklich sie über diesen Zustand war – oder über den nörgelnden Tonfall.

»Es kann kein Zufall sein, dass wir uns begegnet sind«, fuhr Lucia fort und sprach unvermittelt schneller, weil Julie sie zur Eile antrieb. »Ich würde mich gerne mit Ihnen unterhalten, Signora Bossi, aber jetzt muss ich fort. Wie lange bleiben Sie in Lugano? Kommen Sie doch später vorbei. Der Palazzo Agnelli ist jedermann bekannt, Sie können ihn nicht verfehlen.«

Emilia zögerte. Die Furcht, Lucia könnte hinter ihr Geheimnis kommen, war stärker als ihr plötzlicher Wunsch, sich mit der anderen Frau über etwas Harmloseres auszutauschen als den Schmuggel von Seidenwaren. Seit sie in Serenas Rolle geschlüpft war, hatte sie keine anderen Unterhaltungen mehr geführt als über den Laden.

»Das ist sehr freundlich von Ihnen, Signorina Agnelli«, erwiderte sie bestimmt, und das Herz wurde ihr bei jedem Wort schwerer. »Ich bin jedoch sehr beschäftigt und werde kaum …«

»Lucia, nun komm endlich!«

»Bitte, besuchen Sie mich«, drängte Lucia und warf ihrer Schwägerin einen entnervten Blick zu. »Wenn Sie ebenso weitsichtig sind wie Emilia, wovon ich ausgehe, werden wir uns gut verstehen.«

Sie denkt tatsächlich, ich sei Serena, ging es Emilia durch den Kopf. Warum auch nicht? Lucia hatte keinen Grund, anzunehmen, dass es anders sei. Außerdem hatte die Freundin Serena nie kennengelernt, so dass sie eigentlich keinen Vergleich zwischen den Schwestern ziehen konnte. Erleichterung über diese Erkenntnis strömte als wärmendes Gefühl durch Emilias Körper.

Es wäre unhöflich, die Einladung auszuschlagen. Und es war angenehm, Lucias Herzlichkeit zu spüren.

»Haben Sie vielen Dank«, sagte Emilia. »Sicher kann ich es einrichten, gegen … sagen wir, gegen vier Uhr, bei Ihnen zu sein. Würde Ihnen das passen?«

Lucia strahlte, drehte sich zu ihrer Schwägerin um und winkte Emilia zum Abschied zu. Dann verschwanden die beiden Damen in dem Laden für Stoffe aller Art.

Obwohl dieses Geschäft auch Emilias Ziel gewesen war, wandte sie sich ab. Sie kam sich albern dabei vor, der alten wie offenbar neu gewonnenen Freundin und deren Schwägerin nachzulaufen. Emilia atmete tief durch und wandte sich in die andere Richtung, um ihre Bankgeschäfte zu tätigen.

2

»Erzählen Sie von Emilia …«, hob Lucia an, unterbrach sich dann aber und fügte kleinlaut hinzu: »Verzeihen Sie, es muss Sie noch sehr schmerzen, von Ihrer Schwester zu sprechen.«

Emilia lächelte traurig. »Ich kann Ihnen nicht viel berichten. Wahrscheinlich kannten Sie sie besser als ich. Unser Wiedersehen dauerte nur einen Tag.«

Es war die Antwort, die der Wahrheit entsprach. Sie wusste nichts von ihrer Schwester. Nicht einmal, wer der Mann gewesen war, den Serena zu heiraten gewünscht hatte. Es war niemals ein Verlobter aufgetaucht, kein Herr hatte vorgesprochen, der offen seine Hoffnungen auf eine Ehe zum Ausdruck brachte. Emilia war dankbar dafür gewesen, in Ruhe gelassen zu werden, aber als sie jetzt auf dem zierlichen Sessel im Salon der Villa Agnelli saß, kam ihr zum ersten Mal zu Bewusstsein, dass Serena vielleicht einem Heiratsschwindler zum Opfer gefallen sein könnte. Seltsamerweise rückte die Frage nach Serenas Privatleben erst hier in dieser gediegenen, wohltuend vornehmen Atmosphäre in den Vordergrund von Emilias Gedanken. Offenbar hatte sie sich in den vergangenen Monaten zu sehr mit dem Geschäftlichen auseinandergesetzt.

Das Heim von Lucias Familie ließ sie nicht unbeeindruckt. Die von Zypressen gesäumte Einfahrt und der gepflegte Park am Ufer des Sees mit seinen Kieswegen und Rabatten hatten Emilia auf den ersten Blick verzaubert. Das Haus, ein dem Baustil der Renaissance nachempfundenes Gebäude mit hohen Fenstern und schönen Balkonen, war ihr in seiner Architektur äußerst harmonisch erschienen, sie mochte gerade Linien und den Verzicht auf prunkvollen Firlefanz, wie er häufig an den neueren Bauten in Wien anzutreffen war. Auf gewisse Weise erinnerte sie der Palazzo in seiner Gradlinigkeit an eine der hervorstechendsten Eigenschaften von Lucias Charakter.

Da die Dämmerung bereits angebrochen war, als Emilia eintraf, wurde sie nicht von düsterer Kälte empfangen, sondern in den Salotto geführt, wo ein wärmendes Feuer brannte und Kerzen entzündet worden waren. Lucia ließ heiße Schokolade servieren und erklärte, ihre Mutter und ihre Schwägerin würden sich später zu ihnen gesellen: Julie ruhe sich seit Stunden von dem Stadtbummel aus, und Sofia bespreche mit dem Koch das Abendessen, welches heute etwas üppiger ausfallen sollte, da Francesco zu Hause zu speisen beabsichtige: »Mein Bruder zieht es für gewöhnlich vor, auswärts zu essen, deshalb ist seine Anwesenheit etwas Besonderes.«

»Emilia hatte sich auf die Begegnung mit Ihnen sehr gefreut«, behauptete Lucia nun, als sie mit ihrem Gast zusammensaß. »Sie nahm hohen Anteil an Ihrem Leben.«

Dergleichen hatte sie nie gesagt. Belustigt stellte Emilia fest, dass die Wahrheit im Angesicht des Todes ein wenig korrigiert wurde, um den Hinterbliebenen ein besseres Gefühl zu geben. Sie wünschte, sie könnte sich Lucia anvertrauen.

»Davon bin ich überzeugt«, sagte sie freundlich. »Aber es wäre ganz sicher nicht im Sinne der Verstorbenen, wenn wir uns nur über sie unterhielten. Emilia war doch eher bescheiden, nicht wahr? Sie waren eine Freundin meiner Schwester, Signorina Agnelli, deshalb bin ich begierig darauf, ein wenig mehr über Sie zu erfahren.«

»Sie wissen ja, dass wir uns in Wien trafen, wo ich weilte, um meinen Bruder mit Informationen aus erster Hand zu versorgen. Für die Zeitung, natürlich, er gibt die *Gazzetta di Lugano* heraus. Kennen Sie das Blatt?«

»Ja, flüchtig. Wahrscheinlich sollte ich es wieder etwas intensiver lesen.« Das war nicht nur eine Höflichkeitsfloskel. Emilia beschloss, sich künftig intensiver mit der Zeitungslektüre zu beschäftigen. Plötzlich fiel ihr ein, dass Serena sie genau darum gebeten hatte. Sie hatte sich nie gefragt, welches Interesse ihre Schwester an dem Journal haben könnte; genau genommen hatte sie Serenas Bitte vergessen – bis heute, da sie in der Villa des Verlegers saß.

»Ich werde dafür sorgen, dass Ihnen jede neue Ausgabe zugeschickt wird«, versprach Lucia großzügig. Sie beugte sich vor, um mit einem Silberlöffelchen in der Tasse aus hauchdünnem Porzellan und der dickflüssigen, mit Zimt und Kardamom aromatisierten Schokolade zu rühren. »Wie es scheint, gibt es im Moment eine Menge zu berichten.«

»Ich hörte, in der Eidgenossenschaft herrscht einige Unruhe.«

»Sie sind gut informiert, die Ereignisse liegen erst einen oder zwei Tage zurück, und es ist wohl eher so, dass es sich um eine Revolution handelt«, erwiderte Lucia. »Napoleon Bonaparte wollte von Anfang an in der Schweiz eine Republik nach französischem Muster schaffen, einen zentralisierten Einheitsstaat. Ein gewisser Peter Ochs aus Basel soll im

Dezember dazu aufgefordert worden sein, eine neue Verfassung zu entwerfen. Niemand weiß, wie die Sache ausgeht, angeblich ist wohl mancher Vogt den Forderungen des Volkes nach Freiheit nachgekommen, aber eben nicht jeder – und das bedeutet Blutvergießen. Ich hoffe aus ganzem Herzen, dass der erwartete Anschluss des Tessins an die Cisalpinische Republik ohne Kampfhandlungen vor sich geht. Dann leben wir in einem Land, Signora Bossi, uns trennen keine Grenzen mehr.«

Dann gibt es auch keinen Schmuggel mehr, dafür aber ruinöse Abgaben, dachte Emilia. Laut sagte sie: »Nicht jeder Lombarde ist glücklich über den Einfluss Frankreichs auf sein Land.«

»Ach was! Es ist das erste Mal in der Geschichte, dass Oberitalien verbunden und nicht in einzelne Länder zersplittert ist, selbst der Papst musste einlenken und große Teile des Kirchenstaates abtreten. Das ist nur von Vorteil, glauben Sie mir …«

»Was soll man dir glauben?«, unterbrach eine tiefe, angenehm melodische Männerstimme Lucias leidenschaftliche Rede.

Lucia sprang auf, um dem Eintretenden entgegenzueilen. »Francesco! Wie schön, dass du schon zu Hause bist. Möchtest du dich zu uns gesellen? Wir trinken gerade Schokolade und unterhalten uns sehr angeregt über die neuen Verhältnisse in der Eidgenossenschaft und in Italien. Dies ist eine gute Bekannte von mir.«

Emilia hatte mit dem Rücken zur Tür gesessen und wandte sich nun um. Höflich lächelnd sah sie zu dem Mann auf, der sich an der Hand von Lucia zu der gemütlichen Sitzgruppe ziehen ließ. Sie war nicht überrascht, dass der Bruder ihrer schönen Freundin ein ausgesprochen attraktiver Mann war, eher ein wenig erstaunt, weil er seine Gemahlin um fast die doppelte Körperlänge überragte: Julie war ihr bei ihrer flüchtigen Begegnung vor dem Stoffgeschäft als kleinwüchsig und trotz ihrer Schwangerschaft recht zart erschienen.

»Francesco Agnelli«, stellte Lucia ihn strahlend vor und ließ ihn los. »Serena Bossi.«

Leichenblass starrte er sie an. »Es ist ...«, hob er an, unterbrach sich aber, um verlegen zu hüsteln, räusperte sich. Schließlich verneigte er sich knapp. »Guten Abend, Signora Bossi.« Brüsk richtete er seine Aufmerksamkeit wieder auf Lucia und fragte: »Wo ist meine Frau?«

Emilia runzelte ob dieser Unhöflichkeit leicht die Stirn. Er hatte ihr nicht einmal Gelegenheit zu einer angemessenen Begrüßung gegeben. Konnte es sein, dass Francesco Agnelli sie auf den ersten Blick so ablehnte, dass er seine guten Manieren vergaß? Umgekehrt wirkte er eigentlich recht sympathisch auf sie. Oder schätze er es nicht, dass Lucia Gäste empfing, wenn er von einem harten Arbeitstag nach Hause kam? Anfangs war er Emilia jedoch leutselig erschienen und keineswegs rüpelhaft.

Seine unvermittelte Frage irritierte Lucia. »Wo soll Julie schon sein? In ihrem Zimmer, nehme ich an, sie ruht sich aus. Wir waren in der Stadt und haben Stoffe für die Säuglingsausstattung gekauft. Bei dieser Gelegenheit bin ich zufällig auf Signora Bossi getroffen und habe sie eingeladen.«

»Tatsächlich? Ich wusste ja gar nicht, dass du eine Freundin ...«

»Lucia war mit meiner verstorbenen Schwester befreundet«, stellte Emilia rasch richtig, die das Gefühl hatte, eine andere Erklärung für ihre Anwesenheit im Palazzo Agnelli vorweisen zu müssen als nur eine harmlose Einladung. »Die Erinnerung an die Tote hat uns beide zusammengeführt.«

»Mein Beileid.« Wieder verneigte er sich formvollendet,

sah sie dabei aber nicht an. Er schien ihrem Blick sogar auszuweichen.

Verdammter Flegel!, dachte Emilia bei sich. Sie fürchtete, ihre Entrüstung nicht länger für sich behalten zu können, wenn sie sich weiter Francesco Agnellis offenbar schlechter Kinderstube aussetzte. »Ich möchte Sie nicht weiter stören«, sagte sie und erhob sich. »Es wird Zeit für mich, an die Rückreise nach Como zu denken. Wir sollten unser Gespräch ein andermal fortsetzen, Signorina Agnelli. Ich würde mich freuen, wenn Sie mich einmal besuchten.«

Lucia warf ihrem Bruder einen scharfen Blick zu. »Ja, das werde ich gerne tun. Wann passt es Ihnen?«

»Jederzeit.« Emilia schenkte ihr ein verständnisvolles Lächeln. »Seit dem Verlust meiner Schwester nehme ich eigentlich keine Einladungen mehr wahr und bin daher entweder in meinem Laden oder in meiner Wohnung anzutreffen, die darüber liegt. Kommen Sie, wann immer Sie möchten, Signorina Agnelli, Sie sind mir willkommen.«

»Dann werden wir uns bald wiedersehen.«

Lucia hob eine kleine silberne Glocke auf, um nach dem Diener zu läuten, der ihnen beim Eintreffen die Mäntel abgenommen hatte. Eine Weile standen sie wartend im Salon, Lucia und Francesco neben Emilia, die eine undurchdringliche Miene aufgesetzt hatte und hoffte, Lucias Bruder würde nicht bemerken, wie sie ihn von der Seite betrachtete. Doch dann begegnete sie seinen tiefblauen Augen, die heimlich, aber forschend an ihrem Körper hinab und wieder hinauf zu ihrem Gesicht wanderten. In ihnen stand weder Scheu noch Zurückhaltung. Aufdringlicher Kerl, ging es Emilia durch den Kopf, und sie sah fort.

3

Julie brach in Tränen aus. »Wie können Sie es wagen, mich wieder zu verlassen? Jetzt und in meinem Zustand«, schluchzte sie.

Hilflos sah Francesco auf seine Frau hinab. Julie lang in ihrem Bett, ein Häufchen Elend mit rot geränderten Augen, aufgedunsenen Wangen und fettigen Haaren. Sie achtete kaum noch auf ihr Äußeres, seit die Schwangerschaft fortgeschritten war, und ließ sich in einer Weise gehen, die ihn abstieß.

Ob sie jemals wieder die zerbrechliche, hübsche Frau werden würde, in die er sich verliebt und die er geheiratet hatte?, fragte er sich im Stillen.

Wohl kaum, dachte er. Die meisten Frauen, die sich gehen ließen, während sie ein Kind erwarteten, veränderten sich nicht mehr nach einer Geburt, selbst wenn sie ein Heer von Ammen unterhielten und sich mit ihrem Nachwuchs nie wieder beschäftigten. In seinem Freundeskreis waren ihm Damen bekannt, die sich mit Süßigkeiten vollstopften, um sich auf diese Weise über den Verlust ihrer Wespentaille hinwegzutrösten, und am Ende wieder aussahen, als wären sie schwanger.

Eine Zeit lang hatte er gehofft, die bevorstehende Niederkunft würde etwas an seinen Gefühlen für Julie und auch an ihrem Verhalten ihm gegenüber ändern. Ein Sohn oder eine Tochter sollte in der Lage sein, die unglücklichen Eltern wieder zusammenzuführen. Doch inzwischen war Ernüchterung an die Stelle seiner Sehnsüchte getreten, und Francesco war sich nicht erst seit seinem unerwarteten Wiedersehen mit Serena Bossi im Klaren, dass er bei einer ähnlichen Gelegenheit wieder schwach werden und den nächsten Seitensprung erleben würde.

Er hatte sich sehr ungehörig gegenüber seiner damaligen

Affäre benommen. Seine Angst, dass sie sich Lucia offenbaren und einen Skandal verursachen würde, hatte ihn völlig blind gegen jede Höflichkeit agieren lassen. Die Tatsache, dass sie bei ihrem Besuch vor einer Woche nicht das geringste Zeichen von Erkennen gezeigt hatte, forderte seinen Respekt und im Nachhinein sein schlechtes Gewissen. Lucia hatte ihm heftig zugesetzt, weil er sich ihrem Gast gegenüber despektierlich verhalten hatte, aber wie hatte er ahnen können, dass seine Schwester eine Freundschaft mit Serenas Schwester gepflegt hatte? Natürlich hatte er Lucia die Wahrheit verschwiegen und sich mit Überarbeitung entschuldigt.

Nachdem ihm Joséphine Bonaparte von dem Todesfall berichtet hatte, war er aus Taktgefühl nicht nach Como gefahren. Bei seiner Heimkehr nach Lugano hatte ihm Julie offenbart, dass ihre Monatsblutung ausblieb. Das hatte ihn jeden Gedanken an eine Affäre vergessen lassen. Jedenfalls für die erste Phase ihrer Schwangerschaft. Inzwischen war er nur noch genervt und zeigte seiner Familie eine Freude über Julies Zustand, die er nicht wirklich empfand. Er hoffte inständig, ihre Launenhaftigkeit möge endlich ein Ende haben und er könne seinen Sohn oder seine Tochter, die er dauerhafter zu lieben hoffte als ihre Mutter, endlich in die Arme schließen.

Doch darauf würde er in der gegebenen Situation noch eine Weile warten müssen.

»Im Norden ist der Teufel los«, erklärte er seiner Frau. »Wenn ich nicht unverzüglich nach Basel reise, verpasse ich den größten Wandel in der Geschichte der Schweiz.«

»Ständig reisen Sie herum und lassen mich allein«, jammerte Julie mit erstickter Stimme. »Sie waren so oft in Mombello und Mailand, dass alle Welt dachte, Sie wären in Joséphine Bonaparte verliebt. Ich wurde bemitleidet!«

»Madame und General Bonaparte haben Italien im Herbst verlassen.«

Julie hob ihr tränenfeuchtes Gesicht aus dem Berg von mit Spitzen umsäumten Seidenkissen, auf dem sie halb lag, halb saß, und sah ihn trotzig an. »Eben. Und deshalb reisen Sie jetzt statt in den Süden nach Norden.«

Francesco ließ sich seufzend auf dem Bettrand nieder. »Es ist meine Pflicht, Julie, mein Beruf. Wenn Sie sich ein wenig mehr mit meiner Arbeit beschäftigen würden, bräuchten wir diese Unterhaltung nicht zu führen.«

Vor lauter Staunen vergaß sie zu weinen. »Verlangen Sie etwa von mir, dass ich Ihre Zeitung lese?«

»Das wäre ein Anfang …«

»Wie können Sie es wagen, mir eine derart unweibliche Beschäftigung aufzuzwingen? Auch wenn Ihre Schwester zehnmal das Gegenteil behauptet, Politik ist nichts für Damen!«

»Es steht auch etwas über Theateraufführungen in der *Gazzetta*, Sie finden darin Kritiken und Ankündigungen«, erwiderte er gelassen. »Der Kulturbereich, meine liebe Julie, ist eine weibliche Domäne und das Feuilleton deshalb geeignet, von Ihnen beachtet zu werden.«

»Zeitungen sind nichts für Frauen!«, verkündete Julie besserwisserisch. »Im Übrigen: Warum soll ich etwas über Schauspiel und Oper lesen, wenn wir doch nie ein Theater besuchen? Wir waren noch nie im Teatro della Scala, Francesco, da Sie stets alleine nach Mailand gereist sind. Gibt es in Basel eine Bühne?«

»Nein, ich glaube nicht, jedenfalls keine, die mit der Scala vergleichbar wäre. Außerdem reise ich nicht nach Basel, um der Kunst zu frönen. Ich möchte mit Peter Ochs sprechen. Der Mann wurde vom französischen Direktorium aufgefordert, eine Helvetische Einheitsverfassung vorzulegen …«

»Das interessiert mich nicht«, unterbrach ihn Julie barsch. Sie legte die Hände auf ihren Bauch und sagte anklagend:

»Sie sollten mein Kind nicht mit so schändlichen Gesprächen belasten. Wer weiß, was es hören kann, während es in meinem Bauch strampelt? Es ist sehr unruhig, seit sie über Politik palavern. Und überhaupt: Ich will nichts hören von einer Rebellion, oder was auch immer die Schweizer vorhaben. Das belastet mich. Haben Sie vergessen, welche schrecklichen Folgen die Revolution für meine Familie und mich hatte?«

Francesco bedauerte, dass sie keinen Humor besaß, sonst hätte er sie mit dem Hinweis zu trösten versucht, dass die Veränderungen in Frankreich sie zu ihm geführt hatten. Seufzend erhob er sich von ihrem Bett. »Ich muss gehen ...«

»Wenn Sie jetzt gehen ...«

»Ich muss. Es tut mir leid. Leben Sie wohl!«

»Kommen Sie nur ja nicht wieder«, schrie sie ihm hinterher und brach wieder in Tränen aus. Das Kissen, das sie ergriffen hatte, klatschte gegen die sich rasch schließende Zimmertür.

4

Nach dem Überfall auf Julie hatte Stefano vierundzwanzig Stunden geschlafen. Wenn er mit einigem zeitlichen Abstand darüber nachdachte, wunderte er sich noch heute über die tiefe Ruhe, die ihn nach der Vergewaltigung der Frau seines einstigen Freundes erfasst hatte. Es war Genugtuung, getränkt in einer übermäßigen Menge Alkohol. Wein, Grappa – es war ihm gleichgültig gewesen, welchen Stoff er in sich hinein schüttete, auch die Qualität war ihm egal, es ging ihm einzig darum, seinen Geist auszuschalten und nicht mehr nachdenken zu müssen. Nie mehr. Doch dann war er erwacht – und bei Nüchternheit hatte seine Situation plötzlich anders ausgesehen.

»Francesco bringt mich um«, war sein erster Gedanke gewesen. Er hatte sich sogar gewundert, dass ihm noch kein gedungener Mörder aufgelauert oder ihn im Schlaf erdolcht hatte.

Nicht, dass ihm das Sterben besonders schwergefallen wäre: Serenas Tod nahm ihm jeden Lebensmut. Doch hätte er es als ungerecht empfunden, wenn Francesco am Ende als Sieger aus der Tragödie hervorging. Außerdem war da Stefanos Wunsch, die Erinnerung an Serena lebendig zu erhalten. Er entsann sich seiner verworrenen Gedanken in tiefster Verzweiflung und Trunkenheit – er hatte Serena zu einer Heiligen machen wollen. Das war bei nüchterner Betrachtung wohl etwas zu hoch gegriffen, aber immerhin besaß er die Begabung, Dutzende von Statuen zu erschaffen, die ihrem Antlitz entsprachen, und er wollte sie auf diese Weise unsterblich machen. Doch um als Bildhauer arbeiten zu können, musste Stefano leben.

Er durfte Francesco keine Gelegenheit zur Vergeltung geben. Die einzige Möglichkeit, sich dem Zorn des alten Kameraden zu widersetzen, erschien Stefano die Flucht. Er musste irgendwohin, wo ihn Francesco nicht aufspüren konnte. Mit erschreckender Klarheit wurde Stefano bewusst, dass ein einflussreicher Mann wie der Zeitungsherausgeber ihn selbst im entlegensten Bergdorf finden würde. Macht öffnete alle Tore und ebnete die steilsten Wege. Deshalb packte der Künstler ein paar Habseligkeiten und sein wichtigstes Werkzeug ein, schlang die Venusstatue in schützende Stofffetzen und schulterte schließlich seinen Beutel, um seiner Heimat zum zweiten Mal den Rücken zu kehren. Diesmal jedoch ging er nicht nach Süden, schon gar nicht nach Italien, sondern strebte der Passstraße über den Gotthard entgegen.

Waren nicht immer schon Bildhauer aus dem Tessin in den Norden gegangen? Allein Antonius Tencalla, Giacomo

Murato und Pietro Maria Moderno hatten in den vergangenen Jahrhunderten das Erbe der Steinmetze aus Bissone in die Welt getragen – oder jedenfalls zu den Habsburgern. Als Baumeister mehrerer Kaiser hatten sie bedeutende Werke in Österreich geschaffen. Wien, dachte Stefano, da hatte er hin gewollt, bevor ihn während seines Aufenthalts in Rom furchtbares Heimweh gepackt und ihm den Wunsch nach weiteren Reisen vergällt hatte. Warum also nicht Wien?!

Als er acht Monate später über das verschneite Kopfsteinpflaster der Metropole trottete, dachte er, dass es keine schlechte Entscheidung gewesen war, hierherzukommen. Er hatte gleich nach seiner Ankunft ein Auskommen gefunden, nicht unbedingt als Bildhauer, aber immerhin als Steinmetz, seine Herkunft war fast so etwas wie ein besonderes Siegel, dem die Baumeister Bedeutung beimaßen. Dann war der Winter gekommen, der zu kalt war, um Arbeit zu bieten, weil die Baustoffe einfroren, und Stefanos anfängliche Glückssträhne war abgerissen. Die Temperaturen standen im Dezember, Januar und Februar in keinem Vergleich zu den kühlen, regenreichen Monaten am Ceresio, und Stefano ärgerte sich, weil seine Finger einfroren und seine Zehen trotz der Wollsocken, die er trug, blau anliefen. Wenigstens hatte er bei einem Stuckateur aus Frankreich Unterschlupf gefunden, aber seine Ersparnisse schrumpften mit jedem eisigen Tag. Er hätte sich besseres Schuhwerk kaufen sollen, aber statt für ein Paar fester Stiefel hatte er sein Geld für einen Marmorblock ausgegeben, den er für die Herstellung einer Statue benötigte: Die hierzulande tief verehrte heilige Barbara mit dem Gesicht Serena Bossis.

»Wenn du dir ein paar Kreuzer verdienen willst«, hatte sein wohlmeinender neuer Freund Jacques am Morgen vorgeschlagen, »frag in der Französischen Gesandtschaft nach. Dort sucht man Schuhputzer für die feinen Herrschaften und Hilfskräfte für Küche und Keller.«

»Ich bin kein Tagelöhner«, hatte sich Stefano empört.

»Aber auch du hast einen Magen, der gefüllt werden will. General Bernadotte soll Anweisung gegeben haben, nicht jeden Bettler und schon gar keine kaisertreuen Österreicher einzustellen. Die kleine Marie hat es mir erzählt, du weißt schon, meine Freundin, die in der Gesandtschaft die Wäsche macht.«

Die Haltung des Botschafters war verständlich und nährte insgeheim Stefanos Hoffnung auf einen kleinen Verdienst, obwohl er sich nach außen hin noch weigerte, derartige Arbeiten überhaupt in Betracht zu ziehen. Die diplomatische Vertretung Frankreichs befand sich hier im einstigen Feindesland, die Tinte auf dem Friedensvertrag von Campo Formio war kaum trocken, und die antifranzösische Haltung in Wien groß. Was also lag näher, als einen italienischen Untertan der Eidgenossen in Stellung zu nehmen, der darüber hinaus ein leidenschaftlicher Anhänger der Republik war?

Als Stefano am Abend in der Wallnerstraße eintraf, hatten sich etliche Menschen vor dem Palais versammelt, in dem sich die Gesandtschaft befand. Es waren bürgerliche Herren in wärmenden Surtouts darunter, zu denen sich einfache Männer in Umhängen gesellt hatten. Stefano konnte auch einige wenige Weiber ausmachen, die offensichtlich direkt aus ihren Küchen kamen, da sie Töpfe und Kochlöffel in Händen hielten. Der Andrang behagte ihm nicht. Er konnte sich zwar nicht vorstellen, dass die gut gekleideten Leute Tagelöhner waren und hier für eine Aushilfsbeschäftigung anstanden, aber was suchten sie sonst an diesem Ort, wenn nicht einen Broterwerb? Sie diskutierten aufgeregt, Grüppchen bildeten sich.

»Verdammte Froschfresser!«, schimpfte jemand.

»Zur Hölle mit den Franzosen!«

Stefano überlegte, ob er sich trollen sollte, doch Neugier

und Notwendigkeit zogen ihn an den Ort des allgemeinen Unmuts. Er trat neben einen jungen Mann, der wie ein Student gekleidet war, und erkundigte sich in dem von seinem Akzent gefärbten Deutsch: »Was ist los?«

Der junge Mann zeigte zur Fassade des Botschaftsgebäudes. »Bernadotte hat die französische Trikolore aus dem Fenster gehängt.«

Jetzt erst bemerkte Stefano die Fahne, die an einem Fenstersims befestigt worden war. Er zuckte verwundert mit den Achseln. »Ja, und? Das ist die französische Gesandtschaft. Warum soll dort nicht die Flagge ihres Landes wehen?«

»Es ist ein Affront sondergleichen. Für einen Wiener Patrioten ist der Anblick dieses Symbols eine ungeheuerliche Provokation.«

»Scheiß' auf die Republik!«, tönte es aus der Menge.

Die Zeit, in der sich Stefano für die Revolution stark gemacht hatte, war vorbei. Er hörte den Unmut wohl, aber er kommentierte ihn nicht. Er hatte für sich entschieden, dass das blanke Überleben wichtiger war, als eine politische Meinung zu vertreten. Vor allem in Wien war es natürlich besser, sich nicht als Jakobiner zu präsentieren. Dennoch musste er sich auf die Lippen beißen, da ihm ein Widerwort auf der Zunge lag.

In der Beletage des Palais wurde ein Fenster geöffnet, und Musik wehte auf die Straße, ein Streichorchester spielte beschwingte Melodien. Der Botschafter schien Gäste zu haben und Grund zum Feiern. Veranstaltete Bernadotte ein Fest zu Ehren des Einmarsches französischer Truppen in Rom und der Festsetzung des Papstes? Die für das katholische Österreich unvorstellbar schreckliche Nachricht hatte zwangsläufig auch Stefano erreicht, da niemand in Wien von etwas anderem sprach als der folgenreichen Ermordung des französischen Militärattachés im Kirchenstaat, die zur

Kriegserklärung Frankreichs an den Vatikan geführt hatte. Wie zur Bestätigung seiner Gedanken erkannte Stefano bereits am ersten Ton, dass die Kapelle in der Gesandtschaft nun die *Marseillaise* anstimmte.

»Nieder mit Frankreich!«

In dem Moment brach der Tumult los. Einige Männer bemühten sich, Steine aus dem Straßenpflaster zu brechen, was ihnen jedoch nicht gelang. Im nächsten Augenblick ergoss sich ein Regen aus schweren Kupferkreuzern auf die Fassade des Palais, Fensterglas klirrte, die Musik brach ab. Geschrei begleitete Wut und Aggression. Vor der Gesandtschaft pöbelte die Menge, jenseits des Eingangs kreischten Frauen um Hilfe und brüllten Männerstimmen Befehle.

Stefano warf sich auf den Boden, sammelte die Münzen ein, die zurückgeprallt waren und auf der Erde landeten. Blind gegen die Füße, die umherstapften und unabsichtlich gegen seinen Körper traten, ergriff er seine Chance, ein geringes Taschengeld einzuheimsen. Rasch bemerkte er, dass es ihm einige der Weiber gleichtaten – da griff er nur noch beherzter zu.

»Das Tor!«, rief jemand. »Macht das Tor auf!«

Der Tumult wuchs. Stefano versuchte, sich aufzurappeln, aber es gelang ihm nicht, der zornigen Menge zu entkommen.

*

»Du siehst aus, als hätte man dich als Rammbock benutzt«, bemerkte Jacques, der Stuckateur, lakonisch. Er fischte einen Lumpen aus der Schüssel mit kaltem Wasser, auf dem sich eine feine Eisschicht gebildet hatte, wrang ihn aus und trat zu Stefano. Sein Mitbewohner saß stöhnend auf einem Stuhl neben dem Herd, von dem ein wenig Wärme aufstieg, die Hände zwischen den Knien, sein Kinn war auf die Brust gesunken.

»Nein, das war ein Eisenrohr, das man von einem Brunnen entwendet hat«, nuschelte Stefano. »Mit dem haben sie die Tür aufgestemmt.«

Jacques drückte Stefanos Schultern gegen die Stuhllehne. »Lehn dich zurück, Italiano, sonst kann ich deine Wunden nicht auswaschen ...«

»Ticino«, murmelte der Bildhauer.

»Auch gut, ist aber egal. Schmerzen sind Schmerzen, Blut ist Blut und die Republik soll leben!«

Eine Weile beschäftigte sich Jacques schweigend mit den Schrammen in Stefanos Gesicht, tupfte Straßenstaub von den Hautabschürfungen und bemühte sich, den farbenprächtigen Erguss am linken Auge nicht zu berühren. Im Herd knisterten die Holzscheite, Stefanos Atem ging schwer, in einer Wohnung in der Nähe schrie ein Kind, und dann erklang das Poltern eines Mannes. Schließlich ließ Jacques den Lappen zurück in die Schüssel fallen, wo sich das Blut und der Dreck auf dem Tuch mit dem Wasser zu einer rotgrauen Soße vermischte. Er wischte sich die feuchten Hände an seinen Hosen ab.

»Bald bist du wie neu«, behauptete der Franzose.

Stefano nahm seinen Kopf nicht von der Stuhllehne, auch öffnete er seine Augen nicht, als er antwortete: »Offenbar ziehe ich Ärger an. Wer konnte schon ahnen, dass General Bernadotte ausgerechnet dann die Trikolore aus dem Fenster hängt, wenn ich seinem Majordomus einen Besuch abstatten möchte?«

»Du hättest dich nicht nach dem Geld bücken sollen, das brachte dich in eine unmögliche Lage, mein Bester. Im wahrsten Sinne des Wortes, meine ich.«

»Die Leute waren wie von Sinnen, als sie das Eisenrohr fanden und in das Palais eindrangen, um die Fahne abzunehmen«, berichtete Stefano matt. »Dann haben sie mitgenommen, was nicht niet- und nagelfest war, die Möbel haben sie zu einem Scheiterhaufen aufgebaut und ein Feuer entzündet ...«

Jacques klapperte an dem Küchenregal, schob Gefäße hin und her auf der Suche nach einer Flasche Weinbrand. »Jean-Baptiste Bernadotte ist einer der mächtigsten Männer Frankreichs, beliebter als Napoleon Bonaparte, möchte ich meinen. Ich kann nicht fassen, dass er sich nicht mutig gegen die Angreifer stellte.«

»Er hat sich mit seinen Gästen in einem Zimmer verbarrikadiert, bis endlich Militär einschritt, aber das dauerte«, fügte Stefano mit einem Aufstöhnen hinzu.

»Gewiss. Welcher Österreicher kommt schon einem Franzosen zu Hilfe? Und du bist sicher, dem Personal ist nichts geschehen? Meiner Marie geht es gut, ja?«

Stefano nickte, obwohl er sich von der Unversehrtheit der Wäscherin nicht hatte überzeugen können. Aber das spielt keine Rolle, dachte er. Es ist wohl niemand von der Gesandtschaft zu Schaden gekommen.

Endlich hatte Jacques gefunden, wonach er verlangte. Zuerst goss er sich von der stark nach Alkohol riechenden Flüssigkeit ein, dann reichte er den Becher weiter. »Hier, das ist ein guter Tropfen. Ich weiß, du trinkst nicht gerne, aber das ist Medizin, verstehst du? Leer den Becher am besten in einem Zuge aus, dann tut's nicht so weh.«

Mit glasigen Augen sah Stefano seinen Kumpanen über den Rand des Glases an. »Warum bist du in Wien, wenn's dir hier nicht gefällt?«

Jacques lächelte. »Oh, es gefällt mir, sehr sogar. Marie hat einen großen Anteil daran, zugegeben, und sie ist so etwas wie die Heimat, nicht wahr? Aber ich fühle mich in dieser Stadt nicht mehr sicher. Ich wollte dich ohnehin ins Vertrauen ziehen, und warum warten, wenn wir es gleich erledigen können? Sobald der Frost nachlässt, werde ich Wien verlassen.«

»Oh!«

»Du kannst mitkommen, wenn du willst.«

»Wohin?«

»Nach St. Petersburg. In Russland bauen die wie die Teufel und brauchen unsereins ...«

»Da ist es kalt.«

»Na, wenn schon, aber es gibt Arbeit, und wo es Arbeit gibt, können wir uns ein warmes Bett und ein Feuer kaufen. Die Russen haben ein Getränk, das von innen wärmen soll, habe ich gehört. Es heißt Wodka. Da wird die Kälte schon nicht so schlimm sein ... Nun, komm schon, trink den Cognac!«

Endlich öffnete Stefano die Augen. Er nahm Jacques das Gefäß ab in dem vergeblichen Bemühen, das Zittern seiner Hand zu unterdrücken. Seit er in Bissone aufgewacht war, hatte er keinen Tropfen Hochprozentiges mehr angerührt. Jetzt spürte er, wie sehr ihn danach verlangte. Vorsichtig nippte er an dem Weinbrand. Wenn er den Becher in einem Zug leerte, wie Jacques es verlangte, würde er die Besinnung verlieren. Und dann tue ich Dinge, die ich später bedauere, ging es Stefano durch den Kopf.

»Kennst du einen Architekten und Baumeister namens Rastelli?«, fragte Jacques. »Bartolomeo Francesco Rastelli?«

»Hab von ihm gehört«, antwortete Stefano und genoss das feine Brennen in seiner Kehle, als er sich einen zweiten, intensiveren Schluck gönnte. »Er arbeitete unter einer Zarin und hat ihren Palast in St. Petersburg gebaut, aber er ist schon lange tot, glaube ich.«

Jacques machte eine wegwerfende Handbewegung. »Ja, das ist er. Macht nichts. Rastelli war Franzose, seine Familie kam aber eigentlich aus Italien. Verstehst du, Italiano? Das ist ein Wink des Schicksals. Wir beide sind Rastelli in einer Person. Ich bin der Franzose und du der Italiener. Wir werden es in Russland weit bringen, sage ich dir.«

»Was nutzt das, wenn man andauernd friert?«, widersprach Stefano. Er spürte tatsächlich, wie Kälte durch seine Glieder kroch und als Schüttelfrost seinen ganzen Körper erfasste. Deshalb griff er fester um das Glas, setzte es an seine Lippen und ließ den Inhalt langsam in seinen Mund fließen. Ihm wurde warm.

5

Ein lauter Knall weckte sie. Schlaftrunken dachte Julie, über Lugano wäre eines der schweren Gewitter hereingebrochen, die das Tal regelmäßig heimsuchten und ihr einen gehörigen Respekt vor den Naturgewalten einflößten. Doch es war kein Donnerhall, und das Krachen wiederholte sich in unregelmäßigen Abständen. Sie riskierte einen Blick aus dem Fenster, dessen Läden stets geöffnet waren, und suchte den Blitz, aber der perlgraue Morgenhimmel schimmerte klar. Dann erklangen wieder die Böller – und mit einem Mal wusste Julie, dass es sich um Schüsse handelte.

Mit einem Aufschrei zog sie sich die Decke über den Kopf. Rasendes Entsetzen erfasste sie. Wie in einem Albtraum tauchten Bilder vor ihrem geistigen Auge auf, von denen sie gehofft hatte, dass sie sie niemals wieder heimsuchen würden.

Sie war mit ihrer Mutter in der Pariser Oper, zwei Tage vor dem berühmten Sturm auf die Bastille, und der Einbruch der Demonstranten in das Theater und der Abbruch der Vorstellung waren ein milder Vorgeschmack auf das gewesen, was noch kommen sollte, aber es hatte ihr einen gehörigen Schrecken eingejagt, von Tausenden von Menschen niedergeschrien zu werden und sich in einem Pulk von Zuschauern zu befinden, die verzweifelt einen Weg nach draußen suchten. In dem Durcheinander aus Passanten, Protestierenden, Lasttieren, Händlern und Kutschen entglitt Julie die Hand ihrer Mutter. Verloren irrte die Vierzehnjährige durch das Labyrinth der Gassen, getrieben von einer Menge, die ihr die Perücke vom Kopf riss und ihre höflichen Fragen nach dem Weg mit Hohngelächter beantwortete. Bald sah sie nicht anders aus als die Lumpensammler. Nie zuvor war sie ohne Begleitung in der Stadt unterwegs gewesen, nie zuvor hatte sie sich so verlassen gefühlt, nie.

Francesco!, dachte sie. Er war gegangen, obwohl er gewusst haben musste, dass Gefahr drohte.

»Julie! Julie, steh auf!«

Sie versuchte sich unter der Decke zusammenzurollen und möglichst klein zu machen, was durch ihren dicken Bauch kaum möglich war. Hier im Bett fühlte sie sich einigermaßen sicher. Sie stellte sich schlafend und hoffte, Lucia, die ohne zu klopfen hereinkam, würde wieder verschwinden.

»In der Stadt wird geschossen«, berichte Julies Schwägerin mit ruhiger Stimme. »Wir wissen nicht, was geschehen ist, aber man kann die Kanonen hören und den Rauch sehen. Steh auf! Mamma sagt, es ist besser, wir versammeln uns im Salotto, als dass wir jede in einem Zimmer warten, falls …« Lucia brach ab, als wagte sie nicht, Sofias schlimmste Befürchtung laut auszusprechen.

Es hatte ohrenbetäubend geknallt, als das Pulver, das in der Bastille gelagert worden war, in die Luft gesprengt wurde. Die Rauchsäule hatte über Paris gestanden wie eine Standarte der Revolution, die Mauern ihres Elternhauses hatten gezittert, Fensterscheiben waren zerborsten. Julie fragte sich noch heute, wie sie zuvor den Weg zurückgefunden hatte. Den Sturm auf die Garnison hatte sie an der Hand ihres Vaters erlebt, die sie verzweifelt festhielt, weil sie wusste, dass er sie beschützte. Ihre Schwiegermutter indes war kaum geeignet, diesen Mann zu ersetzen.

»Macht, was ihr wollt, aber lass mich hier«, brummelte Julie, ohne sich zu bewegen. Sie dachte gar nicht daran, die Nestwärme ihres Bettes gegen die Kälte des Salons einzutauschen.

»Du folgst Mammas Anweisungen, verstanden?!«, fuhr Lucia auf. »Mir persönlich ist es gleichgültig, was mit dir geschieht, aber das Kind, dessen Base ich bin, ist mir wichtig. Raus aus den Federn.« Mit einem Ruck riss sie die Decke von Julies Körper.

Obwohl sie ein rüschenbesetztes Hemd trug, das aus endlosen Baumwollbahnen gefertigt war und sie wie ein Zelt umgab, fühlte sich Julie, als wäre sie nackt. Ihre Augen, die sie endlich öffnete, füllten sich mit Tränen. Sie sah zu Lucia auf, doch Mimik und Haltung der Schwägerin waren unerbittlich. Lucia musste schon vor dem Krach aufgestanden sein, denn sie trug kein Nachtgewand mehr, sondern ein weit fallendes, weich fließendes Hauskleid. Für einen Moment vergaß Julie ihre Angst und fühlte Neid in sich aufsteigen. Ein solches Negligé hätte sie selbst gern besessen.

»Was ist passiert?«, fragte Julie und richtete sich schwerfällig auf.

»Wir wissen es nicht genau. Mamma hat den Stallknecht losgeschickt, um nach dem Rechten zu sehen. Ich hoffe, er kommt wohlbehalten wieder. Wie es aussieht, wird in der Stadt gekämpft. Es ist die Revolution, nehme ich an.«

»Oh, Lucia, das ist schrecklich!«

»Sicher«, gab Lucia teilnahmslos zurück. Sie reichte Julie einen Schal. »Leg das um und komm endlich.«

Es blieb Julie nichts anderes übrig, als Lucia in den Salon zu folgen. Das Haus wirkte gespenstisch in seiner morgendlichen Ruhe. Die sonst umhereilenden Dienstboten hatten sich in ihre eigenen Räume zurückgezogen, vielleicht waren sie auch davongelaufen wie das Personal in Julies Elternhaus, als es von dem Aufruhr in den Straßen von Paris gehört hatte. Wie immer waren die meisten Fensterläden geschlossen, und die vorherrschende Dämmerung verstärkte den Eindruck eines unheimlichen Szenarios. Lucia öffnete die Tür zum Salon, doch statt des erhofften, beruhigenden Lichts empfing Julie wieder nur Düsternis. Im Kamin war allerdings ein Feuer entzündet worden, das noch zaghaft vor sich hinbrannte. Wenigstens das, dachte Julie erleichtert und zog die Stola fester um ihre zitternden Schultern.

Sie erblickte Sofia, die mit ausdrucksloser Miene in einem Sessel beim Feuer saß und scheinbar nicht aus der Ruhe zu bringen war. Nein, dachte sie, Francescos Mutter beschützt mich ebenso wenig wie Francesco. Wenn sie überleben wollte, musste sie fort, raus aus dem Palazzo Agnelli.

»Vor den Schergen Robespierres flieht sogar der Teufel«, hatte es während der Schreckensherrschaft geheißen. Zu diesem Zeitpunkt hatte Julies umsichtiger Vater seine Familie jedoch bereits außer Landes schaffen können, zu Freunden in die Schweiz. Die Abschaffung der Privilegien des Adels durch die Nationalversammlung hatte Papa zum Handeln gezwungen. Natürlich hätte er bei seiner Frau und seinen Kindern in Zürich bleiben sollen, doch er hörte, dass das Eigentum von Emigranten verstaatlicht würde, und kehrte nach Paris zurück, um sein Vermögen zu retten. Verloren hatte er am Ende alles, auch seinen Kopf.

Das Krachen eines Geschützes ließ die Bucht erzittern und brachte Julie in die Gegenwart zurück. Der Kanonenschuss hallte von den Bergen wider und fing sich mit einem grausigen Echo im Tal. Die Fenster klirrten leise.

»Setz dich, Julie«, sagte Sofia.

»Nein! Nein, das werde ich nicht tun. Ich muss weg!« Julies Stimme klang nicht halb so fest, wie sie es sich gewünscht hätte, um die Eindringlichkeit ihrer Worte zu vermitteln.

»Weg?«, wiederholte Sofia verblüfft. »Wohin …? Lucia, bitte lösche die Kerzen. Man weiß nie, ob ein Lichtschein irgendwelches Gesindel anzieht. Es ist mir lieber, das Haus bleibt im Dunkeln.«

Julie konnte den aufsteigenden Anfall von Hysterie kaum noch beherrschen. »Ge…«, sie war nicht in der Lage, das Wort auszusprechen, das sie an den Mob in den Straßen von Paris erinnerte. »Was … was meinen Sie?«

»Jede Revolution zieht den Pöbel an. Das ist das Schreckliche an Veränderungen, selbst wenn sie gewünscht und von Vorteil sind«, erklärte Lucia, nachdem sie der Aufforderung ihrer Mutter ohne Widerspruch gefolgt war und die Flamme ausgeblasen hatte, die zuvor von ihr entzündet worden war. Nachdenklich spielte sie mit dem Zündstein in ihren Händen. »Das war doch in Frankreich nicht anders, oder?«

Julies Zähne klapperten vor Angst, sie schwieg verstört.

»Setz dich, Julie«, sagte Sofia noch einmal, diesmal klang ihre Stimme jedoch überraschend sanft. »Ich habe Anweisung gegeben, dass man uns Schokolade bringt. Das Getränk wird dir guttun. Reg dich nicht auf und bewahre Ruhe. Das ist das Wichtigste in diesen Zeiten … Lucia, vielleicht kannst du uns etwas vorlesen. Stell deinen Stuhl näher ans Fenster. Der Morgen ist angebrochen, und das Licht wird ausreichen, wenn du dir ein wenig Mühe gibst.«

Es gab kein Zurück. Nicht in ihr Bett und schon gar nicht in die tröstenden Arme ihres Vaters. Ergeben ließ sich Julie neben ihrer Schwiegermutter auf einem Sessel nieder. Die Wärme des inzwischen recht munter prasselnden Feuers war angenehm und allein die Aussicht auf einen Becher Schokolade tatsächlich wohltuend. Vor allem sah Julie in

Sofias Auftrag ein Stück Normalität, denn wenn die Hausherrin ihr Personal herumscheuchen konnte, war es wohl noch nicht so schlimm um den Palazzo Agnelli und seine Bewohner bestellt, wie Julie befürchtet hatte.

Lucia trat an einen Beistelltisch, auf dem ein kleiner Stapel Bücher lag. Herumliegende Lektüre war der einzige Anflug von Unordentlichkeit, den Sofia duldete. Lucia blätterte in dem obersten Band, schob ihn zur Seite, schlug einen anderen Einband auf. Nach einer Weile, in der die Holzscheite im Kamin knackten, die Geschützsalven kurz unterbrochen wurden und die Sturmglocken der Kirchen zu läuten begannen, hob sie einen schmalen Folianten auf. »Wie wäre es mit einer Komödie von Carlo Goldoni? Ich glaube, ›Viel Lärm in Chiozza‹ eignet sich gut zur Unterhaltung, es ist die Geschichte von mehreren Frauen, die beisammensitzen.«

»Wie passend«, lobte Sofia.

Die Stimme ihrer Tochter klang melodisch und wie geschaffen für öffentliche Vorträge, als Lucia zu deklamieren begann, wobei sie ihren Tonfall geschickt veränderte, um die unterschiedlichen Personen darzustellen:

»Erster Akt, erste Szene:
Du, was hältst du vom Wetter?
Was für Wind haben wir denn?
Ich weiß wirklich nicht.
He, Schwägerin, was haben wir für Wind?
Merkst du nicht, wie der Scirocco weht?«

Es dauerte nicht lange und Julie verlor ihr Zeitgefühl. Sie wusste nicht, wie lange Lucia schon mit ihrer Lesung beschäftigt war. Die Hände auf ihrem Bauch, lauschte Julie den Worten wie einer einschmeichelnden Melodie, war aber zu müde, um zu erfassen, was der größte venezianische Komödiant dieses Jahrhunderts aussagen wollte. Die Erinnerungen an die Revolution in Paris verblassten etwas, und

Julie kam sich vor, als wäre ihr Kopf mit Watte gefüllt. Dumpfe Müdigkeit erfasste sie. Es war eines der wenigen Male, in denen das Strampeln des ungeborenen Kindes in ihrem Leib ein angenehmes Gefühl auslöste und von ihr nicht als störend empfunden wurde. Längst war die Schokolade serviert worden, Sofia hatte den Lakaien zu den anderen Dienstboten in den Küchentrakt im Keller geschickt, und Julie hatte ihren Becher mit einem Zug ausgetrunken.

»Was stoßt Ihr mich? Was beschimpft Ihr mich?
Mach, dass du fortkommst! Sonst …«

Schnelle Schritte hasteten über den Marmorboden im Eingangsbereich. Das Klappern der Zoccoli war bis in den Salon hinein zu hören. Dann ein Pochen an der Tür. Lucia brach ab. Julie horchte auf, hielt den Atem an.

»Ja, bitte«, rief Sofia unaufgeregt.

Es war der Stallknecht, den sie ausgeschickt hatte, um Informationen aus der Stadt zu bringen. Verlegen trat er von einem Bein auf das andere, nicht gewohnt, in den Räumen seiner Herrschaft Einlass zu finden und von der Dame des Hauses angehört zu werden. Seine Wangen waren gerötet vor Aufregung, in den Händen knetete er seine Mütze. Mit einer tiefen Verbeugung folgte er Sofias Aufforderung, näher zu treten.

»Und?«, fragte sie. »Was ist los in der Stadt?«

Er sprach einen breiten Dialekt, den Julie kaum verstand: »Ein Boot voller Jakobiner hat in der Mündung der Cassarate angelegt und das Feuer auf die Freiwilligen von der Miliz eröffnet. Die Cisalpini wollen sich den Weg zum Haus des Vogts in Lugano freischießen, heißt es. Es ist Rebellion, Madonna.«

Julie hörte einen Schrei. Erst als sie Sofias entsetzten Blick wie eine Ermahnung auf sich spürte, wurde ihr bewusst, dass sie selbst geschrien hatte. Das Zittern, das sie während Lucias Vortrag hatte unterdrücken können, erfasste sie erneut.

»Ich ertrage das nicht«, flüsterte sie und schlug die Hände vors Gesicht.

»Es ist die Erinnerung«, stellte Lucia sachlich fest, stand auf und trat neben Julies Sessel, wo sie in die Hocke ging, um auf Augenhöhe mit ihrer Schwägerin zu sein.

Sofia gab dem Stallknecht ein Zeichen, um ihn zu entlassen. Ein niedriger Angestellter sollte nicht Zeuge eines Nervenzusammenbruchs ihrer Schwiegertochter werden. Als sich die Tür hinter dem Mann geschlossen hatte, sagte sie: »Was immer in Lugano passieren mag, es ist nicht annähernd zu vergleichen mit deinen Erlebnissen damals in Paris, Julie. Die Voraussetzungen sind andere, weil …«

»Revolution!«, schluchzte Julie. »Es ist doch aber eine Revolution!«

»Sie hat Angst, Mamma«, Lucia streichelte sanft über Julies Arme. »Ich kann das verstehen. Sie ist aus anderem Holz geschnitzt als wir.«

Das Verständnis, das ihr Lucia entgegenbrachte, wurde von Sofia nicht geteilt. »Bewahre die Contenance«, riet sie ihrer Schwiegertochter. »Denk immer daran, wie sich Francesco deine Haltung wünschen würde, und handele danach.«

»Er hat mich verlassen«, rief Julie verzweifelt aus. »Er schert sich nicht um mich und das Kind.«

»Julie«, mahnte Lucia eindringlich, »wenn du dich weiter so aufregst, wirst du das Kind vor der Zeit zur Welt bringen. Wo sollen wir denn heute eine Hebamme auftreiben? Bitte, beruhige dich!«

Die werdende Mutter lies die Hände in ihren Schoß sinken, wo sie von Lucia ergriffen wurden. Julies Augen schwammen in Tränen, als sie Lucias Blick suchte und mit zitternder Stimme bat: »Bring mich fort von hier. Ich bitte dich, ich ertrage nicht noch eine Revolution …« Der Hall krachender Mörser unterbrach Julie. Mit einem Aufschrei fuhr sie zusammen. Lucia legte die Arme um sie. Den vielsagenden Blick, den ihre Schwägerin mit Sofia wechselte, bemerkte Julie nicht.

»Ja, du kannst fortgehen. Das ist besser, falls hier Schlimmeres passiert als ein Aufruhr gegen den eidgenössischen Landvogt«, behauptete Lucia. »Ich bringe dich nach …« Plötzlich war sie am Ende ihrer Überlegungen angelangt. Verblüfft über die eigene Unfähigkeit, einen vernünftigen Plan zu überdenken, brach sie ab.

Wo könnte sie eine hochschwangere Frau in Sicherheit bringen? Ihr erster Gedanke galt Francesco. Es war nur natürlich, wenn Julie zu ihrem Gatten reiste. Doch es war Februar, auf den Berggipfeln lag Schnee, viele Täler waren unzugänglich, und im Norden herrschte überdies großes politisches Chaos; Francesco hatte geschrieben, niemand wisse im Moment, wie es mit der Schweiz weitergehe. Es war anzunehmen, dass auch in den anderen Städten des Tessins Rebellion herrschte oder unmittelbar bevorstand, Locarno oder Bellinzona waren demnach auch kein geeignetes Ziel für eine Flucht, und in ein entlegenes Dorf wollte Lucia ihre Schwägerin nicht bringen, da es vielerorts an den einfachsten Bedürfnissen von Bequemlichkeit mangelte.

Italien! fuhr es ihr durch den Kopf, und Erleichterung erfasste sie. Im nächsten Moment verwarf sie jedoch auch diese Möglichkeit. Ihre Familie war mit angesehenen Bürgern wie Adligen in der Lombardei gut bekannt, Freundschaften hatte ihre Mutter jedoch schon seit Jahren nicht mehr gepflegt, und Lucia wollte keinem flüchtigen Bekannten eine launische Person wie Julie als Gast andienen, die darüber hinaus jeden Tag niederkommen konnte. Wo, um Himmels willen, sollte sie dieses weinende, bebende Geschöpf unterbringen? Wo würde sich Julie in Sicherheit wiegen?

Como. Serena Bossi.

Der Name der Stadt und der Schwester ihrer toten Freundin verbanden sich zu einem Hoffnungsschimmer. Ja, dachte Lucia erleichtert, ein Aufenthalt bei der Seidenhändlerin war die Lösung. Sie wusste zwar nicht mehr über Serena Bossis Lebensumstände als das, was Emilia ihr auf ihrer gemeinsamen Heimreise erzählt hatte, aber sie war sicher, dass die Möglichkeit bestand, bei Serena einen Gast unterzubringen. Wenn sie auch nur einen Hauch des Charakters ihres Zwillings besaß, würde sie niemanden von der Schwelle weisen, der sich in einer Notlage befand. Lucia überkam ein schlechtes Gewissen, weil sie Serena überrumpeln musste. In der gegebenen Situation wäre es wohl kaum möglich, einen Kurier vorauszuschicken. Sie musste von Glück sprechen, wenn sie mit Julie im Schlepptau unbehelligt über den See kam.

»Wir fahren zu einer Freundin nach Como«, entschied Lucia. »Der Stallbursche kann uns nach Bissone rudern. Dort nehme ich Francescos Wagen. Sein Spielzeug ist seit Langem unbenutzt, es ist ein wenig zugig im Phaeton, aber daran lässt sich jetzt nichts ändern.«

»Sind wir dort in Sicherheit?«, fragte Julie mit tränenerstickter Stimme.

»Ja, ganz bestimmt …«

»Und wenn wir von Rebellen aufgehalten werden?«

Lucia lachte. »Dann setze ich mir eben eine Jakobinermütze auf und alles ist gut.« Der zornige Blick ihrer Mutter durchbohrte ihren Rücken, aber Sofia wandte nichts gegen ihre Pläne ein. Es passte ihr nicht, wenn ihre Tochter sich der Lächerlichkeit preisgab, wohl aber, für eine Weile von Julie befreit zu sein.

6

Seufzend legte Emilia den Federkiel zwischen die aufgeschlagenen Folianten auf dem Schreibtisch und bedeckte ihre schmerzenden Lider mit der Hand. Die Übertragung der Zahlen vom Journal ins Hauptbuch war nicht nur wegen des Kerzenlichts eine ermüdende Arbeit, die ihren Augen nicht bekam und ihren Verstand mindestens ebenso sehr beanspruchte, wie das Schleppen von Marmorblöcken in einem Steinbruch ihren Körper überfordern würde. Serena hatte recht gehabt, als sie ihr jeglichen Geschäftssinn abgesprochen hatte – die Buchführung war ganz gewiss keine Beschäftigung, für die Emilia besonders talentiert war.

Ihre Begabung lag zweifellos im Verkauf – in der Kreativität, den Laden so geschickt wie möglich zu dekorieren, um Kunden anzusprechen, ihrem Einfallsreichtum, ein neues Warenangebot anzubieten. Doch Emilias Bemühungen waren umsonst gewesen, was bereits ein flüchtiger Blick in das Kassenbuch bestätigte: Von einem Gewinn konnte kaum mehr die Rede sein. Drei Monate nach dem Erlass des Ausfuhrverbots stünde sie vor dem Ruin, hätte sie nicht die lukrative Nebeneinnahme in Lugano.

Ein leises Räuspern unterbrach ihre Gedanken. Sie sah auf und bemerkte den Ladengehilfen, der mit zwei in Leder gebundenen Folianten im Arm in der offen stehenden Tür zu ihrem Büro wartete. »Ja, Aurelio, was gibt es?«

»Ich habe die Einträge im Wareneingangsbuch noch einmal mit denen im Warenausgangsbuch verglichen – es hat alles seine Ordnung, das Zahlenwerk ist richtig. Von meiner Seite aus ist die Inventur abgeschlossen.«

»Keine sehr erfreuliche Tätigkeit, nicht wahr?«

Er zuckte mit den Schultern. »Bilanzen müssen erstellt werden. Das Gesetz sieht es so vor.«

»Ich wünschte, das Gesetz würde die Zunft der Kaufleute ein wenig freundlicher behandeln«, antwortete sie mürrisch. Das feine Glockengeläut des arabischen Windspiels unterbrach Emilias Trübsinn. »Oh, ein später Kunde, gehen Sie, Aurelio, ich komme gleich …«

»Signora Bossi! Serena! Sind Sie da?«

Aurelio verharrte verblüfft an der Tür, doch Emilia hatte die atemlose Frauenstimme sofort erkannt und sprang auf. Lucia Agnelli schien ihre gewohnte Gelassenheit verloren zu haben, wenn sie dergestalt aufgebracht in einem Laden für Seidenwaren herumschrie. Ohne darauf zu achten, ob ihr Kleid oder ihre Frisur richtig saßen, schob Emilia ihren Gehilfen zur Seite und stürzte in den Verkaufsraum.

Noch nie hatte sie Lucia derart aufgelöst gesehen. Ihre Freundin hatte vergessen, die Tür zu schließen, und ein kalter Luftzug wehte in den Laden, das Glockenspiel hörte nicht auf zu läuten. Lucia stand darunter, das Haar unter dem modischen Hut war zerzaust, ihre Reisekleidung zerdrückt, und auf dem Rock breitete sich ein großer, dunkler Fleck aus. Ihre Wangen waren gerötet von der Kälte oder der Aufregung, ihre Lippen zu einem Strich zusammengepresst, während sich ihre Brust unter ihrem schnellen Atem hob und senkte. Seltsamerweise roch die sonst so gepflegte junge Dame etwas streng nach einer Körperflüssigkeit.

»Meine liebe Signorina Agnelli«, rief Emilia aus, »was ist geschehen?«

»Bitte, helfen Sie mir, rasch. Meine Schwägerin … Julie … mein Gott, sie bekommt das Kind!«

»Ein Kind?«, wiederholte Aurelio. »Hier? Ach, du liebe Güte!«

Emilia brauchte nicht lange zu überlegen. Es war keine Zeit für Fragen. Die Erklärung für das alles würde warten müssen; Emilia erinnerte sich dunkel, dass Francesco Agnellis Frau bei ihrer ersten und einzigen Begegnung recht schwach gewesen und ihr deren Schwangerschaft ziemlich fortgeschritten erschienen war – das war drei Wochen her. Julie hätte niemals eine Reise auf sich nehmen dürfen! Resolut fasste sie Lucia am Arm. »Wo ist sie?«

»Im Wagen … draußen… O mein Gott, Serena, ich habe so etwas noch nie miterlebt. Es ist widerwärtig.«

»Ach, wissen Sie, es ist seit Menschengedenken dieselbe Geschichte«, erwiderte Emilia. Sie war insgeheim ein wenig amüsiert, weil die intellektuelle, vernünftige Lucia eine Geburt offenbar ebenso fürchtete wie der Teufel das Weihwasser. »Wir kommen alle so ziemlich auf dieselbe Weise zur Welt, und es besteht kein Anlass, daraus ein Drama zu machen.« Hoffentlich, fuhr es ihr durch den Kopf, hoffentlich wird keine Tragödie daraus, wenn Julie ihr Leben oder das des Stammhalters verlöre. Was für ein Unglück in Serenas Laden! Emilia schauderte.

Die praktischen Gedanken gewannen wieder Oberhand: »Wir bringen Ihre Schwägerin in meine Wohnung«, entschied sie, um sogleich ihrem Gehilfen Anweisungen zu erteilen: »Aurelio, fassen Sie mit an, bitte. Signora Agnelli wird kaum in der Lage sein zu laufen, sie muss sicher getragen oder zumindest gestützt werden. Wo ist eigentlich Piero? Er ist nie da, wenn man ihn braucht, bummelt andauernd herum. Das Geschäft schließen wir für heute.«

Lucia war kreidebleich. »Können Sie … haben Sie… schon einmal so etwas getan? Ein Kind geboren, meine ich.«

»Nein, aber Aurelio wird die Hebamme holen, sobald Ihre Schwägerin fürs Erste versorgt ist.«

Was tue ich hier eigentlich?, fragte sich Emilia, als sie auf die Piazza lief und sich nicht einmal die Zeit nahm, einen Mantel oder einen Schal überzuwerfen. Francesco Agnelli hatte sich ihr gegenüber in einer Weise benommen, die ihr keine Veranlassung gab, seiner Gattin Gutes zu tun. Andererseits war es Lucia, die um Hilfe gebeten hatte, und Julie tat ihr leid. Wäre es um Signor Agnelli gegangen, Emilia hätte ganz sicher keinen Finger gekrümmt.

Der für diese Jahreszeit typische Nebel war dichter geworden. Er trieb vom See über die Stadt, hüllte die Häuser ein und brachte Feuchtigkeit und Kälte mit. Emilia fröstelte. Wie sehr musste jedoch die arme Schwangere unter dem Winterwetter leiden? Das Verdeck der am Straßenrand parkenden Kutsche war zwar geschlossen, doch war es ein Wagen, den man vornehmlich bei sonnigem Wetter nutzte und der nur geringen Schutz gegen Wind und Regen bot. Wenn Julie nicht im Kindbett starb, so hatte sie sich wahrscheinlich bereits während der Fahrt den Tod geholt.

Emilia trat näher und sah in das Coupé. Auf dem Ledersitz krümmte sich die stöhnende junge Frau unter Schmerzen. Unwillkürlich beugte sich Emilia vor, um ihre Hand mitfühlend an Julies Wange zu pressen. »Signora Agnelli«, sagte sie sanft, »ich werde Ihnen helfen. Können Sie sich bewegen? Wir bringen Sie in meine Wohnung, dort ist es bequem für Sie. Sie müssen nur ein wenig mittun und …

»Wer sind Sie?«, fragte Julie schwach.

»Eine Freundin Ihrer Schwägerin. Mein Name ist Serena Bossi, ich habe einen Seidenhandel in Como, wir haben uns kürzlich in Lugano getroffen, aber das ist nicht wichtig. Aurelio, mein Ladengehilfe, wird Sie halten. Kommen Sie, meine Liebe, kommen Sie, stützen Sie sich auf Aurelio.«

Später würde sich Emilia manchmal darüber wundern, dass sie nicht einen Moment darüber nachgedacht hatte, wo sie Julie und Lucia unterbringen sollte. Es gab zwar das Gästezimmer, das inzwischen eine kleine Rumpelkammer geworden war, in der sie die Sachen von Serena aufbewahrte, die sie selbst nicht in ihrer Umgebung haben wollte. Aber das hatte sie nie in Erwägung gezogen. Mit größter Selbstverständlichkeit überließ sie Julie das Schlafzimmer. Nachdem Aurelio die junge Frau ins Bett verfrachtet hatte, sorgte Emilia dafür, dass sie sich auszog, während ihr Ladengehilfe davoneilte, um Carlotta aus der kleinen Kellerwohnung ihrer Familie in Serenas Küche zu beordern und eine Hebamme zu holen. Lucia stand fassungslos neben ihrer Schwägerin, unfähig, etwas zu tun oder zu sagen. Die Farbe wechselte auf ihren Wangen: Wenn Julie sich unter den Wehen wand, wurde sie blass, beruhigte sie sich wieder, lief Lucia puterrot an, weil sie sich für ihre Unfähigkeit, irgendetwas zu helfen, schämte. Dann kamen endlich die Haushälterin, die an den Herd geschickt wurde, um Wasser abzukochen, und die Geburtshelferin, eine ältere, erfahrene Frau namens Signora Cassina, die Emilia und Lucia resolut in den Salotto schickte. Der unermüdliche Aurelio begab sich indes zu dem Phaeton, um Kutsche nebst Pferd in einem Mietstall unterzubringen.

Zum ersten Mal hatte Emilia Besuch. Verlegen bot sie Lucia einen Platz an und sah sich heimlich in ihrem Wohnzimmer um, das sie nach Serenas Tod umgestaltet und mit Büchern und allerlei Nippes ausgestattet hatte. Wirkte der Raum altmodisch? War die Dekoration kitschig? Ihr selbst hatte es bisher gefallen, sie hatte sich geborgen gefühlt zwischen den kostbaren Gläsern und Karaffen, die sie sich geleistet hatte, den bunten Brokatkissen mit den dicken Quasten und den Pastellporträts aus einer vergangenen Epoche, die ihr ein Händler gegen ein paar Ellen Seide verkauft hatte, weil heutzutage nur Gemälde mit griechisch-römischen Motiven gefragt und diese Bilder Ladenhüter waren. Um sich zu betätigen und weil die frühe Dämmerung hereinbrach, begann sie, die Kerzen anzuzünden.

»Sie haben es sehr gemütlich«, sagte Lucia zerstreut. Sie löste die Bänder von ihrer mondänen Jockeykappe und legte den Hut neben sich auf das Sofa. »Eigentlich wollte ich eine Jakobinermütze tragen, aber niemand fragte nach meiner politischen Gesinnung«, murmelte sie fast ein wenig verwundert.

Emilia, die neben der Anrichte stand und einen mehrarmigen Leuchter entzündete, drehte sich zu ihrem Gast um. »Warum haben Sie die Reise auf sich genommen? Für eine Dame im Zustand Ihrer Schwägerin war das ein großes Risiko.«

Als sei sie sich erst jetzt bewusst, dass sie ihre Bemerkung laut ausgesprochen hatte, sah Lucia auf. In der für sie typischen sachlichen Redeweise fasste sie die Geschehnisse zusammen, ein Thema, das sie weitaus weniger erschreckte als eine bevorstehende Geburt: »Die Revolution ist bis nach Lugano gekommen, und Julie hielt den Geschützlärm nicht aus. Ich gebe zu, dass ich die Launen meiner Schwägerin meist für recht anstrengend halte und ihr in der Regel nicht nachgebe, aber in diesem Fall hatte ich Verständnis. Noch fast ein Kind, erlebte sie den Sturm auf die Bastille, und ihr Vater starb unter der Guillotine. Das sind für eine Frau wie sie furchtbare Erinnerungen. Bevor sie meine Mutter verrückt machen konnte, habe ich sie lieber fortgebracht. Und Sie waren der einzige Mensch, Signora Bossi, den ich zu überrumpeln wagte.«

In Emilias Kopf schrillte eine Alarmglocke.

»Serena«, murmelte sie geistesabwesend. »Nennen Sie mich bitte Serena.«

Lucias angespannter Gesichtsausdruck wurde weich. »Sie sind eine wunderbare Freundin, Serena. Wenn Francesco erfährt, dass Sie seine Frau und sein Kind gerettet haben, wird er Ihnen die Füße küssen.«

»Ach, das sollte er lieber lassen«, entfuhr es Emilia. »Ich denke, wir warten erst einmal ab. Noch hat Ihre Schwägerin das Ärgste nicht hinter sich. Ich bin froh, dass ich Ihnen helfen konnte. Das ist aber nichts Besonderes. Es ist eine Christenpflicht, nicht wahr?« Sie legte den Zündstein beiseite und begab sich zu der Sitzgruppe, wo sie sich neben Lucia niederließ.

Die beiden Frauen schwiegen. Das Ticken der Uhr wurde zur monotonen Untermalungsmelodie. Sie hörten, wie Carlotta mehrmals umherschlurfte, aus dem Schlafzimmer drangen Julies Schreie und der beruhigende, mahnende Ton der Hebamme.

»Sollten wir vielleicht einen Arzt rufen?«, fragte Lucia.

»Signora Cassina wird uns sagen, wenn dies nötig ist.«

Lucia knetete nervös ihre Hände im Schoß. »Nicht, dass Sie denken, Francescos Ehe wäre glücklich«, brach es aus ihr heraus. »Es war eine falsche Entscheidung, Julie de Grimaud zu heiraten. Aber nun bekommt sie sein Kind, und da müssen wir zusammenhalten. Wie nannten Sie es eben? Christenpflicht? Ja, das ist es wohl auch, aber in erster Linie ist es eine Frage der Familienehre.«

Unwillkürlich dachte Emilia an Albert und die Baronin Podlanski. Konnte ein aufregender, phantasievoller Hallodri glücklich sein mit einer Matrone, die ihn nur herumkommandierte? Ihre Gedanken wanderten weiter zu Gräfin Cziffra und deren Freundinnen. Schließlich sagte Emilia: »Ich weiß nicht, welche Gefühle bei einer Hochzeit die wichtigste Rolle spielen, doch ich vermute, eine harmonische Verbindung stellt sich erst mit den Jahren ein.«

»Es mag abfällig klingen, aber ich fürchte, dafür besitzt Francesco nicht die Geduld«, Lucia lächelte. »Genau genommen, ich auch nicht. Vielleicht habe ich deshalb nie geheiratet. Ich habe mir den Grund nie überlegt, weshalb ich die Ehe derart ablehne, aber es könnte schon sein, dass ich keine Lust habe, darauf zu warten, dass mich mehr mit meinem Mann verbindet als eine geschäftliche Beziehung unserer Eltern oder eine Romanze, die einzig als flüchtig bezeichnet werden kann. Sie waren schon einmal verheiratet, nicht wahr?«

Emilia nickte stumm.

»Verzeihen Sie, wenn ich in Sie dringe, aber wir sind doch Freundinnen, da kann man schon einmal persönlich werden, meine ich. Emilia hat mir erzählt, dass Sie verwitwet sind. Vermissen Sie Ihren verstorbenen Gatten sehr?«

Ihre Erinnerungen flogen zu Albert von Podlanski und Serenas Seidenweber. »Nein«, erwiderte sie aufrichtig. »Das tue ich nicht. Es ist für eine Frau ein Glück, ein selbstbestimmtes Leben führen zu können. Nicht allen von uns wird diese Möglichkeit geschenkt. Ich bin sehr zufrieden mit dem, was ich habe.«

Lucia machte eine ausladende Handbewegung, mit der sie ins Wohnzimmer wies. »Das glaube ich Ihnen gern. Sie haben es wirklich sehr hübsch. Heutzutage wird zwar ein anderer Stil bevorzugt, aber ich finde es viel schöner, an den Traditionen festzuhalten und nicht alles nachzuäffen, was mondän ist. In unserem Palazzo ist seit Ewigkeiten nichts mehr verändert worden.«

Wenn du wüsstest, was alles anders ist als früher!, dachte Emilia bitter. Sie öffnete den Mund zu einer freundlichen Bemerkung, doch das gellende Schreien im Schlafzimmer unterbrach sie. Julie klang, als würde ihr ganz langsam ein Messer in den Leib getrieben.

»Mir scheint Julie ein wenig undiszipliniert«, sagte Lucia. »Oder glauben Sie, dass jede Frau derart außer sich gerät bei einer Geburt?«

»Das ist eine Frage des Temperaments, denke ich, aber ohne Pein keine Geburt. Olympe de Gouges begründete ihre Forderungen zur Gleichberechtigung der Frau unter anderem damit, dass wir das wegen unseres ›Mutes zu mütterlichen Schmerzen überlegene Geschlecht‹ seien.«

Lucia riss die Augen auf. »Sie haben Olympe de Gouges' Erklärung gelesen?«

Verdammt!, fluchte Emilia im Stillen. Sie musste derartige Fehler unterlassen, wenn sie mit Lucia plauderte, sonst verriet sie sich. Wie ruhig waren ihre Tage doch verlaufen, als sie sich von allen Bekannten ferngehalten hatte. Die Nähe der Freundin hatte sie unvorsichtig werden lassen.

Ihre Besucherin missverstand ihr erschrockenes Schweigen. »Verzeihen Sie, ich wollte Ihnen diese Lektüre nicht absprechen. Es ist nur … Emilia schilderte Ihre … ähm … Interessen ein wenig anders. Aber das spielt natürlich keine Rolle.«

Wieder kam ein Schrei aus dem Schlafzimmer, doch diesmal war es ein anderer Ton, kein Wehklagen, sondern das Krähen eines kleinen Vögelchens, das seine Lungen mit Luft zu füllen versuchte.

»Heilige Mutter Gottes, sei Dank!«, rief Carlotta in der Küche.

»Das Kind ist da …«, entfuhr es Emilia und Lucia gleichzeitig. Die beiden Frauen sahen sich an. Überraschung spiegelte sich in ihren Blicken, aber auch die freudige Erkenntnis, in gemeinsamen Gefühlen verbunden zu sein. In Lucias Augen glitzerten Tränen der Rührung, sie fand jedoch als Erste ihre Sprache wieder: »Wenn es ein Mädchen ist, sollte es auf den Namen Olimpia getauft werden, finden Sie nicht?«

7

Julie schlief zwölf Stunden. Die Erschöpfung war so groß, dass sie nicht einmal den Wunsch äußerte, das Neugeborene zu sehen. Sie nahm die Geräusche wahr, als Signora Cassina das plärrende Bündel badete und in saubere Leinentücher wickelte, sie hörte auch, wie die Geburtshelferin nach einer Amme schicken ließ. Aber den feuchten Lappen, der das Blut von ihren Schenkeln wischte, spürte sie kaum noch, sogar zu müde, sich um sich selbst zu sorgen. Ihre Angst vor der Revolution und die Reise nach Como hatten sie bereits über alle Gebühr angestrengt, die Geburt war ihr danach wie ein Ritt durch die Hölle erschienen. Die Hebamme hatte zwar irgendwann gesagt, es würde Julie leichtfallen, ein Kind zur Welt zu bringen; Signora Cassina hatte sie sogar getadelt, sie solle sich nicht so anstellen, den meisten Frauen erginge es schlechter, doch Julie empfand die Wehen als unvorstellbares Grauen. Nie wieder, dachte sie, als sie in den traumlosen Schlaf sank, will ich das erleben. Nie wieder!

Die Sonne schien durch die Schlitze in den Fensterläden und warf lange Streifen auf die Bettdecke. Julie zwinkerte und musste sich erst an das Licht gewöhnen, bevor ihr klar wurde, dass es heller Tag und sie aus ihrer Ohnmacht erwacht war. Verwirrt sah sie sich um. Es dauerte eine Weile, bis sie sich erinnerte, wo sie sich befand. Kritisch betrachtete sie das Bett mit den feinen Voilevorhängen und den hübschen, mit Baumwollspitzen gesäumten Leinenlaken. Sie vermisste ihre Seidenkissen, beschloss jedoch, dass es hier sauber, ordentlich und keinesfalls so primitiv war, wie sie in der ersten Schrecksekunde befürchtet hatte, als sie sich entsann, dass Lucia sie zu einer Freundin nach Como gebracht hatte. Die Ereignisse des gestrigen Abends lagen in Julies Hirn verschüttet, ihr Empfinden war wie in einen Nebel eingehüllt.

Eine Bewegung ließ sie aufhorchen. Sie wandte den Kopf und sah die Silhouette ihrer Schwägerin. Lucia lief, ein Bündel an der Schulter, langsam vor dem Bett auf und ab. Jetzt erkannte Julie auch die Wiege, die in einer Ecke stand. Man hatte das Kind im Zimmer der Mutter gelassen. Was soll das?, grämte sich Julie im Stillen. Ich bin keine Bäuerin, dort, wo ich herkomme, ruhen Säuglinge in einem Raum mit ihrer Amme.

»Guten Morgen, Julie«, grüßte Lucia mit einer Freundlichkeit, die der Angesprochenen den Atem raubte. »Schau dir deine kleine Tochter an. Sie ist eine wahre Wonne.«

Ohne Julie um Erlaubnis zu bitten, setzte sie sich auf den Bettrand und verlagerte die entzückende Last in ihrem Arm, so dass die Mutter in das Gesicht des Kindes blicken konnte. Dabei verrutschte das Tuch, und Julie starrte entgeistert auf die dunklen Locken, die sich um das apfelsinengroße Köpfchen kringelten.

»Mon Dieu, ihr Haar ist so wild.«

»Ja, es ist nicht so glatt wie deines oder das von Francesco«, bestätigte Lucia schmunzelnd. »Eine leidenschaftliche kleine Dame haben wir hier. Wäre sie blond, man könnte sie für das Modell eines Engels von Raffael halten.«

In Julies Geist klingelte eine Alarmglocke. Sie entsann sich einer Begegnung in der Vergangenheit, es war ein Déjà-vu, aber sie konnte die Erinnerungen nicht greifen. Um sich von dem Druck der eigenen Gedanken abzulenken, hob sie ihre Hand und strich zaghaft mit dem Finger die Linien in dem runden Gesichtchen nach. Zu ihrer eigenen Überraschung blieb ihr Herz kalt.

»Olimpia ist sehr hübsch«, befand die stolze Tante.

»Olimpia?«, fragte Julie irritiert. »Wer ist das?«

»Diesen Namen würde ich deiner Tochter gerne geben. Er ist sehr modern, weil er mit der Antike in Verbindung gebracht wird, mit dem Berg der Götter. Außerdem trugen ihn berühmte Frauen der Geschichte: die Mutter Alexanders des Großen hieß so, die humanistische Dichterin Olimpia Morata aus Ferrara, die französische Schriftstellerin Olympe de Gouges und nicht zu vergessen die heilige Olympia von Konstantinopel, die verehrt wird, weil sie selbstbestimmt leben wollte, ohne sich einem Manne zu unterwerfen …«

»Eine Frauenrechtlerin«, murrte Julie. »Die Namenswahl

passt zu dir. Also, wirklich, Lucia! Mir wäre es lieber, wenn meine Tochter Marie Antoinette getauft würde, als Verbeugung vor der letzten französischen Königin.«

»Ich glaube nicht, dass Francesco damit einverstanden wäre.«

Julie zog ihre Hand zurück, biss sich auf die Unterlippe und schwieg beleidigt.

Um den aufziehenden Streit abzuwenden, fiel Lucia in eine harmlose Plauderei: »Wie auch immer, das kleine Mädchen sieht aus, als wäre ihr Gesichtchen von einem Künstler entworfen. Ich bedauere, dass Stefano Castelli verschwunden ist. Er könnte eine Statue von der Kleinen anfertigen. Wäre das nicht ein schönes Geschenk für Francesco? Schade, dass …«

Julie fühlte sich durch Lucias Palaver in ihrem Ruhebedürfnis gestört. Sie hätte sich gerne frisch gemacht, anstatt mit ihrer Schwägerin über das Kind zu sprechen, als sei es eine Sensation. Trotzdem erkundigte sie sich höflich: »Wer ist Stefano Castelli? Und warum ist der Mann verschwunden?«

»Er ist ein Bildhauer aus Bissone und war ein guter Freund von Francesco. Du bist ihm sicher einmal begegnet, denn er brachte immerzu Skulpturen in die Villa, die Francesco ihm abkaufte, weil er sonst wohl verhungert wäre.« Der Mund des Säuglings öffnete sich und Lucia schob rasch einen Zipfel des Tuchs zwischen seine Lippen, an dem das Neugeborene begierig zu saugen begann. Sie sah wieder zu der Mutter und riss verblüfft die Augen auf. »Julie, was ist mit dir? Ist dir nicht wohl? Du bist kreidebleich.«

Erkennen Sie mich nicht? Sie müssen mich erkennen, damit Francesco weiß, wer Ihnen das angetan hat. Es macht keinen Spaß, wenn er es nicht erfährt.

Lähmendes Entsetzen durchfuhr Julie. In ihrem Opiumrausch hatte sie vergessen, wo sie dem Mann schon einmal begegnet war, der sie vergewaltigt hatte. Sein Gesicht war auch so nah gewesen, dass sie es nur verschwommen wahrgenommen hatte. In diesem Moment erinnerte sie sich jedoch genau: Es war im Salon der Villa Agnelli gewesen, als er Francesco eine Arbeit aus der eigenen Werkstatt gebracht hatte, ein verschlungenes Paar, das Hochzeitsgeschenk eines Freundes. Sie hatte sich damals weder für das Objekt noch für den Künstler interessiert, da Stefano Castelli keinen großen Ruhm genoss und es daher in Julies Augen nicht verdiente, mit Aufmerksamkeit bedacht zu werden. Sein Bild trat klar in ihren Geist, sie sah sein wirres, lockiges Haar vor sich und starrte wie gebannt auf den Schopf ihres Kindes. In ihrem Herzen regte sich Abscheu. Ein starkes Gefühl, das die bisher vorherrschende Gleichgültigkeit für das Neugeborene vertrieb.

Sie bemerkte die Verwunderung in Lucias Miene und riss sich zusammen. Bevor ihre Schwägerin Fragen stellen konnte, zu denen ihr keine Antworten einfielen, erklärte Julie rasch: »Es ist die Erschöpfung. So ein Kind auf die Welt zu bringen, das ist kein Kunststück, weißt du. Ich brauche Ruhe. Am besten, du gehst. Und, bitte, Lucia, nimm den Balg mitsamt seiner Wiege mit. Ich möchte nicht gestört werden.«

Lucia runzelte die Stirn. Der Unmut über Julies Anweisungen war ihr anzusehen. Doch dann zuckte sie nur mit den Achseln, als habe sie eine derartig unangemessene Reaktion von Julie erwartet, erhob sich, die kleine Olimpia im Arm. Ohne sich noch einmal nach der Mutter umzudrehen, stolzierte sie hinaus. Nicht ahnend, dass sich Tränen in Julies Augen sammelten und das Herz ihrer Schwägerin zu zerbrechen begann.

8

»Bitte, wo ist meine Frau?«, fragte Francesco fassungslos.

Sofia stand in ihrem Wintergarten, eine Gießkanne aus blumenverzierter Emaille in der Hand, und verstand ihren Sohn nicht, obwohl er seine Worte inzwischen zum zweiten Mal wiederholte. Sie konnte nicht nachvollziehen, was so bestürzend daran war, Julie bei einer Freundin Lucias in Como zu wissen. Natürlich wäre es angemessener gewesen, wenn Sofias Enkelkind in der Villa Agnelli geboren worden wäre, aber unter den gegebenen Umständen fand sie Julies Reise durchaus akzeptabel. Die Schüsse waren zwar nach der Flucht der italienischen Jakobiner aus Lugano verstummt, aber der Aufruhr hielt an. Freiheitsbäume waren aufgestellt und wieder ausgerissen worden, die Vögte schwankten zwischen dem Versuch, die alte Ordnung wieder herzustellen, und der Möglichkeit, den Tessiner Untertanen Rechte einzuräumen, die nur in den Kantonen galten. Es gab gewaltige Meinungsunterschiede zwischen Bauern und Bürgern, die günstigstenfalls nur in politischen Auseinandersetzungen mündeten, und Sofia verbarrikadierte sich einmal mehr in ihrem Zuhause.

»Du solltest dich nicht so echauffieren«, sagte sie und wandte sich wieder ihren Orchideen zu. »Julie und das Kind sind in Como gut aufgehoben. Deine Schwester hat mir mehrfach von der großzügigen Gastfreundschaft der Seidenhändlerin Bossi geschrieben …«

Francesco stöhnte auf. »Eine Fremde, Mamma, meine Frau und meine Tochter befinden sich seit Wochen in der Obhut einer Fremden.«

Sofia fuhr herum und musterte ihn mit einem scharfen Blick. »Sie ist eine Freundin von Lucia und daher keine Unbekannte. Wirklich, Francesco, es gibt keinen Grund, sich despektierlich über diese Dame zu äußern. Lucia schrieb, dass Julie bei schlechter Gesundheit sei und sich Signora Bossi fürsorglich um ihr Wohl kümmere. Deshalb ist an eine Rückkehr nach Lugano vorläufig nicht zu denken. Julie fehlt es trotzdem an nichts, und du solltest dankbar sein, bevor du dich aufregst.«

»Was ist mit Julie?« Er gab es auf, sich daran zu stören, dass seine Frau ausgerechnet im Bett seiner kurzen Affäre niedergekommen war. Es war ohnehin müßig, mit seiner Mutter darüber zu diskutieren, denn er konnte ihr den Grund für seinen Unmut nicht anvertrauen. Müde fuhr er sich mit der Hand über die Augen und erwartete den nächsten Schlag. »Hat sie Fieber?«

»Nein, das nicht. Der Arzt, den Signora Bossi hinzuzog, spricht von einer bestimmten Form der Schwermut.«

»Ach, du lieber Himmel«, entfuhr es Francesco. Er entsann sich seines Lehrers, der ihm die Geschichte des Wortes Melancholie beigebracht hatte, in der es einen Bezug zur *mania* gab, was soviel wie Wahnsinn bedeutete.

»Die schwarze Galle vergiftet ihr Blut«, behauptete Sofia, während sie endlich begann, ihre Topfpflanzen zu gießen. »Ich hoffe, der Arzt ist klug genug, Julie zur Ader zu lassen. Das hat noch immer gegen Niedergeschlagenheit geholfen.«

Statt seine Mutter über diese altmodische Behandlungsmethode aufzuklären, zermarterte er sich den Kopf, ob Julie in den Verzweiflungszustand gesunken war, weil ihr Serena die Wahrheit über sich und Francesco »anvertraut« hatte. Konnte die Seidenhändlerin derart intrigant sein? Es gehörte eine große Portion Böswilligkeit dazu, die er in Serenas Charakter eigentlich nicht vermutete. Vor allem, nachdem sie bei ihrem Besuch in der Villa Agnelli ihre Bekanntschaft völlig ignoriert zu haben schien.

»Ich erwarte dennoch«, sagte Sofia in Francescos Gedanken, »dass die beiden bald nach Lugano heimkehren können, Julie und Olimpia, meine ich. Nachdem die Schweiz von den Franzosen in drei Republiken aufgeteilt wurde, wird doch wohl hoffentlich Ruhe einkehren. Ich habe zwar noch nicht ganz verstanden, ob nun Lausanne, Aarau oder Luzern unsere Hauptstadt ist, und es missfällt mir eigentlich, das Regierungszentrum nicht in der italienischsprachigen Region zu wissen, aber …«

»Wer ist Olimpia?«, fragte Francesco zerstreut.

»Deine Tochter, mein Lieber. Lucia hat den Namen für sie ausgesucht. Sie hat auch für die Taufe gesorgt. Lucia und Signora Bossi sind die Paten der Kleinen.«

Ein tiefer Seufzer entrang sich Francescos Kehle. Genügte es nicht, dass er dieser Frau auf ewig dankbar sein musste, weil sie Julie Obdach gewährt hatte? Musste sie sich auch noch in seine Familie drängen? Er würde sie nie vergessen, und die Vorstellung schien unerträglich, sie regelmäßig wiedersehen zu müssen. War das nicht ein wenig zu viel der Buße?

Sofia stellte die Gießkanne energisch auf einem Steinbänkchen ab, das zur Zierde zwischen den duftenden Orangenbäumen stand. Das Metall klirrte und schepperte. »Stell dich nicht so an, Francesco«, tadelte sie. »Du warst zwei Monate im Norden unterwegs. Nicht, dass ich kein Verständnis für gewisse Notwendigkeiten hätte, die sich aus den Publikationen ergeben, aber du kannst nicht erwarten, dass der Gang der Dinge aufgehalten wird, weil du nicht in der Lage bist, dich um persönliche Angelegenheiten zu kümmern. Deine Schwester hat alles richtig gemacht, und ich verbiete dir jede Kritik an ihr oder Signora Bossi.«

»Es tut mir leid, aber ich kann Lucias Handlungsweise nicht billigen«, gab er ungewöhnlich barsch zurück. »Die ganze Geschichte hört sich eher nach zwei Frauen an, die die Nerven verloren haben. Ich werde nach Como reiten und mich selbst davon überzeugen, ob Ihre Sichtweise den

Tatsachen entspricht, Mamma. Und dann wäre es für uns alle wohl am besten, wenn Julie, Lucia und die Kleine baldmöglichst die Heimreise anträten. Wie heißt das Kind doch gleich?«

»Olimpia.«

»Olimpia Agnelli? Was für ein Name! Ich werde sie Lilli nennen.«

»Lilli Agnelli«, schnaubte Sofia. »Also wirklich, Francesco, du musst von Sinnen sein. Ich bitte dich, komm wieder zur Vernunft!«

Wahrscheinlich verliere ich tatsächlich den Verstand, bevor auch Julie dem Wahnsinn verfällt, sinnierte er. Welche höhere Macht hatte ihn dazu verleitet, seine Frau zu betrügen? Wie konnte das Schicksal nur so gnadenlos sein, ihn wieder mit Serena Bossi zu verbinden? Francesco ballte die Fäuste.

*

Es regnete in Strömen, und der Umhang nützte nicht wirklich, um Francesco vor dem Unwetter zu schützen. Als er am späten Abend in Como eintraf, war er vollkommen durchnässt und von seinem breitkrempigen Hut tropfte das Wasser. Um schneller voranzukommen, hatte er auf eine Kutsche verzichtet und ein Pferd satteln lassen. Frierend, hungrig und nass bis auf die Haut, gab er sein Reittier in einem Mietstall ab und stapfte mürrisch durch die stillen Straßen zur Piazza di Popolo.

Obwohl er nie dort gewesen war, fand er den Laden für Seidenwaren auf Anhieb. Für einen Moment überrascht von der Größe des Geschäfts, hielt er inne, erinnerte er sich an die höchsten Töne, in denen Stefano ihm die Seidenhändlerin Bossi für Madame Bonaparte empfohlen hatte. Traurigkeit erfüllte ihn über den Verlust des Freundes. Offensichtlich war der Bildhauer nicht nur geblendet gewesen von der schönen Erscheinung Serena Bossis – wenn Warenangebot und Einnahmen ebenso beeindruckend waren wie die Außenfront, war sie sehr erfolgreich. Francesco pfiff leise durch die Zähne. Vielleicht hatte er sie unterschätzt.

Serena selbst hatte ihm in jener Nacht, die er lieber vergessen würde, erzählt, dass sie über dem Laden wohnte. Er hätte des Hinweises seiner Mutter demnach nicht bedurft. Und wenn er hätte suchen müssen, wäre Francesco dem Krähen eines kleinen Kindes nachgegangen. Erst als er die Treppe in den ersten Stock erklomm, wurde ihm bewusst, dass dies das feine Stimmchen seiner Tochter war.

Für einen Moment dachte er, sein Herzschlag würde aussetzen, um dann mit einem Trommelwirbel den Gefühlsausbruch einzuleiten, der sich seiner bemächtigte. Überwältigt von innerem Aufruhr, lehnte er sich an die Wand im Hausflur, auf die das Feuer einer Fackel bizarre Muster warf, die jedoch nicht davon ablenken konnten, dass ein frischer Anstrich nötig war. Möglicherweise ging es Serena Bossi finanziell gar nicht so gut, wie er auf den ersten Blick vermutet hatte. Dieser nüchterne Gedanke beruhigte ihn einigermaßen, denn er war realistisch und deckte seine unerwarteten Empfindungen wieder zu.

In das Wimmern und Schreien mischte sich der sanfte Gesang einer Frau. Francesco konnte die Töne nicht erkennen, dem Klang der Melodie nach war es wahrscheinlich ein Schlaflied. Verblüffenderweise verfehlte es seine Wirkung nicht, das Kind wurde still. Unwillkürlich glitt ein Lächeln über sein Gesicht.

Entschlossen straffte er die Schultern, stieg gemessenen Schrittes die letzten Stufen hoch. Dann hob er die Hand und betätigte den Klopfer, einen Messingring, der aus einem Löwenmaul ragte. Er brauchte nicht lange zu warten, dann wurde die Tür aufgerissen – und er stand einer unbekannten, üppigen jungen Frau gegenüber mit flammendem, rotem Haar. Ein Blick in ihr weiches Gesicht und auf ihren Busen bestätigte seine Annahme, dass dies die Amme seiner Tochter sein müsse. Warum sang nicht sie den Säugling in den Schlaf? Auch Julies Stimme war es nicht gewesen, die er von draußen gehört hatte.

»Mein Name ist Francesco Agnelli. Ich bin gekommen, um Signora Agnelli zu sehen.«

»Sie werden erwartet«, behauptete die Bonne und trat zur Seite. »Kommen Sie bitte herein. Ich werde Sie Signora Agnelli melden.«

Während die Frau hinter einer der Zimmertüren verschwand, fragte sich Francesco, woher irgendeine der Bewohnerinnen dieser Wohnung wissen konnte, dass er sich auf dem Weg hierher befunden hatte. Nachdenklich streifte er seinen Umhang von den Schultern und nahm den Hut ab, zu seinen Füßen bildeten sich kleine Pfützen. Die Melodie, die in einem dieser Räume nur durch Mauerwerk und ein wenig Holz von ihm entfernt gesungen wurde, klang so einschmeichelnd, dass sie dazu geeignet war, auch ihn einzulullen. Plötzlich fiel ihm auf, wie müde er sich eigentlich fühlte. Die Aufregung, die ihn im Treppenhaus erfasst hatte, war einer grenzenlosen Mattigkeit gewichen.

»Signor Agnelli«, die Amme blieb an der Tür, durch die sie zuvor verschwunden war, stehen, die Hand auf der Klinke, »Ihre Gemahlin bittet Sie herein.« Die Aufforderung wurde begleitet von einem kleinen Knicks.

Zumindest besaß Serena ein Händchen für Personal, das wusste, wie es sich zu benehmen hatte. Francesco war überzeugt davon, dass nicht Julie für die Anstellung der jungen Frau gesorgt hatte. Auch sprachen Lucias manchmal etwas drastische republikanische Ansichten nicht für die Wahl. Erleichtert über den guten Umgang seiner Tochter, schenkte er der Amme ein freundliches Lächeln, bevor er ihr seine nassen Sachen aushändigte und in das Schlafzimmer schritt, wo Julie Hof hielt. Anders war es nicht zu bezeichnen, und er ärgerte sich auf den ersten Blick über sie.

Julie thronte, durch zahllose Kissen gestützt, in dem fremden Bett. Die Vorhänge waren zurückgeschlagen, und es waren Kerzen in so großer Zahl entzündet worden, dass mit diesen ein Ballsaal hätte erhellt werden können. Ihre Haltung ließ ihn unvermutet vergessen, dass dies das Lager seiner einstigen Affäre war. Francesco hatte eine kranke Frau erwartet – vor sich sah er eine Dame, die für eine Bettlägerige sehr gut aussah, ein wenig bleich vielleicht, aber nicht leidend. Jedenfalls wirkte sie auf ihn nicht wie eine hinfällige Patientin, deren Heimreise ausgeschlossen war.

Er ergriff ihre kühle Hand, die auf der Bettdecke aus gestärktem Leinen ruhte, und zog sie an seine Lippen. »Ich hatte die schlimmsten Befürchtungen, und es tut wohl, Sie in einem so … ähm … sorglosen Zustand zu erleben.«

»Als optimistisch können Sie mein Befinden kaum bezeichnen«, erwiderte sie. »Es geht mir nicht gut, Francesco, und wenn Sie dies abstreiten möchten, beleidigen Sie mich.«

Er sah sich nach einer Sitzgelegenheit um, entdeckte einen Stuhl neben dem Schrank und zog diesen ans Bett, um sich neben Julie niederzulassen. Ihm fielen ein kleiner Strauß getrockneter Wiesenblumen auf, der auf dem Nachttisch stand, und das französische Modejournal daneben. »Sie haben es sehr angenehm hier«, stellte er fest. »Dennoch ist dieser Raum natürlich kein Ersatz für Ihr eigenes Schlafzimmer.«

»Nein? Das sehe ich anders. Hier finde ich Ruhe und Frieden. Etwas, das mir in der Villa Agnelli verwehrt geblieben ist.«

»Der Aufruhr war sicher schrecklich für Sie, aber ich kann Ihnen versichern …«

Julie starrte ihn entgeistert an, ihre Lider flatterten. »Sie sprechen gerade so, als wollten Sie mich nach Lugano holen.«

»Sie und das Kind, ja, in der Tat, das habe ich vor.« Das Frösteln, das wie nach einem der vielen Regenschauer während der Hinreise über seinen Rücken lief, erinnerte ihn daran, dass auch sein Reisewagen abholbereit war.

»Niemals!« Als bedürfe es noch einer Geste, die ihre harte, kalte Stimme unterstützte, hieb sie mit der Faust auf die Decke.

Er streckte seufzend die Beine aus. Seine Mission war schwieriger, als er erwartet hatte. Genügte Julie etwa eine Etagenwohnung, um glücklich zu sein? Er hatte zumindest damit gerechnet, dass sie sich in der fremden Umgebung unwohl fühlen würde, da es doch einige Einschränkungen mit sich brachte, wochenlang auf relativ kleinem Raum zu Besuch zu sein. Hier hatte Julie sicher nicht einmal halb so viel Personal zur Verfügung wie im Haushalt seiner Mutter. Außerdem konnte er sich Serena nicht als großherzige Gastgeberin vorstellen, die über einen längeren Zeitraum die Launen einer Hysterikerin geduldig ertrug. Hatte es noch keinen Zank zwischen den Frauen gegeben? Nachsicht gehörte nicht zu den Tugenden, die er Serena nach ihrer ersten Bekanntschaft unterstellt hätte; Geduld in geschäftlichen Angelegenheiten – ja, davon hatte er sich sogar selbst überzeugen dürfen, aber Milde in privaten Dingen traute er ihr nicht zu.

Gerade, als er den Mund öffnen wollte, um Julie in aller Deutlichkeit an ihre Pflichten in Lugano zu erinnern, wurde die Zimmertür aufgestoßen, und Lucia rauschte mit weit ausgebreiteten Armen herein. »Francesco, wie schön, dich zu sehen! Signora Bruni hat mir gesagt, dass du angekommen bist.« Sie legte die Hände auf seine Schultern und beugte sich hinunter, um ihn auf die Wange zu küssen.

»Signora Bruni?«

Julie zupfte an dem Mouchoir, das den Miederausschnitt ihres Hemdes züchtig bedeckte. »Das ist die Amme des Kindes«, erklärte sie ihrem Mann. »Ich habe wenig mit ihr zu tun, aber sie ist die einzige Person des Personals, die im Haushalt schläft, deshalb öffnet sie spätabends die Tür.«

Es war nur ein Nebensatz, aber er brachte etwas in Francesco zum Nachhallen, das ihm nicht gefiel. Julie kümmerte sich offenbar nur wenig um seine Tochter. Das war für eine Dame ihrer Herkunft nicht ungewöhnlich, aber er störte sich daran. Plötzlich fiel ihm auf, dass das Schlaflied verstummt war. Verblüfft sah er zu seiner Schwester auf. »Seit wann kannst du so wundervoll singen?«

»Ich?« Lucia brach in schallendes Gelächter aus. »Wenn ich einen Ton herausbrächte, wäre er garantiert falsch. Damit würde ich Tote wecken und keinen Säugling zur Ruhe bringen. Du hast wahrscheinlich Serena gehört … Signora Bossi, meine ich. Es ist ein Genuss, ihr zu lauschen, nicht wahr? Sie hat eine so schöne Stimme.«

»Ehrlich gesagt«, mischte sich Julie ein, »belastet diese Musik meine Stimmung. Aber immerhin hört das Kind auf zu schreien. Das ist wirklich das Angenehmste, was man darüber sagen kann.«

Lucia blickte zur Decke. »Es war Mozart«, sagte sie entnervt. »Serena liebt alle Melodien von Mozart, nicht nur die Arien. Manchmal singt sie einfach nur lalala, wenn sie findet, die ›kleine Nachtmusik‹ passe gerade zu Olimpias Stimmung.«

»Ich weiß, dass sie nur Mozart im Repertoire hat«, gab Julie überheblich zurück, obwohl ihr anzusehen war, dass ihr selbst diese Bildung fehlte. »Nun ja, immerhin war der Mann mit Ihrer Majestät bekannt. Als Knabe soll er ja sogar mit unserer späteren Königin Marie Antoinette gespielt haben. Insofern will ich mich nicht allzu sehr echauffieren. Aber, ehrlich gesagt, ich wünschte, es würden nicht alle ein solches

Aufheben um das Kind machen. Schließlich bin *ich* krank. Das Kind ist kerngesund, wie ich hörte.« Ihre Schlussbemerkung klang nicht so, als freue sie sich darüber.

Francesco sah seine Frau lange, nachdenklich an. Als sie ihren Kopf wegdrehte und das Schweigen belastend wurde, wandte er sich wieder an Lucia: »Schade, dass die Kleine schläft. Ich hätte sie mir gerne angesehen.«

»Natürlich«, pflichtete ihm seine Schwester bei, während Julie einen tiefen, leidvollen Seufzer ausstieß. »Natürlich bist du gekommen, um deine Tochter kennenzulernen. Wir haben alle schon auf dich gewartet, weißt du. Ich denke, es stört Olimpia nicht, wenn du einen kurzen Blick auf sie wirfst, davon wird sie gewiss nicht wach. Sie ist so hübsch. Du wirst dich davon überzeugen können, dass sie dir sehr ähnlich …«

»Unsinn«, fuhr Julie auf. »Sie sieht aus wie …«, erschrocken biss sie sich auf die Zunge.

»Die Amme sagt, das Aussehen eines Säuglings verändert sich mit jedem Tag«, lenkte Lucia arglos ein. »Mal gleicht er dem einen Elternteil, dann dem anderen. Jedenfalls ändert das nichts daran, dass unsere kleine Olimpia mit ausnehmender Schönheit gesegnet ist. Wir können jederzeit zu ihr gehen, Francesco.«

Julie schnaubte und enthielt sich eines weiteren Kommentars.

Erleichtert, seine missgestimmte Gemahlin verlassen zu dürfen, erhob sich der junge Vater von seinem Stuhl. »Ich schaue später noch einmal bei Ihnen vorbei …«

»Nein. Nein, nein«, Julie wedelte abwehrend mit der Hand. »Ich bin müde. Unsere Unterhaltung hat mich erschöpft. Vielleicht fühle ich mich morgen besser. Ja, das ist ein guter Gedanke: Kommen Sie morgen wieder. Gute Nacht.«

»Ja, das werde ich tun«, versprach Francesco halbherzig.

Im Hinausgehen flüsterte er Lucia zu: »Wann ist mit einer Erholung zu rechnen?«

»Der Arzt sagt, sobald das Blut wieder fließt«, erwiderte seine Schwester und zog die Tür hinter ihnen beiden ins Schloss. Seite an Seite schritten sie durch die Diele, dabei erklärte sie leise: »Viele Frauen leiden darunter, dass nach einer Geburt die monatliche Reinigung nicht sofort wieder einsetzt und fallen deshalb in einen Zustand der Melancholie. Dottore Gianella lässt Julie zur Ader und verordnete Eisen zum Einnehmen, aber du siehst ja selbst, wie es um sie bestellt ist. Sie empfindet die Kleine als Last und will nichts mit ihr zu tun haben. Darüber hinaus weigert sie sich, Serenas Schlafzimmer zu verlassen.«

»Vielleicht sollte man einen Spezialisten aus Mailand rufen.«

»Das halte ich für keine gute Idee, Francesco. Dottore Gianella genießt in Como einen vorzüglichen Ruf, und er macht auf mich den Eindruck eines kompetenten Mannes. Ich glaube nicht, dass Julies Nervenschwäche durch einen anderen Mediziner besser oder zumindest rascher zu heilen wäre ... So, hier ist das Kinderzimmer. Sag deiner Tochter buona sera – und Signora Bossi kannst du bei dieser Gelegenheit auch begrüßen.«

Es war dieselbe Aufregung, die ihn im Treppenhaus erfasst hatte. Mit klopfendem Herzen trat er – wie von Lucia geheißen – in die Kammer. Er hatte einen Säugling in seiner Wiege erwartet, daneben die Amme und die Hausherrin irgendwo im Raum. Das Bild, das sich ihm darbot, raubte ihm jedoch den Atem.

Serena saß mit verträumter Miene in einem Schaukelstuhl und wippte langsam hin und her, in ihren Armen ein in weiße Tücher gewickeltes kleines Bündel, das friedlich schlief und an ihrem kleinen Finger saugte, den Serena zwischen die zarten Lippen geschoben hatte. Ein Leuchter mit nur zwei Kerzen verbreitete ein weiches, gelbes Licht, das den Eindruck von Harmonie noch zu verstärken schien. Wenn Francesco jemals gezwungen wäre, mütterliche Liebe und Zärtlichkeit zu beschreiben, würde er schildern, was er in diesem Augenblick sah.

Und doch regte sich Verzweiflung in ihm, die sich zu Panik steigerte. Was hatte diese Frau, mit der ihn eine Nacht verband, mit seinem Kind zu schaffen? Es war nicht recht, sie auf diese Weise mit seiner Tochter zu sehen. Ihm kam es vor, als wären die Figuren bei einem Schachspiel vertauscht worden, und nichts hätte mehr die gewohnte Ordnung. Es war, als könnte es keinen Sieger mehr geben, sondern nur noch Verlierer.

10

Zärtlich wiegte Emilia den gerade mal sechs Wochen alten Säugling in ihren Armen. Nachdem sie das Schlaflied beendet hatte, lehnte sie ihre Stirn gegen das Köpfchen des Kindes und atmete dessen unnachahmlichen, süßen Duft ein, spürte das feine, seidige Haar auf ihrer Haut.

Seit sie denken konnte, hatte sie sich zu kleinen Kindern hingezogen gefühlt. Früher war sie oft traurig gewesen, weil sie keine jüngeren Geschwister besaß; später bedauerte sie, dass Serenas kurze Ehe ohne Nachwuchs geblieben war. Nicht zuletzt wegen dieser Neigung hatte sie sich für den Beruf der Gouvernante entschieden. Während ihrer Zeit in Wien hatte sie jedoch lernen müssen, dass selbst die unschuldigsten Wesen ein Produkt ihrer Eltern waren und Söhne wie Töchter ihren oftmals schwierigen Müttern und Vätern nacheiferten, ohne dass sie als Lehrerin irgendetwas dagegen hätte unternehmen können. Ihre Herkunft prägte die Kleinen häufig mehr als jede Erziehung, und Emilia war sich rückblickend im Klaren darüber, dass die junge Komtesse Cziffra eines Tages das Ebenbild der lauten, zänkischen Gräfin sein würde.

Olimpia Agnellis Zukunftsaussichten hätten ob dieser Erfahrung düster sein müssen. Doch Emilia machte sich nicht etwa um ihre Bildung, Intelligenz und Haltung Sorgen, sondern um die mangelnde Zuneigung, die sie für die kleine Seele befürchtete. Dass ein Leben mit der Lieblosigkeit der Mutter begann, empfand sie als schlimmeren Schicksalsschlag als das eigene Unglück, das ihr die eigene Mamma im Wochenbett genommen hatte. Sie konnte sich an den Gedanken klammern, ihre Mutter habe sie geliebt – Olimpia würde das Gegenteil erleben. Darüber hinaus stand in den Sternen, ob Francesco Agnelli ein guter Vater sein würde. Emilia glaubte eher nicht daran, denn so, wie sie ihn kennengelernt hatte, war er zu Nachsicht, Geduld und Zuwendung nicht fähig, was ihrer Ansicht nach die Grundvoraussetzung für das Wohlergehen eines Kindes war.

Sie umfasste das kleine Mädchen fester, als wollte sie es mit ihrer Umarmung vor der Einsamkeit schützen, die sie für das Herzchen voraussah. Natürlich sprach sie es nicht aus, aber sie wünschte, Julie und Lucia würden niemals abreisen. Damit war zwar im Moment auch nicht zu rechnen, denn Dottore Gianella hatte seine Patientin noch längst nicht aus seiner Behandlung entlassen. Doch Emilia fürchtete bereits den Tag, an dem ihre Gäste aufbrechen und ihr das Kind entreißen würden.

Dabei sollte sie froh sein, wenn sie wieder für sich sein konnte. Es war nicht einfach gewesen, ihren Haushalt auf die Bedürfnisse von drei erwachsenen Frauen, einem Säugling und dem Zuwachs an Personal einzustellen – und gewisse Unbequemlichkeiten in Kauf zu nehmen. Emilia hatte die Kammer mit dem Gästebett für Lucia hergerichtet und aus der Ankleide einen Raum für die Amme und das Neugeborene gemacht. Da Julie das Schlafzimmer nicht mehr verließ, gestaltete Emilia das Esszimmer neu: Tisch und Stühle wurden in den Wohnraum getragen und ein hübsches Eisenbett für sie besorgt, das tagsüber in ein Sofa verwandelt wurde.

Die Wohnung war damit ausgelastet, selbst Ameisen hätten Schwierigkeiten gehabt, eine durchgängige Straße an den Möbeln und Menschen vorbei anzulegen. Emilia wünschte von ganzem Herzen, dass die oberen Etagen nicht vermietet wären und das ganze Haus zu ihrer Verfügung stünde, aber sie konnte in ihrer derzeitigen finanziellen Lage nicht auf diese Einnahmen verzichten und durfte nicht einmal an eine Kündigung der Mieter denken. Wenigstens wurde der Dachboden nicht anderweitig genutzt, so dass sie alles Inventar, das derzeit nicht benötigt wurde, dort zwischenlagern konnte.

Obwohl sie es sich vor ihren neuen Mitbewohnerinnen nicht anmerken ließ, lastete der Kummer schwer auf ihren Schultern. Ihre durch Schmuggel erwirtschaftete Einnahmequelle war versiegt. »Die Helvetische Revolution überraschte alle«, hatte Claudio Massa in einem Billett geschrieben – und: »Im Augenblick werden andere Güter benötigt als Seidenwaren.« Emilia wünschte, ihr Vater wäre Büchsenmacher gewesen und sie hätte einen Handel für Waffen aller Art geerbt.

Die einzigen sorgenfreien Minuten erlebte sie, wenn sie mit Olimpia zusammen war. Nach Ladenschluss verbrachte sie besonders viel Zeit mit der Kleinen. Sie entsann sich der Melodien, die ihr in Wien so gut gefallen hatten, und wenn sie Julies Tochter herumtrug oder schaukelte, tat es nicht einmal mehr weh, an Albert von Podlanski und die Aufführung der »Zauberflöte« zu denken. Emilia wurde im Beisein der Kleinen von einer bis dahin nicht gekannten Zufriedenheit erfasst, die von ihrem Herzen aus durch ihre Glieder strömte und jeden Zoll ihres Körpers wärmte.

Von diesem Gefühl beseelt, ignorierte sie die Ankunft des Vaters. Signora Bruni hatte zwar gemeldet, dass Signor Agnelli eingetroffen war, aber Emilias einzige Reaktion darauf war, die Amme anzuweisen, in der Küche nachzusehen, ob genügend Lebensmittel und Wein im Haus waren, um dem Herrn einen Imbiss anzubieten. Carlotta und die inzwischen ebenfalls eingestellte Köchin waren bereits nach Hause gegangen, so dass der Bonne diese Pflichten der Dienerschaft oblagen, obwohl sie eigentlich nicht ihre Aufgabe waren; aber Signora Bruni sah die Bedrängnis, in der sich die Hausherrin befand, und fügte sich widerspruchslos.

Sag deiner Tochter buona sera – und Signora Bossi kannst du bei dieser Gelegenheit auch begrüßen.

Lucias Worte drangen wie durch dichten Nebel zu Emilia. Es dauerte eine Weile, bis sie den Besucher bemerkte, der in der Tür stand und fassungslos auf sie nieder sah. Ohne sich zu bewegen und das Kind in ihren Armen zu stören, hob sie nur ihre Lider und erwiderte ruhig seinen Blick. Eine Weile sahen sie einander stumm an, dann wurde Emilia das Schweigen zu dumm und sie sagte mit gesenkter Stimme: »Guten Abend, Signor Agnelli.«

»Wo ist die Amme?«, fragte er tonlos.

Sprachlos vor Staunen über sein Benehmen flogen Lucias Blicke von Emilia zu ihrem Bruder.

»Signora Bruni bereitet in der Küche ausnahmsweise das Abendessen vor«, erwiderte Emilia von oben herab. »Ansonsten kümmert sie sich jedoch sehr aufmerksam um die Kleine. Sie können beruhigt sein, für Olimpia wird bestens gesorgt.« Sie hätte gerne angefügt, dass sich Fremde mehr um das Kindeswohl kümmerten als die Mutter, aber sie hielt den Mund.

»Das ist gut … ich meine, es ist angenehm, zu wissen, dass alles Notwendige für das Kind getan wird.«

Wenn er doch endlich aufhören würde, sie anzustarren. Emilia wurde unbehaglich zumute. »Möchten Sie Ihre Tochter vielleicht einmal halten?«, schlug sie mit aufgesetzter Fröhlichkeit vor.

»Ja … ähm … das sollte ich wohl tun.« Er trat vor, um ihr das Kind aus den Armen zu nehmen, doch plötzlich schwankte er, als traue er sich nicht.

Seine offensichtliche Ängstlichkeit ließ seinen Charakter in einem etwas freundlicheren Licht erscheinen. Ein Mann, der in dieser Situation zögerte, war vielleicht doch nicht so kalt, wie sie befürchtet hatte. »Nur zu«, forderte sie ihn freundlich lächelnd auf. »Olimpia ist nicht aus Porzellan. Sie sollten sie nur so zu halten versuchen, dass das Köpfchen nicht nach hinten kippt. Sehen Sie, wie ich es mache.«

Er bemühte sich, sein Mienenspiel ausdruckslos wirken zu lassen, es gelang ihm jedoch nicht ganz. Seine Augen funkelten, seine Gesichtsfarbe wechselte in rascher Folge, ein feines Schmunzeln zog seine Mundwinkel nach oben und vertiefte die Fältchen um seine Augen. Ganz unerwartet entdeckte Emilia Güte und Sensibilität hinter der Fassade aus Überheblichkeit.

Ihre Hände berührten sich, als er ihr den schlafenden Säugling abnahm, und sie zuckten beide zusammen. Vielleicht hätte er ihr einen scharfen Blick zugeworfen, doch sie war unwichtig geworden angesichts des kaum acht Pfund schweren Bündels in seinen Armen.

Vorsichtig zog Emilia ihren Finger zwischen den Lippen der Kleinen hervor. Sie erhob sich aus dem Schaukelstuhl und fischte von einem Tisch ein Saugläppchen. »Sie liebt es, an etwas zu lutschen«, erklärte sie und schob den Schnuller an seinen Platz, worauf Olimpia mit einem zufriedenen

Murmeln reagierte. Zärtlich strich Emilia über die samtweiche Wange, die an Francescos Schulter ruhte.

»Sie ist so klein«, stellte der Vater mit erstickter Stimme fest. »Mein Gott, ist das ein Würmchen!«

»Sehen Sie sich nur die winzigen Hände an. So zierlich und schon komplett, an jeder sind fünf Finger dran, und an den kleinen Füßchen sind ebenfalls zusammen zehn Zehen. Es ist wie ein Wunder.«

Er lehnte seinen Kopf fast genauso an Olimpias Schopf, wie Emilia es zuvor getan hatte. »Ist auch wirklich alles dran, was ein kleines Mädchen haben sollte? Fehlt nichts?«

War das die Sorge eines zärtlichen Vaters oder die Furcht eines Mannes, der nur das Perfekte lieben konnte? »Olimpia ist vollkommen«, erklärte Emilia argwöhnisch. »Sie brauchen keine Missgriffe der Natur zu befürchten.«

»Also, wirklich, Francesco, was sind das für Fragen?«, mischte sich Lucia ein, die etwas abseits an der Tür stehen geblieben war und die Szene zwischen ihrem Bruder und ihrer Freundin stumm beobachtet hatte. »Siehst du nicht, wie hübsch die Kleine ist? Ich finde, sie kommt ganz nach dir.«

Er antwortete ihr nicht. Eine Weile beobachtete er, wie Olimpia an ihrem Schnuller nuckelte. »Diese Sache mit dem Lutschen – darauf wäre ich nie gekommen«, murmelte er.

»Alle Kleinkinder lieben es«, erwiderte Emilia. »Wahrscheinlich besaßen Sie auch ein solches Läppchen, als Sie ein Säugling waren.«

Verblüfft hob er seine Lider und sah sie an. Er suchte in ihrem Blick nach einem Zeichen, vielleicht nach Ironie, doch Emilia hatte nicht die Absicht, ihn zu verspotten. Sie begegnete seinen Augen ohne jede Scheu und mit einer Offenheit, die ihn verwirrte. Rasch wandte er sich wieder Olimpia zu und tippte seiner Tochter liebevoll-zärtlich gegen die Nase. Aus dem Augenwinkel bemerkte er das heitere Lächeln, das Emilias Gesicht erhellte.

»Sie verstehen viel von den Bedürfnissen eines Kindes, Signora Bossi, dabei haben Sie selbst gar keines.«

Emilia konnte nicht verhindern, dass sie errötete. »Meine Schwester war Gouvernante. Ich habe viel von ihr gelernt.«

»Ach, wirklich?«, entfuhr es der erstaunten Lucia, die damals aus Emilias Mund erfahren hatte, dass Serena niemals Interesse an ihrem Beruf gezeigt hatte.

Francesco jedoch wusste nichts über Serenas Schwester. Er nickte, anscheinend zufrieden, dass sich seine Tochter in Händen von Frauen befand, die sich auf die Pflege und Erziehung eines Säuglings verstanden. Dann wurde er von einem warmen Bächlein abgelenkt, das die Windel durchdrang, die Tücher nässte, in die Olimpia gewickelt war, und feuchte Spuren auf seiner Weste hinterließ. Im nächsten Moment spuckte die Kleine den Schnuller in hohem Bogen aus dem Mund und begann lautstark zu protestieren.

»Himmel, was ist los?«

»Was glaubst du wohl, was los ist? Es kommt vor, dass Säuglinge Flüssigkeiten ausscheiden, und Olimpia ist zu klein für einen Nachttopf, erst recht für einen Leibstuhl«, erklärte Lucia ungeduldig. »Ich werde Signora Bruni holen, damit sie das Malheur in Ordnung bringt.« Und schon rauschte sie aus Serenas ehemaligem Ankleide- und Badezimmer, ganz offensichtlich erleichtert, dass sie Francescos Hilflosigkeit und der eigenartigen Stimmung zwischen ihrem Bruder und ihrer Gastgeberin entfliehen konnte.

»Geben Sie sie mir«, schlug Emilia vor. »Wenn der Fleck größer wird, ist Ihre Kleidung ruiniert. Glücklicherweise ist Ihre Weste aus Tuch gefertigt, deshalb kann sie mit Essigsäure gereinigt werden, bei Seide wäre das unmöglich.«

Verwundert beobachtete er, mit welcher Selbstverständlichkeit sie den greinenden Säugling auf den Arm nahm, um ihn gleich darauf rücklings auf einer mit einem Kissen gepolsterten Kommode abzulegen. Mit geschickten Handgriffen löste sie die Tücher von dem winzigen Körper.

»Eine Seidenhändlerin, die sich auf Hausfrauenarbeit und Kinderpflege versteht, ist eine Überraschung«, meinte er.

Emilia blickte nur kurz auf. »Finden Sie? Nur, weil ich eine Tätigkeit ausübe, die von Männern beherrscht ist, bedeutet das nicht, dass mir alle Tugenden einer Frau abhandengekommen sind … Übrigens, Signor Agnelli, auch Ihre Tochter ist ein kleines Weib, und Sie sollten besser gehen, bevor ich die Windel öffne. Es schickt sich nicht, dass Sie dabei zusehen.«

»Oh! Ja, natürlich.« Ihm lag eine anzügliche Bemerkung auf der Zunge, die sie an ihre gemeinsame Nacht erinnern sollte, aber er schluckte sie hinunter und verließ gehorsam den Raum.

*

Francesco ging vor dem Abendessen, da er müde von der Reise und ermattet von der Aufregung war, die seine erste Begegnung mit Olimpia nach sich gezogen hatte. Außerdem war es schon spät, und er musste sich noch auf die Suche nach einem Gasthaus begeben, denn ohne ein Wort darüber zu verlieren, war ihm wie Lucia und Emilia klar, dass er nicht im Bett seiner kranken Gattin schlafen würde.

»Wie lange wird Ihr Bruder bleiben?«, erkundigte sich Emilia, als sie die Tür hinter ihm schloss, noch berührt von dem ungewöhnlich ausdauernden, festen Händedruck, mit dem er sich von ihr verabschiedet hatte.

Lucia zuckte mit den Achseln. »Ich fürchte, das weiß er selbst nicht so genau. Sicher ist er gekommen, um Julie und das Kind nach Hause zu holen. Aber davon kann keine Rede sein. Wenn er warten will, bis er Julie umgestimmt hat, wird er viel Geduld brauchen und eine Weile in Como bleiben müssen.«

»Ich hoffe, es ist nicht allzu unbequem für ihn in einer Herberge. Es tut mir leid, dass ich Ihrem Bruder kein Quartier anbieten kann. Früher bewohnte meine Familie das ganze Haus, aber inzwischen …« Emilia hob resignierend die Arme.

»Machen Sie sich bitte keine Umstände. Es ist einzig seine Schuld, dass Julie seine Frau geworden ist, also muss er mit den Folgen seiner Entscheidung zurechtkommen«, sagte Lucia mitleidslos. Da sie in der Diele stehend mit Emilia plauderte, senkte sie diskret die Stimme, als sie hinzufügte: »Ich bin Jakobinerin und daher nicht sehr gläubig, aber ich betete, dass es um Francesco anders bestellt wäre. Doch Gott erhörte mich nicht und nun hat ihm Julie eine Tochter geschenkt. Also muss er sich mit den Unbequemlichkeiten arrangieren, die sie ihm aufbürdet.«

»Gehen Sie nicht ein wenig zu hart mit Ihrer Schwägerin ins Gericht? Sie kann nichts für die Melancholie, die sie umtreibt.«

»Ach, wer weiß das schon? Julie ist von Natur aus faul und verwöhnt, sie mag es, nichts zu tun und sich bedienen zu lassen. Diesen Charakteren kommt eine kleine Nervenschwäche gerade recht. Aber seien Sie unbesorgt, Serena, was immer Francesco zu tun beschließt, ich werde an Julies Seite ausharren, bis sie abzureisen gedenkt. Ich habe sie in Ihr Haus gebracht und trage daher die Verantwortung, dass Sie nicht allzu sehr unter ihren Launen leiden müssen.«

Spontan umarmte Emilia die Freundin und küsste sie auf die Wange. Dabei dachte sie, wie unterschiedlich doch die Geschwister Agnelli waren. Francesco ging Lucias Herzlichkeit vollkommen ab, dabei hätte er bei seinem attraktiven Äußeren eigentlich vor Charme sprühen müssen. Vielleicht ist es genau andersherum, überlegte Emilia, und Julie ist zu bemitleiden – wahrscheinlich sind ihre Stimmungsschwankungen nur ein Ergebnis seiner Geringschätzung. Sie beschloss, noch ein paar Tage zu warten und Lucia dann vorsichtig auf ihre Beobachtung anzusprechen; ihr schien, als sehe Lucia ihren Bruder mit verklärten Blicken und als ließe sie es deshalb an Gerechtigkeit mangeln.

Am nächsten Morgen stand Francesco plötzlich im Laden. Die Glocken von Sant Abbondio läuteten gerade die zehnte Stunde, als er schwungvoll die Tür aufstieß, um dann erstaunt in der Bewegung innezuhalten.

Emilia befand sich hinter dem Tresen und rollte einen Ballen Taft auf, den sich eine Kundin zuvor hatte in voller Länge zeigen lassen, ohne etwas zu kaufen. Sie beobachtete den Besucher, ohne sich anmerken zu lassen, wie sehr sie seine Erscheinung beeindruckte: Seine Gestalt wirkte raumfüllend, und sein Habitus war von so großer Persönlichkeit, dass sich sogar die Luft verändert zu haben schien.

Aurelio sank das Kinn herunter angesichts dieses vornehmen Herrn, und er stürzte mit so tiefen Verbeugungen auf den Fremden zu, als wäre Francesco der neue König eines geeinten Italien.

»Signore ... Cittadino ...«, es war dem Ladengehilfen deutlich anzumerken, wie unpassend er die republikanische Anrede für einen Kunden solchen Formats fand, »sein Sie willkommen. Womit können wir Ihnen dienen? Seide für eine Weste? Oder darf es etwas anderes sein?«

»Ich möchte mit Signora Bossi sprechen.«

»Guten Morgen, Signor Agnelli«, grüßte Emilia höflich, ließ sich aber in ihrer Tätigkeit nicht unterbrechen.

»Ich hatte kein so großes Geschäft erwartet«, behauptete Francesco und drehte sich um die eigene Achse. »Es ist beeindruckend.«

»Dachten Sie, Ihre Familie sei bei einer kleinen Krämerin untergekommen?«

Er sah sie scharf an. »Warum nehmen Sie alles krumm, was ich sage?«

Es war ihr nicht möglich, den Argwohn abzuschütteln, der sie in seiner Gegenwart beschlich. Sie hielt seinem Blick eine Weile trotzig stand, dann wandte sie sich ab, ergriff den Stoffballen und reichte ihn an ihren Gehilfen weiter. »Bringen Sie das bitte ins Lager zurück. Der Herr wird bestimmt nichts kaufen.«

»Warum sollte ich nicht?«, wollte Francesco prompt wissen. »Es sieht mir ganz danach aus, als verfügten Sie über ein exzellentes Warenangebot.«

Aurelio blickte von seiner Padronessa zu dem vornehmen Herrn und zurück. Er rührte sich nicht vom Fleck, bis Emilia ihn ungewöhnlich heftig anfuhr: »Was trödeln Sie hier herum? Gehen Sie endlich, und bringen Sie die Seide ins Regal.«

Als er mit einem beleidigten Gesichtsausdruck in den hinteren Teil des Ladens trottete, sah Emilia ihm kurz nach, bevor sie sich wieder an Francesco wandte:

»Was kann ich für Sie tun?«

Er schenkte ihr ein strahlendes Lächeln, das sie beinahe vergessen ließ, wie unsympathisch sie ihn fand. »Ich habe nicht viel zu tun in Como, und da dachte ich mir, ich könnte mich ein wenig über den Seidenhandel informieren.«

»Wollen Sie mich ausspionieren?«

Das Lächeln erlosch, er seufzte. »Nein, Serena, das möchte ich nicht. Ich habe die Wahrheit gesagt: Es interessiert mich wirklich, ein wenig mehr über Ihr Geschäft zu erfahren.«

»Wa…«, begann Emilia, biss sich dann aber auf die Unterlippe und schwieg. Diese gegenseitige Fragerei führte zu nichts. Vielleicht meinte er es wirklich nur gut. Sie sollte aufhören, hinter jedem seiner Worte Boshaftigkeit zu vermuten. Er war immerhin Lucias Bruder und der Vater von

Olimpia, ihrem Patenkind – sie musste sich mit ihm arrangieren, wenn ihre Freundschaft zu seiner Schwester und die Liebe zu seiner Tochter wahrhaftig und nicht nur eine Laune war.

»Ja, dann ... Möchten Sie den Laden besichtigen?« Sie kam um den Verkaufstisch herum. »Oder soll ich Ihnen etwas über die Herstellung und Geschichte der Seide erzählen?« Auf halbem Weg fiel ihr etwas ein, und sie verharrte im Schritt: »Ach, bitte, nennen Sie mich nicht bei meinem Vornamen. Weiß der Himmel, wer da alles auf Gedanken kommen könnte.«

Er nickte ernst. »In der Tat, ein falscher Eindruck sollte vermieden werden, da stimme ich Ihnen gerne zu, Signora Bossi. Nun, also, ich bin ein Mann der Recherche ...« Mit deutlich fröhlicherer Stimme fuhr er fort: »Natürlich ist mir bekannt, dass der Seidenfaden aus dem Kokon einer bestimmten Raupenart gewonnen wird, die ursprünglich aus Asien stammt. War es Marco Polo, der dieses edelste aller Materialien nach Europa trug? Ich entsinne mich, dass der Weltreisende einen chinesischen Gaumenschmaus heim nach Venedig brachte und damit dafür verantwortlich ist, dass inzwischen alle Köche Italiens Hartweizengries und Wasser zu Fadennudeln verarbeiten.«

Unwillkürlich lächelte sie. Endlich fühlte sie sich ihm überlegen und konnte mit ihrem Wissen brillieren: »Das Geheimnis der Seidenherstellung war schon lange gebrochen, als Marco Polo aus China heimkehrte. Der Ursprung der europäischen Manufakturen liegt in Byzanz. Zu keinem Land gehörte dieser Luxus so sehr wie zum byzantinischen Kaiserreich.«

»Bemerkenswert. Und weiter?« Er lehnte sich erwartungsvoll gegen den Tresen.

»Kommen Sie in mein Büro! Wenn Sie sich wirklich für dieses Thema erwärmen, zeige ich Ihnen ein Buch, in dem das, was Sie zu wissen wünschen, anschaulich dargestellt wird.«

Sie ging voran und spürte, wie er ihr folgte, ohne dass sie ihn sah oder hörte. Es war seine Nähe, die ihr in die Glieder fuhr. Noch nie war ihr ein Mensch körperlich so präsent gewesen. Einen Herzschlag lang überlegte sie, ob es schicklich war, sich alleine mit ihm in einem kleinen Zimmer aufzuhalten, aber diesen Gedanken verwarf sie rasch, denn immerhin waren Aurelio und Piero in der Nähe – und es war wohl nicht zu befürchten, dass sich Francesco Agnelli auf sie stürzen würde, auch wenn er die Impertinenz besessen hatte, sie aus heiterem Himmel beim Vornamen zu nennen. Was er sich dabei wohl gedacht hatte? Die Tür zu ihrem Büro ließ sie offen.

»Die Kultur der Kleidung war in Byzanz von großer Bedeutung«, berichtete sie, während sie sich vor ein Regal kniete, um nach einem Buch zu suchen, das sie seit Jahren nicht mehr in den Händen gehalten hatte. »Die Prachtentfaltung und damit der Bedarf an Seide war besonders unter Kaiser Justinian I. höher als anderswo. Deshalb waren die beiden persischen Mönche ein Gottesgeschenk, welche die Eier der Seidenraupe aus China schmuggelten, obwohl die Todesstrafe auf diesen Verrat stand. Da es Maulbeerbäume, von deren Blättern sich die Raupe ernährt, schon zu Zeiten der Römer im Vorderen Orient gegeben hatte, stellte die Zucht kein Problem dar. Aus den Eiern entwickelten sich dann Larven, und der Prozess der Herstellung war in Byzanz gesichert.«

»Und wann geschah das alles? Ich habe großen Respekt vor Ihren Kenntnissen, aber das Datum wissen Sie doch sicher nicht.«

Sie blickte kurz über ihre Schulter. »Wo denken Sie hin? Es war 555 nach Christus.« Sie belächelte seine Verblüffung und wandte sich wieder ihrer Suche zu. »Von Konstantinopel aus verbreitete sich das Wissen um die Seidenherstellung«, sprach sie dabei weiter: »In Italien erreichte es zunächst Sizilien, im 12. Jahrhundert war die Produktion in Palermo so bedeutend, wie sie es seit über zweihundert Jahren in Como ist. In Frankreich ist die Seidenkultur übrigens nicht einmal annähernd so lange beheimatet.«

Endlich fand sie im untersten Regalbord, wonach sie gesucht hatte: Ihr Großvater hatte eine gebundene Sammlung chinesischer Stiche besessen, in der anschaulich die Herstellung von Seide dargestellt wurde. Die Betrachtung dieser Bilder und der dazugehörenden, kurzen Texte war einer der Höhepunkte in dem Bestreben ihrer Familie gewesen, nicht nur Serena mit dem Seidenhandel vertraut zu machen: Sich in dieses Buch zu vertiefen, war eine der wenigen Gelegenheiten gewesen, bei denen sich Emilia für das Geschäft interessiert hatte. Serena hatte sich stets über sie lustig gemacht, weil sie sich lieber mit den Zeichnungen als mit der Wirklichkeit beschäftigte, woraufhin Serena von Nonno zurechtgewiesen worden war, und Emilia war stolz gewesen, einmal auftrumpfen zu dürfen.

Ach, Serena, dachte sie wehmütig, ich wünschte, du wärest hier.

Sie nahm den kostbaren Sammelband hoch und legte ihn auf den Schreibtisch. Für einen Moment von ihren Erinnerungen überwältigt, strich sie zärtlich über den ein wenig verblichenen, staubigen Einband – eine dünne Holzplatte war mit hellblauer chinesischer Seide überzogen worden, in die ein buntes Muster eingewirkt war, doch hatte dieses etwas an Leuchtkraft verloren. Emilia versuchte, das Band zu lösen, mit dem die Deckseiten und die Blätter zusammengehalten wurden, doch der Knoten war zu fest. Gereizt zerrte sie an dem etwas verschlissenen Stoff.

»Geduld«, mahnte Francesco leise.

Entnervt sandten ihre Augen einen bösen Blick in seine Richtung. Sie probierte es weiter, aber der Knoten gab nicht nach.

»Versuchen Sie es mit meinem Messer«, schlug er vor.

»Was? Ich denke nicht daran, das Band zu zerschnei…«, sie brach ab. Verdattert starrte sie auf die Finger, die sich eben auf ihre Hände gelegt hatten. Es war wie ein Stoß, der durch ihren Körper ging und ein eigentümliches Zittern auslöste, dem eine kalte und gleichsam heiße Welle folgte, die ihren Rücken hinabrollte. Die Berührung löste eine einzigartige Folge von Empfindungen aus, die von ihren Extremitäten bis in ihr Gehirn und an Orte strömte, an die sie nicht zu denken wagte.

»Das meinte ich nicht«, erwiderte Francesco ruhig, ihre innere Aufruhr bemerkte er nicht. »Vielleicht lässt sich die Verknüpfung mit der Spitze des Messers lösen, dann könnten Sie das Band aufziehen.«

Emilia schnappte nach Luft. Sie zog ihre Finger zurück und umfasste mit beiden Händen fest den Folianten, als suche sie daran Halt. Durch das Sausen in ihren Ohren vernahm sie den Klang des arabischen Windspiels über der Eingangstür.

Energisch drückte sie Francesco das Buch in den Arm. »Wissen Sie was: Nehmen Sie es mit und sehen Sie zu, wie Sie es öffnen können. Es ist eine schöne Beschäftigung für einen Herrn, der für eine Weile zur Untätigkeit verdammt ist.«

»Aber es ist sicher ein kostbares Erbstück. Wollen Sie das wirklich aus der Hand geben?«

»Oh, Sie laufen mir schon nicht davon. Mir scheint es Pfand genug zu sein, dass Ihre Gattin in meinem Bett schläft.«

Seine Miene verdunkelte sich. »Ja, möglicherweise ist es das, aber …«

»Nehmen Sie das Buch, schauen Sie es sich an, und wir sprechen ein andermal darüber, wenn Sie noch Fragen haben. Entschuldigen Sie mich bitte, ich muss in den Laden. Sie haben doch gehört, dass Kundschaft gekommen ist. Guten Tag, Signor Agnelli.« Mit diesen Worten entschwebte sie mit hochrotem Kopf seiner Nähe und in den Verkaufsraum. Dabei fühlte sie sich ein wenig wie auf der Flucht.

11

Obwohl Julie nicht die geringste Neigung zu verspüren schien, Francescos Besuche an ihrem Krankenlager länger als ein paar Minuten zu ertragen, reiste er zu aller Überraschung nicht ab. Er mietete sich bis auf Weiteres in einem der besseren Gasthäuser ein und wollte wohl tatsächlich erst abreisen, wenn er seine Frau und sein Kind mit nach Lugano nehmen konnte. Insgesamt hielt er zwei Wochen in Como aus, in denen er sich endlose Mühe gab, Julie aufzuheitern und umzustimmen. Es waren die ersten vierzehn Tage, die er mit seiner Tochter verbrachte, wobei er bei jedem Blick in die Wiege eine kleine Veränderung wahrnahm, die sein Herz berührte. In dieser Zeit versuchte er, Julie näher zu kommen, aber – auch wenn er es nicht gleich bemerkte – er entfernte sich in derselben Geschwindigkeit von ihr, in der er sich in Olimpia verliebte.

Zwangsläufig verbrachte er viel Zeit mit Lucia und Emilia. Da er das Abendessen bei ihrer Gastgeberin einnahm, anfangs noch in der Hoffnung, Julie würde sich zu ihnen gesellen, was sie jedoch stets aufs Neue ablehnte – da er also mit seiner Schwester und Emilia dinierte, ergaben sich lange Gespräche zwischen ihm und den beiden jungen Frauen. Lucia wollte alles über seinen Aufenthalt in der alten Eidgenossenschaft wissen, und er berichtete von den Unruhen, die das Land seit dem Einmarsch und der Besetzung durch französische Truppen spalteten: Mehrmals hatte der Status der Vogteien gewechselt, vom Vielvölkerstaat zur zentralistischen Republik, Letztere würde jedoch wohl von Dauer sein.

»Geht es den Schweizern denn nun besser, nachdem sie eine Helvetische Republik geworden sind?«, erkundigte sich Emilia, während sie Francesco die Platte mit dem Vitello tonnato reichte. Es war Sonntag, und sie hatte mit Kalbfleisch in Thunfischsoße eine etwas kostspieligere Mahlzeit anrichten lassen.

Ihr politisches Interesse überraschte und erfreute ihn gleichermaßen. Deshalb antwortete er geduldig: »Mit Sicherheit kann man das nicht sagen, die Meinungen sind zwiegespalten. Die einen feiern die Franzosen als Befreier, die anderen als Ausbeuter: Ich habe eine Karikatur gesehen, auf der die Bevölkerung von Zürich um den Freiheitsbaum tanzt, während französische Soldaten den Staatsschatz fortschaffen. Das trifft vermutlich den Kern der Angelegenheit.«

»Na, und?«, warf Lucia lebhaft ein. »Die Eidgenossen haben das italienischsprachige Untertanengebiet ausgepresst wie eine Orange. Jetzt sind die Familien der Vögte daran, zu bezahlen. Das ist nur gerecht.«

»Niemand wird tatenlos zusehen, wenn ungeheuerliche Summen an Kriegssteuern verlangt werden und die Bevölkerung ausblutet. Das schafft Unfrieden, Lucia«, widersprach ihr Bruder. »Es ist eines, eine Revolution herbeizuführen und mit dem eroberten Geld den Armen und Unterdrückten im eigenen Lande helfen zu wollen. Aber Millionen an einen Staat abzuführen, von dem man besetzt ist, sorgt für eine andere Stimmung.«

Emilia gab ihm ungern recht, und sie wäre lieber für die

Freundin in die Bresche gesprungen, dennoch erwiderte sie: »Ach, Lucia, der Lohn der Republik wurde auch hierzulande teuer erkauft. Die Erfahrungen zeigen, dass es immer Sieger und Besiegte gibt, auch wenn alles unter der Fahne von Freiheit, Gleichheit und Brüderlichkeit geschieht.«

»Der Zweck heiligt die Mittel«, konterte Lucia. »Das Ergebnis zählt, nicht der Weg dorthin.«

»So hätte ich früher auch gesprochen«, Emilia war völlig arglos und bemerkte nicht, dass sich Francescos Augenbrauen erstaunt hoben, »aber inzwischen wurde ich eines Besseren belehrt. Nehmen Sie nur den Seidenhandel – der ist kein gutes Geschäft mehr, seit die Ausfuhr verboten wurde und die Steuern steigen.«

Francesco sah sie aufmerksam an. »Erzählen Sie, Signora Bossi, ich wüsste gerne mehr darüber.«

Überrascht von seinem Wunsch und auch ein wenig von Eitelkeit getrieben, begann Emilia ausführlich von ihren Kümmernissen zu berichten. Sie schilderte einen florierenden Laden für Seidenwaren, der durch die politischen Verhältnisse plötzlich vor dem Ruin stand. Als sie darüber hinaus gewisse Herren erwähnte, die sie mit unsittlichen Anträgen belästigten, um ihr die eine oder andere Verbindlichkeit zu erlassen, glaubte sie, ein Aufflackern in Francescos Augen zu erkennen und ein kleines Zwinkern, aber diese Beobachtung tat sie rasch als Irrtum ab. So ein Verhalten wäre anzüglich – und das traute sie ihm denn doch nicht zu. Rasch redete sie weiter über die Sorgen aller Lombarden, wobei sie den allgemeinen Hang zur Schmuggelware außer Acht ließ.

Am nächsten Tag erschien Francesco wieder in ihrem Laden. Es war um die Mittagszeit, und Emilia war froh, beschäftigt zu sein und von ihm nicht dabei ertappt zu werden, wie sie am Fenster stand und sehnsüchtig nach jemandem Ausschau hielt, der etwas kaufen wollte. Aurelio blickte sie angesichts des vornehmen Herrn, den er wiedererkannte, fragend an, doch Emilia sagte rasch: »Lassen Sie nur, ich kümmere mich gleich um den Bürger … Ich bin sofort bei Ihnen, Signor Agnelli, bitte gedulden Sie sich einen Moment.« Dann wandte sie sich wieder ihren Kundinnen zu.

Es waren eine Dame in den mittleren Jahren und ihre Tochter, die sich verloben wollte und ein neues Kleid bekommen sollte. Das junge Mädchen hatte seit Francescos Eintreten jedoch nur noch Augen für den gut aussehenden Kavalier und nicht für die Stoffbahnen, die Emilia auf dem Tisch ausgerollt hatte. Ihre Mutter befühlte derweil einen elfenbeinweißen Musselin und mäkelte: »Diese Baumwolle ist mir ein wenig zu ordinär für die Robe meiner Tochter. Der Anlass ist schließlich nicht alltäglich. Anna Maria wird in eine einflussreiche französische Familie einheiraten, und da muss doch auf ein wenig mehr Stil geachtet werden.«

»Ich kann Ihnen versichern, Cittadina, dass besonders vornehme Damen aus Frankreich ihre Garderobe aus Baumwollmusselin schneidern lassen«, erklärte Emilia. »Wir haben aber auch Seidenmusselin auf Lager, wenn Sie einen besonderen Stoff suchen … Piero«, ungeduldig schnippte sie mit den Fingern, »bewegen Sie sich und bringen Sie, wonach die Bürgerin verlangt!«

»Seidenmusselin?«, wiederholte die Kundin mit hochgezogenen Augenbrauen. »Ist das nicht sehr teuer?«

»Gewiss, gewiss«, mischte sich Francesco ein, der bisher auf seinen Spazierstock gestützt an der Tür gewartet und die Szene beobachtet hatte. Er trat neben die Mutter – bewusst nicht zu der jungen Braut, die ihn mit offenem Mund anhimmelte – und schenkte der Älteren ein unwiderstehliches Lächeln. »Aber welche Rolle spielt schon Geld, wenn es darum geht, die Schönheit Ihrer Tochter zu unterstreichen? Zweifellos hat sie das gute Aussehen von Ihnen geerbt, Signora, das sieht man auf den ersten Blick. Zu dieser Perfektion passt nur ein kostbarer Stoff, das ist keine Frage, wenn ich mir diese Bemerkung erlauben darf.«

»Oh! Wie freundlich!«, rief die Kundin mit flatternden Lidern errötend aus. »Dann also Seidenmusselin.«

»Jawohl, Mamma«, wisperte ihre Tochter, die bei Francescos Worten ebenfalls puterrot angelaufen war.

Aurelio starrte Francesco mit einer Mischung aus Missbilligung, Verwirrung und Bewunderung an. Seine Finger spielten mit den cremefarbenen Seidenbändern, die er zuvor aus der dafür bestimmten Schachtel genommen hatte, um sie der Kundin zu zeigen. Er wusste nicht recht, wie er sich verhalten sollte und sah zu Emilia. Auch sie schwankte: Machte sich Francesco lustig über die Dame? Wollte er ihr ein Geschäft verderben? Oder war das Gegenteil der Fall?

»Seidenmusselin ist die beste Wahl«, fuhr Francesco eilfertig und ohne die Händlerin oder ihren Gehilfen zu beachten fort. »General Bonaparte stattete seine Schwestern damit aus, als diese im Sommer vorigen Jahres heirateten. Ich bin überzeugt, Ihre Tochter wird einen ebenso guten Eindruck hinterlassen wie Pauline und Elisa Bonaparte bei ihrer Trauung … Nein, das ist ein Irrtum. Verzeihen Sie. Natürlich wird Ihre Tochter die beiden bei Weitem mit ihrer Schönheit übertrumpfen …«

Der Lehrling unterbrach diese Schmeichelei, indem er vorsichtig zwei Rollen mit Seidenmusselin auf den Tisch legte, der eine Stoff war schneeweiß, der andere in einem Cremeton. Aurelio versäumte nicht, die verschmähten Waren aus Baumwolle ordentlich zur Seite zu räumen, damit Platz für die Darbietung des wesentlich teureren Materials geschaffen wurde. Die beiden Kundinnen taten so, als beobachteten sie die beiden Angestellten, während ihre Blicke heimlich immer wieder zu dem vornehmen Herrn wanderten, der sie so vortrefflich in ihrer Wahl bestärkte.

Schließlich rollte Emilia die feine Seide aus, und Mutter und Tochter waren gezwungen, ihre Köpfe darüber zu senken. So bemerkten sie nicht, wie die Padronessa und ihr Berater einen verschwörerischen Blick tauschten.

Eine halbe Stunde und einige honigsüße Sätze später, schlug Aurelio mehrere Ellen des teuren Stoffes in Papier ein und überreichte ihn der Dame, die mit einem Bankscheck bezahlte, den Emilia lieber in die Kasse legte als das französische Papiergeld, dessen Wert ständig wechselte. Während Piero die überzähligen Ballen in das Lager zurückbrachte und Aurelio die Kundinnen vor die Tür begleitete, streckte Emilia ihrem unverhofften Gehilfen die Hand entgegen.

»Ich brauche wohl nicht zu sagen, dass Sie mir zu einem ausgesprochen guten Geschäft verholfen haben. Vielen Dank.«

Es war ein Fehler, zuzulassen, dass er sie berührte. Sie hatte vergessen, wie aufwühlend der Druck seiner Finger war. Diesmal beließ er es nicht dabei, sondern zog ihre Rechte an seine Lippen. Emilia presste den Mund zusammen.

»Die Gelegenheit war günstig, mein Talent als Verkäufer auszuprobieren. Aber es ist nicht mein Verdienst, dass Ihre Kundinnen gut bedient wurden. Wie ich schon einmal sagte, Sie verfügen über ein exzellentes Warenangebot.«

»Die Bürgerin hätte niemals den teuersten Seidenmusselin erworben, wenn Sie ihr nicht zugeredet hätten«, widersprach sie und entzog ihm ihre Finger. Verlegen verschränkte sie die Hände im Rücken. »Es war ein guter Einfall, von der Doppelhochzeit in der Familie Bonaparte zu sprechen. Woher wussten Sie, dass die Schwestern des Generals in dieses Material gehüllt waren?«

Seine Augenbrauen hoben sich verwundert, aber er schwieg.

Emilia fiel nicht auf, *wie* erstaunt er war. Um ihre eigene Unsicherheit zu überbrücken, plapperte sie, wie es ihr gerade in den Sinn kam: »Wie dumm von mir! Sie waren häufig zu Gast im Salon von Madame Bonaparte, nicht wahr? Verzeihen Sie, ich bin so vergesslich neuerdings. Lucia hatte mir davon berichtet, aber das ist ...« ... *So lange her*, hatte sie sagen wollen, doch sie unterbrach sich zeitig genug, um den Fehler zu korrigieren: Lucia hatte nicht Serena von Francescos gesellschaftlichen Verbindungen erzählt, sondern Emilia damals in Wien. Das spielte zwar jetzt eigentlich keine Rolle, aber es erschien Emilia sicherer, nicht von einer Vergangenheit zu sprechen, die ihrem Wortlaut nach länger zurücklag als einen Monat.

Sie schluckte den Kloß, der sich plötzlich in ihrem Hals staute, herunter. »Es war ein gutes Geschäft, wissen Sie. Wir haben damals tatsächlich Seidenmusselin in die Villa Crivelli geliefert. Nun ja, das ist lange her und der General und seine Familie weilen längst wieder in Frankreich. Der Glanz ihres Aufenthaltes ist dahin«, fügte sie hinzu und Bitterkeit bemächtigte sich ihrer, »und damit auch die Gelegenheiten, gutes Geld zu verdienen.«

»Die Hauptsache ist, Ihre Kundinnen sind zufrieden, einerlei, ob es sich um eine Dame aus dem Bürgertum oder Madame Bonaparte handelt. Die Erinnerung an Mombello leistete geeignete Überzeugungsarbeit, mehr nicht. Ich vertrete durchaus Ihre Ansicht, dass«, er sah sie nachdenklich an, »bestimmte Begegnungen besser vergessen werden sollten.«

»Jemanden vergessen wollen, heißt: An ihn zu denken«, zitierte Emilia unbedarft.

»Damit haben Sie durchaus recht«, stimmte Francesco ernst zu.

»Oh, das ist nicht von mir. Es ist ein Satz von Jean de La Bruyère, ein französischer Schriftsteller und Moralist des vorigen Jahrhunderts. Er besaß eine ausgeprägte Beobachtungsgabe und beschrieb sehr amüsant die Schwächen und Manien von Adligen und Bürgern seiner Zeit. Es waren verschlüsselte Texte, verstehen Sie?« Es war nur eine rhetorische Frage und sie sprach weiter, weil sein eindringlicher Blick sie davon abhielt, zu schweigen. Wenn sie den Mund hielt, befürchtete sie, seinen in ihrem Gesicht forschenden Augen zu begegnen. Sie begann, imaginäre Fussel vom Ladentisch aufzuklauben. »In Paris sollen zu La Bryères Zeit Erklärungen im Umlauf gewesen sein, die in bestimmten Porträts seines Buches die Darstellung realer Persönlichkeiten sahen und diese namentlich aufdeckten. Ironie und Spott waren sein Erfolg. Und ihm ist nichts geschehen, weil er unter dem Schutz des Prinzen von Condé stand.«

»Woher wissen Sie das alles?«

Sie zuckte mit den Achseln. »Ich habe viel gelesen. Bücher waren immer schon mein Lebensinhalt … Meiner … ähm … und Emilias, natürlich. Meine verstorbene Schwester war mir eine Lehrerin«, fügte sie hinzu, da er sie in einer Art ansah, die absolute Verständnislosigkeit ausdrückte.

*

Nach dieser Begegnung begann Francesco, die Gespräche mit Emilia, die er für Serena hielt, zu vertiefen. Anfangs war es für ihn ein Spiel, eine Art Prüfung. Er legte große Aufmerksamkeit auf die sich entwickelnden Diskussionen mit ihr, und Emilia wunderte sich, dass er so viel Zeit mit ihr verbrachte. Ihr kam es seltsam vor, aber er weckte eine Seite in ihr, die sie seit ihrer Jungmädchenzeit tief verborgen unter ihren geschliffenen Umgangsformen und ihrer natürlichen, sanften Bescheidenheit geglaubt hatte: Sie verteidigte leidenschaftlich ihre Meinung, verstieg sich in kühne Thesen über Politik oder Poesie und Prosa, forderte seinen Widerspruch absichtlich heraus und versuchte mit wachsender Eitelkeit, ihn mit ihrer Bildung zu beeindrucken. Emilia befürchtete, dass er in ihr ein Opfer sah, an dem er seine Überheblichkeit ausleben konnte – deshalb bot sie ihm Paroli, wann immer dies unter dem Mantel angemessener Höflichkeit möglich war. Sie konnte natürlich nicht ahnen, dass Francesco immer tiefer in seiner eigenen Unsicherheit versank und sich die dubiosesten Antworten zurechtlegte, die ihr verändertes Verhalten erklären sollten. Auf jeden Fall war er dankbar für ihre Charakterfestigkeit, die ihr jede Bemerkung über die gemeinsam verbrachte Nacht offenbar verbat – doch auch ihre Diskretion reizte ihn. Und mit der Zeit begann es ihm Spaß zu bereiten, sich kontrovers mit ihr auszutauschen.

Wenn er sich in ihrer Wohnung befand, um seine Familie zu besuchen oder mit ihr und Lucia zu speisen, waren stets andere Personen anwesend, desgleichen in der Seidenhandlung. Emilia war froh darum, denn es wäre ihr unangenehm gewesen, alleine mit Francesco zu sein. Seine häufigen heimlichen Blicke waren ihr ebenso wenig entgangen wie die gelegentlichen spitzen Bemerkungen, die sie einmal beinahe zu der trotzigen Bemerkung verleitet hätten: »Ich bin eine anständige Frau!« Da er seine Anzüglichkeiten jedoch geschickt verbarg, biss sie sich auf die Zunge und schwieg, um nicht ein Gespräch herauszufordern, dem sie sich nicht gewachsen fühlte. Sicherlich verstand sich Francesco Agnelli eher auf die geheimnisvollen Worte, mit denen Frauen umschmeichelt wurden. Emilia hatte weit weniger Erfahrung mit Herren, die sie verspotteten, aus Langeweile mit ihr tändelten oder – wenn sie an Albert von Podlanski dachte – sie verführen wollten. Letzteres schloss sie zwar aus, aber dass Francesco in Como weitgehend zur Untätigkeit verdammt war, wusste sie, und dass er deshalb auf alberne Gedanken kommen könnte, traute sie ihm durchaus zu.

»Das Nichtstun muss schrecklich für Francesco sein«, meinte seine Schwester eines Abends wie als Echo auf Emilias Gedanken, nachdem er die Wohnung verlassen hatte, um in seinem Gasthaus zu übernachten. Da die Amme zu Olimpia geeilt war, die lauthals nach ihrer Mahlzeit schrie, griff Lucia beherzt zu und stellte die benutzten Gläser und Teller auf ein Tablett, das Emilia hielt. »Normalerweise arbeitet er fast jeden Tag und zu jeder Stunde. Ich habe ihn noch nie so saumselig erlebt.«

»Signor Agnelli wirkt recht aufgeräumt. Der Müßiggang scheint ihm zu bekommen.«

»Auch ich habe Francescos gute Laune bemerkt und finde sie recht verwunderlich. Ich würde es ihm jedenfalls nicht verübeln, wenn er sich grämte. Julie behandelt ihn schlecht, sie ist herzlos und undankbar. Ich frage mich, wieso er sich ihren Launen aussetzt, anstatt seiner Wege zu gehen.«

»Vielleicht liebt er sie«, erwog Emilia. »In jedem Falle aber liebt er sein Kind, das ist unübersehbar.«

»Er hätte das Recht, Olimpia nebst Signora Bruni in eine Kutsche zu verfrachten und nach Lugano zu bringen, gleichgültig, ob Julie einen weiteren Nervenzusammenbruch erleiden würde oder nicht. Immerhin möchte auch unsere Mutter endlich ihre Enkelin kennenlernen …«

Emilia erbleichte. Ihre Hände begannen zu zittern, und die Gläser klirrten leise, als sie sich bewusst wurde, dass sie an diese Möglichkeit noch gar nicht gedacht hatte und nicht nur Julie und Lucia ihr die Kleine würden entreißen können, sondern der Vater höchstselbst.

»Aber nein, anstatt das Naheliegendste zu tun, zeigt Francesco eine Geduld mit seiner Frau, die mir inzwischen fast ein wenig albern vorkommt«, fuhr Lucia fort. »Er möchte Julie unbedingt mit allen Mitteln aufheitern. Heute fragte er mich, ob sich wohl ein Klavier auftreiben ließe und es Ihnen recht wäre, das Instrument in Ihr Wohnzimmer zu stellen. Melodien gegen Melancholie. Ist das nicht ein wenig gewagt?«

»Das kommt auf die Musik an«, entgegnete Emilia, die Francescos Einfall für gar nicht so verrückt hielt. Ihr fielen die Konzertabende ein, die von der Gräfin Cziffra veranstaltet worden waren und ihr viel Freude bereitet hatten. Der Pianist, ein Geiger und ein Cellist hatten Emilia grundsätzlich verzaubert. Es war zwar nicht anzunehmen, dass Francesco gleich ein kleines Orchester engagieren würde, aber wenn sie es recht bedachte, fehlten dieser Wohnung ein paar schwungvolle Töne. Es wäre sicher nett, mit den Agnellis zu musizieren. »Können Sie Klavier spielen, Lucia?«

»Ja, aber ich weigere mich, auch nur eine Taste für Julie anzuschlagen. Wirklich, man kann Fürsorge auch übertreiben … Geben Sie her, ich nehme das Tablett. Sie könnten die Platten und Schüsseln in die Küche bringen, wenn es Ihnen recht ist.«

Damit schien das Thema für Lucia abgeschlossen, doch Emilia erwärmte sich für Francescos Einfall. Während sie das Aufsatzgeschirr abräumte und sich ebenfalls auf den Weg in die Küche machte, überlegte sie, ob das Klavichord noch funktionierte, das einst ihrer Mutter gehört hatte. Serena hatte das Instrument auf den Dachboden befördern lassen, wo Emilia es gefunden hatte, als sie mit den Umräumarbeiten in ihrer Wohnung beschäftigt gewesen war. Sie wunderte sich, dass ihre Schwester das Piano nicht verkauft hatte, denn Serenas Herz hing nicht daran – die Klavierstunden waren für sie ein Graus gewesen, während Emilia wachsendes Vergnügen daran gefunden hatte. In die Musik war sie ebenso wie in die Lektüre eingetaucht, hatte sie als Untermalung für ihre Phantasiewelt benutzt. Später hatte ihre Liebe zu Büchern überwogen, und aus praktischen Überlegungen hatte sie das Musizieren aufgeben müssen. Ob es ihr noch gelänge, eine Sonate fehlerfrei zu spielen?

Lucia setzte das Tablett mit dem schmutzigen Porzellan und den Gläsern neben dem Spültisch ab. »Dessen wird sich Carlotta morgen früh annehmen«, erklärte sie und stemmte nachdenklich die Hände in die Taille. »Oder wäre es sinnvoll, wenn wir zuvor alles mit Wasser übergössen und einweichen ließen?« Sie hob die Arme zum Zeichen ihrer Resignation. »Tut mir leid, ich habe nicht die geringste Ahnung von praktischen Tätigkeiten wie einem Abwasch.«

»Auf dem Dachboden steht das Klavichord unserer Mutter«, antwortete Emilia und ignorierte die Bestrebungen ihrer vornehmen Freundin, der Haushälterin zur Hand zu gehen. »Wir könnten es herunterholen und stimmen lassen. Vielleicht genügt es den Ansprüchen Ihres Bruders.«

»Ach, du meine Güte«, entfuhr es Lucia. »Sie wollen ihm tatsächlich die Freude machen, Julie eine Freude … ach, Sie wissen schon. Ich bin ganz konfus. Ob ein Nervenleiden ansteckend ist? Manchmal denke ich, wir werden noch alle verrückt.«

»Hausmusik gehört zu den üblichen Gepflogenheiten in bürgerlichen Familien«, bemerkte Emilia und stellte die Schüsseln und Platten in die Wanne und hob die Wasserkanne auf, um das auf dem Porzellan haftende Fett abzuspülen. »Wieso erscheint es Ihnen ungewöhnlich, wenn wir uns daran erfreuten? Ich meine, die Melodien werden nicht nur zum Vergnügen Ihrer Schwägerin gespielt werden, sondern auch zu unserem.«

»In Ihrem Wohnzimmer ist kaum mehr Platz für eine Maus.«

»Ach was. Wenn wir die Möbel noch ein wenig zusammenrücken, geht es schon«, Emilia lächelte. »Allerdings wird es Ihrem Bruder nicht möglich sein, Signora Agnelli zum Tanzen aufzufordern. Dafür fehlt dann tatsächlich der Raum.«

Lucia entsann sich Julies Gestöhne über Emilias wunderschönen Gesang. »Ich gehe jede Wette ein, dass es keinen Ton gibt, der sie aus dem Bett bringt«, murrte sie. »Es bedarf schon Kanonenschüssen um Julie auf die Beine zu holen.«

Dennoch fügte sie sich und marschierte mit Emilia und ihrem Bruder sowie den beiden kräftigen Männern, die Aurelio zum Tragen bestellt hatte, anderntags auf den Speicher. Es war nicht einfach, das Instrument in dem Sammelsurium aus Erinnerungsstücken, überflüssigen Einrichtungsgegenständen, Bücherkisten und Koffern mit alter Garderobe in den Vordergrund zu befördern. Staub wirbelte auf und flimmerte in dem schwachen Licht, das durch die Dachluken hereinbrach. Die Luft war so stickig, dass ein Hustenanfall Lucia zwang, wieder in die Wohnung zurückzukehren.

Emilia hielt die Unbequemlichkeit weit besser aus. Sie wurde beflügelt von dem Gedanken, die alten Noten ihrer Mutter wiederzufinden, durch die sie das Klavierspiel erlernt hatte. Vor lauter Aufregung spürte sie weder, wie ihr Mund austrocknete und sich der Staub in ihre Lungen fraß, noch den Schmutz, der sich als Spinnweben in ihrem Haar verfing und mit grauen Spuren auf ihre Haut legte. Ihre Nägel rissen ein, als sie eine Kiste aufstemmen wollte, in der sie das Gesuchte vermutete, aber das hielt sie ebenso wenig wie die Flecken auf ihrem Kleid von ihrer Suche ab. Energisch rüttelte sie an dem Deckel, trat dagegen, bückte sich, zog …

Plötzlich stand Francesco neben ihr, den sie eigentlich bei den Arbeitern wähnte. »Warten Sie, ich helfe Ihnen …« Er ging neben ihr in die Hocke, und ein breites Grinsen glitt über sein Gesicht, als er auf gleicher Höhe mit ihr war und dadurch ihr Aussehen näher betrachten konnte. »Sie erinnern mich an eine dieser Fabelgestalten, die mit einem

Kranz aus Elfenhaar durch ein fantastisches Land schweben«, stellte er belustigt fest und begann, die klebrigen Fäden aus ihren Locken zu ziehen.

»Hat schon einmal jemand behauptet, ein Boden sei der rechte Ort für Sauberkeit?«

Er überging ihren leisen Vorwurf: »So eine Mansarde hat etwas Mystisches – und dazu gehören Staub, Spinnen und Fledermäuse. Als ich ein kleiner Junge war, verkroch ich mich unter dem Dach unserer Villa, weil man von dort die beste Aussicht hat. Dann träumte ich von Reisen über die Berge und von einem fantastischen Leben dahinter, aber ich erschreckte mich jedes Mal fast zu Tode, wenn ich irgendwelche Tiere die Dachziegel anheben hörte. In Tessiner Häuser ziehen gerne Siebenschläfer ein, das sind eigentlich ganz possierliche Kerle, aber mich begleitete die Angst vor den Nagern bis in den Schlaf.«

Verblüfft sah sie ihn an. Sie versuchte in seinen Augen zu lesen, ob er sie auf den Arm nahm mit seiner Geschichte, aber er wirkte gut gelaunt, entspannt und aufrichtig. Seltsam, sie hatte sich Francesco nie als Kind vorgestellt. War er wissbegierig gewesen oder hatte er keine guten Leistungen erbracht? War er verspielt gewesen, ein guter Kamerad, ein artiger Junge oder eher aufmüpfig? Mit den Fragen, die ihr durch den Kopf zogen wie Bilder aus der Vergangenheit, erschien ihr Francesco in einem neuen Licht: Milde und Verletzlichkeit traten an die Stelle von Überheblichkeit und Sarkasmus. Sie wunderte sich, dass es dieser kleinen Episode bedurfte, um ihn als menschlicher zu empfinden. Immerhin hatte sie ihn mit seiner Tochter erlebt und bereits gerührt feststellen können, wie verwandelt er im Umgang mit Olimpia war.

»Ich wollte Sie nicht langweilen«, sagte er in ihr Schweigen. Er ließ von ihrem Haar ab, zog ein blütenweißes Taschentuch aus seinem von Staubspuren übersäten Rock und begann vorsichtig, den Schmutz aus ihrem Gesicht zu wischen.

Es war eine erstaunlich selbstverständliche, atemberaubend intime Geste – und Emilias Arm flog hoch, um seine Hand fortzuschieben. Da sie nicht unfreundlich sein wollte, rief sie munter aus: »Lassen Sie nur. Wenn es mir gelingen sollte, diese Kiste zu öffnen, werde ich vom Staub besudelt sein wie ein Bäcker, der mit Mehl bestäubt ist.«

»Wahrscheinlich«, stimmte er schmunzelnd zu und steckte sein Taschentuch nachlässig ein. »Warum sind Sie eigentlich so versessen darauf, ausgerechnet diesen Holzkasten zu öffnen? Er wirkt ziemlich stabil, und wie ich sehe, besitzt er ein verrostetes Eisenschloss. Könnten Sie sich nicht für ein anderes Stück entscheiden? Mir scheint, an Auswahl mangelt es hier nicht.«

Sie erwiderte sein Lächeln und bemerkte die vielen kleinen Fältchen, die sich um seine Lider vertieften und ihn ungemein anziehend aussehen ließen. »Ich vermute, dass sich hier die Noten unserer Mutter befinden.«

»Wissen Sie, dass Ihre Augen bei Ihren Worten glänzten? Kleine Sterne, die sich in einem Bergsee spiegeln. Sie müssen Ihre Mutter sehr geliebt haben.«

»Das können Sie bei der herrschenden Beleuchtung gar nicht erkennen«, widersprach sie atemlos. Ihr Herz schlug so schnell, dass sie befürchtete, ihr Brustkorb würde zerbersten. »Und … nein … ich habe meine Mutter gar nicht gekannt. Sie starb im Kindbett …«, zu ihrer eigenen Überraschung flossen plötzlich Sätze über ihre Lippen, die sie nie zuvor ausgesprochen hatte: »Durch ihre Musik und ihre Bücher habe ich Mamma ein wenig kennenlernen können. Es war die einzige Möglichkeit, ihr nahe zu …« Erschrocken schlug sie sich die Hand vor den Mund. Was dachte sie sich nur dabei, ihre Gefühle vor diesem fremden Mann auszubreiten?

Ohne ihr zu antworten, richtete sich Francesco auf und winkte einem der Arbeiter zu, die nach wie vor darüber verhandelten, ob sie erst den ganzen Speicher leerräumen und dann das Klavichord raustragen sollten oder ob es genügte, den ganzen Kram zur Seite zu stellen und sich einen Weg daran vorbei zu bahnen. »He, Giovanni, du bekommst eine Münze extra, wenn du ein Stemmeisen auftreibst und diese Kiste öffnest, ohne dass der Inhalt beschädigt wird. Es befinden sich wichtige Dokumente von Signora Bossi darin, die sie unversehrt zu erhalten wünscht.«

»Das ist sehr freundlich von Ihnen«, murmelte Emilia und ergriff Francescos dargebotene Hand, mit der er sie auf die Füße zog, »aber sein Sie bitte nicht enttäuscht, wenn mein Spiel nicht die Mühe wert war. Ich habe seit Jahren keine Klaviatur mehr angefasst. Es wird schrecklich klingen, was immer wir an Noten finden.«

Das tat es nicht, obwohl sich Emilia für ihre Premiere als Pianistin immerhin eine Suite von Georg Friedrich Händel und das sogenannte Italienische Konzert von Johann Sebastian Bach aus den Stapeln vergilbter, brüchiger, staubiger, teilweise sogar unleserlicher Notenblätter suchte.

Der Klavierstimmer hatte inzwischen ganze Arbeit geleistet und das Piano hergerichtet, das nun vor dem Fenster im Wohnzimmer stand. Seine zuweilen recht unmelodische Arbeit war von Julies Wutausbrüchen begleitet worden, da sie sich von den falschen Tönen gestört fühlte, die er anschlagen musste.

Sie ließ sich auch nicht besänftigen, als Francesco ihr erklärte, bei der geplanten Hausmusik handele es sich eigentlich um ein Geschenk für sie. »Was soll ich mit irgendwelchem Geklimper?«, begehrte sie zornig auf. »Andere Ehemänner schenken ihren Gattinnen Juwelen, Parfüm oder wenigstens Blumen … Sie aber denken an laienhafte Fingerübungen, anstatt mir eine wirkliche Freude zu bereiten.«

Seufzend hatte er sich daraufhin von dem Stuhl an ihrem Bett erhoben und war gegangen. Allerdings hatte er die Tür zum Schlafzimmer etwas lauter als sonst ins Schloss gezogen.

Emilia war dankbar, dass Julie nicht zu ihrer unmittelbaren Zuhörerschar gehörte, denn vor der Französin wäre ihr jeder Fehler unangenehmer gewesen als vor den anderen. Sie konnte nicht sagen, warum es ihr nicht peinlich war, Francescos Ohren zu malträtieren, aber seit ihrer privaten Konversation auf dem Dachboden verspürte sie ein seltsames Einvernehmen mit ihm – gerade so, als wäre nicht nur seine Schwester ihre Freundin, sondern auch er ein guter Kamerad. Sie ertappte sich sogar bei dem Gedanken, dass es schön wäre, ihn zum Freund zu haben. Im nächsten Moment schalt sie sich für die Blindheit, mit der sie ihm nach ein paar freundlichen Worten begegnete. Sie zwang sich zur Erinnerung an ihre erste unglückselige Begegnung in der Villa Agnelli und beschloss, sich von ihm keinen Sand in die Augen streuen zu lassen.

Als sie jedoch zum ersten Mal seit Jahren wieder am Klavichord ihrer Mutter saß, die Tasten anschlug und von dem Zauber der Melodie erfüllt wurde, traten diese Überlegungen in den Hintergrund. Sie musste sich konzentrieren, um sich an die Fingerübungen ihrer Klavierstunden zu erinnern, anfangs spielte sie etwas hölzern, doch schließlich mit einer Geschmeidigkeit, die sie sich selbst nicht zugetraut hatte. Es fiel ihr leicht, die alten Noten zu lesen und umzusetzen, und irgendwann bemerkte sie das Staunen, mit dem Lucia und Francesco lauschten. Stolz erfüllte sie, ihre Wangen begannen zu glühen, und ihre Augen leuchteten.

Nachdem sie geendet hatte, herrschte einen Moment lang Stille. Der Klang von Bachs Klavierübung schien noch von den Wänden nachzuhallen. Da rief Signora Bruni plötzlich von der Tür: »Bravo! Bravissimo!« und klatschte heftig Beifall.

Emilia sah über ihre Schulter erstaunt zu der Amme. Sie war erleichtert, dass der Bann auf diese Weise gebrochen wurde, denn aus irgendeinen Grund wollte sie ihre anderen Zuhörer nicht anschauen, besonders Francescos nachdenklichem Blick versuchte sie auszuweichen.

»Danke, Signora Bruni, aber Sie wecken noch das ganze Haus mit Ihrer Begeisterung.«

»Verzeihen Sie! Verzeihen Sie, ich habe es gewagt, hereinzukommen, weil ich hörte, wie wundervoll Sie spielen. Die kleine Olimpia schläft selig. Wissen Sie, kleine Kinder lieben Musik. Und Sie singen ihr doch auch immer so schön vor.« Mit einer tiefen, unterwürfigen Verbeugung empfahl sich die Amme und eilte hinaus.

»Dann wird sich meine Nichte in ihrem Elternhaus ziemlich umstellen müssen«, entfuhr es Lucia leise, aber mit unüberhörbarem, beißendem Spott. »Ihre Mutter singt nicht, ihre Mutter spielt nicht – und tut auch sonst nichts Sinnvolles. Armes Mädchen.«

»Ach, lass es doch gut sein«, seufzte Francesco. Er erhob sich und trat zu Emilia an das Instrument. Gedankenverloren blätterte er in den Noten, die auf dem Aufsatz des Klavichords lagen. »Ist denn gar nichts Schwungvolleres dabei?«

»Ich fürchte, mein Repertoire hat sich für einen Abend erschöpft«, erklärte Emilia. »Die Akkorde einer Tarantella traue ich mir noch nicht zu. Ich schwöre, ich breche mir bei dem schnellen Wechsel von Dur auf Moll jeden einzelnen Finger.«

Francesco schmunzelte. »Darum wäre es in der Tat sehr schade. Dann überlassen Sie mir das Piano. Wir wollen doch mal sehen, welche Lieder aus meiner Jugendzeit ich noch zu improvisieren in der Lage bin.«

»O je!«, rief Lucia lachend aus. »Verschone uns bitte, Francesco! Ich glaube nicht, dass Serena Tanzmusik hören möchte, die du in irgendwelchen Tavernen aufgeschnappt hast.« Ihre Stimme strafte ihre Worte Lügen, denn sie klang ganz nach einer Aufforderung.

»Ich würde Signor Agnelli sehr gerne lauschen«, widersprach Emilia und räumte ihren Platz für den Gast. Doch sie setzte sich nicht auf seinen Stuhl im Hintergrund, sondern blieb beim Piano und lehnte sich mit dem Rücken gegen das Fensterkreuz. Erwartungsvoll sah sie Francesco zu, wie der sich auf dem Klavierhocker niederließ, die Schöße seines Fracks ordentlich nach hinten schlug und dann in einer albernen, theatralischen Geste die Finger auf die Tastatur legte. Was für schöne Hände er hat, bemerkte Emilia staunend.

Und er war ein Virtuose. Baff vor Staunen stellte sie fest, dass an Francesco ein erstklassiger Musikant verloren gegangen war. Nicht nur, dass er dem Instrument atemberaubende Tonfolgen entlocken konnte, er tat es überdies mit der lächerlichen Dramatik eines hervorragenden Komödianten. Er brachte seine Zuhörerinnen zum Lachen, er unterhielt sie so gut, dass Emilia, die noch nie gerne getanzt hatte, mit den Füßen wippte und wünschte, die Einrichtung würde es ihr erlauben, sich mit den Hüften schwingend durch das Wohnzimmer zu drehen. Irgendwann hielt es Lucia nicht mehr auf ihrem Platz, und sie sprang auf, um den Text zu dem neapolitanischen Volkslied zu singen, das Francesco gerade angestimmt hatte. Einen Takt später wurde daraus ein Duett von Bruder und Schwester.

»Was bilden Sie sich eigentlich ein?«, kreischte eine Frauenstimme.

Emilia hob den Kopf und starrte verdutzt auf die Tür. Sie hatte nicht bemerkt, dass diese geöffnet worden war. Wie ein Geist stand Julie darin mit ihren vom Liegen zerzausten Haaren und in dem schlichten, weißen Hemd. Sie war bleich, ihre Augen sprühten Funken, ihre Miene war eine Fratze.

Das Lächeln gefror auf Emilias Lippen.

Ein disharmonischer Ton, und Francescos Hände rutschten von der Klaviatur in seinen Schoß. Im Sitzen drehte er sich zur Tür um.

Lucias Stimme erstarb einen Herzschlag später, ihr letzter Laut klang einsam ohne den Bariton des Bruders.

»Also, wirklich«, fauchte Julie, »was denken Sie sich? Sie machen sich hier einen lustigen Abend und lassen mich in meinem Bett schmoren. Das ist rücksichtslos und gemein. Sie hätten mich dazubitten sollen.«

Schweigen war die Antwort.

Mit einiger Verzögerung stand Francesco schließlich auf. »Ich hatte Ihnen gesagt, dass wir ein wenig musizieren wollten«, erinnerte er, während er langsam auf sie zu schritt.

»Sie haben mir nicht gesagt, dass Sie Tanzmusik spielen und dazu singen wollten. Nun ja«, Julie schniefte und versuchte die Tränen herunterzuschlucken, die aus ihren Augen quollen und ihren Leib schüttelten, »ich bin daran gewöhnt, von Ihnen schlecht behandelt zu werden. Aber dass Sie mir Ihre Missachtung auch noch in diesen Räumen aufbürden, in denen ich Ruhe und Frieden fand … das ist zu viel. Das ist eindeutig zu viel.« Ihre letzten Worte gingen in ihrem Schluchzen unter.

Francesco nahm seine Frau in die Arme. Er presste ihren zitternden Körper an sich. »Grämen Sie sich nicht, ich werde Sie für das verlorene Vergnügen entschädigen«, versprach er.

Lucia stieß ein empörtes Schnaufen aus.

12

Da Lucia einige persönliche Dinge wie Seife und Parfüm einkaufen wollte, begleitete Emilia sie zum Markt. Den Korb am Arm, genoss es Emilia, mit ihrer Freundin an den Ständen vorbeizuschlendern. Es duftete nach allerlei Köstlichkeiten – nach Frühlingsblumen etwa und aromatischen, getrockneten Kräutern wie Lavendel oder Rosmarin –, und das Angebot von frischem Obst und Gemüse war von einer Farbenpracht, die ein Fest für jedes Auge war. Glücklicherweise war es ein schöner, sonniger Apriltag, und der Einkaufsbummel entwickelte sich mehr und mehr zu einem großen Vergnügen. Hier und da blieben die beiden jungen Frauen stehen, unterhielten sich mit einem Händler, kosteten die Waren und erwogen den Erwerb oder lehnten diesen ab. Emilia grüßte Kunden und erwiderte das freundliche Buon giorno von Fremden, die sie für Serenas Bekannte hielt. Sie tuschelte mit Lucia, lachte mit ihr über den Jongleur, der nicht nur die Kinder erfreute und absichtlich immer wieder einen Ball verlor.

»Schauen Sie nur!«, rief Lucia aus. »Da ist ja Francesco.«

Emilia hob ihre Nase aus einem Keramikgefäß mit einer Salbe, die wundervoll duftete und gegen jede Art von Hautproblemen hilfreich sein sollte, wie der Verkäufer eilfertig behauptete. Über die Verstrebungen und im Wind leicht klappernden Planen des Marktstandes erblickte sie Lucias Bruder, der mit eiligen Schritten über die Piazza hastete. Offenbar war er in Gedanken versunken, denn er übersah eine kräftige Bäuerin, die einen Lastkarren mit Fässern voll Olivenöl des Wegs schob, stolperte und rempelte gegen einen französischen Wachmann. Mit einem Schwall bretonischer Schimpfwörter im Rücken lief Francesco regungslos und mit verschlossener Miene weiter.

»Signor Agnelli macht mir nicht den Eindruck, als wäre

es ihm recht, wenn Sie ihn ansprächen«, bemerkte Emilia. »Er sieht aus, als wäre ihm eine Laus über die Leber gelaufen.«

»Das wohl nicht. Wahrscheinlicher ist, dass es Julie war, die ihn aufgeregt hat«, gab Lucia trocken zurück. »Umso mehr braucht er aufheiternde Gesellschaft. Kommen Sie, wir gehen ihm nach.«

Bevor sich's Emilia versah, stürzte Lucia auf ihren Bruder zu, und ihr blieb nichts anderes übrig, als ihrer Freundin im Laufschritt zu folgen. Francesco hatte derweil die Uferpromenade erreicht und sich auf einer Steinbrüstung niedergelassen. Er blickte gedankenverloren über den See, und Emilia war überzeugt davon, dass er weder das im Sonnenlicht funkelnde Wasser noch Boote, Möwen und Enten wirklich sah. Seine Aufmerksamkeit schien sich auf irgendeinen Punkt zu richten, den nur er wahrnehmen konnte.

»*Salve*, Francesco!«

Als Lucia ihn ansprach, zuckte er zusammen und wandte verstört den Kopf. Angesichts der einen Dame, die bereits bei ihm stand, und der zweiten, die ihm mit wehendem Rock entgegenrannte, erhob sich Francesco von seinem Platz. Emilia sah, dass er einen Brief in der Hand hielt. Schlechte Nachrichten aus Lugano?

Statt einer Begrüßung hauchte er Lucia einen Kuss auf die Wange.

»Was ist los, Francesco?«, erkundigte sie sich. »Du siehst aus ... wie nannte es Signora Bossi? Ja, du siehst aus, als sei dir eine Laus über die Leber gelaufen.«

Noch immer schweigend reichte er ihr das Schreiben.

»Wie nett«, stellte Lucia nach einem Blick darauf fest. »Du hast eine Loge im Teatro alla Scala gemietet, und das hier ist die Bestätigung aus Mailand. Ich kann daraus nichts erkennen, was deine schlechte Stimmung rechtfertigen würde.«

Emilia hatte die beiden erreicht. Es war ihr unangenehm, Zeuge eines persönlichen Gesprächs zwischen Bruder und Schwester zu werden. Dass es sich um eine private Angelegenheit handelte, war Francesco anzumerken – er war noch nie so aufgewühlt gewesen. Es wäre taktvoller, sich zurückzuziehen, dachte sie, doch sie konnte nicht einfach fortlaufen. Verlegen senkte Emilia den Blick.

»Julie …«, brach es aus Francesco heraus, danach schien ihm erst aufzufallen, dass sich Emilia zu ihm und Lucia gesellt hatte: »Oh, guten Tag, Signora Bossi, geht es Ihnen gut?«

»Lass die Formalien, Francesco. Was ist los mit Julie? Ist sie …?« In erschrockenem Schweigen brach Lucia ab.

Er schüttelte den Kopf. »Vermutlich geht es ihr blendend, nachdem sie mir eine Szene machen konnte. Ich wollte ihr eine Freude bereiten und habe eine Loge reserviert, ohne sie vorher um Erlaubnis zu bitten. Sie hatte mir oft gesagt, dass sie sich einen Theaterbesuch wünschte. Doch anscheinend hat sie es sich anders überlegt. Sie lehnt es ab, mit mir nach Mailand zu fahren.«

»Wenn es weiter nichts ist«, seufzte Lucia. »Also, wirklich, Francesco, du hättest wissen müssen, dass deine Frau nicht auf einen Taschenspielertrick hereinfällt. Hätte sie einmal den Hintern aus dem Bett gehoben, hättest du verlangt, dass sie selbigen nicht mehr in eine horizontale Lage bringt. So dumm ist deine Frau nicht.«

»Bitte, Lucia, werde nicht vulgär!«

»Pah!« Sie zuckte angewidert mit den Achseln und warf einen zweiten Blick auf den Brief. »Sieh an, ›Die Zauberflöte‹ von Wolfgang Amadeus Mozart wird zu Ehren des Friedens zwischen Frankreich und der verbündeten Cisalpinischen Republik mit Österreich gegeben. Julie verpasst sicher eine eindrucksvolle Aufführung. Es ist immerhin mal etwas anderes als die Opern von Ferdinando Paer oder

Simon Mayr, die andauernd in der Scala aufgeführt werden.«

Francesco trat nervös von einem Bein auf das andere. »Ich wäre dir dankbar, wenn du mich alleine ließest. Ich bin höchst verärgert, Lucia, und möchte mich sammeln … Verzeihen Sie, Signora Bossi, meine Eheprobleme gehen Sie überhaupt nichts an, und es ist Ihnen sicher nicht angenehm, in diese hineingezogen zu werden.«

»Serena steckt schon mittendrin«, behauptete Lucia trocken und wunderte sich, weil ihr Bruder erbleichte. Ungeachtet seiner Bitte rührte sie sich nicht von der Stelle und insistierte: »Es wäre eine unglaubliche Verschwendung, wenn du die Reservierung verfallen ließest. Das ist ein Frevel an der Kunst.«

»Und wenn schon. Ich werde sicher nicht alleine in einer Loge der Scala sitzen.«

»Sei nicht albern, Francesco, davon war nicht die Rede.«

»Willst du mich begleiten?«, blaffte er.

»Ich? Nein! Nicht in ›Die Zauberflöte‹. Mit diesem Stück verbinde ich eine Erinnerung an Wien, die ich gerne für mich behalten würde. Ich wäre keine unterhaltsame Begleitung.« Ihre Augen flogen zu Emilia, und prompt fragte sie: »Aber warum lädst du nicht Signora Bossi ein? Wir sind ihr zu großem Dank verpflichtet, und ein Theaterbesuch in Mailand wäre immerhin ein erster Schritt, sich erkenntlich zu zeigen.«

Emilia stockte der Atem. Um Himmels willen, dröhnte es in ihrem Kopf, bitte nicht. Sie wollte nicht mit Francesco Agnelli ausgehen – und schon gar nicht in ein Singspiel, das für sie zum Synonym der Zerstörung ihres Glücks geworden war. Es wäre ihr unmöglich, in einem anderen Opernhaus zu sitzen und nicht ständig an den Abend im Freihaustheater denken zu müssen.

»Machen Sie sich bitte keine Mühe, Signor Agnelli«,

beeilte sie sich, den Gedanken an seine Zusage rasch zu zerstreuen. »Ich bin kein Freund der Musik. Es würde mir ganz gewiss kein Vergnügen bereiten, der Vorstellung beizuwohnen, ich würde Sie sicher nur langweilen.«

Francesco sah sie lange und nachdenklich an. Schließlich glitt ein feines Lächeln über sein Gesicht. »Sie sind eine schlechte Lügnerin, Signora Bossi. Wer Händel und Bach so vollendet interpretieren kann wie Sie, ist durchaus ein Freund der Musik. Außerdem singen Sie meiner Tochter täglich mindestens eine Arie von Mozart vor. Sie sind wie dafür geschaffen, an meiner Seite ins Theater zu gehen.« Er verneigte sich in einer Art, die Emilia unter freiem Himmel gänzlich unpassend fand. Unwillkürlich überlegte sie, ob er sie veralberte oder sich seine Laune einfach nur gehoben hatte, weil der Zorn auf Julie verflogen war.

»Darf ich's wagen«, fragte Francesco, »und auf Ihre Begleitung hoffen?«

13

Das Teatro alla Scala war ein relativ neues, klassizistisches Gebäude, das anstelle des alten herzöglichen Opernhauses und der Kirche Santa Maria della Scala unweit des Mailänder Doms und des Palazzo Serbelloni errichtet worden war. Da der Bau des Theaters von Kaiserin Maria Theresia in Auftrag gegeben worden war, hatten zu Zeiten der österreichischen Besatzung vor allem Offiziere der Habsburger und lombardische Kollaborateure zum Publikum gehört. Dann hatte Joséphine Bonaparte einen anderen Glanz in die erlesen ausgestatteten Räume gebracht, und inzwischen gehörte es zum guten Ton nicht nur der italienischen Aristokratie, sich zu besonderen Aufführungen in der Scala sehen zu lassen. Eine Kolonne von Kutschen rollte daher anlässlich der Vorstellung der »Zauberflöte« an den Arkaden entlang, über denen die Fahne der Cisalpinischen Republik neben der Trikolore Frankreichs wehte, Roben aus feinsten Seidenstoffen wurden ins Foyer getragen, die Juwelen kostbarer Erbstücke – oder ihre täuschend echt wirkenden Imitate – glitzerten im Licht der Lüster. Wie das Rauschen des Meeres drangen die gedämpft geführten Unterhaltungen der Zuschauer auf die Straße.

Emilia hatte das Gefühl, durch all den Glanz erblinden zu müssen. An Francescos Arm trippelte sie in Serenas hochhackigen Pantoffeln durch die Menge, die dem Parkett und den Logen entgegenstrebte. Noch nie hatte sie eine solche Menge eleganter Garderobe und exquisiten Schmucks gesehen. Zugegebenermaßen war sie auch nie zuvor in der gesellschaftlichen Situation gewesen, in der sie sich als Francescos Begleitung befand. Die Aufführung der »Zauberflöte« im Freihaustheater war – wie alle für sie erreichbaren Vergnügungen in Wien – eine von vielen Vorstellungen gewesen, keine Premiere und gewiss kein Anlass für die Hautevolee, sich in Schale zu werfen. Das war heute anders, und Emilia war sich nicht ganz sicher, ob sie darüber lachen oder weinen sollte. Die Person, die Serenas Zwillingsschwester war, genoss mit staunenden Kinderaugen das Erlebnis – die Republikanerin verabscheute die Selbstdarstellung und Prachtentfaltung, wohl wissend, dass an der Straßenecke eine Bettlerin um ein wenig Brot für ihre Kinder bat, weil sie weniger Geld zum Leben zur Verfügung hatte, als eine einzige Theaterkarte kostete.

»Gefällt es Ihnen?«, erkundigte sich Francesco.

»Das weiß ich nicht. Die Musik hat ja noch nicht begonnen.«

Er sah sie von der Seite her an, beobachtete ihre nur schwer unterdrückte Aufregung, den Glanz in ihren Augen, den Ernst in ihrer Miene. Dann registrierte er, wie ihr blondes Haar im Kerzenlicht schimmerte, sie nervös ihre Lippen mit der Zunge benetzte. »Sie sehen wunderschön aus«, sagte er schließlich bewundernd.

»Oh!« Emilia konnte ein Erröten nicht verhindern. Verlegen sah sie an sich hinunter. Sie trug eines von Serenas besten Chemisierkleidern, es war aus weißem Crêpe de Chine und von den Schultern bis zu der hohen, unter den Busen gerutschten Taille mit unechten Perlen bestickt. Dazu hatte sie die Perlohrringe angelegt, die einst ihrer Mutter gehört hatten und von Serena für sich beansprucht worden waren. Ein weißes Seidenband schmückte ihr Haar. Als sie nach dem Ankleiden vor dem Spiegel gestanden hatte, war sie geneigt gewesen, das Band mit einem zusätzlichen Schmuck zu dekorieren, hatte sich dann aber dagegen entschieden. Weniger war oft mehr – und Francescos Blick bestätigte dies.

Dieser flog an ihr vorbei zu einer Gruppe älterer Herren, die schwarze Röcke trugen und reichlich mit Orden behängt waren. Mit einem erfreuten Lächeln verneigte sich Francesco vor den Fremden.

Ich langweile ihn, fuhr es Emilia durch den Kopf. Eine Frau, die sein Kompliment nur mit einem »oh« beantwortet, ist ermüdend. Sie öffnete den Mund, um irgendetwas Intelligentes vorzubringen, doch da trat einer der Herren aus seinem Kreis und auf Francesco zu.

»Guten Abend, Agnelli«, grüßte er mit einer leicht nasalen, säuselnden Stimme, als habe er ein Leiden an den Nasenschleimhäuten, vielleicht war er auch nur erkältet. »Ich wäre jede Wette eingegangen, Sie weilen in Genua und Toulon. Aber bei dieser charmanten Begleitung ist verständlich, dass man Sie in Mailand antrifft … Guten Abend, Signora … Bossi, nicht wahr?«

Emilia starrte ihn an. Woher kannte er Serena? »Schön, Sie wiederzusehen«, murmelte sie und neigte das Haupt.

»Wie geht es Ihnen, Graf Arconati?« Francesco lächelte den Herrn gewinnend an. »Ich hätte meinerseits schwören können, dass Sie sich eine Aufführung wie diese nicht entgehen lassen würden. Was sollte ich denn aber bitte in Genua oder Toulon?«

»Haben Sie es noch nicht gehört? An der Küste werden Vorbereitungen für eine Expedition unseres Freundes, General Bonaparte, getroffen. Mich wundert, dass ausgerechnet Sie noch nichts davon wissen.«

»Eine familiäre Angelegenheit hält mich seit bald zwei Wochen in Como fest.«

Der Graf maß Emilia mit einem neugierigen Blick. »Eine familiäre Angelegenheit ... soso ...«

Sie beeilte sich, richtigzustellen: »Signora Agnelli ist in Como niedergekommen. Sie ... sie befand sich gerade zu Besuch bei mir, als sich das Kind ankündigte.«

»Ah, ein Kind. Aha. Gratuliere, Agnelli, ist es ein Sohn?«

Emilia hätte ihn für diese Frage steinigen mögen. Ein Erstgeborener war der Traum eines jeden italienischen Mannes. Sie erinnerte sich, als Nonno und Papa beklagt hatten, dass Zwillingsschwestern ein schwerer Schicksalsschlag wären. »Warum kann nicht wenigstens eines von zwei Kindern ein Junge sein?«, hörte sie ihren Vater noch heute jammern.

»Nein, es ist ein Mädchen«, erwiderte Francesco regungslos.

»Na, dann klappt es sicher beim nächsten Mal mit dem Stammhalter ...«

»Mädchen sind als Kinder vorzuziehen«, warf Emilia ebenso kühn wie rasch ein. »Sie sind anschmiegsamer, fügsamer und gelehriger. Es ist ein Irrtum anzunehmen, Töchter lägen der Familie nur auf der Tasche. Und es gibt nirgendwo einen Beweis dafür, dass der Mann ein höher gestelltes Wesen ist. In der Natur tragen beide Geschlechter harmonisch dazu bei, ein göttliches Meisterwerk zu schaffen.«

Es war eine Gleichung von Olympe de Gouges, aber Emilia war sicher, dass keiner der Herren in ihrer Gesellschaft auch nur die geringste Ahnung davon hatte. Sie irrte, denn während der Graf sie mit offenem Mund und offensichtlich verärgert über den Affront anstarrte, schlichtete Francesco: »Es gab eine Frauenrechtlerin in Frankreich, die es meiner Schwester so angetan hat, dass sie zeitweise von niemand anderem spricht als dieser Person. Wie ich höre, Signora Bossi, sind Sie ebenso überzeugt von den *Erklärungen der Rechte der Frau und Bürgerin* wie Lucia.«

»Gewiss«, murmelte Emilia verlegen.

Sie war über ihren verbalen Ausbruch ebenso verblüfft wie Francesco und sein Bekannter. Mit ihrer Redseligkeit hatte sie mehr über ihre Nervosität hinwegzutäuschen versucht, als tatsächlich eine Bresche für erstgeborene Töchter schlagen wollen. Darüber hinaus hatten Wirbelstürme ihre Gefühlswelt erfasst, und diese brachten mehr durcheinander als ihr Benehmen. Am liebsten wäre sie im Boden versunken.

»Die Rechte der Frau – aha«, wiederholte Graf Arconati wenig überzeugt. Er verlor sich in seinen Überlegungen. Offensichtlich wusste er dem nichts hinzuzufügen, oder ihm fiel keine bessere Antwort ein.

Emilia verspürte den Wunsch, sich in Luft aufzulösen.

»Was tut General Bonaparte am Mittelmeer?«, brach Francesco das peinliche Schweigen. »Zuletzt hörte ich, er reise durch die Normandie, um einen Angriff gegen England vorzubereiten.«

Erleichtert, dem Austausch von Höflichkeitsfloskeln entronnen zu sein, wandte sich der Graf von Francescos Begleitung ab und wieder dem jüngeren Mann zu. »Anscheinend zieht es ihn nach Ägypten.«

»Tatsächlich? Was will er denn dort? Piratennester ausrotten?«

»Offiziell geht es natürlich darum, das ›Los der Menschen in Ägypten‹ zu verbessern. Die Wahrheit ist wohl, dass Bonaparte erkannt hat, wie schwer England über den Ärmelkanal einzunehmen ist. Um Frankreichs Feind zu treffen, käme noch ein Angriff gegen das Kurfürstentum Hannover in Frage, das Stammhaus des Königs, aber dieses ist ein guter Nachbar der Preußen und darf sich deshalb in Sicherheit wähnen. Also wendet sich der General gegen die britischen Handelswege und außereuropäischen Besitzungen. Das Direktorium soll ihn bereits mit allen Vollmachten ausgestattet haben.«

Emilia sah Francesco geradezu an, wie sein Geist aus dem Dämmerschlaf der Untätigkeit erwachte. Eine ihr unbekannte Energie strömte durch seinen Körper und bemächtigte sich seines Hirns. Jetzt ist er ganz bei seiner Zeitung, dachte sie nicht ohne Achtung vor dem Journalisten, der Informationen in Windeseile aufzunehmen und zu verarbeiten verstand. Ihr ging durch den Kopf, dass es schön wäre, einem so tatkräftigen Mann zur Seite stehen zu dürfen.

»Das sind kostspielige Pläne«, erwiderte er. »Woher hat Napoleon Bonaparte das Geld für einen Feldzug dieser Größenordnung? Ich dachte, Frankreich befände sich wieder einmal am Rande eines Staatsbankrotts.«

»O nein, mein Bester, Sie vergessen die Eidgenossen. Es müssen etliche Millionen in die Kriegskassen geflossen sein. Wie es aussieht, finanzieren die Schweizer den neuen Coup des Befreiers Italiens.«

Francesco strich sich nachdenklich über das Kinn, und Emilia hätte ihn am liebsten gefragt, ob er lieber nach Lugano reisen wolle, als den Abend in einem Theater zu verbringen, wo er wahrscheinlich nur grübeln und nicht zuhören würde. Von sich aus würde ein höflicher Mann niemals vorschlagen, das Beisammensein abzubrechen. Deshalb hätte ihm Emilia gerne zu verstehen gegeben, dass es ihr auch recht war, wenn er notwendigerweise seines Weges ging.

Ein livrierter Theaterdiener lief durch die Menge, eine kleine, silberne Glocke über seinen Kopf haltend, und läutete den Vorstellungsbeginn ein. Falls Francesco tatsächlich an Umkehr gedacht haben sollte, war es nun zu spät.

Der Graf verneigte sich formvollendet. »Ich muss zu meinen Begleitern zurück. Vielleicht sehen wir uns in der Pause. Signora Bossi, es war nett, Sie wiederzusehen. Viel Glück, Agnelli. Wie ich Sie kenne, werden Sie es nicht bei einer Plauderei über Napoleon Bonapartes Pläne belassen.« Mit einem verschmitzten Grinsen wandte er sich ab.

»Wir sollten unsere Plätze einnehmen«, sagte Francesco und nahm Emilias Arm.

»Signor Agnelli, darf ich Sie etwas fragen?«, hob sie leise an, während sie dem Strom der Theaterbesucher folgte. »Möchten Sie nach Lugano fahren?«

»Wie kommen Sie darauf? Ich fühle mich sehr wohl in Ihrer Gesellschaft.«

»Es könnte aber wichtig für Sie sein, jetzt in die Redaktion zu kommen. Offenbar werden gerade wichtige politische und militärische Entscheidungen getroffen, von denen Sie in Como wie abgeschnitten sind. Ich würde verstehen, wenn Sie die nächste Kutsche nach Norden nehmen wollten.«

Seine Augenbrauen hoben sich. »Sie sind sehr verständnisvoll, Signora Bossi. Aber seien Sie unbesorgt, mir ist ganz sicher nicht danach, von Ihrer Seite zu weichen … Sehen Sie, dort scheint es zu den Logen zu gehen. Ich wäre froh, wenn ich endlich diesem Gedränge entfliehen könnte. Das Problem bei Theaterbesuchen ist für mich stets die Enge.«

Vielleicht lag es am Wein, den Emilia vor der Abfahrt aus Como hastig getrunken hatte, weil sie eine Zeit lang der Mut zu verlassen drohte – aber kaum dass sie die Loge betrat und auf den Zuschauerraum blickte, erfasste sie eine ungeahnte Vorfreude, sie war wie berauscht. Nichts erinnerte sie an die Begebenheit damals im Freihaustheater. Das Theater und seine Zuschauer waren viel prunkvoller, die Stimmung entsprach dem Glanz des Hauses und seiner Besucher. Der Bühnenvorhang blähte sich, wahrscheinlich drängten sich die Darsteller dahinter, um durch ein Guckloch zu spähen. Gerade betraten die ersten Musiker den Orchestergraben, und die Gespräche ebbten langsam ab.

Als Emilia ihren Platz an der mit Samt bespannten Brüstung einnahm, befürchtete sie für einen Moment, aus ihrer Sorglosigkeit gerissen zu werden. Julie war ein Auftritt wie der von Alberts Frau durchaus zuzutrauen. Unwillkürlich schmunzelte Emilia bei dem Gedanken an Francescos Gemahlin.

Sie hatte nichts zu befürchten: Lucia würde notfalls tatkräftig dafür sorgen, dass Julie blieb, wo sie war. An eine Störung war diesmal nicht zu denken.

Es wurde ein unvergleichlicher Abend. Mit den großen Augen eines Kindes betrachtete Emilia das prächtige Bühnenbild, war erfüllt von der wundervollen Musik und verzaubert vom Libretto. Sie amüsierte sich über Papageno, litt mit Tamino und Pamina, klatschte bei den Wiederholungen mitten in den Szenen ebenso begeistert Beifall wie die Zuschauer im Parkett und wünschte sich ein drittes Dacapo, das es allerdings nicht gab.

Francesco erklärte ihr, dass Mozart vor der Befreiung Italiens durch General Bonaparte ein beliebter Komponist in Mailand gewesen war. Obwohl er die Stadt nie besucht hatte, stammte ein eigens für den Mailänder Karneval komponiertes Singspiel aus seiner Feder.

Ihr Begleiter bestellte Champagner und einen Imbiss in die Loge, er kam Emilia jedoch keinen Augenblick zu nahe. Und die Vorhänge blieben selbstverständlich gerafft. Das Vergnügen, das er ihr schenkte, war anderer und kostbarerer Art als das, was in der Dunkelheit anderer Balkonplätze geschah, wo gierige Hände Kleidersäume hochschoben und das leise Seufzen einer teuren Kurtisane von der Kraft der Musik übertönt wurde. Emilia gab sich zwar dem Traum hin, neben einem Verehrer zu sitzen, doch seine Zurückhaltung verstärkte sogar den Reiz ihrer Fantasie. Einmal spürte sie seinen Atem an ihrem Hals, weil er sich vorbeugte, um sie auf ein Detail im Bühnenbild aufmerksam zu machen, und auf ihrer Haut entstand ein Prickeln, das ihr Herz schneller schlagen ließ.

Am Ende standen Emilia Tränen in den Augen, als Fürst Sarastro sang: »Die Strahlen der Sonne vertreiben die Nacht, vernichten der Heuchler erschlichene Macht.«

Es war der Text, der sie in die Realität beförderte. Obwohl sie das Finale nicht kannte, fühlte sie sich plötzlich zurückversetzt in den April vorigen Jahres und ins Freihaustheater: Die Erinnerung an Albert von Podlanski, an Serena und deren gewaltsamen Tod zerstörten das Glücksgefühl. Da saß sie nun wieder neben einem verheirateten Mann – und war diesmal selbst die größere Betrügerin.

»Es siegte die Stärke und krönet zum Lohn – die Schönheit und Weisheit mit ewiger Kron...«, schmetterten die Sänger und Sängerinnen unter dem Jubel von Chor, Komparsen und ihrem begeisterten Publikum.

Unerwartet heftig tauchte in Emilia der Wunsch auf, sich einem Menschen anzuvertrauen. Die Sehnsucht nach Wahrheit begann in ihrem Herzen und stieg in ihren Kopf, erfasste ihre Seele und legte sich mit Druck auf ihre Brust. Sie befürchtete zu ersticken, wenn sie sich nicht offenbarte. Vielleicht war Francesco die falsche Person dafür, aber er war ein kluger Mann, und sie vertraute ihm in diesem Moment so sehr, dass sie ein Geständnis wagen wollte.

Heimlich drehte sie den Kopf zu ihm – und zuckte zurück, weil sich ihre Blicke begegneten. Sie hatte nicht damit gerechnet, dass er sie beobachtete.

»Sie weinen«, stellte er fest.

Emilia fuhr sich mit den Fingern über ihre nassen Wangen. Sie hatte gar nicht bemerkt, dass die Tränen in Sturzbächen aus ihren Augen quollen.

»Sehnsucht und Endlichkeit verbinden sich in Musik«, behauptete Francesco und zog sein Taschentuch hervor, mit dem er sanft die Spuren in ihrem Gesicht tilgte. Doch gleich darauf zögerte er, als erwarte er, fortgestoßen zu werden.

Emilia hatte jedoch nicht die Absicht, ihn abzuwehren. Sie rührte sich nicht, wagte nicht einmal, heftig zu atmen, obwohl ein Seufzer in ihrem Hals steckte.

Also machte er weiter und sinnierte dabei: »Schon Aristoteles sagte, dass Musik die höchste Lust gewährt. Es ist ein großes Glück, zu einem so starken Gefühl fähig zu sein. Ich beneide Sie darum.«

Der Wunsch, sich ihm zu offenbaren, wich dem Zauber einer anderen als der musikalischen Harmonie. Sie fühlte sich Francesco unbeschreiblich nahe. Ihre Blicke ertranken in seinen Augen, sein zärtliches Lächeln erhellte ihre Züge. Sie hätte gerne seine Hand berührt, aber aus Angst, er könnte sie missverstehen, unterließ sie es. Unfähig zu sprechen, schluckte sie.

»Nicht mehr weinen«, bat Francesco. »Niemand wird mir glauben, die Musik habe Sie zu Tränen gerührt und nicht meine Gegenwart.«

Der Beifall des Publikums trug Früchte, und auf der Bühne wurde unter den Bravorufen das Finale wiederholt. Emilia hörte kaum hin. Die Loge war zu einem Stern jenseits der Wirklichkeit geworden, vergleichbar mit dem Palast der Königin der Nacht auf der Bühne. Ihre eigene Szene war ebenso unwirklich und nicht weniger dramatisch.

Verzweifelt wünschte sie sich, dass er seinen Mund auf ihre Lippen pressen und seine Arme um sie legen würde. Warum war ihr in der Einsamkeit der vergangenen Monate nie aufgefallen, wie sehr sie sich nach Liebe sehnte? Sie war eine junge, vor Leben sprühende Frau, die Leidenschaft nicht nur aus Romanen kennenlernen wollte. Und Francesco besaß alle Attribute eines Mannes, der sich zum Liebhaber eben dieser Frau eignete …

Emilia riss sich zusammen.

»Sie haben recht«, gab sie stockend zu, »jedermann wird glauben, es sei etwas Schreckliches passiert, wenn ich die Loge derangiert verlasse. Darf ich das Taschentuch haben? Ich glaube, ich bringe mich lieber selbst wieder in Ordnung.« Ihren letzten Satz begleitete sie mit dem Versuch eines ironischen Lächelns. Während sie mit der einen Hand nach der mit Spitzen besetzten Baumwolle griff, angelte die andere in ihrem Täschchen nach Serenas kleinem, silbernem Handspiegel.

»Ich nehme an, man wird eher an etwas Unschickliches denken«, meinte Francesco leichthin. »Wer Ihres Äußeren gewahr wird, glaubt sicher, ich hätte Unsittliches mit Ihnen im Sinn.«

»Was Sie natürlich nicht haben.«

»Nein«, er legte eine kleine, nachdenkliche Pause ein, dann: »Jedenfalls nichts, was Sie zu Tränen rühren würde. Meinetwegen sollen Sie niemals weinen müssen.«

Aber andere tun es, dachte sie.

»Das wird ganz gewiss nicht geschehen«, versprach sie. »Und ich wünschte, Signora Agnelli und der kleinen Olimpia erginge es ebenso.«

»Ja. Das hoffe ich auch«, erwiderte er in einem schmerzlich neutralen Ton. »Kommen Sie, wir sollten besser gehen, bevor wir vor lauter Menschen den Ausgang nicht wiederfinden.«

14

Emilia tat kein Auge zu. Obwohl sie erst nach Hause kam, als der Morgen bereits graute und sie müde sein sollte, konnte sie keine Ruhe finden. Auf der Rückfahrt von Mailand hatte sie sich schlafend gestellt, weil sie kein zweites intimes Gespräch mit Francesco wünschte. Alles hatte dafür gesprochen: eine Mietdroschke ohne weitere Fahrgäste, eine Fahrt durch sternenklare Nacht. Auf dem Hinweg hatten sie sich nur über Belangloses unterhalten können, da sich ihnen ein weiteres Ehepaar nebst ihren beiden halbwüchsigen Kindern angeschlossen hatte. Dann aber war die Lage eine andere gewesen, und Emilia hatte sich vor allzu viel Nähe in die Verstellung geflüchtet.

Nicht auszudenken, was sonst noch mit ihr geschehen wäre. Sie konnte nicht einmal ausschließen, dass sie Francesco nicht in seine Herberge gefolgt wäre, wenn er sie darum gebeten hätte. Er ist ein verheirateter Mann, klang es in ihrem Kopf nach. Auch hatte er niemals deutlich zu erkennen gegeben, dass er sich zu ihr hingezogen fühlte. Doch durch den Verzicht wurde das Begehren stärker. Als er sich schließlich mit einer Verbeugung von ihr verabschiedet hatte, war Emilie vor dem Wunsch, sich ihm an den Hals zu werfen, ins Haus geflohen.

Sie hatte sich splitternackt auf ihr provisorisches Bett in Serenas ehemaligem Esszimmer geworfen, das Kissen in den Arm genommen und die Bettdecke zwischen ihre Schenkel geklemmt. Begehren strömte durch ihren wollüstigen

Körper. Emilia biss sich die Unterlippe blutig, um nicht wegen dieses Gefühlschaos aus Sehnsucht und Verzweiflung aufzuschreien. Längst verdrängte Bilder von Alberts Händen wanderten durch ihre Gedanken und vermischten sich mit ihren Erinnerungen an Francesco. Alberts Finger, die ihre Brüste streichelten, verwandelten sich in die von Francesco. In ihrer Fantasie betrat Emilia das Paradies – und obwohl sie genau wusste, dass es verboten war, griff sie nach dem Apfel, den ihr die Schlange darbot.

Olimpias hungriges Geschrei riss sie schließlich aus ihrem Traum. Bald würde Carlotta kommen, das Frühstück bereiten, und dann war es Zeit, den Tag zu beginnen. Einen Tag wie jeden anderen, an dem es keinen Platz für leidenschaftliche Gefühle gab. Unwillkürlich entsann sie sich der frustrierenden Enge, die sie einst angesichts der Zwänge ihres Alltags erfasst hatte. Dieser hatte sie durch den Rollentausch zu entfliehen versucht – und sich damit freiwillig in die Gefangenschaft ihrer Lüge begeben.

»Du musst wieder zur Vernunft kommen«, dachte Emilia und schrak beim Klang der eigenen Stimme zusammen, weil sie wider Erwarten laut gesprochen hatte.

Gestärkt von diesem Entschluss, wusch sie ihren Körper mit einem Schwamm, den sie in kaltes Wasser tauchte. Sie wiederholte diesen Vorgang mehrmals, um auch ja den letzten Rest von Hitze zu vertreiben, der sich ihrer Sinne bemächtigt hatte.

Fröstelnd suchte sie nach einer möglichst unauffälligen Garderobe, die ihrer Entscheidung angemessen schien, und zog sich an. Als sie aus dem Fenster blickte und sah, dass ein sonniger Frühlingstag aufzuziehen begann, wurde sie jedoch kühn und steckte sich eine Seidenblume ins Haar. Ein Schmuck wie dieser würde keinen Herrn auf abwegige Gedanken bringen, jedoch die Laune der Dame heben.

Sie begrüßte die Amme, herzte Francescos Tochter,

trank in der Küche ein Glas Milch und entschwebte nach unten, um ihren Laden aufzuschließen. Es war ihr wichtig, weder Julie noch Lucia zu begegnen, denn Fragen über den Theaterbesuch in Mailand fühlte sie sich noch nicht so recht gewachsen. Vor allem fürchtete sie, puterrot zu werden, wenn sich seine Frau oder seine Schwester nach Francesco erkundigte und damit Gedanken heraufbeschwor, die wohl ihren Träumen, nicht aber der Wirklichkeit entsprachen.

Wie an jedem anderen Tag auch war sie zur Stelle, um das Geschäft zu öffnen. Außer ihr besaß niemand einen Schlüssel, nicht einmal Aurelio. Diese Verfügungsgewalt hatte eindeutig etwas Machtvolles, denn es war das sichtbarste und einmalige Zeichen ihres Besitzes. Wäre Serena am Leben geblieben, hätte sie niemals auch nur einen zweiten Bund anfertigen lassen, geschweige denn Emilia ausgehändigt.

Über diese Erkenntnis grübelnd, war Emilia unachtsam. Der Schlüssel verklemmte sich in der Ladentür, und sie beugte sich vor, um sich das Schloss näher zu betrachten. Dabei rutschte die Blume aus ihrem Haar. Seufzend bückte sie sich danach.

Ein Schatten fiel über sie.

Sie hob ihre Lider und sah direkt in Francescos Augen. Auch er hatte sich heruntergebeugt, sie befanden sich jetzt auf selber Höhe. Dadurch war er ihr so nah, dass ihr schwindelte, und spontan fiel ihr jeder einzelne der sündigen Gedanken der vergangenen Stunden wieder ein. Vor Schreck verlor Emilia das Gleichgewicht. Sie kippte nach hinten und landete auf ihrem Allerwertesten.

»Wem passiert es schon, dass ihm eine schöne Frau gleich zweimal vor die Füße fällt?«

In Emilias Kopf schrillte eine Alarmglocke. Oder war es das Angelusläuten der Kirchen von Como, das die Schäfchen zur Morgenmesse rief und in ihren Schläfen dröhnte?

Selbst noch in der Hocke, reichte Francesco ihr die Hand. »Es mag eine ungünstige Gelegenheit sein, aber sie ist genauso gut wie jede andere, sich zu erinnern. Und es wird Zeit, dass wir mit offenen Karten spielen …, nicht wahr, Serena?«

Emilia stockte der Atem. Sie wusste nicht, was sie mehr irritierte – ihre unglückliche Position oder dass er sie beim Vornamen nannte. »Ich … wüsste nicht …«, hob sie in dem verzweifelten Versuch an, die Wahrheit abzuwehren, die sich unerbittlich in ihr Bewusstsein drängte. Sie verhaspelte sich jedoch und brach ab. Seine Hand übersah sie geflissentlich.

»Findest du nicht, dass es des Versteckspielens genug ist?«

Sie schluckte den Kloß in ihrem Hals hinunter. »Ich wüsste nicht, wovon Sie sprechen«, erklärte sie hochmütig.

Dann richtete sie sich auf und ärgerte sich sogleich, dass sie sich dabei nicht einmal halb so grazil und elegant bewegte, wie sie es sich unter seinen Augen gewünscht hätte.

»Serena, ich bitte dich!« Er stand auf, nachdem er die Seidenrose vom Boden aufgelesen hatte. Diese gab er ihr jedoch nicht sofort zurück, sondern betrachtete sie nachdenklich, während er den Stiel zwischen den Fingern drehte. »Es würde mir viel bedeuten, wenn endlich Klarheit zwischen uns herrschte. Vor allem nach dem gestrigen Abend.«

Emilia hatte das Gefühl, der Boden würde ihr unter den Füßen weggezogen. Aufsteigende Panik legte sich wie eine schwere Last auf ihre Brust und schnürte ihre Atemwege zu.

Lieber Gott, betete sie im Stillen, mach, dass das nicht wahr ist. Ich bilde mir das alles nur ein, er drückt sich missverständlich aus. Serena ist ihm nie zuvor begegnet. Francesco kannte nur sie – Emilia!

»Verzeihen Sie«, japste sie, »aber ich kann Ihnen nicht folgen.«

In einer unendlich zärtlichen Geste steckte er die Rose in ihr Haar zurück. »Es war wundervoll, dich in den vergangenen beiden Wochen kennenzulernen. Wir haben viel verpasst, und ich weiß, es war meine Schuld. Ich hätte dich nicht einfach ohne ein Wort verlassen dürfen. Das war nicht anständig. Aber ich ... Mein Gott, ich bin verheiratet und damals war es ... wie es eben bei Geselligkeiten in Landhäusern häufig ist – leicht, romantisch, einfach. Heute ist alles anders, nicht wahr?«

Francesco kannte Serena. Es bestand kein Zweifel, dass sich Emilias Schwester und dieser Mann irgendwann in der Vergangenheit begegnet waren. Wahrscheinlich waren sie ein Liebespaar gewesen. Übelkeit breitete sich in Emilias Körper aus, sie schmeckte Galle auf ihrer Zunge, als sie sich vorstellte, wie die andere Frau mit ihrem Gesicht in seinen Armen gelegen und all das erlebt hatte, wovon sie träumte. Es ist die Strafe für meine sündigen Gedanken, dachte sie und: Ich muss mich übergeben. Sie traute sich nicht, den Mund zu öffnen. Deshalb schüttelte sie nur hilflos den Kopf.

»Zürnst du mir, weil ich mich nie gemeldet habe? Serena, es tut mir von Herzen leid. Versteh doch, es ist so viel passiert in der Zwischenzeit. Ich musste mich mit meiner Arbeit beschäftigen. Und dann war da Stefano, der mich fast umgebracht hätte, als er erfuhr, dass wir ... dass wir uns begegnet sind.«

Emilia hatte keine Ahnung, wovon er sprach.

Sie fühlte sich wie in einem Karussell. Sie brauchte dringend eine Atempause, um die Steinchen zu einem Mosaik zusammenzusetzen, damit Francescos Fragmente ein Bild ergaben ...

»Guten Morgen, Signora Bossi«, flötete eine wohlbekannte Stimme, um dann höflich, aber etwas weniger leutselig hinzuzufügen: »Wie geht es Ihnen, Signor Agnelli?«

Francesco quittierte die Störung mit einem Seufzer. »Buon giorno, Aurelio.«

»Guten Morgen, Aurelio«, presste Emilia zwischen zusammengebissenen Lippen hervor.

Sie musste erbärmlich aussehen, aber ihr Ladengehilfe ließ sich nichts anmerken. Wenigstens konnte sie sich auf Aurelios Diskretion verlassen.

Ach, musste es ausgerechnet dieser Mann sein, der Serena durch eine Romanze verbunden war und zu dem sie sich selbst in ehebrecherischer Absicht hingezogen fühlte?

Zum ersten Mal seit Monaten entsann sich Emilia der Erzählungen ihrer Schwester. Was hatte es eigentlich mit dem unbekannten Verlobten auf sich gehabt, der niemals aufgetaucht war? Stefano! Ob das der Bräutigam war, von dem Serena am Tag vor ihrem Tod geschwärmt hatte? *Die Gazzetta di Lugano – wie originell! Ja, lies das Blatt und berichte mir davon. Ich bin sehr interessiert an jedem einzelnen Artikel* – das hatte sie ihr gesagt. Der Boden schwankte unter Emilias Füßen. Ihr wurde schwindelig, als sie sich der weiteren Worte Serenas erinnerte: *Nun, genau genommen sind meine Zukunftspläne noch recht frisch. Es ist alles recht überstürzt geschehen, aber dergleichen gibt dem Leben erst die richtige Würze, nicht wahr? Mein Bräutigam ist ein einflussreicher Mann, und der genaue Termin für unsere Hochzeit steht noch nicht fest, aber er wird sich bald erklären, und dann werden wir das Datum festlegen. Ich möchte nicht mehr lange warten, verstehst du?*

Ein romantischer Abend in einem Landhaus – es waren unendlich viele Liebesromane geschrieben worden, die sich mit heimlichen Affären unter Wochenendgesellschaften befassten. Verstohlene Blicke, sich des Nachts leise öffnende Zimmertüren, verschwiegene Winkel. Warum sollte das, was Emilia in Büchern gelesen hatte, nicht auch in der Wirklichkeit an einem Wochentag und zwischen dem Herausgeber eines bekannten Journals, der im Salon von Madame Bonaparte verkehrte, und einer Seidenhändlerin, die dieselbe Dame als Kundin gewinnen wollte, geschehen sein? Eine an sich bedeutungslose Affäre, doch Serena hatte geglaubt, der großen Liebe ihres Lebens begegnet zu sein: *Der Mann, dem ich mich hingebe, Emilia, will mich. Das kann ich dir versichern. er wird mich heiraten. Daran besteht kein Zweifel.* Dabei hatte sie sich mit einem verheirateten Kavalier eingelassen, der ein ebenso großer Betrüger war wie Albert von Podlanski.

»Sie haben ja noch gar nicht aufgeschlossen«, stellte Aurelio fest und erkundigte sich dann doch: »Geht es Ihnen nicht gut, Signora Bossi?«

Emilia ignorierte ihn und hob ihren Blick zu Francesco. Der sah besorgt auf sie nieder, aber auch ein wenig verwirrt. Natürlich, ihr Verhalten war reichlich unterkühlt für eine Frau, mit der er die Nacht verbracht hatte. Sie wusste, dass sie etwas sagen musste. Eine leichtsinnige Bemerkung vielleicht, die alle Missverständnisse vertrieb. Serena hätte von Anfang an gewusst, mit wem sie es zu tun hatte. Emilia hingegen war unabsichtlich von einem Fettnäpfchen ins nächste gestolpert und hatte nun das Gefühl, darin unterzugehen.

Am schlimmsten jedoch war die Erkenntnis, die mit überwältigender Klarheit plötzlich auf sie eindrang: Sie hatte sich in Francesco verliebt.

Das Letzte, was Emilia sah, war ein loses Blatt, das vom Wind aufgewirbelt über die Piazza trieb. Dann wurde ihr schwarz vor Augen, und sie brach ohnmächtig zusammen.

*

Langsam kam Emilia zu sich. Ihre Lider waren schwer, doch ihre Orientierung funktionierte insofern wieder, dass sie bemerkte, wie sie durch einen Raum getragen wurde.

Es war sehr angenehm, sie spürte die Körperwärme des Mannes, dessen Last sie war, und dachte, wie schön es wäre, ewig in Francescos Armen zu liegen. Sie zweifelte nicht daran, dass er sich ihrer angenommen hatte. Mit dieser Erkenntnis traten die vielen Unwägbarkeiten in ihr Bewusstsein, die ihr den Boden unter den Füßen weggezogen hatten, und mit der Verzweiflung bemächtigte sich ein rasender Schmerz ihres Kopfes. Trotz ihres Elends legte sie die Stirn gegen seine Brust und hoffte, er würde denken, sie sei noch ohnmächtig. Es war schön, ihm nah zu sein, zwischen Besinnungslosigkeit und Erwachen zu schweben – und zu träumen, dass alles anders wäre. Dass er nicht verheiratet wäre und, vor allem, keine Affäre mit Serena gehabt hatte …

Irgendetwas polterte. War es das Klopfen ihres Herzens?

Tatsächlich war es Francesco, der mit dem Fuß ein Möbelstück beiseiteschob.

»Vielleicht sollte ich nach einem Arzt schicken«, hörte Emilia ihren Ladengehilfen vorschlagen.

»Besser, Sie fragen Signora Bossis Haushälterin nach einem Fläschchen Riechsalz«, erwiderte Francesco ein wenig atemlos. »Signora Bossi braucht etwas, um zu Bewusstsein zu kommen.«

Bei dem Gedanken an das von der Gräfin Cziffra benutzte Riechfläschchen wurde Emilia schlecht.

»Es geht mir wieder gut«, murmelte sie, obwohl ihr der Schädel dröhnte. Sie versuchte, die Augen zu öffnen. Auf den ersten Blick erkannte sie, dass Francesco sie in den Laden getragen hatte. Nun stand er in der Tür zum Büro, hielt sie noch immer auf seinen Armen und sah sich nach einem Lager um, auf dem er sie betten konnte.

»Lassen Sie mich bitte runter.«

»Geht es wirklich?«, zweifelte Francesco.

Sie nickte stumm, und mit jeder Bewegung wurde die Migräne schlimmer.

»Passen Sie auf«, warnte Francesco, als er sie vorsichtig auf die Füße stellte.

Sie hatte sich geirrt – ohne seine Hilfe konnte sie nicht stehen. Ihre Knie waren weich wie Butter, ihre Beine versagten den Dienst. Beherzt griff Francesco nach ihren Schultern und half ihr die wenigen Schritte zu einem Stuhl. Seufzend sank sie auf den Platz. Nie zuvor hatte sie sich so schwach und leer gefühlt.

Francesco musterte sie mit sorgenvoller Miene. »Ich hätte Sie in Ihre Wohnung bringen sollen. Am besten wären Sie im Bett aufgehoben«, ein vorwurfsvoller Blick trat in seine Augen, mit dem er flüchtig auf Aurelio sah: »Es war keine gute Idee, den Weg in den Laden zu nehmen.«

»Aber naheliegend«, rechtfertigte sich ihr Gehilfe.

»Das ist doch gleichgültig«, ächzte Emilia. »Ich hätte gerne etwas zu trinken …«

Aurelio stürzte davon, um nach einer Karaffe zu suchen und anschließend frisches Wasser aus dem Brunnen zu pumpen. Erst als er ihr Arbeitszimmer verlassen hatte, wurde Emilia klar, dass sie mit ihrer Bitte dafür gesorgt hatte, allein mit Francesco zu sein. Dabei war dies das Letzte, das sie wollte.

»Sie können mich der Fürsorge meines Ladengehilfen überlassen. Ich bin nicht krank. Nur ein kleiner Schwächeanfall. Wahrscheinlich ist die Sonne schuld und Schlafmangel, immerhin sind wir erst spät aus Mailand zurückgekehrt. Ich möchte nicht, dass Sie meinetwegen aufgehalten werden. Es tut mir leid.«

Wenn Sie wüssten, was mir alles leid tut, fügte Emilia im Stillen hinzu. Francesco hat Julie mit Serena betrogen, Serena ist tot, und ich habe sie betrogen, weil ich sie unter meinem Namen beerdigen ließ. Er glaubt, ich bin Serena, und deshalb hätte es keine Rolle gespielt, wenn ich meinen Gefühlen heute Nacht nachgegeben hätte. Er denkt ohnehin, dass wir …

Bei diesem Gedanken wurde Emilia wieder schwindelig. Sie wünschte, sie wäre alleine, um das neuerliche Durcheinander in ihrem Kopf sortieren zu können. Vor allem wäre es ihr angenehmer, Francesco würde gehen, anstatt sie forschend anzusehen. Er hatte sie nackt gesehen – oder musste das zumindest glauben. Flammende Röte überzog ihr Gesicht.

»Vielleicht sollte ich nach Dottore Gianella schicken lassen«, erwog er.

»Nein, bitte nicht«, wehrte Emilia ab. »Mit mir ist nichts, es ist nur eine Migräne, die vergeht wieder.«

»Du wirkst nicht wie eine Person, die wegen ein bisschen Sonne umfällt«, entgegnete Francesco. »Entweder du bist krank, und dann sollte Dottore Gianella dringend konsultiert werden, oder es ist ein Nervenzusammenbruch, und auch dessen Heilung bedarf eines fähigen Arztes.«

»Von einer Krise kann keine Rede sein«, sie gönnte sich und ihm ein zerknirschtes Grinsen, »und ich werde nicht zulassen, dass gleich zwei Frauen mit demselben Leiden in meiner Wohnung leben. Ich glaube nicht, dass seelische Erschütterungen ansteckend sind.«

»Ach, Serena«, er sank neben ihrem Stuhl auf die Knie und griff nach ihren Händen, die sie ihm überraschend bereitwillig überließ. »Ich hatte ja keine Ahnung, dass du es so schwernimmst. Natürlich kann ich nichts ungeschehen machen, und ich will es auch nicht, aber ich bedauere von ganzem Herzen, dass wir keine Gelegenheit hatten …«

»Bitte, schweigen Sie!« Wäre Emilia nicht zu matt für einen lautstarken Protest gewesen, sie hätte ihn angeschrien. Ihre Finger lagen kalt und schlaff in den seinen.

»Ich will nichts hören von der Vergangenheit. Lassen Sie auf sich beruhen, was wir beide vergessen sollten. Es wäre für alle Beteiligten von Vorteil, nicht mehr an den Erinnerungen zu rühren.«

»Wie sollte ich? Nach den beiden Wochen in Como wird mir dies kaum möglich sein.«

»Aber was ist Ihnen möglich?«, giftete sie und entzog ihm ihre Hand. Ihr kam der Gedanke, dass er Serena tatsächlich in den Glauben versetzt haben könnte, sie zu heiraten. Sicher hatte er nichts dergleichen gesagt, aber Emilia konnte sich lebhaft vorstellen, wie er eine Frau dazu brachte, sich in Träumen zu verstricken. »Sie sind verheiratet und kürzlich Vater geworden. Es gibt kein Versprechen, das Sie halten könnten, und keine Ansprüche, die Sie zu stellen in der Lage wären. Die Karten, Signor Agnelli, sind gemischt und verteilt. Ich bin nicht im Spiel, verstehen Sie?«

»Ja … ja, ich glaube zu verstehen …« Er sprach mehr zu sich selbst, sah sie nachdenklich an, und seine Blicke wanderten von der Blume in ihrem Haar über ihren Körper. Seltsamerweise stand in seinen Augen nicht die Anzüglichkeit eines Liebhabers, der sie mit Besitzerstolz betrachtete, sondern Neugier, Verwunderung und ein Hauch von Entsetzen, den Emilia sich nicht erklären konnte.

»Eine Frage noch«, hob Francesco nach einem langen Schweigen an und richtete sich auf: »Welche Art der Malerei bevorzugen Sie?«

»Bitte?«

»Halten Sie mich nicht für albern, es ist nur eine Hypothese, ein Spiel: Wenn Sie es sich aussuchen könnten, welchem Maler würden Sie Modell sitzen?«

»Angelika Kauffmann«, antwortete sie prompt. »Ich habe einige Porträts von ihr sehen dürfen, sie waren wundervoll. Es ist zwar lange her, aber ich erinnere mich noch genau an jeden einzelnen Pinselstrich.« Emilia erwärmte sich für das Thema, mit dem sie sich auf sicherem Terrain wähnte. Trotz der starken Kopfschmerzen kehrte die Lebendigkeit in ihren Geist zurück, als sie fortfuhr: »Gebürtig stammt sie zwar aus Chur, aber sie ist in Como aufgewachsen und studierte in Mailand. Deshalb kennt man diese Künstlerin in der Lombardei sehr gut, obwohl sie schon lange nicht mehr hier lebt.«

»Ich weiß. Damals in Rom bin ich ihr begegnet. Ich erhielt eine Einladung in ihr Atelier oberhalb der Spanischen Treppe. Stefano wollte nicht mitkommen, der Dummkopf, die Dame war ihm zu vornehm.«

»Aha …«

Seine Augenbrauen hoben sich, erstaunt über ihre zaghafte Reaktion auf das unverständliche Verhalten von Stefano. Einige Herzschläge lang wartete er auf einen weiteren Kommentar. Als dieser nicht kam, fügte er langsam, als wäge er jedes Wort ab, hinzu: »Ich war sehr beeindruckt vom Wesen und Talent Angelika Kauffmanns. Sie erinnern mich ein wenig an Sie, auch wenn Sie keinen Vater besitzen, der ihr Leben bestimmt hat und …«

»Ich hatte eine Schwester …«, die Worte waren draußen, bevor Emilia ernsthaft über sie nachgedacht hatte. Verstört fuhr sie sich mit der Hand über die Stirn.

»Eine Zwillingsschwester, wenn ich nicht irre.«

»Hm«, machte sie und senkte die Lider. In ihrem Kopf verbanden sich Schmerzen, Fragen und Ängste zu einem Durcheinander. Sie hatte einen Fehler gemacht. Vielleicht wäre dies der Moment, Francesco die Wahrheit zu sagen. Sie dachte an gestern Abend und daran, dass sie Vertrauen zu ihm gefasst hatte. Das war jedoch, bevor sie sich über ihre Gefühle klar geworden war und darüber hinaus erfahren hatte, dass er Serenas Liebhaber gewesen war. Nein, resümierte sie betrübt, ein Ende der Lügen ist nicht in Sichtweite.

»Ich würde mich freuen, wenn Sie mir ein wenig von Ihrer Schwester Emilia erzählten.«

Emilia hob den Blick und sah ihn kalt an. »Es gibt nichts, was ich über sie berichten könnte. Sie war ein Niemand. Ein armes, dummes Schaf. Für sie ist es am besten, in geweihter Erde zu ruhen.«

»Hier ist das Wasser«, Aurelio erschien und verschüttete im Gehen einige Tropfen auf den Boden, weil er den Wasserkrug zu voll gefüllt hatte. Er drängte sich an Francesco vorbei an Emilias Seite, zog einen Becher aus seiner Hosentasche und stellte diesen mit der umständlichen Geste eines Hoflakaien auf den Schreibtisch. Als er eingoss, perlte Wasser am Rand des Gefäßes entlang und hinterließ helle Flecken auf der polierten Holzplatte.

»Tja ... dann ...«, zögernd begann Francesco, das Feld zu räumen. »Kann ich Sie alleine lassen?«

»Aber ja, mein Ladengehilfe ist bei mir. Es besteht kein Grund zur Sorge. Nach dem Getränk wird es mir besser gehen.«

Er verneigte sich. »Einen schönen Tag.«

Sie sah ihm lange nach und wünschte, sie könnte seine Gedanken lesen.

15

»Haben Sie eine Affäre mit Serena Bossi?«, fragte Julie.

Francesco wurde blass, bewahrte jedoch Ruhe. »Wie kommen Sie auf einen solchen Unsinn?«

»Sie gehen mit ihr ins Theater und verbringen die halbe Nacht in Mailand. Am nächsten Tag ist Signora Bossi krank und benötigt sogar etwas Laudanum aus meiner Flasche. Das sind Anzeichen eines Weltschmerzes, der sich einstellt, wenn sich jemand verliebt. Sie sollten sich schämen!«

Der kurze Monolog hatte Julie erschöpft. Sie sank in die Kissen zurück und tastete nach der samtenen Schlafmaske auf dem Nachttisch. Wenn sie es recht bedachte, hatte sie die richtigen Worte gewählt, um ihren Gedanken Ausdruck zu verleihen.

Nein, das stimmte so nicht.

Es waren nicht wirklich die Befürchtungen, ihr Gatte könne eine Geliebte haben, die sie leiteten. Im Grunde war es ihr egal, mit wem Francesco schlief. Sie würde ihn niemals wieder an sich heranlassen – und wahrscheinlich auch keinen anderen Mann. Das eine Mal nach Francescos Rückkehr aus dem Veltlin hatte genügt, um ihre Schwangerschaft zu erklären; zu mehr würde es niemals kommen, wenn sie ihm nicht das Geheimnis der dunklen Seite ihrer Leidenschaft anvertrauen wollte.

Es war etwas anderes als Eifersucht auf den Körper einer Anderen, das sie immer wieder antrieb, ihren Gatten aufs Neue zu verletzen, zu verdächtigen, zu schikanieren – Stefano Castellis Worte im Park der Villa Agnelli: *Du musst mich erkennen, damit Francesco weiß, wer dir das angetan hat. Das ist wichtig, verstehst du?* Es musste etwas zwischen diesen beiden Männern vorgefallen sein, das die Rache des angeblich alten Freundes rechtfertigte. Julie hatte genug Zeit zum Nachdenken gehabt, um zu dieser Erkenntnis zu gelangen. Also trug Francesco letztlich die Schuld an allem, was geschehen, was mit ihr passiert war. Dafür würde sie ihn büßen lassen, so lange sie lebte.

Der ihr zugefügte Schmerz war größer als alles, was sie ihm antun konnte: Ihre Seele war zu Stein erstarrt, ihr Herz eine kalte Masse, ihre Träume quälend und grausam, dennoch lustvoll und verwirrend. Zärtlichkeit und Zuneigung waren in ihrer Gefühlswelt zu Fremdwörtern geworden. Deshalb musste sie mit aller Macht verhindern, dass aus einem befriedigenden Zusammenspiel mehr wurde und die Bereitwilligkeit einer Frau, ihr Intimstes für einen reichen Mann zu öffnen, nicht zur Hingabe wuchs. Julie fürchtete die Liebe wie der Teufel das Weihwasser, denn dann hätte sie Francesco nicht mehr bedingungslos in der Hand gehabt.

»Nicht nur, dass Sie meine Lage ausnutzen, um die Geburt unseres Kindes im Bett einer Anderen zu feiern«, fuhr sie schonungslos fort und zog die endlich gefundene Schlafmaske über ihre Augen, »Sie zelebrieren das Ganze auch noch und steigern es zu einer romantischen Tändelei. Das ist verachtenswert.«

Francesco unterließ es, sie darauf hinzuweisen, dass sie selbst im Bett von Serena Bossi lag. Auch hatte er eigentlich nicht das Bedürfnis, sich vor Julie zu rechtfertigen. Dennoch antwortete er geduldig: »Sie reden mehr Unsinn als sonst, aber das ist entschuldbar, weil es sicher eine Folge Ihrer Melancholie ist. Darf ich Sie jedoch daran erinnern, dass Sie es waren, die ablehnte, an meiner Seite der Vorstellung der ›Zauberflöte‹ beizuwohnen? Es war meine von Herzen kommende Absicht, mit Ihnen ins Theater zu gehen, vergessen Sie das nicht.«

»Wenn Sie so großen Wert auf meine Gegenwart gelegt haben, frage ich mich, warum Sie trotz meiner Absage nach Mailand gefahren sind?« Ihrer Kehle entrang sich ein verzweifeltes Schluchzen. »Sie belügen mich. Das habe ich nicht verdient. Sie sind zynisch und obszön.«

»Dann wird es Sie sicher freuen zu hören, dass ich abzureisen gedenke.«

»Was?« Vor Schreck vergaß Julie zu weinen. Sie fuhr hoch, und die Schlafmaske fiel in ihren Schoß. »Sie wollen fort? Wie können Sie es wagen zu gehen?«

»Ach, Julie«, seufzte er entnervt. »Eigentlich sollte ich es leid sein, von Ihnen immer wieder dieselben Worte zu vernehmen, aber Sie werden staunen: Ich werde Sie niemals verlassen. Wir sind vor Gott und der Welt ein Ehepaar und haben eine Tochter. Ich möchte, dass Olimpia in der Villa Agnelli aufwächst und dort ist auch Ihr Platz …«

»Verlangen Sie, dass ich mit Ihnen nach Lugano komme? Meine Gesundheit … denken Sie nur an meine Gesundheit. Es ist unmöglich, dass ich aus Como abreise …« Ihre Stimme verwandelte sich in ein hysterisches Kreischen, das diesmal nicht gespielt, sondern ein Zeichen ihrer tiefsten Panik war.

»Ich glaube Ihnen kein Wort«, unterbrach Francesco hartherzig. Er ging vor dem Bett auf und ab, während er der ob seines Tones verblüfften Julie erläuterte: »Die einzige Krankheit, unter der Sie leiden, ist Ihr Egoismus. Hier haben Sie es bequem, brauchen nichts zu tun und werden von allen Seiten bedient. Sie können alle nach Ihrer Façon herumscheuchen, selbst meine Schwester macht diesen Unsinn mit. Dass Sie dabei die Gastfreundschaft Signora Bossis bis zur Unhöflichkeit beanspruchen, sehen Sie nicht. Ihr Benehmen ist äußerst peinlich, aber keine Sorge: Ich kann im Augenblick nichts dagegen unternehmen, denn meine Arbeit ruft mich.«

Julie war während seiner Anklage wieder in ihre Kissen gerutscht. Obwohl Francesco niemals zur Gewalttätigkeit geneigt hatte, erwartete sie seltsamerweise, von ihm nicht nur mit Worten geschlagen zu werden. »Ihre Arbeit?«, wisperte sie.

Er unterbrach seine Wanderung durch das Zimmer, um spitz zu fragen: »Erinnern Sie sich, dass ich eine Zeitung herausgebe?«

»Hm.«

»Gut. Das ist gut. Dann werden Sie verstehen, dass ich mich auf eine lange und weite Reise begeben muss. In Toulon werde ich an Bord des Flaggschiffes *L'Orient* gehen, um mit General Bonaparte und der französischen Armee in See zu stechen. Es ist alles geregelt, eine Koje ist für mich reserviert. Ich weiß nicht, wie lange die Expedition dauern wird, ich rechne damit, mehrere Monate unterwegs zu sein.«

»Ja, aber wo denn? Wohin reisen Sie?«

»Nach Ägypten, Julie ... Und es wäre nett, wenn Sie mir wenigstens Glück wünschten und sich ein wenig um mein Wohl sorgten.«

»Und ich? Um mich kümmert sich ja auch niemand. Sie werden also monatelang unterwegs sein. Das ist unerhört. Soll ich etwa ohne Sie nach Lugano zurückkehren?«

»Das hat keine Eile«, erwiderte er gelassen. »Heute Morgen erreichte mich ein Kurier mit der Nachricht, dass französische Truppen die Durchgangsstraßen über die Alpen besetzt haben und damit auch im Tessin stehen. In der alten Eidgenossenschaft wird gekämpft, die Situation ist unklar und gefährlich. Das ist der einzige Grund, weshalb ich Signora Bossi weiterhin der Zumutung aussetze, Sie zu beherbergen. Sie und das Kind sind hier besser aufgehoben, und meine Mutter ist ohne Sie in der Villa Agnelli in größerer Sicherheit. Lucia sollte ihr zur Hand gehen, aber ich werde meiner Schwester die Entscheidung überlassen, wo sie sich aufhalten möchte.«

»Ich hoffe, wenigstens Lucia bleibt bei mir«, jammerte Julie. »Es ist mir unmöglich, alleine mit Signora Bossi unter einem Dach zu leben. Mit ... der Mätresse meines Gemahls.«

»Es wäre wünschenswert, wenn Sie Ihren Unsinn etwas weniger theatralisch verbreiteten. Das ist völlig fehl am Platze. Und übrigens auch eine Beleidigung für Ihre Gastgeberin. Signora Bossi ist eine Dame von vorzüglicher Erziehung, Bildung und Anstand ...« Bei seinen letzten Worten musste er unwillkürlich still in sich hinein lächeln.

*

»Du wirst lange unterwegs sein«, stellte Lucia sachlich fest, nachdem sie und Emilia während des gemeinsamen Abendessens von Francescos bevorstehender Abreise hörten. »Ein Feldzug nach Ägypten ...«, sie hob abwehrend die Hand, als ihr Bruder ansetzte, sie zu unterbrechen: »General Bonaparte mag es eine Expedition nennen, aber es ist und bleibt doch ein Feldzug. Jedenfalls ist der Ausgang ebenso ungewiss wie deine Rückkehr. Die Sache ist gefährlich. Was soll aus Julie und der Kleinen werden? Hast du einen einzigen Moment an deine Pflichten gegenüber der Familie gedacht, Francesco?«

»Verzeih mir, aber es ist mir nicht möglich, in dieser Situation Rücksicht zu nehmen. Lucia, wir werden Zeugen einer unendlichen Veränderung Europas, ja, der Welt sein. Die Aufklärung hat die Revolution in das Bewusstsein der Köpfe vieler Menschen getragen, die französische Armee bringt die neue Lebensform in andere Länder. Du kannst nicht erwarten, dass ich mich davon fernhalte, während ich als Journalist die Möglichkeit habe, an vorderster Front zu stehen.«

Seine letzten Worte schockierten Emilia. Sie hatte nicht daran gedacht, dass Francesco in Gefahr geraten könnte, wenn er den Spuren der aktuellen politischen Entscheidungen folgte. Die Bezeichnung *Expedition* hatte die Wahrheit verschleiert und ihr den Eindruck einer Reise in ferne Länder vermittelt. Den Wunsch, nach Nordafrika zu segeln, konnte sie durchaus nachvollziehen. Es war ein Abenteuer. Doch plötzlich wurde ihr bewusst, dass die größte Gefahr nicht an den Ufern des Nils lauerte und aus unbekannten Tieren bestand, sondern bereits im Mittelmeer in Form der britischen Flotte und ihrer Kanonen wartete. Ein leiser Schrei entrang sich ihrer Kehle. Verdutzt über den Klang ihrer eigenen Stimme und den Gefühlen, die sie damit offenbarte, senkte sie verlegen den

Blick. »Es tut mir leid«, murmelte sie, weil ihr nichts Erklärenderes einfiel.

Sie hatte ihre Lider nicht rasch genug gesenkt, Francesco hatte in ihren Augen lesen können. »Es wird mir nichts geschehen«, versprach er mit sanftem Tonfall. Dann fügte er leutselig und mit veränderter Stimme hinzu: »*Zwei unterschiedliche Dinge behagen einem Manne: die Gewohnheit und das Neue.* In meinem Fall überwiegt der Wissensdrang.«

»Das stammt von Jean de La Bruyère«, murmelte Emilia. Staunend entsann sie sich eines ihrer ersten Gespräche, als sie besserwisserisch und gouvernantenhaft auf ihn eingeredet hatte. Er hatte es also auch nicht vergessen. Darüber hinaus war das Zitat ein Hinweis darauf, dass er überhaupt nichts vergessen hatte. Auch nicht die vermeintliche gemeinsame Nacht. Bei dem Gedanken daran wurde ihr abwechselnd heiß und kalt.

»Du stellst uns vor vollendete Tatsachen«, konstatierte Lucia ungeachtet des offensichtlichen Zaubers, der ihren Bruder und ihre Freundin verband. »Gewiss stimme ich dir zu, dass die Zeiten aufregend sind, wenn auch nur schweren Herzens. Dieses Mal lasse ich dich ungern gehen, Francesco.«

Er lachte freudlos. »Wie schön, dass wenigstens eine Frau in meiner Familie nachfühlen kann, was mich anspornt.«

»Ich verstehe dich«, Lucia sprang auf und warf beinahe ihr Weinglas um, es klirrte bedrohlich, und rubinrote Tropfen perlten auf das weiße Leinentuch, das den Tisch bedeckte. Sie legte ihre Arme um ihren Bruder und liebkoste ihn, indem sie ihre Stirn gegen seinen Kopf lehnte. »Ach, lieber Francesco, ich werde dich vermissen.«

Da Lucia hinter ihm stand und nicht beobachten konnte, wen er ansah, gestattete er sich, den Blick seiner Gastgeberin zu suchen, als er erwiderte: »Ich dich auch.«

16

Nach Francescos Abreise erschien es Emilia, als lege sich ein Schatten über ihre Wohnung und ihre Mitbewohnerinnen. Wäre seine Tochter nicht gewesen, die sich ganz prächtig entwickelte, hätte Emilia die Lücke noch stärker gespürt, die er hinterließ. Sie zwang sich zwar, nicht an ihn zu denken, aber das war unter den gegebenen Umständen kaum möglich, denn schließlich beherbergte sie seine Frau, seine Schwester und sein Kind unter ihrem Dach. Vor allem tat er selbst das ihm Mögliche, um die Erinnerung aufrechtzuerhalten – er schrieb ihr. Seine Billetts wurden in Toulon aufgegeben, dann kamen sie mit einem Kurier von Sizilien und zuletzt aus Malta.

Es waren keine Liebesbriefe, nicht einmal stark persönlich gehaltene Worte, sondern die Zeilen eines mitteilungsbedürftigen Mannes an eine kluge Freundin. Zuerst war sie überrascht, weil sie häufiger Post von ihm erhielt als seine Gattin, doch dann wurde ihr bewusst, dass Schreiben zu seinem Beruf gehörte wie der Handel zu dem ihren. Für ihn war es etwas Alltägliches, Berichte zu verfassen, und vermutlich bereitete es ihm Freude, andere an den eigenen Erfahrungen teilhaben zu lassen. Es bestand kein Grund, sich etwas darauf einzubilden.

»Man stelle sich vor«, sagte Emilia eines Nachmittags zu Lucia, als sie mit der Freundin und dem im Stubenwagen gebetteten Säugling einen Spaziergang am Ufer des Sees unternahm: »Fast vierhundert Schiffe sind unter französischer Flagge unterwegs nach Ägypten. An Bord über 30000 Mann, darunter 150 Wissenschaftler und …«

»… und alles mit dem Gold der Eidgenossen finanziert«, vollendete Lucia. »Liebe Serena, ich habe jede von Francesco verfasste Zeile gelesen. Er schreibt auch mir regelmäßig. Seine Faszination über das gewaltige Expeditionsheer hat er nicht nur im privaten Rahmen, sondern auch in einem Leitartikel in der *Gazzetta di Lugano* zum Ausdruck gebracht. Diese Begeisterung hat etwas Martialisches, was ich von meinem Bruder so sonst nicht kenne. Er scheint Blut geleckt zu haben und ein Abenteurer geworden zu sein.«

Emilia wollte Lucia nicht widersprechen und schwieg. Bisher lasen sich Francescos Beschreibungen zwar aufregend, aber nicht einmal annähernd so halsbrecherisch, wie sie anfangs befürchtet hatte. Während Admiral Nelson mit der britischen Flotte vor Neapel ankerte, war Malta kampflos eingenommen worden. Der amtierende deutsche Großmeister hatte sich den französischen Truppen ergeben, da die Ritter gegen andere Christen nicht das Schwert erheben durften. »Die Soldaten plündern die Klöster und Kirchen. Die Offiziere und Wissenschaftler schwelgen im Prunk des Ordens. Und ich stehe neugierig zwischen den Fronten und beobachte, lerne und freue mich an der Schönheit dieser Insel«, hatte Francesco in seinem Brief berichtet, der auf den 12. Juni datiert und vier Wochen nach Como unterwegs gewesen war.

Seine Tochter regte sich und weinte leise im Schlaf. Lucia, die den mit einem Sonnendach versehenen modernen Wagen schob, rüttelte daran, um Olimpia zu beruhigen. »Zu einem Korsaren gehört eine Frau mit Schneid«, sagte sie dabei. »Julie passt demnach noch weniger zu ihm als je zuvor. Wie mir jedoch scheint, sieht er sich nach einem anderen Glück um.«

»Ach, tatsächlich«, murmelte Emilia. Die Vorstellung, dass Francesco auf Brautschau ging, tat ihr mehr weh, als sie sich selbst einzugestehen wagte.

»Auf Malta muss es schöne Frauen geben. Dort lebt eine in Jahrhunderten zusammengewachsene Mischung aus Orient und Okzident, das spricht für Schönheit und Leidenschaft. Dennoch scheint er sich zur Lombardei und deren Bewohnerinnen hingezogen zu fühlen. Vor allem eine Dame in Como hat es ihm angetan.«

Was hatte er Lucia geschrieben, das eine derartige Behauptung rechtfertigte? Emilia konnte nichts dagegen unternehmen, dass ihr Herz einen Hüpfer machte. Sie räusperte sich. »Bringen Sie mich bitte nicht in Verlegenheit«, bat sie mit aufgesetzter Fröhlichkeit. »Ihre Worte klingen gerade so, als würden Sie unterstellen, dass Signor Agnelli ein Auge auf mich geworfen hätte.«

Lucia beugte sich in den Stubenwagen, um Olimpia das Saugläppchen zwischen die Lippen zu schieben. Als sie sich aufrichtete, sagte sie: »Machen wir uns nichts vor: Ich habe bemerkt, dass Francesco … ähm … gewisse Gefühle für Sie hegt. Wie ich annehme, ändert seine Abreise nichts daran.«

Sprachlos starrte Emilia die Freundin an. Da sie das plötzliche Zittern ihrer Hände nicht unterdrücken konnte und fürchtete, Lucia würde ihres plötzlich rasenden Herzschlags gewahr, schlang sie die Arme um ihren Oberkörper.

»Es tut mir leid, wenn ich Sie mit meiner Offenheit erschreckt habe«, fügte Lucia sanft hinzu. Sie lächelte Emilia an, aber ihre Blicke blieben ernst. »Schauen Sie, ich liebe Francesco, wie man einen Bruder nur lieben kann. Er war stets der am hellsten leuchtende Stern in meinem Leben. Ich habe ihn schon als kleines Mädchen bewundert, seine Kraft, seinen Charme, seinen Witz. Es wäre für mich das schönste Geschenk, ihn glücklich zu wissen …«

Emilia kam es vor, als flatterten Schmetterlinge durch ihren Bauch. Es darf nicht sein, meldete sich ihr Verstand. Vergiss das Abenteuer, die Romantik, die Faszination von Intelligenz, Attraktivität, Reichtum und Macht. Alles spricht gegen ihn: Er ist verheiratet und war Serenas Galan.

»Dennoch zögere ich«, fuhr Lucia nachdenklich fort, »weil ich um Ihr Herz fürchte. Sie sind eine so empfindsame Person. Ich möchte nicht, dass er Ihnen Leid zufügt.«

»Es besteht kein Anlass zur Sorge«, behauptete Emilia hastig. »Sie sind einem Missverständnis zum Opfer gefallen. Ich habe Signor Agnelli keinen Anlass gegeben …«

»O nein, verzeihen Sie, das wollte ich nicht angedeutet haben, natürlich nicht. Ich habe lediglich beobachtet, wie fasziniert er von Ihrer Intelligenz und Ihrer Bildung ist. Francesco mochte schon immer kluge, kultivierte Frauen. Weiß der Himmel, was in ihn gefahren ist, als er Julie den Hof machte.«

»Signora Agnelli ist schön und vornehm. Er tat recht daran, sich in sie zu verlieben«, versetzte Emilia. Ja, dachte sie, das war eine überzeugende Antwort. Sie straffte die Schultern, weil sie sich in der Rolle der erfahrenen Freundin gefiel, die Lucia jegliche Hirngespinste austrieb. Je öfter sie Francescos Zuneigung zu Julie in Worte fasste, desto mehr glaubte sie hoffentlich selbst daran.

Schweigend gingen sie weiter. Jede war mit den eigenen Gedanken beschäftigt, die um dieselbe Person kreisten, wenn auch mit einem etwas anderen Sinn. Die Wellen schlugen gegen die Uferbefestigung und benetzten die alten Steine. Es war ein stiller Nachmittag, wenig Passanten waren unterwegs. Emilia blickte über den See, beobachtete die Boote und schickte ihren Geist auf Wanderschaft: Der Lario wurde vom Fluss Adda durchquert, der irgendwo in den Po mündete, der wiederum der Adria zufloss, die durch das Ionische Meer mit dem Mittelmeer verbunden war. Sorgte die Strömung dafür, dass sie letztlich am selben Wasser stand, über das Francesco segelte? Es war Mitte Juli, und es kursierten Gerüchte, General Bonaparte sei bereits in Ägypten gelandet und habe Alexandria eingenommen, aber mit Sicherheit wusste das niemand. Unwillkürlich fiel ihr ein, was die Ausrufer stattdessen vermeldeten.

»Haben Sie schon gehört«, wandte sie sich an Lucia und war dankbar für die Eingebung, die ihr den Themenwechsel ermöglichte, »Madame Bonaparte ist lebensgefährlich verletzt worden? Sie ist mitsamt einem Balkon abgestürzt. Schrecklich, nicht wahr?«

Doch Lucia ließ sich von einem einmal gefassten Vorhaben nicht so leicht abbringen. »Ja, das klingt alles ganz grauenhaft, was mit Joséphine Bonaparte geschehen ist. Trotzdem möchte ich noch einmal auf das Naheliegende zurückkommen. Ich weiß, Serena, das Sie Ihr Herz nur allzu leicht an Francesco verlieren könnten. Auch wenn er mein Bruder ist, sehe ich wohl, dass er ein anziehender Mann ist …«

»Ach, Lucia, er ist abgereist«, erwiderte Emilia ungeduldig. »Es besteht keine Veranlassung, über Wenn und Aber zu grübeln. Außerdem kann ich nur wiederholen, dass Sie sich irren.«

Lucias Hand berührte kurz Serenas Arm. »Sie sind mir so lieb und teuer geworden, als wären Sie die Schwester, die ich nie hatte, mir aber stets wünschte. Aus diesen Gründen wagte ich, offen zu sprechen.«

»Dann werde ich Ihnen eine ehrliche Antwort geben«, sagte Emilia und begann, eine Lüge an die andere zu reihen: »Ich habe nicht die Absicht, Ihren Bruder zu erhören, sollte er mir je Avancen machen. Ist Ihnen denn nicht aufgefallen, dass ich mit meinem selbständigen Leben zufrieden bin? Wo sollte ich in meinem Alltag einen Verehrer unterbringen? Ich habe schlichtweg keine Zeit für eine Romanze.«

»Ich sehe wohl, wie hart Sie arbeiten. Es belastete mein Gewissen, zu beobachten, wie sehr sie sich anstrengen, während sich Julie einen schönen Tag macht und ich … meine Güte, ich habe in den vergangenen Monaten an dem Roman geschrieben, den ich immer vollenden wollte und der doch nie fertig wird. Es ist eine Liebhaberei, mehr nicht, und mit Ihrem Seidenhandel nicht zu vergleichen.«

»Sie sollten nicht so bescheiden sein: Ich wünschte, ich hätte das Talent und die Möglichkeit, an einem Buch zu arbeiten.«

»Wenn Ihnen mehr Ruhe und Zeit gegeben wäre, könnten Sie es ausprobieren. Sie sollten das wirklich einmal tun. Es trifft sich gut, dass wir Sie nicht mehr lange belasten werden. Wir werden abreisen, und dann können Sie es versuchen. Julie ist endlich zur Besinnung gekommen, und es wird Zeit, dass Mamma ihre Enkeltochter kennenlernt.«

Emilia erstarrte. Die Nachricht versetzte ihr einen Schock. Sie stolperte und wäre lang hingeschlagen, hätte sie sich nicht geistesgegenwärtig am Korb des Kinderwagens festgehalten. »Es stimmt mich traurig, dass Sie mich verlassen«, gab sie aufrichtig zu. Zärtlich betrachtete sie den Säugling: Olimpia schlief mit einem seligen Lächeln auf den Lippen und nuckelte zufrieden an ihrem Saugläppchen. Wie sehr würde sie die kleine Familie vermissen, die wie ein Scirocco in ihr Leben gefegt war und alles verändert hatte.

»Anfangs wird Ihnen die einkehrende Ruhe ungewohnt erscheinen, aber dann werden Sie froh sein, dass Sie uns los sind.«

»Ach, das weiß ich gar nicht.«

»Ich versichere Ihnen, es wird so sein.« Lucia hakte sich bei Emilia unter. »Doch unser Kontakt wird nicht abbrechen, nicht wahr? Wir werden in Verbindung bleiben, das müssen Sie mir versprechen. Und Sie kommen uns besuchen, ja? In der Villa Agnelli sind Sie jederzeit willkommen.«

Emilia griff nach dem Strohhalm, der sich ihr in der Verzweiflung bot: »Hat sich denn die politische Situation in Lugano seit der Ausrufung der Helvetischen Republik so zum Besseren verändert, dass Sie in Frieden heimkehren können?«

»Nein. Es herrschen Unordnung und Willkür. Mit anderen Worten: Alles ist im Tessin beim Alten geblieben – deshalb ist das Land sicher, und Julie braucht keine Revolution mehr zu befürchten. Meiner Ansicht nach müssen schwerere Geschütze aufgefahren werden als ein paar Kanonen, damit sich in meiner Heimat etwas ändert. Es ist ein Land armer, tief religiöser Bergbauern, die jeden Tag ums Überleben kämpfen, wissen Sie. Ich denke, jede von protestantischen Schweizern ersonnene Regierungsform ist für diese Leute absolut inakzeptabel. Wir gehören zur Lombardei, und ich hoffe nach wie vor, dass uns eines Tages aus Paris die Befehle zu einer Vereinigung mit der Cisalpinischen Republik erreichen.«

»Ja«, murmelte Emilia zustimmend, sie war aber mit ihren Gedanken woanders und hatte nicht richtig zugehört. Das Schicksal Europas lag offenbar in den Händen Frankreichs – und Francescos Leben anscheinend auch, solange er mit General Bonaparte Ägypten zu erobern trachtete. Ihr Herz zog sich zusammen. Wie sehr konnte sich ein Weltbild innerhalb eines Jahres ändern? So wenig war übrig geblieben von dem, woran sie früher geglaubt und was sie gepredigt hatte. Wahrscheinlich wäre es besser gewesen, sich wie Serena politisch neutral zu verhalten und mehr auf die eigenen Gefühle zu hören. Doch am Ende hatte das keine Rolle gespielt.

Ach, Serena, dachte Emilia, wärest du doch noch bei mir.

17

Ende Oktober ging Francesco in Venedig an Land und hatte bis dahin mehr gesehen, als er je für möglich gehalten und in seinen Briefen beschrieben hatte. Er hatte die Pyramiden bestaunt, die Endlosigkeit der Wüste kennengelernt, den Nil befahren – und er hatte die Zerstörung der gesamten französischen Flotte im August vor Abukir erlebt, die Verzweiflung am eigenen Leibe gespürt, als die Nachricht in Kairo eintraf, dass sämtliche Verbindungswege zur Heimat in Flammen aufgegangen waren. Die im Wasser aufgedunsenen Leichen der französischen Seeleute waren an Land getrieben worden, sofern sie nicht verbrannt oder den Haien zum Opfer gefallen waren. Der Untergang war grausam, die damit verbundene Hoffnungslosigkeit verstörend. Wenn es noch eine Steigerung gab, so war dies der Marsch durch die Wüste Sinai: Die Soldaten litten an Hunger, Durst, den Fliegen und Durchfall; keiner trug eine Wasserflasche bei sich und als sich die Truppe einmal einem Brunnen näherte, wurden bei dem Ansturm auf das köstliche Nass über dreißig Soldaten zu Tode getrampelt, manche begingen wegen der Entbehrungen Selbstmord. Dennoch gab sich General Bonaparte nicht geschlagen, und das war vielleicht das Bemerkenswerteste an der ganzen Expedition: dieser unerbittliche Siegeswille des kleinen Mannes, der auf jeden anderen ansteckend wirkte und ihn zum Durchhalten zwang. Letztendlich auch auf Francesco. Dann hatte ihn ein Fieber niedergestreckt, und schließlich hatte Francesco eine Dhau auftreiben können, die ihn auf die von den Osmanen besetzte Insel Kreta brachte. Er feilschte und bestach und schaffte es in einer wahren Odyssee nach Norden. Als er endlich wieder italienischen Boden unter seinen Füßen spürte, fühlte er sich alt, desillusioniert, krank, hilflos und matt. Nie zuvor war er so dankbar gewesen, das Postboot zum Festland zu nehmen und dann eine Kutsche zu besteigen.

Tief in der Nacht erreichte er Como. Glücklicherweise war er nicht mehr der Seebär, der in Venedig von Bord eines österreichischen Handelsseglers gegangen war – er hatte sich im Hotel gewaschen und sich angemessene Garderobe besorgt. Er sah also manierlich genug aus, eine Herberge aufzusuchen und seinem dringenden Bedürfnis nach Schlaf nachzugeben. Doch seine Schritte führten ihn wie selbstverständlich zur Piazza di Popolo. Er wollte seine Familie wiedersehen, wollte in vertraute Gesichter blicken und in den Augen der Frauen den Glanz von Freude entdecken. Selbst Julie würde sicher nicht herzlos auf seine Rückkehr reagieren, auch wenn es bereits Mitternacht war und er sie um die ihr kostbaren Stunden der Ruhe brachte. Allein der Blick auf seine schlafende Tochter würde die Mühe belohnen, die er auf sich genommen hatte, um hierherzureisen.

Er hatte sie vermisst. Das war eine der Absonderlichkeiten, die ein Krieg mit sich brachte – ein Mann fand Erkenntnisse und traf Entscheidungen, die ihm in Friedenszeiten nicht möglich waren. Dazu gehörte auch der Wunsch, Julie nahe zu sein. Sie war seine Frau und ihn trieb der Gedanke an einen Neuanfang mit ihr an. Die Erinnerung an Serena versuchte er sich währenddessen aus dem Kopf zu schlagen – oder zumindest den Gedanken an einen Fortbestand ihrer Affäre. Wie zerstörerisch das Strohfeuer einer verbotenen Liaison sein konnte, hatte er in Napoleon Bonapartes Gefolge erlebt. Und zu sehen, wie selbst dieser Mann unter der Bedrohung eines schneidigen Kavaliers litt, war ihm eine Lehre. Er würde Serenas Liebreiz vergessen, ebenso wie Joséphine Bonaparte anzuraten war, den Charme von Lieutenant Charles zu verdrängen. Es waren Liebesbriefe der Dame und ihres Verehrers öffentlich gemacht worden, und die Schmach, die der gehörnte Ehemann darüber im fernen Ägypten empfand, war zerstörerischer gewesen als alle Kanonen Admiral Nelsons.

Die untere Haustür war nicht abgeschlossen. Francesco trat in den von Fackeln beleuchteten Flur und stieg die

Treppe hinauf. Unwillkürlich entsann er sich, wie er vor etwa einem halben Jahr zum ersten Mal zu Serena Bossis Wohnung gegangen war. Es hatte sich wenig verändert, der Putz bröckelte vielleicht noch ein wenig stärker von den Wänden, und die Stufen erschienen ihm ausgetretener als an dem Tag im April, an dem er Como verlassen hatte. Müde hob er die Hand zum Klopfer an der Tür im ersten Stock.

Als sei er erwartet worden, wurde der Eingang sogleich geöffnet. Verwirrt blinzelte er in das Licht eines mehrarmigen Kerzenleuchters.

»Signor Agnelli!« Es war ein Flüstern, kein Ausruf, Erleichterung statt Schreck.

Seine Augen gewöhnten sich rasch an die unerwartete Helligkeit und waren nicht mehr ganz so geblendet. Er erblickte die Hausherrin, die, nur mit einem dünnen Hemd bekleidet, vor ihm stand, den Leuchter in Händen haltend. Die Silhouette ihres schlanken Körpers zeichnete sich unter dem Stoff ihres Gewandes ab, ihre Brüste drohten den Ausschnitt zu sprengen, aus dem sich ihr schlanker, weißer Hals erhob.

Sprachlos starrte er sie an – und wünschte sich plötzlich nichts sehnlicher, als ihre Wärme zu spüren und die Stärke zu fühlen, die allein durch ihren Anblick langsam wieder in seine Glieder zurückkehrte. Er lebte, er war so gut wie zu Hause, all die zerstörerischen Ängste der vergangenen Monate zerfielen zu Staub und wichen dem unersättlichen Willen, die eigene, verloren geglaubte Kraft zu kosten.

»Ihre Familie ist nicht mehr hier, wussten Sie das nicht? Aber kommen Sie doch herein. Sie sehen abgespannt aus …«

Wenn sie wüsste, wie munter er sich mit einem Mal fühlte. Er folgte ihr in die Diele, und als sie sich zu ihm umdrehte, sprach er zu seiner eigenen Überraschung die Wahrheit: »Ich bin hier, Serena, weil ich *dich* wiedersehen wollte.« Alles andere war Selbsttäuschung, dachte er.

Ungeachtet des Kerzenleuchters in ihrer Hand zog er sie zärtlich in seine Arme. Er bettete seinen Kopf in ihrer Halsbeuge, spürte ihre kühle Haut auf seiner Stirn, ihr Herz schlug an seinem Herzen. Sie wehrte sich nicht – und ganz langsam hob sie die freie Hand, um sie zart auf seine Schulter zu legen. Es war nicht Abwehr, wie er befürchtet hatte, sondern Willkommen.

*

Seit Lucia mit Julie und Olimpia abgereist war, litt Emilia unter Schlafmangel. Die Ruhe war zu beständig, ihr Tag nicht mehr ausgefüllt, sondern öde und lang. Ebenso endlos zogen sich die Abende dahin, manchmal spielte sie ein wenig Klavier, meistens las sie, wenn sie sich nicht um die Buchhaltung oder Vergleichbares kümmern musste. Bald begannen ihr die Gespräche mit der Freundin zu fehlen, und ihr wurde schmerzlich bewusst, dass sie sich für ein Leben in Einsamkeit entschieden hatte, welche schwerer als vermutet zu ertragen war. Die Gefahr, dass jemand ihren Betrug entdeckte, erschien ihr noch immer zu groß, um Serenas Bekanntschaften wiederzubeleben; außerdem fürchtete sie, unter diesen Menschen keine Geistesverbundenheit zu finden. Neue Freunde kennenzulernen, fiel ihr schwer, da sie sich zu lange von gesellschaftlichen Vergnügungen ferngehalten hatte und deshalb keine Einladungen mehr erhielt; außerdem war eine alleinstehende Frau in ihrem Alter niemand, den verheiratete Damen ohne Vorbehalte im eigenen Kreis aufnahmen.

Lucias Vorschlag aufzugreifen und mit dem Schreiben zu beginnen, hatte sie noch nicht gewagt, zu groß war ihr Respekt vor dieser Kunst gewesen. Stattdessen hatte sie sich an diesem Abend wieder mit der Lektüre einer anderen Autorin beschäftigt. Da sie durch ihren Aufenthalt in Wien sehr gut deutsch sprach, war sie dankbar gewesen, als sie zu dem historischen Roman »Alf von Dülmen oder die Geschichte Kaiser Philipps und seiner Töchter« von einer anonymen Autorin aus dem Kurfürstentum Sachsen gekommen war. Im Schein des Kerzenleuchters hatte sie es sich auf dem einstigen Bett im wiedererstellten Esszimmer bequem gemacht, das sie nach der Abreise ihrer Gäste zu einem Sofa umdekoriert hatte.

Und dann hatte sie die schweren Schritte unten im Treppenhaus vernommen. Als es an ihrer Tür klopfte, hatte sich für einen Moment ihr Magen zusammengezogen. »Ein Einbrecher klopft nicht an«, sagte sie sich. Dann war sie beherzt in die Diele gelaufen und hatte geöffnet – ungeachtet der Tatsache, dass sie für einen Besucher nicht angemessen gekleidet war.

»Signor Agnelli!«

Seit Monaten war sie ohne einen Brief von ihm gewesen. Sie nahm an, dass vor allem die Postwege mit der Versenkung der französischen Flotte abgeschnitten waren. Manchmal dachte sie auch, Francesco habe von der Abreise seiner Familie erfahren und fühle sich daher nicht mehr verpflichtet, den Kontakt zu ihr zu halten. Doch nun stand er vor ihr.

Er sah bemitleidenswert aus. Seine Wangen waren eingefallen, unter den Augen lagen Schatten, sein Blick hatte den alten Glanz verloren. Jede Linie, die sich in sein schmales Gesicht eingegraben hatte, erzählte von Strapazen, mangelnder Versorgung und Krankheit. Er war dünn geworden, der Rock war zu groß und hing von seinen mageren Schultern wie ein Kartoffelsack.

»Ihre Familie ist nicht mehr hier, wussten Sie das nicht?«, fragte Emilia hastig. Es machte sie nervös, wie er sie ohne ein Wort zu verlieren anstarrte. »Aber kommen Sie doch trotzdem herein. Sie sehen abgespannt aus …«

Was dann geschah, hätte sie sich im Traum nicht ausmalen können. Francescos Umarmung besaß etwas atemberaubend Intimes. Es war keine Leidenschaft darin, kein Begehren, sondern der Wunsch nach Nähe, Wärme und Zärtlichkeit. Keine Frau der Welt würde ihn unter diesen Umständen von sich stoßen, dachte Emilia, nicht einmal seine eigene Gemahlin. Behutsam berührte sie seine Schulter mit den Fingerspitzen.

Beide verloren ihr Zeitgefühl. Keiner von ihnen konnte später sagen, wann Francesco den Kopf hob, ihr in die Augen sah und lächelnd meinte: »Ich glaube, wir sollten die Türe schließen.« Er löste sich von ihr, nahm ihr den Leuchter ab, tat, was er vorgeschlagen hatte, und stellte den Leuchter auf der Kommode ab. Danach wandte er sich wieder zu ihr um.

»Da bin ich nun. Ein Heimkehrer, der sich nach dem Leben sehnt. Ich war krank, Serena, ein Fieber quälte mich … In meinen Träumen habe ich an dich gedacht. Seltsam, dass mir das jetzt erst bewusst wird.«

Verlegen senkte sie die Lider. »Bitte, sagen Sie das nicht. Es schickt sich nicht, solche Worte zu verlieren.«

»Es gab viele Frauen in Ägypten, nicht nur die schönen, dunkelhaarigen Töchter der Mameluken mit ihrer olivfarbenen Haut«, fuhr er ungeachtet ihres Einwands fort. Er hob die Hand und begann, eine ihrer Haarsträhnen um seinen Finger zu wickeln. »Blonde Marketenderinnen aus Frankreich sorgten für ein wenig Heimat in der Wüste. Und doch hast du meine Gedanken beherrscht.«

Du kannst ihn nicht abweisen, meldete sich eine innere Stimme. Es war bereits nach Mitternacht – schickte man einen Kriegshelden um diese Uhrzeit auf die Straße? Ihn aufzunehmen wäre ein Akt der Mildtätigkeit. Das Gästezimmer fiel ihr ein, als hätte sie die Raumaufteilung ihrer Wohnung über seinen schmeichelnden Worten vergessen. Sie könnte ihn im Gästezimmer unterbringen, wo sich bis zum Sommer seine Schwester eingerichtet hatte.

»Es ist natürlich ungehörig, um diese Stunde Herrenbesuch zu empfangen, aber Sie können gerne dort übernachten, wo Lucia geschlafen hat. Möchten Sie zuvor vielleicht etwas trinken? Ich glaube, es steht noch etwas von dem Kräuteraufguss in der Küche, den meine Haushälterin für mich zur Nacht bereitet und der sehr wirksam sein soll. Sie werden zur Ruhe kommen und …«

»Ich will dich, Serena«, sagte er einfach. »Ich will nichts anderes als dich.«

Du benimmst dich wie eine einfältige Gans, schimpfte Emilia im Stillen mit sich selbst. Sie redete über einen Tee, während er sie mit Blicken auszog.

Er rührte sich nicht vom Fleck, stand still vor ihr und erwartete eine Reaktion.

Himmel, was sollte sie tun? Ihr Herz schlug ihr bis zum Hals, ihre Knie zitterten, und ihr Magen verwandelte sich in einen Bienenstock.

»Möchten Sie nicht wissen, wie es Ihrer Gattin und Ihrer Tochter geht?«, fragte sie mit fremder, seltsam tiefer und belegter Stimme. »Sie sind wieder in Lugano. Lucia schreibt mir regelmäßig. Es geht ihnen gut.«

»Das freut mich zu hören. Ich habe so lange keine Nachricht mehr erhalten. Wissen Sie, dass Admiral Nelson die französische Flotte aufgerieben hat?«

»Ja, natürlich. Ich habe mir große Sorgen um Sie gemacht.«

»Wenn dem so ist, Serena, komm in meine Arme und gestatte mir, dich zu lieben. Ich bin verzweifelt und müde. Ägypten ist ein wundervolles Land, es ist ein erhebender Moment, viertausend Jahren Geschichte gegenüberzustehen. Aber es ist Krieg, und ich bin kein Kämpfer und kein Held, nur ein Beobachter, der zu viel gesehen hat. Ich möchte die Toten und das Elend für ein paar Stunden vergessen. Darf ich das?«

Es bedurfte nur eines winzigen Entgegenkommens, nur eines einzigen Schrittes. Durch Emilias Kopf rasten Ängste und Lebensmut, Scham und Leidenschaft, Verlangen und Pflichtgefühl zugleich. Ehebruch war eine Sünde, aber eigentlich hatte sie schon zu viele Sünden auf sich geladen, als dass es auf diese eine noch ankäme. Sie wollte ihn, daran bestand kein Zweifel.

Was hätte Serena in dieser Situation getan?

Unbeabsichtigt entrang sich ihrer Kehle ein sarkastisches kleines Lachen. Serena hatte es bereits getan. Ihre Schwester hatte Francesco gehabt. Also spielte es eigentlich keine Rolle, es war nur eine Wiederholung, wenn sie ihn in der Identität der Anderen erhörte, kein Betrug. Vor der Welt vielleicht nicht, fuhr es durch Emilias Kopf, aber vor Gott, an den nicht mehr zu glauben sie sich schon lange einbildete.

Francesco missverstand ihr Lachen, er wertete es als Aufforderung. Langsam, als könne er die Zeit anhalten, trat er näher. In einer unendlich vorsichtigen Geste legte er seine Hände auf ihre bebenden Schultern. »Du zitterst«, stellte er sanft fest. »Dabei ist es doch nicht das erste Mal. Für mich ist es wie ein Nachhausekommen.«

Die Macht ihres Gewissens beugte sich der süßen Gewalt ihrer Lust. Bevor sie es verhindern konnte, pressten sich ihre Hüften gegen seine Lenden. Und plötzlich war alles einfach und richtig.

»Ja«, raunte sie, »jetzt bist du da. Wie könnte ich dich fortschicken?« Staunend über sich selbst und das Begehren, das sie erzittern ließ, teilten sich ihre Lippen für seinen Mund.

Er senkte sich mit einem Hunger über sie, der ihre flüchtige Eifersucht auf die französischen Soldatenfrauen vertrieb. Niemand konnte sich in einen so wilden Kuss steigern, dessen Expedition von Affären begleitet gewesen war. Francesco hatte keine andere Frau berührt, sinnierte sie, während sie sich an ihn drängte und seine Leidenschaft geschehen ließ. Seine Zunge erkundete ihren Mund, als wollte er ihn vereinnahmen. Dass er meinte, Serena in Besitz zu nehmen, war ihr gleichgültig. In diesen Augenblicken war sie in Serenas Haut geschlüpft, ihre wahre Identität war vergessen. Und deshalb reagierte sie wie die Schwester, nahm ihn in einem Moment bei der Hand, in dem er atemlos von ihr abließ, und führte ihn in ihr Schlafzimmer.

Stumm beobachtete er, wie sie die Arme hob und das Hemd über ihren Kopf zog. Da sie die Fensterläden nicht geschlossen hatte, drang das gelbe Licht der Straßenbeleuchtung herein und warf matte Lichtflecken auf ihren weißen Körper. Erwartungsvoll stand sie vor ihm.

Seine Augen schienen sie zu verschlingen, als er begann, sich mit raschen, geschickten Bewegungen auszuziehen. Nun lag es an ihr, seinen drahtigen, braun gebrannten Körper bewundernd anzusehen.

Dann glitten seine Finger über ihre Haut, seine Lippen erkundeten ihre Halsbeuge, ihre Schultern. Nervenbahnen, von deren Existenz sie nicht einmal etwas geahnt hatte, vibrierten. Mit sanftem Drängen schob er sie zum Bett, drückte sie auf die Decke und legte sich halb auf, halb neben sie. Seine Hände kreisten verführerisch zart über ihre Brüste, und Wellen der Begierde durchfluteten Emilia und sammelten sich in tobender Wollust zwischen ihren Schenkeln. Unwillkürlich hob sie ihm die Hüften entgegen.

»Serena«, flüsterte er, heiser vor Erfüllung und Verlangen, »Serena, wo bist du nur so lange gewesen?«

»Hier«, keuchte sie zwischen kleinen, zärtlichen Küssen, »ich war immer hier.«

Als er sich auf sie legte, schlang sie mit einem ebenso glücklichen wie schmerzvollen Seufzen die Arme um seinen

Leib. Sie war eins mit ihm, ihre Herzen rasten gemeinsam dem Höhepunkt entgegen, ihre Bewegungen verbanden sich wie ein Fluss, der sich in ein weites Delta ergoss und von der Strömung in die Weltmeere getrieben wurde. Es schien ihr, als könne sie ihn nicht tief genug in sich aufnehmen, um auch ja alles von diesem Mann zu spüren, der ihr Schicksal wurde. Irgendwann gab sie jegliche Zurückhaltung auf, stöhnte, jammerte und jubelte ob der Köstlichkeiten, die er ihr schenkte.

»Ich liebe dich«, entfuhr es ihm mit einem kaum zu unterdrückenden Schrei, der den Tiefen seines Sinnestaumels entsprang.

*

Francesco erwachte vom Morgenlicht. Benommen blickte er zum Fenster, hinter dem sich ein weißgrauer Himmel zu verfärben begann. Schlaftrunken strich er über seine Augen, seine Hand tastete über die Decke ins Leere, einige wenige Herzschläge später war er munter. Er lag alleine in Serenas Bett, die Geliebte war nicht bei ihm. Plötzlich wurde ihm bewusst, dass dies über Wochen der Fluchtort seiner Gemahlin gewesen war. Verzagt rollte er sich auf den Rücken und starrte gegen die Decke.

Seine Rückkehr hatte alles komplizierter gemacht.

Bei all seinen guten Vorsätzen hatte er nicht damit gerechnet, dass unter der Asche seiner Gefühle eine Glut brannte, die zu einem Feuer auflodern würde, sobald er Serena wiedersah. Anfangs hatte er mit ihr nur sein Überleben feiern, sich endlich wieder lebendig und unbeschwert fühlen wollen. Er hatte die Geliebte aus Mombello als leichtsinnig genug in Erinnerung, um ihn auch dieses Mal ohne Scheu zu befriedigen. Der relativ harmlose Seitensprung eines verheirateten Mannes, der ohne Folgen bleiben und nichts als Freude bereiten sollte. Im Grunde wollte er sich wie bei einer Venustochter fühlen.

Aber natürlich hätte er wissen müssen, dass die Serena, die er in den beiden Wochen während seines Aufenthalts in Como kennengelernt hatte, eine Andere war. Sie war bezaubernd, anschmiegsam, leidenschaftlich, fordernd, wild, gunstvoll und genießerisch. Alles an ihr war neu gewesen, und er hätte schwören können, dass der Bettschatz dieser Nacht ein anderer war als damals in der Villa Crivelli. Sie war eine aufregende Frau, wenn auch mit zwei Gesichtern – und vielleicht gerade deshalb keine Gespielin für seltene Gelegenheiten. Er spürte, wie es ihn schon wieder zu ihr hinzog.

Wo war sie? Hatte sie ihn verlassen, um ihm bei Tageslicht nicht in die Augen sehen zu müssen? Es verletzte ihn, sich vorzustellen, dass sie sich für ihre Freizügigkeit in der gemeinsamen Nacht schämen könnte.

Seufzend richtete er sich auf. Er war müde und hätte noch einer reichlichen Portion Schlaf bedurft, doch hatte er das Gefühl, Serena finden und sich ihr erklären zu müssen. Als er »ich liebe dich« gesagt hatte, war dies nicht eine Folge seines Verlangens gewesen. Im ersten Moment vielleicht, aber spätestens bei ihrer anschließenden, stillen Umarmung hatte er begriffen, dass er die Wahrheit gesprochen hatte. Er war nach Hause gekommen, um sich mit Julie auszusöhnen, hatte die erstbeste Gelegenheit genutzt, Ehebruch zu begehen, und nun wusste er überdies, dass er für seine Geliebte mehr empfand, als gut für sie alle war.

Er fuhr sich mit den Händen flüchtig durchs Haar, sprang aus dem Bett, sammelte seine Kleider zusammen und zog sich notdürftig an.

Er fand sie am Piano, wo sie gedankenverloren in einem Stapel Noten blätterte. Als Emilia das leise Knarren der Dielen unter seinen Füßen vernahm, hob sie den Kopf.

»Ich habe mir die Ausgaben neapolitanischer Volksweisen besorgt, um die Tarantella zu üben«, erklärte sie.

Sie leuchtete, als sei eine Kerze in ihrem Inneren entzündet worden. Ihr Haar war noch zersaust von seiner Leidenschaft, ihre Augen glänzten wie dunkle Saphire. Dennoch lag eine Ernsthaftigkeit in ihrer Miene, die ihn verwirrte, da sie eine Saite zum Klingen brachte, deren Melodie er nicht verstand und die ihn davon abhielt, auf sie zuzustürzen und sie in seine Arme zu schließen.

»Wenn wir nicht alle Nachbarn aufwecken würden, könnte ich mich neben dich setzen und ein Duett mit dir spielen«, schlug er lächelnd vor.

»Haben wir in den vergangenen Stunden nicht genug miteinander gespielt?«, erwiderte sie überraschend kokett und ohne rot zu werden.

»Ich werde nie genug von dir bekommen.«

Mit fast pedantischer Ordentlichkeit schob sie die Notenblätter zusammen und legte sie auf das Klavichord. »Es muss ein Ende haben, Francesco«, sagte sie und erhob sich von ihrem Platz. »Du musst auf dem schnellsten Wege nach Lugano reisen, und wir dürfen uns niemals wiedersehen.«

Das Hemd, das sie bei seinem Eintreffen getragen hatte, umschmeichelte wieder ihren Körper. Im Gegenlicht wirkte es fast durchsichtig. Sein beim Aufwachen entflammtes Begehren wuchs. Doch der Schock, den ihm ihre Worte versetzten, unterdrückte das Verlangen.

»Warum?«, fragte er tonlos.

»Weil ich nicht …«, hob sie an und biss sich auf die Unterlippe. Dabei erinnerte sie an ein bockiges kleines Mädchen. Sie schwieg und starrte verdrossen auf einen imaginären Fleck auf der Wand neben dem Türrahmen.

Es war richtig, was sie sagte. Daran bestand kein Zweifel. Es war logisch und eine Konsequenz der Loyalität und Intelligenz, die er an ihr schätzen gelernt hatte. Sie war keine Venustochter, auch wenn er sich dies in Mombello und später in Stefanos Atelier eingebildet hatte. Diese Frau würde sich niemals mit einem Arrangement einverstanden erklären, das sie zur Mätresse eines reichen Mannes machte.

»Ich habe kein Recht auf dich«, seufzte er resignierend. »Ich bin ein verheirateter Mann, ich kann dir nichts versprechen. Wenn du mich fortschickst, muss ich gehen, auch wenn du die Gründe für dich behältst …«, zögernd unterbrach er sich, dann keimte Hoffnung in ihm auf, sie könne es sich doch noch anders überlegen: »Meinst du wirklich, was du eben gesagt hast?«

»Ja.«

Er schluckte. Stumm betrachtete er sie, prägte sich ihr Gesicht ein, ihre Lippen, ihr Haar. Er hätte schwören können, dass ihre Augen eine dunklere Farbe hatten, als er damals im Park der Villa Crivelli zum ersten Mal ihrem Blick begegnet war. Die Erinnerung trog – wie seine Meinung über ihre Leichtsinnigkeit.

»Du solltest wissen«, fuhr er nach einer Weile fort, »dass du mir die schönsten Momente meines Lebens geschenkt hast. Mich hat keine Frau zuvor so glücklich gemacht. Ich wünschte, wir wären uns früher begegnet. Dann könnte ich dich festhalten, um mit dir zu reden, mit dir zu lachen und dich zu lieben.«

Sie strich mit dem Handrücken eine Träne fort, die sich aus ihrem Augenwinkel stahl. »Es ist zwecklos, über Träume zu grübeln. Wir müssen an die Menschen denken, denen du verpflichtet bist, an Julie und an Olimpia. Außerdem … ach, ich kann es dir nicht sagen. Verzeih mir.« Ein verzweifeltes Schluchzen raubte ihr den Atem. Ungeachtet der Tatsache, dass sie ihn rüde anrempelte, stürzte sie an ihm vorbei hinaus.

Ihm brach das Herz, aber er ging ihr nicht nach.

17

Der Schnee knirschte unter Stefanos blau gefrorenen Füßen. In Sankt Petersburg feierten die orthodoxen Christen das Weihnachtsfest, die Glocken läuteten, Menschen mit dünnen Kerzen in den Händen hasteten zu den Gottesdiensten, die Frauen hatten dunkle Wolltücher über die Köpfe und die Männer Mützen gegen die Kälte über ihre Ohren gezogen. An einer Straßenecke hatte ein barmherziger Unbekannter ein Kohlenfeuer entzündet, das die Bettler und Obdachlosen wärmen sollte, aber Stefano wusste längst, dass das Überleben in dieser Stadt von anderer Qualität war als an den Orten, die er zuvor bereist hatte. Ein herannahender Schlitten glitt durch den Schnee, der Hufschlag der Pferde wurde geschluckt; ein unachtsamer Passant konnte leicht unter die Kufen kommen, aber davon nahmen die in Pelzdecken gehüllten Herrschaften im Inneren des Gefährts keine Kenntnis. Menschenleben zählten am Ufer der Newa nicht viel.

Stefanos Zähne schlugen hart aufeinander. Er fror erbärmlich, und sein Magen knurrte. Seit Tagen hatte er nicht ausreichend gegessen, an etwas Warmes war überhaupt nicht mehr zu denken. Er verfluchte den Tag, an dem er sich hatte überreden lassen, Wien den Rücken zu kehren. Dort war es ihm jedenfalls besser ergangen, und all die Hoffnungen, die ihn fortgeführt hatten, waren in den russischen Sümpfen versunken. Er hatte Pech gehabt, der Unfall, der ihn zwei Finger seiner linken Hand und fast das Leben gekostet hatte, hätte ihm überall passieren können, selbst in Bissone. Dabei war vorigen Sommer ein Hauch von Hoffnung in ihm gewachsen, denn der Neubau des Schlosses von Zar Paul II. auf einer kleinen Kanalinsel bot fähigen Bildhauern reiche Entfaltungsmöglichkeiten. Doch nirgendwo sonst wogen die Wochen, in denen er nicht arbeiten und seinen Lebensunterhalt verdienen konnte, so schwer wie hier, wo der Winter früher einsetzte als anderswo und die Fortsetzung des Bauvorhabens auf einen fernen Frühling verschob, bis zu dem Stefano erfroren oder verhungert sein würde.

»Mobilmachung!«

Der tiefe Klang einer fremden Stimme ließ Stefano aufhorchen. Er verstand inzwischen gut genug Russisch, um auf Anhieb zu begreifen, was gemeint war. In einem Reich, in dem die Wehrpflicht vom amtierenden Zaren abgeschafft worden war, war die freiwillige Meldung zum Heer ein Synonym für guten Sold, eine heiße Suppe und warme Schuhe. Unwillkürlich verlangsamte er seine Schritte.

Auf der anderen Straßenseite trat ein vierschrötiger Mann in dem langen, weißen Mantel der Infanterie von einem Bein auf das andere. Um die Schultern hatte er eine grobe Decke gelegt, vor seinem Bauch baumelte eine Trommel. Einige Passanten blieben neugierig stehen, und in einer kleinen Gruppe entbrannte eine hitzige Diskussion, andere strebten weiter.

»... an die Waffen ... Nieder mit Frankreich ... Freiheit für Malta ... Lang lebe der Zar ... Ein Hoch auf Generalissimus Suworow ...«

Wortfetzen drangen an Stefanos Ohr. Er verstand nicht jede Einzelheit, aber immerhin genug, um sich zu überlegen, ob eine Freiwilligenmeldung die Lösung seiner Probleme sein konnte. War es nicht besser, wohlgenährt auf einem Schlachtfeld zu sterben, als in der Gosse zu erfrieren?

»Heda!« Er winkte einen Straßenjungen herbei, der um die Beine der parlierenden Männer gestreunt war, wohl in der Absicht, heimlich aus der einen oder anderen Hosentasche eine Kopeke zu fischen. Das ertappte Kind war schmutzig und schützte sich mit Lumpen vor dem eisigen

Nordwind. »Was gibt's da zu reden?«, fragte Stefano in holprigem Russisch.

Der Junge sah ihn aus großen, dunklen Augen an, in denen Stefano sein eigenes Leid erkannte. »Es gibt Krieg, Herr«, nuschelte er, und Stefano hatte Mühe, ihn zu verstehen. »Alle sollen sich freiwillig melden, sagt der Zar. Kennt Ihr ein Land namens Italien, Herr?«

»Italien?«, wiederholte Stefano verblüfft. Er konnte seine Aufregung kaum verbergen, seine Stimme klang heiser. »Was weißt du über Italien, Junge?«

»Nichts, Herr, deswegen hab ich ja gefragt. Die Truppen sollen bis nach Italien marschieren, und ich hab keine Ahnung, wie weit das ist.«

Vor Stefanos geistigem Auge entfaltete sich eine prachtvolle, sonnenverwöhnte Landschaft. Die feuchte Kälte, die im Winter vom See in die Dörfer kroch, die Mauern durchnässte und die Armen anfällig für ein Lungenleiden machte, hatte er schon lange vergessen. Dass Hunger und Leid auch im Sottoceneri herrschten, war nicht mehr in seinem Bewusstsein. Ob sein Atelier wohl noch existierte? Er konnte sich nicht recht vorstellen, dass ein anderer Künstler dort eingezogen war, aber er wusste nichts über die Verhältnisse in der alten Eidgenossenschaft und ihren Vogteien. Ungeahntes Heimweh drohte ihn plötzlich zu überwältigen.

»Serena«, murmelte er halblaut, »der Buße ist genüge getan. Verzeih mir. Ich möchte nach Hause.«

Der einfachste Weg wäre, die Venusstatue zu verkaufen, die sich noch immer in seinem Besitz befand. Doch diese einem Kunstsammler anzubieten erschien ihm, als würde er Serena ein zweites Mal verlieren. Das brachte er nicht über sich, wohl aber etwas anderes. Seine Gedanken überschlugen sich.

Wenn er sich der Armee anschloss, würde er mit ein wenig Glück in der Lombardei landen. Mit seiner behinderten Hand würde man ihn nicht an die vorderste Front schicken, er könnte sich als Koch verdingen oder einfache Arbeiten für die Truppe ausführen, im Süden würden ihn die Offiziere sicher als Dolmetscher brauchen. Als Freiwilliger würde er einen Sold erhalten und Essen – und er würde, ohne einen Rubel für die Reise zahlen zu müssen, seiner Heimat nahe kommen. Dass französische Generäle die russischen Ambitionen aufhalten könnten, kam Stefano nicht in den Sinn. Er sah nur das Ziel vor Augen, der Weg dorthin war ihm einerlei.

»Herr …«, der Junge hielt Stefano die geöffnete Hand hin. Zweifellos erwartete er einen Lohn für seine Auskunft.

Stefano zuckte mit den Achseln. »Ich habe kein Geld, aber ich kann für dich beten. Manchmal hört Gott zu, wenn man verzweifelt genug ist.« Dann wandte er sich ab und trat entschlossen auf den Rekrutierer des Zaren zu.

Drittes Buch

»Die Wahrheit stiftet nicht so viel Nutzen,
wie ihr Schein schadet.«
François de La Rochefoucauld

Lugano, Ende April 1799

1

Angewidert betrachtete Albert von Podlanski das getrocknete Blut. Es musste eine ziemlich große Lache gewesen sein, und er war dankbar, dass ihm der Anblick der dazugehörigen Leiche erspart blieb, da diese bereits fortgeschafft worden war. Zur Erinnerung an die Person, die zu Füßen des Freiheitsbaumes ums Leben gekommen war, hatte jemand eine weiße Kamelie auf den Boden gelegt. Eine ungewöhnlich passende Geste, fand der Baron aus Wien, denn er erinnerte sich daran, dass diese Blumen in Asien das Symbol für Blutstropfen waren.

Podlanski hasste es, dem Tod in die Augen sehen zu müssen. Dabei hoffte er noch immer, gerade damit sein Glück zu machen. Aber den Prototyp einer Kampfmaschine zu bauen war etwas anderes, als diese höchstpersönlich zu bedienen und damit ein schreckliches Gemetzel zu verursachen. Allerdings hatten sich in den vergangenen Jahren keine erfolgreichen Verkaufsverhandlungen ergeben, der Frieden machte seine Pläne zunichte. In Wien schien sich kein Mensch für Podlanskis Erfindung zu interessieren, er fand kein hochwohlgeborenes Ohr, das auch nur bereit war, ihm wenigstens zuzuhören.

Napoleon Bonaparte kam ihm mit der Annektion Maltas indirekt zu Hilfe, da sich Zar Peter entschloss, die Rechte des vertriebenen Großmeisters zu verteidigen und erneut zum Angriff gegen Frankreich zu blasen. Obwohl der Kaiser wieder zu den Verbündeten Russlands gehörte, stieg das Interesse an Podlanskis Maschine nicht. Also lud Albert das

Gerät auf einen Wagen und folgte den Truppen in der Hoffnung, jene Militärs am Rande der Schlachtfelder auf sich aufmerksam machen zu können, die ihn in Wien abgewiesen hatten. Der erhoffte Erfolg blieb jedoch erneut aus, und während die Österreicher noch am Rhein standen, eilte Albert von Ort zu Ort, die Seiten wechselnd, wie die Kriegslage dies als gegeben erscheinen ließ.

Wie Treibgut über das Meer hatten die Wogen des Schicksals Podlanski über die Alpen bis an die Grenze zur Cisalpinischen Republik getrieben. Da stand er nun auf der Piazza Castello am Luganer See und fragte sich, wieso ein Mensch in einer so schönen, sonnigen Stadt ausgerechnet unter einem Freiheitsbaum und in offensichtlich barbarischer Weise zu Tode kommen konnte.

In sein Blickfeld schob sich eine dunkel gekleidete, alte Frau. Sie hielt vor der Blutlache inne, sah sich rasch nach allen Seiten um, schloss dann für einen Moment die runzeligen Lider und schlug schnell das Kreuz vor ihrer Brust. Als sie aufsah und Alberts Blick bemerkte, trat Entsetzen in ihre bekümmerte Miene, und sie wandte sich zum Gehen, so behände, wie es ihre gebrechlichen Knochen erlaubten.

Doch Podlanski verstellte ihr den Weg. »Ich tue Ihnen nichts«, versicherte er in fließendem Italienisch und dankte im Stillen seinen Eltern, die trotz gewisser finanzieller Nöte Wert darauf gelegt hatten, dass er die wichtigsten Fremdsprachen erlernte. »Keine Angst. Ich möchte nur wissen, was hier geschehen ist.« Aus seinen Augenwinkeln beobachtete er, wie ein vierschrötiger Mann, der einen mit Fässern beladenen Lastkarren zog, ausspuckte, als er den Freiheitsbaum passierte.

»Die Zeiten sind gefährlich, Signore, es ist nicht gut, viel zu reden«, flüsterte die Alte. »Wäre Abate Vanelli noch am Leben, könnte er ein Lied davon singen.«

»Abate?«, wiederholte Albert verwundert. »Ist hier ein Priester ermordet worden?« Das konnte er sich nicht so recht vorstellen, denn man hatte ihm nördlich des Gotthardpasses versichert, dass der Einfluss der katholischen Kirche im Tessin enorm sei und es deshalb ständig zu Schwierigkeiten mit dem calvinistischen Direktorium der Helvetischen Republik und den Säkularisierungsbestrebungen der französischen Schutzmacht käme.

»Die Bauern sagen, jeder Jakobiner muss dran glauben«, raunte die Frau in verschwörerischem Ton. »Wenn Sie einer sind, tun Sie gut daran, fortzugehen.« Sie nutzte seine Überraschung, um kehrtzumachen und in der Menge unterzutauchen, die gerade von der Schiffsanlegestelle in die Stadt strömte.

Podlanski blickte ihr nach. Bedauerlich, dass der Priester tot war. Podlanski hätte sich gerne mit ihm unterhalten. Welche Möglichkeiten hätte dieser Abate seinen Geschäften eröffnen können, wenn er von der Kanzel über die Vorteile der Kriegsmaschine gepredigt hätte – nicht auszudenken! Fast noch besser als das Ziel, das der Wiener unmittelbar vor Augen hatte: das imposante, vierstöckige gelbe Haus am Rande des Platzes, an dem ein vornehmes Schild darauf hinwies, dass sich hier die »Tipografia Agnelli« befand. Podlanski beabsichtigte, dem Herausgeber der *Gazzetta di Lugano* sein extravagantes Handelsgut nahezubringen, so dass in der berühmten Zeitung darüber berichtet und über die Grenzen der Schweiz Propaganda für das Kriegsgerät gemacht wurde.

Irgendwo in der Ferne läutete eine Kirchenglocke. In ihren Klang mischte sich eine zweite, dann eine dritte, und schließlich riefen unzählige Glöckner zum Mittagsgebet.

Podlanski hatte nicht das Bedürfnis nach einer Fürbitte, wohl aber nach einem Imbiss. Sein Magen knurrte pünktlich zum Mittagessen. Doch er beschloss, diesem Verlangen noch nicht nachzugeben, sondern zunächst einen Besuch zu machen. Vielleicht würde ihn der Zeitungsmann, den er ohne Voranmeldung anzutreffen hoffte, wohlwollend in eine Taverne einladen. Das wäre zumindest der Beginn eines gelungenen Geschäfts – und eine deutliche Erleichterung für Podlanskis finanzielle Reserven.

Seine Hände flogen an seinen Hals, er rückte den Knoten seiner Krawatte zurecht. Dann machte er sich federnden Schrittes auf den Weg. Abate Vanelli und dessen Ableben traten in den Hintergrund.

*

Francesco blickte auf die Karte, die ihm sein Sekretär gereicht hatte: »Baron Albert von Podlanski – Handlungsreisender, Wien« stand in schön geschwungenen Druckbuchstaben auf dem in Grautönen gehaltenen, kostbaren venezianischen Papier. Er hatte den Namen nie zuvor gehört. »In welcher Angelegenheit möchte mich der Herr sprechen?«

Der Sekretär zuckte die Schultern. »Er dient Informationen an und betont, dass es sich um kriegswichtige Nachrichten handele.«

Möglicherweise war der Mann ein Aufschneider. Seine großspurige Visitenkarte sprach dafür. Oder aber er besaß einige Bedeutung und versah seine wichtige Erscheinung mit entsprechendem Dekor. Jedenfalls gab es keinen Grund, Baron Albert von Podlanski abzuweisen, auch wenn Francesco mit einem Leitartikel über die blutigen Vorgänge im Sottoceneri beschäftigt und seine Neugier auf »kriegswichtige Nachrichten« relativ gering war. »Ich lasse bitten«, sagte er und wartete hinter seinem Schreibtisch auf das Eintreten des Fremden.

Zu Francescos Überraschung eilte ein Herr herein, der ein wenig jünger war als er selbst und erstaunlich gut aussah, wenngleich er nicht Francescos klassische Vornehmheit besaß. Die Garderobe des Barons war tadellos geschnitten, aber nicht aus dem teuersten Material hergestellt, seine Stiefel schlicht. Das Lächeln des Besuchers war jovial, der Händedruck ein wenig zu fest für einen Adligen mit vorbildlichen Manieren.

»Guten Tag, Herr Verleger, guten Tag«, wünschte Podlanski leutselig und legte ohne zu fragen die Papierrolle, die er bei sich trug, zu den Federkielen, Gefäßen mit Wachs, Sand und Tinte und den unzähligen Zetteln und Papieren auf den Arbeitsplatz des Herausgebers, was dieser mit hochgezogenen Brauen registrierte.

»Ich habe nur wenig Zeit …«, hob Francesco an, doch sein Besucher ließ sich von dieser Behauptung nicht aus der Ruhe bringen: »Nachdem Sie erfahren haben, worum es geht, werden Sie die Geduld für meine Pläne aufbringen. Warten Sie ab, Signor Agnelli, es handelt sich um eine bahnbrechende Erfindung, die kriegsentscheidend sein wird.«

»Tatsächlich?«

Albert von Podlanski beugte sich selbstbewusst über den Schreibtisch und rollte seine Skizzenblätter aus. Immerhin vergeudete er keine Zeit und kam ohne Umweg zur Sache: »Sehen Sie sich das an, Herr Verleger: eine mit mehreren Sensen gespickte Kampfmaschine, die mit einem Schlag eine ganze Kavallerieeinheit vernichten kann. Ist das nicht von überzeugender Genialität?«

Wenig begeistert betrachtete Francesco die Zeichnungen. Mehrere durch Querbalken verbundene und auf Kutschenrädern transportierte Sensen ergaben ein seltsames Ding, dessen Funktionstüchtigkeit sein Vorstellungsvermögen überstieg. Ob das Gerät nur für die Kavallerie taugt?, fragte er sich im Stillen grimmig. Vielleicht diente es wenigstens zur Abschreckung marodierender Bauern, die aus den Bergen in die Täler kamen, nachdem sie von sogenannten Patrioten zur Jagd auf die Republikaner aufgehetzt worden waren. Francesco überlegte halb im Ernst, ob er die Erfindung kaufen und in der Auffahrt zur Villa Agnelli aufstellen lassen sollte.

»Warum kommen Sie damit zu mir?«, fragte Francesco, während seine Finger auf die Schreibtischplatte trommelten, als handele es sich dabei um ein Instrument. »Ich drucke eine Zeitung und verkaufe keine Waffen.«

»Die *Gazzetta di Lugano* ist dafür bekannt, gut informiert zu sein«, erwiderte Albert. »Deshalb sollte dieses Blatt als Erstes von meiner Kriegsmaschine berichten. Das sind Sie Ihren Lesern schuldig. Ich stelle Ihnen die Skizzen zur Verfügung und werde jede Ihrer Fragen nach bestem Wissen und Gewissen beantworten, so dass Sie einen Artikel über die Erfindung schreiben können.« Begeistert von seiner Idee, strahlte er sein Gegenüber zuversichtlich an.

Francesco konnte nicht umhin, über die naive Dreistigkeit seines Besuchers zu schmunzeln. Zumindest war die Herkunft der edlen Visitenkarte geklärt: Albert von Podlanski *war* ein Aufschneider. Allerdings schien er ein recht umgänglicher Geselle mit einem Hang zum Abenteuer und nicht ohne Fantasie zu sein. Deshalb bot Francesco ihm einen Stuhl an.

»Sie sind begeistert!« Podlanski ließ sich mit der Umständlichkeit eines Hofnarren nieder. »Ich wusste, dass ich in Ihnen einen Mitstreiter finde. Sie sind im Vorteil, wenn Sie als Erster über mich schreiben, und Propaganda gereicht auch mir nicht zum Nachteil. So sind wir Verbündete, Herr Verleger.«

»Sie haben natürlich recht«, räumte Francesco freundlich ein, »eine gute Geschichte ist immer von Interesse. Gestatten Sie mir jedoch zunächst bitte ein wenig Neugier: Was führt einen … ähm … weltgewandten Mann wie Sie ausgerechnet nach Lugano? Meine Zeitung alleine kann es nicht sein, und üblicherweise liegt diese Gegend nicht auf der Route eines Reisenden in wichtiger Angelegenheit. Was ist es also dann?«

»Wie Sie vielleicht wissen, ist man im Habsburger Kaiserreich ein wenig rückständig. Die Ansichten dort sind nicht die modernsten, wenn Sie verstehen, was ich meine«, Albert räusperte sich verlegen, als schäme er sich für die mangelnde Fortschrittlichkeit seiner Landsleute. »Außerdem war das Kriegsglück bei den ersten Schlachten auf Seiten der Österreicher. Das Interesse an meiner Maschine war daher gering …«

»Offenbar konnte die kaiserliche Armee auch Schaffhausen einnehmen, ohne von diesem Ding Gebrauch zu machen«, stellte Francesco nüchtern fest und klopfte mit dem Zeigefinger auf die Zeichnung.

»Ganz recht. Bedauerlich.« Podlanski räusperte sich. »Ich versuchte, Kontakt zur französischen Heeresführung zu knüpfen, denn letztlich sind mir die Parolen der Jakobiner ohnehin näher als die veralteten Ansichten der Kaisertreuen. Wie ich feststellen musste, herrscht in der nördlichen Schweiz jedoch ein ziemliches Chaos. In der Helvetischen Republik brodelt es, die Gefahr droht von innen wie von außen, und da dachte ich bei mir, es wäre besser, anderswo nach geeigneten Abnehmern zu suchen.«

»Darf ich raten? Sie sind auf der Durchreise, weil Sie Ihr Schicksal dem Königreich Piemont-Sardinien anvertrauen wollen, und nebenbei hoffen Sie, irgendwo in Norditalien auf General Suworow zu stoßen, stimmt's?«

»Sie sind äußerst scharfsichtig, Signor Agnelli.«

Francesco lächelte. »Ich gebe eine Zeitung heraus. Es ist mein Beruf, Vorgänge ein wenig schneller zu erfassen.«

»In der Tat …«, Albert zögerte, er schien den Faden verloren zu haben. Geistesabwesend wanderten seine Augen durch den mit endlos scheinenden Bücherreihen ausgestatteten Raum.

»Sie haben sich keinen sonderlich günstigen Moment für einen Aufenthalt in Lugano ausgesucht«, sagte Francesco in die Stille, als ihm die Gedankenpause seines Besuchers zu lang wurde. »Es brodelt, wie Sie es nennen, nicht nur nördlich der Alpen. Die Tessiner Bauern fühlen sich von den Republikanern ausgenutzt, seit Wochen schwelt ein Konflikt zwischen den prohelvetischen Städten und der Landbevölkerung, die die alte Ordnung mit verklärtem Blick sieht. Seit bekannt wurde, dass die französischen Truppen sowohl in Deutschland als auch in Italien zu besiegen sind, herrscht Rebellion. In Locarno haben Bauern aus dem Verzascatal den Freiheitsbaum angezündet, in Bellinzona konnten Mord und Totschlag nur mit der Zahlung einer hohen Geldsumme an die Leute aus Isone und Medeglia verhindert werden. Es ist keine Frage von Tagen mehr, dass der Sturm auch über Lugano hinwegfegt. ›Es lebe die Religion‹, rufen diese in die Irre geführten Männer. Sie hoffen, dass die Russen kommen und sie von den Jakobinern befreien. Nachdem General Suworow vor Mailand steht, ist der Erfüllung dieses Wunsches wohl nicht mehr viel entgegenzusetzen.«

Albert blinzelte erschrocken. »Das sind schreckliche Nachrichten. In Lugano wurde bereits ein Mann ermordet. Ich habe das Blut auf der Piazza gesehen. War es tatsächlich ein Priester, gegen den ein anderer die Hand erhob? Das passt so gar nicht zu dem Streitruf der Rebellen.«

»Abate Vanelli predigte öffentlich die Republik …«, Francesco unterbrach sich, weil die Tür gleichzeitig mit einem knappen Klopfzeichen aufgestoßen wurde.

»Ich muss mit dir reden«, verkündete Lucia, während sie in den Raum stürmte. Sie wirkte ein wenig zerzaust, das Haar war an der Stirn nicht ordentlich gekämmt, und ihr Hut nicht ganz korrekt aufgesetzt. Den Gast hinter der hohen Sessellehne vor Francescos Schreibtisch schien sie nicht auszumachen, denn sie stürzte ungeachtet des Fremden herein und berichtete atemlos: »So geht es nicht weiter. Du musst etwas unternehmen. Julie bringt Mamma um den Verstand. Deine Frau schreit und tobt, und Mamma musste ihr eine ganze Flasche Laudanum einflößen, damit sie endlich Ruhe gibt und in der Villa bleibt. Ach, Francesco, warum hast du nicht erlaubt, dass sie nach Como reist? Sie fällt uns doch nur zur Last.«

»Ich verbiete, dass meine Frau die Gastfreundschaft deiner Freundin noch einmal in Anspruch nimmt«, versetzte Francesco kalt. Bevor Lucia zu einer Erwiderung anheben konnte, deutete er auf seinen Besucher. »Unseren Gast gehen unsere Familienangelegenheiten nichts an. Du scheinst Baron von Podlanski übersehen zu haben.« Seine Stimme klang noch immer gepresst und verärgert, als er an den anderen Mann gewandt hinzufügte: »Meine Schwester Lucia Agnelli.«

Albert sprang auf, verbeugte sich, ergriff die Hand der jungen Dame und führte sie an seine Lippen, um einen schmatzenden Kuss daraufzusetzen.

Die auf diese Weise Verehrte reagierte ebenso verblüfft wie ungehalten: Lucia entzog ihm ihre Rechte. »Ich kenne Sie«, behauptete sie und sah ihn forschend, fast sein Antlitz durchbohrend an. »Wir sind uns schon einmal begegnet, dessen bin ich …«

»Daran würde ich mich gewiss erinnern«, fiel ihr Albert ins Wort. »Ich glaube nicht, dass es mir gelänge, Sie zu vergessen, Signorina Agnelli. Und ich bin erst seit wenigen Stunden in dieser Stadt, die ich zuvor noch nie bereisen durfte. Es ist also ausgeschlossen, dass wir uns kennen. Offenbar habe ich einen Doppelgänger.« Seine letzten Worte begleitete er mit einem amüsierten kleinen Lächeln, in dem das Bedauern über die offensichtlich mangelnde Exklusivität mitschwang.

»Sie heißen Podlanski?«, sagte Lucia stirnrunzelnd mehr

zu sich selbst. Ihre Augen schweiften in die Ferne, als könne sie die Antwort hinter den hohen Fenstern ablesen, doch plötzlich fanden ihre Blicke zu ihm zurück. »Jetzt weiß ich, woher Sie mir vertraut sind. Es war vor etwa zwei Jahren in Wien. Erinnern Sie sich an einen Abend im Freihaustheater? ›Die Zauberflöte‹ wurde gegeben.«

Achselzuckend erwiderte Podlanski: »Es kann schon sein, dass ich damals ein gewisses Interesse für die Kultur pflegte, aber ich ...«

»Ich glaube Ihnen gerne, dass Sie den fraglichen Abend lieber vergessen würden«, unterbrach ihn Lucia scharf. Als sie bemerkte, dass Francesco die Geduld verlor und sie für ihr Benehmen rügen wollte, hob sie rasch die Hand, um ihren Bruder am Sprechen zu hindern. »Sie haben Emilia Bossi das Herz gebrochen!«, verkündete sie mit freudlosem Triumph.

»Emilia?«, wiederholte er verblüfft. »Was wissen Sie von Emilia Bossi, verehrte Dame?«

»Genug, um zu sagen, dass Sie ihr leibhaftiges Unglück waren.«

»Lucia!«, mahnte Francesco leise, doch weder sein Besucher noch seine Schwester nahmen Notiz von diesem Einwand.

»Nun, meine Dame, Sie gehen ein wenig zu streng mit mir ins Gericht«, wand sich Podlanski. »Immerhin ...«

»Immerhin ist Emilia tot.«

Albert erbleichte. »Hat sie ...? Ich meine, wurde sie ...? Woher wissen Sie ...? War es ein Selbst...mord?«

Lucia seufzte. Zum ersten Mal seit ihrem Eintreten senkte sie die Stimme. »Nein, sie legte nicht selbst Hand an sich, das ist ausgeschlossen. Allerdings ist nicht ganz klar, wie sie zu Tode kam. Sie starb am ersten oder zweiten Tag nach ihrer Rückkehr nach Como. Hätte sie in Wien bleiben können, wäre sie möglicherweise noch am Leben.

Der Skandal, den Sie ihr aufbürdeten, machte einen weiteren Aufenthalt für sie jedoch unmöglich.«

Verwirrt fuhr sich Podlanski mit der Hand über die Augen, dann ließ er sich entkräftet zurück auf den Stuhl fallen. »Verzeihen Sie meine Verstörtheit. Die Nachricht von Emilias Tod überwältigt mich. Was für ein Schicksalsschlag, ausgerechnet hier davon zu erfahren. Ich dachte …«

»Der Schicksalsschlag war für Emilia gewiss herber.«

»Waren Sie ihre Freundin, Signorina Agnelli? Sie hat mir nie von Ihnen erzählt, dabei dachte ich, alles über Emilia zu wissen.«

»Es spielte wohl keine Rolle, was sie Ihnen sagte, sondern vielmehr, was Sie *ihr* verheimlichten«, gab Lucia hartherzig zurück. »Herr von Podlanski war ein Freund von Serena Bossis Schwester«, erklärte sie ihrem Bruder, der verständnislos von ihr zu dem Fremden sah, der auf seinem Sitzplatz unter der Last des Kummers zusammenzubrechen drohte. »Oder sollte ich lieber sagen: Sie waren ihr Verlobter, Bürger Podlanski?«

Er hörte ihr nicht zu. Mit seinen Gedanken schien er weit entfernt zu sein. »Emilia war bezaubernd«, murmelte er in sich hinein und steigerte sich in einen Singsang, der zu einem Klagelied anschwoll. »Es gab keinen intelligenteren, aufrichtigeren und humorvolleren Menschen als sie. Ihre Augen sprühten vor Leben. Sie waren veilchenblau, das werde ich nie vergessen, und manchmal leuchteten sie wie zwei Saphire. Kein Porträtist hätte ihr liebliches Gesicht so wiedergeben können, wie es wirklich war. Sie träumte davon, einmal von einer Künstlerin namens Angelika Kauffmann gemalt zu werden, obwohl dies natürlich unerreichbar war …«

Francesco stockte der Atem. Er starrte sein Gegenüber bestürzt an, doch Albert hatte offenbar vergessen, wo er sich befand, denn er lamentierte tonlos weiter: »Emilia brachte mich mit allerlei klugen Sprüchen zum Lachen. Sie liebte die Beobachtungen eines französischen Schriftstellers aus dem Ancien Régime, und wenn sie mir aus dem Werk von Jean de La Bruyère vorlas, konnte ich mich kaum noch halten vor Vergnügen. Jedes Rezitat machte sie zu einer besseren Schauspielerin, sie war vollendet …«

»Das hilft ihr nun alles auch nicht mehr«, bemerkte Lucia trocken. Sie reichte Albert ein Taschentuch, das er dankbar ergriff, um sich die Nase zu schnäuzen. »Sie können meiner Ansicht nach nicht genug Tränen über ihren Tod vergießen, dennoch sollten Sie sich wieder fassen.«

»Emilia Bossi scheint eine bemerkenswerte Frau gewesen zu sein«, sagte Francesco langsam. Nachdenklich schob er einen Federkiel hin und her. Dass sein Herz einen Trommelwirbel veranstaltete, zeigten allein seine unter dem Schreibtisch verborgenen, nervös auf und ab wippenden Füße. »Und sie war offenbar in wirklich jeder Beziehung das Ebenbild ihrer Schwester Serena.«

»O nein«, widersprach Podlanski. »Die beiden sind … waren gänzlich verschieden. Man sollte denken, dass es bei Zwillingen anders wäre, aber Emilia hat mir oft erzählt, wie fremd ihr der Charakter ihrer Schwester war. Serena sei oberflächlich, nur am Seidenhandel und nicht an Bildung interessiert, sagte sie, und …«, ihm schien ein Licht aufzugehen, denn er sah Francesco erstaunt an: »Kennen Sie Serena Bossi?«

»Ich bin ihr begegnet.«

Lucia warf ihrem Bruder einen überraschten Blick zu, doch der ignorierte sie.

»Kommen wir zu Ihrem Anliegen zurück, Barone«, schlug Francesco sachlich vor, während seine Finger noch immer mit der Feder spielten. »Ich würde Ihnen gerne helfen. Wir sollten mit unserer … äh … Zusammenarbeit sogleich beginnen. Bitte seien Sie mein Gast und …«

Lucia schüttelte den Kopf, aber auch diese Geste übersah er.

»… und essen Sie heute Abend mit meiner Familie und mir. Wir haben viel zu bereden, wie mir scheint. Und bis dahin haben Sie sich sicher von dem Schmerz erholt, den Ihnen der bedauerliche Tod von Signorina Emilia Bossi beschert. Ich erwarte Sie um sechs Uhr in der Villa Agnelli.«

»Das kann ich nicht annehmen«, haspelte Podlanski errötend.

»Richtig«, stimmte Lucia leise, dennoch deutlich hörbar zu.

Francesco lächelte breit und unpersönlich. »Eigentlich sollte ich Ihnen raten, Lugano zu verlassen, und Sie nicht ausgerechnet in mein Haus einladen, denn jedermann, der der Republik das Wort redet, ist in diesen Tagen gefährdet, und natürlich steht es Ihnen frei, Ihres Weges zu gehen – aber wenn Sie bleiben möchten, würden Sie mir einen großen Dienst erweisen. Es wird meine Frau von ihren Sorgen ablenken, ein wenig über die Hofgesellschaft in Wien zu plaudern, und ich wette, es ist ein halbes Leben her, dass sie zuletzt einen leibhaftigen Baron sah.«

»Ach je«, seufzte Lucia.

»Es ist mir ein Vergnügen, Ihnen zu Diensten zu sein, Herr Verleger«, versicherte Podlanski hoffnungsfroh und blinzelte die Tränen fort, die das Andenken an die tote, fast vergessene Geliebte in seine Augen getrieben hatte.

2

Aurelio hantierte umständlich mit Hammer und Nagel, als er schlichte Holzpfeiler vor dem Schaufenster der Seidenhandlung befestigte. »Meinen Sie, die Palisade hält die

Russen von einer Plünderung ab?«, fragte er, skeptisch sein Werk betrachtend. Die Bohlen hingen recht windschief in der provisorischen Halterung und machten keinen besonders stabilen Eindruck.

»Zumindest erschweren wir es ihnen«, erwiderte Emilia pragmatisch.

Sie wünschte, Piero wäre hier, um Aurelio zur Hand zu gehen, aber ihr Lehrling hatte sich im Winter zur französischen Armee gemeldet, was sie ihm nicht verdenken konnte, da sie ihm den Lohn hatte schuldig bleiben müssen. Außerdem wäre Piero sowieso eingezogen worden, und dann wäre es dem Jungen womöglich schlechter ergangen, denn als Freiwilliger. Emilia hatte gehört, dass die französischen Recruteure erbarmungslos vorgingen, um frisches Blut für ihre Truppen zu bekommen; selbst in der benachbarten Helvetischen Republik schien es Probleme zu geben, Soldaten anzuwerben. Nachschub war jedoch dringend nötig, denn seit die erste Schlacht des neuen Krieges geschlagen war, beklagte Frankreich an die zehntausend Tote und mehr als halb so viele Gefangene. Immer wieder erreichten Horrormeldungen die Stadt, und Emilia fragte sich mehr als einmal, ob ihr vertrödelter Lehrling überhaupt noch am Leben war.

Inzwischen musste sie jedoch um ihre eigene Gesundheit fürchten. Seit heute Morgen die Ausrufer verkündet hatten, dass eine russisch-österreichische Armee unter General Suworow vor den Toren Mailands stehe und Lecco am Südostufer des Comer Sees bereits eingenommen worden sei, rechnete nicht nur Emilia mit einer unverzüglich bevorstehenden Invasion. Mit Hausrat und Kleiderkisten beladene Wagen rollten über die Piazza, um Emilias fliehende Nachbarn gen Westen zu kutschieren. Auf Handkarren wurde die Habe aus Lagerschuppen und Geschäften in Sicherheit gebracht. Jeder sorgte sich um seinen Besitz, seine eigene Haut und die der Nächststehenden. Wer es sich leisten konnte und Freunde oder Verwandte fern des zu erwartenden Feldzugs besaß, machte sich auf den Weg.

Sie würde in einer Geisterstadt ausharren, fuhr es Emilia angesichts der Prozession der Flüchtlinge durch den Kopf. Unwillkürlich fühlte sie sich an die Panik vor zwei Jahren in Wien erinnert, als die Franzosen in der Steiermark gestanden hatten.

Als habe er ihre Gedanken erraten, erkundigte sich Aurelio besorgt: »Wollen Sie wirklich allein in Ihrer Wohnung bleiben? Man hört so allerlei von marodierenden, betrunkenen russischen Soldaten. Es wäre mir wohler, wenn Sie mich zu sich einladen würden.«

»Ach, Aurelio, das hatten wir doch schon. Ich möchte nicht, dass Sie sich meinetwegen in Gefahr bringen. Sie gehen zu Ihrer Familie, und ich kümmere mich um mein Wohl. Ihre Eltern und Ihre anderen Verwandten in Chiasso brauchen Unterstützung. Außerdem ist es dort sicherer für Sie.«

»Sie könnten mitkommen ...«

»Machen Sie sich doch nicht solche Sorgen«, meinte sie in spöttischem Ton, »mir geschieht schon nichts: Ich werde alle Küchenmesser in Reichweite legen und mich verteidigen, wenn dies nötig sein sollte.«

»Sie sollten nach Lugano zu Signorina Agnelli fahren ...«

»Nein!« Die ironische Zuversicht war gewichen, ihre Stimme klang schneidend.

»Die Damen und Signor Agnelli sind Ihnen zu großem Dank verpflichtet. Wer weiß, was geschehen wäre, wenn Sie Signora Agnelli damals nicht aufgenommen hätten und ...«

»Nein!«

»Es ist eine ähnliche Situation«, insistierte Aurelio gnadenlos weiter: »Vor über einem Jahr floh Signora Agnelli vor der Revolution in Lugano, heute sind Ihnen die Russen auf den Fersen und deshalb ...«

»Hören Sie auf, Aurelio!«, herrschte Emilia ihren Ladengehilfen an. »Niemand verfolgt mich. Sie reden Unsinn. Gehen Sie nach Hause, kümmern Sie sich um Ihre Familie, und lassen Sie mich in Ruhe. Ich habe nicht die Absicht, nach Lugano zu reisen – basta!«

Sie stemmte die Hände in die Hüften und wirkte dabei wie eine Furie. Dass sich ihre Feindbilder verschoben, wollte sie nicht wahrhaben, zu aufgeregt war sie über Aurelios anmaßendes Verhalten. Dabei konnte der Arme natürlich nicht wissen, warum allein die Erwähnung des Namens Agnelli wahre Stürme in ihrem Inneren auslöste, die ebenso unkontrollierbar waren wie ein Orkan.

Aurelio ließ die Schultern hängen. »Die Tür«, erinnerte er sie leise, »ich sollte noch die Tür verbarrikadieren, Signora Bossi.«

»Hm«, sie nickte und senkte betreten den Kopf, dann schlang sie die Arme um sich, als könne sie auf diese Weise das schlechte Gewissen abwehren, das sie mit einem Mal bedrückte. Aurelio konnte nichts dafür, dass sie Francesco Agnelli liebte und – niemals wiedersehen durfte.

Der Verzicht war anfangs nicht moralisch motiviert, sondern ergab sich aus der Angst, er würde sie verachten, wenn er erführe, dass sie nicht Serena war. Sicher, es hatte damals im Theater den Moment gegeben, in dem sie ihm so sehr vertraute, dass sie ihr Geheimnis hatte offenbaren wollen. Doch der Augenblick der Wahrheit war verstrichen, und seit sie ihn sogar in den intimsten Stunden in dem Glauben gelassen hatte, sie sei die Andere, war es zu spät für eine Offenbarung. Francesco würde sie verabscheuen, wenn er erführe, dass sie auch ihn belogen hatte – und diese Vorstellung konnte sie noch weniger ertragen als die Entsagung.

Natürlich hatte es ihr das Herz gebrochen, ihre eigene Verzweiflung an jenem Morgen in seinem Gesicht widergespiegelt zu sehen, nachdem sie beschlossen hatte, ihn fortzuschicken. Tränenüberströmt hatte sie sich in der Küche eingesperrt und war nicht einmal herausgekommen, um ihn zu verabschieden. Als sie das Zuschlagen der Eingangstür vernommen hatte, war sie ins Wohnzimmer geschlichen und hatte durch die Vorhänge gespäht, um ihm nachzuschauen. Wie sie seinen eleganten Gang liebte! Sie konnte nur seine Rückseite beobachten, und das war gut so, denn wenn sie den Kummer in seinen Augen ausgemacht hätte, wäre sie womöglich schwach geworden und hätte ihn zurückgerufen.

Durch Lucia erfuhr Emilia, wie es Francesco ging. Mit der Freundin stand sie in regelmäßigem Briefwechsel, Einladungen nach Lugano lehnte sie ab. Manchmal dachte sie, es wäre besser, nicht zu erfahren, wie sehr sich Francesco in seine Arbeit stürzte, seit er wieder zu Hause war, dass er häufig an seinem Schreibtisch übernachtete, mürrisch, in sich gekehrt und verschlossen war. Julies Verhältnis zu ihm hatte sich während seiner Abwesenheit nicht gewandelt, und er beließ es nun dabei, ging seiner Frau sogar demonstrativ aus dem Weg, wie es seiner Schwester schien. Die einzige Person, die ihn aus seinem Unglück reißen konnte, war offenbar Olimpia. Lucia vertraute ihrer Freundin an, wie sehr sie bedauerte, dass sie nicht mehr Francescos Vertraute war, denn selbst vor ihr zog er sich zurück. Lucia vermutete, Erinnerungen an Ägypten verfolgten Francesco bis in den Schlaf, manchmal hörte sie ihn nachts schreiend aus einem Traum erwachen, aber es stand ihr nicht zu, zu ihm zu gehen und tröstend ihre Arme um ihn zu legen. Dabei hätte sie ihm so gerne geholfen …

Emilias trübe Gedanken wurden vom Herannahen einer kleinen Kutsche unterbrochen, die in halsbrecherischem Tempo um den Platz raste und damit für die Passanten und Wagen eine ernsthafte Bedrohung darstellte. »Himmel, sind das schon die Russen?«, entfuhr es ihr.

Aurelio, der sich mit dem Holzstapel zu seinen Füßen befasste und nach einer geeigneten Latte suchte, hob den Kopf. »Der Fahrer hält auf uns zu. Gehen Sie zur Seite, Signora Bossi, sonst werden Sie überfahren.«

Als Emilia nicht rasch genug reagierte, umfasste er ihre Arme und zog sie in Sicherheit. Weit entfernt läutete eine Kirchenglocke. »Die Sturmglocke«, murmelte Emilia, sich Aurelios unvermuteter Umarmung bewusster als des Dröhnens. Ihr Ladengehilfe war ihr so nah, dass sie seinen Atem auf ihrer Wange spürte. Obwohl sie sich oft überlegt hatte, dass Aurelio ein geeigneter Ehemann für sie wäre, und sie ihm fast blind vertraute, war ihr die Tuchfühlung nun ausgesprochen unangenehm.

»Gehen Sie nach Hause«, sagte sie mit einer übertrieben aufgeregten, hohen Stimme, die nichts mit dem Herannahen des Feindes zu tun hatte. Sie versuchte, sich taktvoll von ihm zu lösen – tatsächlich stieß sie ihn jedoch grob von sich.

Als Echo auf die erste Glocke erklangen die vertrauten Töne von Sant' Ambrosio. »Es ist Mittagszeit«, stellte Aurelio richtig, während er fahrig an seiner Krawatte nestelte und es vermied, seiner Padronessa in die Augen zu schauen. »Noch kommen die Russen nicht.«

»Lassen Sie trotzdem alles, wie es ist. Wir werden Plünderungen nicht verhindern können.«

»Wenn Sie es wünschen, gehe ich ...« Aurelio machte jedoch nicht die geringsten Anstalten, dies zu tun.

Emilia schenkte ihm ein distanziertes Lächeln und wandte sich ab. Das war nicht gerecht, und sie wusste es, aber ihr fielen keine freundlichen Worte ein. Allein die Erwähnung des Namens Agnelli ließ sie launisch und unbeherrscht reagieren, als sei ihr Ladengehilfe schuld an der privaten Tragödie. Ach, wäre doch alles anders gekommen! Hätte sie sich doch nur nicht in Serenas Leben geschlichen! Wäre sie nach dem Tod der Schwester nur bei der Wahrheit geblieben, alles könnte ... nein, es würde nicht anders sein. An Francescos Ehe änderte die Frage ihrer wahren Identität rein gar nichts.

»Gehen Sie endlich«, rief sie Aurelio über die Schulter zu. »Gehen Sie nach Hause.«

»Gott schütze Sie«, sagte ihr Ladengehilfe leise.

3

»Aus Wien kommen Sie also«, nuschelte Julie, und in ihre vom regelmäßigen Opiumkonsum trüben Augen trat ein wenig Glanz, »aus der Geburtsstadt unserer Königin. Haben Sie Ihre Majestät jemals leibhaftig gesehen?«

»Nein, meine Dame. Als Marie Antoinette nach Frankreich heiratete, war ich noch nicht auf der Welt.«

Lucia stöhnte leise auf.

»Es ist alles so lange her«, Julie kicherte albern. »Ich sah sie als Kind, damals in Paris«, sie schluckte schwer und fuhr mit tränenerstickter Stimme fort: »Sie war so schön. Mein Gott, war sie schön. Es ist furchtbar, wie sie enden musste ...«

»Niemand bezweifelt, dass die Hinrichtung der Königin ein barbarischer Akt war«, warf Francesco begütigend ein.

»Der Tod der Witwe Capet mag für Royalisten schmerzlich sein«, entgegnete Lucia und benutzte dabei ganz bewusst den bürgerlichen Namen, den das Revolutionstribunal Marie Antoinette gegeben hatte, »er ist jedoch nicht zu ändern. Du kannst ständig an ihre Hinrichtung denken, Julie, dennoch machst du sie nicht ungeschehen. Das Blut der Königin hat Frankreich geläutert. Es lebe die Revolution!«

Sofia, die sich bislang nicht an der Unterhaltung bei Tisch beteiligt hatte, hob den Kopf. »Ich wär dir dankbar, Lucia, wenn du in meinem Speisezimmer ein anderes Gesprächsthema bevorzugen würdest«, sagte sie mit einer Stimme, so sanft, als erzähle sie ihrer Tochter ein romantisches Märchen; dennoch war der Befehlston unüberhörbar.

Betretenes Schweigen senkte sich über die Gesellschaft. Jeder der Anwesenden tat so, als sei er mit dem Essen beschäftigt, Maisbrei und Kaninchenbraten, eine Mahlzeit, die der traditionellen Küche des Luganese entstammte, wie Francesco seinem Besucher berichtet hatte. Es war ein schmackhaftes, wenn auch überraschend einfaches Diner, das Podlanski vielleicht auch deshalb besonders schlicht erschien, weil die silbernen Tafelaufsätze und feinen Porzellanteller fehlten, die er nach einem ersten Blick auf den Palazzo eigentlich erwartet hatte.

Beim Betreten der Villa Agnelli hatte ihm der Atem gestockt, er fühlte sich wie in einem Schloss. Inzwischen war er sich nicht sicher, ob es nicht eher ein Geisterhaus war, in das er geladen worden war. Sein Gastgeber hatte ihm zwar bei einem kurzen Rundgang durch die Zimmerfluchten erzählt, angesichts der bedrohlichen Lage seien alle Wertsachen an einen sicheren Ort geschafft worden, doch das Fehlen jeglichen Zierrats oder anderer Kostbarkeiten schuf eine fast bedrohliche Leere, die Podlanski Angst einjagte.

»Marie Antoinette wird zurückkehren«, sagte Julie plötzlich in die Stille. »Die Königin wird auferstehen, und es wird ein neues Königreich geben, wie selbst Robespierre es prophezeite: Die Revolution wird einen neuen Cäsaren hervorbringen. Sagte der Teufel das nicht? Du weißt so etwas, Lucia, habe ich recht? Es wird jedoch eine Cäsarin sein und sie wird Frankreich aus den Untiefen herausführen. Dann kann ich heimkehren. Das hat mir Ihre Majestät versprochen.«

Ungeachtet der mahnenden Worte ihrer Mutter fiel Lucia die Gabel aus der Hand und landete klirrend auf dem schlichten Keramikteller, der auf ihrem Gedeck platziert war. »Was für ein Unsinn! Das meinst du nicht im Ernst,

Julie. Wann soll sich die Witwe Capet denn mit dir ausgetauscht haben?«

»Lucia, bitte«, wandte Francesco ein, »wir haben einen Gast.«

An eben diesen richtete Julie ihre Erklärung: »Die Königin spricht zu mir. Sie besucht mich in meinen Träumen, verstehen Sie, Monsieur le Baron? Mir wurde die Ehre zuteil, ihre Verbündete zu sein.«

»Wie originell«, murmelte Podlanski verwirrt. Vielleicht doch kein Geisterhaus, fuhr es ihm durch den Kopf, eher ein Irrenarsenal.

»Ich bin müde«, verkündete Sofia Agnelli und schob ihren Stuhl zurück. »Verzeihen Sie, dass ich mich entschuldigen muss«, sagte sie freundlich zu dem Gast ihres Sohnes: »In meinem Alter lassen die Kräfte doch rasch nach. Julie, würdest du mich bitte nach oben begleiten?«

Was wird sie tun, wenn sie in ihrem Schlafgemach ist?, fragte sich Podlanski insgeheim, während er sich höflich erhob. Die verrückte Schwiegertochter einschließen, damit sie keine weiteren Peinlichkeiten begeht? Seine Blicke flogen zu Francesco, und tiefes Mitleid für den Mann erfüllte ihn, der an eine Frau gebunden war, die offenbar ihren Verstand verloren hatte. Dieser Umstand erschien Podlanski ungleich schlimmer, als mit einer Person verheiratet zu sein, die aufsässig, sauertöpfisch und nörglerisch war und ständig Kinder gebar, die kein Mensch in der Lage war, zu ernähren.

Der Hausherr war von seinem Platz aufgestanden und hinter seine Gemahlin getreten, seine Hände umfassten Julies Oberarme, um sie mit sanftem Druck zum Aufbruch zu drängen.

»Ich will aber noch nicht schlafen«, widersprach die junge Signora Agnelli prompt. »Es ist außergewöhnlich anregend, mit Baron Podlanski zu plaudern ... Ich wüsste so gerne mehr über Wien. Mir erzählt ja sonst keiner was ...«

Podlanski öffnete den Mund und schloss ihn wieder, weil ihm keine charmante Antwort einfiel, mit der er sich einerseits der Sturheit der Dame entledigen und andererseits Haltung bewahren konnte. Er brauchte die Notiz in der *Gazzetta di Lugano*, und er würde den Teufel tun, den Herausgeber der Zeitung gegen sich aufzubringen, indem er sich ungebührlich gegenüber dessen Gattin verhielt. Dummerweise war ihm nicht klar, welche Reaktion als Affront betrachtet würde. Also enthielt er sich jeglichen Kommentars und verneigte sich in einer Weise, als sei Julie Agnelli bereits höchstselbst die Wiedergeburt der Königin Marie Antoinette.

»Sie werden eine andere Gelegenheit finden, sich mit unserem Gast zu unterhalten, Julie«, beschwichtigte Francesco. »Es werden sicher noch ein oder zwei Tage verstreichen, bevor Baron Podlanski nach Como aufbricht.«

»Como?«, entfuhr es Podlanski perplex. »Was soll ich dort?«

Seine Fragen gingen jedoch in der Aufbruchstimmung unter. Francesco hatte erreicht, dass Julie sich endlich erhob, nun zerrte Sofia unbarmherzig am Arm ihrer Schwiegertochter und schleifte sie mit sich zur Tür. Mit einem kurzen Nicken verabschiedete sich Donna Sofia von dem Besucher, wartete einen kurzen Augenblick, bis Francesco herbeieilte, um für sie und Julie zu öffnen. Im nächsten Moment tauchten die beiden Damen in das Halbdunkel der Halle ein, und Francesco schloss den Eingang wieder. Sichtlich erleichtert kam er mit federnden Schritten an seinen Platz zurück.

»Möchten Sie noch ein wenig Coniglio und Polenta?«, erkundigte er sich, worauf Podlanski stumm den Kopf schüttelte. »Nein, nicht? Dann empfehle ich Ihnen einen Grappa zur Abrundung. Es gibt nichts Besseres, um den Magen von einer üppigen Mahlzeit zu befreien.«

Die Rolle der Hausfrau übernehmend, griff Lucia nach der kleinen silbernen Glocke neben Sofias verwaistem Gedeck und klingelte nach dem Diener.

»Wirst du dich mit Bürger Podlanski ins Herrenzimmer zurückziehen, Francesco?«, wollte sie wissen. Dabei achtete sie streng darauf, die von den Franzosen inzwischen auch in der Helvetischen Republik eingeführte Anrede zu gebrauchen. »Mir scheint, du hast einiges mit deinem Besucher zu besprechen.« Ihre letzten Worte begleiteten ein leichtes Bedauern, und es war Lucia anzusehen, dass sie es vorgezogen hätte, Zeugin der weiteren Unterhaltung zu sein, anstatt die Herren sich selbst zu überlassen.

Francesco strahlte sie an. »Nichts, was du nicht auch hören dürftest, meine Liebe. Wir bleiben hier. Finden Sie es nicht auch recht gemütlich, Barone? Genießen Sie den Blick aus den Fenstern. Der Sonnenuntergang ist heute Abend bezaubernd.«

»Como?«, platzte Podlanski heraus. »Sie sprachen von meiner Abreise nach Como, Herr Verleger. Warum? Ich meine, mein Ziel sollte Mailand sein oder auch Turin. Was soll ein Handlungsreisender mit meinen Interessen in einer Kleinstadt wie Como erreichen können?«

»Wenn ich es richtig verstanden habe, hat Sie das plötzliche Ableben Ihrer alten Freundin Emilia Bossi tief erschüttert«, erinnerte Francesco süffisant. Er vermied es, Lucia anzusehen, als er fortfuhr: »Sicher möchten Sie der Schwester Ihr Beileid aussprechen. Deshalb die Reise nach Como. Ich bin überzeugt davon, gerade Sie könnten Signora Bossi helfen, den schweren Verlust leichter zu tragen.«

»Emilia ist vor zwei Jahren verstorben«, erwiderte Lucia, bevor Podlanski das Wort ergreifen konnte. »Ihr Tod war gewiss schrecklich für Serena, aber ich glaube nicht, dass Sie des Trostes dieses Herrn bedarf, um über einen Schicksalsschlag hinwegzukommen, der in weiter Vergangenheit liegt.«

»Allerdings«, pflichtete Podlanski ihr dankbar bei. Nichts lag ihm ferner, als das unrühmliche Ende seiner Affäre mit einer hinterbliebenen Zwillingsschwester zu diskutieren, die ihm womöglich die Schuld an den anscheinend seltsamen Umständen des Ablebens von Emilia gab.

Francesco beobachtete die Handgriffe des Dieners, der inzwischen erschienen war, um die Reste des Abendessens abzutragen. Nach einer Weile wandte er sich mit ruhiger, ernster Stimme an Podlanski: »Mein Angebot, über ihre Kampfmaschine zu schreiben, war keineswegs uneigennützig. Ich erwarte, dass Sie mir einen Gefallen erweisen und die Seidenhandlung Bossi in Como aufsuchen. Ihr Schaden wird es nicht sein, wenn Sie Signora Bossi mit der gebotenen Höflichkeit kondolieren.«

»Ich verstehe nicht …«, begann Lucia, verstummte jedoch, als Francescos Blick sie kurz streifte.

»Selbstverständlich werden Sie mir Bericht erstatten, Barone. Ich möchte über jede Einzelheit Ihres Besuches informiert werden, über jedes Wort, das fällt. Und ich verlange absolutes Stillschweigen gegenüber Signora Bossi. Sollte sie erfahren, dass Sie in meinem Auftrag handeln, werde ich in meiner Zeitung verbreiten, dass Sie ein Hochstapler sind.«

»Was?«, fragten Albert und Lucia wie aus einem Munde.

»Das Wohl Signora Bossis liegt mir sehr am Herzen. Immerhin ist sie die Patin meiner Tochter. Deshalb werde ich mich nicht scheuen, ihre Kampfmaschine lobend zu erwähnen, nachdem ich Ihren Brief mit den erbetenen Details erhalten habe.« Francesco lehnte sich, zufrieden über seinen Plan, auf seinem Stuhl zurück und sah Podlanski erwartungsvoll an, als sei dieser in seiner Verwirrung überhaupt noch in der Lage zu Widerworten.

In das sich Francescos Worten anschließende Schweigen drang plötzlich Lärm. Irgendjemand schien sich im Garten zu schaffen zu machen. Vielleicht war es auch nur ein verschrecktes Tier, das über den Kiesweg huschte. Lucia zögerte, ob sie ihren Bruder auf die Unruhe aufmerksam machen sollte, entschied sich aber dagegen. Francesco musterte Podlanski, als sei dessen Person einzig wichtig. Dabei war er einer antiken Gottheit nicht unähnlich, die auf einen erbarmungswürdigen Jünger hinabsah, sein Blick war undurchdringlich und bohrend, aber auf seine Weise gutmütig.

»Ich wünschte, du würdest dich mir erklären«, murmelte Lucia wie zu sich selbst.

Fäuste trommelten gegen das Portal. Die Geräusche klangen gedämpft in den Raum, ebenso ein atemloses: »Aufmachen! Schnell!«. Podlanskis Blicke flogen wie die eines gejagten Hasen von seinem Gastgeber zu dessen Schwester. Ratlos beobachtete er Francescos zur Schau gestellte Ruhe. Lucia hingegen rutschte nervös auf ihrem Stuhl hin und her. Aus der oberen Etage erklang das Weinen eines kleinen Kindes.

»Barone, sind Sie mit meinem Vorschlag einverstanden?«, fragte Francesco. »Sie haben sich noch nicht geäußert.«

In der Halle wurden Stimmen laut, das Klappern von Holzpantoffeln auf dem Marmorboden war zu hören. Die Tür zum Speisezimmer sprang auf. Endlich ließ Francesco von seinem Gast ab und wandte den Kopf.

»Was soll das?«, herrschte er den eintretenden Diener an. »Ich wünsche, nicht gestört zu wer…« Der Anblick des Mannes, der hinter dem Lakaien stand, verschlug ihm die Sprache. Francescos Stuhl fiel mit einem lauten Krachen zu Boden, als er aufsprang. »Ugo!«, hauchte er entsetzt.

Es war ein einfacher Geselle, der ihn aufgescheucht hatte. Der Mann namens Ugo trug billige, weite Hosen aus derbem Stoff, seine Füße steckten in Zoccoli, und sein Hemd über dem muskulösen Oberkörper war zerrissen, blutverschmiert und mit Tintenflecken versehen. In seinen Händen knetete er devot eine Mütze. Sein Gesicht war zerschlagen, aus einer Verletzung an der geschwollenen Unterlippe rann Blut, und sein rechtes Auge war geschlossen und blau unterlaufen. Offensichtlich war er in eine Schlägerei geraten.

»Verzeihen Sie, Signor Agnelli ... Signorina ...«, wohlerzogen verneigte er sich vor Lucia, die ebenfalls aufgestanden war, wenn auch mit deutlich langsameren Bewegungen als ihr Bruder.

»Was ist passiert?«, herrschte Francesco den Verletzten an.

»Wir bringen Nino, den Reporter. Er ist tot, Signor Agnelli. Die Bauern haben ihn erschlagen.«

Francesco erbleichte. »Wann? Wo? Was ist geschehen?«, wiederholte er, als wären die Fragen ein Anker, an dem er sich festhalten konnte.

»Sie kamen bei Sonnenuntergang, um die Tipografia zu stürmen«, berichtete der Mann stockend. »Es waren Hunderte, glaube ich, aber wer kann schon zählen in einem solchen Moment? Sie plünderten Ihre Bibliothek und das Lager, und was sie nicht über die Treppe schleppten, warfen sie aus den Fenstern. Und dann haben sie mit ihren Säbeln, Picken und Sensen die Druckerpresse zerschlagen. Ich konnte nichts dagegen tun, Herr. Als ich mich vor die Presse stellte, griffen sie mich an. Es ist ein Glück, dass ich fliehen konnte.« Die lange Rede hatte ihn angestrengt, er fuhr sich mit der Zunge über die Lippen und wischte sich mit dem Handrücken über die Stirn, von der Schweißperlen tropften.

»Wasser«, wies Lucia den Diener mit überraschend praktischem Verstand an. »Eine Karaffe zum Trinken und eine Schüssel und ein sauberes Leintuch, damit ich die Wunden unseres Druckers versorgen kann.«

»Und Nino?«, erkundigte sich Francesco tonlos.

Ugo zuckte mit den Schultern. »Er hat den Bauern gesagt, dass sie Idioten sind. Dass sie nicht auf die falschen Versprechungen der Patrioten hereinfallen dürfen. Da haben sie ihn umgebracht. Es war die reinste Barbarei.«

Francesco schloss für einen Moment die Augen. Als er die Lider hob, war sein Blick klar und wütend. »Lucia, sorge bitte dafür, dass alle Fenster verriegelt werden, die Läden sollen in jedem Zimmer verschlossen bleiben. Es wäre mir lieb, wenn Signora Bruni mit Olimpia zu Mamma ginge. Dort sind sie sicherer. Was immer geschieht, öffne nicht die Haustür, hast du verstanden? Niemand darf ab sofort die Villa verlassen, und es kommt niemand herein ...«

»Was willst du tun?«

»Ich werde in die Stadt reiten und nach dem Rechten sehen ...«

»Bist du verrückt?«, Lucia stürzte auf ihren Bruder zu und packte ihn bei den Schultern. »Die Rebellen werden dich ebenso umbringen wie Nino, wenn du ...«

Er drückte ihr einen Kuss auf die Stirn. »Mir geschieht nichts, mach dir keine Sorgen.«

»Soll ich ...«, Podlanski, der sich bisher still verhalten hatte, weil ihn die Fassungslosigkeit über das Geschehen zu übermannen drohte, hob seine Stimme, doch diese wollte ihm nicht gehorchen. Er räusperte sich und versuchte es mit wenig Inbrunst noch einmal: »Soll ich Sie begleiten, Herr Verleger?«

Francesco sah ihn überrascht an, als habe er die Anwesenheit seines Gastes vergessen. »Um Himmels willen – nein! Sie würden mir nur im Weg stehen, Barone. Beschützen Sie die Frauen meiner Familie, wenn Sie es können.«

»Signor Agnelli«, wandte der Drucker ein, »mit Verlaub, Sie können nicht in die Stadt gehen. Auf der Piazza herrschen Chaos und Anarchie. In Ihrem Büro ist kein Nagel mehr in der Wand und kein Glas mehr im Fenster. Sie können nichts mehr retten.«

»Es ist meine Pflicht, die Lage vor Ort zu beurteilen«, Francesco schüttelte Lucia ab und schritt zur Tür. Dort drehte er sich noch einmal um. »Ach, übrigens: Wenn mir etwas passieren sollte, ist unsere Absprache hinfällig, Barone. Dann lassen Sie Signora Bossi gefälligst in Ruhe.«

Podlanski sah ihm verwundert nach. Francesco Agnelli schien viel an Serena Bossi zu liegen, ungewöhnlich viel, resümierte der Wiener in Gedanken. Seine letzten Worte galten dieser Frau, ein Gruß an seine Gemahlin war nicht über seine Lippen gekommen. Neugier erfasste Podlanski. Was immer noch geschehen mochte, er beschloss, Emilias Schwester aufzusuchen. Wer konnte schon wissen, welche Vorteile sich aus einem Besuch in Como für ihn entwickelten? Es kam ihm vor, als habe er die Büchse der Pandora gefunden, doch im Gegensatz zu der antiken Legende wollte er seinen Vorteil daraus ziehen.

4

Stefano hatte geglaubt, es würde seiner Seele besser gehen, je näher er seiner Heimat kam. Tatsächlich verstörte ihn die Heimkehr mehr, als er in seinen schrecklichsten Albträumen befürchtet hatte. Er hatte gehofft, der Groll gegen Francesco Agnelli würde sich gelegt haben. Doch bei jedem Schritt, mit dem er sich dem Ceresio näherte, wallten die alten Gefühle auf, und ihm schien es, als wären sie stärker denn je.

Vor sein geistiges Auge trat immer wieder die Illusion eines glücklichen Lebens an Serenas Seite. Er sah sich in seinem Atelier von ihren gemeinsamen Kindern umgeben, dazwischen seine schöne Frau als sein Aktmodell, deren Rundungen durch die Geburten weicher und noch begehrenswerter geworden waren. In seinen Vorstellungen wurde er nicht müde, sie zu lieben. Und sie liebte ihn, daran bestand für ihn kein Zweifel. Der einzige Schatten, der sich über diese Harmonie legte, war die Silhouette seines einstigen Freundes. Francesco wurde für Stefano wieder zum Symbol der Zerstörung; er war der Mann, der ihm alles genommen hatte. Dass Serena niemals sein Besitz gewesen war, gehörte zu den nüchternen Überlegungen, die Stefano ignorierte. Wahrscheinlich hatte er die Wahrheit sogar wirklich vergessen.

Es war leicht, sich im eigenen Elend zu suhlen, wenn die Truppe abends irgendwo zwischen Newa und Adda kampierte und die Soldaten ihre Instrumente aus den Beuteln nahmen, um die traurigen Weisen anzustimmen, die zur russischen Musik gehörten. Stefano verlor sich in den melancholischen Liedern, die ihn wärmten wie ein Mantel und den immer wiederkehrenden Hunger für eine Weile besiegten. Anfangs hatte die Armee für regelmäßige Mahlzeiten gesorgt, doch mit jeder Meile, die Stefano von St. Petersburg gen Süden zurücklegte, wurde die Situation schwieriger. Zwar hatte es im vorigen Jahr allerorts eine reiche Ernte gegeben, doch wurden die Kornspeicher zu Beginn des Frühjahrs von den Fluten der Hochwasser führenden Flüsse vernichtet. Die nach dem besonders langen, harten Winter einsetzende Schneeschmelze führte zu Überschwemmungen mit verheerenden Folgen für Mensch und Tier, vor allem aber für eine Armee von fast fünfzigtausend Mann. Es gab nicht einmal ausreichend zu plündern. Schlimmer, dachte Stefano manchmal, wäre es vielleicht auch nicht gekommen, wenn er in Russland geblieben wäre.

Zu Beginn seines neuen Lebens als Soldat hatte er niedrigere Dienste verrichtet, später war er – wie erhofft – als Übersetzer gebraucht worden. Die meisten Offiziere General Suworows sprachen perfekt Französisch, da dies die Sprache der oberen Klasse war, manche auch Deutsch, aber Italienisch beherrschte so gut wie niemand. Dieser Umstand gereichte Stefano durchaus zum Vorteil, da er ihm einige Bequemlichkeiten wie eine Unterkunft in der Nähe der Truppenführer brachte, aber seinen Magen füllte seine Muttersprache auf Dauer nicht.

Nach der Überquerung der Alpen wurde es nicht wirklich besser, die Terra Ferma der ehemaligen Republik Venedig war von den österreichischen Besatzern bereits kahl gefressen und ausgeraubt worden, deshalb mussten sich Stefano und seine Kameraden häufig von Wiesenkräutern wie Löwenzahn, Scharbockskraut oder Vogelmiere ernähren; eine Delikatesse waren Singvögel, die im Süden überwintert hatten, mit Steinschleudern oder Schlingen zu erlegen waren und gebraten köstlich schmeckten. Durch die Überschreitung der Grenze zur Cisalpinischen Republik wurde die Situation nicht besser, zumal nach der für die Russen siegreichen Schlacht an der Adda auf halbem Weg zwischen Bergamo und Mailand auch noch fünftausend französische Kriegsgefangene irgendwie mitgeschleppt werden mussten. Diese Entbehrung trug dazu bei, dass Stefanos Sicht der Dinge vollkommen verklärt wurde: In seiner Erinnerung war sein Atelier in Bissone das Paradies gewesen, und Francesco Agnelli trug einzig die Schuld an dem Verlust.

Nach dem Überschreiten der Grenze zur Lombardei wurden die Albträume schlimmer. Nicht die Tausende Tote und Verwundete setzten ihm zu, sondern die Erinnerung an eine einzige Leiche verfolgte ihn plötzlich bei Tag und in der Nacht. Serenas Bild hatte in den vergangenen Jahren lebendig und lebensfroh in seinem Geist ausgeharrt, nun verwandelte es sich in den blutüberströmten Kopf und die leeren Augen. Verzweifelt wünschte er sich ihr Lächeln in Erinnerung, doch stattdessen sah er ihre schmerzverzerrte Miene, und manchmal rief er sich statt ihres betörenden, leidenschaftlichen Blicks die Abscheu ins Gedächtnis, mit der sie ihn zuletzt angestarrt hatte. Dann tauchte zu aller Qual noch die Frage auf, ob er ihren Tod hätte verhindern können. In solchen Momenten glaubte sich Stefano dem Wahnsinn näher als jedem anderen Gefühl.

Obwohl er sich in den wenigen, vernünftigen Stunden, die ihm zu verbleiben schienen, zwang, vom Tatort fern zu halten, zog ihn dieser magisch an. Als General Suworow – statt in einem Palast bei Mailand – Quartier in der prächtigen Villa Olmo bei Como nahm, musste Stefano sich zwingen, an der Seite seiner Dienstherren auszuharren und nicht unter der Last seiner Erinnerungen zusammenzubrechen. Da er dem hohen Offizierskorps zugeteilt war, gehörte er nicht zu den Soldaten, die die Stadt einnahmen. Auf diese Weise war es ihm versagt, dem Wunsch spontan nachzugeben, die letzten Wege zu beschreiten, die er mit Serena von der Piazza di Popolo bis zum See gegangen war – es sei denn, er wollte desertieren.

Es gab bedeutend schlechtere Aufenthaltsorte als den neoklassizistischen Palazzo am Lario, den verschiedene Baumeister aus dem Tessin errichtet hatten und der wohl deshalb vom russischen Oberbefehlshaber ausgesucht wurde, weil Napoleon Bonaparte hier einmal zu Besuch gewesen war. Stefano hätte genug damit zu tun gehabt, die herrlichen Fresken in der Villa zu bewundern, doch statt der Kunst zu frönen, wanderte er eines späten Abends rastlos über die zum See abfallenden Rasenflächen. Der

Himmel war wolkenverhangen und schimmerte silbern, ein Zeichen für den bevorstehenden Regen.

Anscheinend war er nicht der einzige Spaziergänger, denn es schreckte ihn eine Stimme hinter einer üppigen, zu einem Halbkreis geschnittenen Buchskugel auf: »… die Seide schicke ich meiner Mutter nach Moskau, aber du bekommst die Spitze, mein Täubchen«, behauptete ein Mann auf Russisch.

Ihm antworteten das leise Lachen einer Frau und die italienischen Worte: »Es ist mir egal, was du sagst, ich verstehe dich ja doch nicht, aber du bist ein netter Kerl.« Wer ihrer Sprache nicht mächtig war, hätte dem Klang nach vermuten können, dass es sich um eine Liebeserklärung handelte. Offenbar hatte sich hier ein Soldat des Zaren mit seiner lombardischen Freundin zu einem heimlichen Stelldichein verabredet.

Stefano hielt in seinem Schritt inne, da er die beiden nicht stören wollte, und befürchtete, seine Stiefel hätten auf dem Kiesweg geknirscht. Andererseits lag es ihm fern, die Unterhaltung zu belauschen. Hin und her gerissen zwischen dem Wunsch, seines Weges zu gehen, und der Befürchtung, dadurch für Aufmerksamkeit zu sorgen, zögerte er.

»Dort, wo dieser Stoff herkommt, gibt es noch viel mehr davon«, schmeichelte der Russe. »Jedenfalls hoffe ich, dass meine Kameraden noch etwas übrig gelassen haben im Laden der Seidenhändlerin …«

Stefano schluckte schwer. Er glaubte, sich verhört zu haben, denn in der fremden Sprache war Serenas Gewerbe nicht ganz klar zu verstehen. Dennoch – die Verbindung zu Como legte nahe, dass sein Kamerad von Serenas Geschäft sprach. Unwillkürlich spannte Stefano die Muskeln, an seiner Schläfe pochte eine Ader.

Irgendwo schrie ein Käuzchen. Nicht weit entfernt schlugen die Wellen mit einem leisen Klatschen gegen das Ufer, im Gebüsch raschelte es. Das Liebespaar schwieg eine Weile, womöglich beschäftigt mit dem Austausch von Zärtlichkeiten.

Die Italienerin kicherte leise, dann seufzte sie verzückt.

»Mach deine Beine breit, Täubchen«, stöhnte der Russe, und seine Stimme war heiser vor Verlangen und Wollust.

Sie quietschte vor Vergnügen.

»Du hast die schönste Möse der Welt«, keuchte er, bevor sich sein Atem in ein rhythmisches Schnaufen verwandelte.

Stefano wünschte, weglaufen zu können, doch er stand wie angewurzelt auf seinem Horchposten. Es widerte ihn an, dem Paar bei dem zuzuhören, was er sich versagte. Seit fast zwei Jahren hatte er keine Frau mehr gehabt, genau genommen seit seiner Begegnung mit Julie. Er war fest davon überzeugt gewesen, dass mit Serena seine Fähigkeit zu lieben gestorben war, auch seine körperliche Lust, und selbst Julie war auf gewisse Weise ein Teil von Serena gewesen. Zu seinem größten Entsetzen spürte er nun, dass ihn die Laute jenseits des Buchsbaumes nicht kaltließen.

Der Russe war ebenso schnell fertig, wie er zur Sache gekommen war. Stefano hörte es an seinem Grunzen, und danach vernahm er, wie sich der Soldat rasch aufrappelte. Er war so mit seinen eigenen Empfindungen beschäftigt, dass er erst mit einiger Verzögerung begriff, was der Kamerad jenseits des Busches sagte: »Du hast allen schönen Italienerinnen Ehre gemacht, mein Täubchen. Wenigstens bist du nicht so kalt wie die blonde Seidenhändlerin Bossi.«

Es bestand kein Zweifel – der Mann sprach von Serena!

Diese Erkenntnis entfachte ein Feuer in seiner Brust, das bis in sein Gehirn loderte. Stefano spürte brennende Hitze in sich aufsteigen, einen jeden klaren Gedanken vernichtenden Zorn, der sich wie eine Ohnmacht über sein Bewusstsein legte. Zwar dachte er flüchtig daran, dass der Russe niemals *seiner* Signora Bossi begegnet sein konnte, da er besser als jeder andere wusste, dass sie nicht mehr am

Leben war. Doch diese Logik verwandelte sich in eine Wahnvorstellung: Serena lebte, sie hatte ihm ihren Tod nur vorgespielt – Stefano war betrogen worden. Von ihr und vom Schicksal, das ihn in die Abgründe des Menschseins getrieben hatte.

Zerstreut fuhr er sich mit der Hand über die Augen, durch das Haar. Irgendetwas an seinem Denken war falsch, das wusste er, aber er konnte nichts mehr in die richtige Reihenfolge bringen.

In diesem Moment begriff er die volle Tragweite der Aussage des anderen Mannes. Wenn dieser die Seidenhändlerin Bossi als kalt bezeichnete, musste er ihr näher gekommen sein, als gut für ihn war. Niemand nahm sich ungestraft Stefano Castellis Besitz. Er hatte sich einmal dafür gerächt, dass ein anderer Hand an Serena gelegt hatte – er würde es auch ein zweites Mal tun. Die Vorstellung, dass rohe Hände über Serenas wohlgeformten Körper geglitten waren, ihre alabasterweißen Brüste berührt hatten, raubte Stefano den letzten Rest Verstand. Ehe er wusste, was er tat, sprang er aus seinem Versteck.

Auf der anderen Seite der großen Buchsbaumkugel war der Russe gerade damit beschäftigt, die Knöpfe an seiner Uniformhose zu schließen. Stefano hatte erwartet, einen jugendlichen Liebhaber vorzufinden, stattdessen sah er sich einem vierschrötigen Mann jenseits der vierzig mit einem breiten, gutmütigen Gesicht gegenüber. Offenbar war der Russe ein Druschinik, ein Bauer, der als Freiwilliger in der Truppe seines adligen Gutsherren und Offiziers diente; irgendwo zwischen Wolga und Don warteten wahrscheinlich eine Frau und etliche Kinder auf seine gesunde Heimkehr.

Die Zuneigung seiner Familie dankte er, indem er Serena schändete und die blutjunge Magd verführte, die noch immer mit hochgezogenem Rock und gespreizten Beinen auf dem weichen Rasen lag. Stefano kochte innerlich vor Zorn.

»Was hast du mit Serena gemacht?«, schrie er in einem Kauderwelsch aus italienischen und slawischen Wörtern. Dann stürzte er sich auf den Mann.

Der Andere war viel zu verblüfft, um den Angriff zu parieren.

Der Russe war seiner Statur nicht unähnlich, aber weniger behände als Stefano, zumal er überrascht war und eine natürliche Hemmschwelle gegen den Kameraden besaß, der einen höheren Dienstgrad bekleidete. Er konnte nicht ausweichen und wehrte sich nicht gegen die verzweifelten Fausthiebe. Stefano prügelte blindwütig auf ihn ein.

Mit einem Aufschrei sprang das Mädchen hoch. Sie wich den beiden Männern aus.

Ihr Liebhaber klammerte sich inzwischen an Stefano, als wolle er ihn fortstoßen, was ihm jedoch nicht gelang. So wogten Schläger und Opfer wie in einem rücksichtslosen Tanz auf und ab, hin und her.

Einen Herzschlag lang überlegte die junge Lombardin, was sie tun könnte. Es erschien ihr seltsam, wie sich ein ihr völlig Fremder auf den netten Russen stürzte, der ihr trotz seiner Eile durchaus Vergnügen geschenkt hatte. Aber dann beschloss sie, dass die ganze Sache nichts mit ihr zu tun hatte und sie daher nichts anging. Eine Fehde zwischen Soldaten. Nichts Beunruhigendes, obwohl der große Dunkle von einer Furcht einflößenden Wildheit getrieben war. Eine innere Stimme riet dem Mädchen, schleunigst zurück an ihren Arbeitsplatz in die Küche zu gehen, anstatt dem Kampf der beiden Hähne zuzuschauen.

Der Regen setzte mit schweren, dicken Tropfen ein. Bis sie den Dienstboteneingang der Villa erreicht hatte, war das Mädchen vollkommen durchnässt. Aus den Augenwinkeln beobachtete sie, dass sich ihr Liebhaber endlich gegen den Angreifer wehrte. Aber sie sah auch, dass es zu spät war und ihr Freund zu Boden ging.

5

Emilia rollte sich auf ihrem einstigen Bett im Esszimmer unter einer Wolldecke zusammen. Seit die russischen Soldaten ins Haus gekommen waren, konnte sie nicht mehr richtig schlafen. Aus Furcht, im Traum überrascht zu werden, legte sie sich nicht ins Schlafzimmer, sondern richtete sich so ein, dass sie unter dem Fenster zur Piazza ruhte, um bei jedem Geräusch von der Straße sofort wach zu sein. Sie schloss die Läden nicht mehr und ließ eine Öllampe brennen, und wenn sie sonst nichts weckte, schreckte sie regelmäßig von dem Gedanken hoch, ein Feuer könne ausgebrochen sein.

Der Regen prasselte gegen die Scheiben. Das monotone Trommeln der Tropfen, die von der durchlöcherten Rinne auf einen Mauervorsprung plätscherten, schläferte sie nicht ein, sondern hielt sie munter. Mit rot geränderten Augen sah Emilia das Wasser an den Fenstern entlang laufen, folgte den durchbrochenen, geschwungenen Bahnen. Wahrscheinlich hätte sie nach einem Buch greifen und sich mit einer Lektüre beruhigen sollen, doch sie war zu müde, um sich auf die Druckschrift zu konzentrieren. Also hing sie ihren Gedanken nach, obwohl die Erinnerungen an den Einmarsch der Truppe des Zaren nicht dazu geeignet waren, für Erholung zu sorgen.

Sie konnte nicht sagen, was schrecklicher gewesen war: das Trampeln auf der Treppe, die Geräusche des zersplitternden Holzes, als die Soldaten die Ladentür aufgebrochen hatten, die Horde fremder Männer, die mit groben Händen in ihren Sachen wühlten und mitnahmen, was ihnen wert schien mitgenommen zu werden, oder gar die gierigen Augen, mit denen die Russen ihren Körper verschlangen. Hocherhobenen Hauptes war sie ihnen entgegengetreten – erstarrt zu einem Eisklotz, unfähig zu irgendeinem Gefühl, denn die Angst war erst später über sie gekommen. Vielleicht hätte der vierschrötige Soldat, der aussah wie ein einfacher Bauer – vielleicht hätte er sie vergewaltigt, wäre nicht plötzlich sein Offizier auf der Bildfläche erschienen.

»Verzeihen Sie, Madame, wenn Ihnen meine Leute Unannehmlichkeiten bereiteten«, sagte er in sanftem Tonfall und einem überaus gebildeten Französisch, nachdem er seine Männer in der fremden, barsch klingenden Sprache angeblafft hatte. »Meine Soldaten sind hungrig. Die Zeiten sind schlecht, und wir haben zu wenig zu essen. Erlauben Sie bitte, dass sie sich bei Ihnen bedienen.«

Wenn die Russen es nur auf die Lebensmittel abgesehen hatten, sollte ihr dies recht sein. Emilia hatte zwar einige Vorräte in der Speisekammer gehortet, aber darauf verzichtete sie gerne, wenn man sie dafür in Ruhe ließ. Am Ende wirkte Carlottas Refugium zwar wie ein Schlachtfeld, aber außer allem Essbaren, einem kleinen Fass mit Olivenöl und ein paar Flaschen Wein hatte Emilia nichts verloren.

Als sie nach dem Abzug der Männer vorsichtig aus dem Fenster spähte, beobachtete sie, wie die Soldaten den Laden plünderten. Männer in den blauweißen Uniformen des zaristischen Infanterieregiments stiegen über den von Aurelio so mühsam gezimmerten und wenig wirkungsvollen Verschlag, in den Armen die Stoffballen. Nichts gab es in Como derart im Überfluss wie Seide, und Emilia hätte sich fast über das ungebrochene Interesse daran amüsiert, wäre sie nicht bei diesem Anblick zusammengebrochen. Ihr Mut fiel in sich zusammen wie ein Kartenhaus und hinterließ einen Trümmerhaufen der Gefühle. Sie begann zu zittern, Tränen rannen unaufhörlich über ihre Wangen, dennoch kam kein Laut über ihre bebenden Lippen. Sie musste machtlos und gleichsam verzagt zusehen, wie ihr

Warenbestand gestohlen und abtransportiert wurde. Es war der Moment, in dem alles, wofür sie zwei Jahre lang gelebt und gearbeitet hatte, vernichtet wurde. Ihr schien es, als würden Serenas Spuren endgültig aus ihrem Laden getilgt.

Was hätte die Schwester in dieser Situation getan? Hätte Serena den Degen genommen, mit dem ihr Urgroßvater gegen die Besatzungstruppen der Habsburger zu Felde gezogen war, und ihn wie einst Jeanne d'Arc gegen die Feinde erhoben? Emilia fühlte sich schlecht, weil sie nicht tapfer genug war, um sich gegen die Plünderer zu stellen. Aber wer war das schon? Die Lage war in den anderen Geschäften und Wohnungen nicht anders, mancherorts wohl sogar schlimmer, denn die Schreie von überfallenen Frauen verfolgten sie bis in den Schlaf, ebenso das Knallen von Peitschen, die Schüsse aus Musketen und vor Schmerzen brüllende Männer.

»Ach, Serena«, seufzte Emilia und legte ihre Stirn gegen die kalte Fensterscheibe.

Zusammen hätten sie vielleicht etwas ausrichten können, gemeinsam wären sie stark genug gewesen, zu dem höflichen Offizier zu gehen und diesen um die Rückgabe ihres Eigentums zu bitten. Wäre sie doch nur nicht so alleine, dachte Emilia traurig. Zum ersten Mal fühlte sie sich tatsächlich wie die Hälfte eines zerbrochenen Ganzen.

Nicht aufgeben!, mahnte eine Stimme in Emilias Gedanken. Es klang nach Serena, aber es war nicht die Schwester, die zu ihr sprach, sondern ihr Großvater. Sie hatte sich so gewünscht, alles richtig zu machen, seit sie Serenas Identität angenommen hatte. Doch nichts war gekommen, wie sie es erwartet hatte, das Gegenteil war sogar eingetreten, und nun waren die Plünderungen der Schlussakkord einer Folge fataler Umstände, wie das Anschwellen der Töne beim Finale einer Sinfonie, wenn die Bläser eines

Orchesters den krönenden Abschluss des Notenwerks herausschmetterten. Natürlich konnte sie nichts gegen den Krieg tun, aber Oberitalien war seit rund dreihundert Jahren umkämpftes Gebiet, und das Leben war stets weitergegangen. Wieso fühlte sie sich dann jetzt so machtlos?

Es ist die Hoffnung, beantwortete sie im Stillen die eigene Frage, dieser größte Betrüger an den Menschen, ein charmanter Heuchler zwar, aber ein unerbittlicher, ein Blender, der zu Bösartigkeit neigt, kommt man ihm erst auf die Schliche …

*

Die Stadt schlief. Es war fast wie vor zwei Jahren, als er durch die Straßen geeilt war, um Serena aufzusuchen und zur Rede zu stellen. An den öffentlichen Gebäuden wehten keine französischen Flaggen mehr oder die rot-weiß-grüne Trikolore der Cisalpinischen Republik, der russische Adler hing müde von den Fahnenstangen, durchnässt vom Regen, der auf den Boden plätscherte. Stefano war bald ebenso nass, von seinen Haaren tropfte das Wasser in seine Augen, die blind auf das sich spiegelnde Pflaster starrten und nichts sahen als das blutüberströmte, schöne Gesicht der Toten. Er wurde die Erinnerung an diesen Anblick nicht los, und als er unter den Arkaden in entgegengesetzter Richtung auf ihrem letzten gemeinsamen Weg entlangeilte, hatte er das Gefühl, eine eiserne Schlinge umfange seinen Hals und drücke langsam die Luft aus ihm heraus.

Vor der Seidenwarenhandlung der Familie Bossi hielt er inne. Der Anblick berührte ihn, denn es kam ihm vor, als sei die Zerstörung ein Echo auf das Bild von Serenas zertrümmertem Schädel. Das Schaufenster war eingeschlagen worden, eine einsame Holzlatte, die einen Einbruch wohl hatte verhindern sollen, schaukelte leise an einem Nagel hin und her. Die Tür stand offen, aber es würde kein Dieb auf den Gedanken kommen, die Schwelle zu übertreten, nachdem die Russen den Laden geplündert hatten. Stefano konnte in der Dunkelheit zwar nichts erkennen, aber er war sich sicher, dass die schwarze Höhle, die sich in das Innere des Hauses erstreckte, so leer war wie sein Herz. Leise klingelte ein arabisches Windspiel.

Langsam dämmerte ihm, dass das Geschäft, unmittelbar bevor die Armee des Zaren in Como einmarschiert war, existiert und möglicherweise sogar floriert hatte. Der Druschinik hatte also tatsächlich von diesem Laden gesprochen – und der dazugehörenden Seidenhändlerin. Ein Irrtum war ausgeschlossen.

Erstaunlicherweise meldete sich in diesem Moment Stefanos Verstand, der ihm mitteilte, dass es sich bei der genannten Dame auch um eine Verwandte von Serena handeln konnte. Nach dem Tod des Padrone oder der Padronessa fand sich in der Regel immer irgendjemand in der Familie, der das Erbe antrat. Stefano musste sich eingestehen, dass er zu wenig über Serenas private Verhältnisse wusste, um auszuschließen, dass die derzeitige Eigentümerin der Seidenhandlung eine Cousine von ihr war.

Dennoch: Vielleicht hatte Serena ihn getäuscht – und alles war anders, als er glaubte. Sie war nicht tot, er hatte sich das in seiner Panik nur eingebildet. Sie hatte das Bewusstsein verloren, eine Ohnmacht, aus der sie wieder erwachte, nachdem er geflohen war. Serena lebte.

Seltsamerweise konnte er sich über diesen Gedanken nicht freuen. Die Schlussfolgerung bedeutete, dass sie ihn hintergangen hatte, ebenso, wie sie ihn – womöglich freiwillig – mit Francesco betrogen hatte. Hatte der Freund die Wahrheit gesprochen? Und was war das für eine Geschichte gewesen, die Serena ihm ins Gesicht geschleudert hatte? Sie hatte behauptet, Francesco würde sie heiraten. Wie kam sie nur darauf? Oder hatte sich Francesco damals von Julie trennen, die Kirche um die Auflösung seiner Ehe bitten wollen? Unmöglich, befand Stefano. Plausibler war, Francesco hatte der Geliebten etwas vorgespielt, um sie gefügig zu machen. Ja, Francesco war der Schuldige, es war genauso, wie Stefano von Anfang an vermutet hatte. Doch zum ersten Mal spürte er den Stachel eines Zweifels in seinem Fleisch. Es schien ihm, als würde er die Kontrolle über seine festzementierte Meinung verlieren. In seinem Kopf drehten sich Lüge und Gewissheit immer schneller, wie ein Karussell, welches so rasant rotierte, dass die Holzpferdchen darauf nur noch schemenhaft vor dem Auge des Betrachters vorbeihuschten.

Stefano erkannte ein kleines Licht in den Räumen, die zu Serenas Wohnung gehörten. Von hier aus hatte sie ihm damals zugerufen, er möge verschwinden. Er entsann sich ihrer, wie sie am Fenster gestanden hatte.

Als er sich das Bild heute in Erinnerung rief, fiel ihm etwas auf, das anders war: Serenas Haar war auf ihre Schultern gefallen. Dabei hätte er schwören können, dass es eigentlich kurz geschnitten gewesen war. Seltsam, aber unwichtig. Wie konnte ein unerfahrener Mann wie er wissen, was schöne Frauen mit ihren Locken anstellten? Noch eine Täuschung.

Stefano stieß die Haustür auf. Niemand hatte sich die Mühe gemacht abzuschließen. Im Flur roch es feucht und modrig, es war dunkel, weil keine Fackeln brannten, und er musste sich an der Wand entlangtasten, um in das erste Stockwerk zu finden. Auf der letzten Stufe stolperte er beinahe, fing sich aber wieder und schlich vorsichtig mit ausgestreckten Armen voran, bis seine Finger das Holz eines Türfutters berührten, ein schmaler Lichtschein schimmerte unter dem Portal hindurch. Stefano ballte die Hände zu Fäusten.

Er hatte nicht die geringste Ahnung, wie er sich verhalten sollte, wenn ein einquartierter Russe öffnen oder aus den oberen Etagen ein Nachbar erscheinen und ihn fortjagen würde. Die Vernunft trat jedoch in den Hintergrund, als ihm bewusst wurde, dass seine Zeit als Vagabund ein Ende und er sein Ziel erreicht hatte. Es gab kein Zurück.

Deshalb hämmerte er ungeachtet aller Warnungen seiner inneren Stimme gegen Serenas Wohnungstür.

Er vernahm ihr Kommen, weil eine lockere Diele unter ihren Schritten knarrte. Durch das Holz spürte er die Angst, die sie umgab. Ihre Furcht verlieh ihm Kraft. Er atmete tief ein, als er hörte, wie der Schlüssel im Schloss gedreht wurde …

»Wer ist da?«, fragte sie zaghaft.

Zischend stieß er die Luft aus. »Mach auf!«, befahl er und hoffte, den Tonfall zu treffen, den er von den russischen Offizieren kannte. »Öffne, wenn dir dein Leben lieb ist!«

Die Tür glitt eine Elle breit zurück. Eine vorgezogene Kette verhinderte, dass sie weiter geöffnet wurde. Im Licht der Wohnung erkannte Stefano die schmale Silhouette einer Frau in einem weißen, hochgeschlossenen, knöchellangen Hemd. Ihre Arme hingen an ihrem Körper herab, und in der einen Hand blitzte die Klinge eines Degens auf. Ihre Züge verschwammen vor seinen Augen. Es war keine Frage, wer die Person war, die seinem Befehl gefolgt war.

Seine Knie wurden weich. Fassungslos vor Staunen stand er da, unfähig, sich auch nur zu bewegen. Ihr Anblick verschlug ihm die Sprache. Lediglich ein erschrockener Schrei entrang sich seiner Kehle.

»Wer sind Sie? Was wollen Sie? Ihre Kameraden waren schon hier …«

Sie erkannte ihn nicht in seiner russischen Uniform. Diesmal täuschte er sie.

Vielleicht hatte sie ihn vergessen. Sein Gesicht in ihren Gedanken ausgelöscht wie die Flammen der Liebe in seinem Herzen.

Oder war es die Erscheinung eines Geistes, der nach Mitternacht in Serenas Wohnung herumspukte? Ein Gespenst mit dem Antlitz der schönen Seidenhändlerin.

»Serena!«, flüsterte Stefano rau.

Ihre Augen weiteten sich vor Überraschung, aber nicht, weil sie begriff. Ihre Lider flatterten nervös.

*

Der Mann sah nicht aus wie die anderen Russen, und er hatte etwas von einem wilden Tier an sich.

Emilia starrte den Fremden an. Die Furcht vor ihm schnürte ihr die Kehle zu, ihr Magen schien sich in ihren Hals zu heben. Übelkeit erfasste sie, ein Schwindelanfall bemächtigte sich ihres Kopfes, sie begann zu zittern. Ihre Hände umklammerten den Griff des Degens ihres Großvaters, doch ihr Arm schien zu schwach, um die Waffe gegen den anderen Menschen zu heben.

Noch schützte sie die Kette vor dem Überfall, aber sie wusste, dass die Sicherheit Illusion war. Es bedurfte nur eines einzigen gezielten, kraftvollen Stiefeltritts, um die Tür aus den Angeln zu stoßen.

Dass er sie mit Serenas Namen ansprach, machte alles noch schlimmer. Ein anonymer Soldat, vielleicht ein Betrunkener, der sich fatalerweise zufällig ihre Tür ausgesucht hatte, war bedrohlich genug – ein Mann, der ein alter Bekannter ihrer Schwester zu sein schien, war jedoch eine viel größere Gefahr für ihr Leben, denn den würde sie nicht abwimmeln können. Diesmal steckte sie in der Falle.

Woher kannte Serena einen Soldaten des Zaren? Warum sprach dieser italienisch wie ein Lombarde? Was sollte sie tun? Ihn hereinlassen und auf glückliche Erinnerungen an alte Zeiten hoffen? Er wirkte nicht unbedingt wie ein Freund. Und warum war er so erschrocken über ihren Anblick?

Emilia blinzelte. »Hier gibt es nichts mehr, das ich Ihnen noch geben könnte«, sagte sie zögernd. »Ihre Kameraden haben alles mitgenommen. Ich selbst habe Hunger und nichts zu essen.«

Ihre Worte waren wohlgewählt, fand sie. Würde er sich davon abwimmeln lassen?

»Serena«, wiederholte er, »Serena ...« Er musterte sie misstrauisch.

Wenn sie nur wüsste, wie sie sich verhalten sollte ...

»Ein Geist«, zischte der Mann. »Du musst ein Geist sein. Serena ist tot. Ich weiß das ... ich ...« Seine Stimme versagte ihm den Dienst. Da trat plötzlich rasende Wut in seinen Ausdruck. »Gib die Tür frei«, zischte er heiser.

Emilia schluckte. »Ich kenne Sie nicht, mein Herr«, sagte sie höflich und wich weder von der Stelle, noch folgte sie seiner Aufforderung. Ihr Herz schlug gegen ihre Brust, der Schwindel trübte ihren Blick. Sie hatte das Gefühl, ihr Kopf würde bersten. Ihre Hände schmerzten, so entschlossen umklammerte sie den Griff des Degens. Sie war sich nicht sicher, ob sie den Verrückten hinter ihrer Tür umbringen konnte, ganz sicher aber würde sie die Waffe gegen sich selbst richten, bevor der Fremde ihr Gewalt antat. Lieber wollte sie sterben, als ein schlimmeres Leid zu erfahren. Wer wusste schon, zu welchen schrecklichen Taten ein Narr wie dieser fähig war?

»Du kennst mich nicht?«, schleuderte er ihr heiser entgegen. »Ich lasse mich nicht mehr von dir täuschen, du ... du ... Hure!«

Serena, ich will dich sprechen. Komm runter, Puttana. Sofort!

Es gab nur einen Mann, von dem Emilia sicher wusste, dass er Serena eine Hure genannt hatte. Sie hatte ihn im Dunkel der Piazza nicht genau gesehen, aber wenn sie jetzt an die entsetzliche Nacht zurückdachte, in der ihre

Schwester zu Tode gekommen war, glaubte sie, sich wenigstens an seine Statur und eine gewisse Wildheit in seinem Aussehen zu erinnern. Er war die letzte Person, die Serena lebend gesehen hatte. Schließlich hatte Emilia selbst beobachtet, wie Serena mit ihm gesprochen hatte und dann zu einem Spaziergang aufgebrochen war, von dem sie nicht mehr zurückkehren sollte.

Serena war ermordet worden. Es war kein Unfall gewesen. Sie war von einem Mann getötet worden, der sie am See aufgebahrt und ihre Leiche mit Blumen geschmückt hatte.

Geschockt starrte Emilia den Fremden an. Ihre Finger lösten sich von dem Degen, der polternd zu Boden rollte. Lieber Gott, flehte sie still, hilf mir!

Seine Augen begegneten ihrem Blick. Einen Herzschlag lang sahen die beiden sich stumm an.

Emilia rechnete damit, dass er jeden Moment die Tür eintreten würde. Serenas Mörder war gekommen, um sein Werk zu vollbringen – daran bestand kein Zweifel. Aber sie wollte nicht sterben. Nicht so. Nicht durch die Hand dieses Mannes. Nicht wie ihre Schwester …

Plötzlich schlug er sich mit der Faust gegen die Stirn. »Gott straft mich«, schrie er, und seine Worte hallten von den brüchigen Wänden wider. Er wandte seine Augen von ihr ab und blickte nach oben. »O Herr! Ist dies die Strafe für meine Verbrechen …?«

Schluchzend drehte er sich um. Als würde er von einem Wolf verfolgt, setzte er zur Flucht an. Blind vor Tränen, hysterisch und von Panik getrieben, stürzte er davon, polterte die Treppe hinunter. Es klang, als sei er irgendwo gefallen, doch ihm schien nichts passiert zu sein. Die Haustür knirschte in den Angeln, dann fiel sie mit einem lauten Rums ins Schloss.

Ein haltloses Zittern bemächtigte sich Emilias Körper. Sie konnte sich nicht mehr auf den Beinen halten und sackte in sich zusammen wie eine Marionette, deren Fäden losgelassen wurden. Ihr Herz schlug ihr im Hals, und der Würgereiz wurde so stark, dass sie sich auf den Saum ihres Nachthemdes übergab. Sie fürchtete, an ihrem Erbrochenen zu ersticken, ihre Tränen mischten sich mit der Gallenflüssigkeit, denn sie hatte nichts im Magen, dessen sie sich entledigen konnte. Verzweifelt schnappte sie nach Luft, doch ihre Lungen wollten sich nicht mit frischem Atem füllen. Sie japste, quälte die Körpersäfte durch ihre Speiseröhre, hustete.

Sie konnte nichts mehr bei sich behalten. Zu ihrem Entsetzen spürte sie, wie eine warme Flüssigkeit an ihren Schenkeln herunterlief. Sie konnte nichts dagegen tun, ihre Glieder waren gelähmt. Ich sterbe, dachte Emilia.

6

Lucia tauchte das Linnen in die Schüssel, ließ den Stoff das kalte Wasser aufsaugen, dann hob sie das Tuch wieder heraus, wrang es aus und legte es vorsichtig auf Francescos Stirn. Der Wundarzt hatte die Umschläge empfohlen, ebenso die Einnahme eines Tees, der aus der Chinarinde und Kamillenblüten aufgekocht wurde. Da Francesco jedoch nur selten bei Bewusstsein war, erwies es sich als ausgesprochen schwierig, ihm die Medizin einzuflößen. Problemloser war die Versorgung der Wunde an seinem Bein, die Lucia regelmäßig mit einer Kompresse aus Arnika und Johanniskraut versah. Bei ihrer letzten Inspektion sah es aus, als würde der Schnitt nicht mehr nässen. Wenn der Eiter versiegte und kein Wundbrand die beginnende Heilung zerstörte, wäre Francescos Bein gerettet – und damit wahrscheinlich sein Leben. Aber warum sank seine Temperatur nicht?

Inzwischen waren rund achtundvierzig Stunden vergangen, seit zwei Männer der Freiwilligenmiliz von Lugano Francesco nach Hause gebracht hatten. Es war im Morgengrauen gewesen, und ihre rotweißen Federbüsche hatten freundlich im aufgehenden Sonnenschein hin und her gewippt. Trotz Francescos Anweisung hatte Lucia dem Diener zu öffnen befohlen: Sie hatte die blauen Uniformen mit den weißen Rockaufschlägen erkannt, bevor sie die provisorisch zusammengezimmerte Trage mit der ohnmächtigen Person darauf gesehen hatte.

Seit Stunden hatte sie auf eine Nachricht von ihrem Bruder gewartet. Natürlich hatte sie kein Auge zutun können. Während ihre Mutter und Julie schliefen, Podlanski dankbar eines der Gästezimmer bezog und der Drucker in der Küche mit einem heißen Getränk, einem Imbiss und einem Wundpflaster versorgt wurde, wanderte Lucia rastlos durch die Zimmerfluchten im Erdgeschoss. Sie rang die Hände, goss sich einen Grappa aus der Karaffe ein, schüttete den Tresterschnaps in einen Blumentopf, weil sie einen klaren Kopf behalten wollte, und nahm sich wieder ein Glas, denn sie brauchte ein Mittel, um ihre Nerven zu beruhigen. Ab und an dachte sie daran, Sofia zu wecken. Es wäre leichter, ihre Sorgen um den Bruder zu teilen. Doch dann sah sie ein, dass es wenig Sinn hatte, ihre Mutter mitten in der Nacht zu beunruhigen. Sofia würde früh genug von den Geschehnissen in der Stadt erfahren. Es war besser, entschied Lucia, eine von ihnen beiden würde den Tag frisch und ausgeruht beginnen.

Dann hatte die Warterei plötzlich ein Ende. Die Polizisten kamen und brachten Francescos zerschundenen Körper, aus dem fast alles Leben gewichen schien. Er war bleich wie der Tod, auf seiner Stirn standen Schweißperlen, sein Atem ging nur noch flach. Aus der tiefen Wunde am Bein strömte das Blut wie aus einer Presse, in der Merlottrauben zerstampft und zu Rotwein verarbeitet wurden.

Lucia wollte nicht genau wissen, was für ein Unglück Francesco widerfahren war. Es war offensichtlich, dass er mit den aufrührerischen Bauern aneinandergeraten war, und wahrscheinlich war es eine göttliche Fügung, dass hier auf der Trage nicht seine Leiche lag. Als die Männer von der Miliz zu Einzelheiten ansetzten, winkte sie ab. Erst später, als der Arzt die Wunde untersuchte, malte sie sich die schrecklichen Bilder aus: wie Francesco in sein Büro gekommen, von versprengten Ackerknechten angegriffen und von einer Mistgabel aufgespießt worden war. Wären die Einstiche wenige Zentimeter höher erfolgt, behauptete der Chirurg, hätten sie eine wichtige Ader getroffen, dann wäre Francesco bereits verblutet. So gab es Hoffnung, wenn auch keine große.

Sie meisterte die Situation mit Pragmatismus und Tapferkeit, wie es ihre Art war. Die Verzweiflung übermannte sie erst, als sie die Buchstaben in Francescos Taschen entdeckte. Wahrscheinlich hatte er mit den Bleiteilen die Überbleibsel seiner französischen Tiegelpresse aufgesammelt, auf die er so stolz gewesen war. Die letzten Reste seiner Druckerei. Zum ersten Mal dachte Lucia darüber nach, was geschehen würde, sollte Francesco seiner Verletzung erliegen? Es war unvorstellbar, sich ein Leben ohne den Bruder vorzustellen. Wer sollte die Geschicke der Familie lenken, wenn er nicht mehr war? Die Verantwortung, die Lucia plötzlich auf ihren eigenen Schultern fühlte, erdrückte sie.

Bei Francescos Pflege wechselte sie sich inzwischen mit ihrer Mutter und Signora Bruni ab. Julie war nicht dazu geeignet, ihren Gemahl zu umsorgen. Insgeheim fürchtete Lucia sogar, dass ihre Schwägerin in einem Anfall von Wahnsinn dazu neigen könnte, den hilflosen Mann umzubringen, anstatt ihn zu retten. Die Nachricht, dass Francesco verwundet war, hatte sie überdies recht unbeteiligt zur Kenntnis genommen. Statt an sein Bett zu eilen, hatte Julie den Gast aus Wien zu einem Spaziergang im Garten eingeladen, auf den dieser jedoch freundlich, aber bestimmt verzichtet hatte. Podlanski war vor den Schicksalsschlägen in der Villa Agnelli geflohen. Der Verleger konnte ihm nicht mehr nützlich sein, jedenfalls nicht zur Stunde, und er fürchtete sich ganz offensichtlich davor, zum Unterhalter der verwirrten Signora Agnelli abgeordnet zu werden. So plötzlich, wie er aufgetaucht war, verabschiedete sich Podlanski und ging seines Weges, wohin dieser auch immer führte. Lucia hatte ihn nicht gemocht – und vermisste ihn auch nicht. Kaum hatte er den Palazzo verlassen, hatte sie seinen Besuch vergessen.

Ihre erste Begegnung mit Podlanski fiel ihr erst wieder ein, als ihr Bruder im Fieberwahn zu sprechen begann.

»... es ... es ist nicht so ... nichts ist so ... wie ... es scheint ...«, die Worte kamen kaum verständlich über Francescos bebende Lippen.

Es ist ein böser Traum, dachte Lucia. Wahrscheinlich quälten ihn die Erinnerungen an den Überfall. Sie beugte sich über ihren Patienten, um ihm begütigend ins Ohr zu flüstern: »Alles ist gut, sei unbesorgt, mein Lieber, du bist daheim und in Sicherheit. Ich bin bei dir. Lucia.«

Überrascht registrierte sie, wie seine Hand hochschnellte und sich mit unerwarteter Kraft um ihren Arm schloss. Seine Lider hoben sich für einen Moment, als wolle er sich ihrer Anwesenheit vergewissern, dann sanken sie wieder herab. Er ließ sie jedoch nicht los.

»Emilia«, das Sprechen strengte ihn an, aber es war ihm offenbar wichtig, diese Mitteilung zu machen, denn er hob immer wieder von Neuem an: »Emilia ... sage ihr ... ich liebe sie ... Serena ... war ... sie war ...«

Lucia runzelte die Stirn. Sie versuchte, sich aus seiner Umklammerung zu befreien – vergebens. »Streng dich nicht an«, mahnte sie sanft. »Du kannst mir alles sagen, wenn du wieder gesund bist. Aber nicht jetzt. Bitte, Francesco, jede Strapaze kostet dich Kraft und gefährdet die Heilung.«

Sein Griff wurde noch fester, seine Finger bohrten sich in ihre Haut. »Nein, nein ... es ist wichtig ... wichtig ... Emilia ... sprich mit Emilia ...«, seine Stimme brach und versagte ihm den Dienst. Die folgenden Worte waren nur noch ein unverständliches Röcheln.

Gedankenverloren zupfte Lucia mit der freien Hand an dem Leinentuch, das sie eben über seine Stirn gelegt hatte. Wieso sprach er von Emilia? Keine Frage, er meinte Serena Bossis Schwester. Doch Francesco war Lucias Freundin niemals begegnet. Wieso beschäftigte er sich dann mit ihr? Ein irregeleiteter Mann im Fieberwahn nahm Nebensächlichkeiten möglicherweise wichtiger als bei voller Gesundheit. Sie sollte nicht auf ihn hören, es war unwichtig, was er plapperte. Sie sollte ihn reden lassen und schleunigst vergessen, was er sagte.

»Serena ...«, unter größter Anstrengung gelang es Francesco, den Namen von Emilias Zwillingsschwester über die Lippen zu pressen. »Sie muss wissen ... wissen, dass mir nichts an Serena lag ... Versprich mir, Lucia, dass du ihr sagst, dass ich sie liebe ... Du musst es ... mir versprechen ... Emilia ...« Er stöhne leise auf, sein Kopf sank zur Seite, und der Griff an Lucias Handgelenk löste sich endlich.

Es war nicht schwer, zu erraten, dass ihr Bruder und die Seidenhändlerin offenbar eine Affäre verband. Oder wenigstens eine kleine Liebelei. Lucia war nicht blind, sie hatte es damals in Como bereits vermutet, denn selbst ihr als Schwester waren seine männlichen Vorzüge durchaus bewusst. Ihr war zwar nicht ganz klar, wann es zu dieser Romanze gekommen sein konnte, denn außer im Theater waren Francesco und Serena ihres Wissens niemals miteinander allein gewesen, aber vielleicht war es ja gerade in Mailand geschehen. Es gab schlechtere Untermalungsmusiken für ein leidenschaftliches Abenteuer als die Ouvertüre der »Zauberflöte«.

Unwillkürlich erstarrte Lucia. Sie entsann sich ihrer ersten Begegnung mit Emilia in Wien – und des Auftritts des Barons von Podlanski in Francescos Büro. Plötzlich war sie sicher, dass sie etwas übersehen hatte, eine Kleinigkeit vielleicht nur, aber wenn sie wusste, welche Wahrheit sich hinter dem Nebel in ihren Gedanken verbarg, würde sie den Zusammenhang zwischen Francesco, Emilia und Serena verstehen.

Denk nach!, forderte sie sich stumm auf.

Sie sank auf den Stuhl neben Francescos Krankenlager. Ihre Blicke schweiften in die Ferne – und plötzlich lichtete sich der Nebel ein wenig.

7

Der Dämon hetzte Stefano durch die Stadt. Verstört rannte er durch die Gassen, seine Schritte hallten von den Deckengewölben der Arkaden wider, er hastete über die Plätze – ohne ein Ziel vor Augen und letztlich immer nur im Kreis. Bleierne Müdigkeit senkte sich über ihn, aber er wusste, dass er weiterlaufen musste, bevor der Teufel von ihm Besitz ergreifen konnte. Das Böse befand sich im Wettstreit mit Gott, Stefanos Körper stand in Flammen, weil Satan mit den anderen Engeln um das Gute in seiner Seele kämpfte.

Atemlos hielt Stefano vor der imposanten, mit Dutzenden von Plastiken geschmückten Fassade des Doms inne.

Tauben flatterten zwischen Oculus und Luzide, das Mauerwerk schimmerte rötlich im Schein des aufziehenden Morgens, der Regen hatte bereits vor Stunden nachgelassen. Die Kathedrale wirkte seltsam friedlich und zog den Betrachter wie ein Tempel der Glückseligkeit in ihren Bann. Obwohl Kirchen für Stefano stets mehr ein Ausdruck der Kunst als des Glaubens gewesen waren, hoffte er, im Duomo Absolution zu erhalten. Vor allem aber hoffte er, hier den Teufel abschütteln zu können – oder der Strafe zu entgehen, die Gott ihm durch die Begegnung mit Serenas Geist aufgebürdet hatte.

Stefanos Versuch, das Hauptportal aufzustoßen, misslang. Ein um die Sicherheit des Heiligtums besorgter Küster hatte es verschlossen. Unwillkürlich spähte er über die Schulter, aber sein Verfolger war so unsichtbar wie zuvor. Auf der Piazza Duomo herrschte Stille, lediglich ein paar Tauben hatten sich auf dem rautenförmig gemusterten Straßenpflaster niedergelassen und pickten in den Abfällen. Sich dicht an der Mauer haltend, schlich Stefano zu einem der Seiteneingänge. Wenn sich diese Tür nicht öffnen ließ, war es vermutlich um sein Seelenheil geschehen, dann landete er unverzüglich in der Hölle, dessen war er sich sicher.

Vielleicht war es ein Wunder, möglicherweise göttliche Gnade – das Schloss gab nach. Erleichtert trat Stefano ins Halbdunkel der Kirche, im Luftzug flackerten die Opferkerzen auf einem Ständer neben der rechten Seitenkapelle. Er zuckte zusammen, als die Tür knarrend zufiel. Dann herrschte Ruhe, nur das Gurren der Tauben im Chor drang dumpf an Stefanos Ohr. Vorsichtig setzte er einen Fuß vor den anderen, seine Schritte hallten von den Kuppeln wider. Er erschrak über den Laut seiner schweren Militärstiefel, gewöhnte sich aber rasch an das Geräusch und ging ohne sich umzudrehen weiter. Durch die Vitrail fiel wenig Licht, aber genug, um ihm den Weg zu weisen. Vor dem Altar blieb er stehen.

Ehrfürchtig blickte er zu dem Kruzifix auf. Er übersah bewusst die Schönheit des Retabels, denn er war nicht als Künstler hier, der das Werk eines anderen studierte. Er war ein Bittsteller, ein Sünder am Rande der Verzweiflung oder des Wahnsinns, je nach Betrachtung, ihm selbst war der Unterschied gleichgültig.

»Herr, rette mich!«, flüsterte Stefano.

Dann sank er auf die Knie und warf sich in demütiger Pose der Länge nach auf den Boden. Seine Stirn schlug auf den kalten Stein, doch den Schmerz spürte er nicht.

*

Geräusche weckten Stefano aus seiner Lethargie: Eine Tür klappte leise in seiner Nähe, leichte Schritte entfernten sich rasch. Er wandte seinen Kopf zu den Lauten und sah nur noch den Schatten des Küsters, der an den Bankreihen vorbei dem Ausgang zustrebte, sichtlich bemüht, den Betenden nicht zu stören. Was mochte er sich wohl dabei denken, einen Gläubigen in russischer Uniform vor dem Altar einer katholischen Kathedrale vorzufinden? Die Soldaten des Zaren waren in der Regel orthodoxe Christen und deshalb in diesen Gemäuern kaum willkommen.

Stefano erstarrte. Die Erinnerung an seinen Dienst erschütterte ihn. Wie hatte er seine Aufgabe nur vergessen können? Unwillkürlich schlug er noch einmal und wieder mit der Stirn gegen den Steinboden, als könne er auf diese Weise das Wissen um den Fehler ausmerzen, das sich in seinem nun klaren Geist mit all seinen fatalen Folgen ausbreitete wie ein tödliches Geschwür. Doch selbst dröhnender Kopfschmerz konnte die Tatsache nicht beschönigen, dass er sich vergangene Nacht ohne Erlaubnis von der Truppe entfernt hatte. Er war ein Deserteur.

Die Seitentür fiel ins Schloss. Stefano erkannte das Knarren. Der Küster hatte die Kirche verlassen, er war wieder allein.

Vorsichtig richtete er sich auf. Seine Glieder waren steif, und er brauchte einige Minuten, um fest auf den Beinen zu stehen. Mit einer Mischung aus Argwohn, Verzweiflung und Zorn sah er auf das Kruzifix. Die Leiden Christi sollten die Menschheit erlösen – was hatte Gott mit ihm, Stefano Castelli, vor? Wem diente sein Übel? Er war hierhergekommen, um von seinen Sünden erlöst zu werden, nicht, um eine noch größere Tragödie heraufzubeschwören.

Wäre er in der Nacht in die Villa Olma zurückgekehrt, hätte man seine Abwesenheit mit etwas Glück möglicherweise nicht bemerkt. Spätestens bei Sonnenaufgang war jedoch aufgefallen, dass sein Bett unbenutzt war. Wahrscheinlich suchte man bereits nach ihm. Deserteure wurden hart bestraft. Fliehende Soldaten untergruben die Moral der Truppe, Derartiges wurde nicht geduldet. Wer gut davonkam, wurde erschossen, die weniger Begünstigten gerädert.

Stefano fuhr sich mit der Hand über die Augen. Er spürte die Tränen, die über seine Wangen liefen, auf seinen Fingern, ohne dass ihm bewusst geworden war, dass er weinte.

»Serena, was hast du mir angetan?«, murmelte er laut und erschrak über den Klang seiner Stimme.

Sie würde sein Schicksal sein, das hatte er vom ersten Augenblick geahnt, als er sie damals am Ufer des Ceresio getroffen hatte. Nun war seine Sehnsucht nach ihrer Liebe sein Todesurteil geworden. Was war nur in ihn gefahren, als er den Druschinik zusammengeschlagen hatte und nach Como gelaufen war, um sie wiederzusehen? Eine Tote. Er wusste doch, dass sie nicht mehr lebte. Die Begegnung mit ihrem Geist war die gerechte Strafe für sein dummes, sinnloses Handeln.

»Herrgott«, flehte er, »ich büße, ich habe jeden Augenblick gebüßt, seit ich meine Heimat verließ. Ich wollte sie doch nicht töten. Ich wollte sie lieben, aber nicht umbringen. Herrgott, hilf mir, bitte!«

Seine Augen wanderten verzweifelt durch den Altarraum, als könnte er dort eine Antwort finden, über Predella und Mensa zum Ewigen Licht. Plötzlich streiften seine Blicke die Tür zur Sakristei, durch die er den Küster vorhin hatte kommen hören. Wahrscheinlich war der Kirchendiener zu dieser frühen Stunde damit beschäftigt gewesen, die liturgischen Gewänder des Priesters bereitzulegen, der die Morgenmesse lesen würde.

Unwillkürlich stockte Stefano der Atem. Er entsann sich seiner Worte, die er vor nicht allzu langer Zeit zu einem kleinen Bettler in St. Petersburg gesagt hatte: »Manchmal hört Gott zu, wenn man verzweifelt genug ist.« Er hatte recht gehabt. Eben hatte Gott ihm zugehört.

Keine Viertelstunde später verließ Stefano den Dom. Er trug die Albe eines unbekannten Gottesdieners, der glücklicherweise eine ähnliche Statur wie der Bildhauer besaß, darüber Stola und Kasel. Nicht ohne ein feines Gespür für die Ironie seines Schicksals hatte Stefano die Seide der Casula durch seine Hände fließen lassen, die schwarz und offenbar für eine Totenmesse bereitgelegt worden war. Seine Finger umschlossen das aus massivem Silber geschmiedete Kreuz, das er hatte mitgehen lassen, weil es ihm gleichsam als Waffe gegen den Teufel diente, wie auch als Wertgegenstand, den er verkaufen oder gegen Wertvolleres eintauschen konnte, wenn es ihm notwendig erschien. Auf diese Weise ausgestattet, begann er seine Flucht in die Heimat.

8

Emilia lag keuchend auf dem Dielenboden. Sie hatte jegliches Zeitgefühl verloren, am einfallenden Licht sah sie jedoch, dass es Morgen geworden war. Von der Piazza drangen Geräusche in Serenas Wohnung: die knarrenden Räder eines Fuhrwerks, ein Peitschenknall, Hufgetrappel, der erschrockene Aufschrei einer Frau. Es war der alltägliche Lärm eines beginnenden Tages.

Emilia wusste nicht, wie lange sie schon dalag. Der Zusammenbruch war so schlimm gewesen, dass sie glaubte, für eine Weile ihr Bewusstsein verloren zu haben, aber sie war sich nicht sicher. In ihrem Geist herrschte noch Dämmerung. Der Gestank ihres eigenen Erbrochenen zog ihr in die Nase, ein untrügliches Zeichen ihres Kollapses heute Nacht. Sie hatte nicht geträumt, sie hatte Serenas Mörder leibhaftig gegenübergestanden.

Er wird wiederkommen, dachte sie, und erneut griff die Panik nach ihrem Magen.

Sie krümmte sich vor Schmerzen, rollte sich nach Luft schnappend zusammen wie ein Säugling. Es schien ihr, als würde die Angst vor dem Totschläger ihre Eingeweide zerreißen. Sie zog ihre Knie fest an ihre Brust, ungeachtet des Umstandes, dass bei dieser Bewegung die Nähte ihres Hemdes nachgaben. Doch es war ihr gleichgültig, ob ihr Körper nur noch in Fetzen gehüllt war.

Wenn er wiederkommt, fuhr es ihr durch den Kopf, wird er wenig Mühe damit haben, auch mich umzubringen. Ihre Hände, die eben noch auf ihren Leib gedrückt hatten, tasteten über den Boden nach dem Griff des Degens. Sie fasste in eine Lache aus Körpersäften, und der Ekel steigerte den Würgereiz in ihrem Hals. Tapfer robbte sie weiter vor, schließlich spürte sie kalten Stahl unter ihren Fingern. Sie bemerkte zu spät, dass sie die Waffe von der falschen Seite anfasste – die Klinge schnitt in ihre Haut, Blut rann in ihre Handfläche. Emilia stieß einen spitzen Schrei aus. Ihr wurde schwarz vor Augen. Die Gnade einer erneuten Ohnmacht hüllte sie ein.

»Signora Bossi! Was is' mit Ihnen? Machen S'e auf, damit ich Ihnen helfen kann. Signora Bossi!«

Eine Frauenstimme rief Emilia aus ihrer Bewusstlosigkeit zurück. Die Übelkeit war schlimmer geworden, sofern dies überhaupt möglich war. In ihrem Kopf drehte sich alles. Dennoch wusste sie, dass Hilfe gekommen war. Sie musste sich nur rühren, sich bewegen, die Kette von der noch immer offen stehenden Tür entfernen – dann würde alles gut werden. Bevor sie sich darüber klar wurde, wer die Besucherin eigentlich war, versuchte sie sich aufzurichten. Doch sie brach sofort wieder zusammen.

»Heilige Maria«, seufzte die Weibsperson jenseits der Wohnung, »ich wünschte, ich könnt helfen. Wie soll ich denn die Tür aufkriegen, eh? Signora Bossi, S'e müss'n es tun. Wo soll ich denn Hilfe hol'n? Es is' doch niemand mehr außer Ihnen im Haus.«

Carlotta!

Eine Welle der Erleichterung durchströmte Emilia, als sie die Stimme erkannte. Serenas Haushälterin stand im Treppenhaus. Das alte Weib erschien ihr wie ein Engel. Sie war nicht mehr alleine, es gab jemanden, der sich um sie kümmern, sie beschützen und sie gesunden lassen würde. In ihrer Verwirrung glaubte Emilia, Carlotta sei ihr vom Himmel geschickt worden. Den letzten Rest ihrer Kraft aufbietend, kroch Emilia auf allen vieren zur Tür, um ihrer Retterin zu öffnen.

*

»Sie hätten sich nicht so aufregen sollen«, tadelte Aurelio seine Padronessa drei Tage später in liebevollem Ton. »Der Russe hat Ihnen schließlich nichts tun können«, ein eitles

Strahlen glitzerte in seinen Augen, als er hinzufügte: »Meine Konstruktion hat ihn von einem Überfall abgehalten, Signora Bossi, das ist sicher. Die Kette zu montieren war ein genialer Einfall.«

Emilia strich sich eine Locke aus der Stirn. »Ja«, bestätigte sie gehorsam, weil sie ihren Ladengehilfen nicht verletzen wollte, »ohne Ihre Hilfe wäre mir übel mitgespielt worden.«

Geistesgegenwärtig hatte sie sogar Carlotta im ersten Moment ihres Wiedersehens verschwiegen, dass sie Serenas Mörder begegnet war. Sie war ja sich selbst gegenüber nicht einmal in der Lage, die fragliche Nacht nüchtern zu betrachten. Je länger sie darüber nachdachte, desto seltsamer erschien ihr der Besuch des Fremden, und sie konnte sich keinen Reim darauf machen. Vielleicht war sie hysterisch, verrückt oder in einer Schwermut gefangen, die ihr zum Schicksal wurde – wer konnte das schon wissen. Jedenfalls berichtete sie ihrer Haushälterin und später auch Aurelio, dass sie gerade noch einem Überfall durch einen ihr unbekannten russischen Soldaten entgangen war, der anscheinend zufällig in ihrem Haus nach seinem Vergnügen gesucht hatte.

Sie war noch immer recht blass, und an der zerschnittenen Hand trug sie einen Verband, ansonsten aber war sie weitgehend wohlauf. Nachdem sie Carlotta dazu überredet hatte, die folgenden Nächte in Serenas Wohnung zu verbringen, hatte sie sich einigermaßen sicher gefühlt und sogar wieder geschlafen. Mit klarem Verstand sagte sie sich, dass nicht alleine die Begegnung mit dem Fremden schuld an ihrem Zusammenbruch war, Schlafmangel und Hunger hatten ein Übriges getan, sie in die Knie zu zwingen. Carlotta hatte jedoch aus ein paar Bohnen, Kartoffeln und Kräutern unbekannter Herkunft eine erstaunlich schmackhafte Suppe gekocht, die Emilias Magensäfte beruhigt und ihren Körper von innen gewärmt hatte, so dass sie sich bald besser fühlte. Dann hatte plötzlich Aurelio vor ihr gestanden, und inzwischen tat es ihr gut, wieder zum Alltag zurückzufinden und den Laden aufzuräumen.

Zwar konnte sie nicht mit anpacken, als Aurelio umgeworfene Möbel aufhob und Trümmer entsorgte, aber sie war in der Lage, die Bänder, Falbeln und anderes modisches Zierwerk aufzusammeln, das die Plünderer achtlos hatten liegen lassen. Die Soldaten hatten keine Ahnung vom Nutzen von derlei Dekorationen besessen, einzig die Stoffballen waren ihnen wichtig gewesen. Für Emilia waren diese kleinen Seidenteile jedoch wie ein Schatz, denn durch die Kurzwaren, die Serena einst so bedeutungslos gefunden hatte, war ihr ein kleiner Rest ihres Warenbestands geblieben. Und sie konnte die Bücher ordnen, die in der Zerstörungswut durch den Raum geschleudert worden waren.

Während sie die Zettel, die einmal ihr Kontenbuch gewesen waren, wieder zu einem Ganzen zusammenzufügen versuchte, flogen ihre Blicke zu dem kostbaren Folianten über die Geschichte des Seidenhandels, den sie damals Francesco gezeigt hatte, und ein feines Lächeln erhellte ihre Züge. Nein, es war nicht alles verloren. Der Band war bei der Plünderung offenbar unter ein Regal gerutscht und auf diese Weise zufällig der Barbarei entgangen.

»Alles wird wieder gut«, versicherte Aurelio, als habe er ihre Gedanken gelesen. »Sie können sich selbst davon überzeugen, dass nicht alles zerstört ist. Irgendwie werden wir schon weitermachen. Alle müssen sehen, wie sie vorwärtskommen, jetzt, nachdem die Cisalpinische Republik aufgelöst und die alten Machtstrukturen wieder eingeführt worden sind. Österreicher, Franzosen, Russen – was macht es schon für einen Unterschied, wer die Lombardei beherrscht? Es sind ja doch niemals Italiener.«

»Ja, Sie haben wie immer recht«, bestätigte Emilia freundlich. Sie hatte bei seiner Rede nur kurz aufgesehen und senkte den Schopf nun wieder über ihre Arbeit. Wenn sie zu lange nach unten schaute, würden sich unweigerlich wieder Schwindel und Kopfschmerzen einstellen, aber Emilia zwang sich zu dieser Tätigkeit, weil sie sonst wenig anderes tun konnte und es ihr Befriedigung verschaffte, ihren Laden wieder in Ordnung zu bringen. Mit halbem Ohr hörte sie, wie Aurelio zertrümmerte Teile des Mobiliars zu einem Haufen stapelte. Wenigstens würde ihnen das Brennholz nicht ausgehen, dachte sie sarkastisch.

Ein Räuspern ließ sie aufhorchen. Es kam von der Eingangstür, die noch nicht repariert war, und das arabische Windspiel, das wie durch ein Wunder der Plünderung entgangen war, spielte bei jedem Luftzug seine Melodie.

»Verzeihung«, hob eine Männerstimme höflich an, »ist dies die Seidenhandlung von Signora Bossi?«

Obwohl er italienisch sprach, hätte sie den Klang seines Tonfalls jederzeit aus einem Chor anderer Herren heraushören können.

Emilias Kopf schnellte hoch. Sie riss die Augen auf, als sie Albert von Podlanski mitten im Laden stehen sah, der trotz Aurelios Bemühungen mehr einem Schlachtfeld als einem Verkaufsraum ähnelte. Ich bin noch nicht gesund, redete sie sich im Stillen ein. Es ist wieder die Hysterie. Ich bilde mir nur ein, ihn zu sehen. Es muss eine Sinnestäuschung sein.

Mit dem üblichen Eifer des treuen Ladengehilfen stürzte Aurelio auf den vermeintlichen Kunden zu. »Sie sind in der Seidenhandlung von Signora Bossi, ganz recht. Womit können wir Ihnen dienen, mein Herr?«

»Ich …«, Albert enthielt Aurelio seinen Wunsch, denn er wurde Emilias gewahr, die wie vom Donner gerührt an der Ladentheke über die Bücher gebeugt stand, weil ihr hübscher, kleiner Schreibtisch gestohlen worden war. Staunen trat in seine Miene, Verwirrung. »Emilia?«

Sie zuckte zusammen. Und im nächsten Moment verwandelte sich seine Überraschung in zögerliches Erkennen. Seine Augen hielten ihre Blicke fest.

»Was tust du hier?«, fragte er. »Es ist schön, dich lebend anzutreffen. Ich hörte, du seist tot. Gott sei Dank bist du es nicht.«

Ihre Hand flog an ihren Mund. Sie wusste, dass sie sich verraten hatte, aber sie war machtlos gegen die Gefühle, die in ihr aufwallten. Sprachlos starrte sie ihren einstigen Liebhaber an.

Als wäre alles nicht schon schlimm genug, meldete sich prompt Aurelio zu Wort: »Mit Verlaub, mein Herr, Sie sind einer Verwechslung zum Opfer gefallen. Signorina Emilia weilt tatsächlich nicht mehr unter den Lebenden, vor zwei Jahren schon wurde sie heimgeholt. Diese Dame ist ihre Schwester, Signora Serena Bossi.«

»Nein, ganz gewiss nicht«, entgegnete Albert, der außer im Beisein seiner Angetrauten keinen Widerspruch und noch weniger Kritik ertrug, wie sich Emilia schwach erinnerte.

Emilia schluckte. »Ich weiß nicht, wovon Sie sprechen«, behauptete sie stockend. Ihre Stimme klang weder fest noch überzeugend. Himmel, fuhr es ihr durch den Kopf, ich benehme mich wie die Schuld selbst.

»Aber, Emilia …«

»Vielleicht könnten Sie mir anvertrauen, was Sie wünschen, gleichgültig, ob es sich um ein Anliegen an mich oder meine Schwester handelt.« Erleichtert stieß Emilia die Luft aus. Das war ein guter Anfang, eine überzeugende Rede gewesen.

»Sicher«, räumte Albert liebenswürdig ein, er drehte seinen modischen Castorhut in den Händen, entschied sich offenbar dafür, ihr Spiel vorläufig mitzutragen: »Mein Name ist Podlanski. Baron von Podlanski. Ich habe die weite Reise aus Wien auf mich genommen, um eine alte Freundin zu besuchen. Das Wohl von Emilia Bossi scheint jedoch nicht nur mir ein Anliegen zu sein. Ein Bekannter aus Lugano schickt mich, bei dem ich die Ehre hatte, ein paar Tage zu Gast sein zu dürfen.«

Halt suchend griff sie nach der Tischkante. Warum falle ich eigentlich nicht in Ohnmacht?, fragte sie sich im Stillen. Es wäre der geeignetste Moment. Doch ihre Beine hielten ihren zitternden Körper aufrecht. Seltsamerweise fühlte sie sich nicht einmal schwach. Ähnlich wie damals im Freihaustheater beim Anblick von Alberts Frau bemächtigte sich ihrer eine ungeahnte Stärke, fast Trotz.

»Wie nett«, hörte sie sich zu ihrer eigenen Überraschung klar und deutlich sagen. »Da ich niemanden sonst in Lugano kenne, sprechen Sie wohl von der Familie Agnelli.«

Was um alles in der Welt hatte Albert mit diesen Leuten zu schaffen? Die Vorstellung, dass sich Francesco ausgerechnet mit einem Unbekannten aus Wien über sie unterhalten haben könnte, war bizarr. Beinahe hätte sie laut aufgelacht. Stattdessen biss sie sich auf die Unterlippe.

»Ganz recht«, bestätigte er. »Vor allem der Herr Verleger schien sehr an Ihrem Wohlergehen interessiert zu sein. Jedenfalls meinte er das Befinden von Signora Serena Bossi, wenn ich das so richtigstellen darf.«

Emilia schluckte. Sie spürte Aurelios fragenden Blick auf sich ruhen, ignorierte diesen aber. »Geht es den Signore Agnelli gut?«, erkundigte sie sich höflich. »Ich bin schon länger ohne Nachricht von Signorina Lucia, aber das ist kein Wunder, denn die Zeiten sind natürlich nicht dazu geeignet, die Post wie im Frieden zu befördern. Es ist sehr nett von Ihnen, Signore, dass Sie eigens vorbeischauen, um mir die Grüße meiner Freunde auszurichten.«

»Bedauerlicherweise bringe ich schlechte Nachrichten. Signor Agnelli geht es schlecht. Ein Überfall. Nirgendwo ist man mehr sicher, heutzutage, am allerwenigsten in der Eidgenossenschaft, wie es scheint. Haben Sie schon gehört, dass meine Landsleute angeblich zum *Kampf um die Schweiz* aufgerufen haben sollen? Diese Kriege und Rebellionen sind eine wahre Tragödie.«

»Francesco!«, hauchte Emilia. Der letzte Rest Farbe wich aus ihrem Gesicht. »Was ist mit ihm?«

Alberts Augenbrauen hoben sich überrascht. »Sie scheinen vertraut mit Signor Agnelli zu sein … Nun, meine liebe Dame, unter diesen Umständen will ich Ihnen die Wahrheit nicht vorenthalten: Wahrscheinlich liegt er im Sterben. Als ich die Villa Agnelli verließ, war er nicht bei Bewusstsein.«

»O mein Gott!«, entfuhr es Aurelio.

Emilia war viel zu sehr mit ihren Gefühlen beschäftigt, um zu registrieren, wie ihr Körper die Nachricht aufnahm. Sie unterdrückte Schwindel und Übelkeit, das Zittern ihrer Knie. Ihr Denken war einzig auf die Sorge um den geliebten Mann konzentriert. Als sie die Halt gebende Tischkante losließ, brach sie erstaunlicherweise nicht zusammen. Ohne darüber nachzudenken, was sie tat, stürzte sie davon – bis ein kräftiger Griff sie davon abhielt, aus dem Laden zu laufen.

»Wo wollen Sie hin?«

In Emilias Augen lag plötzlich leidenschaftlicher Hass. Albert hatte sie hintergangen, belogen und betrogen. Seinetwegen befand sie sich in einer schlimmen Lage. Dennoch zweifelte sie keinen Moment an seinem Bericht über Francescos Gesundheitszustand – und sie würde sich wider besseres Wissen nicht davon abhalten lassen, zu dem Geliebten zu eilen. Am allerwenigsten von diesem Mann.

»Lass mich los«, zischte sie und versuchte vergeblich, ihren Arm zu befreien.

»Signora Bossi«, Aurelio stand neben ihr und berührte sanft ihre Schulter, »regen Sie sich nicht auf. Bitte. Sie schaden sich nur selbst. Wo wollen Sie denn jetzt hinlaufen?«, fragte auch er.

»Ich muss nach Lugano und sehen, wie es Francesco Agnelli geht.«

»Aber Signora Bossi, das können Sie nicht. Es herrscht Krieg, die Straßen sind nicht so ohne Weiteres passierbar. Und außerdem: Was geht's Sie an? Er hat doch eine Frau.«

Emilia gab es auf, sich gegen Alberts Umklammerung zu wehren. Alles Leben wich aus ihren Gliedern. Ihre Lider sanken herab, und ein verzweifeltes Stöhnen drang aus den Tiefen ihrer Seele.

Aurelio hatte recht. Wie immer.

9

Francesco versuchte vergeblich ein Stöhnen zu unterdrücken, als er seine Sitzposition ändern musste, weil ihm Lucia ein Kissen in den Rücken stopfte.

»Danke«, seufzte er und lehnte sich wieder zurück. »Es ist mir schrecklich, so herumzuliegen und dir eine Last zu sein.«

»Du kannst von Glück sagen, dass du nicht in einem Grab liegst und den Würmern zum Opfer fällst«, erwiderte Lucia. Sie versetzte ihrem Bruder einen liebevollen Nasenstüber. »Vor drei Wochen dachte ich noch, ich dürfte nie wieder mit dir scherzen. Sei zufrieden, dass es anders ist, auch wenn die Heilung nur langsam voranschreitet – immerhin tut sie es.«

»Was bedeutet schon eine Genesung, solange ich nicht wieder laufen kann?«, gab Francesco mürrisch zurück.

»Geduld, mein Lieber, Geduld«, mahnte Lucia und ließ sich lächelnd auf dem Stuhl neben seinem Lager nieder. Die Diener hatten Francesco in ein provisorisches Bett auf der Terrasse getragen, wo er im Schatten der über einer Pergola wuchernden Glyzinie ein wenig frische Luft schnappen und entspannen sollte. Lucia wusste jedoch, dass Francesco nicht zur Ruhe kam, bevor er nicht wieder seiner Arbeit nachgehen konnte. Es musste hart für ihn sein, von Ferne zusehen zu müssen, wie die Druckerei zu neuem Leben erwachte. Mitglieder der freiwilligen Miliz hatten nach der Plünderung mehr als dreihundert Bauern aufgegriffen und diese gezwungen, ihr Diebesgut zurückzugeben. Als Lucia davon erfahren hatte, war sie gemeinsam mit dem verwundeten Drucker in die Stadt gegangen, hatte neue Leute eingestellt und versucht, zu retten, was noch zu retten war. Das war mehr gewesen, als sie zu träumen gewagt hatte. Wenn Francesco heute an die Piazza Castello zurückkehren könnte, würde er ein recht ansehnliches Zeitungshaus vorfinden.

»Die alte Eidgenossenschaft brennt, und ich liege untätig hier herum«, sagte er in ihre Gedanken. »Die Österreicher haben die gesamte Ostschweiz besetzt, während ich vor mich hindämmerte. Erzherzog Karl, der Bruder des Kaisers, hat General André Masséna und die französische Armee in Zürich eingekesselt – und ich hüte das Bett. Verdammt, das ist kein Leben!« Zornig schlug er mit der flachen Hand auf die Decke, die Lucia fürsorglich um seine Beine geschlungen hatte.

»Du bist unleidlich«, stellte Lucia gelassen fest und griff nach dem Stickrahmen, den sie zuvor zur Seite gelegt hatte.

»Ich bin der Herausgeber einer angesehenen Zeitung. Als solcher ist es meine Pflicht, über die Veränderungen in der Welt informiert zu sein. Vor meinen Augen wird die

Helvetische Republik mit einem Federstrich vernichtet, die alte Ordnung wurde wiederhergestellt, und ich habe nicht nur keinen Anteil daran, sondern bin nicht einmal ausreichend im Bilde …«

»Wie wäre es, wenn du Gott dafür danken würdest, dass du am Leben bleiben durftest und jedes Mitglied deiner Familie ebenso? Wirklich, Francesco, du betreibst Blasphemie. Die Rebellen hätten ebenso gut dieses Haus stürmen und Mamma oder deiner Frau etwas antun können. Es grenzt an ein Wunder, dass die Bauern die Villa unangetastet ließen.«

Francesco schwieg. Natürlich hätte er ihr zustimmen können, aber er betrachtete es als persönliche Kapitulation, wenn er jetzt von seiner Meinung abgewichen wäre. Um das Thema zu wechseln, fragte er beiläufig: »Und wie geht es Julie? Ich glaube, ich habe sie seit Tagen nicht gesehen. Was tut sie die ganze Zeit?«

Seine Schwester zuckte mit den Achseln, ihre Augen waren auf die Stickerei gerichtet, die Nadel zwischen ihren Fingern stach geschickt durch den aufgespannten Stoff. »Deine Gemahlin hat sich nicht verändert: Meistens schläft sie, und wenn sie sich nicht ausruht, langweilt sie sich. Der einzige Unterschied zu früher ist, dass sie nicht mehr dauernd nascht, weil es zu wenig zum Essen gibt. *Ihrer* Taille tut die Entbehrung zweifellos gut.«

»Ist sichergestellt, dass Olimpia einen Großteil meiner Ration bekommt?«

»Ach, Francesco«, Lucia hob den Kopf und blickte ihren Bruder mit einem zärtlichen Lächeln an, »sorge dich doch nicht so um deine Tochter. Es geht ihr gut. Sie gedeiht prächtig. Wenn Signora Bruni später mit ihr herunterkommt, kann sie dir zeigen, wie schön Olimpia schon alleine laufen kann. Du solltest stolz auf sie sein, aber nicht besorgt.«

»Das Kind ist das Beste, das Julie jemals gelungen ist.«

»Das Einzige«, entgegnete Lucia und wandte sich wieder ihrer Handarbeit zu.

Ermattet ließ Francesco seinen Kopf in die Kissen sinken. Die Unterhaltung mit Lucia hatte ihn aufgeregt und deshalb angestrengt. Er wagte nicht, sich einzugestehen, wie schnell er ermüdete. Die Folgen des Fiebers nagten noch immer an ihm, obwohl die Verletzung nach Aussage des Wundarztes den Umständen entsprechend gut verheilte. Francesco war sich nicht sicher, ob der Chirurg die Wahrheit sprach oder ihn nur für den Moment vor dem Wahnsinn bewahren wollte. Es war keine Frage, dass Francesco eine lebenslange Lähmung mit Raserei beantwortet hätte. Andererseits spürte er die Defizite seiner Muskulatur, nachdem er wochenlang an das Krankenlager gefesselt gewesen war. Die Ungewissheit, ob er je wieder auf seinen beiden Beinen stehen und sich fortbewegen konnte, plagte ihn bis zur Verzweiflung.

»Hast du eigentlich je wieder etwas von diesem komischen Kauz gehört?«, wollte Francesco plötzlich wissen. »Diesem Baron Podlanski, Handlungsreisender in Sachen Kampfmaschine, meine ich«, fügte er hinzu, als ihn kurz Lucias verwunderter Blick traf. »Der Besucher aus Wien, der in der Nacht der Rebellion mein Gast war.«

»Ja, ich habe verstanden, Francesco. Und nein, er hat sich nie wieder blicken lassen und auch kein Billett geschickt. Genau genommen zürne ich ihm nicht. Mir kommt sein Schweigen ganz gelegen, ich mochte ihn nämlich nicht.«

»Ach, ich fand ihn ganz amüsant. Ein Tunichtgut, aber durchaus charmant. Schade, dass er verschwunden ist. Ich wüsste gerne, was aus seinem seltsamen Kriegsgerät geworden ist.«

Lucia nagte nachdenklich an ihrer Unterlippe, bevor sie ihre Stimme senkte und langsam bemerkte: »Es ist gut, dass er deinen Auftrag nicht ausgeführt hat. So findet Serena Bossi wenigstens ihren Frieden und wird nicht unnötig an Emilia erinnert.«

»Jeder Herzschlag erinnert sie an ihre Schwester.«

»Hm«, machte Lucia, kommentierte seine Worte aber nicht weiter. Versonnen betrachtete sie die zartlila Blüten, die in verschwenderischer Fülle über die Pergola wucherten und einen intensiven, süßen Duft verbreiteten.

Sie hatte Francesco bisher nicht auf die Bitte angesprochen, die er im Fieberwahn an sie gerichtet hatte. Warum auch? Es gab ohnehin keine Möglichkeit, sein Flehen zu erhören, die Grenzen waren inzwischen geschlossen und eine Reise in die Lombardei unmöglich. Sicher würde sich dieser Umstand ändern, sollten die Österreicher auch das Tessin besetzen und sich in Chiasso mit den Truppen des Zaren verbinden, aber obwohl allerorts von einer bevorstehenden Invasion geredet wurde, war es nicht soweit. Die Zeit zum Nachdenken, die Lucia durch die Kriegshandlungen gewonnen hatte, reichte jedoch noch nicht aus, um eine Entscheidung zu treffen. Sie wusste nicht, was sie tun, wie sie sich verhalten sollte, wenn sie der Seidenhändlerin aus Como jemals wieder gegenüberstand.

Francesco hatte einen Zweifel gesät, aber die Schlussfolgerungen daraus waren so ungeheuerlich, dass Lucia nicht glauben konnte, was auf der Hand lag. Sie begriff die Zusammenhänge trotz intensivster Grübelei zwar noch immer nicht, doch sie hatte trotz verzehrender Neugier nicht gewagt, ihren Bruder auf eine mögliche frühere Bekanntschaft mit Serena Bossi anzusprechen. Wichtigeres war zwischen ihnen erörtert worden, seit er nicht mehr regelmäßig in tiefe Bewusstlosigkeit sank. Und eigentlich war Lucia froh, nicht an den Geheimnissen einer Frau rühren zu müssen, die sie ihre Freundin nannte.

»Du hast sie sehr gemocht, nicht wahr?«

Verblüfft sah Lucia zu ihm hin. »Wen?«

»Emilia Bossi. Ich hatte den Eindruck, dass sie dir ausgesprochen sympathisch war.«

»Ja«, Lucia lächelte bei der Erinnerung, »ich empfand sie als außergewöhnlich. Sie war stark, klug, gebildet und vornehm. Wenn alle Frauen einen Charakter wie sie besäßen, wäre es um die Welt wahrscheinlich besser bestellt.«

»Serena war anders, gewiss auch stark und in gewisser Weise klug, aber sie war egoistisch und auf den eigenen Vorteil aus«, versetzte Francesco. Vor sein geistiges Auge trat die Geliebte jener Nacht in Mombello, die ihn verführt und ihn die Freundschaft mit Stefano Castelli gekostet hatte. »Ich muss vollkommen blind gewesen sein, dass ich nicht auf Anhieb den Unterschied erkannte. Sie sahen einander ähnlich, doch ihre Verschiedenheit konnte einem aufmerksamen Beobachter eigentlich nicht entgehen. Was bin ich für ein schlechter Journalist, Lucia, dass mir dieser Fehler unterlaufen ist. Mich wundert nur, warum auch du der Scharade zum Opfer gefallen bist.«

»Ist es zu indiskret, wenn ich dich frage, wovon du sprichst?«

»Ja«, antwortete er schlicht. »Dennoch bin ich dir eine Erklärung schuldig.«

Obwohl er müde war und schlafen wollte, ergriff ihn der Zwang, über die Frau zu reden, die er nicht aufhören konnte zu lieben. Endlich durfte er seine Gefühle in Worte fassen, seine Unsicherheit, seine Zweifel und die Erkenntnis, dass Lucia ebenso wie er selbst zum Publikum eines fantastischen Schauspiels geworden war. Er begann mit seinem Bericht in der Villa Crivelli und seiner Begegnung mit der schönen Seidenhändlerin, die ihn auf den ersten Blick bezaubert hatte. In seiner aufrichtigen Schilderung ließ er auch den Seitensprung nicht aus: »Es war so einfach und so richtig«, entschuldigte er den Ehebruch. »Dabei meinte ich es ernst, als ich Julie vor dem Traualter ewige Treue schwor.«

Lucia legte den Stickrahmen in ihren Schoß und tätschelte seine Hand. »Du meine Güte, was für ein Schlamassel! Wenn ich mich recht entsinne, habe ich einmal zu Emilia gesagt, wie sehr ich mir wünschte, dass du mit einer anderen Frau als deiner eigenen glücklich wirst. Ach, Francesco, wohin sind wir gekommen mit unseren hehren Ansichten? Als Anhängerin der Thesen von Olympe de Gouges sollte ich keinem Manne das Wort für eine Mätresse reden.«

Er erwiderte ihre Geste und fuhr fort mit seiner Geschichte, die an jenem Abend im November endete, als er auf dem Rückweg von Ägypten vollkommen verstört vor der Tür der schönen Seidenhändlerin gestanden hatte. Auch diesmal ließ er nichts aus.

»Ich hätte schwören können, dass sie eine andere Person ist, aber es gab keinen vernünftigen Grund, an dem zu zweifeln, was sie uns vorgaukelte«, schloss er seinen Bericht. »Erst als Podlanski auftauchte und von Emilia sprach, wurde mir klar, dass sie uns die ganze Zeit getäuscht hatte.«

»Es wäre ein unglaublicher Betrug, wenn Emilia in Serenas Rolle schlüpfen konnte. Ich glaube das alles eigentlich nicht, aber doch sind gewisse Merkwürdigkeiten vorhanden, wegen derer ich dir zustimmen muss. Serena zeigte mir all die Vorzüge, die ich an Emilia bewunderte. Sie waren Zwillingsschwestern. Warum sollten sie nicht über dieselben Charaktereigenschaften verfügen?«

»Sie taten es nicht. Du kanntest Serena nicht, deshalb war es vielleicht einfach, dich zu belügen. Ich frage mich nur, wie sie es schaffte, ihr Personal derart zu blenden? Ihre Haushälterin, der Ladengehilfe und wer sonst noch um sie herumscharwenzelte – sie müssen doch etwas geahnt haben …«

»Die Leute glauben meist nur, was ihnen gesagt wird. Sie trauen ihrem eigenen Urteilsvermögen nicht.«

Francesco nickte. Die Mattigkeit überfiel ihn, als würden unbekannte Hände einen Mantel über sein Gesicht werfen. Jetzt, nachdem er sich Lucia anvertraut hatte, wurden seine Lider schwer, und er konnte kaum noch die Augen offen halten. »Ich kann nicht verstehen, wieso sie sich mir nicht offenbart hat«, murmelte er schläfrig. »Wir waren uns so nahe. Noch nie habe ich bei einer Frau dieses tiefe Glück empfunden. Das kann ich doch unmöglich mit einer Lügnerin geteilt haben.«

Irgendwo über ihm schlug ein Fensterladen zu.

10

»Wie bedauerlich, dass die Russen dein Klavichord gestohlen haben«, bemerkte Albert und blätterte in den Noten, die er zuvor im untersten Bord eines Schrankes gefunden hatte. »Wir könnten Musik und uns einen lustigen Abend machen.«

»Ach, Albert«, seufzte Emilia entnervt. »Wie oft soll ich dir noch sagen, dass du nicht so tun sollst, als wären wir ein glückliches Paar? Du hast dich in meiner Wohnung einquartiert und ich kann nichts dagegen unternehmen, weil du mich mit deinem Wissen um meine wahre Identität erpresst. Das sind keine Voraussetzungen für ein fröhliches Zusammenleben.«

»Ach, Emilia«, äffte er sie nach. »Du bringst es wieder einmal nicht auf den Punkt: Ich nutze nicht nur deine Gastfreundschaft für meine Zwecke, ich bin dir auch behilflich. Ohne den Kredit, den ich dir beschaffte, wüsstest du nicht, wie du einen Sack Mais kaufen solltest. Also sei bitte nicht ungerecht, und lass zur Abwechslung auch einmal ein gutes Haar an mir.«

Er hatte recht, und diese Tatsache ärgerte sie weit mehr als die Zurschaustellung von Harmonie, etwa gegenüber Carlotta oder Aurelio. Ihrer Haushälterin und dem Ladengehilfen hatten sie erzählt, er sei der Verlobte von Signorina Emilia in Wien gewesen, der mit den Truppen in den Süden gekommen war. Auf diese Halbwahrheit hatten sie sich geeinigt, nachdem sich Emilia von dem Schock über die Nachricht von Francescos Gesundheitszustand einigermaßen erholt und Albert in Serenas Wohnung eingeladen hatte.

Kaum hatte er ihre Bleibe betreten, war eigentlich klar gewesen, dass er nicht mehr gehen würde. Emilia bemerkte ihren Fehler zu spät, sie hätte wissen müssen, dass Albert immer die ganze Hand nahm, wenn man ihm den kleinen Finger bot. Ihr Arrangement gereichte ihm zum Vorteil, denn auf diese Weise konnte er bequem auf die schriftlich erbetene Audienz bei General Suworow warten. Zu seinem Bedauern ließ ihn Emilia jedoch nur in ihr Heim, nicht aber in ihr Bett. Er hatte durchaus Appetit – und dieser erstreckte sich keinesfalls auf jene entgegenkommenden Italienerinnen, die ihm womöglich die französische Krankheit anhängen würden. Emilia aber zeigte ihm seit Wochen die kalte Schulter und war selbst dann nicht zu einer kleinen Gegenleistung bereit, wenn er sich mit neuen russischen Freunden am Kartentisch traf und mit ein paar kleinen Tricks jede Menge Münzen gewann, die er großzügig mit ihr teilte. Sie schlief im Esszimmer, er residierte einsam im Schlafraum. Und offenbar nahm in den Wirren der Besatzung niemand Anstoß an der ungewöhnlichen Lebensgemeinschaft.

Albert legte die Notenblätter auf den Tisch und lehnte sich in seinem Sessel zurück. Eine Weile lang beobachtete er stumm, wie Emilia auf ihrem Platz in einiger Entfernung zu ihm eine Patience legte. Sie ignorierte seine Blicke, und er fragte sich, ob sie wirklich so vertieft war, wie sie tat. »Die kurzen Haare stehen dir gut«, sagte er schließlich.

»Serena trug diese Frisur«, gab sie gedankenverloren zurück.

Er konnte nicht umhin, sie zu bewundern. Der Schneid, mit dem sie in die Rolle ihrer Schwester geschlüpft war, nötigte ihm Respekt ab. Für einen Mann, der sich selbst für ein Leben entschieden hatte, das nicht nur von Aufrichtigkeit geprägt war, war ihr Mut durchaus beeindruckend. Dennoch spielte er mit dem Gedanken, sie zu verraten. Nur in größter Not, natürlich, aber es wäre eine Option, aus der sich Geld machen ließe, falls ihm kein anderer Handel gelänge. Francesco Agnelli war an Angaben über sie interessiert gewesen, diese Neugier machte den Verleger zu einem potentiellen Kunden. Doch hier tappte Podlanski im Dunkeln, denn er wusste bis heute nicht, ob Agnelli seinen Verwundungen erlegen war. Es war nicht die rechte Zeit, einen Dankesbrief für die gewährte Gastfreundschaft an die Damen Agnelli zu schreiben. Wahrscheinlich würde das Billett Lugano niemals erreichen – und wenn doch, war nicht sicher, ob die erbetene Antwort den Weg zurück nach Como finden würde. Dies war die unangenehme Seite des Krieges.

»Ich glaube, dass die Franzosen nicht jede Schlacht verlieren würden, wenn sich ihr General Bonaparte nicht noch in Ägypten aufhielte. In Europa brechen gerade die von ihm errichteten Republiken zusammen, und der Held von Italien ist seit einem Jahr auf Expedition im Orient …«

Endlich hob Emilia ihre Augen. »Seit wann stehst du auf Seiten der Franzosen?«

»Wenn mir General Suworow keine Audienz zur Vorführung meiner Erfindung gewährt, werde ich dies wohl tun müssen. Es bleibt mir nichts anderes übrig, aber ich möchte noch ein wenig warten, bis ich mich zu diesem Schritt entschließe.«

Sie schob die Karten zusammen, die sie eben zu einem Spiel namens »Herz zu Herz« zu legen versucht hatte, was ihr nicht gelungen war. Albert, selbst ein Hasardeur, hatte in ihr das Interesse an Patiencen geweckt. In seiner Gegenwart kam sie ohnehin kaum dazu, sich auf eine Lektüre zu konzentrieren, denn er suchte ständig ein Gespräch. »Du solltest die Kampfmaschine vergessen und zurück zu deiner Familie nach Wien gehen«, schlug sie wohlmeinend vor.

»Dann lieber Überläufer und Verräter. Das kann nicht schlimmer sein.«

»Warum reist du dann nicht nach Paris?«, schmunzelte sie. »Hast du nicht einmal gesagt, dass die Verlierer das größte Interesse an deiner Erfindung haben sollten? Vielleicht nimmt sich jemand aus dem Direktorium Zeit für dich.«

»In Frankreich wird in diesen Tagen gewählt. Wie man hört, sieht es nach Umsturz aus. Selbst wenn ich wirklich wollte, ich wüsste nicht einmal, an wen ich mich wenden könnte, um meine Interessen zu verfolgen.«

»Wenn du erst einmal in Paris bist, wirst du schon jemanden finden, der sich auf dich einlässt.« Hoffnungsfroh sah sie ihn an. Eine Reise war die einfachste und eleganteste Lösung, Albert loszuwerden. Wieso war sie nicht schon früher darauf gekommen? Natürlich bot Wien keinen Anreiz für ihn – aber Paris …?!

»Dann begleite mich. Du sprichst viel besser französisch als ich, und deine anderen Talente sind auch nicht von der Hand zu weisen. Wir wären ein vortreffliches Paar, Emilia.«

Das Lächeln verschwand aus ihren Zügen. »Mein Platz ist hier«, behauptete sie und dachte daran, dass sie sich niemals von diesem Ort fortbewegen würde, was immer auch geschehen mochte. »Und, bitte nenn mich nicht dauernd bei meinem alten Namen. Ich heiße Serena. Basta.«

11

Er hatte geglaubt, jeden Stein im Mendrisiotto zu kennen. Doch auf der Flucht entdeckte er die Vielfalt der verschlungenen Wege durch die Eschenwälder und Weinberge. Zu seinem größten Entsetzen verlief er sich einmal sogar und hätte beinahe wieder die Grenze zur Lombardei überquert. Dabei hatte es ihn endlose Mühe und das silberne Kreuz gekostet, einen Bauern aufzutreiben, der ihn auf Schleichpfaden an den russischen Patrouillen vorbei heimlich ins Tessin und in Sicherheit brachte.

Das liturgische Messgewand hatte Stefano längst abgelegt und Hemd und Hosen des Bauern getauscht, die in den Handel eingeschlossen waren. Obwohl der Ackerknecht nunmehr nur in Lumpen herumlief, hatte er sicher das bessere Geschäft gemacht, denn in seinen Kleidern wohnten Läuse, die Stefano das Leben zur Qual machten. Doch er ertrug auch diese Mühsal mit stoischer Ruhe.

»Es ist Gottes Wille, dass ich geprüft und geläutert werde«, tröstete er sich, während er durch die Schlucht der Breggio kletterte und zu dem weichen Massiv des Monte S. Giorgio hinaufblickte, an dessen Hänge sich Weinreben klammerten. Der sanfte Wind eines frühen Sommers drückte die jungen Maispflanzen in der Ebene zur Seite, hinter der sich die grauen Kalksteinfelsen des Monte Generoso in den blauen Himmel reckten. Dörfer, erbaut aus Backstein, waren wie Farbtupfer in die fruchtbare Landschaft gesetzt.

»Dass ich frei bin, ist ein Geschenk Gottes, dem ich mich würdig erweisen muss«, meinte er, als er endlich eine Anhöhe erreichte, von der aus er den ersten Blick auf die glitzernde, dunkel schimmernde Oberfläche des Lago di Lugano hatte. Die Dankbarkeit, seiner Heimat so nah zu sein, ließ ihn auf die Knie fallen. »Schuld und Sühne anzunehmen, ist der rechte Weg zur Absolution.«

Selbstgespräche dieser Art begleiteten ihn auf Schritt und Tritt. Seit er den Dom in Como verlassen hatte, war Stefano in eine Debatte mit Gott versunken. Der Ornat war mehr gewesen als eine schützende Hülle – die ungewöhnliche Kleidung hatte sein Denken verändert. Stefano begann regelmäßig zu beten, was er seit seiner Kindheit nicht mehr getan hatte. Anfangs waren die Worte noch recht unbeholfen aus ihm herausgedrungen, inzwischen flossen sie über seine Lippen, als handele es sich um den Austausch mit einem guten, alten Freund.

Er war ungewöhnlich lange unterwegs. Anfangs zwangen ihn die Wachen des Zaren zu unfreiwilligen Pausen, denn er musste sich trotz des Habits immer wieder verstecken, um nicht den russischen Soldaten in die Quere zu kommen und unangenehme Fragen beantworten zu müssen. Außerdem fürchtete er, erkannt zu werden. Er hatte als Übersetzer bei den unterschiedlichsten Truppenteilen gedient, und sein südländisches Aussehen machte ihn einzigartig in einer Streitmacht von lauter Slawen und Tartaren. Hinter der Grenze musste er sich vor anderen Deserteuren in Acht nehmen, die weniger friedfertig waren als er, nicht nur Russen, sondern auch versprengte Landsknechte der helvetischen Armee, die sich den Diebesbanden und Schmugglern angeschlossen hatten.

Seine Hinwendung zum Glauben verbot ihm, die ohnehin armen Bauern zu bestehlen. Er diente sich für eine Handvoll mit Wasser aufgekochten Maisbrei als Arbeitskraft an. Das kostete Tage. Auch verweilte er an manchen Orten ein wenig länger, um einfach nur die Aussicht und das Wunder der Schöpfung zu rühmen. Auf diese Weise verstrichen mehrere Wochen, bis er seinen Fuß wieder in eine der Gassen Bissones setzte, in denen die Zeit stillgestanden zu haben schien. In den vergangenen Jahren hatte sich auf den ersten Blick nichts verändert. Vielleicht bröckelte der Putz ein wenig stärker von den Mauern, und in sein einstiges Atelier waren Ratten eingezogen. Doch dann entdeckte er den Unterschied zu früher. Bissone war eine Geisterstadt.

Stefanos Herz hämmerte gegen seine Brust. Blasses Abendlicht fiel in den Durchgang zu seinem Studio. Das Fiepen unzähliger Nager war das einzige Geräusch. Die Läden waren an den anderen Häusern vor die Fenster gezogen worden, keine Menschenseele war unterwegs. Früher waren zu dieser Stunde die Fischer ausgefahren und hatten sich wortreich von ihren Familien verabschiedet. Es war ein leutseliges Kommen und Gehen gewesen. Die Stille, die sich heute durch den Ort zog, war beängstigend. Zum ersten Mal senkte sich Hoffnungslosigkeit über Stefano.

Was sollte aus ihm werden, wenn er auch hier keine Heimat mehr fand? Er besaß nichts außer dem, was er in der alten Werkstatt zurückgelassen hatte. Die letzten Wertgegenstände, die er sein Eigen genannt hatte, lagen sicher verstaut in seinem Tornister in der Villa Olma, vor allem die kleine Venusstatue, die er bis an den Lario zurück quer durch Europa auf dem Rücken getragen hatte. Seltsamerweise schmerzte ihn dieser Verlust nicht so arg, denn er war ein Teil seines Abkommens mit Gott. Die Figur, die zum steinernen Symbol seiner Liebe zu Serena geworden war, hatte ihren Zauber für ihn verloren. Serena war tot. Ob nun tatsächlich von seiner Hand gestorben, spielte keine Rolle mehr. Sie war tot und sollte endlich in Frieden ruhen, doch dafür musste er auch ihren Geist auslöschen, der verzweifelt in ihrer Wohnung spukte. Da er nicht mehr nach Como zurückkehren konnte, blieb ihm nur, sich auf Gottes Gnade zu verlassen. Als Gegenleistung versprach Stefano der Dreifaltigkeit, dass er in Lugano reinen Tisch machen und Francesco um Verzeihung bitten würde. Erst wenn er vor dem einstigen Freund gebüßt hatte, glaubte der Bildhauer, würde er frei sein für ein neues Leben.

Stefano beschloss, die Inspektion seines Ateliers auf später zu verschieben, und machte sich auf den Weg zu den Arkaden am Ufer, wo sich das Grotto befand, in dem er alte Bekanntschaften aufzufrischen hoffte. Unwillkürlich erinnerte er sich an Franca, das Schankmädchen, das er in sein Bett geholt hatte, bevor ihn die Leidenschaft für Serena beherrschte. Sie war eine ansehnliche junge Frau gewesen, erinnerte er sich, und ein kleines Lächeln umspielte seine Lippen. Wenn sie noch frei war, würde er sich überlegen, ob etwas aus ihnen beiden werden könnte. Hoffnung keimte in ihm auf.

Diese verwandelte sich jedoch rasch in Ratlosigkeit, als er die alte Gastwirtschaft verschlossen vorfand.

Nachdem er eine Weile darüber gegrübelt hatte, was er als Nächstes tun sollte, hämmerte er mit den Fäusten gegen die Tür des Lokals. Drinnen rührte sich nichts. Natürlich nicht. Hinter den Fenstern herrschte Dunkelheit, dabei hatte der alte Wirt fast immer Talgkerzen und Öllampen entzündet, weil es selbst bei lichtem Tage nicht hell genug in seiner Gaststube gewesen war. Die meisten Reisenden wie auch die Einheimischen hatten es vorgezogen, die Gerichte, die man ihnen auf Zinntellern und in Kupferschüsseln vorsetzte, nicht nur schemenhaft ausmachen zu können. Das Grotto war verwaist – ausgestorben wie der ganze Ort.

Der erstickte Schrei einer Frau ließ ihn innehalten.

»Wenn das nicht Stefano Castelli ist …«, hauchte eine zarte Stimme überrascht.

Er hatte sie mit dem Lärm herbeigerufen, den er verursacht hatte, dessen war sich Stefano sicher. Dankbar, ein vertrautes Gesicht und gerade diese Person zu sehen, an die er eben noch gedacht hatte, stürzte er auf Franca zu, hielt jedoch plötzlich inne. Die junge Frau stand an der Ecke, wo eine schmale Gasse die Fassade des Hauses durchschnitt. Sie war schlanker, als er sie in Erinnerung hatte, ihre Kleidung war abgetragen und der Stoff an vielen Stellen brüchig, er entdeckte Löcher in der Bluse und im Rock. Das einst so üppige, dralle Weib wirkte abgemagert und auf eine Weise arm, die ihm die Sprache verschlug.

»Erkennst du mich nicht? Ich bin es …«

»Doch, doch«, beeilte er sich. »Ich bin nur erstaunt … Ich hatte gerade an dich gedacht, und da stehst du leibhaftig vor mir.«

»Ich hab gehört, wie jemand an die Tür geklopft hat«, erklärte sie zögernd und trat ängstlich einen Schritt zurück, als er auf sie zukam. »Deshalb bin ich nachsehen gegangen. Es musste ein Fremder sein, denn von unseren Leute geht niemand mehr ins Grotto.«

»Das scheint mir auch so«, er hätte sie gerne in die Arme geschlossen, ein Willkommen an seiner Brust gespürt, doch er unterließ den Körperkontakt. Da er sonst nichts mit ihnen anzufangen wusste, stopfte er die Hände in seine Hosentaschen. »Es hat sich viel verändert während meiner Abwesenheit. Sieht jedenfalls so aus. Was ist los im Dorf? Es ist so ruhig.«

In ihren Augen lag grenzenlose Traurigkeit, als sie erwiderte: »Du hast immer von der Republik geredet, von den Franzosen und wie gut eine Revolution für alle Menschen ist. Ich hab das damals alles nicht verstanden und tue es auch heute noch nicht, aber ich habe erlebt, dass die

Franzosen nichts Gutes in unser Land gebracht haben. Erst nahmen sie uns unsere Brüder und Söhne als Soldaten, dann kamen sie, um die Aufstände der Bauern niederzuschlagen. Unsere besten Männer sind fort oder tot, Stefano.«

Betreten sah er auf seine Füße, die noch immer in den stabilen russischen Lederstiefeln steckten, und schwieg. Unwillkürlich wanderten seine Augen zu Francas Fesseln, die unter dem eingerissenen Saum ihres Rocks hervorschauten, und er entdeckte, dass sie keine Schuhe trug. Obwohl eine barfüßige Frau nicht ungewöhnlich in dieser Gegend war, berührte ihr Anblick sein Herz.

»Wo hast du dich die ganze Zeit herumgetrieben? Du siehst gut aus. Jedenfalls ziemlich gesund.«

Er hob die Hand und grinste schief. »Bis auf diese Finger habe ich wenig verloren. Das ist schon richtig. Ich bin umhergezogen, aber nun bin ich wieder hier und …«

»… und möchtest dort anfangen, wo du aufgehört hast, nicht wahr?« In ihrer Stimme schwangen Bitterkeit und Trauer mit.

»Na ja«, er zuckte hilflos mit den Achseln, »warum nicht?«

»Was glaubst du eigentlich, wer du bist, Stefano Castelli? Verschwindest so mir nichts, dir nichts und kommst hopplahopp wieder und denkst, alles wäre beim Alten. Hast du es nicht kapiert? Es ist aus mit deinen Träumen. Die Wahrheit ist böse. Die Revolution hat nur Unglück über uns gebracht. Geh wieder fort, wenn du ein besseres Leben haben willst, am besten ans Ende der Welt.«

Er war so verblüfft über ihre harsche Rede, dass ihm die Worte zu einer Erwiderung fehlten. Schweigend sah er zu, wie sie sich abwandte. Plötzlich drehte sie sich jedoch noch einmal zu ihm um: »Dein Freund war ein paar Mal hier, nachdem du fortgegangen bist. Dieser feine Herr aus Lugano, Francesco Agnelli. Er fragte nach dir und bat mich, dir auszurichten, dass er mit dir sprechen will. Niemand soll sagen, ich halte keine Versprechen. Deshalb sag ich's dir hiermit.« Daraufhin schluckte die Dunkelheit der schmalen Gasse ihren Körper.

*

So muss sich ein alter, des Lebens überdrüssiger Mann fühlen, dachte Francesco trübsinnig.

Die Diener hatten ihn wie jeden Morgen auf sein Lager unter der Pergola gebettet, wo er unter einer leichten Decke, gestützt von einem Berg Kissen darauf hoffte, dass die Stunden bis zum Abend möglichst rasch verrannen. Jeder neue Tag verlief wie der vorherige, und er war es leid, die schöne Aussicht zu bewundern, den wenigen Booten auf dem See zuzuschauen oder die Eichhörnchen in seinem Garten zu beobachten. Lucia versorgte ihn zwar regelmäßig mit Lektüre aus der Bibliothek, aber wenn er las, dachte er zwangsläufig ans Schreiben und fühlte eine grenzenlose, schmerzliche Leere in sich. Er hatte sie um Papier und Feder gebeten, doch als er seine Gedanken in Worte zu kleiden versuchte, hatte er einen derart düsteren Text formuliert, dass ihm selbst bang um sein Seelenheil wurde.

Zum ersten Mal entwickelte er ein gewisses Verständnis für Julie. Wer dauernd im Bett lag und sich ansonsten die Zeit nur mit Untätigkeit vertrieb, war zur Melancholie verdammt, dessen war er seit seinen neuen Erfahrungen gewiss. Er fragte sich, wann seine Frau damit begonnen hatte, ihrem Leben jeglichen Sinn zu nehmen, und kam zu der Erkenntnis, dass sie dem Stil des Ancien Régime frönte, der vielleicht den Mitgliedern des französischen Hofes vor zwanzig oder fünfzig Jahren gestanden hatte, aber heutzutage überholt und niemals an einem Ort wie Lugano beheimatet gewesen war. Ein Dasein, das sich ausschließlich auf amüsante Laster und rücksichtsloses Vergnügen ausrichtete, war auch seine Sache nicht. Er hätte es wissen müssen, bevor er Julie heiratete: Eine Frau, die Königin Marie Antoinette anbetete wie eine Heilige, passte nicht an seine Seite. War es daher seine Schuld, dass Julie in Schwermut versank und nicht einmal mehr fähig schien, ein paar freundliche Worte mit ihm zu wechseln? Selbst mit seiner Mutter unterhielt sie sich inzwischen mehr als mit ihm.

Ein leiser Pfiff schreckte ihn aus seinen Tagträumereien. Es war nicht das Zwitschern eines Vogels, sondern ganz offensichtlich ein Mensch, der auf sich aufmerksam machen wollte. Ein Fischer vielleicht, der sich in Not befand. Francesco setzte sich aufrecht und reckte den Kopf, seine Blicke wanderten über den See. Im nächsten Moment wurde noch einmal gepfiffen – und diesmal bemerkte er, dass das Geräusch von den Zypressen kam, die den Weg zur Straße säumten.

»Wer ist da?«

Ein Rascheln im Gebüsch, Schritte auf dem knirschenden Kies.

Francesco traute seinen Augen nicht, als er Stefano auf sich zukommen sah. Er erkannte den alten Freund auf Anhieb, auch wenn dieser etwas schmuddelig wirkte und ein ungepflegter Bart um seine Lippen wucherte. Stefanos Bewegungen waren ungelenk, verlegen, als schäme er sich, ihm auf diese Weise gegenüberzutreten. Prompt erklärte er einleitend: »Ich wollte nicht durch die Haustür kommen, da ich fürchtete, deine Diener würden mich abweisen.«

Sollte er lachen oder weinen? Einen Wettstreit aus Wiedersehensfreude, Verblüffung, Zorn und Unverständnis fochten die Gefühle in Francescos Brust aus. Glücklicherweise konnte er weder aufspringen und Stefano in die Arme schließen, noch davonlaufen. Da das Schweigen zwischen ihnen unerträglich zu werden begann, hob Francesco an: »Es ist lange her, seit wir uns zuletzt sahen.«

»Ja. Das ist es. Aber seitdem ist kein Tag vergangen, an dem ich nicht an dich gedacht habe.«

»Was hast du getan?«

Stefano missverstand die Frage. Seine Augen flogen nervös von Francescos Lager zu dem Parkweg. Verunsichert trat er von einem Fuß auf den anderen. »Du kommst schnell zur Sache«, murmelte er betroffen, »aber das ist natürlich dein gutes Recht und ich bin dankbar, dass du nicht nach deinem Personal rufst und mich an die Miliz auslieferst. Geht es Julie ... geht es ihr gut?«

»Was? Warum fragst du nach meiner Frau? Was hat sie mit dir zu schaffen? Ich wollte wissen, wie es *dir* ergangen ist in den letzten Jahren.« Verständnislos suchte Francesco den Blick des einstigen Freundes, doch dieser wich ihm aus.

*

Es hatte Stefano weniger berührt, als er vermutet hatte, in sein altes Atelier zurückzukehren – und dieses wieder zu verlassen. Nach dem Gespräch mit Franca hatte er einfach die Tür aufgebrochen und einen verwahrlosten Raum vorgefunden, der von Ratten wimmelte, die seine Möbel annagten und ihren Unrat verstreuten. Das Werkzeug, das er noch vorfand, war brüchig, rostig und weitgehend unbrauchbar, die Arbeiten, die er zurückgelassen hatte, gestohlen. Sein Zuhause wirkte so trostlos, dass er am liebsten sofort wieder gegangen wäre, doch der Abend senkte sich, und er wusste, dass es sicherer war, an Ort und Stelle Unterschlupf zu suchen. In dieser Nacht fand er keinen Schlaf, das Hereinbrechen des Morgens erfüllte ihn mit Erleichterung. Er fand einen Fährmann, der ihn über den See ruderte, und bezahlte die Fahrt mit einem stählernen Bossiereisen, das er vor zwei Jahren übersehen haben musste, als er das Modellierwerkzeug eingepackt hatte, und das soweit in Takt war, dass er damit handeln konnte.

Deutlich aufwühlender war für Stefano die Rückkehr in die Villa Agnelli. Er war auf demselben Weg in den Park geschlichen, den er damals benutzt hatte, um Julie zu vergewaltigen und wieder zu verschwinden. Eine Weile hatte er sich zwischen den Zypressen verborgen gehalten, immer auf der Hut vor einem Gärtner, doch das Personal schien man reduziert zu haben, denn niemand war aufgetaucht. Er hatte beobachtet, wie zwei Diener Francesco auf der Terrasse betteten, und das Herz war ihm schwer geworden, als er der Gebrechlichkeit seines Freundes gewahr wurde. Immerhin lebte Francesco und schien unter den gegebenen Umständen bei guter Gesundheit – das war mehr, als Stefano zu hoffen gewagt hatte.

Als Francesco jedoch ohne Umschweife »was hast du getan?« fragte, stieg für einen Moment Panik in Stefano auf. Sein Wunsch, Absolution zu erfahren, erschien plötzlich schwerer zu erfüllen als gedacht. Dann entsann er sich der Leiden Christi, und er ahnte, dass auch er einen dornenreichen Weg gehen musste, um am Ende seinen Frieden zu finden. Deshalb fügte er sich in den Dialog, wie er ihn verstand.

Eine neue Prüfung, fuhr es Stefano durch den Kopf, als er begriff, dass er einen Fehler begangen und Francesco etwas anderes gemeint hatte. Gott will wissen, ob ich die Kraft besitze, mich der Wahrheit zu stellen. Der Teufel flüsterte ihm ins Ort, dass er besser gehen sollte, bevor Francesco ihn tatsächlich verhaften ließ.

Stefano beschloss, von vorn anzufangen und Francesco seine Geschichte zu erzählen, sofern dieser die Geduld aufbrachte, ihm so lange zuzuhören. »Weißt du, dass Serena Bossi tot ist?«

»J – a«, erwiderte Francesco zögernd.

»Ich war dabei, als sie starb. Es war ein Unfall, glaube ich, aber ich kann nicht genau sagen, ob ich sie nicht vielleicht auch umgebracht habe. Sie ist gefallen – und es war meine Schuld«, eine Träne lief über seine Wange, Stefano hob die Hand, um sie fortzuwischen.

Francesco erbleichte. Seine Finger spielten ungeduldig mit den Fransen an der Wolldecke, in seine Züge trat ein schmerzverzerrter Ausdruck, seine Augen waren unergründlich. Über seine Lippen kam kein Wort, nicht einmal ein Aufstöhnen. Es schien, als halte er den Atem an.

»Es ist schrecklich … ich war in Como … und sah ihren Geist. Großer Gott, ich würde alles dafür geben, wenn ich jene Nacht ungeschehen machen könnte!« Stefanos Klage endete in verzweifeltem Jammern. Ihm wurde bewusst, dass er bereits fast alles für Serena geopfert hatte – bis auf sein Leben.

»Ihren Geist«, wiederholte Francesco mit erstickter Stimme. »So. Aha. Was hat er gesagt? Serenas Geist.«

»Dass ich verschwinden soll«, ein bitteres Lachen entrang sich Stefanos Kehle. »Das hat sie damals auch gesagt, als ich vor ihrer Wohnung stand, rasend vor Eifersucht, weil du … weil ihr … sie … Du hast dich geirrt, weißt du – ich hatte sie nicht. Die Statue war ein Produkt meiner Fantasie. Serena saß mir zwar Modell, aber angezogen, sie erlaubte mir niemals, ihr näher zu kommen, als dies für eine Dame schicklich ist.«

Francesco machte eine wegwerfende Handbewegung. »Hast du ihrem Geist etwas angetan?«, drang er in Stefano.

»Nein, natürlich nicht. Was soll die Frage? Kann man einem Gespenst überhaupt etwas zuleide tun? Ich bin vor Schreck fortgelaufen. Wie ein Hasenfuß. Und seitdem bete ich.«

Der Andere stieß die Luft aus seinen Lungen. »Gott sei dir gnädig«, stöhnte Francesco.

»Hm«, machte Stefano verwirrt. Er war so gut dabei gewesen, hatte seine Beichte mit den richtigen Worten eingeleitet, wie er fand, und dann hatte ihn Francesco mit seinem

Interesse an Serenas Geist aus dem Konzept gebracht. Unwillkürlich senkte sich wieder Schweigen über die beiden Männer, weil Stefano nicht wusste, wie er fortfahren sollte und Francesco offensichtlich erschöpft für einen Moment die Augen schloss.

»Wie geht es Julie?«, brach es plötzlich aus Stefano heraus.

»Keine Ahnung«, entfuhr es Francesco gedankenlos. Er hob seinen erstaunten Blick. »Was interessiert es dich, wie es meiner Frau geht? Ich dachte, du kennst sie kaum.«

»Gut genug, um ...«, Stefanos Worte verloren sich, er rang die Hände, plötzlich mutlos und feige. Die Tränen, die über seine Wangen liefen, verwandelten sich in ein verzweifeltes Schluchzen: »Ich habe es nicht gewollt ... verstehst du? Es war wie ein Zwang. Ich dachte, du hast Serena gehabt und da ... da dachte ich, es sei gerecht, wenn ich ... wenn ich mir Julie nehme.« Am liebsten wäre Stefano vor Francesco auf die Knie gesunken, doch ein letzter Rest Haltung bewahrte ihn davor.

Es schien eine Weile zu dauern, bis die Wahrheit in Francescos Bewusstsein vordrang. Stefano wusste nicht, was ihn mehr verstörte, die Verwunderung in den Augen des einstigen Freundes oder die Erkenntnis, dass Julie ihrem Gatten offenbar nichts von dem Überfall erzählt hatte. Dabei hätte er geschworen, dass sie zu Francesco laufen und ihm erzählen würde, dass sie geschändet worden war. Dies war sogar ein Teil seines Plans gewesen. Er hätte nicht fortzulaufen brauchen, wenn er nicht in der Gefahr geschwebt hätte, wegen Vergewaltigung angezeigt zu werden. Noch ein Betrug, fuhr es Stefano durch den Kopf, und der vertraute Zorn wallte wieder in ihm auf. Wieder eine Frau, die ihn täuschte.

»Sieh an, die Schlampe hat es mit dir getrieben«, sagte Francesco schließlich, und seine Stimme klang kalt, gleichgültig und unaufgeregt. »Ich hoffe, es hat euch beiden Vergnügen bereitet.«

»Du … du nimmst das so gelassen?«

Francesco klopfte verärgert auf die Decke. »Ich kann nicht aufspringen und dich fordern«, erklärte er verächtlich. »Solltest du das erwarten, muss ich dich enttäuschen. Aber selbst wenn ich mich auf meinen beiden Beinen fortbewegen könnte, würde ich mich wegen Julie nicht schlagen. Du kannst sie haben, wenn du ihretwegen gekommen sein solltest. Geh und nimm sie mit. Sie ist mir einerlei.«

Er ist wahnsinnig, sinnierte Stefano. Kein Mann konnte dermaßen gefühllos darauf reagieren, dass seine Frau von einem anderen angefasst worden war. Er selbst wusste schließlich am besten, zu welchen Untaten man aus Eifersucht fähig war. Francesco liebte Julie nicht, das stand fest. War es ihm deshalb egal? Ein Gedanke streifte Stefano, und er fragte leise: »Hast du Serena geliebt?«

»Nein … Nein, das habe ich nicht. Zu keiner Zeit.«

Stefano ließ die Schultern hängen. Seine Unterredung verlief anders, als er in seinen kühnsten Träumen erwartet hatte. Wie konnte Francesco Gnade vor Recht walten lassen, wenn er ihn gar keines Vergehens für schuldig befand? Was sollte er sagen? Was noch tun? Wie würde sein Leben weitergehen, wenn alles, worauf er in den vergangenen Jahren gebaut hatte, zusammenfiel wie ein Haus aus Sand? Konnte denn wirklich alles ein Irrtum gewesen sein, eine Ironie des Schicksals? Hatte er von Anfang an recht, und er war nicht Täter, sondern Opfer?

In der oberen Etage klapperte ein Fensterladen.

»Wenn du niemandem begegnen willst, solltest du besser gehen, Stefano. Mamma oder Lucia werden gleich kommen, um mich zu unterhalten. Das tun sie, weil ich zum Krüppel geschlagen wurde und mich nicht anders beschäftigen kann … Ich danke dir für deinen Besuch und deine Offenheit … Doch nun verschwinde. Ich bin müde. Vielleicht sehen wir uns eines Tages wieder.«

Stefano wollte noch bleiben. Es erschien ihm falsch, auf diese Weise abgewimmelt zu werden. Sein Verstand aber riet ihm, Francescos Aufforderung widerspruchslos zu folgen. Vielleicht würde der einstige Freund am Ende doch noch die Miliz rufen und ihn für eine Tat verhaften lassen, die er so nicht gewollt hatte: den Einbruch in den Park der Villa Agnelli.

Er wischte sich kurz über die Augen und wandte sich um, nachdem er einen letzten Blick auf den Mann geworfen hatte, der über viele Jahre wie ein Bruder zu ihm gewesen war. In seiner Brust breitete sich ein endloser Schmerz aus.

12

Die Flasche mit dem Laudanum, die ihr Signora Bruni gestern heimlich zugesteckt hatte, war fast leer. Julie setzte an und ließ den letzten Schluck der durch den süßen Wein relativ wohlschmeckenden Flüssigkeit in ihre Kehle rinnen. Mit trüben Augen starrte sie auf das grüne Apothekerglas. Tatsächlich. Kein Tropfen befand sich mehr darin. Dabei dürstete sie nach mehr. Zu dumm, dass sie warten musste, bis ihr irgendjemand aus dem Haushalt Nachschub besorgte. Signora Bruni besaß bereits einen Großteil ihres Schmucks, mit dem sie das Entgegenkommen der Kinderfrau finanzierte, und ihre Zofe würde im nächsten Winter nicht frieren müssen, denn Julie hatte ihr für eine große Dosis Opium ihren Muff aus plüschigen, warmen Hamsterfellen geschenkt. Sie musste auf diesen Handel eingehen, denn sie brauchte inzwischen weit mehr von der Arznei, als Sofia oder Lucia auf legalem Weg erwarben.

Seit geraumer Zeit verließ Julie kaum noch ihr Schlafzimmer. Die Rebellion der Bauern hatte sie dermaßen verängstigt, dass sie sich oft tagelang einschloss. Als die Vorräte knapper und von Sofia rationiert wurden, ging sie auch nicht mehr in den Speisesaal, um mit ihrer Familie bei Tisch zu sitzen. Seltsamerweise verspürte sie keinen Hunger. Ihr Appetit ließ nach, sie aß nicht mehr andauernd und gestand sich schließlich ein, dass sie nur deshalb genascht hatte, weil sie sonst nichts zu tun gehabt hatte. Mit der verminderten Lust auf Essen wuchs jedoch ihr Bedürfnis nach immer mehr Laudanum.

Julie ließ die leere Flasche fallen, sie fiel mit einem leisen Poltern auf den Boden und rollte über die Marmorfliesen. Ihr war ein wenig schwindelig. Kein Wunder, dachte sie, nach all den Gesprächen, die sie in diesen Tagen von ihrem Fenster aus belauscht hatte. Wenn es dabei nicht auch um sie gegangen wäre, hätte es eine recht unterhaltsame Abwechslung sein können, zuzuhören, was Francesco mit seiner Mutter und Schwester redete. Doch damit nicht genug. Der Besucher dieses Morgens war wie ein Paukenschlag.

Sie hatte ihn zufällig gesehen, als er sich im Schatten der Zypressen an der Gartenmauer entlangschlich. Auf den ersten Blick war er ihr wie ein Landstreicher erschienen. Die Furcht war in ihre Glieder gekrochen, weil sie ihn für einen Bauern hielt, einen Rebell, der die Villa überfallen wollte. Doch dann hatte sie gesehen, dass er alleine war und trotz der bereits zur Hälfte geleerten Laudanumflasche gewusst, dass er ihr nichts anhaben konnte, denn die Bewohner des Hauses waren mitsamt der Dienerschaft in deutlicher Überzahl.

Es war seine Stimme, die den Bann brach. Die Erinnerung an die wenigen gemeinsamen Stunden mit Francesco waren im Opiumrausch untergegangen, den wahnsinnigen Augenblick der Begierde hatte sie jedoch nie vergessen, als sie jener verbotenen Lust gefrönt hatte, die durch Gewalt hervorgerufen wurde, die der Fremde ihr antat. Sie hörte ihn reden und wusste, welcher Mann an Francescos Lager getreten war.

Die Sehnsucht drohte ihren Körper zu zerreißen. Julies Hände umklammerten das Apothekerglas so fest, als wollten sie es zerbrechen. Am liebsten wäre sie auf die Terrasse gelaufen, hätte den Mann gepackt und ihn angefleht, mit ihr zu der Parkbank zu gehen und all das Schändliche zu wiederholen, das ihren Geist verwirrte und ihre Schenkel erzittern ließ. Er sah schrecklich aus, wie ein Barbar, wahrscheinlich war er ungewaschen und stank nach Schweiß, Urin oder sonst was, aber diese Vorstellung machte ihn nur noch anziehender.

Francescos Worte brachten sie in die Gegenwart zurück: *Ich würde mich wegen Julie nicht schlagen. Du kannst sie haben, wenn du ihretwegen gekommen sein solltest. Geh und nimm sie mit. Sie ist mir einerlei.*

Diese Abneigung hatte sie nicht erwartet. Sie hatte sie nicht verdient, fand Julie und trat wie ein störrisches kleines Kind mit dem Fuß auf, der in einem Seidenpantöffelchen steckte, das entzückend gewesen wäre, wenn es eine Neuanschaffung gewesen wäre und nicht zerschlissen und ausgeleiert an ihrem Fuß gehangen hätte. Kein Wunder, dass sie sich mit diesem alten Kram begnügen musste. Francesco ließ sie herumlaufen wie eine alte Vettel. Immerhin hatte sie eben aus seinem eigenen Munde den Grund dafür vernommen – ihm lag nichts an ihr. Und er wollte eine andere, das war deutlich geworden, als er sich neulich mit Lucia ausgetauscht hatte. Emilia – wer immer diese Person war. Eine alte Freundin von Lucia, wie es schien. Im Grunde interessierte es Julie nicht, was ihr Gemahl trieb, wenn er seine Gunst gleichermaßen verteilt hätte – wenn er ihr zumindest finanzielle Großzügigkeit erwiesen hätte. Dass Francescos Mittel angesichts der katastrophalen politischen Lage eingeschränkt waren, mochte sie nicht glauben, auch wenn ihre Schwiegermutter dies noch so plausibel erklären konnte. Fast wäre sie Sofias Freundlichkeit erlegen, aber natürlich war Julie zu schlau, immerhin war sie in den vergangenen Jahren oftmals Zeugin von deren Sparsamkeit geworden. Allein die Sache mit der Stoffbestellung für die Säuglingsausstattung verzieh sie ihr nie.

Sie schlang den Hausmantel fester um ihre ungewöhnlich früh erschlafften Rundungen. Wahrscheinlich hingen ihre Brüste herab wie zwei Schweineblasen, weil sich schon so lange keine Männerhände um sie geschlossen hatten. Im Ancien Régime waren ansehnliche junge Diener dafür bezahlt worden, der Dame des Hauses Freude zu schenken, wenn die Ehemänner kein Interesse daran, eine Krankheit oder eine Mätresse hatten. In der Villa Agnelli war dergleichen undenkbar. Dabei hatte Francesco mehrfach die Ehe gebrochen, wie sie letztlich von ihm selbst erfahren musste. Natürlich auch mit Serena Bossi! Sie hatte es schon immer geahnt. Wo hatte er sich mit Olimpias Patin gewälzt? Auf dem schmalen Bett im Esszimmer womöglich, einer Pritsche gleich, unbequem und ganz gewiss der passende Ort für zwei Langweiler. Julie konnte sich nicht vorstellen, dass Francesco zu besonderer Leidenschaft fähig gewesen war, während in der Wohnung so viele andere Frauen herumliefen. Ein kurzes, harmloses Vergnügen. Keinesfalls vergleichbar mit der Szene, die Julie in ihrer Fantasie heraufbeschwor.

Der Anblick des Mannes, dem ihr Sehnen und Fühlen galt, tat das eine, das Rauschmittel alles Weitere: Sie verbrachte den Tag in ihrem Schlafzimmer auf der Suche nach einer Lösung für ihre Probleme. Als Francescos Besucher ging, war sie kurz versucht gewesen, ihm zu folgen. Doch ihre Gliedmaßen versagten ihr merkwürdigerweise den Dienst. Ihre Muskeln wollten ihr nicht gehorchen. Sie stürzte über die Flasche und landete recht schmerzhaft auf der Seite. Da sie nun schon einmal auf dem Boden lag, streckte sie sich aus. Der Marmor war in ihrem Rücken, während Hitze ihren wollüstigen Leib durchflutete.

In ihrer Vorstellungswelt kam der Vergewaltiger durch die Zimmertür. Er hatte die Terrasse verlassen, um sie aufzusuchen. Sie erinnerte sich an den Anblick seines pochenden Phallus und gierte danach, ihn in sich aufzunehmen. Ein Schrei lag auf ihren Lippen, aber ihre Kehle war zu trocken, um ihr Verlangen in Töne zu fassen. Stumm wand sie sich in ihrem Rausch, schlug ihre Knie auf dem harten Boden wund, griff nach dem imaginären Körper in die Luft und stieß ihre Finger anschließend grob zwischen ihre Beine. Der Schmerz, der sie erfasste, war wie eine Erlösung …

*

Dunkelheit umfing Julie, als sie erwachte. Es kostete sie unendlich viel Kraft, die Lider zu heben. Ihr Kopf fühlte sich schwer an und seltsam leer, wie eine hohle Holzkugel, ihre Zunge schmeckte pelzig, und aus ihrem Magen stieg Übelkeit in ihren Hals. Julie fürchtete, sich übergeben zu müssen, sobald sie sich bewegte. Unwillkürlich tastete sie nach der Flasche Laudanum, die stets auf ihrem Nachtkästchen stand, doch ihr Griff ging ins Leere. Lähmendes Entsetzen erfasste sie. Sie konnte nicht aufstehen ohne einen Schluck der Arznei. Jemand aus dem Haus hatte sie bestohlen!

Langsam kehrte die Erinnerung an den Morgen zurück. Sie musste zwölf Stunden oder noch länger geschlafen haben, nachdem sie den Unbekannten wiedergesehen und sich selbst Befriedigung verschafft hatte. Man hatte sie ins Bett gelegt, wahrscheinlich ein Mitglied der Dienerschaft – Julie konnte sich nicht entsinnen, den Weg unter die Decke selbstständig gefunden zu haben. Francesco war sicher nicht gekommen, um sich ihrer anzunehmen. Angeblich konnte er ja nicht laufen, aber Julie erkannte, dass dies ein Trick von ihm war, um sich nicht mit ihr beschäftigen zu müssen.

Ein noch leichter Schmerz kroch durch ihre Glieder. Julie wusste, dass es schlimmer werden würde, wenn sie nicht sofort ihre Medizin einnahm. Sie brauchte Hilfe. Aber im Haus war es still. Obwohl sie angestrengt lauschte, hörte sie nichts als das Zirpen der Grillen im Park und das Klagen eines Käuzchens. Sie wusste nicht, welche Stunde es schlug, ihr war jedoch klar, dass niemand herbeieilen würde, um ihr eine neue Flasche Laudanum zu besorgen, selbst wenn sie brüllte wie ein waidwundes Tier. In diesem Haushalt ließ man sie links liegen. Man lachte sie aus. Ihre Krankheit wurde nicht ernst genommen. Sie war eine Last für Herrschaft und Personal.

Ich würde mich wegen Julie nicht schlagen. Du kannst sie haben, wenn du ihretwegen gekommen sein solltest. Geh und nimm sie mit. Sie ist mir einerlei.

Die Worte dröhnten in Julies Kopf. Sie klangen fast so, als säße Francesco an ihrem Bett und würde laut zu ihr sprechen.

Er würde nicht kommen, um sie von ihrem Leid zu erlösen. Wahrscheinlich würde er ihr nicht einmal eine Träne nachweinen, wenn sie von den Engeln zu ihrer Königin heimgerufen würde. Kein Mann sorgte sich um seine Frau, der in dieser abfälligen Weise über sie sprach. Dabei wollte sie, dass er ihretwegen litt. Sie sehnte sich förmlich danach. Wenn er sie schon nicht liebte, sollte ihn wenigstens ein anderes Gefühl bemächtigen.

Julie schlug das Laken zurück. Das Aufstehen klappte erstaunlich gut. Warum nur rannen Tränen über ihr Gesicht? Sie verharrte einen Moment in ihrer Bewegung, um darüber nachzudenken. Plötzlich fiel ihr ein, dass sie um

Marie Antoinette weinte, deren Rumpf wie eine antike Steinfigur kopflos in einem Massengrab in Paris verscharrt lag. Julie beschloss, dass sie nach dem königlichen Leichnam suchen würde, wenn sie wieder nach Hause kam.

Das war ein guter Plan. Sie würde heimkehren und die Gebeine der Königin ausgraben. Irgendwo beim Fundament der niemals fertiggestellten Kirche Madeleine sollte angeblich ihre letzte Ruhestätte sein. Nun, Julie würde sie schon finden. Immerhin stand sie in engem Kontakt zu Ihrer Majestät, wie sie es kürzlich berichtet hatte, als dieser Baron aus Österreich zu Besuch gewesen war. Marie Antoinette höchstselbst würde ihr den Weg weisen. Die Frage war nur, wie sollte sie nach Paris kommen? Eine Alpenüberquerung war in ihren zerschlissenen Seidenpantoffeln kaum möglich. Julie fiel darüber hinaus auf, dass von dem einen Schuh der Absatz abgebrochen war.

Ratlos streiften ihre Blicke durch das dunkle Schlafzimmer. Der durch das Fenster hereinfallende Mond sorgte für ein wenig Licht im Dunkel. Seine Sichel spiegelte sich im See.

Wasser!, fuhr es Julie erleichtert durch den Kopf. Man konnte über das Wasser reisen. Auf der Seine verkehrten eine Menge Schiffe und auf dem Limmat in Zürich auch, die Flüsse waren befahrbar wie Straßen. Sie besaß zwar nicht die geringste Ahnung, wie weit sie über den Luganer See kommen würde, aber auf dem Lago verkehrten Boote, das wusste sie genau, obwohl sie niemals den Fuß in eines davon gesetzt hatte. Aber das spielte eigentlich keine Rolle, wichtig war nur, dass sie nach Hause kam und ihrer Königin nah sein konnte.

Von diesem Gedanken beseelt, lief sie aus ihrem Zimmer, durch das schlafende Haus und den Park hinunter zum See.

13

Albert von Podlanski floh, als die Österreicher Ende August wieder vor Como standen. Emilia sollte nie erfahren, warum er so eilig seine Sachen packte, als die ersten Gerüchte kursierten, dass die russischen Truppen gen Norden abmarschierten und Oberitalien wieder an den Kaiser fallen würde. Es war augenscheinlich, dass er den Soldaten des Kaisers nicht begegnen wollte. Letztlich interessierte Emilia jedoch nicht wirklich, welche Gründe Albert hatte. Die Erleichterung über seine Abreise war groß, und sie war zutiefst dankbar, endlich wieder alleine zu sein.

Sie bemerkte jedoch bald, dass ihr sein Schutz fehlte. In den vergangenen Monaten hatte ihr seine Gegenwart auch wohlgetan, was sie erst nach seiner Abreise zu schätzen wusste. Einsam fühlte sie sich zwar besser, aber auch angreifbarer. Sie erwachte wieder furchtsam in der Nacht, schreckte bei jedem Geräusch hoch, um nur ja keinen Dieb oder Plünderer zu überhören. Dabei gab es kaum noch etwas zu stehlen. Weder bei ihren Nachbarn noch bei ihr.

Die Soldaten des Zaren hatten sich vor ihrem Abzug noch einmal bei ihr bedient und die neuen Stoffballen mitgenommen, die ihr von der Weberei in Kommission überlassen worden waren, weil auch Seidenweber irgendwie leben und Geld verdienen mussten. Inzwischen gab sie es auf, ihren Laden aufzuräumen und in Betrieb zu nehmen. Damit würde sie bis zum Frieden warten müssen. Die meiste Zeit verbrachte sie ohnehin damit, für eine Handvoll Lebensmittel oder Wasser anzustehen, denn die Pumpe in ihrem Hof war zerstört und natürlich nicht ersetzt worden. Glücklicherweise hatte sie mit Alberts finanziellen Zuwendungen gut gewirtschaftet, so dass sie noch ein paar Münzen besaß. Dennoch war jeder Einkauf mehr ein Kampf um Nahrungsmittel als eine alltägliche Besorgung.

Auf dem Rückweg vom Markt sah sie eines Nachmittags eine fremde Kutsche über die Piazza rollen und vor der nunmehr geschlossenen Seidenhandlung anhalten. Aurelio hatte das Schaufenster und die Tür zum dritten Mal vernagelt, nachdem sein zweiter Versuch durch den Einmarsch der kaiserlichen Armee vereitelt worden war. Dadurch wirkte das Geschäft von außen nicht mehr wie eine dunkle Höhle, wie das fleischlose Gerippe eines Knochengerüsts, und Emilia konnte hinschauen, ohne einen tiefen Schmerz zu empfinden.

»Kann denn niemand hier einer Dame helfen?«, hallte eine entrüstete Frauenstimme aus dem Inneren des Wagens.

Emilia stand an die fünfzig Schritte entfernt, aber sie verstand jedes Wort – und sie erkannte den vornehmen Ton auf Anhieb. Als kurz darauf ein vertrautes Gesicht im Kutschenfenster auftauchte, begann sie zu laufen. Behindert durch die schwere Korbflasche, die sie einem Wasserträger auf dem Markt abgekauft hatte, kam sie indes nicht so schnell voran. Am liebsten wäre sie jedoch in Lucias Arme geflogen.

»Emilia!«, rief die Freundin. »Emilia! Sind Sie's wirklich?«

Die Angesprochene war so aufgeregt und froh, Lucia wieder zu sehen, dass die Irritation nicht auf Anhieb einsetzte. Durch Alberts Besuch war sie es ohnehin wieder gewohnt, ihren richtigen Namen zu hören. Erst ein paar Laufschritte später begriff Emilia, dass es falsch war, wenn Lucia sie so nannte. Unwillkürlich ging sie langsamer.

Inzwischen war der Kutscher von seinem Bock geklettert, er öffnete den Schlag und klappte die Trittleiter aus. Mit der ihr eigenen Eleganz schwebte Lucia aus der Droschke. Obwohl Emilias Gedanken Karussell fuhren, fiel der nüchternen Hälfte ihres Verstandes auf, dass Lucia schlichter gekleidet war als früher – und Schwarz trug.

Emilia sank das Herz. Sie hob die freie Hand an die Lippen. Am liebsten hätte sie laut aufgeschrien. Wenn Lucia in Trauerkleidung gehüllt war, konnte es dafür nur einen Grund geben: Francescos Tod.

Der Fiasco, der an einem Seil über ihrer Schulter hing, rutschte herab. Das kostbare Gut fiel mit einem dumpfen Scheppern auf den Boden, der Flaschenhals brach, das Wasser breitete sich binnen Minuten auf den Steinen aus und hinterließ eine dunkle Pfütze, die langsam von der Sonne getilgt wurde.

»Was ist mit Ihnen?« Lucia war bei ihr, umfasste Emilias bebenden Körper, stützte sie und schüttelte sie und hinderte sie so daran, in Ohnmacht zu sinken. »Um Himmels willen, fassen Sie sich wieder. Bitte. Ich wollte Sie nicht erschrecken.«

Dass sie sie bei ihrem richtigen Namen genannt hatte, war Emilia längst entfallen. Ihre Augen schwammen in Tränen, als sie Lucia ansah, über ihre Lippen kam nur ein Flüstern: »Francesco? Ist er … gestorben?«

»Nein. Wieso? Er kann mithilfe eines Stocks sogar wieder laufen … Er …«, endlich begriff Lucia. Sie sah an sich herab und nickte ernst. Dann zog sie Emilia mütterlich an ihre Brust. »Francesco ist wohlauf«, versicherte sie und strich der Freundin über den Schopf, wobei der Schal herabglitt, mit dem Emilia ihr Haar bedeckt hatte. »Hätte ich gewusst, dass Sie ihn lieben, wäre ich früher eingeschritten.«

Emilia zog wie ein kleines, unartiges Kind die Nase hoch. Sacht löste sie sich aus Lucias Umarmung. »Entschuldigen Sie, ich habe mich grässlich benommen. Es war der Schock, Sie in Schwarz …«, das zaghafte Lächeln verschwand aus ihrer Miene. »Ist Ihrer Mutter etwas geschehen? Das tut mir sehr leid.«

»Mamma geht es gut. Es ist wegen Julie. Wir sind in Trauer, weil meine Schwägerin ertrunken ist …«

»Oh!« Emilia musste sich zusammenreißen, um die erneut aufsteigenden Tränen herunterzuschlucken. Gleichzeitig verspürte sie den unbezwingbaren Drang, in schallendes Gelächter auszubrechen. Ein hysterischer Anfall, diagnostizierte sie ihr Verhalten.

Julie de Grimaud tot? Sie hatte sich niemals gewünscht, dass Francescos Gemahlin sterben möge, obwohl dies die einzige Möglichkeit war, ihn ganz für sich zu gewinnen. Zu viel stand zwischen ihnen, mit dem Julie nicht das Geringste zu tun hatte. Trotz ihres dauernden Leidens hatte Emilia immer geglaubt, die Französin sei unsterblich, sie hatte auf ihre Weise stets sehr lebendig gewirkt. Und dann ein so schrecklicher Tod. Seltsamerweise erfüllte sie spontane Trauer um die junge Frau, die ihr so viel Abneigung entgegengebracht hatte.

»Es war kein Unfall«, fuhr Lucia erbarmungslos fort, »obwohl Francesco es natürlich so darstellt. Ein Fischer behauptet, gesehen zu haben, wie sie mitten in der Nacht halb nackt ins Wasser ging. Einfach so. Vielleicht wollte sie ja tatsächlich schwimmen, wer weiß das schon? Ich vermute, sie war berauscht. Aber nun erst einmal genug der traurigen Geschichte«, sie legte ihre Hände auf Emilias Schultern und betrachtete die Freundin eindringlich. Dann lächelte sie. »Francesco hat recht, mir hätte auffallen müssen, dass Sie Emilia sind … Sie sind es doch, oder?«

Emilia beobachtete aus den Augenwinkeln, wie sich die Kutsche wieder in Bewegung setzte, die Lucia zu ihr gebracht hatte. Sie wünschte, ihr stünde ein wenig Zeit zum Nachdenken zur Verfügung. Es blieb ihr jedoch nichts, als sich in die Situation zu fügen. Sie entschied sich ohne große Grübelei für die Kapitulation: »Hat Albert Ihnen gesagt, wer ich bin.«

»Nein, es war Francesco.«

Alle möglichen Empfindungen wechselten sich in ihrer

Miene ab: Überraschung, Verwirrung, Unverständnis, Zärtlichkeit, sogar Zorn. »Woher kennt er mein Geheimnis?«

Lucias Hände sanken herab. Mit einem kleinen Lächeln sah sie sich demonstrativ auf der Piazza um. »Ich glaube nicht, dass dies der rechte Ort für eine derartige Erörterung ist. Haben Sie eine Verabredung oder Muße für eine kleine Plauderei mit einer alten Freundin?«

Eine halbe Stunde später stand Emilia an ihrem Herd und kochte den Rest Wasser auf, den sie aus der zerbrochenen Korbflasche noch hatte retten können. Lucia war neben ihr, hatte ihre Handschuhe und den etwas altmodischen schwarzen Watteauhut abgelegt und hantierte mit einer Dose herum, in der sich die geröstete Wurzel der Wegwarte befand.

»Es tut mir leid, dass ich Ihnen nicht mehr bieten kann als gemeinen Zichorienkaffee«, entschuldigte sich Emilia, als sie Lucias skeptischen Blick auffing. »Kaffeebohnen sind nicht mehr zu bekommen … und selbst wenn, wahrscheinlich könnte ich sie mir ohnehin nicht leisten.«

»Ach, machen Sie sich meinetwegen keine Umstände«, tatkräftig schaufelte Lucia mehrere Löffel von dem Wurzelmehl in eine Kanne. »Die guten Zeiten sind auch für unsereins erst einmal vorbei. Wissen Sie, wie viele Armeestiefel in den vergangenen Wochen durch das Tessin getrampelt sind? Es waren mehrere Hunderttausend. Die einen gen Norden, die anderen nach Süden. Da bleibt nicht viel übrig.«

Emilia wagte nicht zu fragen, was die Agnellis alles verloren haben mochten. Durch Podlanski wusste sie von der Plünderung der Druckerei, und sie hoffte, dass wenigstens die schöne Villa der Familie erhalten geblieben war. Sie war nur einmal dort gewesen – und ihre Begegnung mit Francesco hatte nicht einmal besonders glücklich geendet – und trotzdem fühlte sie sich seltsam hingezogen zu dem prächtigen Palazzo am See. Der Gedanke an den Ceresio brachte sie zu Julie zurück.

»Wann ist das passiert ... ich meine, der Tod Ihrer Schwägerin?«

»Vor gut drei Monaten. Anfangs dachten wir, sie spiele uns einen Streich und sei fortgelaufen, um alle Aufmerksamkeit auf sich zu lenken. Irgendetwas in der Art. Dann machte Francesco diesen Fischer ausfindig, und so erfuhren wir, was geschehen war.«

»Ist ihre Leiche denn nicht ...?« Emilia biss sich auf die Zunge. Das Wort »aufgetaucht« fand sie in diesem Zusammenhang zu schrecklich, um es auszusprechen, aber ihr fiel kein anderes ein. Verlegen griff sie nach dem Kessel mit dem kochenden Wasser und überbrühte den Kaffeeersatz in der hübschen, geblümten Porzellankanne, die sie im Vorjahr von einem Trödler erstanden hatte.

»Der See gibt seine Toten nicht wieder her«, erwiderte Lucia sachlich. »Der Lago di Lugano ist extrem zerklüftet und von Strudeln durchzogen. Kein Mensch weiß, wie viele Ertrunkene in den Höhlen unter den Bergen festklemmen. Julie wird nicht zurückkehren. Insofern ist sie selbst im Tod eine Last.«

Emilia senkte den Kopf und schwieg.

»Für Francesco wäre es einfacher, wenn er ihre sterblichen Überreste beerdigen könnte«, fuhr Lucia fort. »Ein Grab hat etwas Abschließendes, fast Beruhigendes. Wir haben eine Messe für sie lesen lassen, als sicher war, dass sie für immer verschwunden ist. Doch das genügte nicht, um Francesco zu besänftigen. Er macht sich Vorwürfe und hat ein furchtbar schlechtes Gewissen.«

Kein Wunder, dachte Emilia, immerhin hat er sie mindestens zweimal betrogen. Sie sagte: »Es tut mir sehr leid, dass Signora Agnelli auf diese Weise enden musste. Und es ist traurig für Olimpia, die nun ohne Mutter aufwachsen wird. Ich weiß, wie das ist.«

»Das glaube ich Ihnen gerne, aber Olimpia kannte ihre Mutter ebenso wenig wie Sie. Wenn sie später Geschichten über Julie hören wird, bleibt ihr nicht einmal eine Illusion. Julie hat sich niemals um ihre Tochter gekümmert. Die Kleine wird sie nicht vermissen.«

Emilia nahm zwei angeschlagene Porzellantassen aus dem Schrank, welche die Plünderung der Russen überstanden hatten. Sie stellte das Geschirr auf ein kleines Tablett, lächelte Lucia aufmunternd zu und ging voran in Serenas Wohnzimmer.

»Möchten Sie denn nicht wissen, wieso Francesco Ihre wahre Identität kennt, Emilia?«, fragte Lucia in ihrem Rücken.

Das Porzellan schepperte leise. »Doch ... ja ... natürlich ...«

Lucia wartete mit ihrer Antwort, bis Emilia den Tisch gedeckt hatte und sie beisammensaßen: »Er hat es wohl schon eine ganze Weile geahnt. Im Gegensatz zu mir ist er der echten Serena Bossi einmal begegnet und daher ...«

»Ich weiß«, Emilias Stimme klang heiser. Die Erinnerung an diese Affäre erschien ihr verletzender als die Nachricht, wie sehr der Geliebte um seine ertrunkene Frau trauerte. »Er hat mir davon berichtet.«

»Oh ... Nun, Francesco entdeckte offenbar gewisse Unterschiede zwischen Ihnen und Ihrer Schwester. Anfangs konnte er sich darauf wohl keinen Reim machen, aber als dann Albert von Podlanski vorsprach und wir ein wenig ins Plaudern kamen ... Wissen Sie, ich erkannte ihn wieder, und dann erzählte er ohne Punkt und Komma von Ihren Vorzügen, Emilia, so dass Francesco hellhörig wurde.«

»Sind Sie gekommen, um sich Gewissheit zu verschaffen, dass ich eine Betrügerin und Lügnerin bin?«

Lucia legte ihre Hand besänftigend auf Emilias Arm. »Wäre es möglich gewesen, hätte ich damals die erstbeste Postkutsche bestiegen. Nein, der Grund meines Besuchs ist ein anderer. Im Übrigen kennt Francesco die Wahrheit noch von einer anderen Seite. Er sprach mit dem Mann, der vielleicht schuld an Serenas Tod ist. Jedenfalls war Stefano dabei, als sie starb.«

Unwillkürlich erschien vor Emilias geistigem Auge das wilde Gesicht des Mannes, von dem sie annahm, dass er Serenas Mörder war. »Stefano?«, fragte sie nachdenklich. »Ist das sein Name? Woher kennen Sie ihn?«

»Er heißt Stefano Castelli und ist … war … ein talentierter Bildhauer, den Francesco viele Jahre unterstützte. Mein Bruder erzählte mir, Serena habe ihm Modell gesessen. Stefano war vernarrt in sie und schrecklich eifersüchtig, weil Francesco … Nun, ich finde, das müssen wir hier nun wirklich nicht breittreten. Die Affäre bedeutete Francesco nichts. Deshalb sollten wir nicht mehr darüber sprechen.«

Den Umstand vergessen, dass ihr Geliebter auch der Liebhaber ihrer Schwester gewesen war? Trostlosigkeit senkte sich über Emilia. Sie schüttelte gedankenverloren den Kopf.

Lucias Griff verstärkte sich. »Francesco hat nicht verdient, dass Sie ihm um Serenas willen zürnen.«

»Das tue ich nicht. Es ist nur … sie war so glücklich, und als ich ihre Identität annahm, hoffte ich, dass ein wenig von diesem Glück auf mich abfärben würde. Deshalb habe ich mich auf Francesco eingelassen. Ich dachte, es spiele keine Rolle, was wir tun, weil er ja bereits ein Verhältnis mit Serena gehabt hatte. Aber ich bin nicht wie meine Schwester. Ich konnte mir nichts vormachen und die Wahrheit vergessen.«

»Deshalb bin ich hier.«

Verblüfft sah Emilia auf. »Was?«

»Francesco liebt Sie. Er liebt Sie, Emilia. Nicht Serena.«

Ihr Herz veranstaltete einen Trommelwirbel. Doch im nächsten Moment fühlte sie Verzweiflung und Leere. Lucias Worte klangen zu schön, um wahr zu sein. So einfach war das Leben nicht – nicht für sie, nicht für Emilia.

Lucia missdeutete ihr verstörtes Schweigen und setzte hastig hinzu: »Mein Bruder wäre selbst gekommen, wenn er den Mut dafür aufgebracht hätte. Er traut sich nicht, um Sie zu werben. Und es schickt sich wohl auch nicht, denn Julie ist gerade mal drei Monate tot. Außerdem fürchtet er, Sie würden sich an seiner Behinderung stören. Ein Mann, der nicht mehr richtig laufen kann, ist vielleicht nicht attraktiv.«

»Wie dumm von ihm«, murmelte Emilia.

»Männer sind so«, beschwichtigte Lucia ungerührt. »Sie sind das eigentlich schwache Geschlecht. Olympe de Gouges sagte … aber das wissen Sie bestimmt.«

Emilia lächelte. »Ja, ich weiß.« Sie spürte die stillen Tränen nicht, die über ihre Wangen flossen. Ihre Hände schlossen sich Halt suchend um die bislang unberührte Tasse, in der ihr Zichorienkaffee längst erkaltet und vergessen war. »Es ist alles ein wenig viel für mich«, entschuldigte sie sich bei ihrem Gast. »Was soll ich nur tun?«

»Sie könnten mit mir nach Lugano kommen. Im Moment kann Francesco Ihnen nicht so viel bieten, wie es wünschenswert wäre, aber die Zeiten werden sich ändern, es wird Frieden einkehren. Die Russen rücken auf die französischen Stellungen in der alten Eidgenossenschaft zu, aber es heißt, General Masséna sei diesmal besser vorbereitet auf den Feind. Auch geht das Gerücht, Napoleon Bonaparte sei auf dem Rückweg aus Ägypten, um die Republiken in Italien und der Schweiz wieder herzustellen.«

»Sie sind also noch immer überzeugte Jakobinerin.«

»Natürlich. Oder glauben Sie, ich wünschte mir einen dicken Bourbonen auf den Thron wie die französischen Royalisten? Inzwischen bin ich jedoch wohl eher eine gemäßigte Republikanerin, die sich gleichberechtigte Kantone an Stelle eines Einheitsstaates wünscht. Doch davon sind wir weit entfernt. Die Schweiz ist ein Schlachtfeld ohne gesicherte Führung, das Tessin ein Trümmerhaufen unter derzeit österreichischer Besatzung. Die Lage ist so schlecht, dass sie nur noch besser werden kann.«

Durch das Gespräch über Politik wurde Emilia von ihrer Herzensangelegenheit abgelenkt. Ihre Gedanken fanden erst wieder zu dem Privaten zurück, als Lucia sanft fragte: »Wie ich sehe, steht es auch hier nicht zum Besten. Möchten Sie nicht mit Francesco neu anfangen?«

»Solange er mir das nicht selbst anträgt, lautet meine Antwort ›nein‹«, entfuhr es ihr, bevor sie überhaupt wusste, was ihr über die Lippen kam. Sie schluckte den Kloß in ihrem Hals herunter und sagte mit einer festen Stimme, die ihre aufgebrachten Gefühle Lügen strafte: »Ich habe mein Leben hier in Como. Was sollte ich in Lugano tun? Hier ist mein Laden, ich *bin* Serena, von Emilia ist nicht mehr allzu viel übrig geblieben. Und ich würde gerne Serena bleiben, wenn Sie mich unterstützten und die Wahrheit für sich behielten.«

War das wirklich ihr Ernst? Emilia wünschte sich verzweifelt an einen einsamen Ort, um in sich hineinzuhorchen und ihre Entscheidung im Stillen abzuwägen. Sie musste nachdenken, die Konsequenzen ihres Tuns überschauen.

Sicher kannten Francesco und Lucia eine Menge Notare und Rechtsanwälte, die eine Lösung für ihr Rollenproblem finden würden. Juristische Händel hatte sie bislang nicht in Erwägung gezogen. Wenn sie Lucias Aufforderung folgte, würde sie überdies im Ausland leben, so dass sie vielleicht vor einer Verfolgung geschützt war. Darüber hinaus war Lucias Angebot verlockend, weil ihre Mittel eingeschränkt waren und sie nicht die geringste Vorstellung davon besaß, wann sie den Seidenhandel wieder eröffnen und ausreichend Geld für ein angenehmes Leben verdienen konnte.

Ihr wurde klar, dass dies die Gedanken Serenas gewesen wären. Ihre Schwester hätte zuerst an die materiellen Vorzüge einer Ehe mit Francesco Agnelli gedacht. Wie ähnlich sie ihr geworden war. Emilia hätte zuerst von dem großen Glück mit dem geliebten Mann geträumt und niemals gezögert, nach dem zu greifen, was man ihr bot – selbst wenn Lucia und nicht Francesco der Bittsteller war. Deshalb stellte sich Emilia plötzlich die Frage, ob es sich nicht eher um Lucias Anliegen handelte. Machte sich die Freundin für ihren Bruder stark, um eine Schwägerin nach ihrer Façon zu erhalten? Fühlt es sich so an, wenn das Herz bricht?, dachte Emilia.

»Francesco möchte Emilia heiraten und nicht Serena«, bemerkte Lucia leise.

»Sie vergeuden Ihre Zeit, meine Liebe. Was immer Francesco möchte, er muss es mir persönlich sagen. Ich schätze Sie viel zu sehr, um in ein Arrangement einzuwilligen, das eine Fehlentscheidung sein könnte, für die ich Sie eines Tages verantwortlich machen würde.«

Lucia erhob sich stumm von ihrem Platz, und Emilia befürchtete, in der Wahl ihrer Worte beleidigend gewesen zu sein und Francescos Schwester verletzt zu haben. Doch Lucia verließ nicht kommentarlos Serenas Wohnung, sondern trat mit ernster Miene ans Fenster, beobachtet von ihrer atemlosen Gastgeberin. Nachdem sie eine Weile die Aussicht studiert hatte, wandte sie sich wieder um. In ihren Augen leuchtete ein Lächeln.

»Francesco wäre ein Narr, wenn er nicht auf Knien zu Ihnen rutschen würde.«

14

Die Sonne brannte vom Himmel. Obwohl es in der Höhe um einige Grad kühler war als im Tal, herrschte sengende Hitze. Die Straßen von Faido waren verlassen, die mehrstöckigen Bürgerhäuser wirkten ebenso ausgestorben wie die gleichermaßen aus Stein und Holz erbauten Gehöfte in dieser einst reichen Gegend, die vom Handel über den Gotthardpass profitiert hatte. In den Stallungen herrschte gespenstische Ruhe, die Kühe waren gestohlen oder geschlachtet worden, den Ziegen war es ebenso ergangen, nirgendwo duftete es mehr nach Heu, selbst das kotdurchtränkte Stroh war von russischen Soldaten abtransportiert worden. Die Bewohner des Dorfes hatten sich in der nahen Schlucht und dem Wald versteckt; die anderen, die nicht mehr hatten fliehen können, wurden von den Besatzern wie Lasttiere geschunden.

Stefano stand im Schatten einer Zeder neben dem Wasserfall, den die Einheimischen Cascata piumogna nannten – Schleierfall. Von hier aus hatte er einen herrlichen Ausblick ins Tal und auf Faido. Doch was er sah, entsprach nicht dem Frieden einer göttlich schönen Natur: Stefano beobachtete, wie ein abgemagerter Bauer, der sich vor Hunger kaum auf den Beinen halten konnte, Reisigbündel auf dem Rücken bergan schleppte. Als der Mann über einen Stein stolperte und strauchelte, knallte eine Peitsche. Das Geräusch fuhr Stefano durch Mark und Bein, als sei er selbst von dem Lederriemen getroffen worden. Um das Grauen für einen Moment zu verdrängen, schloss er die Augen, doch die Bilder, die ihn auch im Schlaf verfolgten, ließen sich nicht so leicht ausschließen. Er befand sich mitten in der Hölle.

Nach seiner missglückten Aussprache mit Francesco Agnelli war Stefano mit unbestimmtem Ziel gen Norden gezogen. Er wusste nicht, wohin, ihm war lediglich klar, dass er nicht am Ceresio bleiben wollte. Auf seiner Wanderung war er in Faido hängen geblieben. Hier gab es zu Beginn des Sommers noch Arbeit für einen Handwerker, und am Südhang der Alpen wuchsen überdies Palmen, die ihn an seine Heimat erinnerten. Er wäre zufrieden gewesen mit seinem neuen Leben, doch dann war der Krieg auch in dieses Land gekommen.

Die Männer rotteten sich vor der Kirche zusammen, tauschten mit leisen Stimmen Geheimnisse aus, die nicht für die Ohren des Fremden bestimmt waren. Stefano war ein Außenseiter, gebürtig nicht aus der Levantina und noch nicht lange genug im Dorf, um Freundschaften geschlossen zu haben. Ihm war das recht, denn er hatte gerade seinen eigenen Kampf gegen Satan gewonnen und nicht das Bedürfnis nach neuen Schlachtfeldern. Als er eines Abends zufällig am Gemeindehaus vorbeispazierte, eine kalte Tonpfeife zwischen den Lippen, wurde er dennoch Zeuge eines Gesprächs.

»… stellen wir eine Bürgerwehr auf«, wehte eine gedämpft klingende Stimme durch ein geöffnetes Fenster. »Wenn die Franzosen zurückkommen, schlagen wir zu.«

»Franzosen, Österreicher? Was spielt das für eine Rolle?«, lautete die skeptische Antwort. »Wir sollten alle Fremden aus dem Land vertreiben. Lieber Knecht eines eidgenössischen Landvogts als Untertan eines fremden Herrschers.«

Stefano wollte weitergehen, sich nicht auf das Gerede über Politik einlassen. Die Zeiten, in denen er für die Republik das Wort führte, waren längst vergangen. Trotzdem hielt er inne und lauschte wider besseres Wissen.

»Ach was. Die Österreicher ziehen eines Tages wieder ab, das ist gewiss. Die Franzosen werden bleiben und mit ihnen diese verdammte Republik, die uns der Selbstbestimmung beraubt, uns direkte Steuern abknöpft und unsere Söhne zum Militär rekrutiert, während sie auf den

Feldern gebraucht werden. Deshalb müssen wir zu den Waffen greifen und kämpfen …«

»Welchen Waffen?«

»Na, was schon? Unseren Mistgabeln, natürlich, den Sensen und sonstigem Ackergerät. Wir haben den Vorteil, uns am Berg besser auszukennen, können uns dort viel geschickter bewegen als die Fremden. So locken wir jeden französischen Soldaten in einen Hinterhalt.«

Der Plan klang verblüffend einfach, aber erschreckend plausibel. Stefano war so in Gedanken vertieft, dass er eine unbedachte Bewegung machte und sich so verriet. Die Männer stürzten ans Fenster, er konnte nicht schnell genug davonlaufen und wurde aufgegriffen.

Zunächst hielten sie ihn für einen feindlichen Agenten. Die derbsten Burschen von Faido versuchten, ein Geständnis aus ihm herauszuprügeln, doch selbst unter Schmerzen kam die Lüge nicht über seine Lippen. Schließlich erreichte er, dass der Dorfälteste ihm zuhörte. Dem erzählte er dann seine Geschichte – und ließ nichts aus, nicht einmal die Auseinandersetzung mit Serena samt ihrem tödlichen Ausgang. Ob der Mann ihm tatsächlich glaubte oder nicht – er sollte es nie erfahren –, Stefano wurde in Ruhe gelassen, man versorgte seine Wunden und nahm ihn schließlich in den Kreis jener Levantiner auf, die sich gegen die Fremdherrschaft zur Wehr setzen wollten.

Dann zog eine österreichische Armee durchs Land, ihnen folgten Ende August oder Anfang September die Franzosen, bevor diese von den einmarschierenden Truppen General Suworows nach Airolo zurückgedrängt wurden. Stefano gehörte zu der Miliz, die aus dem Verborgenen agierte und für eine freie Schweiz kämpfte, die im fernen Bern ebenso im Chaos versank wie das ganze Land. Die Mitglieder des Direktoriums wechselten mit den Besatzern, einzig Elend und Verzweiflung unter der Bevölkerung blieb. Die Hitze brachte Missernten, und bald musste Stefano mit seinen neuen Freunden einst verscharrte Tiere, die wegen einer Seuche verendet waren, ausgraben, weil sie sonst nichts zu essen hatten.

Gischt spritzte auf und hüllte Stefano in einen feinen Sprühregen. Wie ein Schleier, fuhr es ihm durch den Kopf. Der Name der Einheimischen passte zu dem Wasserfall. Er spürte die Feuchtigkeit auf seiner glühenden Haut und verlor sich für einen Moment in dem Traum, mit Serena in dem Gumpen der Sturzbäche zu schwimmen. Vor sein geistiges Auge trat die Schönheit ihres Körpers, den er niemals hatte berühren dürfen. Sehnsucht erfasste ihn. Doch inzwischen war seine Leidenschaft für die tote Seidenhändlerin keine Bedrohung mehr, sondern eine zärtliche Erinnerung.

Hinter ihm knackte ein Ast.

Stefano schreckte aus seinem Tagtraum auf und sah sich hastig um.

Er war aus seinem Versteck zu diesem Aussichtsposten geschickt worden, um das Feldlager der Armee des Zaren zu beobachten. Es ging das Gerücht, dass eine Entscheidungsschlacht bevorstünde. »Das Blatt hat sich gewendet«, hatte der Bürgermeister und Milizenoberst heute Morgen zu Stefano gesagt. »Wie es scheint, haben die Franzosen die zweite Schlacht um Zürich für sich entscheiden können. Wenn General Suworow sie jetzt nicht aufhält, werden sie weiter in den Süden marschieren und die alten Republiken wiederherstellen. Geh, Artigiano, und schau, was sie machen. Dann werden wir entscheiden, was zu tun ist.«

Es war Stefano nicht wohl dabei, als Spitzel gegen die Russen eingesetzt zu werden. Er spionierte die Franzosen aus, übersetzte abgefangene Nachrichten aus dem Französischen wie auch aus dem Russischen, aber er wollte unter gar keinen Umständen dem Lager der Soldaten des Zaren zu nahe kommen. In der Talsohle kampierte die Truppe, mit der er von St. Petersburg nach Italien marschiert war. Außerdem widersprach es seiner Auffassung von Brüderlichkeit, Gleichheit und Freiheit, einer Armee zu Hilfe zu kommen, die Menschen wie Maultiere behandelte. Dennoch hatte er den Auftrag nicht ablehnen können.

Steine lösten sich und polterten als Geröll über den steilen Pfad, der neben dem Wasserfall entlangführte.

»Wer da?« Stefano bemühte sich, seine Stimme zu dämpfen, damit seine Frage nicht als Echo von den Felsen widerhallte.

Keine Antwort. Es war still, kein Blatt bewegte sich in der Luft.

Wahrscheinlich ein Tier auf Nahrungssuche, hoffentlich kein hungriger Wolf, der um diese ungewöhnliche Stunde auf Jagd ging.

Stefano zögerte, sah sich nach einem Fluchtweg um, doch die einzige Möglichkeit des Entkommens wäre, von der Felskante mit dem Wasserfall in die Tiefe zu springen. Er fasste nach dem Messer in seinem Gürtel. War er so geschickt im Umgang mit der Waffe, dass er damit einen Wolf erlegen konnte? Er bezweifelte es.

Bewegungslos harrte er auf seinem Platz aus. Hieß es nicht, dass man sich möglichst ruhig verhalten sollte, wenn ein wildes Tier durch den Wald streifte?

Kies knirschte.

Im nächsten Moment sprang ein Mann aus dem Unterholz.

Stefano war viel zu überrascht, um zu reagieren. Die Sonne blendete ihn, im Licht sah er die Klinge eines Bajonetts aufblitzen. Vor seinen Augen tanzten schwarze Punkte. Er sah zwar die blauweiße Uniform des zaristischen Infanteristen, aber das Gesicht unter der tief in der Stirn sitzenden Mütze verschwamm vor seinen Blicken. Hilflos hob Stefano die Arme.

»Tu mir nichts, ich bin nur ein einfacher Handwerker«, flehte er und benutzte dabei gedankenlos die russische Sprache. Es war eine fast selbstverständliche Handlung, die ihn in die fremde Mundart fallen ließ, geboren aus der Angst, für einen Franzosen gehalten zu werden. Dass dies ein Fehler war, erkannte er erst, als der vierschrötige Soldat bitter lachte.

»Ha! Ein Deserteur. Hältst dich wohl für sehr klug, was?«

Die Spitze des Bajonetts berührte Stefanos nackten Oberkörper. Sie stach nicht in seine Haut, aber er spürte sie bedrohlich nahe an seinem Brusthaar. Furcht schnürte ihm die Kehle zu. Was sollte er tun? Ein Schritt in die falsche Richtung und er würde entweder in den Abgrund stürzen – oder aufgespießt werden. Alles war falsch, was er tun konnte, selbst wenn er versuchen würde, sich zu verteidigen. Er war kein Kämpfer. Im Gegenteil. Er hatte Gott geschworen, nie wieder einen Menschen tätlich anzugreifen oder gar zu schlagen.

»Ich bin Bildhauer«, brach es in einer raschen Wortfolge aus ihm heraus. »Meine Passion ist die Kunst. Ich war in St. Petersburg und habe am Schloss deines Zaren gearbeitet … an dem neuen auf der Insel im Fluss … daher spreche ich deine Sprache«, er war so aufgeregt, dass er in einem unverständlichen Kauderwelsch endete.

»Du lügst«, widersprach der Soldat gleichmütig.

Stefano starrte auf den Lauf der Flinte, in den die schmale Klinge des Bajonetts gesteckt war. Er konnte sich nicht erinnern, ob eine Muskete abgefeuert werden konnte, wenn der Säbel aufgepflanzt war. Spielte es eine Rolle, ob er erstochen oder erschossen wurde? Stefanos Lippen zitterten unter einem stummen Gebet.

»Ich hab dich gleich erkannt, du Schwein. Erinnerst dich wohl nicht an damals in Como, als du mir das Auge ausgeschlagen hast.«

Der Druschinik, den er im Garten der Villa Olmo verprügelt hatte. Tatsächlich, er trug eine schwarze Augenklappe.

Eine böse Laune des Schicksals, das diesen Mann unter Zehntausenden Soldaten ausgerechnet nach Faido geführt hatte. Oder eine Ironie.

»Es tut mir leid«, beeilte sich Stefano, und in der Aufregung gingen ihm die russischen Vokabeln aus. »Es war wegen … ich wusste doch nicht … der Geist, verstehst du? Verzeih mir.«

Er sah, wie der Russe den Hahn spannte. Wäre es weniger lebensbedrohlich gewesen, einem hungrigen Wildtier zu begegnen? Der Wolf und das Lamm, fuhr es ihm durch den Kopf. Es ist wie in der Bibel, eine Geschichte von Sündern und Gerechten.

Verdammt! Er war nicht bis hierher gekommen, um durch die Hand eines tollwütigen Druschiniks zu sterben. Das Leben konnte ihn doch nicht zwei Jahre lang betrogen haben, damit er auf diese Weise endete.

Das Rauschen des Wasserfalls dröhnte unnatürlich laut in seinen Ohren. Die Sonne brannte auf ihn herab. Ihm schien es, als würde er die Natur plötzlich in seltsamer Klarheit sehen: die grauen Felswände, das Smaragdgrün der Nadelwälder.

Es gab nur zwei Möglichkeiten: den Schritt nach vorne auf den Angreifer zu – oder den Rückzug. Ohne sich die Zeit zu nehmen, darüber nachzudenken, machte Stefano aus einem Reflex heraus einen Schritt nach hinten, floh vor dem Lauf der Büchse. Zu spät erkannte er, dass er den Boden unter den Füßen verlor. Er schwebte in einem Sprühregen aus glasklarem Bergwasser. Cascata piumogna, fuhr es ihm durch den Kopf, Schleierfall.

Einen Herzschlag später zerrissen Schrotkugeln seinen Körper.

Dann herrschte Stille.

Epilog

»Alle Erkenntnis ist Liebe.«
Bettina von Arnim

Paris, Ende Dezember 1802

1

Die Kutsche fuhr schon eine ganze Weile am Seineufer entlang in westliche Richtung. Schneeflocken tanzten vor dem Fenster und überpuderten die Alleebäume am Rande der Straße nach Montagne-du-Bon-Air. Emilia wusste, dass dies die alte französische Residenzstadt war, deren eigentlicher Name – Saint-Germain-en-Laye – nach der Revolution abgeändert worden war. Ihre Reise würde jedoch nicht so weit gehen, sondern bereits in dem Dorf Malmaison enden. Schade eigentlich, denn sie wäre gern noch ein wenig durch die stille Winterlandschaft gerollt. Vorbei an hübschen Landhäusern, hinter deren Fenstern gelbes Licht schimmerte, und endlosen, wie mit Puderzucker bestäubten Wiesen, die sich zum Tal des Flusses senkten. Es war der letzte Abend des Jahres, und für einen Moment verfing sie sich in dem Traum, diese Nacht im Wagen zu verbringen auf dem Weg ins Nirgendwo – nur sie und Francesco, zwei Liebende in der Unwirklichkeit einer märchenhaften Gegend.

»Nicht einschlafen«, seine sanfte Stimme ließ sie aufblicken. »Wir sind gleich da, Emilia.«

»Ich habe nicht geschlafen, ich habe geträumt. Wäre es nicht schön, wenn wir einfach weiterfahren könnten? Nur wir beide. Anstatt zu dem Ball von Madame Bonaparte zu gehen und mit all den fremden Leuten ins neue Jahr zu feiern.«

»Natürlich wäre es das«, räumte Francesco lächelnd ein, »aber es steht zu viel auf dem Spiel. Ich kann mich nicht einfach aus der Verantwortung stehlen. Als Deputierter des

Tessins habe ich Pflichten, selbst wenn mir die Ausarbeitung der Bundes- und Kantonsverfassung der Confoederatio Helvetica manchmal zur Last wird. Außerdem dachte ich, du würdest es aufregend finden, viele bedeutende Leute kennenzulernen. Napoleon und Joséphine Bonaparte sind derzeit wohl das mächtigste Ehepaar Europas.«

Emilia spürte ein leises Frösteln. Kein Wunder bei ihrer Garderobe. Dem Anlass angemessen, trug sie ein schulterfreies Chemisekleid aus weißem Musselin und darüber nach der neuesten Mode eine Pelisse aus golddurchwirkter Seide. Das einzig wärmende Accessoire war ein federleichter Kaschmirschal. Obwohl der Kutscher zuvor eine Pelzdecke über ihren Knien ausgebreitet hatte, schlang sie frierend die Arme um ihren Körper.

»Ich frage mich«, murmelte sie bibbernd, »wieso die Französinnen am liebsten mit blankem Busen zu Abendveranstaltungen gehen. Paris scheint am Nordpol zu liegen, es ist zu kalt für so viel Fleischbeschau. Mein Dekolleté ist nun wirklich nicht offenherzig, aber ich fühle mich, als würden Eiswürfel auf meine Haut gepresst.«

Francesco beugte sich vor und zog ihren Schal zurecht, so dass die zarte Wolle ihren Ausschnitt bedeckte. »Und mir ist es überhaupt nicht lieb, wenn andere Herren zu viel von dem zu sehen bekommen, was mir gehört«, alberte er und hauchte einen Kuss auf ihre Wange.

»Ich las in einer Zeitung, dass die Stoffhändler allein in diesem Winter über eine Million Meter Seide für Damenroben verkauft haben«, sagte sie. »Kaum zu glauben, wenn man sich die Mode ansieht. Entweder kaufen die Pariserinnen zu viele Kleider oder die Stadt verfügt seit dem Friedensschluss über einen massenhaften Andrang von Frauen.«

»Beides, nehme ich an. Seitdem die Emigranten zurückkehren können, nimmt die Bevölkerung wieder zu. Du hast selbst gesehen, dass Napoleon Bonaparte als Erster

Konsul der Republik nun alles tut, um die sichtbaren Schäden in der Stadt zu reparieren, welche die Revolution geschlagen hat. Und er fördert den Luxus, um selbst das feudale Leben eines Königs im republikanischen Gewand führen zu können.«

»Ich wünschte, auch bei uns würden sich die Zeiten endlich zum Besseren wenden.«

Er nickte ernst und nahm ihre kalte Hand zwischen seine Finger. »Ja, Emilia, nach den vielen Aufständen, nach Krieg und Rebellion sollte die Schweiz endlich ein geeinter Staat werden und Frieden unter den verschiedenen Parteien einkehren. Ich setze große Hoffnung in Napoleons Mediationsakte. Vielleicht werden unsere Kinder auf diese Weise in einem friedlicheren Land leben können.«

Die beiden Passagiere wurden leicht durchgeschüttelt, als die Räder der Kutsche über eine Wurzel holperten. Dann zügelte der Fahrer die Pferde, und der Wagen glitt in ruhigerem Tempo die Auffahrt zum prächtigen Gut von Malmaison hinauf, der privaten Wohnstatt des Ehepaares Bonaparte. Das erst kürzlich aufwendig renovierte Schloss, dessen Frontseite in zwei Turmbauten eingebettet war, erstrahlte in unglaublichem Lichterglanz. Emilia war geblendet von der verschwenderischen Vielzahl der Fackeln. Mit nun doch vor Aufregung leuchtenden Augen sah sie aus dem Fenster und beobachtete die Prozession der Gäste, die sich durch das wie ein Armeezelt gestaltete Portal in das Innere des Palastes begaben. Wenig später gehörte sie selbst dazu, nachdem ein Diener den Kutschenschlag geöffnet, die Trittleiter herabgeklappt und ihr und Francesco beim Aussteigen behilflich war. Die Absätze ihrer goldfarbenen Sandalen sanken in den zu Matsch geschmolzenen Schnee.

Francesco nahm ihren Arm. »Vergiss nicht, dass Madame Bonaparte eine Kundin von Serena war«, flüsterte er Emilia ins Ohr. »Sie kaufte die Brautausstattung für die

Doppelhochzeit ihrer Schwägerinnen in der Seidenhandlung Bossi.«

»Ich weiß«, sie schenkte ihm ein aufmunterndes, beruhigendes Lächeln, »du brauchst dir keine Sorgen zu machen. Meine Rolle kann ich noch immer perfekt spielen.«

Sie hatten sich dafür entschieden, die Wahrheit für sich zu behalten. Nicht einmal ihre Mutter wollten Francesco und Lucia in Emilias Geheimnis einweihen. Francesco nannte sie zwar meistens bei ihrem richtigen Namen, aber er behauptete kühn, dass dies der Name ihrer Patin sei, der ihm einfach besser gefiel. Hatte Napoleon nicht auch erst »Joséphine« für eine Frau kreiert, die eigentlich Rose hieß? Niemand nahm Anstoß daran in einer Zeit, die ohnehin vom Umbruch vieler gesellschaftlicher Regeln geprägt war.

Es ist wirklich wie bei einem Königspaar, fuhr es Emilia durch den Kopf, als sie sich an Francescos Seite der Schlange anschloss, die gemächlich in den Empfangssaal schritt. Hier war das Licht etwas gedämpfter, denn die Wandleuchter und Kristallkandelaber waren mit Gaze umhüllt worden, aber nicht weniger prachtvoll. Schwarze Frackschöße über schneeweißen Hemdbrüsten bewegten sich neben durchscheinenden Hemdkleidern aus feinsten Materialien vorwärts, kostbar anmutende Visitenkarten wurden an den Zeremonienmeister übergeben, der die Eintretenden meldete. Bei einem Blick durch die Menge entdeckte Emilia, dass die Gastgeber majestätisch auf einem Podest am anderen Ende des Empfangssaals thronten.

»So muss es damals in Versailles gewesen sein«, raunte Francesco. »Napoleon wünscht dieselbe Etikette.«

Unter ihren züchtig gesenkten Lidern warf ihm Emilia einen raschen Blick zu. Dachte er bei dieser Bemerkung an Julie? Seine erste Frau hätte sicher mehr Freude an den Livreen und Equipagen gezeigt, als sie dies tat. Julie hätte es niemals vorgezogen, mit Francesco durch eine verschneite

Winterlandschaft zu fahren, sie hätte nicht freiwillig auf einen Ball bei den Bonapartes verzichtet. Andererseits hätte die französische Aristokratin weder Geduld noch Geschick aufgebracht, die Schriftstücke zu ordnen, die Francesco von der Versammlung der eidgenössischen Abgeordneten mit ins Hotel brachte, oder deren Kopien anzufertigen. Insofern führte sie die partnerschaftliche Ehe, die Olympe de Gouges vorgeschlagen hatte. Emilia war ihm eine wertvolle Hilfe, und sie wusste, dass er ihre Unterstützung schätzte. Im Übrigen war gar nicht gesichert, ob Julie nicht beim Anblick des ehemaligen Place Royal, der inzwischen Place de la Concorde hieß und auf dem die Guillotine gestanden hatte, einen Nervenzusammenbruch erlitten und ihm das Leben schwergemacht hätte.

Rasch wischte sie den kleinen Anflug von Eifersucht aus ihren Gedanken. Wahrscheinlich kümmerte sie sich sehr viel mehr um die Erinnerung an Julie als deren Witwer. Francesco sprach so gut wie nie über sie.

Sie lächelte zu Francesco auf. »Was für ein Glück, dass wir in einer echten Republik leben, nicht wahr?«

Er grinste verschwörerisch. »Wie ich sehe, hat Lucia einen zu großen Einfluss auf dich, meine Liebe.«

»Sicher, aber ich bin überzeugt davon, Lucia würde sich hier prächtig amüsieren.«

Eine Kapelle spielte beschwingte Melodien, Lakaien wanderten umher, trugen Tabletts mit langstieligen Kelchen aus venezianischem Glas, in denen Champagner perlte, aus Silberschalen, die überall aufgestellt waren, stieg der Duft von Orangen und Rosen auf, vermischte sich mit dem Geruch der Schminke, die die Damen großzügig aufgelegt hatten. Echte und falsche Edelsteine glitzerten im Licht, und Emilia vermutete richtig, dass die Mehrzahl der Juwelen keine Kopien waren. Verschwendungssucht gehörte tatsächlich wieder zu den hervorstechendsten Merkmalen der Pariser

Gesellschaft: Man aß zu viel und zu gut, genoss hervorragende Weine im Übermaß, ging ständig in die Oper und bezahlte schwindelerregende Summen für die Ausstattung von Wohnungen und Häusern, Innenarchitekten gehörten zu den vermögendsten Mitgliedern der neuen Ordnung, ebenso wie Seidenhändler. Emilia hatte einen tiefen Schmerz verspürt, als sie erfahren hatte, wie sehr die französische Textilindustrie vom Frieden profitierte – und den Gesetzen gegen die Einfuhr italienischer Seidenwaren, die nach der erneuten Proklamation der Cisalpinischen Republik und der Niederlage der Zweiten Koalition erneut eingeführt worden waren.

»Monsieur und Madame Agnelli«, verkündete der Majordomus. Die Anrede »Bürger und Bürgerin« war abgeschafft worden.

»Ah«, rief Napoleon Bonaparte aus. »Agnelli, wir müssen uns später noch einmal eingehend über den Status eines geeinten Kantons Tessin unterhalten. Es wird schwierig, wenn sich der Süden Ihres Landes nicht mit dem Norden auf eine Hauptstadt einigen kann. Lugano oder Bellinzona, das ist die Frage, die wir beantworten müssen.«

Francesco verneigte sich untertänig vor dem etwa gleichaltrigen Mann, der Emilia erschreckend kleinwüchsig für die Machtfülle erschien, die dieser auf sich vereinte. Der Erste Konsul auf Lebenszeit betrachtete sie jedoch während seines kurzen Gesprächs mit Francesco aus durchdringenden Augen, die tiefer zu blicken schienen als die anderer Menschen. Es war nicht unangenehm, so angesehen zu werden, eher mit einer Verführung vergleichbar.

»Selbstverständlich«, sagte Francesco höflich, »ich stehe jederzeit zu Ihrer Verfügung, Exzellenz.«

»Ich habe entschieden, dass die neue Fahne des Tessins rot und blau sein sollte«, fuhr Napoleon fort. »Das sind die Farben von Paris.«

Verwundert hob Francesco die Augenbrauen. »Tatsächlich«, bemerkte er zögernd.

»Sehen Sie, Paris ist eine wunderschöne Stadt – und Ihre Heimat besitzt auffallend anrührende Landschaften. Dies ist die Gemeinsamkeit. Deshalb finde ich, dass dem Tessin die Farben der Metropole Frankreichs zustehen.«

»Madame Agnelli, wie schön, Sie wiederzusehen«, Joséphine streckte Emilia beide Hände entgegen. Die Diamanten an ihren Armen funkelten wie Tausende von Sternen. »Ich hörte, Sie sind schon eine Weile in Paris. Ich bedauere, dass Sie mich noch nicht aufgesucht haben. Sie müssen unbedingt einmal zum Tee kommen.«

»Sehr gerne, Madame Bonaparte«, erwiderte Emilia in fließendem Französisch. »Es wäre eine große Ehre für mich, von Ihnen empfangen zu werden.«

Joséphine runzelte die Stirn. »Wie geht es Ihrem Laden für Seidenwaren?«

»Nicht schlecht, soviel ich weiß. Das Geschäft wird seit meiner Heirat von meinem früheren Ladengehilfen geführt.«

»Sie müssen mir alles erzählen, wenn Sie mich besuchen kommen«, murmelte Joséphine nachdenklich.

Dann wandte sie sich dem Paar zu, das Emilia und Francesco im Defilee auf den Fersen folgte. Emilia tauchte an der Seite ihres Mannes in der Menge unter. Alles, was sich in den vergangenen fünf Jahren in der Helvetischen Republik einen Namen gemacht hatte, befand sich unter den Gästen in Malmaison. Darüber hinaus waren so ziemlich alle Würdenträger Frankreichs eingeladen, ausländische Diplomaten und die Mitglieder der neuen Hautevolee in ihren luxuriösen Roben. Francesco zog Emilia in eine Wandnische, legte einen Arm um sie und drückte seinen Mund in ihre Halsbeuge. »Wenn er dich länger mit diesem Blick angesehen hätte, wäre ich geneigt gewesen, ihn zum

Duell zu fordern«, behauptete er strahlend, als er seinen Kopf wieder hob.

»Du würdest niemals das Geschick deiner Heimat meiner Tugend opfern.«

»Dann hast du keine Ahnung davon, wie sehr ich dich liebe«, seine Blicke streichelten die weichen Linien ihres Gesichts. »Du wirst immer schöner. Das Kind macht dich wundervoll weiblich und lässt dich erstrahlen. Vielleicht hattest du recht: Wir hätten in der Kutsche bleiben, durch die Nacht fahren und Sündiges tun sollen, anstatt hier mit lauter Fremden Champagner zu trinken, während ich dich haltlos begehre.«

Unwillkürlich legte sie die Hände auf ihren Leib. Lachend tadelte sie ihn: »So redet man nicht mit seiner Gemahlin, Liebster, allenfalls mit seiner Mätresse …«

»Aber ich bin mit meiner Geliebten verheiratet«, entgegnete Francesco

Emilia versetzte ihm einen zärtlichen Nasenstüber. »Bevor du dich vergisst, werde ich mich ein wenig frisch machen gehen. Es ist warm hier. Etwas frische Luft würde auch dir guttun.«

Er nestelte zärtlich an dem Kaschmirschal, der von ihren Schultern in ihre Armbeuge gefallen war. »Erkälte dich nicht.«

»Kaum. Ich möchte doch nur ein Boudoir aufsuchen.«

Dieses Vorhaben stellte sich jedoch als erstaunlich schwierig heraus. Emilia verlief sich in der Menge und den ineinander übergehenden Zimmerfluchten. Ihr Versuch, einer Dame heimlich zu folgen, die sich aus der Runde ihrer Gesprächspartner stahl, scheiterte, da die Person es nicht auf einen Spiegel, sondern auf einen dunklen Raum abgesehen hatte, in dem bereits ein Kavalier wartete, der zu Emilias größtem Schrecken unverzüglich zur Sache kam. Sie floh vor dem leidenschaftlichen Stöhnen des Paares durch eine zweite Tür in einen hell erleuchteten Flur. Irgendwo in der Nähe kläffte ein Hund.

Wenn sich Emilia später an diesen Moment erinnerte, konnte sie nicht sagen, warum sie dem Bellen gefolgt war. Vielleicht, weil sie bei dem Haustier einen Diener erwartete, der ihr den richtigen Weg hätte weisen können. Immerhin drückte inzwischen ihre Blase und sie benötigte einen Abort, der zu finden sicher noch umständlicher war als ein Boudoir.

Der Raum, in dem sich der Hund befand, war tatsächlich das Damenzimmer, nach dem Emilia anfangs gesucht hatte. Kaum hatte sie die Tür geöffnet, stürzte ein aprikosenfarbener Mops auf sie zu, schnüffelte mit seiner platten Nase am Saum ihres Kleides und hob seine schwarze Maske erwartungsvoll zu ihr hoch. Sein Ringelschwänzchen wedelte, und er hechelte freudig.

»Wer bist du denn?«, fragte Emilia, gerührt über die Freude, und ging in die Hocke, um das Hündchen zu streicheln.

»Das ist aber eine Überraschung«, flötete eine seidenweiche Stimme im Hintergrund. »Wie ungewöhnlich, dass Fortuné so schnell Freundschaft mit Ihnen schließt, Madame Agnelli. Meist ist er Fremden gegenüber recht misstrauisch.«

Emilia richtete sich verlegen auf. »Verzeihen Sie die Störung, Madame Bonaparte. Ich wusste nicht, dass Sie hier sind, sonst wäre ich nicht so einfach eingedrungen.« Was für einen Unsinn rede ich da?, fuhr es ihr durch den Kopf. Es klingt fast so, als wollte ich einbrechen.

Die Hausherrin erhob sich vom Diwan, auf dem sie gesessen und nach den endlosen Begrüßungen offenbar ausgespannt hatte. Das Licht eines Kandelabers fiel auf ihr Gesicht, das von zahllosen kleinen Linien durchzogen wurde. Sie sah erschreckend alt und müde aus, in ihren Augen stand unverhohlene Neugier.

»Wer immer Sie sind, Signora Agnelli«, hob Joséphine in ihrem schmeichlerischen Ton an, »Sie sind nicht Serena Bossi, die Seidenhändlerin aus Como, als die man Sie ausgibt, auch wenn Sie ganz genauso aussehen.«

Auf Emilia stürzte ein Gefühl ein, als würden sich Himmel und Hölle zu einer Einheit verbinden. Sie starrte Joséphine stumm an, die Hände auf ihren Bauch gepresst, als müsste sie ihr ungeborenes Kind vor dem Wissensdrang der älteren Frau beschützen.

»Mir fiel es schon vorhin auf«, fuhr Joséphine fort, »aber da dachte ich bei mir, dass Sie Sprachunterricht genommen haben könnten. Serena Bossi war nicht sehr geübt im Französischen, daran entsinne ich mich genau. Ihr Gatte, Madame, musste den Übersetzer spielen. Was für eine alberne Rolle für einen Mann, beim Kauf von Stoffen zu helfen«, sie lachte leise in der Erinnerung an den Nachmittag in der Villa Grivelli.

Der Hund winselte zu Emilias Füßen, um ihre Aufmerksamkeit bettelnd. Doch sie ignorierte ihn.

»Ja, ganz … recht«, stotterte Emilia in dem hilflosen Bemühen, die Situation zu bereinigen. »Ich nahm Stunden … ich …«

»Fortuné konnte Serena Bossi nicht ausstehen. Er knurrte sie an. Hunde haben einen untrüglichen Instinkt. Er würde Sie nicht verwechseln.«

Als wollte der Mops die Ausführungen seines Frauchens unterstreichen, stupste er Emilia mit der Nase an.

»Ich …«, hob sie an, brach aber gleich wieder ab. Verzweiflung bemächtigte sich ihrer. Um ihrer selbst willen war es nicht so schlimm, von Joséphine als Lügnerin erkannt zu werden. Aber wie konnte Francesco als Deputierter der helvetischen Delegation weiterhin mit Napoleon Bonaparte über das Schicksal und die Zukunft der Eidgenossenschaft diskutieren, wenn seine Gattin als Betrügerin entlarvt wurde? Die Wahrheit würde ihn zerstören. Das Offensichtliche abzustreiten, machte unter dem klugen Blick der reifen Frau jedoch keinen Sinn, dessen war sich Emilia bewusst. Sie entsann sich Napoleons forschendem Ausdruck, als habe er in sie hineinschauen wollen. Nein, dachte sie, vor der Hellsichtigkeit dieses mächtigen Paares konnte sie sich nicht verstecken.

»Hören Sie, Madame Bonaparte, ich wollte Sie nicht täuschen. Jedenfalls nicht so, wie Sie es vielleicht annehmen. Und es hat überhaupt nichts mit meinem Gemahl zu tun. Zürnen Sie ihm nicht, es war von Anfang an meine Idee, Serenas Leben fortzuführen. Er hat nichts damit zu tun. Wenn Sie es wünschen, verlasse ich auf der Stelle Ihr Haus und komme nie wieder und ...«

»Langsam, langsam. Sie reden wie ein Wasserfall. Und alles auf Französisch. Respekt, Madame, Sie müssen sehr intelligent sein. Ich habe nicht die Absicht, eine gescheite Frau vor die Tür zu setzen. Verraten Sie mir lieber, wer Sie sind und warum Sie aussehen wie Signora Bossi.«

Emilia spürte unter ihren Händen, wie das Kind sich in ihrem Bauch bewegte. »Ich bin Serena Bossis Schwester. Ihre Zwillingsschwester, daher die Ähnlichkeit.«

Joséphine Bonaparte klatschte in die Hände. »Offenbar gibt es noch einen Drilling, auch wenn dieser nur aus Gips ist.«

Zu Emilias größter Verwunderung trat die Ältere zu einem kleinen Tischchen, das sich in einer Fensternische und im Schatten befand. Es war das typische, unnütze Dekorationsmöbel einer feudal eingerichteten Wohnung, und Emilia wunderte sich ein wenig, wieso sich dort eine kleine Figur aus diesem billigen Material befand, denn nach ihrer ersten flüchtigen Betrachtung hatte sie geglaubt, außer Gold, Silber, Alabaster und Marmor sei hier sonst nichts willkommen. Auf die Entfernung konnte sie eine Statuette erkennen, welche die Darstellung einer Frau war, aber die Züge waren erst auszumachen, als Joséphine die Skulptur ins Licht hielt.

»Diese kleine Venus sieht exakt aus wie Sie. Oder wie Ihre Schwester.«

Verwirrt starrte Emilia auf das Kunstwerk. »Ich habe diese Figur noch nie gesehen«, hauchte sie. »Darf ich fragen, woher Sie sie haben?«

»Ein Freund hat sie mir gebracht. Lieutenant Charles, aber den kennen … nein, pardon, Ihre Schwester Serena machte die Bekanntschaft von Hippolyte, damals in Mombello.« Gedankenverloren blickte sie auf den Abozzo. »Lieutenant Charles gehörte zum Stab meines Gatten während der Befreiung Italiens und ist seit geraumer Zeit dort in privaten Geschäften tätig. Ich habe keine Ahnung, wo er diese hübsche kleine Venus auftrieb. Er erzählte mir, er habe sie in Como gefunden, irgendjemand sagte ihm, dass sie zu dem Gepäck eines Soldaten des Zaren gehört habe, das man nach dem Abzug der russischen Armee fand und zu Geld machen wollte. Die Geschichte klingt originell, finden Sie nicht? Deshalb – und zur Erinnerung an eine glückliche Zeit – habe ich sie behalten, denn natürlich erkannte ich das Modell. Ich vergesse niemals Menschen, die mir sympathisch sind.«

Emilia widerstand dem Wunsch, Joséphine anzuflehen, ihr die Figur zu überlassen. Sie hob die Hand und strich mit den Fingern zart über die schön geformten Linien. »Der Künstler muss ein Genie sein«, murmelte sie dabei und vor ihrem geistigen Auge verwandelte sich die kleine Statue in das reale Bild von Serena. »Wie schade, dass wir nie erfahren werden, wer es war.«

»Geheimnisse, meine Liebe, sollten bewahrt werden …«, Joséphine legte eine kleine Pause ein, danach klang ihre Stimme weniger nachdenklich, sondern froh: »Tragen Sie ein wenig Rouge auf Ihre Wangen, Sie sind ganz bleich, und gehen Sie zurück zu Monsieur Agnelli. Er wird es kaum aushalten, so lange auf Sie zu warten. Sein Glück steht in seinen Augen geschrieben. Sie leuchten. Das taten sie in jenem Sommer nicht, wissen Sie.«

Der letzte Blick, den Emilia auf die Venusstatue warf, war voller Bedauern über den Abschied. Joséphine würde ihr dieses Geschenk nicht noch einmal zeigen, selbst wenn sie der Einladung zum Tee nachkam. Es hatte für die erste Dame Frankreichs eine besondere Bedeutung. Emilia konnte sich zwar keinen Reim darauf machen, aber es beschlich sie das Gefühl, dass die Geschichte über die Herkunft der Statue Joséphines Antwort auf ihren Betrug mit Serenas Namen war. Auch Joséphine hatte etwas zu verbergen – und sie weihte sie ein, um Emilia ihrer Loyalität zu versichern. Ein stummes Abkommen zwischen zwei klugen Frauen.

Emilia schenkte ihrer Gastgeberin ein dankbares Lächeln. Sie bückte sich zu dem Hündchen, streichelte kurz über den kleinen, runden Kopf. Dann wandte sie sich, ohne ein weiteres Wort zu verlieren, zur Tür um und ging hinaus. Seltsamerweise fand sie nun plötzlich ohne Umschweife das gesuchte Boudoir.

»Wo bist du so lange gewesen?« Francesco eilte ihr entgegen, als er sie den Ballsaal betreten sah. »Ich habe dich vermisst.«

»Ich habe Serena gesehen«, flüsterte Emilia und legte ihre glühende Stirn gegen seine Schulter. Seine Nähe tat ihr wohl. Die Ängste, die sie in Joséphines Zimmer ausgestanden hatte, wirkten in seiner Gegenwart lächerlich und dumm.

»Ach, wirklich?«, fragte er irritiert. »Ich glaube, du fieberst. Oder hast du heimlich zu viel Champagner getrunken? Komm, Emilia, lass uns tanzen. Hörst du, die Kapelle spielt einen Walzer.«

Sie ergriff seine Hand und tauchte mit ihm ein in die sich beschwingt drehende Menge. Er legte seinen Arm um sie und zog sie an sich. Es dauerte nicht lange und sie wirbelten, trotz seines lahmen Beines, wie die anderen Paare ausgelassen im Dreivierteltakt über das Parkett. Der Schatten ihrer Schwester, der für einen Moment auf Emilia gefallen war, verschwand im verschwenderischen Licht der Lüster.

Oberland
CHUR
Engelberg
Disentis
G R I S O
Heldenberg
Chiavenna
S O N D R I O
BELLINZONA
Locarno
Maggia
Canobio
LUGANO
Porlezza
Menaggio
Bellagio
Gravedona
Bellano
Lake Como
Lake Maggiore
Luvino
Laveno
Omegna
Orta
Angera
Sesto Calende
COMO
LECCO
Varese
Erba
Cantu
Appiano
Tradate
Somma
Gallarate
Saronno
L O M B A
Monza
Desio
Trezzo
Rho
MILAN
Novara
Abbiate
Melegnano
Treviglio
Gorgonzola
Biandrate
Romagnano
Gozzano
Vaprio
Cassano
Introbbio
Morbegno
Sondrio
Splugen
Rheinwald
St. Gothard
Ghirone
Olivone
Osogna
Roveredo
Cerentino
Fahnenta
M. Zeda

Nachwort

Das Bild der Schweiz wird in Deutschland vor allem durch Friedrich Schillers 1804 vollendeten »Wilhelm Tell« geprägt. Es nimmt kaum Wunder, dass dieses Drama ausgerechnet in den blutigen Jahren der Helvetischen Revolution und des hauptsächlich auf Schweizer Boden ausgetragenen Zweiten Koalitionskrieges entstanden ist. Dieser Hintergrund ist nördlich des Bodensees jedoch weitgehend unbekannt. Auch ich wusste zu Beginn der Arbeit an diesem Buch viel weniger über die historischen Begebenheiten als heute; dennoch genügte mein »Halbwissen«, um die Geschichte spannend genug für einen Roman zu finden und in vor allem antiquarischen Nachschlagewerken zu stöbern.

Es war mir eine Herzensangelegenheit, eine Handlung zu konstruieren, die an mir seit der Kindheit vertrauten Orten spielt: Ich kam mit meinen Eltern als Sechsjährige zum ersten Mal ins Tessin, ging dort später auf eine Kloster- und vorübergehend auf eine weltliche Schule, bevor ich wieder nach Deutschland zog; ich verbrachte jeden Tag meiner gesamten Schulferien in Lugano, was natürlich dazu führte, dass mir im Laufe der Zeit auch das weitere Umfeld des Tessins – wie etwa Como oder Mailand – vertraut wurde. Auch heute ist ein kleines Dorf oberhalb von Lugano ein Teil meines Zuhauses geblieben. Ich habe beobachtet, wie aus einer verschlafenen Kleinstadt die drittgrößte Bankenmetropole der Schweiz wurde und die Tessiner Bevölkerung deutlich an Selbstbewusstsein gegenüber den deutschsprachigen

Eidgenossen gewann. Noch immer herrscht eine gewisse kulturelle Kluft zwischen den Regionen, die Mentalitätsunterschiede zwischen Nord- und Südschweiz sind enorm. Doch trotz aller Nähe zur Lombardei sind Tessiner niemals Italiener – und wollten das auch im 18. Jahrhundert nur bedingt sein.

Wer heute nach Lugano reist, wird die historische Bausubstanz nicht mehr unversehrt vorfinden. Leider wurde das Stadtbild in den vergangenen fünfzig Jahren durch Neubauten verschandelt. Rund um die Piazza della Riforma (die alte Piazza Castello) sind aber noch die architektonischen Strukturen des alten Lugano erkennbar; in dem Gebäudekomplex, der damals die »Tipografia Agnelli« beherbergte, befand sich über Jahrzehnte ein Warenhaus, inzwischen haben sich dort ein Coffeeshop, ein Handyladen und eine Großbank etabliert. Die Druckerei existiert schon lange nicht mehr – die zu ihrer Zeit über die Grenzen hinaus berühmte *Gazzetta di Lugano* ebenso wenig. In der Universität von Padua werden die alten Ausgaben jedoch archiviert und sind dort einzusehen.

Mit der Industrialisierung, dem Überseehandel und schließlich der Globalisierung wurden die Seidenraupenzuchten und -webereien im Mendrisiotto schon im vorigen Jahrhundert weitgehend unrentabel. Die Seidenwebereien in Como sind dagegen trotz der Konkurrenz aus Asien noch heute von Bedeutung: Fünfundzwanzig Prozent der weltweit verarbeiteten Seidenstoffe stammen aus der schönen Stadt am Lario, dabei handelt es sich in der Regel um die hochwertigsten Gewebe ihrer Art. Und wer als Tourist nach Como kommt, wird kaum wieder abreisen, ohne eine Krawatte oder einen Schal aus Seide gekauft zu haben.

Spätestens seit der Comer See ein Refugium für Hollywoodstars geworden ist, gehört diese Gegend wieder zu den sogenannten In-Plätzen der Welt. Dass Konrad Adenauer hier einst seine Ferien verbrachte, ist nicht mehr so bekannt. Meiner Ansicht nach wird die Lombardei als Urlaubsland häufig unterschätzt, denn sie bietet mit ihren Seen nicht nur eine wunderschöne Landschaft, sondern auch reizvolle Sehenswürdigkeiten. Die Palazzi bei Como und rund um Mailand halten dem Vergleich mit den berühmten Villen des Veneto durchaus stand, sind jedoch weniger überlaufen, zumal nicht immer zugänglich. Die Villa Crivelli in Mombello, in der Napoleon und Joséphine einen glücklichen Sommer verbrachten, ist eine psychiatrische Klinik, der Park und einige moderne Anbauten werden von der landwirtschaftlichen Fakultät der Universität Mailand genutzt. In dem Städtchen Limbiate, zu dem das Schloss heute gehört, wussten bei meiner Recherchereise selbst Einheimische häufig nicht, wo es zu dem versteckt liegenden Anwesen geht und welche Bedeutung es hatte.

Im historischen Bewusstsein der Tessiner sind die Jahre 1798 und 1799 dagegen noch sehr präsent: Ich brauchte gegenüber Freunden in Lugano nur den Ort meiner Handlung und die Zeit zu erwähnen – jeder wusste, wovon mein Roman handeln würde. Ein Denkmal an der Piazza Indipendenza in Lugano erinnert an die Revolution.

Ein wesentlicher Irrtum im Geschichtsbild, das sich Deutsche von der Schweiz machen, ist die Legende vom Staat, der 500 Jahre keinen Krieg erlebte. Das ist so nicht richtig, denn tatsächlich war die Landschaft zwischen Basel und Chiasso in besagtem Zeitraum mehr als einmal Schauplatz blutiger Schlachten: Die eidgenössischen Vogteien wurden in die Auseinandersetzungen zwischen Frankreich und den Habsburgern im 16. Jahrhundert hineingezogen, während der Reformation kam es zu Religionskriegen, zu Beginn des Dreißigjährigen Krieges kämpften Spanier und

Franzosen um die Kontrolle der Alpenpässe, dann folgten die im vorliegenden Roman beschriebene Helvetische Revolution und die französische Besatzung, welche die Schweiz ins Chaos stürzten. Dabei sahen die Einheimischen jedoch nicht »neutral« zu, sondern beteiligten sich auch mit eigenen Heeren oder Guerillakriegern an den Kämpfen. Und am Russlandfeldzug Napoleons 1812 und 1813 nahmen ebenfalls eidgenössische Soldaten teil.

Trotz aller historischer Fakten, die so genau wie möglich wiederzugeben ich mich bemüht habe, ist und bleibt mein Buch Fiktion. Die Handlung ist frei erfunden, ebenso sind es die Protagonisten. Der Name »Bossi« ist ein Allerweltsname in Norditalien, eine Ähnlichkeit der Seidenhändlerinnen Serena und Emilia mit lebenden oder verstorbenen Personen dieses Namens ist nicht beabsichtigt. Der Herausgeber der *Gazzetta di Lugano* hieß tatsächlich Agnelli und stammte aus Mailand, die Familie ist jedoch nicht identisch mit den erfundenen Figuren meines Romans. Für Stefano Castelli habe ich mir den Familiennamen Francesco Borrominis ausgeliehen, jenes bedeutenden Bildhauers und Architekten, der 1599 in Bissone geboren wurde. In diesem Zusammenhang sei erwähnt, dass im Sottoceneri tatsächlich eine lange Tradition von Steinmetzen und Architekten besteht. Diese Männer haben ganz erheblich zum Bau von St. Petersburg beigetragen. Deshalb: Die Lebensläufe aller handelnden Personen meines Romans könnten sich durchaus so zugetragen haben, wie ich sie beschrieben habe.

Lugano im Juli 2008 *Gabriela Galvani*

Zeittafel

Die Geschichte der Jahre 1796 bis 1803 war geprägt von sich überschlagenden Ereignissen. Um diese Begebenheiten in einen weitgehend verständlichen Zusammenhang zu bringen, sind die historisch relevanten Daten in den Rahmen einer Zeittafel gestellt:

14. Juli 1789	Nach schweren Unruhen in Paris beginnt mit dem Sturm auf die Bastille offiziell die Französische Revolution.
21. Juni 1791	König Ludwig XVI. und Königin Marie Antoinette werden auf der Flucht verhaftet.
15. August	Beginn des Ersten Koalitionskrieges gegen Frankreich (Ende 1797).
25. April 1792	Erste Hinrichtung mittels der Guillotine auf der Place de la Révolution, vorher Place Royal, danach Place de la Concorde in Paris.
22. September	Ausrufung der Ersten Republik in Frankreich, Einführung des Republikanischen Kalenders.
21. Januar 1793	Hinrichtung von König Ludwig XVI.
16. Oktober	Königin Marie Antoinette stirbt unter der Guillotine, ihr Leichnam wird 1813 exhumiert und in der traditionellen Grabkirche der Könige von Frankreich in der Basilika Saint-Denis beigesetzt.
3. November	Die Frauenrechtlerin und Schriftstellerin Olympe de Gouges (geb. 1748) wird in Paris hingerichtet.
18. Dezember	Der korsische Artilleriehauptmann Napoleon Bonaparte wird in Toulon zum Brigadegeneral befördert.

31. Oktober 1795	Das erste Direktorium wird in Frankreich gewählt.
2. März 1796	Napoleon Bonaparte wird Oberbefehlshaber der Italienarmee.
9. März	Napoleon heiratet Joséphine de Beauharnais in Paris.
15. Mai	Napoleon zieht in Mailand ein.
10. März 1797	Feldzug gegen Österreich.
7. April	Napoleons Armee steht in Leoben.
14. Mai	Napoleon besetzt und plündert Venedig.
14. Juni	Pauline und Elisa Bonaparte heiraten in Mombello.
29. Juni	Gründung der Cisalpinischen Republik mit Mailand als Hauptstadt.
17. Oktober	Friedensvertrag von Campo Formio zwischen Frankreich und Österreich.
16. November	Napoleon verlässt Italien und geht nach Paris zurück.
17. Januar 1798	Der erste Freiheitsbaum der Schweiz wird in Liestal bei Basel errichtet, Beginn der Helvetischen Revolution, die bis zum Jahre 1803 immer wieder zu blutigen Auseinandersetzungen, Bürgerkriegen und mehreren Besetzungen mit schrecklichen Folgen führt. Zuvor war das Land ein in verschiedene Vogteien zersplittertes Gebiet, das absolutistisch von Zunftaristokratien oder Patriziern beherrscht wurde.
15. Februar	Aufstand in Lugano.
5. März	Französische Truppen besetzen Bern.
12. April	Ausrufung der Helvetischen Republik.
19. Mai	Napoleon bricht an Bord der »L'Orient« nach Ägypten auf, die Ägyptische Expedition wird fast ausschließlich durch die Plünderungen in der Schweiz finanziert.
21. Juli	Schlacht bei den Pyramiden, Eroberung Kairos durch die Franzosen.

1. August	Die englische Flotte unter Admiral Nelson versenkt die französische Kriegsmarine vor Abukir.
9. Oktober	Die Räte der neuen Helvetischen Republik tagen nach erheblichem Hin und Her erstmals in der neuen Hauptstadt Luzern.
1799–1803	Vier Staatsstreiche erschüttern die Schweiz, das Land wird mehrfach neu in Kantone gegliedert, die Verfassung wird wiederholt geändert.
12. März 1799	Beginn des Zweiten Koalitionskrieges gegen Frankreich (bis 1802).
21. März	Die französische Armee unter General Jourdan verliert die Schlacht von Ostrach.
13. April	Österreichische Truppen besetzen Schaffhausen.
21. April	Joséphine kauft das Landgut Malmaison bei Paris.
26. April	In den Kantonen Uri, Schwyz, Tessin, Graubünden und dem Wallis erheben sich die Bauern, Rebellen stürmen die »Tipografia Agnelli« in Lugano.
26./27. April	Russisch-österreichische Truppen besiegen französische Einheiten in Cassana an der Adda.
30. April	General Suworow zieht in Mailand ein.
	Die Österreicher eröffnen aus strategischen Gründen den »Kampf um die Schweiz«, der das Land im Chaos versinken lässt und unendliches Leid über die Bevölkerung bringt.
4. Juni	Erste Schlacht von Zürich, die Erzherzog Karl von Österreich für sich entscheidet.
7. September	General Suworows Armee verlässt Italien gen Norden.
24. September	Blutige Schlacht zwischen Russen und Franzosen am Gotthardpass.

25. September	Zweite Schlacht von Zürich, in der die französische Armee unter General Masséna siegreich ist.
9. Oktober	Napoleon kehrt aus Ägypten zurück.
10. November	Napoleon wird zum Ersten Konsul gewählt, proklamiert das Ende der Französischen Revolution.
9. Mai 1801	Nach verschiedenen Staatsstreichen in der Schweiz entwirft Napoleon »Die Verfassung von Malmaison«, in der die Einheit der Helvetischen Republik mit der Struktur eines Bundesstaates festgeschrieben wird, diese wird jedoch in den folgenden Monaten immer wieder verändert und schließlich verworfen.
25. Mai	Erste Volksabstimmung in der Schweiz.
Sommer/Herbst 1802	»Stecklikrieg« in der Zentral- und Nordschweiz, Rebellion gegen eine neue Konföderationsrepublik.
September/Oktober	Bürgerkrieg in der alten Eidgenossenschaft.
10. Dezember	Beginn der Helvetischen Consulta in Paris, zuvor hatte es im Tessin turbulente Wahlen um einen Delegierten gegeben, man konnte sich jedoch auf keinen Deputierten einigen.
5. März 1803	Zustimmung des Senats der alten Helvetischen Republik zu Napoleons »Mediationsakte«, die einen föderativen Staat mit Gleichbehandlung der Kantone vorsieht, der offizielle Name des neuen Landes lautet bis heute «Confoederatio Helvetia«. In einem anfangs jährlichen, später zweijährigen Rhythmus wechselt der Sitz der Hauptstadt zwischen verschiedenen Staädten in der deutschsprachigen Schweiz.
2. Dezember 1804	Napoleon und Joséphine werden zum Kaiser und zur Kaiserin von Frankreich gekrönt.

26. Mai 1805	Napoleon wird in Mailand zum König von Italien gekrönt.
10. Januar 1810	Napoleon lässt sich von Joséphine scheiden, um Marie-Louise von Habsburg, die Tochter des österreichischen Kaisers Franz zu heiraten.
1810–1813	Italienisch-französische Truppen besetzen das Tessin, um den Schmuggel zu unterbinden.
21. Dezember 1813	Österreichische Truppen überschreiten die Grenze zur Eidgenossenschaft, Plünderungen sind die Folge.
29. Dezember	Die Mediationsverfassung wird in Zürich aufgehoben, Gründung eines Bundesvereins, der am 17. August 1815 unter der Androhung eines erneuten Bürgerkriegs zu einem Bundesvertrag mit allen Kantonen führt, auch dem Tessin.
29. Mai 1814	Joséphine stirbt in Malmaison, ihr Grab befindet sich in der Kirche von Rueil.
14. Dezember 1814 bis 9. Juni 1815	Beim Wiener Kongress wird das von Napoleon verwüstete Europa neu geordnet. Die europäischen Großmächte entscheiden über die noch heute existierenden Grenzen der Schweiz, das Veltlin fällt entgegen der Schweizer Wünsche nicht zurück an die Eidgenossenschaft, dafür erkennen die Nationen die bis heute gültige »immerwährende Neutralität« der Schweiz an. Die neue Kantonsverfassung des Tessins bestimmt in einem jährlichen Turnus Bellinzona, Locarno und Lugano zur Hauptstadt. Italien wird in das Königreich Sardinien-Piemont, den Kirchenstaat und die österreichischen Besatzungsgebiete, wie etwa die alte Republik Venedig, gesplittet. Die Grün-

	dung der Cisalpinischen Republik war jedoch der Beginn des »Risorgimento«, des Freiheitskampfes der Italiener, der 1861 zur Gründung des geeinten Königreichs Italien führt, am 26. Januar 1871 wird Rom Hauptstadt des neuen Staates.
22. Juni 1815	Napoleon tritt in Paris zurück.
1818–1823	Ausbau der Fahrstraße über den San Bernardino-Pass unter Beteiligung des Königreichs Sardinien-Piemont (der erste Weg wurde 1770 erbaut).
15. Mai 1821	Napoleon stirbt im Exil auf St. Helena, seit 1840 befindet sich sein Grab im Invalidendom zu Paris.
1820–1830	Bau der Fahrstraße über den Gotthardpass (zuvor gab es nur einen Fußweg).
9. März 1837	Hyppolyte Charles stirbt, kurz vor seinem Tode lässt er alle Liebesbriefe Joséphines verbrennen.
1847	Bau der Brücke zwischen Bissone und Melide über den Luganer See.
12. 9. 1848	Inkrafttreten der ersten schweizerischen Bundesverfassung (Überarbeitung 1974 und 1999).
16. November 1848	Stefano Francini (1796–1857) wird als erster Abgeordneter des Tessins zum Bundesrat gewählt.
28. November	Das Rotationsprinzip wird abgeschafft, Bern siegt in einem Auswahlverfahren über Zürich und Luzern und wird Hauptstadt der Schweiz.
10. März 1878	Bellinzona wird alleinige Hauptstadt des Tessins.
1889	Der Bundesrat legt den 1. August als Nationalfeiertag fest; das Datum bezieht sich auf den»Rütlischwur« von 1291, dem Gründungstag der Eidgenossenschaft.

Martina André
Die Gegenpäpstin
Roman
457 Seiten
ISBN 978-3-7466-2323-8

Undenkbar: Eine Frau soll auf den Heiligen Stuhl

Die Archäologin und junge Israelin Sarah Rosenthal ahnt nichts Böses, als sie eines Morgens mit ihrem deutschen Kollegen zu einer Baustelle gerufen wird. Eine Kettenraupe ist eingebrochen. Offenbar befindet sich unter der Straße ein größerer Hohlraum. Als Sarah in das Loch hinabsteigt, verschlägt es ihr beinahe den Atem. Sie entdeckt zwei Gräber mit einer Inschrift, die auf eine Sensation hindeutet: Anscheinend hat sie die letzten Ruhestätten von Maria Magdalena und einem jüngeren Bruder Jesu gefunden. Doch damit beginnen die Verwicklungen erst. Wenig später wird ein Archäologe getötet, die beiden Leichname werden gestohlen und ein Gen-Test besagt, dass Sarah selbst eine Nachfahrin Marias ist. Sie gerät ins Visier einer skrupellosen Sekte, die mit ihrer Hilfe plant, den Papst aus Rom zu vertreiben. – Packend, brisant und hintergründig: ein Religionsthriller der besonderen Art.

»Ein wirklich toller Thriller, spannend und intelligent.«
BERGISCHER ANZEIGER

Mehr Informationen erhalten Sie unter
www.aufbauverlagsgruppe.de oder in Ihrer Buchhandlung

aufbau taschenbuch
AUFBAU VERLAGSGRUPPE

Antonio Garrido
Das Pergament des Himmels
Aus dem Spanischen von Anja Lutter
Roman
571 Seiten. Gebunden
ISBN 978-3-352-00763-7

Wem gehört das Abendland?

Die aufgeweckte, schriftkundige Theresa will unbedingt Pergamentergesellin werden – sie wäre die erste Frau in der Zunft. Doch die Tyrannei ihres ungerechten Meisters macht ihr das Leben schwer und löst schließlich eine Katastrophe aus, die Theresa zur Flucht zwingt. In Fulda findet die junge Frau zunächst Unterschlupf bei der Hure Helga, bis der strenge Kirchenmann Alkuin von York sie im Kloster der Stadt unter seine Fittiche nimmt. Unbemerkt gerät Theresa immer tiefer in die mörderischen Intrigen um ein brisantes Pergament, das ihr Vater Gorgias fälschen soll. Nicht weniger als die Zukunft Karls des Großen, Papst Leos und das Schicksal des Abendlandes hängen von Theresas Scharfsinn und Courage ab. – Das große Historienepos aus dem »Päpstin«-Verlag.

Mehr Informationen erhalten Sie unter
www.aufbau-verlagsgruppe.de oder in Ihrer Buchhandlung

rütten & loening
AUFBAU VERLAGSGRUPPE